레프 톨스토이 2

나남
nanam

한국학술진흥재단 학술명저번역총서
서양편 259

레프 톨스토이 2

2009년 1월 5일 발행
2009년 1월 5일 1쇄

지은이_ 빅토르 쉬클롭스키
옮긴이_ 이강은
발행자_ 趙相浩
발행처_ (주) 나남
주소_ 413-756 경기도 파주시 교하읍
      출판도시 518-4
전화_ (031) 955-4600 (代)
FAX_ (031) 955-4555
등록_ 제 1-71호(79.5.12)
홈페이지_ http://www.nanam.net
전자우편_ post@nanam.net
인쇄인_ 유성근 (삼화인쇄주식회사)

ISBN 978-89-300-8369-0
ISBN 978-89-300-8215-0 (세트)
책값은 뒤표지에 있습니다.

‘한국학술진흥재단 학술명저번역총서’는 우리 시대 기초학문의 부흥을 위해
한국학술진흥재단과 (주)나남이 공동으로 펼치는 서양명저 번역간행사업입니다.

레프 톨스토이 2

빅토르 쉬클롭스키 지음 | 이강은 옮김

나남
nanam

농민들 마을에서 바라본 야스나야 폴랴나 저택. 1897년

톨스토이와 막심 고리키. 1900년

안톤 체호프와 톨스토이.
1901년 가스프라에서

집필 중인 톨스토이

모스크바 하모브니키에
얻은 톨스토이 저택.
현재 톨스토이 박물관
1890년대

톨스토이와
화가 일리야 레핀
1908년

숲 속에 누워 있는 톨스토이.
일리야 레핀 그림. 1891년

톨스토이와
톨스토이 전기작가
N. 구세프. 1909년

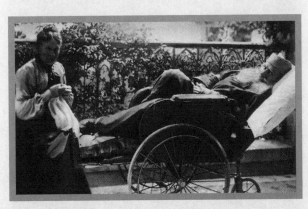

가스프라에서 요양중인
톨스토이와 아내 소피야.
1902년

톨스토이 부부의 결혼기념일
1910년

영면한 톨스토이
1910년

야스나야 폴랴나
숲 속에 있는 톨스토이 무덤.
생전의 유언대로 아무런
장식도 비석도 없다.

1. 러시아어 표기는 우리말 어문규정 외래어 표기법에 따름. 단 관례화된
   표기는 존중함.
2. 탄생 백주년 기념 90권 톨스토이 전집(Полное собрание сочинений,
   т. 1-90. М., ГИХЛ, 1928~1958)은 본문에 기념전집으로 약칭하며
   그 인용은 (권수, 쪽수)로 표기.
3. 작품 및 주요 저서, 참고문헌 등의 원어는 책 뒤 역자부록으로 첨부함.
   기타 인명이나 지명 등은 원칙적으로 원어를 병기하지 않음. 단 문맥상
   불가피한 경우 원어를 병기함.
4. 각주 표기 원칙은 다음과 같음.
   아무런 표시 없는 각주: 리디야 오풀스카야(편집자)의 주
   저자: 쉬클롭스키의 주
   역주: 역자가 이해에 도움을 주기 위해 첨가한 주
5. 원문의 문단은 존중하되 문맥에 따라 조정.
6. 작품에서의 인용, 중요한 인용문은 원문과는 달리 별도 문단 구분. 단,
   본문의 맥락과 유기적으로 읽어야 하는 경우는 본문 속에 처리.
7. 서정적 표현이나 암시적 표현은 가급적 원문을 살리지만 가독성을 높이
   기 위해 풀어 씀.

레프 톨스토이 2

차 례

레프 톨스토이 1 차 례

제 1 부

● 녹색의 긴 소파, 나중에는 검은 유포가 씌워진
● 소피야가 오십여 년 동안 끊임없이 개축했던 결채
● 공원, 벌목의 잔재 ● 최초의 기억들 ● 오래된 뿌리
● 저택의 만찬 ● 오차코프 향 연기 ● 판파론 언덕
● 사냥과 시, 그리고 거래 ● 모스크바에서 ● 고아가 되다
● 노백작부인 고르차코바의 죽음 ● 새로운 후견인
● 카잔, 그리고 카잔 대학 ● 분석과 규칙의 시대
● 톨스토이, 책을 읽다 ● 대저택에서
● 글을 쓰기 시작하다 ● 카프카스로의 길 ● 산 맥
● 스타로글라드콥스카야 스타니차 - 환멸과 유토피아, 사냥
● 스타리 유르트, 미세르비예프, 바랴틴스키 공작

제
3
부

《전쟁과 평화》의 구성과 주인공들의 세계

1.

《전쟁과 평화》를 쓰기 시작한 것은 1860년이다. 아니면 적어도 이 시기에 작품을 구상했다는 것이 일반적인 견해다. 톨스토이는 1861년 3월 게르첸에게 이렇게 편지를 쓰고 있다. "넉 달 전부터 장편소설을 구상중입니다. 주인공은 돌아온 데카브리스트가 될 것입니다."

여기서 말하는 장편소설이란 모스크바로 돌아온 데카브리스트를 다루는 미완성 중편소설을 가리키는 것이다. 남아 있는 원고의 몇몇 장면으로 봐서 이 중편은 《전쟁과 평화》, 그리고 그 등장인물들과 관련된 것이다. 데카브리스트 소설의 주인공은 표트르라는 노인과 아내 나탈리야였다.

하지만 톨스토이는 이 주제에 관한 집필을 잠시 중단해야 했다. 당시 야스나야 폴랴나의 학교일에 매달려 있던 그는 학생들에게 1812년의 나폴레옹 침공에 대한 이야기를 자주 들려주었다. 그는 이 전쟁의 경과와 주요 사건에 대해 예술적으로 구성해서 학생들에게 들려주었고 그것은 학생들은 애국적인 감정을 불러일으키는 것이었다. 이야기는 절정에 도달할수록 불꽃처럼 작열하며 학생들의 공명심을 자극했다. 이를테면, '이제 우리가 세바르진스키 보루나 말라호프 언덕에 있다고 하자. 이제 우리가 적군을 무찌르는 거야'라는 식이었다.

과거 역사를 다루려는 생각은 크림전쟁[1]과 1812년 전쟁을 다루려는 생각에서 시작된 것이다. 《데카브리스트》의 도입부에서 톨스토이는 1812년 전쟁의 승리와 1855년 크림전쟁의 패배에 대해 언급하면서 성대한 장면을 펼쳐 보이지 않았던가.

---

1) 〔역주〕 1853년에서 1856년까지 러시아가 오스만 제국, 영국, 프랑스, 사르데냐 왕국과 벌인 전쟁. 주로 크림반도에서 전개되었다. 이 전쟁에서 패하면서 러시아는 남동유럽에 대한 지배권을 상실한다.

　1863년 2월 23일 아내 소피야는 톨스토이가 새로운 소설을 쓰기 시작했다고 언니에게 전하는데 이것은 동생 타티야나의 회고록에서 확인된다. 4월 8일 톨스토이는 여동생 마리야에게 짤막하게 "소설을 쓰고 있어"라고 편지를 쓰고 있으며, 이 사실은 알렉산드라 부인에게 보낸 톨스토이의 편지에서도 언급된다. 톨스토이는 마음이 편안하며 집필 작업을 잘 할 수 있을 것 같다고 말한다. "이 작업은 1810년과 20년대를 다룬 소설인데, 지난 가을부터 나는 전적으로 이 일에 매달려 있습니다."[2] 톨스토이는 완전히 이 주제에 사로잡혀 있었고 말을 꺼냈다하면 이에 대한 이야기뿐이었다.

　등장인물들의 정확한 윤곽과 성격이 잡혀갔는데 그들은 모두 나폴레옹과의 관계 속에서 설정되었다. 즉 그들 각각은 개인적 측면에서뿐만 아니라 시대적 갈등과의 관계 속에서 규정되고 있었다.

　톨스토이는 소설을 어느 시기부터 시작할 것인지를 두고 오랫동안 망설이고 있다. 처음에는 분명히 1811년부터 시작하려고 했었다. 하지만 나중에 1805년부터로 바꾸게 된다.

　이에 따라 이미 구상했던 주인공들의 성격을 바꿔야 했다. 톨스토이는 점차 등장인물들에 대해 보다 자유롭게 상상력을 확대해 간다. 그러면서 많은 인물들의 성격이 평가절하 되었다. 이를테면 처음에는 여성으로서 자신의 사회적 지위에 대해서는 아무 생각이 없지만 그래도 이상적이고 진실한 여성이었던 안나 세레르 공작부인은 경험 많고 말이 많으며 진실성이 부족한 살롱의 여주인으로, 바실리 쿠라긴 공작의 헛된 애인 역으로 바뀌었다.

　다른 주인공들도 깊은 내적 모순을 지닌 인물들로 변해갔다. 이들은 섬세하게 조형되어 또렷한 모습을 형성해갔고 보다 다양한 면모를 함축해갔던 것이다.

---

　2) 1863년 10월 17~31일 사이의 편지.

처음에 구상된 쿠투조프 장군의 성격은 다음과 같이 표현되고 있었다. "저 음탕하고 교활하며 믿을 수 없는 쿠투조프보다 비교할 수 없이 더욱 용맹하고 정직하며 선량한 수천의 장교들이 알렉산더 대왕의 전쟁에서 죽어 가지 않았던가?"(13, 73) 이런 내용을 보면 처음에 쿠투조프 장군은 톨스토이 자신의 성격을 담아내는 인물로 설정된 것이 아님을 알 수 있다. 하지만 연구자들은 이 장면에서 쿠투조프 장군의 성격은 그에게 적대적인 '사교계'에 비친 것이기 때문에 그런 것이라고 판단한다.

그것은 꼭 그런 것만은 아닐 것이다. 안드레이 공작을 그리는 한 대목에는 "(안드레이는) 부카레스트로 출발했고 무도회에서 몰다비아 여자에게 발목이 잡힌 쿠투조프를 만나게 되었다"(13, 35)는 대목도 있기 때문이다.

사제로부터 축복을 받고 나서 전투를 벌이기 직전에 보로지노 평원에서도 쿠투조프 장군은 이상적이고 순정한 영웅으로 행동하지 않는다.

"자, 이제 다 끝났군."

쿠투조프는 마지막 서류에 서명을 하면서 이렇게 말했다. 그러고는 허옇고 피둥피둥한 목 주름살을 쓰다듬으며 힘겹게 몸을 일으킨 후 한결 밝아진 얼굴로 문 쪽을 향해 걸어갔다.

사제의 아내는 얼굴을 붉힌 채 요리접시를 들고 있었다. 그녀는 오랫동안 요리를 준비했지만 적절한 기회에 바치지를 못했던 것이다. 그녀는 깊숙이 인사를 올리며 접시를 쿠투조프에게 내밀었다.

쿠투조프는 가늘게 실눈을 뜨고 미소를 지은 후 한 손으로 여자의 턱을 잡으며 말했다.

"굉장한 미인이로구만! 고맙소, 이 예쁜이!"

그는 바지 주머니에서 금화 몇 닢을 꺼내 여자가 든 쟁반 위에 올려놓았다.

"그래, 어떤가, 살기가?"

그를 위해 준비된 방 쪽으로 가면서 쿠투조프는 이렇게 말했다.

사제의 아내는 발그레한 얼굴에 보조개를 짓고 미소를 지으며 그 뒤를 따라 살림방으로 들어갔다. 부관은 안드레이 공작을 찾아 현관 계단으로 나가서 아침식사를 같이 하자고 권했다. 그리고 30분 뒤 안드레이 공작은 다시 쿠투조프에게 불려갔다.

쿠투조프는 이상적 주인공이 아니다. 작품 구상단계에서 그에게 부여된 특징들은 나중에 완성된 작품에도 일정하게 부분적으로 그 흔적을 남기고 있다.

완성된 쿠투조프 형상은 민중의 감정을 인식하고 군의 사기를 철저히 파악한 뒤에 민중의 의지를 따르는 총사령관으로 일반화된다.

창작작업은 끊임없이 계속되었다. 그러면서 작품은 여러 국면에 따라 변화를 겪는다. 처음에 이 작품은 '세 시기'로 명명되었다가 다음에는 '끝이 좋으면 다 좋다', 그리고 마침내 '전쟁과 평화'라는 제목으로 결정된다.

소설의 서두를 장식하는 세레르의 살롱에 대한 묘사에서는 상류 사교계를 구성하는 다양한 대표자들이 당시 유럽의 정세에 대해 다양한 시각을 보여준다. 그리고 안드레이 공작과 피에르는 대화를 통해 각각 자신의 성격을 드러내고 갈등도 드러낸다. 그 과정에서 피에르가 서자 신분이라는 사실, 안드레이의 불행한 결혼, 역사적 역할을 갈망하지만 실현되지 못하고 있는 안드레이의 욕망이 그려진다.

그러나 이 두 주인공의 진정한 갈등은 전혀 다른 곳에 있었다.

2.

《전쟁과 평화》의 구조에 대한 문제를 다루기 전에 먼저 염두에 두어야 할 것은 예술작품의 통일성이라는 개념 자체가 아직 끝까지 다 해명된 것은 아니라는 점이다.

푸시킨이나 톨스토이의 소설처럼 작품이 오랜 기간에 걸쳐 창작되는 경우, 그 사이에 작가는 마음의 변화와 정신적 위기를 체험하게 되고 결국 삶에 대한 새로운 이해에 도달하게 된다. 그리고 소설을 쓰는 각 시기의 세계정세도 변화되기 마련이다. 따라서 분명히 우리는 정태적 통일성이 아니라 예술적 과정의 통일성을 살펴봐야 한다.

예술작품의 통일성은 변화되는 대상에 대한 인식의 통일성이다.

사람이 처음부터 모든 것을 인식하고 생각한 다음, 곧바로 앉아서 창작을 시작하는 것은 아니다. 작품을 창조하는 과정은 작품에 형식을 부여해가는 과정을 관장하는 인식과정이라고 말할 수 있다. 《전쟁과 평화》를 창조하는 과정에 우연성도 많이 있지만 그 우연성의 이면에는 의미창조의 필연성이 놓여 있다. 톨스토이가 그와 같은 필연성을 따름으로써 작품은 지속적으로 변화될 수밖에 없었다.

이 작품은 처음부터 끝까지 모든 것을 장악하는 작가의 완결판을 가지고 있지 않다. 수많은 서문과 수많은 도입부를 보여 주는 여러 판본이 존재하는데 그것은 바로 문제를 올바르게 인식하기 위해 어떤 조건이 필요한가를 찾아내려는 노력의 흔적들이다.

이런 과정에서 소설의 경계는 변화되고 사건의 시기구분도 바뀌어갔다. 톨스토이는 늙은 데카브리스트 표트르와 그의 아내 나탈리야가 모스크바로 돌아오는 때부터 작업을 시작했다. 그러다가 그는 세바스토폴 전투의 패배라는 주제와 만나게 되면서 그 실패의 원인을 찾아내고 이전의 승리에 비추어 패배를 검증하고자 했다.

톨스토이는 항상 정확한 시간감각을 가지고 정확한 일자를 기록하며 연대기적으로 세부묘사를 한다. 하지만 작품의 날짜와 실제 현실의 일치에 대해서는 별로 중요하게 생각하지 않는 듯 했다. 필요한 경우 그는 어떤 장면의 날짜를 쉽게 바꿔 버리기도 했다. 이것은 톨스토이 작품의 일반적 특징이다.

톨스토이는 귀족이 농민과 함께하는 작품을 여러 차례 쓰고 싶어 했다. 그런 사건의 모티프는 귀족이 유형에 처해지는 것에서 출발한다.

아직 정확하게는 아니지만 처음으로 이런 주제를 다루기 위해 그는 후에 데카브리스트가 되는 한 귀족의 체포를 모티프로 삼았다. 체포된 귀족이 일반 병사들 속에 처해진다는 상황설정인 것이다.

그 다음 이 사건이 벌어지는 시대를 표트르 대제 치하로 설정했고 이를 위해 먼저 귀족의 가계도를 탐구했다. 그러다가 이 시대가 니콜라이 1세와 알렉산드르 2세 치하로 바뀌었다. 절대적인 문제 자체를 탐구하고자 했던 톨스토이에게 시대는 그렇게 중요하지 않았다. 가부장적이고 그 근본에 있어 보수적인 농민의 심리를 대변하는 사람으로서 톨스토이는 시대의 특수성에 대해 크게 고려하지 않았던 것이다.

후대의 비평가들은 톨스토이가 그리고 있는 시대는 데카브리스트 정신의 요소를 놓치고 있다고 비판하지만, 전체적으로 데카브리스트 후계자들의 시각에서 전쟁을 그리고 있는 것은 사실이다. 즉 이제 무엇을 해야 할 것인가, 그리고 왜 민중은 데카브리스트를 따라 봉기하지 않았는가라는 문제의 해결에 항상 초점이 모아져 있는 것이다.

그 결과 톨스토이는 이전의 소설들이 가지고 있던 법칙들, 즉 사건의 연관성, 일정한 대단원, 소설의 완결성 등을 거부하고 있다. 그는 '항상 복잡한 이해관계를 담은 발단과 행복하거나 불행한 결말을 가진, 그래서 서사의 관심을 제거해 버리는 소설'(13, 54)을 거부한다.

죽음도 결혼도 그에게는 대단원의 결말이 될 수 없었다. 그는 사건의 역사적 결말을 모색했고 따라서 역사의 일부가 바로 작품의 사건이 되어야 했다. 톨스토이는 사람들의 운명에 대한 포괄적 흐름은 작품을 쓰는 과정에서만 고려해야 한다고 생각했다.

전쟁철학이 《전쟁과 평화》 속에 도입된 것은 집필과정에서였고 이후 그것은 작품이 완성되는 다양한 단계에서 중요한 역할을 하게 된다.

쿠투조프 사령관의 전략적 전술적 결정들, 오스트리아 군대가 항복한 뒤 러시아군을 퇴각시키려는 쿠투조프의 계획, 뮤라트와 협상하려는 바그라티온의 교활함, 프랑스 군대를 공격하려는 바그라티온의 결정, 전장에서 사령관의 존재의 의미, 농촌을 공격하고 불을 지르고자 하는 투신의 결정 등 인간의 의지로 이루어지는 모든 결정들은 일정한 결과를 가지는 행위로서 소설의 첫 부분에 배치된다.

전쟁은 누구도 어찌할 수 없이 발생하는 것이라는 생각, 역사적 필연에 대한 쿠투조프의 순응 등은 소설 후반부에 나오는 결론이다.

물론 1805년과 1812년 전쟁은 목적과 행위 장소가 본질적으로 다르다. 그러나 그럼에도 불구하고 톨스토이는 그렇게 결론을 내리지 않는다. 물론 그에 근접해가기는 하지만 분명히 결정적인 결론을 내리지는 않았다.

톨스토이는 지속적으로 일반적인 소설형식을 벗어난다. 이를테면 사냥장면이 최종 텍스트에 계속 남아 있는 것이 그렇다. 이 장면에서는 지방 소지주 귀족인 한 '아저씨'가 참여하고 있는데 그는 마치 주인공이나 되는 것처럼 아주 자세하고 중요하게 묘사되고 있다.

초고에서 '아저씨'는 보로지노 평원의 전투에서 부상병을 거두는 사람으로 등장했다. 그러나 그의 이런 모습은 교정과정에서 삭제된다. 과거의 예술에서 하나의 법칙처럼 여겨졌던 복선의 설정이 톨스토이에게는 필요 없었던 것이다.

최초의 완결된 출판본에서 피에르는 모스크바에서 광기에 싸인 이탈리아 백작 폰치니를 총살당할 순간에 구출하는데 그는 고위급의 젊은 프리메이슨 회원이었다. 나중에는 메이슨 회원의 징표가 포로가 된 피에르를 돕는다. 폰치니는 피에르를 찾아다닌다. 그러다가 폰치니는 니콜라이 로스토프의 포로가 된다. 그 눈이 나타샤를 닮았던 이 잘생긴 청년은 아주 수준 높고 멋진 음모를 꾸민다. 니콜라이는 폰치니의 이야기를 통해 피에르가 나타샤를 사랑하고 있다는 것을 알게 된다. 그리고 피에르와 나타샤가 행복한 결혼을 할 수 있도록 일을 꾸몄던 것이다. 이 소설 같은 주인공은 그 멋진 음모장면과 함께 삭제되었고 애정노선과는 무관한 람발이라는 인물로 대체된다.

톨스토이는 주인공들이 수없이 충돌하고 이 반복된 충돌이 소설의 구성을 만들어내도록 하는 이전 소설의 예술적 원칙을 거부한다. 그의 완성된 텍스트에서 소설을 움직이는 것은 역사적 무대이고 강력하게 충전된 민중사상이었다.

노백작의 파산과 몰락은(로스토프 가문이 톨스토이, 프로스토이, 플로호이3) 등과 같이 몰락과 관련된 성으로 구상되었던 것도 우연이 아니다) 마치 입던 옷을 벗어 버리는 것만 같다. 로스토프 가문이 결정적으로 몰락하는 것은 아들 니콜라이가 도박에서 크게 돈을 잃었기 때문만은 아니다. 피난가면서 나타샤가 '애들' 물건을 버리고 그 대신 마차에 부상병들을 태우도록 결정함으로써 모든 재산을 버렸던 것도 한 이유이다.

나타샤의 변심에 대한 안드레이 공작의 불만 역시 보로지노 전투에서 아나톨과 안드레이가 공동으로 큰 불행을 당함으로써(이들은 중상을 입는다) 옷을 벗듯이 사라진다.

약속이나 사전 준비도 없이 두 사람 각각의 상황변화로 인해 나타샤는 헛소리를 하며 죽어가는 안드레이를 우연히 만나게 된다. 그리하여 모든 것은 완전히 새로운 해결로 접어든다.

피에르가 포로가 되는 것은 모스크바 화재와 관계된다. 이 모스크바의 화재는 처음에 돌로호프의 손에 맡겨졌었다. 그가 피에르를 만나 그에게 뭔가 암시를 주는 것으로 되어 있었던 것이다. 하지만 이 장면은 삭제되었다. 최종 텍스트에서 주민이 모두 떠나버린 모스크바는 마치 여름에 러시아 도시들이 분명한 방화자도 없이 저절로 불이 난 것처럼 불에 타버린다.

최초의 텍스트에서 피에르는 단지 어린애만을 구할 뿐만 아니라 그 아이를 오랫동안 데리고 다닌다. 그가 돌보던 이 아이는 피에르의 생명

---

3) 〔역주〕 '톨스토이'는 '뚱뚱한', '프로스토이'는 '단순한', '플로호이'는 '나쁜' 등과 같은 어원을 가지고 있다. 이런 성이 일정하게 부정적인 의미를 띠고 있고 몰락과 관련되어 있다는 뜻.

을 유지하게 해 주는 역할을 한다. 톨스토이는 어린애를 데리고 알프스를 넘어 여행한다는 낡은 원래 안을 반복해서 사용했다. 피에르는 자신을 잊어야만 했던 것이다. 그는 자신을 잊고 오직 우연히 구한 어린애만을 염려한다. 하지만 이것 역시 최종본에서 탈락한다.

3.

《전쟁과 평화》를 쓰기 시작한 무렵의 톨스토이는 아주 당당하고 도발적이었다. 그는 자신이 귀족이며 그 밖의 삶은 잘 모른다, 귀족적 삶이 자신에게 소중하다, "2백 대씩 맞는" 신학교 학생들의 고통 같은 것에는 흥미가 없다고 강조해서 말하곤 했다.

하긴 두들겨 맞는 것은 신학교 학생들만이 아니었다. 육군 유년학교나 왕립 유년학교 같은 곳에서도 모든 생도들이 두들겨 맞았다. 맞고 나서도 용감하고 씩씩하게 기세를 올리지 못한다고 생각되면 하루에 두 차례씩도 맞았다. 2백 대씩 맞는다는 말이 과장만은 아니다.

이런 폭력행위에 대한 묘사는 수없이 고민했던 도입부 중 하나였지만 그는 관심이 없다는 이유로 이런 부분을 채택하지 않았다. 그보다 톨스토이는 귀족주의자 안드레이 볼콘스키를 영웅으로 만들 뿐만 아니라 자신의 전쟁이론의 대변자로 만들고 싶었다. 즉 그는 안드레이를 피에르와 함께 전쟁에 대한 낡은 개념을 새로운 철학적 개념으로 바꾸는 사람으로 만들고 싶었던 것이다. 톨스토이는 볼테르를 잘 알고 있고, 그리고 하나의 작품 속에 소설과 정치평론, 철학을 공존시켜내는 게르첸의 작품도 잘 알고 있던 사람으로서 책임감을 가지고 역사와 전쟁에 대한 자기 나름의 고유한 목소리를 소설에 끌어들인다.

전쟁의 결말은 별로 주목받지 못하는 인물인 도호투로프, 이즈마일 공습에 참여한 용사 티모힌 같은 사람들에게 달려있다. 쿠투조프의 오랜 친구인 티모힌은 수많은 무공을 세웠지만 여전히 하급 장교였다. 전쟁에 필요한 사람은 안드레이 볼콘스키나 니콜라이 로스토프(전쟁을 결정짓는 것은 결코 그의 용맹함이 아니다) 보다 티모힌 같은 사람이었다.

전쟁을 해결하는 사람은 겸손한 투신이다. '끝이 좋으면 다 좋다'라는 제목이 붙여졌던 창작단계에서 톨스토이는 투신을 반쯤 귀족으로 그리려고 했다. 즉 좋은 가정교사들의 양육을 받아 여러 언어를 알고 있고 형제들과 함께 수천의 농노를 가지고 있으며 주변 사람들보다 출신 신분이 더 높은 인물로 설정되었던 것이다.

바로 그 투신에게 어쩌면 톨스토이의 큰형 니콜라이의 특징이나 습관들이 투영되어 있다고 할 수 있겠지만 니콜라이를 투신의 원형이라고 보는 것은 적절치 않다. 결국 톨스토이는 투신에게서 높은 신분의 흔적을 지워버렸다. 즉 안드레이 볼콘스키가 그를 대할 때 신분이 다른 사람을 대할 때의 예의 그 작위적인 아량을 보이도록 만들었던 것이다.

새로운 시대의 인물, 새로운 교육을 받은 인물로서 투신은 안드레이의 태도에 개의치 않는다. 그는 모욕을 느끼지 않고 전쟁에 임했으며 또 전쟁에서의 출세를 꿈꾸지도 않는다. 그는 톨스토이가 세바스토폴에서 만났던 포병장교처럼 다른 유형의 교육을 받은 인물이다.

'끝이 좋으면 다 좋다'는 식의 결말에서 다른, 즉 '전쟁과 평화'의 결말로 전환한 것은 결국 투옥되고 마는 피에르의 삶이 훌륭한 삶이라는 결론으로 나아가는 것이다. 그럼으로써 군집해서 살아가는 벌들의 그 당당하고 견고한 삶을 보여 주려는 소설 속으로 역사가 개입해 들어오게 된다. 그 역사는 미래의 봉기를 알리는 무거운 울림으로 힘 있게 소설 속으로 개입해 들어온 것이다.

4.

《전쟁과 평화》가 창조되는 운명은 그 출판과 개정의 역사에 반영되어 있다.

《전쟁과 평화》는 《1805년, L. N. 톨스토이 백작의 장편소설》이라는 제목으로 〈러시아 통보〉지에 1865년, 1866년 두 호에 걸쳐 처음 게재되었다.

나는 여기서 텍스트 역사를 다루지는 않을 것이며 그 분야 전문가도 아니다. 다만 한 가지 언급해두고 싶은 점이 있다. 1866년 톨스토이는 이미 인쇄된 원고를 교정하고 모든 사건의 진행과정을 마무리하면서 전체 소설을 마무리하고 있었다. 전체 작품은 비교적 소규모였다. 원고는 양면으로 총 363장, 그러니까 726쪽이다. 이 중 분명히 따로 떼어내 다른 곳에 붙여졌거나 정서할 때 삭제된 28쪽 분량을 제외하고 모두 보관되어 있다.

이렇게 보관된 원고의 90퍼센트 정도가 기념전집 13, 14권에 89번이라는 분류번호와 함께 실려 있다. 편집자들이 결정적 텍스트에 가깝다고 판단하는 판본을 출판하면서 원고를 완벽하게 파악하려고 노력하지 않은 것은 잘못이다. 책의 부분들은 그 자체로 존재하는 것이 아니라 작품의 구조로 존재하는 것이기 때문이다. 전체적으로 완전한 판본을 만들기 위해서는 나머지 10퍼센트의 원고를 사용할 필요가 있다. 이를 위해서는 부재하는 페이지들을 가능한 보다 확실한 근거에 따라 배열함으로써 보충해야 한다. 그렇게 되어야 비로소 우리는 톨스토이의 예술적 사고체계 전부를 볼 수 있게 될 것이다.

유실된 부분을 복원한다면 《전쟁과 평화》가 완결된 전체라는 것을 알 수 있을 것이다. 그러나 사람들은 소설의 초고본을 하나의 총체가 아니라 분절된 단편들의 모음집으로 보았다. 그렇지만 이 모든 단편들은 톨스토이가 '연쇄의 미로'라고 불렀던 그런 연관 없이는 무의미한 것들이다. 해결책은 하나다. 이제까지 이루어진 모든 작업을 매우 존중하면서 톨스토이 자신이 쓴 최초의 소설 판본을 모두 출판하는 것이다.

'끝이 좋으면 다 좋다'라고 제목을 붙였을 때의 작품은 '전쟁과 평화'의 천재적 수준에 미치지 못하지만 작품 전체에 입각해서만 이해될 수 있는 아주 뛰어난 장들을 포함하고 있다. 게다가 거기서 우리는 톨스토이가 걸어간 행로를 볼 수 있다. 분명히 이런 판본은 지금 아카데미 판으로 소설 《카자크》가 만들어진 것처럼 그렇게 만들어질 수 있을 것이다.

원형에 대해

원형에 대해 말하려면 작가의 창작이란 여러 세대에 걸친 문제의 해결에 참여하는 것이며, 거기서 작가는 다른 사람들이 내리지 못한 답을 찾아가는 것이라는 점을 알아야 한다. 그래서 때로 우리가 원형이라고 생각하는 것이 예술작품 이후에 있을 수 있는 것이다. 때로 현실은 작가가 예정해놓은 것을 실현하는 것만 같다. 이런 경우 현실이란 이미 계산되고 구조화되었던 것, 그것의 발견이다.

라파르그는 칼 마르크스에 대한 회상에서 발자크에 대한 마르크스의 견해를 인용하여 들려준다.

> 그는 발자크를 아주 높이 평가해서 정치경제학에 대한 연구서를 마치자마자 발자크의 가장 거대한 작품 《인간 희극》에 대해 연구하려고 했다. 발자크는 그 시대 사회의 역사가일 뿐만 아니라 루이 필립 시대에는 아직 맹아적 상태에 있었고 발자크가 죽은 뒤 나폴레옹 3세 때에야 완전히 발현되는 그런 인물들을 창조적으로 예상해냈다는 것이다. [4]

티미랴제프는 《1860년대 자연과학의 발전》에서 바자로프라는 인물을 창조해 낸 투르게네프에 대해 이렇게 말한다.

> 1850년대에 '지방의 젊은 의사'에게서 러시아 사상의 가장 거대한

---

4) P. 라파르그, '마르크스에 대한 회상', 《마르크스 엥겔스 예술론》, M., 1967, 556쪽.

흐름 중의 하나, 얼마 지나지 않아 실제로 확실하게 드러났던 거대
한 흐름 중의 하나를 예측해냈다는 것, 바로 그런 통찰력은 그 어
떤 러시아 작가도 해내지 못했던 것이다. 5)

티미랴제프는 또 이렇게 덧붙인다. "그는 미래의 보트킨과 세체노
프6)를 예감해냈으며 대체로 러시아 과학의 아주 강력한 운동을 예감해
냈다."

작가는 현실을 반영하고 그것을 정확하게 표현하려고 노력한다. 작
가는 자신의 실제 삶과 경험을 작품에 끌어들이고 주변의 세계를 새롭
게 열어 보인다. 그러나 작가는 우연성을 벗어나 필연의 세계로 예술세
계를 새롭게 구성해낸다.

여기서 우리가 다룰 문제는 작품창작의 가장 중요한 토대가 무엇인가
이다. 그리고 우리가 작가에 대해 잘못된 판단을 하는 근거들을 확인하
는 것이다.

톨스토이는 야스나야 폴랴나의 서재에 앉아 모든 세계와 단절한 듯이
집필에 매진하고 있었다. 제목은 아직 정해지지 않았고 장르도 결정되
지 않았다. 작품은 소설이 아니었고 소설이 될 수도 없었다. 그것은 그
야말로 전쟁과 평화에 대한 것이었고 톨스토이에 의해 창조된 하나의
새로운 세계였다.

아내 소피야는 톨스토이가 그녀에 대해 쓰거나 혹은 최소한 그녀와
가까운 사람들에 대해 써주기를 바랬다. 가까운 사람들은 현관에 대령
한 마차에 오르듯이 소설 속에 자리 잡으려고 모여들었다. 모든 가족이

---

5) K. 티미랴제프, 선집, 제 8권, 1939, 173쪽.
6) 〔역주〕 S. 보트킨(1832~1889). 러시아 내과의사. 의학분야에서 선구
   적인 업적을 남겼고 최초로 무료 의료 사업을 주창함. I. 세체노프
   (1829~1905). 저명한 러시아 생리학자. 상트 페테르부르그 대학 교
   수. 신경조직 등에 관한 탁월한 업적이 있음.

다 모여 앉아 있었다. 심지어 한때 소피야의 약혼자였지만 약혼을 파기당했던 M. 폴리바노프까지 찾아왔다.

소피야는 1862년 11월 11일 자매들에게 이렇게 알린다. "비밀을 하나 말해줄 테니 절대 말하면 안 돼. 톨스토이가 50세가 될 때 우리들에 대해 쓰겠다고 했어."

수다스럽기도 하고 결코 겸손함이라고는 없는, 그러나 아주 흥미롭게 쓰인 소피야의 동생 타티야나의 글에 나타난 일상적인 장면을 보자. 그녀는 폴리바노프에게 보낸 편지에서 톨스토이가 1864년 말 어느 가족 모임에서 소설을 읽어 주었다고 말한다.

> 로스토프 가족에 대해 살아 있는 사람들이라고들 말하는데, 내겐 아주 가까운 친지들 같아요! 보리스는 외모나 행동에서 당신을 닮은 것 같고, 베라는 정말 진짜 꼭 엘리자베타예요. 그녀의 단정함이나 우리에 대한 태도가 확실해요. 내가 아니라 소피야에 대한 태도 말예요. 로스토바 백작부인은 엄마를 떠올리게 하지요. 특히 나를 대할 때의 엄마 말입니다. 나타샤에 대해 읽을 때 바렌카(페르필리예바)가 나를 보고 몰래 눈짓을 했는데 아마 아무도 눈치채지 못했을 거예요. 하지만 내 커다란 인형 미미가 소설에 등장하는 걸 보면 당신도 웃지 않을 수 없을 겁니다. 기억하세요? 우리가 그 인형을 당신과 결혼시키고 난 당신이 인형에 키스를 해야 한다고 고집했는데 당신은 그러지 않으려고 하다가 문 위에 인형을 걸어놓았던 일 말예요. 난 엄마를 부르며 불평했었지요. 그래요, 정말 많은 것들을 그 소설에서 볼 수 있을 거예요. 피에르를 좋아하는 사람들은 아주 적었지요. 하지만 내겐 누구보다 마음에 들어요. 난 그런 사람들을 좋아하거든요. 부인들은 작은 공작부인을 칭찬했지요. 하지만 톨스토이가 누구를 보고 쓴 건지는 아무도 몰랐어요. 톨스토이가 글을 읽을 때 많은 부인들이 있었는데 바렌카가 갑자기 큰 소리로 이렇게 말했지요.
>
> "엄마, 마리야 아흐로시모바는 바로 엄마예요. 바로 엄마를 딱

연상시켜요."

그러자 나스타샤가 이렇게 대답하더군요.

"모르겠다. 몰라, 바렌카. 나를 쓸 필요가 있겠니?"[7]

가족들의 이런 수다를 나는 별로 신뢰하지 않는다. 심지어 티호미로프가 자신의 회고록에서 툴라의 지주 코프테프의 집에서 톨스토이의 《전쟁과 평화》를 읽었는데 코프테프 집안의 늙은 유모가 소설 주인공들 속에서 잘 아는 가족들을 알아보고는, '이건 누구고, 또 이건 누구고'하며 말했다는 것도 믿을 수 없다.

나는 티호미로프도 유모도 신뢰하지 않는다.

나타샤 로스토바에 대한 것만 해도 그렇다. 소피야의 동생 타티야나가 나타샤의 원형이라고들 말한다. 하지만 이건 정말 너무 아니다. 그녀와 나는 아는 사이는 아니지만 만일 아는 사이였다고 해도 톨스토이가 그녀를 나타샤로 생각했다는 말을 믿지 못했을 것이다.

어디서 차용해왔다는 말이나 원형이라는 말은 본질적으로 모순적이다. 나타샤가 영국 소설에서 차용되어 왔다, 그리고 동시에 처제를 모델로 창조되었다는 말에는 논리적 요소가 전혀 없다.

게다가 톨스토이는 작업할 때 그런 방법을 취하지 않는다. 《데카브리스트》 소설을 구상하는 원고에 데카브리스트 표트르가 아내 나탈리야와 함께 귀환하는 장면이 있다. 돌아온 데카브리스트는 아주 많이 변해 있었다. 아주 선량하고 유약하며 술도 잘 마시고 다소간 허영기가 있는 노인이 된 것이다. 이 사람이 바로 피에르이고 그의 아내 나타샤로 발전하는 것이다. 데카브리스트였던 주인공은 크림전쟁 이후에야 모스크바로 돌아올 수 있었다. 내일 그는 새로운 사람들을 만나게 될 것이며 오늘은 아들과 함께 목욕탕에 간다. 그가 집으로 돌아오자 아내 나탈리야는 언제나 그렇듯이 그가 너무나 깨끗해서 '빛이 날 정도'라고 귀에 익

---

7) T. 쿠즈민스카야, 324쪽.

숙한 말을 한다.

데카브리스트에 대한 소설은 완결되지 않았고 출판되지도 않았으며 몇 장면만 남아 있다. 그런데 《전쟁과 평화》에서 나타샤는 포로가 되었다가 돌아온 피에르를 보고 마리아에게 이렇게 말한다.

> 그분은 어쩜 그렇게 산뜻하고 매끈하고 신선해 보이는지, 꼭 목욕탕에서 금방 나온 것 같아요. 그렇게 느끼지 않으세요? 도덕적인 목욕탕에서 말예요, 그렇죠? 짤막한 프록코트하고 짧게 깎아올린 머리도 그래요. 정말, 그래 정말 목욕탕에서 금방 나온 것 같아요. 아빠도 저러셨는데.

이런 일치는 우연이 아니다.

다 쓰이지 않은 소설의 장면이 새로운 소설의 장면으로 들어오고 목욕탕에 대한 표현이 그대로 보존되어 있다. 이 부분은 《전쟁과 평화》에서 은유적인 의미를 띠고 있지만 그러나 이런 표현은 늙고 온순해진 데카브리스트에 대한 기억에서 생겨난 것이라고 말할 수 있다.

톨스토이는 남편을 따라 시베리아로 가서 거기서 이제까지와는 다른 삶을 배우게 된 데카브리스트의 아내 형상에서 나타샤의 형상으로 나아가고 있다. 이런 점들은 모두 톨스토이의 민중에 대한 태도와 복잡하게 연결된다.

피에르와 나타샤가 서로 사랑하기 이전의 젊은이였을 때 그들은 이미 톨스토이의 의식 속에 시베리아에서 돌아온 노인 부부의 형상으로 자리 잡고 있었다. 따라서 톨스토이가 젊은 아가씨를 원형으로 가져와서 나이 든 인물을 그려냈다고 말하는 것은 불가능한 일이다. 우리는 첫 장면에서부터 나중에 《전쟁과 평화》에서 활용되는 편린들을 벌써 볼 수 있는 것이다.

타티야나의 말은 모순적이다. 한편으로 그녀는 자신의 생애에서 톨스토이 소설 여주인공과 닮은 점들이 있다고 말한다. 그리고 다른 한편 《나의 가정과 야스나야 폴랴나에서의 나의 삶》이라는 책에서는 브랏 돈 여사의 소설 《아브로라 플로이트》를 끌어들인다.

톨스토이가 이렇게 말한 바 있다는 것이다.

"타티야나, 그런데 너는 이 소설에서 널 보고 있는 거냐?"
"《아브로라》에서요? 예, 그래요, 물론이지요. 그런데 전 그런 여자가 되고 싶지 않아요."

타티야나 자신은 브랏돈의 소설을 읽지 않았다. 나중에 이 소설은 1870년에 상트 페테르부르그에서 러시아어 번역본이 출판되었는데 정말로 이 소설에서 나타샤의 원형을 찾아낼 수도 있을 것이다. 사실 이런 비교들은 끝이 없다. 하지만 그런 비교들은 불필요한 것이며 진실과는 아무 연관이 없는 유해한 장난이 될 수도 있다.

1865년 5월 3일 톨스토이는 A. 볼콘스키의 아내, 트루스존 가문의 루이자 볼콘스카야에게 편지의 답장을 보낸다. 루이자는 톨스토이에게 전혀 모르는 사람이 아니었다. 젊었을 때 그녀의 집을 방문한 적이 있었고 그 집을 방문하고 나서 《어제의 이야기》를 쓰기도 했던 것이다. 그러나 이 이야기에도 원형은 존재하지 않는다. 그것은 전적으로 작가의 독백에 기초해 있기 때문이다.

톨스토이는 오래전부터 알고 지냈던 이 부인에게 이렇게 쓰고 있다.

친애하는 공작부인, 저에 대한 기억을 되살리게 할 수 있는 기회를 갖게 되어 참으로 기쁩니다. 그 마음을 감추지 못해 이렇게 서둘러서, 불가능한 일을, 당신의 질문에 대한 대답을 당신을 위해 하고자 합니다. 안드레이 볼콘스키는 그 누구도 아닙니다. 소설가라는 사람은 그 누구도 실제 개인들을 작품에 사용하거나 회상기를 쓰는 사람이 아닙니다. 만일 저의 노동이란 것이 초상화를 그려내기 위해 이리저리 살펴보고 기억해두고 하는 것이라면 저는 책을 출판하기가 부끄러웠을 겁니다. 저는 저의 안드레이가 어떤 사람인지 말하고자 노력하고 있지요. 앞으로 그려질 아우스테를리츠 전투에서, 저는 그 장면에서 소설을 시작했지요, 빛나는 한 젊은이가 죽어 가는 장면이 필요했습니다. 그리고 이후의 제 소설에는 노인 볼콘스키와 그의 딸만이 필요했지요. 그러나 그 어떤 점에서도 소설과 관련되지 않은 인물을 그리는 것이 쉽지 않았기 때문에 저는 빛나는 젊은이를 볼콘스키 노인의 아들로 만들기로 결심하게 되었습니다. 그 뒤 그는 나의 흥미를 끌게 되었고 그에게 소설의 향후 전개과정에 일정한 역할을 맡기게 됐지요. 그래서 저는 죽음 대신에 중상을 입게 하여 그를 살려두었던 겁니다. 친애하는 공작부인. 물론 아주 충분한 것은 아니지만 이것이 바로 볼콘스키가 어떤 사람인가에 대해 당신께 드릴 수 있는 완전히 올바른 해명입니다.

이것은 이미 창작과정을 잘 분석할 수 있는 성숙한 시각을 가진 톨스토이가 한 말이다.

이 편지에 말한 것처럼 톨스토이는 대체로 원형이란 개념을 거부하고 있다. 그럼에도 불구하고 아내 소피야는 원형론을 자꾸 퍼뜨린 장본인이라고 말할 수 있는데 그녀는 루이자의 초상화 뒷면에 그녀가 소설의 주인공 안드레이의 아내 리자의 원형이라고 써놓았다.

소피야가 그렇게 생각한 것도 무리는 아니다. 안드레이 볼콘스키는 바로 볼콘스키[8]이고 루이자 볼콘스키는 분명히 그의 아내가 아니던가. 이름의 이니셜이 비슷하게 일치하는 것이다. 톨스토이와 소피야, 누구의 말을 믿어야 하는가.

---

8) 〔역주〕 실제 인물 볼콘스키 (Волконский) 와 작중 인물 볼콘스키 (Болконский) 의 첫 글자는 서로 다르다. 영어의 V와 B의 차이라고 말할 수 있다.

나는 톨스토이의 말을 믿는다.

에이헨바움은 《레프 톨스토이》에서 《전쟁과 평화》가 회상기적 문학에서 태어났다고 확신한다. 이 작품은 애초 가정문학이었다는 것이며 따라서 그는 폴리바노프와 타티야나, 소피야의 견해를 지지하고 있다.

나는 에이헨바움의 견해에 동의하지 않는다. 이전에도 동의하지 않았다. 내 생각에 톨스토이는 수많은 자료들을 가지고 자기 방에 들어가 원형들을 피해 안에서 문을 잠가버렸다.

게다가 톨스토이가 좋아하고 아꼈던 《손자 바그로프의 어린 시절》 등과 같은 회상기적 작품조차 시대에 대한 관심을 담고 있을 뿐만 아니라 이미 존재하는 가족소설을 바탕으로 쓰인 것이다. 그리고 루소의 《참회록》에도 영국 소설의 경험이 들어 있다. 자신의 심장에 대해 알기 위해서는 해부학을 좀 알아야만 하는 법이다. 한이 맺혀 있고 오만한 성격을 가진, 실패한 장군 볼콘스키, 야스나야 폴랴나의 낡은 저택을 건축한 그가 작품 속 늙은 공작의 원형일 수 없다는 것은 널리 인정되는 사실이다. 그는 전혀 다른 사회적 지위를 가지고 있으며 전혀 다른 전기를 가지고 있다.

에이헨바움이 원형으로 내세우는 대원수 카멘스키도 역시 잘 맞지 않는다. 카멘스키는 관직에 오르지 않은 귀족 출신이었고 아주 자존심이 강한 전투사령관이자 전쟁이론가였다. 나폴레옹의 맞수였던 그는 자신이 준비한 자리에서 나폴레옹과 만나고 나서 그에 대해 놀라워한다.

쿠투조프에 대해서도 마찬가지이다. 물론 쿠투조프가 나폴레옹처럼 실존인물이긴 하지만 소설 속의 쿠투조프와 나폴레옹을 분석할 때 우리는 항상 실제의 쿠투조프와 실제의 나폴레옹이 아니라 톨스토이와 톨스토이 자신의 세계관, 그리고 소설 속에서 그 주인공들이 수행하는 역할에 비추어 분석해야 한다.

소피야의 견해대로라면 살아 있는 루이자가 소설에서 주인공 안드레이 볼콘스키의 죽은 부인이 되어야 하는 것이다.

우리가 나폴레옹과 쿠투조프를 나타샤와, 그리고 로스토프 가문과 쿠라긴 가문의 모든 사람들과 함께 이해해야 한다면 작가의 분석체계 속에서 고찰해야만 한다. 즉 역사적 인물들을 작품에 고안되어 만들어진 주인공들과 더불어 동등한 수준에서 이해해야 하는 것이다.

톨스토이의 생각과 모색들

1.

톨스토이의 심리분석, 즉 '영혼의 변증법'은 아주 특별한 성격을 지니고 있다. 톨스토이는 인간행동의 진정한 동기를 그 논리적 언어적 근거와 구별하고 있다. 이런 점에서 심리분석은 《어린시절》을 쓸 때부터 이미 나타나고 있다. 그리고 《어제의 이야기》에서 처음으로 꿈의 분석이 나타난다. 톨스토이는 1860년대에도 '그 기저에 행위의 원인들을 품고 있는' 꿈의 심리학으로 되돌아갔다.

《카자크 사람들》에서, 그리고 특히 《전쟁과 평화》에서 심리분석은 의식의 자율성으로서가 아니라 존재의 필연성으로 — 이 말의 가장 폭넓은 의미에서 — 새롭게 자리를 잡는다. 우리는 바로 이 점을 앞으로 살펴볼 것이다.

'말로 해결하려는' 사람들을 톨스토이는 경멸한다. 이를테면 나폴레옹이나 로스톱친이나, 스페란스키 같은 자들9)이 그러하다. 나폴레옹

---

9) 〔역주〕 F. 로스토프친 백작(1763~1826). 나폴레옹 침공 시 모스크바 방어 사령관으로 모스크바 시민들에게 유려한 말솜씨로 프랑스군이 모스크바에 침공하지 못할 것이라고 전황을 호도했음. 그러나 결국 모스크바는 나폴레옹에게 점령당했음. 극단적 보수주의자로 농노제 옹호.
  M. 스페란스키(1772~1839). 저명한 고위 관료. 조세제도 및 국가 의회제도 등 다양한 개혁정책을 구상하고 실현하려고 했으나 많은 성공

의 '역사적 명언'을 인용하면서 톨스토이는 이렇게 덧붙인다.

> 이런 명언에서 단어들은 아무런 의미도 나타내지 못하며 사건을 드
> 러내는 데에도 도움이 되지 않는다. 이런 말들은 그들이 숨 쉬거나
> 먹고 잠자거나 하는 것처럼 불가피하게, 무의식적으로 말해지는 것
> 일 뿐이다. 우리가 비이성적으로 이루어지는 일을 이성적으로 설명
> 하고 싶어 한다는 것은 정말 터무니없는 일이다. (14, 89)

톨스토이는 수년 동안 '비이성적' 역사과정의 본질을 이해하기 위해
노력하고 있었다. 동시대의 훌륭한 인물들과 마찬가지로 톨스토이 역
시 그 문제를 해결하기 위해 나아갔지만 인류 발전의 일반 법칙을 '벌 떼
같은 군집성으로', 즉 그가 인류 전체라고 생각했던 농민의 응집된 행위
로 대체했을 뿐 그걸 정식화할 수는 없었다.

완전히는 아니지만 그래도 좀 더 정확하게 역사의 법칙을 이해하고
있던 인물은 체르니솁스키였다. 그는 1812년 전쟁과 세바스토폴 전투
를 연결하며 전쟁의 원인에 대해 숙고했다. 페트로파블롭스키 요새 감
옥에서 체르니솁스키는 킨글레이크[10]의 크림전쟁에 대한 책에 주석을
달며 이 전쟁에 대해 자유롭게 재서술해 나간다. 이것은 1862년에 쓰인
것인데 나는 그 중 일부를 발췌해서 보여 주고 싶다. 그것은 《전쟁과 평
화》에서 톨스토이가 표명하는 사상을 미리 보여 주고 있는 것 같기 때문
이다.

> 그렇게 사소한 일들 때문에 그렇게 끔찍한 전쟁이 일어났다는 점에
> 서 '그들' 혹은 '그'가 죄가 있다는 것이 일반적 견해다. 나는 항상
> 그런 점을 불합리하다고 생각했다. 나는 이 문제에 대해 어떤 개인

을 거두지 못함. 말년에는 중상모략으로 유형을 당하기도 함.
10) 〔역주〕 A. 킨글레이크(1811~1911). 영국 하원의원. 크림전쟁에 관한
8권의 《크림 지역 정벌》(1863~1887)을 집필함.

들의 변덕과 실수, 욕망과 결점이 거대한 사건의 진행을 좌우할 수 없다는 것, 세바스토폴 전투와 같은 역사적 사실이 개인의 의지에 의해 발생하거나 저지될 수 없다는 나의 확신을 버리고 싶지 않다. 나폴레옹도 그의 장군들도, 그에 맞선 러시아 장군들도 내가 보기에는 1812년 전쟁이라고 불리는 이 사실 속을 움직이는 중요한 힘이 될 수 없는 것이다. 11)

톨스토이는 이미 세바스토폴에서 복무할 때 자신의 주변에서 무슨 일이 일어나고 있는지를 알고 있었다. 그러나 그는 여전히 이 전쟁 패배의 책임이 어리석은 장군들과 황제에게 있다고 생각했다. 그래서 이 황제가 죽게 되면 러시아는 즉시 더 좋은 시기를 맞이할 것이라고 믿었다.

톨스토이는 2년 넘게 이 소설을 쓰면서 이미 많은 진척을 이루었고 나름대로 삶의 법칙을 인식해가고 있다고 생각했다. 물론 《1805년》이라는 제목의 소설이 《전쟁과 평화》의 일부로서 거의 수정되지 않고 남아 있기는 하지만 항상 그렇듯이 이 책은 여전히 중요한 난관에 봉착해 있었다.

톨스토이는 끊임없이 앞으로 파고들었다. 그 사이에 말에서 떨어져 팔이 부러지고 얼마 동안, 몇 시간 동안 시간감각을 잃어버린 적이 있었는데 아주 오래 말을 타다가 매우 긴 시간 동안 쓰러져 있었다고 생각했다. 그 팔은 나중에 모스크바 의사들이 치료했지만 성공하지 못해서 결국 수술하고 오랫동안 물리치료를 받아야 했다. 그러나 심지어 이때도 그는 소설작업을 멈추지 않았다. 그는 나무로 팔을 고정시킨 채 소설을 구술하여 받아쓰도록 했다. 톨스토이는 팔을 고정시킨 채로, 간간이 방안을 돌아다니며 때로는 짤막하게 '그건 지워버리고'라고 말하며 작품을 구술했던 것이다.

소설 쓰는 기간에 아마 수많은 구상들이 있었고 그 중 수백 가지를 제

11) N. 체르니솁스키, 전집, 제 10권, 195쪽.

거하고 또 그 중 수십 가지를 배제해야 했을 것이다. 톨스토이는 수없이 새로 적어 넣고 빼고 하면서 한 가지 해답에 이를 때까지 고심하며 작품을 만들어나갔다.

작가의 어깨 위에는 지나온 인간의 길이 놓여 있다. 그는 이전에 쓰인 많은 책들을 알고 있었고 인간의 삶을 묘사하는 이전의 방법들, 숙련된 수법들을 모두 알고 있었다.

그렇게 작업은 계속된다.

1866년 〈러시아 통보〉지에 《1805년》의 2부가 발표된다. 이미 《전쟁과 평화》라는 제목도 만들어졌고 1866년 5월경에는 최초의 출판 초고본이 만들어졌었다. 이 판본에서 피에르는 나타샤와 결혼한다. 안드레이 볼콘스키와 페탸 로스토프는 아직 살아 있었고 엘렌 부인은 죽음을 맞이했다.

그러나 솜씨 좋게 건축되고 파괴되고 또다시 건축되기 시작한다는 것, 그리하여 그것이 어떤 모형을 따라가는 것이 아니라 보다 더 진실한 것을 향해 나아가는 것이라면 아주 좋은 일이 아니겠는가. 그것이 또 어떤 어려움을 극복해가는 결과로서 창조되는 것이라면 더욱 좋은 일이 아닐 수 없다. 톨스토이는 잘못 치료된 팔을 다시 고치듯이 낡은 소설을 부수고 이런 안을 저런 안으로 바꾸어 가며 새롭게 집필해 나갔다. 소설의 구성요소들은 새로운 관계로 나아갔다.

우연한 만남과 일치, 선량한 조언자들, 적절한 죽음, 그리고 주요 주인공들의 부활 등과 같은 낡은 소설적 관계들과 진부한 틀은 역사의 수수께끼를 풀어 가기에는 부족했다.

톨스토이는 크고 거침없는 필체로 이 안, 저 안을 집필하고 서둘러서 (그렇다고 흥분해서는 아니다) 소설을 받아쓰게 하고 '그건 빼버려'라고 말하기도 했으며 새로운 인식요소를 도입하여 이전의 모든 구조를 바꿔버리려고 열을 올리기도 했다.

그는 전쟁에 대한 여러 판단을 주인공들의 입으로 진술하게 했다가 그 중 일부를 빼버리거나 전쟁이론을 다룬 특별한 장에 모두 모아놓기도 했다. 1873년 판에서는 그런 것들을 다 삭제해 버리기도 한다. 그러나 그는 항상 부분적인 것들을 보여줌으로써 보편적인 것을 볼 수 있게 하는 방법을 고수했다. 톨스토이가 부분적 세부묘사를 충실하게 하는 것을 중요하게 생각했던 것은 바로 이런 이유에서다.

나중에 투르게네프는 1868년 2월 14 (26) 일 독일의 바덴바덴에서 안넨코프에게 보낸 편지에서 톨스토이를 다음과 같이 비판한다.

> 톨스토이는 알렉산드르의 황제의 단화 코와 스페란스키의 웃음으로 독자를 놀라게 합니다. 그걸 보면 어쩔 수 없이 그가 이 모든 것에 대해 심지어 그 사소한 것들에 이르기까지 다 `알고 있다는 생각이 듭니다. 하지만 그는 정말 그 사소한 것들에 대해서만 알고 있는 거지요. 12)

톨스토이는 1812년에 대해 철저하게 많은 것을 알고 있었다. 그 거대했던 전쟁이 끝난 지 겨우 50년밖에 지나지 않았기 때문이다. 톨스토이는 전투에 직접 참여했던 병사들을 수없이 만나볼 수 있었고 게다가 그는 러시아어와 프랑스어로 된 모든 공식 문서나 회상기를 읽어 볼 수 있었다. 그리고 그 당대인들마저 놀랄 만큼 정확하고 자세하게 직접적인 체험담이 담긴 수많은 세세한 책들에 대해서도 잘 알고 있었다. 이를테면 톨스토이는 《1812년 모스크바 화재 시 프랑스군 체류 목격담》 같은 책도 활용했다. 익명으로 출판되었지만 이 책은 A. 랴잔체프가 쓴 것이다. 이 책에서 톨스토이는 일련의 사소한 세부적 사실들을 취해온다. 가정집에 대한 약탈행위, 여인의 귀고리를 그대로 잡아떼는 장면, 화재에서 아이를 구해내는 장면 등. 그러나 그는 이런 사건들 자체를 열거하는 것이 아니라 그 특징만을 취해온다.

---

12) I. 투르게네프, 전집, 제10권, 195쪽.

톨스토이는 환유의 방법으로, 즉 독자가 어떤 부분을 믿음으로써 전체를 하나의 사실로 볼 수 있도록 부분들을 도입한다. 이런 글쓰기 방법으로 그는 인간의 시야와도 같은, 즉 처음에 부분적인 것부터 바라보는 인간의 시야와도 같은 장면을 구현해냈던 것이다.

안데르센의 《임금님은 벌거숭이》라는 동화를 칭찬하면서 그는 일기에서 예술이란 임금님이 벌거숭이라는 사실을 증명하는 것이어야 한다고 말한다.

1812년 전쟁의 성격, 그 불가항력적인 성격, 그 민중성, 위대한 민중적 공훈 등을 증명하기 위해, 그리고 그 어떤 제약도 넘어서기 위해 그는 보로지노 평원의 전투를 구체적인 사소한 것에 이르기까지 직접 눈으로 보아야만 했다.

톨스토이는 모두와 단절한 채 일기쓰기도 멈추고 오직 과거에 침잠하여 과거를 통해 현재를 이해하려고 노력했다. 이런 그가 직접 전투의 실재 장소, 수백 년 동안 주변 마을 농민들이 땅을 파고 곡식을 수확하고 건초를 베고 말리던 곳, 그리고 50여 년 전 모스크바로 진격하던 프랑스군과 조국을 수호하려는 러시아군이 일대 격전을 벌였던 곳, 보로지노 마을로 가보기로 마음먹은 것은 당연한 일이었다.

2.

이제 책의 출판에 대해 협의해야 할 때가 된 것 같았다.

1867년 톨스토이는 출판 협의를 위해, 그리고 또 보로지노 평원을 살펴보기 위해 모스크바로 간다. 아내를 설득해서 아픈 아이들은 남겨놓고 출발했다. 9월 23일 이른 아침 그는 크레믈린에 도착해서 좁은 통로와 삼각형의 궁정 정원들, 긴 궁전들, 폭이 넓고 여러 개 돔 지붕을 가진 조용한 사원들을 살펴보았다.

보로지노로 함께 가줄 친구가 필요했다. 그러나 모두들 바빴다. 그래서 소피야의 12살짜리 남동생 스테판을 데리고 가기로 했다.

모스크바를 출발하여 처음 10여 킬로미터 정도는 힘들지 않았지만 그 이후에는 거의 수렁이었고 가까스로 통나무를 대놓은 길이었다. 그들은 방치된 옛날 길인 모자이스카야 도로를 따라 갔다. 게다가 식료품 가방을 집에다 두고 와서 먹을 것이라곤 스테판이 가지고 있는 포도 한 바구니가 전부였다.

그들은 밤낮으로 꼬박 하루 동안 백여 킬로미터를 달려가서 보로지노의 스파소-보로지노 수도원에 머무르게 되었다. 이 사원은 투츠코프 장군이 죽은 장소에 그 미망인이 지은 것이었다. 톨스토이는 이곳 여자 수도원장과 안면이 있었다.

이틀 동안 톨스토이는 평원을 돌아 다녔다. 50여 년 전 양측 합쳐서 20여 만 명 이상의 병사들이 전투를 벌이고 10여 만 명이 죽어간 대전투가 벌어졌던 곳이다. 모든 것은 변해 있었다. 오두막들은 더 이상 매복 장소가 아니었고 울타리는 기병대를 막기 위한 장애물도, 보병들의 엄폐물도 아니었다. 들판은 다시 밀밭으로 덮여 있고 오래된 무덤들은 표시도 나지 않았다. 대지는 고르게 경작지로 개간되어 있었다.

이틀 동안 톨스토이는 들판을 돌아다니며 전쟁의 목격자를 찾았다. 그러다가 보로지노 전투 기념비 중 하나를 지키는 수위로 일하던 늙은 병사가 바로 얼마 전에 죽었다는 사실을 알게 됐다. 그는 또다시 돌아다니며 살펴보았다. 스테판은 수도원에서 늙은 군인이 남겨 놓은 개와 놀고 있었다.

톨스토이는 책을 통해서 이 장소를 아주 잘 알고 있었지만 길을 다니면서 꼼꼼하게 기록했다. 처음에는 스테판에게 커다란 종이에 받아 적으라고 시켰다. 스테판에겐 문학자의 일이 단순하고 누구나 도와줄 수 있는 것으로 보였다. 그는 이렇게 적고 있다. "쿠투조프가 시찰하러 와서 차레보-자이미세를 시찰하고 스타리차와 줍초프로 갔다." 그는 또 "50년 전 9월 23일은 날씨가 아주 좋았다." "고르키 지역은 높은 지점"이라고 써놓기도 했다. 그런 단편적 기록들이 여덟 장으로 남아 있다.

나중에는 톨스토이 자신이 직접 기록하기 시작한다. 그의 기록들에는 사람들에 대한 묘사와 세부묘사들이 담겨있다. 이를테면 "코노브니친은 코트 허리춤을 목도리로 잡아매고 모자를 쓰고 있다." "쿠투조프의 턱." "멀리 25킬로미터까지 보인다. 해가 떠오를 때 숲과 건물들, 작은 구릉들의 짙은 그림자들. 태양은 왼쪽 조금 뒤편에서 떠오른다. 프랑스 군들에게 태양이 정면으로 비친다."(14, 89)

이런 부분들은 수많은 교정을 거쳐 아주 간명한 묘사로 만들어졌다.

> 태양은 밝게 떠올라, 보루에 올라 손 밑으로 적진을 살펴보는 나폴레옹의 얼굴에 곧바로 예각의 햇빛을 쏟아 부었다. 보루 앞에는 연기가 내리깔려 있어, 마치 연기가 움직이고 있는 것 같기도 하고 병사들이 움직이는 것 같기도 했다.

'쿠투조프의 턱', 러시아 장군들의 의복 등에 대한 묘사는 시학에서 환유라고 불릴 수 있는 것으로, 즉 전체를 대신해서 의도적으로 선택된 부분이다. 코노브니친은 전투에 나가며 화려하게 차려입지 않는다. 쿠투조프도 당당하지도 않고 눈매가 날카롭지도 않은 무심한 모습이다. 그는 버티고 서서 뭔가를 생각하며 기다리는 듯하다.

톨스토이는 역사적 자료를 잘 알고 있었다. 그의 집에는 1812년에 헌정된 겨울궁전의 초상화 화첩이 있었다. 이 초상화첩은 여섯 권의 커다란 책으로 출판된 것이었다. 미하일롭스키-다닐렙스키[13]의 책들도 있었고 익명으로 출판된 《포병 행군 일지》[14]도 있었다. 이것은 나중에

---

13) 〔역주〕 A. 미하일롭스키-다닐렙스키(1790~1848). 전쟁사가. 러시아 과학아카데미 회원. 나폴레옹 전쟁 시 쿠투조프 부관으로 참여했고 터키와의 전쟁에도 참전했으며 황제의 부관 및 군사 최고위원을 역임함. 대부분 전쟁을 전제국가의 시각에 서술하였음.

14) 《1812년에서 1816년 기병대 중령 I. R.의 행군일지》, 전 4권, M., 1835(일본 도서관 보존).

툴라의 무기공장에서 봉직하게 되는 일리야 라도지츠키가 쓴 책이다.

라도지츠키는 아주 용감하고 이해력이 좋은 포병장교였다. 《전쟁과 평화》에 나오는 투신과 같은 인물로서 겸손하고 글을 쓰는 능력도 있었다. 그가 남긴 보로지노 전투의 장면 일부를 보자.

> 콜로차 강이 왼쪽의 커다란 숲에서부터 흘러나와 대열 앞을 가로질러 흐르고 있었다. 이 강은 우측으로 휘어 돌며 모스크바 강으로 연결되었다. 우리 쪽에서 오른쪽 강변을 따라 높이 솟은 강변은 아주 가팔랐으므로 우리는 왼쪽 강변을 따라 진용을 갖추었다. 스몰렌스크에서 모스크바로 이어지는 대로가 보로지노 마을 근처에서 콜로차 강과 들판의 정중앙에서 교차하고 있었다. 우리 쪽 강변의 높은 언덕은 전투가 벌어지는 들판 전체를 내려다보며 지휘할 수 있도록 일부러 만들어진 곳 같았다. 여기서부터 융기한 구릉들이 커다란 숲까지 감아 돌면서 좌익 쪽으로 이어져 갔다. 숲은 우리의 우측 편과 후방을 가려 주고 있었다. 바로 이 공간에, 숲에서 콜로차 강줄기까지 거의 7킬로미터 이어지는 곳에 러시아 군대가 보급부대와 함께 3열로 포진했다. 높은 지점에 전선이 만들어지고 기병대를 막기 위해 참호가 만들어졌다. 국민 민병대가 우리들 근처에서 밤낮을 가리지 않고 참호를 팠다.

거대한 들판은 온통 기념비로 장식되어 있었다. 수도원이 세워져 있었고 숲과 관목들을 기념비들이 둘러싸고 있어 들판이 한층 좁아진 것만 같았다. 태양은 숲의 짙은 그림자를 드리우고 있었다.

톨스토이는 아직 완전히 자취가 사라지지 않은 다면보루와 요새의 흔적을 찾아 돌아다녔다. 세바스토폴에서 위대한 방어전을 치렀던 전직 기병대로서 그는 그 흔적을 쉽게 찾아볼 수 있었다. 어쩌면 그는 유명한 빨치산이었던 피그너[15]와 일리야 라도지츠키와의 대화에 대해 기억해

---

15) 〔역주〕 A. 피그너(1787~1813). 1812년 빨치산 부대를 이끌고 참전.

냈던 것인지도 모른다. 피그녀는 나폴레옹이 전력을 다해 좌익을 공격
했다고 말한다. 황제에 대한 보고에서 쿠투조프도 좌익의 약점에 대해
지적하고 있지 않은가.

라도지츠키의 묘사는 정확하고 올바르다. 아마 톨스토이가 보로지노
전투의 위대한 장면을 그려내고 많은 군사전문가들도 수긍할 정도로 전
투과정을 묘사할 수 있었던 것은 그의 증언에 힘입은 바 클 것이다. 즉
그는 나폴레옹이 1812년 9월 24일 갑자기 콜로차 강을 건너 러시아군의
좌익, 세바르진스키 보루를 공격해들어 왔지만 공격하다 지쳐서 25일
에는 교전이 없었고, 26일이 되어 서둘러 꾸려진 러시아 방어진영에서
전투가 벌어지게 되었다는 등의 전투과정을 적절히 묘사하고 있다. 모
스크바 국민 민병대가 러시아 진지를 구축했다는 사실도 라도지츠키의
지적이다.

이처럼 나폴레옹의 선제공격 덕분에 전투의 방향이 완전히 전환되고
작전계획은 엉망진창이 된다. 이에 따라 톨스토이는 소설 속에서 그가
구상했던 바와 같이 전투구도를 설정할 수 있게 되었다.

전투장면이 톨스토이의 눈앞에 점점 더 구체적으로 전개되면서 그는
원래의 계획을 수정하며 묘사를 계속 해나갔고 그 과정에 전쟁을 전혀
이해하지 못하는 피에르를 도입하게 된다. 톨스토이는 모스크바로 돌
아와서 이렇게 쓰고 있다.

> 이번 탐방은 아주 만족스러웠소. 더구나 잠도 못자고 음식도 엉망
> 이었지만 내가 이 탐방을 해냈다는 사실에 특히 흡족한 마음이오.
> 신께서 건강과 마음의 평정을 주시기만 한다면 나는 이제까지 볼
> 수 없었던 대단한 보로지노 전투장면을 써낼 수 있을 것이오. [16)

모스크바에서 나폴레옹을 저격 시도.
16) 1867년 9월 27일 소피야에게 보낸 편지(83, 152~153).

이틀 동안 톨스토이는 과거로 돌아가려고 노력하며 돌아다녔다.

돌아오는 길에는 엄청나게 키가 큰 마부가 끄는 큰 트로이카를 타고 올 수 있었다. 그는 덮개가 달린 마차를 타고 대로를 따라 전속력으로 가볍게 달려갔다. 안개가 가을 낙엽 위로 내려앉고 있었다. 푸르른 달이 하늘 높이 빛나며 안개를 비추고 자작나무 꼭대기는 꼭 먹구름처럼 암황색을 띠고 있었다. 안개가 숲에서 내려와 도로에 깔렸다. 거대한 마부의 그림자, 톨스토이의 그림자, 그리고 마구 헝클어진 말들의 그림자가 안개 속을 달려갔다.

짙은 안개가 도로에 덮이자 마차는 울퉁불퉁한 하늘의 안개 길을 달리는 것 같았다. 톨스토이는 스테판이 겁을 내고 있는 모습을 보고 인생에서 바라고 있는 것이 무엇이냐고 질문을 던졌다.

스테판은 "전 제가 당신의 아들이 아니라는 게 참 유감입니다"라고 대답했다.

톨스토이는 아이들이 그를 좋아한다는 것을 알고 있었고 그런 대답에 놀라워하지 않았다. 그는 길 왼편에서 뭉게뭉게 피어오르는 안개 위로 달려가는 그림자를 바라보며 대답했다.

"스테판, 난 다른 방법으로 증인이 되고 싶단다. 역사가들이 묘사하는 것은 부정확하고 피상적이지. 올바르게 이해하기 위해서는 삶의 내적인 구조를 꿰뚫어 보는 것이 중요한 거야."[17]

---

17) 스테판 베르스, 《톨스토이 백작에 대한 회상》, 스몰렌스크, 1894, 49쪽.

야스나야 폴랴나 학교 제자들 ─
플라톤 카라타예프와 니콜라이 로스토프

1862년 톨스토이는 교육학 공부를 하면서 언젠가 루소가 말했던, 어린이에게는 완벽하고 순수한 인간의 요소가 존재한다는 말이 옳다고 확신했다.

"누가 누구에게서 글쓰기를 배워야 하는가, 농민 아이들이 우리에게서 인가, 아니면 우리가 농민 아이들에게서 인가?"라는 논문에서 톨스토이는 누구의 자의식이 더 높고 힘이 있는지, 그의 것인지 농민 아이의 것인지를 자신에게 해명하고 있다. 이 논문의 한 이본에서 그는 이렇게 말한다.

> 수학적으로 아주 정확한 구, 살아서 제 힘으로 발전하는 구가 있다고 하자. 이 구의 모든 부분들은 균등한 각자의 힘으로 성장해 간다. 이 구는 완전함 그 자체이지만 그와 똑같이 자유롭게 성장하는 수많은 구들과 함께 정해진 한도의 크기까지만 커져야 한다. 문제는 그 최초의 형태를 유지한 채로 그들이 정해진 크기까지 자라도록 하는 것이다. 그 최초의 형태를 파괴하는 것은 오직 폭력일 뿐이다. (8, 433~434)

자유로운 인간에 대해 꿈꾸면서 톨스토이는 폭력에 의해 아직 일그러지지 않은 농민 아이들에게서 그런 인간을 보았다. 그가 보기에 농민의 세계는 최초의 형태를 파괴시키지 않고 자유롭게 성장하는 생명력의 결합이었다.

당시 톨스토이가 농민 세계의 이상으로 생각했던 것은 카자크 공동체였다. 여기서 그는 모순에 처할 수밖에 없었다. 그 자신은 지주로서 선량한 지주가 되고자 했지만 카자크 공동체에 지주는 없었던 것이다. 톨

스토이는 예로시카를 자유롭게 성장하는 인간의 전형으로 보았지만 예
로시카의 세계는 파괴된 세계였고 예로시카가 속한 사회는 이미 예전의
그 카자크 사회가 아니었다. 사람들은 서로 자기 밭을 조금이라도 더 늘
리려고 송사를 벌이기 일쑤였다. 이상으로서의 카자크 사회는 이미 사
라졌다. 가부장적 농민 공동체는 이미 오래 전에 사라졌던 것이다.

톨스토이는 "우리의 이상은 저 앞이 아니라 저 뒤에 있다"고 생각했
다. 플라톤 카라타예프는 바로 이 이상 세계에 속한 인물이다.

플라톤 카라타예프는 작품이 거의 완성되는 단계에서 도입되었다.
원래의 구상 속에는 카라타예프나 그와 비슷한 인물도 존재하지 않았
다. 피에르는 홀로 포로가 되고 자신이 화재 속에서 구해낸 아이를 돌보
는 일에만 정신을 쏟고 있었을 뿐이다.

카라타예프는 피에르가 포로가 된 장면에서 두 장에 걸쳐 짧지만 밀
도 있게 그려진다. 그리고 나중에 프랑스군이 모스크바에서 퇴각하는
장면에서 다시 몇 장에 걸쳐 묘사된다.

카라타예프는 성인 남자들이 많은 몰락한 가정 출신이었다.

> 우리 지주 댁은 좋은 세습영지가 있어 농사지을 땅도 많았지요. 농
> 민들은 잘 살았고 우리 집도 마찬가지였지요. 신께 감사할 따름이
> 었지요. 아버지 형제는 일곱이었는데 다함께 건초를 베러나가곤 했
> 지요. 정말 잘 살았어요.

하지만 카라타예프가 불법 벌채를 하다가 붙잡혀 동생 대신에 군대에
끌려가게 된 후 굳건하던 가족은 흔들리기 시작한다.

> 내가 휴가차 집에 돌아갔을 때 난 속으로 이렇게 말했지요. 저거
> 봐라, 다들 전보다 잘 살고 있잖아. 마당에 가축이 가득하고 집안
> 엔 여자들이 있고 두 형제는 돈 벌러 다니고 말이다.

카라타예프는 그저 모든 것이 다 잘되어갈 것이라고 생각한다. 그는 전쟁을 보지도 말하지도 않는다.

19세기 초 러시아 군대는 징집된 농민들로 구성되었고 이들은 전장에 나가 수많은 평원과 전선을 돌아다녀야 했다.

1812년 무렵의 러시아군에 대해 외국 역사가들은 많은 기록을 남기고 있다. 이를테면 "러시아 병사들은 상관이 죽으라고 명령한 바로 그 자리에서 주저 없이 용맹하게 죽어갔다."(뷰오지네)

러시아 병사들은 명령체계에 익숙하고 충성심이 강했던 것이다.

"러시아 병사들이 전장에서 죽어나가도 그들 부대는 조금도 불쌍하게 여기지 않는다."(칸피치)

플라톤 카라타예프는 스물한 살의 나이로 징집되어 30년을, 최소한 25년 이상을 군에 복무하고 있었다. 말하자면 그는 1780년대부터 군복무를 하고 있었다. 전투경험이 아주 많은 노병이었던 것이다. 하지만 카라타예프는 톨스토이에게 군인이 아니라 농민이었다.

카라타예프는 포로가 된 농민이고 피에르는 포로가 된 귀족이다. 포로가 되면서 카라타예프는 농촌의 가부장적 환경으로 돌아오게 된다. 톨스토이는 그 진정한 원형을 잃지 않은 농민 유형 한 방울을 작품에 떨어뜨려 놓은 것이다.

> 그는 하나하나 개별적인 단어의 의미를 이해하려고 하지 않았고 이해할 수도 없었다. 그의 말 한마디 한마디, 행동 하나하나는 그로서도 알지 못하는 어떤 활동, 그의 삶의 표현이었다. 하지만 그의 삶은 그 자신도 그렇게 생각하고 있듯이, 개별적인 것으로는 어떤 의미도 지니지 못하며 오직 전체의 일부로서만 의미를 가질 뿐이었다. 그는 항상 그렇게 느끼고 있었다.

톨스토이는 카라타예프가 "군대생활에 대해 불평이 없었고 군대에 있을 동안 단 한 번도 얻어맞지 않은 것을 몇 번이나 자랑했지만 군 생활에 대한 이야기를 좋아하지 않았다"고 말한다.

카라타예프는 병사로서 짊어진 모든 것을 기꺼이 내던져 버리고 "자기도 모르게 이전의 농민의 모습으로, 민중적 모습으로 되돌아갔다."

"휴가 중인 병사는 바지로 만든 셔츠 같은 거지"
그는 이렇게 말하곤 했다.

카라타예프의 말에는 군인다운 점이 없었다. 톨스토이는 이렇게 강조한다.

그의 이야기에 자주 나오는 속담들은 병사들이 즐겨하는 저속하고 외설스런 것이 아니었다.

30여 년 동안 전장을 누비고 나라 밖 원정까지 다녀왔으며 군대 생활에 뼈를 묻다시피 한 사람이 군인 냄새라고는 전혀 나지 않고 아직껏 그렇게 농민으로 남아 있다는 것은 믿기 어려울 정도다.

카라타예프는 속담을 입에 올리지만 스스로 의식하지도 못하고 심지어 다시 해달라고 부탁해도 생각해내지 못한다. 톨스토이가 플라톤 카라타예프의 입을 빌어 말하는 이런 속담들은 톨스토이도 책을 통해 얻은 것이다. 이 속담들에 대한 묘사는 그래서 현학적이다.

그가 하는 말의 중요한 특징은 그 단순함과 적절함에 있었다. 그는 자기가 말한 것이나 말하려는 것에 대해 절대로 어떤 생각도 하지 않는 것 같았다. 그래서인지 그의 빠르고 정확한 어조에는 특별한, 거역할 수 없는 설득력 같은 것이 담겨 있었다.

카라타예프는 모든 일을 "아주 잘은 아니지만 바보같이 처리하지는 않았다." 그는 노래 부르기를 좋아하지만 "청중을 생각하고 부르는 가수들과는 다르게" 불렀다. 카라타예프가 말하는 것은 마치 글로 이미 쓰인 것처럼 간단명료하고 보편적이다. 그에게는 독특한 "담백함과 진실함의 정신"이 들어 있었다.

톨스토이는 《전쟁과 평화》를 집필하던 시기에 민담과 러시아 고대 영웅서사시, 속담 등에 심취해 있었다. 그의 서재에는 부슬라예프의 책이 있었다. 부슬라예프는 깊이가 있었지만 민담의 불변성을 과장했던 다소 편향적인 학자였다.

부슬라예프는 《러시아 민속문학과 예술사 개관》에서 "서사시 시대에는 신화와 민담, 노래에 대한 유일한, 독점적인 창작자는 없었다. 누구나 모두가 시적 감흥을 지니고 있었던 것이다."[18] 라고 말한다.

또한 같은 글에서 이렇게 말한다.

> 모든 것은 먼 옛날 형성되었던 대로 그대로 존속된다. 심지어 순간적인 마음의 동요, 기쁨과 슬픔도 개인적인 감정의 분출이라기보다 관습적인 감정분출로 표현된다. 이를테면 결혼식의 노래나 장례식의 만가는 유사 이전의 고대에 한 번 형성되어 거의 변함없이 반복되고 있다. 개인은 그와 같은 폐쇄된 틀을 벗어나지 못하는 것이다. (…) 우리 선조들의 모든 사고영역은 언어에 의해 제약된다. 그것은 외적인 표현일 뿐만 아니라 전체 민중과 분리 불가능한 도덕적 활동의 본질적인 한 구성부분이다. 그 속에 모든 개인은 활발하게 참여하지만 전체 민중이라는 긴밀한 범주를 벗어날 수 없다. [19]

부슬라예프는 톨스토이가 민중의 '벌 떼 같은' 속성이라고 부르는 요소를 과장하고 이상화시키고 있다.

하지만 민속문학은 나름의 방향성을 가지고 있었다. 그것은 후에 레

---

18) F. 부슬라예프, 《러시아 민속 문학과 예술사 개관》, 제 1권, 상트-페테르부르그, 1861, 52쪽.
19) 위의 책, 6~7쪽.

닌이 민속문학이 민중의 열망과 기대를 표현하고 있다고 정의한 바와 같다. [20] 민속문학은 역사의 창조물일 뿐만 아니라 미래에 대한 예감인 것이다.

영웅 서사시에서 일리야 무로메츠[21]의 행위는 그저 순박하거나 중립적인 것이 아니다. 일리야 무로메츠가 '늙은 카자크'인 것도 우연이 아니다.

어린 아이의 온순함과도 같은 카라타예프의 지혜는 톨스토이가 야스나야 폴랴나 학교에서 접하지 못한 것이었다.

야스나야 폴랴나 학교는 헌병대에 의해 무너졌지만 헌병대 습격은 그저 앞으로 일어날 사건의 전초전이었을 뿐이다. 톨스토이는 사과나무를 베어내고 다시 심듯이 다시 자신을 추슬렀다. 그는 알렉산드라 부인에게 보낸 편지에서 귀족의 평범한 생활로 돌아가고 싶다고 말했다. 평범한 길에서 행복을 찾기 위해 톨스토이는 결혼했다. 그는 다른 사람들처럼 그렇게 되고 싶었다. 그는 홀스토메르처럼 '얼룩무늬'가 되고 싶지 않았던 것이다. 그는 지주이자 귀족으로서 자신의 영지에서 그 누구에게도 의존하지 않고 살아가고 싶었다.

하지만 그것은 후퇴였다.

삶에 대한 분석과 함께 집필을 해나가면서 톨스토이는 마침내 피에르가 포로가 되는 장면에 이르렀다. 피에르는 포로가 되어 가족과 재산으로부터 벗어나 간소한 생활을 하면서 플라톤 카라타예프를 알아보게 된다. 그는 그런 인식을 모순적인 꿈의 형식으로 드러낸다.

---

20) 이에 대해서는 B. 본츠-브루예비치, 《구전 민중 작품에 대한 레닌의 견해》 선집, 제3권, M., 소련과학아카데미, 1963, 350쪽을 참조.

21) 〔역주〕 러시아 고대 영웅 서사시에 용사. 적으로부터 나라를 구하는 이상적인 전쟁 영웅을 표상한다. 많은 이론이 있으나 대체로 12~16세기경에 형성된 형상으로 파악된다. 러시아의 국토와 종교, 민중의 수호자로 여겨지며 음악과 예술의 많은 모티프가 되었다.

현실은 꿈속에 들어와 나름의 방식으로 꿈속에 주어진 것을 해석해 낸다. 그 해석은 잔혹하다.

꿈에서 톨스토이는 플라톤 카라타예프를 만나게 된다. 그 모습은 야스나야 폴랴나 학교의 농민 아이들 같다.

현실의 사건들은 꿈에서 서로 연결된다. 피에르는 이렇게 생각한다.

삶이 모든 것이다. 삶이 바로 신이다. 모든 것은 변하고 유동한다. 이 움직임이 신이다. 삶이 존재하는 한 신성을 자각하는 즐거움도 존재한다. 삶을 사랑하는 것은 신을 사랑하는 것이다. 수난을 당하면서, 죄 없는 수난을 당하면서 이 삶을 사랑하는 것은 무엇보다 힘들지만 무엇보다 행복한 일이다.

'카라타예프!' 피에르는 문득 그를 생각했다.

그러자 오래 전에 잊고 있던, 스위스에서 피에르에게 지리를 가르쳤던 온화한 노교사의 모습이 갑자기 피에르의 마음속에 생생하게 떠올랐다. "잠깐만", 노교사는 이렇게 말했다. 그리고 피에르를 바라보며 지구의를 가리켰다. 지구의는 일정한 형태를 가지지 않은 살아서 흔들거리는 구였다. 서로 다닥다닥 붙어 있는 물방울들이 이 구의 표면을 이루고 있었다. 이 물방울들은 계속해서 이리저리 움직이다가 여러 방울이 하나로 합쳐지거나 하나가 여러 개로 갈라지기도 했다. 각각의 물방울은 어떻게든 넓은 공간을 차지하려고 자신을 넓게 펼치려고 애를 썼지만 다른 물방울들도 역시 마찬가지여서 각각의 물방울은 다른 물방울에 흡수되어 없어지거나 다른 물방울을 흡수해 들이거나 했다.

"삶이란 바로 이런 것이지." 노교사는 이렇게 말했다.

꿈은 그랬다. 카라타예프도 넓게 퍼져나가다가 사라진 물방울과 같았다.

"이보게, 알아듣겠지?" 하고 교사가 말했다.

"알아들어? 빌어먹을 놈아!"

어떤 목소리가 이렇게 소리쳤다. 그 소리에 피에르는 잠이 깼다.

꿈은 '이보게, 알아듣겠지'하고 묻고 현실은 '알아들어? 빌어먹을 놈아!'하고 말한다.

카라타예프는 총살당한 것으로 드러나고 그의 연보랏빛 강아지는 이제 피에르 베주호프를 따라왔다. 톨스토이는 꿈에서 깨어나는 것과 플라톤 카라타예프가 죽는 것을 동시에 보여 주고 있다. 꿈에서 깨어나는 것은 가차 없이 현실과 직면하는 것이다.

작품에 등장하는 또 한 명의 농민은 빨치산 티혼이다. 그는 지주를 살해한 인물이지만 나중에는, 심지어 바실리 데니소프의 눈에도 영웅으로 보인다. 티혼은 푸가쵸프와 같은 폭동의 기질을 가진 인물이며 작품 속에서는 스치듯이 지나간다.

톨스토이는 전적으로 카라타예프를 수긍한다. 하지만 소설의 끝에서 피에르는 데카브리스트가 된다. 포로가 됨으로써 피에르는 역설적으로, 사랑하지 않는 아내로부터 해방되고 죄의식에서 벗어날 수 있게 된다. 하지만 이런 해방감은 포로에서 풀려남으로써 끝난다. 새로운 가정을 이룬 피에르는 카라타예프였다면 인정하지 않았을 데카브리스트가 되는 것이다.

한번은 니콜라이 로스토프가 농민들이 반란을 일으키는 보고차로보 마을에 들르게 된다. 그는 '주동자'를 때려눕히고 농민들의 분위기를 진압했다. 그는 마리야 볼콘스카야의 영웅이자 해방자가 된다.

소설의 말미에서 피에르는 이제 그의 말을 잘 듣지 않는 니콜라이 로스토프와 충돌한다. 니콜라이는 피에르가 새로운 사회를 만드는 일에 대해 말하는 것을 다 듣고는 반대한다.

"정부가 인정한다면 비밀결사로 할 필요는 없겠지. 이건 정부에 반대하는 것이 아니라 오히려 진정한 보수주의자들의 결사일세. 정말 말 그대로 신사들의 결사지. 우리는 그저 푸가쵸프가 들이닥쳐 나나 자네 아이들을 죽이는 일이 벌어지지 않도록, 아락체예프에게 둔전 병으로 끌려가지 않도록 하자는 것일 뿐이네. 우리는 우리 모두의 복지와 안전이라는 하나의 목적하에 굳게 손을 잡자는 것이지."

"글쎄. 하지만 비밀결사는 결국 정부에 반하는 해로운 결사가 되겠지. 좋은 결과도 얻을 수 없을 것이고."

니콜라이가 목소리를 높이며 이렇게 말했다.

"어째서 그렇게 생각하나? 유럽을 구원한 투겐분트[22] (당시에는 아직 러시아가 유럽을 구원했다고 생각할 수 없었다)가 사회에 해를 끼친 게 있나? 투겐분트는 선인들의 동맹이지. 사랑과 상호부조가 목적이고. 그거야 말로 그리스도가 십자가를 지고 하신 말씀 아닌가."

이에 대해 데니소프는 이렇게 반응한다.

"아니, 이보게들. 투겐분트니 뭐니 하는 것은 저 소시지꾼들[23]에게나 어울리는 말이지. 난 그런 건 이해도 못하겠고 발음도 잘 못하겠네 … 모든 것이 추악하기 짝이 없다는 건 동의하겠네만, 하여간 그 투겐분트인가 뭔가 하는 따위는 이해 못하겠어. 마음에 안 들어. 그야말로 분트[24]라면야 모르지! 그럼 난 당신 편이야."

이 말을 듣고 피에르는 미소를 지었고 나타샤는 웃음을 터트렸지만 니콜라이는 전혀 마음을 움직이지 않는다. 니콜라이는 "아락체예프가 당장이라도 내게 군대를 이끌고 가서 자네들 싹을 잘라버리라고 명령하면 난 잠시도 주저하지 않고 그렇게 할 것이네. 그러니 하고 싶은 대로

---

22) 〔역주〕 애국주의를 표방한 독일 대학생들의 비밀 결사.
23) 〔역주〕 독일 사람들에 대해 비아냥거리는 말.
24) 〔역주〕 독일어 '분트'는 '결사'지만 러시아어 '분트'는 '폭동, 봉기'의 뜻임.

한번 해 보게"하고 말한다.

니콜라이 로스토프는 말로만 피에르에게 적대적인 것이 아니다. 데카브리스트를 진압하고 그들에게 칼을 휘두른 것은 바로 그와 같은 사람들이었다.

이 대화를 안드레이의 아들 니콜렌카가 듣고 있었다. 그는 나중에 꿈을 꾸는데, 그 장면에서 톨스토이는 데카브리스트 봉기에 대한 이해를 담아내고 있다.

> 그는 자신과 피에르 아저씨가 《플루타르크 영웅전》 삽화에 있는 것과 같은 투구를 쓰고 있는 꿈을 꾸었다. 그는 피에르 아저씨와 함께 대군의 선두에 서 있었다. 이 군대는 가을날 날아다니는 거미줄처럼 — 데살은 이걸 '성모의 실'이라고 불렀다 — 대기를 가득 채운 하얗고 비스듬한 선들로 이루어져 있었다. 저 앞쪽에는 영광이 있었다. 역시 똑같은 실이었지만 조금 더 두꺼웠다. 그와 피에르는 경쾌하게 목표물을 향해 점점 더 가까이 나아갔다. 그런데 갑자기 그들을 움직이던 실들이 약해지고 뒤엉켜서 나아가기가 힘들었다. 니콜라이 고모부가 무섭고 엄한 자세로 그들의 앞을 막아섰다.
> "이건 네가 한 거지?"
> 니콜라이 고모부는 부러진 봉납과 펜을 가리키며 물었다.
> "난 너를 사랑한다. 하지만 아락체예프의 명령을 따라야 한다. 누구든 앞으로 나서는 자는 먼저 죽여 버리겠다."

니콜렌카는 두려움에 떨며 피에르를 돌아보았지만 이미 피에르는 거기에 없었다. 피에르는 어느새 아버지 안드레이의 모습이 되어 있었다.

> 그는 아버지에 대한 사랑으로 마음이 약해지는 느낌이었다. 힘이 빠져 뼈도 없이 흐물흐물해지는 느낌이었다. 아버지는 그를 어루만지며 귀여워해 주었다. 하지만 니콜라이 고모부는 점점 더 그들을 향해 다가왔다. 니콜렌카는 공포에 사로잡혀 잠에서 깨어났다.

니콜렌카는 아버지와 피에르에 대한 사랑의 말을 중얼거리며 꿈에서 깨어난다. 그리고 "그래, 난 아버지도 만족해하실 그런 일을 해 보이겠어" 라고 결심한다.

《전쟁과 평화》의 사건 전개는 여기서 끝난다. 싸워나가겠다는 어린 소년의 결심으로 작품이 마무리되는 것이다. 톨스토이는 모스크바로 귀환하는 데카브리스트를 그리다가 위대한 《전쟁과 평화》로 나아갔고, 시기적으로 보면 게르첸과 동년배쯤 될 어린 소년의 말로 끝을 맺고 있는 것이다.

이 작품을 집필하는 동안 톨스토이는 일기를 쓰지 않았다. 이 대 장편 서사시 자체가 일기였던 셈이다.

소피야 안드레예브나의 동생 타티야나

베르스의 세 딸에 대해서는 여러 번 이야기했다.

큰 딸 엘리자베타는 공부를 많이 하긴 했지만 다소 따분한 구석이 있었다고들 말한다. 그녀는 나중에 평범한 사람들을 위한 글을 써서 출판하고 러시아 화폐 변동에 대한 연구를 남기기도 한다. 둘째 소피야와 셋째 타티야나는 서로 친하고 닮은 데가 많았다. 둘 다 재능 있고 애교가 많았지만 시적인 감성은 없었다. 톨스토이는 나중에 아내가 될 소피야에 대해 1862년 9월 8일 이렇게 쓰고 있다. "그녀에겐 내게 항상 존재했고 다른 사람들에게도 있는 무언가가, 시적이고 매혹적인 그 무언가가 없었다. 하지만 마음이 끌리는 것은 어쩔 수 없다."

소피야는 애교가 넘쳤고 매력적이었다. "저녁 내내 그녀는 한참 동안 내게 아무런 소식도 보내지 않았다. 난 온통 마음이 뒤숭숭했다. 소피야는 내게 타티야나를 보냈다. 그건 내게 구원의 손길이었다. 밤에 우린 함께 산보를 했다."

　톨스토이는 《어린시절》, 《소년시절》, 《청년시절》에서 이미 가족 끼리 의사를 표현하는 독특한 방법, 특히 가정 내 은어에 대해 언급하고 있다. 애교를 부리는 행동에 대한 용어들을 가르쳐 준 건 타티야나였다. 젊고 활달하며 변덕쟁이였던 타티야나는 남의 일에 끼어들기 좋아했다. 그녀는 자기 말을 잘 믿게 만들 줄 알았고 자기가 본 걸 여러 가지로 말을 잘 만들어 냈다. 책도 많이 읽은 타티야나는 게다가 음악적인 재능도 많았다. 그녀는 아름다운 콘트랄토(소프라노와 테너 중간의 여성 최저음) 목소리였다.

　타티야나의 개인적 삶에 대해 우리는 그녀의 회고록을 통해 알 수 있다. 그녀는 많은 문헌을 활용하여 《나의 가정과 야스나야 폴랴나에서의 나의 삶》이라는 회고록을 남겼다. 그녀는 이 회고록에서 언니 소피야에 대한 회상뿐만 아니라 톨스토이의 많은 작품들에 대해서도 복잡한 주석을 달고 있다. 그래서 아주 생생한 목격담과 정확한 묘사는 가끔 여러모로 인용되기도 한다.

　타티야나를 쫓아다니던 코발렙스키와 아나톨리 쇼스타크라는 두 사람이 있었다. 그녀의 말에 따르면 그녀가 쇼스타크와 숲에서 키스하면서 나눈 대화들은 《전쟁과 평화》에서 아나톨 쿠라긴과 나타샤 로스토바가 나눈 대화와 아주 유사한 것이었다고 한다.

　숲 속에 그들 외에는 아무도 없었고 톨스토이 역시 그 대화를 알 리가 없었다. 그래서 그보다는 타티야나가 《전쟁과 평화》에서 먼저 그 대화를 읽었다고 보는 것이 맞을 것이다. 그녀는 이 작품의 여러 판본을 잘 알고 있었고 받아쓰기를 한 적도 많았기 때문이다.

　하지만 아나톨리 쇼스타크는 분명 타티야나가 직접 만나 보았던 인물이다. 하지만 그녀는 이 사람에 대한 묘사를 나고르노바가 쓴 회상록 《〈전쟁과 평화〉의 나타샤 로스토바의 원형》[25]에서 빌려오고 있다.

---

25) V. 나고르노바는 톨스토이의 여동생 마리야의 딸. 그녀의 회고는 〈새로

나고르노바의 묘사가 타티야나의 진술을 기록한 것일 수 있었겠지만 타티야나는 어쨌든 나고르노바의 글을 인용하여 쇼스타크를 묘사한다. 그렇게 함으로써 자신의 회고를 일반적이고 객관적인 것으로 만들고 싶었던 모양이다. "그는 자기 확신이 강하고 주저함이라고는 모르는 분명한 성격이었다. 그는 여자들을 사랑했고 여자들의 환심을 쉽게 얻었다. 그는 여자를 보면 주저 없이 접근하여 아주 친절하고 대담하게 대했다. 그는 사랑은 당연한 것이며 사랑이야말로 최고의 달콤함이라고 여자들의 마음을 흔들어 놓곤 했다."[26]

아나톨리 쇼스타크에 대한 묘사는 아나톨리 쿠라긴의 묘사를 떠올리게 하는 것은 분명하지만 톨스토이가 쿠라긴의 형상을 그려낸 것은 쇼스타크가 야스나야 폴랴나로 타티야나를 찾아와 청혼(성공하지 못한) 하기 전이었다.

타티야나와 소피야의 회고록에서 많은 지면을 차지하는 것은 톨스토이의 둘째 형 세르게이와 타티야나의 관계이다.

세르게이는 거의 평생 영지에 틀어박혀 사냥이나 하면서 옛날식의 귀족생활을 준수하며 살았다. 그는 톨스토이에게 아주 멋진 형이었다. 특히 모호한 개인적인 거래문제 따위를 명쾌하게 처리할 줄 알았다. 톨스토이가 젊었을 때 금전적 어려움에 처했을 때 수도 없이 그를 구해준 것은 바로 세르게이였다. 말년에도 그는 영지를 떠나지 않고 사냥을 즐기며 독학으로 외국어를 익혀 영국 소설도 즐겨 읽곤 했다.

타티야나는 세르게이와 아주 일찍부터 거의 친척처럼 알고 지냈다. 나이로는 스무 살 이상 차이가 났고 세르게이는 처음에는 그녀를 거의 어린애처럼 대했다.

세르게이는 아주 잘 생기고 성격도 아주 온화했으며 독립심도 강했

운 시대〉(1916년 4월 9일 No. 14400.)의 부록에 실렸다.
26) T. 쿠즈민스카야, 206쪽.

다. 타티야나는 그에게 사랑을 느끼게 된다. 하지만 그는 사랑 같은 것에 얽매이고 싶은 마음이 없었던 듯하다. 편지에는 시적인 글귀를 써 보내기도 했지만 실상 그는 이미 나이 든 사람으로서 동생의 처제인 젊은 아가씨와 그저 이야기를 나눌 뿐이라는 수준을 넘지 않았다.

세르게이는 이미 15년 동안 집시 처녀 마샤 시시키나와 살고 있었다. 그는 집시 유랑극단에 돈을 지불하고 어린 여가수였던 그녀를 빼냈던 것이다. 이미 아이들도 있었지만 세르게이는 아직도 합법적인 결혼을 한 것은 아니었다.

한때 톨스토이는 형이 장군의 딸과 결혼해야 한다고 농담조로 말하면서 제자리로 돌아올 수 있는 여지를 남겨두어야 한다고 생각했다. 세르게이 형의 가정생활은 누구에게도 비밀은 아니었다. 톨스토이도 아무런 거리낌 없이 형의 집을 방문하여 머물곤 했다.

그러나 타티야나의 긴 로맨스가 시작되었다. 분명 젊은 아가씨가 먼저 시작했을 것이다. 세르게이 역시 타티야나에게 애정 어린 말을 여러 차례 보낸 것도 분명하다. 한번은 세르게이가 타티야나와 함께 그의 낡은 저택의 조용한 한 방에서 비가 지나가기를 기다리고 있었다. 타티야나는 천둥 번개 치는 것을 두려워해서 세르게이에게 함께 있어달라고 부탁했던 것이다.

'사랑'이라는 단어는 어쩌면 꼭 그 천둥번개와 더불어 비바람 몰아치던 그 저녁이 아니었다할지라도 완고하고 세상 경험이 많지 못한 세르게이의 입술에서 먼저 튀어나왔을 것이다.

타티야나는 고집이 있는 여자였다.

1864년 1월 1일 톨스토이는 이렇게 쓴다. "일이 이렇게 될지 어떻게 알았겠어? 처제는 알고 싶겠지. 일은 이렇게 된 거야. 세르게이 형이 이틀 뒤에 오기로 그날 약속했지만 지금까지 도착하지 않았어. 마리야가 아이를 낳고 있다고 생각하기는 하지만 어쨌든 난 몹시 걱정하고 있어." 그리고 처제를 설득한다. "난 진심으로, 하느님께 맹세컨대, 잘 되기를 빌어, 하지만 잘 안 될까봐 걱정이야."

톨스토이는 형의 영지인 피로고보를 자주 방문했다. 이 영지에는 좋은 사냥터가 있었고 많은 추억이 서려 있었다. 톨스토이를 따라 자주 사냥을 따라 나섰던 타티야나도 함께 피로고보를 자주 방문했다.

1864년 8월 8일 톨스토이는 피로고보에서 보낸 어느 일요일에 대해 소피야에게 이렇게 편지를 보낸다. "우리는 구도로를 따라 갔소. 4킬로미터쯤 가서 만난 소택지에서 나는 도요새를 쏘았으나 빗맞았지요. 그리고 피로고보 근처의 이콘스키 마을에서 도요새와 황새 한 마리를 잡았는데, 타티야나와 한 무리의 마을 꼬마들이 몰려와서 환호했지요."

사냥은 계속되었다. 톨스토이는 사냥개 도르카를 데리고 유명한 피로고보 소택지를 돌아다녔다. 도르카는 아주 헌신적이고 충성스런 사냥개여서 톨스토이는 특히 이 개를 좋아했다. 그날 저녁 톨스토이는 피로고보의 곁채에서 하루를 묵고 이렇게 쓴다. "세르게이와 타티야나에게 무언가가 있어. 몇 가지 징후로 보아 알 수 있는데 난 불쾌한 기분이다. 그래서 얻을 것은 비애뿐이다, 모두에게. 그 외에 아무것도 얻을 것은 없지. 그 어떤 경우에도 좋은 결과는 없을 거야."[27]

그러나 야스나야 폴랴나에서는 전과 다름없이 그들의 만남이 계속 이루어졌고 타티야나는 피아노 옆에서 페트의 로망스를 부르곤 했다. 톨스토이는 그녀의 노래를 들으며 불안을 떨치지 못했다.

타티야나는 젊고 아름다웠다. 말도 잘 탔다. 세르게이는 그녀가 마음에 들었고 그 아름다운 매력에 흠뻑 취했다. 사냥은 세르게이의 거의 유일한 낙이었다. 그는 사냥한 늑대의 갈비뼈로 황량한 정원에 나지막한 울타리를 만들기도 했다. 집시 노래에 한때 마음을 빼앗겼었지만 이제 그것도 심드렁해졌다.

타티야나는 사람들에게 언니의 남편 형과 결혼해도 되는지 묻고 다녔

---

27) 1864년 1월 20일 동생 마리야에게 보낸 편지(61, 34)

다. 하지만 그것은 법으로 금지되어 있었다. 다만 동시에 두 쌍이 결혼하는 경우에는 가능했다. 결혼식을 올리기 전까지는 아직 친척이 아니기 때문이다. 이것저것 따지지 않고 결혼을 시켜줄 사제를 찾는 것도 가능했다. 그렇게 일단 결혼하면 취소할 수는 없었다.

이들의 결혼은 실제로 이루어질 것처럼 보였지만 1864년 4월 세르게이는 갑자기 야스나야 폴랴나에 발길을 끊는다. 이로 인해 톨스토이는 형에게 편지를 보내게 되는데, 처음 두 문단은 깍듯한 존칭을 사용하다가 그 뒤부터는 친하게 형을 부르고 있다. 이 편지는 모두 타티야나에 대한 이야기뿐이다. 톨스토이는 자기 집 사람들은 세르게이 면전에서 할 수 없는 그런 얘기는 전혀 없다고 말한다.

톨스토이는 이보다 먼저 타티야나에게도 편지를 보냈다. 1월 1일에 쓴 것인데 일종의 경고였다. 톨스토이는 외국에 나가있던 누이동생 마리야에게도 1월 말에 이에 대한 편지를 쓴다. 이 편지에는 세르게이 형이 결혼은 생각지도 않고 있으며 오직 지금의 아내와 아이들을 사랑하고 있다고 썼어져 있다. 하지만 사실 세르게이는 여전히 결혼을 생각하고 있었다.

톨스토이는 누이동생에게 세르게이가 혼란한 상황을 피해 외국으로 나가 그녀에게 가고자 한다고 말했다. 하지만 마샤가 아이를 낳을 때가 되었기 때문에 세르게이는 떠나지 못했다. 모든 것이 뒤엉켜 있었다. 톨스토이는 형에 대해, "형과 타티야나는 서로 사랑하고 있다, 아주 심각해 보인다"라고 말한다.

그리고 편지의 말미에는 자신에 대해서도 한 마디 덧붙인다. "난 20년대에 관한 소설을 쓰고 있다."

톨스토이는 가정생활은 단순 소박하고 믿음으로 맺어져야 하며 성숙한 성찰을 통해 결혼해야 한다, 그리고 사회적 지위가 어울리는 아내를 골라야 한다고 믿었다. 하지만 정작 자신을 둘러싼 주변상황은 전혀 엉망이었다. 톨스토이는 형이 비정상적 부부생활을 끝내기를 바랐다. 그리고 그는 누이동생에게 돈을 부칠 때 이미 이혼한 남편을 통해 보냈다. 그해 2월에 그는 누이에게 이렇게 소식을 전한다. "네가 외적 조건들에 서만이 아니라 내적 정신세계에서도 가장 행복하기만을 바란다. 사랑, 자신에 대한 엄격함, 삶에 대한 정직한 자세와 같은 것 말이다."

톨스토이는 정직하고자 했고 소설을 통해 사람들 사이의 관계를 이리 저리 뒤바꾸어 가며 수백 번도 넘게 자신의 정직함을 검증해 본다. 그러 면서도 누이동생에게는 형에 대해 이렇게 말한다. "내가 네게 형의 비밀 을 말했구나(행여 편지를 보내면서 그걸 알고 있다는 내색을 보이지 마라). 형은 집안에 그런 얘기가 돌까봐 걱정하고 있다." 그리고 계속한다. "형 은 마샤를 사랑하고 그녀와 아이들에 대해 책임감을 가지고 사랑하고 사랑받고 있다."[28] 그러나 동시에 그는 세르게이 형이 타티야나와 결혼 해야 한다고 말한다. 이미 약혼한 지 12일이 지났다는 것이다.

타티야나는 그저 한 사람만을 사랑하며 기다리는 여자는 아니었다. 한편으로는 키 크고 잘 생긴 친척 오빠였던 알렉산드르 쿠즈민스키에게 마음을 빼앗기고 있었으면서도 톨스토이 주변의 많은 사람들을 좋아했 다. 심지어 톨스토이도 그녀의 마음에 두고 있었다. 게다가 나이가 훨 씬 많은 세르게이까지 남편감으로 생각하는 데 주저가 없었다. 물론 아 주 정신나간 듯이 보였겠지만 그녀로서는 진심이었다.

1865년 6월 9일, 소피야는 이렇게 일기에 적어놓는다. "타티야나와 세르게이 문제는 그저께 완전히 해결됐다. 결혼할 것이다. 그들을 보고 있으면 기분이 좋다. 타티야나의 행복해하는 모습을 보면 내가 행복한 것보다 더 기쁘다. 둘이 숲 속과 가로수 길을 산책하러 다니고 난 왠지 그들의 보호자인 양 한다. 스스로 즐겁기도 하고 화가 나기도 한다. 세 르게이는 타티야나 때문에 내게 더 잘해 주고 있다. 그래, 모두 기적 같 은 일이다. 20일이나 아님 좀 더 지나서 결혼식이 있겠지."

---

28) 1864년 2월 24일 동생 마리야에게 보낸 편지(61, 34)

마샤가 아이를 낳는다는 소식이 야스나야 폴랴나에 전해졌다. 이곳에 머물던 세르게이는 이 소식을 듣고 집으로 돌아가서 돌아오지 않았다. 그리고 편지로 타티야나와의 결혼은 없을 것이라고 알렸던 것이다.

소피야는 이에 대해 일기에 이렇게 남긴다.

> 아무것도 이루어지지 않았다. 세르게이가 타티야나를 속였다. 아주 질 나쁜 사람처럼 행동했다 (…) 타티야나는 그를 몹시 사랑하고 있는데 그는 사랑한다고 기만했을 뿐이다. 벌써 약혼하고 키스한지 12일이나 지났다. 타티야나에게 그렇게 굳게 약속하고서는 저렇게 저속하게 딴 생각을 하고 있었다니 … 완전 저질이다. 모든 사람에게 다 말할 거다. 내 아이들도 이걸 알아야 한다. 그런 모습을 본받지 않도록 말이다.

서서히 사태의 진상이 밝혀지기 시작했다. 집시 아내 마샤의 어머니가 이 결혼이 불법적이라고 주교에게 청원을 냈다는 소문이 돌았다.

타티야나는 세르게이에게 결혼을 거절하는 감동어린 편지를 썼고 복사본을 만들어 부모에게도 보냈다. 부모들은 이 편지를 받고 무척 언짢아했다.

세르게이는 아주 깨끗하게 결혼을 포기한다고 했다. 1865년 6월 25일 톨스토이는 형에게 편지를 보낸다. "나는 형이 타티야나뿐만 아니라 나를 포함해서 우리 가족 전체를 지옥에 몰아넣었다는 사실을 조금이라도 알았으면 해."

타티야나는 병이 나버렸고 치료차 외국으로 보내졌다. 그 후 한때 주변 사람들에 의해 상처한지 얼마 되지 않는 부유한 디야코프와 혼담이 오고갔지만 결국 쿠즈민스키에게 시집갔다. 결혼식이 준비되고 있을 때 베르스 집안사람들에게 마음 아픈 일이 하나 있었다.

> 내 동생은 어릴 때부터 좋아했던 쿠즈민스키와 약혼했다. 하지만

그는 친척이었기 때문에 그들의 결혼을 허락해줄 사제를 찾아야 했다. 그들과는 전혀 아무런 관련 없이 그 당시 세르게이도 마샤와 정식 결혼을 하기로 결심하고 결혼식 날짜를 잡으러 사제에게 가던 중이었다. 툴라 현에서 멀지 않은 곳에서, 4~5킬로미터쯤 되는 곳에서 사람들 왕래가 많지 않은 외진 시골길에서 마차 두 대가 마주쳤다. 하나에는 동생 타티야나와 약혼자 알렉산드르 쿠즈민스키가, 또 다른 마차에는 세르게이가 타고 있었다. 그들은 서로를 알아보고 매우 당황하고 놀랐다. 두 사람 다 나중에 내게 그 이야기를 해주었다. 그들은 서로 말없이 인사를 나누고 또 말없이 길을 비켜 서로의 갈 길을 갔다. 서로 뜨겁게 사랑했던 두 사람의 엇갈림이었다. 운명은 정말 우연하고도 소설 같은 상황에서 전혀 예기치 않게 한순간의 특이한 만남을 그들에게 던져주었던 것이다.[29]

그런 가운데서도 톨스토이의 서재에서는 계속해서 위대한 책이 쓰이고 있었다. 톨스토이는 친지들에게 보내는 편지에서 다소 소심하고 어설프게 다루고 타협적이고 모호하게 처리했던 것을 소설 작업에서는 수도 없이 다시 되짚어 검토하고 숙고하면서 최종 해결책을 찾아나갔다.

이 당시 소피야와 톨스토이의 관계는 좋았다. 소피야는 남편을 도와주면서 이제 남편을 이해하기 시작한 것 같았다. 그녀도 《전쟁과 평화》가 마음에 들었다. 물론 아직 전투장면이 쓰이기 전이었고 그녀는 단순한 마음으로 나름대로 좋아했던 것이다.

톨스토이는 형과 사이가 틀어져 있었다. 몇 번이나 형에게 심한 편지를 보냈다가 화해하고 자신도 모르게 다정해지곤 했다. 그러다가 집 문제로 인해 톨스토이는 몹시 격노한다.

소피야는 임신했고 자기 방에서 장롱 옆 마루에 앉아서 천조각의 매듭을 수선하고 있었다. 톨스토이가 방으로 들어와 이렇게 말한다.

---

29) T. 쿠즈민스카야, 441쪽.

"왜 마루에 앉아 있소? 일어나요."

"예, 이것만 금방 다 하고요."

"일어나라고 하지 않소, 지금 당장!"

톨스토이가 커다란 소리로 고함을 지르고는 서재로 들어가 버렸다.

소피야는 모욕감에 화가 나서 왜 소리를 치느냐고 따지려고 남편을 따라 들어갔다. 소피야 옆방에서 지내던 타티야나는 느닷없이 유리 깨지는 소리와 고함소리를 듣는다.

"나가! 나가란 말야!"

타티야나가 서재에 들어왔다. 언니 소피야는 이미 방에 없었고 마루에는 깨진 접시와 항상 벽에 걸려 있던 온도계가 바닥에 떨어져 있었다. 톨스토이는 창백한 얼굴로 방 한가운데 서 있었다. 그의 입술이 떨리고 있었다. 소피야는 조용한 목소리로 물었을 것이다.

"여보, 무슨 일이세요?"

그러나 톨스토이는 커피가 올려져 있던 쟁반을 마루에 내동댕이쳤고 벽에 걸린 온도계를 잡아채 던졌다.

타티야나는 이 이야기를 이렇게 끝맺고 있다.

> 언니와 나는 그에게서 어떻게 그런 광기가 솟아나는지 결코 이해할 수 없었다. 하긴 남의 영혼에서 벌어지고 있는 저 복잡다단한 정신적 작업을 어떻게 알 수가 있었겠는가.

논쟁, 인정, 구매, 아르자마스의 공포

《전쟁과 평화》에 대한 평론계의 반응은 즉각적으로 나타나지 않았지만 독자들의 반응은 굉장한 것이었다.

아주 저명한 평론가였던 M. 드 풀레의 반응을 보자.

냉정하게 고찰해 보면 우리는 톨스토이 백작의 이 소설이 결코 완성된 것이 아님을 알 수 있다. 이 소설은 월터 스코트나 디킨스의 예술작품과는 다르다. 이들의 소설에는 역시 많은 장면과 인물들이 나오지만 적절하고 조화롭게 구성되어 있다. 중세의 신비극이나 애정소설은 수많은 에피소드로 겹겹이 구성된다. 그리고 거기에는 수많은 인물들이 번갈아 출현하되, 마법의 불빛에 싸인 듯이 이유 없이 등장하여 또 어디론가 사라져 버린다. 톨스토이 백작의 소설은 차라리 이런 소설에 가깝다.[30]

톨스토이 소설은 바로 이런 이유로 당대 비평가들의 호평을 받지 못했다. 톨스토이가 문학에 제기한 새로운 과제와 새로운 구조, 새로운 관점이 당대 비평가들에게 충분히 이해되지 못했다. 새로운 현상이 낡은 관점에서 비판되었던 것이다. 1868년에서 1870년 사이의 몇몇 비평을 살펴보자.

톨스토이 백작의 소설이 지닌 중요한 결점은 의도적이든 의도적이지 않든 예술적 기본을 망각하고 있다는 점이다. 즉 그는 시적인 창조물이 되기 위해 지켜야 할 한계를 넘어서고 있다. 작가는 역사를 완전히 알고 장악하고 있을 뿐만 아니라 완전히 장악해서 이겼다는 자기만족에 빠져서 작품을 거의 이론적 논문으로 분칠하고 있다. 즉 예술작품에서는 추라고 부르는 요소들, 진흙과 벽돌을 대리석과 청동 옆에 차곡차곡 쌓아놓고 있는 것이다. 톨스토이 백작의 실수는 그가 실제 현실의 역사적 사건과 인물들을 묘사하는 데 너무 많은 지면을 할애하고 있다는 점에 있다. 그로 인해 예술적 균형이 파괴되고 유기적 통일성이 유실되어 버렸다.[31]

---

30) 〈상트 페테르부르그 통보〉, 1868, 제144호.
31) 〈목소리〉, 1868, 제144호.

1812년 전쟁의 참여자이자 비평가로서 뱌젬스키 공작은 톨스토이와 논쟁을 벌였다. 그가 말하는 것은 독창적인 것은 아니다. "언급한 책에서 역사가 어디서 끝나고 어디서 소설이 시작되는지, 혹은 그 역은 어떠한지 전혀 알 수 없다. 아니 전혀 상상할 수조차 없다는 점부터가 문제다."32)

그에 앞서 〈조국의 아들〉 1868년 제 13호에서는 또 이렇게 말한 바 있다. "대체로 이 책의 4권에는 역사적 사실에 대한 묘사가 소설 자체의 내용을 압도하고 있으며 소설 속의 욕망과 고통, 등장인물들의 관계 등은 한 걸음도 진전되지 못하고 있다는 점을 지적하지 않을 수 없다."

이에 따라 〈목소리〉지 (1868년 제 11호)에 실린 평론과 〈상트 페테르부르그 통보〉(1868년 제 24호)의 부레닌의 글은 한 목소리로 톨스토이의 작품이 소설이 아니라고 말한다.

이런 비판은 5권과 6권이 출판되면서 더욱 확고해진다. 도대체 톨스토이는 소설을 쓰려는 생각이 있기는 있는 것인가?

톨스토이는 이전의 낡은 경향들에서 예술을 해방시켰다. 오디세이의 위대한 역정은 섬에서 섬으로 이어졌다. 콜럼부스 시대 이전에 항해는 해안가를 따라가는 것이었다. 하지만 콜럼부스의 위대함은 해안을 떠나 대양으로 전진해나갔다는 점에 있었다. 거기서 별과 컴퍼스는 새로운 의미를 획득한다.

이전 소설에서 주인공들은 헤어졌다가 다시 만나기 마련이다. 하지만 이제 작품의 통일성은 동일한 사람들에 대해 이야기한다는 점에 있지 않다. 톨스토이가 여러 사람들의 운명과 전쟁, 화재, 도시의 재건 등을 보여 주는 목적은 개별적인 인간의 운명이 민중의 전체 역사와 어떤 관계를 지니는가를 이해하고 그것을 삶에 대한 자신의 관점으로 재해석하며 하나로 결합해내는 것이었다.

---

32) 〈러시아 고문헌〉, 1869년 제 1호, 187~188쪽.

이 당시 다른 유형의 소설을 창조하던 투르게네프도 톨스토이의 창작을 즉각 수용하지 못했다. 하지만 그렇다고 이들이 항상 대립하기만 했다고 생각해서는 안 될 것이다. 톨스토이의 《세바스토폴 이야기》와 많은 다른 단편 작품들은 투르게네프 작품의 영향을 받지 않았다고 말할 수 없기 때문이다.

《사냥꾼의 수기》는 특별한 사건에 기반을 두지 않고 귀족이 사냥에 나가 숲과 초원을 돌아다니며 보고 느끼는 이야기이다. 귀족의 진기한 모험 따위를 다루는 것이 아니다. 그러나 이 소설의 새로운 점은 이전에는 그저 풍경처럼 작품의 배경으로만 취급되던 농민이 노동의 주체로 부각되고 있다는 점이다. 농민은 투르게네프 소설에서 이제 중심적인 주인공이고 그들의 운명이 소설의 중심 주제가 된 것이다. 사냥꾼 자신은 거의 의미 있게 드러나지 않는다. 귀족 사냥꾼의 시종인 예르몰라이가 훨씬 더 많이 작품의 전면에 부각된다. 이 소설에서 화자는 최소한의 모습을 띠고 있을 뿐이며 사건의 연관성은 우연적이지만 사회적 의미를 띠고 있다.

투르게네프는 《전쟁과 평화》에 대해 몇 번 부정적 평가를 한 뒤에 새로운 평가로 나아간다. 그는 톨스토이를 깊이 이해하고 있었고 매우 부러워하고 있었다. 그는 오랜 지기였던 톨스토이와 화해하기 훨씬 이전부터도 서유럽에서 톨스토이를 알리는 데 선구적인 역할을 했다.

드디어 작품이 끝났다. 작품은 작가가 직접 출판했다. 야스나야 폴랴나에는 정적이 감돌았지만 작가는 여전히 마음이 혼란스러웠다. 자신의 작품이 인정받지 못할 것만 같았다. 자신의 작품을 위대하다고 선언했던 최초의 평가자 중 한 사람이었던 N. 스트라호프[33]의 말을 너무 믿

---

33) 〔역주〕 N. 스트라호프(1828~1896). 저명한 작가. 철학자. 비평가. 종교적 관념론 철학에 경도. 도스토옙스키와 더불어 〈브레먀〉지를 운영하기도 했고 체르니솁스키를 비롯하여 사회주의자와 유물론자 등을 공박함. 7, 80년대 톨스토이의 가까운 친구가 됨.

고 있는 것은 아닐까. 하지만 진정 작품을 인정했던 것은 스트라호프도 비평가도 아닌 바로 독자였다. 다양한 지역의 다양한 독자들이 책을 읽고 소설에 대해 이야기하기 시작했다. 그는 당시로서는 보기 드문 속도로 2판을 찍고 4년 뒤 1873년에는 상당히 개정한 제3판을 출판했다.

큰 성공이 야스나야 폴랴나를 찾아왔다.

대 전투가 끝난 직후에는 승자가 누군지 잘 모르는 법이다. 그러나 드디어 승리의 고요함이 찾아왔다.

톨스토이는 조금 살이 찌고 온화해졌으며 자신감을 회복하고 훨씬 의연한 자세를 취할 수 있었다. 그는 형과도 화해하고 형과 마샤 사이에 낳은 세 아이의 입적에 관한 청원을 시작했다. 타티야나와의 결혼 실패 이후 마침내 세르게이는 그녀와 정식 결혼식을 올렸던 것이다.

소피야는 다시 집을 개축하기 시작했다. 톨스토이의 여동생 마리야의 어린 딸들을 생각해서라도 집을 늘려야 했다. 친절하고 사욕이 없었으며 다소 분별이 없었던 마리야는 소피야와 사이가 썩 좋은 편은 아니었다. 그녀는 두 번 결혼 끝에 아이가 네 명 있었지만 영지가 거의 없어서 떠돌이 신세나 마찬가지였다. 톨스토이는 이 조카들을 제피로트[34]라고 부르곤 했다. 이 말에는 뭔가 가벼우면서도 안정을 뒤흔드는 듯한 어감이 들어 있었다. 이런 별명은 톨스토이가 만들어낸 것은 아니고 우연히 생겨난 것이다. 마리야의 대모였던 툴라 수도원의 여자 수도사가 한번은 야스나야 폴랴나를 방문했다. 그녀는 이야기 중에 미국에 새도 인간도 아닌 동물이 날아들었다는 소식을 신문에서 읽었다고 말했다. 노래를 부르기도 했던 그 동물들을 바로 젬피로트라고 부른다고 했다. 이건 낭만주의자였던 러시아 오도옙스키[35] 공작이 〈북방의 꿀벌〉이라

34) 〔역주〕 '제피러스'는 그리스 신화의 '서풍(西風)의 신'이며 가볍게 부는 산들바람 등을 의미하며 제피로트는 '서풍의 아이'라는 정도의 의미.

35) F. 오도옙스키(1803~1869). 작가이자 빼어난 음악가, 철학가, 교육자로 활동한 인물. 푸시킨, 고골을 비롯하여 19세기 초 작가들과 많은 교

는 신문에 1861년 4월 1일, 만우절에 지어낸 이야기였다.

타티야나 역시 제피로트의 범주에 드는 여자였다. 톨스토이와 소피야는 이런 제피로트들을 무척이나 사랑했다.

톨스토이는 1864년 8월 9일 이렇게 기록한다. "우연히 들러서(세르게이 형의 영지 피로고보에 — 저자) 쓴 버터와 함께 점심을 먹고 막 떠나려고 할 때 형이 도착했다. 형은 내가 모든 제피로트들을 데리고 말을 타고 나왔다가 우연히 이곳에 들른 것을 전혀 모르고 있었다."

소피야는 톨스토이가 마리야의 아이들과 타티야나뿐만 아니라 자신도 그런 별명으로 불렀다고 말한다.

제피로트들은 집안에 활기를 불어넣었다. 톨스토이는 조카딸들에게 각각 1만 루블씩 나누어 주었다. 이건 10루블도 큰돈으로 생각하고 1천 루블을 심각한 빚으로 생각하던 톨스토이에게 아주 커다란 금액이었다.

이 당시까지 톨스토이는 늘 땅을 사서 영지를 넓히려는 생각을 가지고 있었다. 그때까지 그의 영지는 죽은 형들로부터 물려받은 몫으로 조금 늘어났을 뿐이다. 조그만 국유림을 사들이고서는 이제 나이팅게일이 더 이상 국유재산이 아니라며 즐거워한 적이 있기는 하지만 그건 아주 작은 것이었다.

젊은 시절에 톨스토이는 도박에서 파산지경에 이르도록 돈을 잃고 숲을 매도하고 집을 해체해서 팔아넘기기도 했다. 이제 다시 그것을 복구해야할 때가 된 것이다. 나중에 미완의 작품 《광인의 수기》라는 작품에서 톨스토이는 이 시기 자신에 대해 가차 없이 정확하게 기억해 낸다.

당시 나는 우리의 재산을 늘리는 것을 당연하게 생각했고 다른 누구보다 현명한 방식으로 재산을 늘리고 싶은 욕심에 사로잡혀 있었다. 새 영지를 구매한 가격보다 그 영지에서 얻을 수 있는 수입과 목재가 훨씬 더 많은 그런 거래를 하고 싶었다. 그건 거의 공짜로

류를 함.

영지를 확대하려는 것이나 마찬가지였다. 나는 뭣도 모르는 바보를 찾고 있었던 것이다. 그리고 한때 그런 바보 같은 매도자를 찾았다고 생각한 적도 있었다. 큰 숲이 딸린 영지가 펜자 현에서 구매자를 찾고 있다는 소식을 들었던 것이다. (26, 468)

톨스토이는 여기서 자기 자신에 대해 보고하듯이 평이하면서도 아주 무서울 정도로 정확하게 진실을 밝히고 있다. 그는 선량하고 명랑한 시종과 함께 펜자로 갔다. 1869년의 일이다. 이에 대해서는 소피야에게 보낸 편지에서 확인할 수 있다. 톨스토이는 그 당시 자신을 상처 입은 사람으로 생각하고 있었다. 그러나 상처의 깊이와 그 원인을 잘 알지는 못했다.

편지는 집에서 있었던 일에 대해 따지기부터 시작한다. 아마도 집에서 좋지 않은 일이 있었던 것 같다.

둘째 날 나는 불안으로 고통스러웠소. 셋째 날 밤은 아르자마스에서 보냈는데 내게 뭔가 이상한 일이 일어났소. 밤 2시였고 몹시 피곤해서 자고 싶었고 아픈 곳도 없었지만 갑자기 이제까지 결코 겪어 보지 못한 우수와 공포, 두려움이 나를 감쌌지요. 이런 감정에 대해서는 나중에 자세히 말해 주겠소. 다만 그건 내가 이제까지 겪어 보지 못했던 그런 것이라는 점만 알아주시오. 제발 그런 감정을 그 누구도 겪게 되지 않게 빌 뿐이오.[36]

다음 날도 그런 우수가 또다시 찾아온다. 이 우수의 정체를 보다 깊이 이해하게 된 것은 오랜 세월이 지난 후였다.

어쨌든 톨스토이는 도시에 도착했다. 모두 잠들어 있는 늦은 시간이었다. 마차의 종소리와 말발굽 소리만이 집 건물들 사이로 유난스레 메

---

[36] 소피야에게 보낸 편지. 1869년 9월 4일(83, 167).

아리를 울렸다. 집들은 아주 크고 하얀 색이었으며 호텔도 하얀 색이었
다. 아주 우울한 분위기였다. 시종인 세르게이는 씩씩하고 활달하게 필
요한 물건들을 마차에서 끌어냈고 톨스토이는 작은 객실을 배정받았다.
"깨끗하게 흰색이 칠해진 정사각형의 작은 방. 방이 정사각형이라는 사
실에 왠지 가슴이 답답했던 기억이 난다. 창문은 붉은 색 커튼이 달려
있었다. 카렐리아 자작나무37)로 만든 탁자와 양옆이 구부러진 소파가
있었다."38)

  톨스토이는 잠이 들 수 없었다. 누군가로부터 도망치는 느낌이었으
나 그 이유를 알 수 없었다. "나는 항상 내 속에 갇혀 자신에 대해 괴로
워한다. 자, 여기, 난 그대로 여기 있다. 펜자의 영지도, 그 어떤 영지
도 나를 더하지도 빼지도 못한다. 난, 난 나 자신이 지겹기만 하다. 잠
도 오지 않고 괴롭기만 하다."

  그는 자문했다.

  대체 난 왜 우수에 젖어 있는가, 무엇이 걱정되는가? "나 자신 때문
  이다." 소리 없이 죽음의 목소가 대답한다. "난 여기 있다." 추위로
  피부에 소름이 돋는다.

  톨스토이는 두려움을 떨쳐내려고 했다. 죽음은 가까이 있지 않다. 그
는 지금 죽어 가고 있다고 생각하지 않았다. 그는 자신이 더 살아가야
할 권리가 있다고 느끼면서 동시에 모든 것을 끝장내는 어떤 죽음 같은
것이 다가온다고 느꼈다.

  나는 양초 토막이 있는 청동 촛대를 찾아 불을 켰다. 붉은 양초 불
  꽃과 양초의 크기가 촛대보다 조금 작았다. 모든 것은 똑같은 것을

---

37) 〔역주〕 우량종 자작나무의 일종.
38) 《광인의 수기》 중에서 (26, 469).

말하고 있었다. 삶에는 아무것도 없다, 오직 죽음이 있을 뿐이다. 하지만 그럴 수는 없다.

톨스토이는 생각에 잠겼다. 즐거운 일은 아무것도 없었다. 영지 구매에 대해, 아내에 대해 생각했다. "그러나 이 모든 것은 부질없는 것들이다."

깊은 우수가, 구역질이 날 정도의 정신적 우수가 떠나지 않았다. "붉고 하얀 정사각형의 공포였다…"

그는 기도를 하려고 애를 썼다.

다음날은 좀 괜찮아진 것 같았다. 그는 구매할 영지를 둘러보았다. 숲이 아주 좋았다. 하지만 숲과 저택의 방들, 반짝이는 새 촛대와 새 청동 사모바르 등 모든 것이 다 낯설기만 했다. 그는 사고 싶다는 표정을 지으며 마치 무슨 연기수업이라도 하는 것만 같은 기분이었다. 우수가 더욱 심하게 다시 찾아왔다. 톨스토이는 또다시 기도해 보았다. 기도는 이제 습관이 되다시피 했지만 도움이 되지는 못했다.

언젠가 톨스토이는 눈이 많이 덮인 숲 속으로 스키를 타고 사냥나간 적이 있었다. 그는 눈의 무게로 부러져 내린 나뭇가지를 넘어가며 깊은 숲 속까지 나아가다 불현듯 길을 잃었다고 느꼈다.

사냥꾼들 집이 있는 곳까지는 거리가 멀었고 아무 소리도 들리지 않았다. 난 지치고 온통 땀에 젖어 있었다. 길을 멈추자 그대로 얼어붙기 시작했다. 걸음을 내딛을 때마다 점점 힘이 빠졌다. 난 소리를 질러 보았지만 정적 속에서 그 누구의 응답도 들려오지 않았다. 난 돌아서 걸었다. 하지만 또 그 방향이 아니었다. 난 주위를 둘러보았다. 온통 숲일 뿐이어서 방향을 분간할 수 없었다. 난 다시 돌아섰다. 다리가 후들거렸다. 나는 두려움에 떨며 걸음을 멈췄다. 아르자마스와 모스크바에서 느꼈던 것과 같은 공포가 온통 나를 덮쳤다. 아니 그보다 백배는 더한 것이었다.

톨스토이는 신약성서를 읽기 시작했지만 별로 도움이 되지 않았다고 《광인의 수기》에서 말한다. 그보다는 복음서가 도움이 되었고 복음서보다는 신앙에 의해 정당화된 지상의 삶에 대한 이야기인 《성자전》이 더 도움이 되었다고 말한다.

톨스토이는 다시 다른 사람들처럼 살아가다가 또다시 영지를 구매하기 위해 길을 떠난다. 이번에 볼 영지는 숲은 없었지만 아주 많은 이점이 있는 곳이었다. "그곳 농민들에게 경작지라곤 그저 야채밭 정도밖에 없다는 점이 특히 유리했다. 그것은 농민들이 목초지에 대한 대가로 지주의 경작지에서 품삯 없이 일해야 한다는 것을 의미했다. 그 점이 내게 이익이 될 것이다. 나는 그 모든 점을 감안하여 별다른 생각 없이 전과 마찬가지로 그 영지가 마음에 들었다. 그런데 집으로 돌아오는 길에 한 노파를 만나 길을 묻다가 몇 마디 대화를 나누게 되었다. 노파는 자신의 가난함에 대해 이야기했다. 나는 집으로 돌아와 아내에게 그 영지의 이점에 대해 이야기하다가 갑자기 부끄러운 마음이 들었다. 내 자신이 역겨웠다."

작품에서는 모든 것이 즉각 그렇게 된 것처럼 되어 있지만 이 작품이 쓰인 것은 1884년이었고 공포를 체험한 것은 1869년이었다. 이 15년 사이에 수많은 일이 있었다. 톨스토이는 많은 영지를 사들였지만 그럼에도 불구하고 계속해서 더 많이 더 값싸게 영지를 사들였다. 바시키르인들에게서 사마르 현의 토지까지 사들였다. 이 문제는 뒤에 다시 이야기할 것이다.

결혼 초기에 톨스토이는 분명 자신이 사랑하던 아내와 격렬하게 싸우고 나서 키스로 이 싸움을 봉합하곤 했다. 그러나 이런 봉합은 아무 소용이 없이 곧 다시 터져 버리고 말 것임을 잘 알고 있었다. 톨스토이는 이제 이 세상의 부당함에 대한 공포를 《성자전》과 기도로 봉합하고자 한다. 하지만 역시 이런 봉합은 아주 단단한 것이라고 해도 봉합된 그 속에서 삶이 더욱 깊게 부식되는 것을 막을 수가 없었다. 그리고 그것은 봉합된 틈새를 통해 새어나오고 있었다. 하지만 모든 것은 여전히 행복한 듯이 보였다. 커다란 집과 자라나는 아이들, 사과밭과 잘 자란 자작나무 숲, 이젠 새삼스러울 것도 없는 높은 명성, 머릿속에 구상하고 있던 수많은 작품들 ….

당시 그는 러시아의 위대했던 시절로서 피터 대제에 대한 소설을 구상하고 있었고 또한 아르자마스 공포를 체험하기 1년 전 1868년에 이미 《기초입문서》를 구상 중이었다. 이 책에는 산수와 물리, 역사, 지리, 문학 등 모든 것이 망라되어 있었다. '농민과 귀족의 아이들'이 모두 읽을 수 있는 그런 책으로서 모든 것이 담겨져야 했다. 이 작업은 톨스토이의 획기적인 기념비가 되어야 했다. 그의 모든 삶을 망라하고 야스나야 폴랴나 학교의 성공을 복원하고 젊은 시절의 추억과 새로운 문학창조의 경험을 담는 것이어야 했던 것이다. 그는 러시아 전체를 개조하고 싶었고 그것은 이 책의 집필과 출판에서 시작되는 것이었다.

《기초입문서》는 로빈슨 크루소조차도 무인도에서 이 책만 있다면 독서와 도덕적 자기완성을 이루기에 충분한 그런 책이 되어야만 했다.

이 책은 꼭 필요한 것이고 평온하게 할 수 있는 작업 같았다. 그러나 이 책을 쓰는 사람은 끔찍한 공포를 체험하고 있었다.

하얗고 빨간, 정방형의 이 공포는 기도로써도, 《기초입문서》교정과 출판에 정신을 집중해도 떠나가지 않았다. 그는 좋은 활자체를 찾으려고 애를 썼고, 아이들에게 쥘 베른[39]의 소설을 읽어 주며 이 소설에 직접 만든 삽화를 만들어 넣는 일에도 매달렸지만 공포감은 그를 떠나지 않았다.

하지만 삶은 삶대로 흘러가고 있었다. 타티야나 숙모는 몹시 노쇠해서 2층의 홀(나중에 응접실이 된)과 나란히 붙어 있던 방에서 1층으로 옮

---

39) 〔역주〕쥘 베른(1828~1905). 프랑스 과학소설 작가. 《해저 2만리》, 《80일간의 세계일주》 등이 있음. 공상과학소설의 아버지로 불린다.

겨왔다. 그녀는 새로 덧붙인 작은 방에 자리를 잡고 톨스토이에게 말한
다. "내 죽음 때문에 네 훌륭한 이층 방이 망가지지 말라고 여기로 내려
왔다."

오래된 것들이 떠나가고 있었다. 죽음과 톨스토이 사이에 서 있던 녹
채가, 그를 길러주었던 사람들의 흔적이 사라져가고 있는 것만 같았다.

집안은 아이들로 가득 찼다. 세르게이는 아홉 살이었고 타티야나는
여덟 살, 일리야는 여섯 살, 레프는 세 살, 그리고 마리야는 두 살이었
다. 톨스토이 부부는 다섯 아이들을 데리고 사마르의 초원으로 여행을
갈 수 있는지를 따지며 말다툼을 벌였다. 하지만 그런 중에 여섯째가 태
어났다. 집안은 겉으로 보기에 행복해 보였다.

톨스토이는 큰 아이들에게 말 타는 법을 가르쳤다. 그들은 안장과 등
자 없이 천만 덮은 말 위에 앉아 균형을 잡는 법을 배웠다.

1869년 6월 22일 톨스토이는 아내의 어린 남동생 스테판, 독일인 가
정교사, 보모들, 시종 세르게이, 그리고 전 가족을 대동하고 사마르 현
의 부줄루크 지역에 있던 새 영지로 출발했다. 니즈니 노브고로드까지
는 기차를 탔고 거기서부터는 증기선을 탔다. 볼가 강은 변해 있었다.
누런 모래 바닥이 드러나 얼룩덜룩했고 견인선의 연기가 강을 덮었다.
짐을 실은 바지선이 더 많아 졌고 증기선 외륜이 물을 치며 돌아가는 소
음이 더 가득했다.

증기선에서 내려 가족들은 마차를 타고 갔다. 마차는 할머니가 개암
나무 숲으로 열매를 따러 갈 때 마부를 동반하고 나섰던 그 마차를 닮았
다. 6인석의 이 마차는 톨스토이의 오랜 친구였던 천재 장기선수 우르
소프 공작이 선물한 것이었다. 여섯 마리의 말이 마차를 끌었다. 네 마
리가 나란히 마차를 끌고 맨 앞에는 두 마리가 배치되어 있었다. 맨 앞
의 한 마리에는 기수 마부가 탔다. 낡은 여행용 가방들은 마차 지붕 위
에 올려놓았다. 마차의 폭은 넓어서 한 줄에 세 사람이 앉을 수 있었다.
마차 안에는 어린 아이들과 여자들이 타고 나머지는 마차 뒤에 매단 수

레에 앉았다. 긴 나무 봉들 위에 탄력 있는 목피를 짜 얹은 수레였다.

이렇게 120여 킬로미터를 가야했다.

볼가 강을 뒤로 하자 나리새와 개밀, 쑥과 박하나무 가득한 초원이 나타났고 갈색과 백색의 느시[40] 들이 초원을 날고 앉고 했다. 하늘에는 흰 부리의 황금 독수리들이 유영하고 있었다.

장거리 여행에 적합한 마차는 매끄럽게 달려 나갔고 풀 섶에서는 귀뚜라미가 울었다. 마음이 가볍고도 자유로웠다.

소피야는 마차 안에서 어린 페탸를 돌본다.

그들은 부락에 도착하여 오두막과 창고, 천막 등에서 생활했다. 힘들지만 자유롭기 그지없는 생활이었다.

《기초입문서》

당시 계층은 지주와 농민뿐이었다. 이들은 바로 이웃하여 살아갔지만 농민들은 무척 힘들게 살아갔다. 그들 주변의 모든 것은 익숙한 것들이고 보통 말하지 않는 수많은 것들이 모두 익숙한 것들이지만 바로 이 익숙한 것들을 일반화해내야 한다. 그것이 평가보다 더욱 중요하다.

톨스토이는 아이들이 처음에 자신이 야스나야 폴랴나 학교에서 가르쳐준 것들, 그리고 후에 《기초입문서》에 담은 내용들만 알아야 한다고 생각하지는 않았다. 그는 "학문이란 부분의 일반화일 뿐이다"라고 생각하며 아이들에게 관찰하고 일반화하는 법을 가르치고 싶었다.

"따라서 교육학의 과제는 일반화의 지혜를 육성하는 것이다." 그리고 "예측할 수 없는" 일반화가 더욱 중요하다. "그와 같은 예기치 않은 일반

---

40) 〔역주〕 느싯과의 새. 모래땅이나 들, 논밭에 살고 수컷은 날개 길이가 60cm, 암컷은 45cm, 꽁지는 23cm가량. 머리와 목은 회색, 등은 황갈색에 검은 가로줄 무늬가 있음.

화에 의해 학문은 더욱 풍부해지는 것이다."(8, 377)

이러한 일반화를 해내기 위해 톨스토이는 우화를 끌어들이기도 하고 때로는 역사 사료와 일상적 기록물을 활용하기도 했다. 아주 엄밀한 리얼리즘적인 기록이나 때로는 평론가들이 경악하고 화를 내던 자연주의적 기록들까지도 활용했다.

《신 기초입문서》 첫 부분에는 아이들을 위한 읽기연습 문제들이 실려 있다. 이를테면 '브' 발음을 위해, "블로히 멜키, 브로비 쵸르니."(벼룩들은 조그맣고 눈썹은 까맣다.) 같은 단어들이 배열되어 있다. 별로 마음에 들지 않는 단어들이 그저 아무런 평가 없이 아무렇지 않다는 듯이 씌어져 있다.

《기초입문서》는 여러 번 출판되면서 톨스토이에 의해, 혹은 다른 누군가에 의해 수없이 고쳐졌다. 그리고 드디어는 도서관과 학교에서 사용되는 공식적인 추천도서의 자격을 획득한다. 1891년 7월 26일 소피야는 이렇게 일기에 남긴다. "하루 종일 《기초입문서》 교정을 보았다. 학술위원회는 이, 벼룩, 악마, 빈대 같은 단어들과 몇몇 오류를 지적하며 책을 승인하지 않았다. 그리고 여우와 벼룩에 대한 이야기와 어리석은 농부들에 대한 이야기를 삭제하도록 요구했다. 톨스토이는 동의하지 않았다."

톨스토이가 보기엔 그건 마음에 들지 않더라도 변함없는 일상의 생활이었다.

세 번째 《기초입문서》(1872)에는 톨스토이가 심은 2백 그루의 어린 사과나무 밑동을 쥐들이 갉아먹는 이야기가 실린다. 그리고 나란히 《벼룩》이야기도 실려 있다. 둘 다 '나'라는 단어로 시작된다.

그는 사과나무에 대해 마치 아이들처럼 안타깝게 말한다. 4년이나 자란 나무들이 겨우 아홉 그루만 남고 다 죽어 버린 사실이 아주 잘 설명된다. "나무껍질은 사람의 혈관과도 같다. 혈관을 통해 피가 통하듯이 나무껍질을 통해 줄기와 잎, 꽃으로 수액이 흐르는 것이다."

빈대에 대한 이야기에서는 사람이 빈대와 아무런 소득 없는 대결을 벌인다. 톨스토이는 이런 이야기를 아무렇지 않게 이야기한다. 그는 여인숙의 방 한가운데에 침대를 밀어놓고 침대 다리 밑에 물이 담긴 나무 컵을 설치하고 이렇게 생각한다. "내가 너희들을 속여 먹을 거다." 그러나 빈대들은 천정에서 그에게 달려든다. 결국 그는 외투를 걸쳐 입고 밖으로 나가며 생각한다. "너희들을 당해낼 수가 없구나."

이런 작품들은 비평가들을 몹시 실망시켰다. 여기에 담긴 삶이라고 해야 아주 범박하고 이렇다 할 사건도 없으며 지적인 면도 없고 미적이지도 못했기 때문이다. 게다가 비평가들을 더욱 화나고 놀라게 했던 것은 《기초입문서》에 고골이나 투르게네프 등 다른 작가들의 작품은 하나도 없었다는 점이다. 다른 세계에 대한 이야기도 거의 없었다. 에스키모와 니그로에 대한 이야기가 딱 한 편 있었지만 유럽인에 대한 이야기는 전혀 없었다.

책에 담긴 이야기들은 아주 단순하고 오래된 옛날 것들이다. 아주 쉽고 단순하게 각색한 이솝 우화도 두 편 있었다. 현대적인 이야기는 철도와 전기를 다룬 것이 있었다. 그 중 철도에 대한 이야기는 아주 흥미롭다. 이 작품은 책 전체 내용과 모순적인 것 같았다. 이 작품은 "속도의 힘"이라는 제목을 가지고 있는데 제목 아래에 '실화'라는 부제가 달려 있었다. 야스나야 폴랴나 근처로 철도가 지나가게 된 것은 당시로서 얼마 전의 일이어서 아직도 사람들은 기관차를 보고 놀라서 입을 다물지 못하던 때였다. 당시의 기관차는 지금보다 폭이 좁았고 그래서 더 커 보였다. 이 이야기는 이렇게 시작된다.

한번은 기관차가 철로 위를 빠르게 달려가고 있었다. 그런데 철로 건널목에 무거운 짐마차를 끄는 말 한 마리가 멈춰서 있었다. 농부는 말을 몰아 건널목을 지나가려 재촉했지만 말은 꼼짝할 수가 없었다. 마차 뒷바퀴가 빠져 버렸기 때문이다. 차장이 기관사에게 소리쳤다.

"속도 줄여!"

하지만 기관사는 말을 듣지 않았다. 그는 건널목에서 앞으로 나가지도 못하고 뒤로 돌아갈 수도 없는 짐마차를 보긴 했지만 기관차를 금방 세울 수 없다는 것도 알고 있었다. 기관차는 똑같은 속도로 돌진하여 그대로 마차를 덮치고 말았다. 농민은 마차에서 떨어져 몸을 피했지만 기관차와 충돌한 마차와 말은 나무 조각처럼 길옆으로 나가떨어졌다. 그러나 기관차는 조금 흔들리지도 않고 그대로 앞으로 나아갔다.

기관사는 만일 차장의 말을 따랐더라면 수많은 승객과 함께 그들 자신이 죽거나 크게 다쳤을 것이라며 어쩔 수 없이 말과 마차를 들이받을 수밖에 없었다고 설명한다. 차장의 도덕률은 톨스토이가 게르첸에게 보낸 편지의 한 대목을 연상시킨다. 톨스토이는 얼음이 깨지고 있다면 유일하게 살 수 있는 방법은 더 빠르게 걸어가는 것뿐이라고 말했었다.

《속도의 힘》은 겁을 내어 일을 지체하는 것을 경고하는 소설이다.

톨스토이 자신은 용감한 사람이었다. 여기저기 영지를 방문하면서 그는 편하게 건널 수 있는 다리를 두고 말과 마차를 이끌고 여름이면 여울을 따라 강을 건넜다. 그리고 겨울이나 초봄에는 빙판을 타고 건넜고 유빙기에는 작은 나룻배를 이용해서 강을 건너곤 했다.

이것은 용기의 문제일 뿐만 아니라 속도의 결정과 판단에 대한 문제이다. 사람들이 좀 더 빨리 가야 한다고 할 때는 이런 질문이 제기되기 마련이다.

'어디로 가는가?'

'어디를 향해 서두르는가?'

'무엇을 얻고자 하는가?'

그러나 여기는 목가적인 생활이 펼쳐지고 있다. 톨스토이의 《기초입문서》에 나오는 사람들은 시골에서 살아가고 있고 어디로도 갈 곳이 없다. 그런 그들에게 기관차와 철로의 출현은 너무나 뜻밖의 사건이었다. 농사를 짓고 가축을 키우며 아이들을 키우는 그들의 삶에 철도는 아무런 관련이 없었다. 그들은 기르던 소가 죽으면 애통해하며 그저 그렇게 살며 늙어갔던 것이다.

이 책은 변함없이 정적인 평범한 도덕률에 대해 말하고 있다. 이 책에는 도시에 대한 이야기는 거의 없다. 톨스토이는 야스나야 폴랴나 학교의 학생들이 들려준 이야기를 거의 별다른 각색 없이 그대로 싣고 있다. 도시와 관련된 이야기라면 《왜 나를 도시로 데려가지 않았을까》라는 단 한 편이 있을 뿐이다. 한 소년이 도시에 데려가 달라고 졸랐지만 부모가 들어 주지 않았다. 아이는 슬퍼하다가 잠이 들었는데 꿈속에서 도시를 보게 되었다. 그런 다음 길가에 나가 놀고 있었는데 아버지가 도시에서 돌아왔다는 이야기다.

《기초입문서》에는 배들도 나온다. 어떤 배의 선장 아들이 원숭이를 쫓아 돛대 꼭대기에 기어올랐는데 무서워서 내려오지 못했다. 그러자 아버지는 총을 쏘겠다고 위협해서 아들이 바다에 뛰어내리도록 했다. 배에 관련된 또 다른 이야기에서는 아이들이 수영을 하고 놀고 있는데 상어가 다가왔다. 나이든 포병은 상어가 자기 아들 옆으로 다가가는 것을 보고 과감하게 대포를 쏴서 상어를 잡는다.

이런 이야기들은 모두 위업을 이룬 사람들의 용기를 잘 보여 주는 것으로 사람들의 입에서 입으로 전해오던 경이로운 것들이다.

여기에 등장하는 배들은 당연히 돛단배이고 실제 생활과 관련된 이야기라 하더라도 거의 모두 우화에 가까운 이야기들이다.

이야기 속에 등장하는 사람들은 저마다 농사일을 하며 그래서 사물의 구조에 대한 예는 '바퀴통을 왜 참나무가 아니라 자작나무로 만들어야 하는가, 쪼개지지 않도록' 등과 같이 모두 목재의 구조와 관련된 것이다. 농촌은 들로 둘러싸여 있고 이곳의 시간은 정지된 것만 같다. 이곳에는 연대기41) 속의 이야기, 성서에서 발췌된 이야기, 예르마크에 대한 이야기, 표트르 대제가 농민과 나눈 대화, 농민들이 불타버린 모스크바에서 버려진 물건들을 끌고 왔다는 이야기 등이 여전히 전해 내려오고 있었다.

역사는 움직이지 않고 저 멀리 들판 너머의 일일 뿐 이곳과는 무관한 것만 같았다.

대포를 쏘는 포병에 대한 이야기와 톨스토이가 개작한 고대 영웅 서사시가 같은 시점, 같은 공간에서 일어나고 있는 것만 같다.

이 세계에 '기관사'는 없었다. 여기엔 속도도 없었다.

가부장적 권위에 기초한 삶은 느릿느릿하게, 하지만 그럼으로써 굳건하게 흘러가고 있었다. 이런 삶에서 톨스토이는 '부동의 힘'을 그려낼 수 있었을 것이다. 그러나 그런 이야기를 직접 쓰지는 않았지만 톨스토이는 그 무렵 〈비동시대인〉지를 발간하려고 마음을 먹었었다.

푸가쵸프에 대한 이야기도 있었다. 푸가쵸프가 농촌에 들이닥치자 지주들이 도망쳤다. 그런데 한 지주의 어린 딸은 농민 처녀로 변장하고 있었는데 그만 푸가쵸프의 마음에 들고 말았다. 그는 그 소녀에게 은화 한 닢을 주었다.

푸가쵸프가 이야기에 나오지만 푸가쵸프가 어떤 일을 했는지, 왜 지주들과 투쟁했는지에 대해서는 언급이 없다. 다만 농민들이 지주의 아이들을 푸가쵸프에게 발각되지 않도록 숨겨주었다고만 되어 있다.

지주들은 전쟁을 하고, 배를 타고 다니며, 사냥하다가 밭을 망가뜨리곤 한다. 그 아이들도 사냥과 전쟁을 위해 승마를 배운다. 네 명의 형제가(마침 톨스토이 역시 네 형제였다) 보론이라는 이름의 늙은 말을 매질하는 모습도 그려진다. 자신들의 용맹함을 과시하려는 것이다. 늙은 말

---

41) 〔역주〕 러시아 민족의 성립과 건국의 역사를 서술한 원초연대기로부터 다양한 판본이 존재함. 구전설화, 성자전, 설교집, 영웅담, 전쟁 이야기 등이 다양하게 수록되어 역사와 문학이 통합된 양식을 보여줌. 연대기의 주제와 모티프는 러시아 문학의 발전에도 커다란 영향을 미쳤음.

을 괴롭히는 소년을 돌보던 보모 아저씨는 그걸 부끄럽게 생각한다.

사냥에 대한 이야기는 특히 많이 나온다. 일곱 편의 이야기가 나란히 모르다시카 불카에 대한 이야기이다. 보통 큰 짐승을 사냥하는 힘 센 사냥개들을 모르다시카라고 부른다. 어떤 주인이 카프카스로 떠나면서 곰 사냥을 할 때 데리고 다니던 불카를 가두어 놓는다. 하지만 불카는 창문을 깨고 뛰어나와 주인을 뒤쫓는다. 이 장면은 참 멋지게 잘 그려져 있다.

첫 번째 역에서 나는 역마를 바꿔 매려다가 갑자기 길 저편에서 뭔가 시커멓고 번들거리는 것이 미끄러지듯 달려오는 것을 보았다. 불카였다. 청동 목걸이를 한 불카가 전속력으로 역을 향해 날아들었다. 불카는 내게 몸을 던지고 내 손을 마구 핥아대고는 마차 그늘에 쭉 뻗고 말았다.

그리고 이 불카가 멧돼지와 늑대와 대결하는 모습과 다른 개들과 친하게 지내다가도 주인이 다른 개들을 가까이하면 질투하는 모습 등을 묘사한다. 개들에 대한 이야기는 아주 세밀하고 문체도 다른 작품들에 비해 월등히 빼어나다. 이런 이야기들에는 도덕적 훈계가 들어 있지 않았고 정확한 세부묘사가 가득했다.

아마 이런 불카의 모습은 《카자크 사람들》에 잘 어울릴 법하다. 올레닌이 숲 속을 돌아다닐 때 그의 앞쪽에는 한 마리 개가 달려 나가고 그 검은 등줄기가 거기에 달라붙은 수없는 모기떼로 인해 보랏빛으로 보인다. 하지만 《카자크 사람들》에 불카는 나오지 않는다. 《카자크 사람들》에서는 보다 큰 문제들이 다루어지고 있기 때문이다. 반면 《기초입문서》에서 불카는 톨스토이의 몸에 익숙한 관습적 생활의 일부로 등장한다. 《기초입문서》의 지주는 카프카스와 불카에 대해 자주 회상하곤 하는데 그것은 예로시카에 대한 생각을 달래기 위해서였다.

불카 외에 늑대와 싸우는 다른 한 마리의 개 드루시카에 대한 이야기

도 있다. 그리고 좀 더 길고 흐름이 느린 편안한 《뜻이 있으면 길이 있
다》에서도 개에 대한 이야기가 나온다. 이 작품은 겨울 숲에서 곰 사냥
을 하기 위해 전나무 가지 위에서 밤을 지새우는 이야기이다.

난 너무나 깊게 잠이 들어 대체 내가 어디서 잠을 자고 있는 것인지
조차 잊어버렸다. 난 주위를 둘러보고 깜짝 놀랐다. 여기가 어디
지? 나는 하얀 기둥들이 있고 모든 것이 반짝이며 빛나는 하얀 궁
전 위에 있는 것 같았다. 고개를 들어보니 하얀 당초무늬가 펼쳐졌
고 무늬들 위에 검은 빛으로 빛나는 둥그런 천정이 보였으며 갖가
지 빛깔의 등불이 켜져 있었다. 난 주위를 둘러보고 나서야 우리가
지금 숲 속 나무 위에 있다는 것을 깨달았다. 궁전처럼 보인 것은
눈과 서리에 덮인 나무였고 등불은 나뭇가지들 사이로 보이는 떨고
있는 하늘의 별들이었다. 밤사이 흰 서리가 내린 것이다. 나뭇가지
위에도 내 덧옷 위에도 데미얀도 온통 서리가 하얗게 덮여 있었다.

1858년 겨울 톨스토이는 곰 사냥을 나간 적이 있었다. 톨스토이는 총
두 자루를 가지고 자리를 잡고 곰을 기다리고 있었다. 주위의 발자국도
다 치워 놓았다. 그는 항상 해야 할 일을 모두 잘 해냈고 그때마다 늘 새
로운 방식을 취하곤 했다. 이에 대해 페트는 이렇게 말한다.

숲은 보통 소방용 도랑으로 정방형으로 구획되어 있다. 그 중 개활
지를 찾아 사냥꾼들은 장전된 총 두 자루씩을 지니고 포진한다. 그
때 주변에 깊이 쌓인 눈을 밟아 널찍한 공간을 만들어 놓는다. 동
작을 가능한 원활하게 하기 위해서다. 그러나 톨스토이는 거의 허
리까지 빠지는 눈 속에 자리 잡고 주변 눈을 밟을 필요 없다고 말한
다. 곰을 총으로 쏘는 거지 곰하고 씨름할 일은 아니라는 것이다.

한번은 이런 일도 있었다. 사냥에 나가 사냥개들을 풀었는데 암곰 한
마리가 톨스토이를 향해 느닷없이 달려들었다. 톨스토이는 총을 한 방,

두 방 발사했다. 명중했다. 하지만 그는 두 번째 총을 집어들 겨를이 없어 눈 속으로 몸을 숨겼다. 곰이 그를 덮쳐 머리를 물어뜯으려 했다. 톨스토이는 목을 잔뜩 움츠리고 곰의 아가리에 가죽 모자를 집어넣었다.

곰 사냥을 이끌던 아스타시코프가 달려와 긴 막대기로 곰을 때리면서 조그맣게 소리쳤다. '어딜 이놈아! 어딜 이놈아!'

암곰은 겁을 집어먹고 도망쳤지만 다음날 사살되었다. 이때 톨스토이는 왼쪽 눈 밑 뺨이 찢어졌고 왼쪽 이마의 피부가 찢겨나가고 말았다.

톨스토이는 일어나서 붕대를 감으면서 "페트가 그거 보라고 하겠군!" 하고 말했다고 한다. 페트가 전하는 말이다.

페트는 대단한 시인이었지만 1859년 성탄절 무렵 벌어졌던 이 사건을 자기 자랑삼아 이야기했다. 자기는 그런 일이 벌어질 것을 아주 잘 알고 있었고 자기 말을 듣지 않아 불행한 일이 생길 뻔했다는 것이다.

14년이 지난 뒤 톨스토이는 아무렇지도 않게, 그러면서도 무시무시하게 이 이야기를 한다. 그 이야기의 주인공은 사냥꾼 대장 데미얀이었다. 그러나 이 이야기의 중심은 그가 처했던 위험이 아니라 사냥이다.

그런데 데미얀은 총도 지니지 않고 긴 막대기 하나만 들고 소로를 달려 내려와 소리쳤다.

"나리를 물어뜯는다! 나리를 물어뜯어!"

그는 이리 뛰고 저리 뛰고 하며 곰에게 소리쳐댔다.

"야, 이 빌어먹을 놈아! 뭐야, 뭐하는 거야! 저리 가! 저리 꺼져!"

마침내 곰은 몸을 뒤로 빼고 나를 버려둔 채 달아났다. 내가 몸을 일으켰을 때 주변 눈밭에는 양이라도 잡은 것처럼 핏자국이 선연했다. 이마에는 살점이 덜렁거렸지만 아직도 흥분이 가라앉지 않아 아픈 줄도 몰랐다.

친구가 달려오고 사람들이 모여들었다. 모두들 내 상처를 보고 눈으로 닦아주었다. 하지만 난 상처에 대해서는 신경도 쓰지 않고 물었다.

"곰은 어디 있어? 어디로 갔지?"
갑자기 누군가의 외침소리가 들렸다.
"저기 있다, 저기!"
모두들 고개를 돌리자 곰이 다시 우리를 향해 달려오는 모습이
보였다. 우리는 일제히 총을 집어 들었지만 총을 쏠 사이도 없이
그 곰은 우리를 지나쳐 달려갔다.

그 뒤에는 어떻게 다시 이 곰을 잡았는가에 대해 자세히 이야기한다.
나무를 베는 모습을 그린 세 이야기는 독립된 장을 이루고 있다. 세
작품은 모두 긴밀히 연결되어 있어 하나의 이야기 같다. 한 지주가 버려
진 밭을 정비하면서 자신도 모르게 자연을 망가트리고 만다는 이야기이
다. 그는 잔가지들과 들새 집들을 걷어내고자 했다. 그러다가 두 아름
이나 되는 커다란 포플러 나무를 보았다. 그 나무 주변에는 어린 포플러
나무들이 자라고 있었다. 지주는 이 나무 주변이 두고 보기에 아주 좋을
것이라고 생각했다. 하지만 그가 보기에 늙은 포플러 나무가 어린 나무
들에 둘러싸여 죽어 가는 것만 같았다. 그는 생각 끝에 어린 나무들을
베어내 버렸는데 그러자 그 늙은 나무도 말라 죽어갔다. 그 어린 나무들
은 그의 자식들이었던 것이다. 늙은 나무는 자신의 모든 생명력을 그 어
린 나무들에게 물려주고 있는 것이었는데 어리석게도 인간이 그걸 모르
고 끼어들어 결국 늙은 포플라는 말라 죽고 말았던 것이다.
지주는 또 쓸데없이 벚나무도 베어냈다. 그는 사람들을 시켜 나무 밑
동을 잘라 밀어 넘겼다.

바로 그 순간 누군가 나무속에서 찢어지듯 비명을 지르는 것이었
다. 우리가 힘을 주자 나무는 꼭 통곡하듯이 갈라지는 소리를 냈
다. 도끼질한 부분에서 두 동강난 나무는 흔들거리다가 쓰러져 그
가지와 꽃들이 풀밭으로 넘어갔다. 쓰러진 나뭇가지와 꽃들은 잠시
몸을 떨다가 잠잠해졌다.

"에헤, 참 대단한 놈이야! 안됐지만 어쩔 수 없지!"

한 농민이 이렇게 말했다. 하지만 나는 이 나무가 너무나 안돼 보여서 서둘러 그 자리를 떠났다.

세 번째 이야기는 《나무는 어떻게 걸어 다니는가》이다. 지주는 다시 연못 근처 밭을 정비하고자 했다. 그런데 벚나무가 눈에 들어왔다. 그는 밭을 다 정비했는데도 여전히 크고 굵은 벚나무가 있다는 사실을 깨달았다. 분명 말라죽은 보리수나무 밑에서 여기로 기어온 것 같았다. 벚나무는 벌써 그 뿌리를 내리고 있었다. "가지를 땅에 박고 가지에서 뿌리를 뻗어 내린 것"이었다.

결국 이 모든 이야기들은 인간이 나무의 삶을 방해하기만 하고 생명 세계에 혼란을 일으키기만 한다는 것을 말해준다.

톨스토이는 가부장적인 농촌의 삶을 사랑했고 향기로운 사마르 초원과 비탈진 구릉, 말떼가 거니는 풀밭, 건강하고 평온한 바시키르 민중들을 자신의 고향처럼 사랑했다. 그는 바시키르인들의 삶을 이해하기 위해 고 서적들을 탐독하고는 바시키르인들이 언젠가 그리스 역사학자 헤로도투스가 말한 바 있는 스키타이인42) 들과 유사하다고 결론 내렸다. 톨스토이는 가장 중요한 것에 대해 아무런 수식 없이 아주 간명하게 기술하는 법을 배우고 싶었다. 그리고 지금까지 변함없이 옛 전통을 이어 가며 살아가는 바시키르인들에 대해 보다 깊이 알고 싶었다. 이런 이유로 톨스토이는 열심히 그리스어를 배워나갔던 것이다.

그리스 문학, 그리고 쉽고도 간명한 옛날이야기는 톨스토이가 《기초

42) 〔역주〕BC 8~7세기에서 AD 3세기경까지 흑해와 카스피 해 연안에 거주했던 유목민족. 이들은 용맹함과 말 타기 솜씨를 이용해 BC 4~2세기경까지 5세기 이상 강력한 제국을 형성했다. 전투력뿐만 아니라 화려한 문명을 건설한 것으로도 유명하다. 스키타이 문명은 역사가 헤로도투스에 의해 알려졌으며 페르시아와 그리스에 맞선 유목민족의 전설을 풍부히 지니고 있어 많은 문학의 모티프가 되기도 했다.

입문서》를 집필하는 데 하나의 원리였다.

그러나 톨스토이는 바시키르인들을 면밀히 관찰하고 그곳에 땅을 구매했다. 사실 구매했다기보다 거의 가로챘다고 말하는 편이 더 정확할 것이다. 너무나 싼 값에, 1만 평방미터에 10루블을 주고 샀던 것이다.

그리고 1년 뒤 모든 것이 변해 버렸다. 더 이상 빈 공간도 없고 초원은 파헤쳐 개간되었고 농민들이 차지하고 있었다. 하지만 그럼에도 기근은 어김없이 찾아왔다.

톨스토이는 가부장제적 삶을 사랑했지만 지주로서 그 자신이 그러한 삶을 파괴하는 씨앗을 품고 있었다. 《기초입문서》는 사라져가는 옛날 농촌에 대한 향수를 담고 있는 책이었던 셈이다.

이제 그 이후는 어떻게 될 것인지 그로선 알지 못했다. '속도는 힘'이었지만 톨스토이는 속도에 거부감을 가지고 있었다. 그로서는 그 속도로 어디로 왜 가야 하는지 알 수 없었기 때문이다.

《기초입문서》의 가장 긴 이야기는 《카프카스의 포로》였다. 톨스토이는 그로즈니 요새에서 체첸 사람들의 포로가 될 뻔한 적이 있었다. 당시 많은 러시아 장교들이 포로가 되곤 했는데, 그러면 그 가족들이 아주 비싼 몸값을 치르고 어렵사리 구해내곤 했다. 푸시킨의 《카프카스의 포로》는 체첸 사람들 속에서 살아가는 러시아인을 다루는 작품이다. 톨스토이의 작품은 푸시킨의 작품과 제목은 동일하지만 내용은 전혀 다른 이야기이다. 그의 작품에서 포로가 된 러시아 장교는 아주 가난한 귀족 출신이었다. 그는 모든 것을 직접 제 손으로 해야 했고 거의 귀족이랄 수 없는 신분이었다. 그가 포로가 된 것은 지체 높은 다른 장교가 그를 도와주지 않고 총을 든 채 달아나 버렸기 때문이다. 하지만 결국 그 장교도 포로가 되고 말았다.

포로가 된 이 가난한 장교의 이름은 질린이라고 했다. 이 주인공은 산악민들이 러시아인을 싫어하는 이유를 잘 알고 있었다. 체첸 사람들은 이방인인 그에게 그렇게 적대적이지 않았고 오히려 그의 용맹함과 시계를 고치는 솜씨를 존경하기까지 했다. 그는 풀어준 것은 푸시킨 작품에 서처럼 그를 사랑한 여인이 아니라 그를 불쌍히 여긴 한 소녀였다. 그는 자신의 동료도 구해내서 함께 데려가려고 했지만 그 동료는 용기도 없고 힘도 없었다. 질린은 코스틸린을 어깨에 들쳐 멨지만 그와 함께 다시 붙잡혔다가 결국 혼자 도망을 친다.

톨스토이는 이 작품을 자랑스러워했다. 이 작품은 아무런 장식도 없고 이른바 심리분석이라고 하는 것도 없는 평이한 작품이었지만 빼어난 산문이다. 인물들의 이해관계가 뚜렷하고 우리는 질린이라는 선한 인물에 공감할 수 있다. 주인공의 성품이 충분히 잘 드러나 있어 우리는 그에 대해 충분히 잘 알 수 있다. 물론 그는 자신이 스스로에 대해 많이 알아야만 한다고 생각하지 않는다.

읽기 연습용 글들과 작은 단편들 외에도 《기초입문서》에는 산수와 교사용 지침도 들어 있다.

이 책이 출판되자 커다란 논쟁이 벌어졌다. 톨스토이는 〈조국의 기록〉에 직접 논문을 게재하여 논쟁에 가담하기도 했다.43) 이 논문의 핵심은 교육학자들은 대체로 아이들이 생각할 줄을 모르는 채로 학교에 와서 생각과 계산을 배운다고 전제한다는 점을 지적하는 것이다. 그러나 교육학자들의 생각과는 달리 아이들은 이미 서로 놀면서 계산능력을 습득하고 이미 나름의 인생을 살고 있다는 것이 톨스토이의 견해다. 따라서 교육학자들이 가르치는 책 속의 지혜와 현학적인 대화들은 아이들을 앞으로 끌어가는 것이 아니라 뒤로 잡아당긴다는 것이다.

톨스토이는 논리적 사고와 수많은 현학적인 말들은 중요한 것도 꼭 필요한 것도 아닐 뿐더러 대체로 불필요한 것이라고 생각했다. 톨스토이는 전혀 다른 인간유형을 염두에 두고 있었다. 따라서 《민중교육에 대하여》는 기초적 교육뿐만 아니라 문명의 새로운 유형에 대해 논하고

---

43) 《민중교육에 대하여》, 〈조국의 기록〉 1874년 제 9호.

있는 것이기도 하다. 톨스토이는 아이들을 자신이 생각하는 그런 새로운 문명 속에서 자라도록 하고 싶었다.

톨스토이는 진정 중요한 것은 살아 있는 생생한 언어에 대한 지식이며 교회슬라브어는 죽은 언어로서 살아 있는 언어를 이해하기 위한 보조물이라고 말했다. 그리고 산수는 수학의 기초라고 말했다. 이 점에서 톨스토이는 옳았다.

그러나 톨스토이는 속도가 필요한 것이라고 하면서도 삶의 모든 진보를 거짓으로 보고 그것을 저지하려고 했다는 점에서 옳지 않았다.

톨스토이는 자신의 책이 중상모략을 받고 있다고 생각하면서 부정적인 평가에 대해 병적으로 거부감을 나타냈다. 그러나 톨스토이 생전에 이 《기초입문서》는 비싼 책값(20코페이카였다)에도 불구하고 수정판과 재판을 거듭하여 20판까지 나왔다. 아내 소피야는 직접 이 책을 제작 판매하였다.

서적상 미로노프라는 사람은 그가 어렸을 때 주로 민중용 도서를 취급하던 니콜스카야 거리의 서점에서 일했던 경험을 내게 들려주었다. 그는 심부름으로 톨스토이의 집이 있던 하모브니키에 다녀오곤 했다고 한다. 그의 말에 따르면 정원 뒤편에 창고가 있었는데 그가 가면 창고 문을 열고 거기서 책 묶음을 꺼내왔다. 책은 권수대로가 아니라 무게로 판매되었다. 이미 1푸드(약 16.4킬로그램)에 몇 권인지 잘 알고 있었기 때문이다. 그는 1푸드에 해당하는 《기초입문서》를 사오곤 했다. 이때 가끔씩 이미 늙은 톨스토이가 나와서 짐을 잘 드는 요령을 가르쳐주며 소년을 도와 책 짐을 머리에 얹어 주기도 했다. 톨스토이 집에서 니콜스카야 거리까지는 먼 길이었지만 철도 이용은 값이 비싸서 엄두를 내지 못했다고 한다.

다시 사마라로

그리스어 학습에 전력을 기울이던 톨스토이는 1871년 6월에 오래 전부터 그리던 바시키르 초원으로 여행을 갔다. 그는 니콜라엡스크 지역에서 155킬로 정도 떨어진 곳에 있는 카랄릭(이르기즈 강이 흘러들어 가는) 강변의 작은 마을에 기거하게 되었다.

그 지역 사람들은 톨스토이의 내방을 그리 달가워하지 않았다.

> 피곤하고 건강이 좋지 않아 간단히 몇 자 적겠소. 카랄릭까지 거의 130킬로미터를 달려와서 방금 도착했기 때문에 피곤한 상태입니다. 바시키르 사람들은 모두 나를 알아보고 반가워하더군요. 하지만 저녁때부터 여러모로 보건대 그들의 사정이 전처럼 그렇게 좋은 상태는 아닙니다. 아주 좋은 경작지는 이미 남의 손에 넘어갔고 이제 그들은 새로운 땅을 개간하고 있더군요. 그들 대부분은 이제 겨울 주거지를 떠나 유목을 하러 떠나지 않습니다.[44]

최근 10여 년 동안 바시키르에는 어떤 변화가 있었던가?

바시키르인들은 이전에도 순수한 유목민은 아니었다. 유목을 떠나기 전에 그들은 들판을 갈아 씨를 뿌려놓았다. 그리고 봄과 여름을 가축들과 유목을 다니고 돌아왔다.

세르게이 악사코프는 《가족 연대기》에서 자신의 할아버지에 대해 이야기한다(책에서는 할아버지 성을 바그로프라고 바꿔 부르고 있다).

바그로프는 심비르스크 현에서 살다가 지루해졌다.

> 얼마 전부터 우파지역에 대한 소문이 들려오기 시작했다. 어마어마하게 넓은 경작지와 초원과 숲과 강이 있고 새나 물고기나 농산품

---

44) 1871년 6월 15일 아내 소피야에게 보낸 편지(83, 178).

이 말도 할 수 없이 풍족한 지역인데 거의 공짜나 다름없는 값으로
사들일 수 있다는 것이다. 거기 가면 카르토빈스크, 혹은 카르말린
스크라는 씨족집단이 살고 있는데 가서 그들을 열댓 명 초대하면
모든 것이 끝난다. 그들에게 두세 마리 살찐 양을 주면 그들이 양
을 잡아 그들 방식으로 요리해 줄 것이다. 포도주도 양동이로 가져
다 놓고 아주 진한 바시키르산(産) 꿀도 몇 통 내놓고 농민들이 직
접 만든 맥주도 한 단지 내놓을 것이다. 그로써 대성찬이 이루어지
는 것이다. 바시키르인들은 그 옛날에도 엄격한 마호메트 교도가
아니라는 것은 너무나 분명했다. 그런 성찬은 때로 1주일 동안, 아
니 2주일 동안도 계속되었다고들 했다.[45]

그렇게 성찬을 즐기는데 돈이 많이 들지도 않았다. 그리고 그 다음 계
약을 하는 것이다. 땅을 잴 필요도 없다. 땅의 경계는 이를테면, "콘리
옐가 강 입구에서 늑대 오솔길의 죽은 자작나무 있는 데까지, 아니면 죽
은 자작나무에서 공유지 언덕으로 반듯하게, 아니면 공유지 언덕에서
여우 굴까지" 등으로 하면 된다. 그런 식의 척도로 "대략 1만, 2만, 3만
헥타르가 결정되었다. 그리고 이 모든 땅에 대해 그저 1백 루블 정도에
다가 1백 루블 정도의 선물을 얹어 주면 된다. 먹고 마신 값은 빼고 말이
다."[46]

1832년 바시키르인들은 "논박의 여지없이 현재 그들이 점유하고 있
는" 지역의 모든 토지 소유를 인정받았다. 정부에 의해 발효된 이 법령
은 이중적 의미를 지니고 있었다. 바시키르 지역에는 많은 러시아인들
이 살고 있었다. 새로운 땅을 찾아 도망친 농민들과 폴란드에서 귀환한
분리파 교도들, 종교적 박해를 피해 온 몰로칸 교도들 등 다양한 러시아
인들이 있었고 그들 사이에 지주 계층이 탄생하기 시작했다.

---

45) S. 악사코프, 선집 제 1권, M., 국립문학출판사, 1955, 73~74쪽.
46) 위와 같음.

바시키르인들은 토지를 소유하면서 개인당 최소 40에서 60헥타르를 남기고 나머지는 팔아넘길 수 있었다.

1869년 바시키르 지역 유입민에게 세습영지 분할공여에 관한 법령이 발효되었다. 지역주민의 허가를 받아 이 지역에 이주한 농민들은 유입민으로 불리고 있었다. 그러나 이 법령에 의해 이들에게는 거의 아무것도 분배되지 못하는 결과가 초래되었다. 그리하여 그 유명한 바시키르 토지 약탈 소동이 발생하였고 이는 1881년 인구조사(그리 치밀하지는 못했던)에 의해 종결될 수 있었다.

바시키르 토지약탈에 대한 이야기는 《안나 카레니나》에도 나온다. 카레닌은 거기서 정당한 결론을, 즉 그의 견해에 따르면 엄정한 법집행과 관료 행정의 형식을 부여하기 위해 그에 관한 서류를 뒤적이고 있다.

토지 측량결과에 따라 유입민에게도 15헥타르씩 분여지가 공여되기로 결정되었다. 하지만 그것마저 유입민에게 직접 주는 것이 아니라 가등기 형태로 분배되는 것이었다. 게다가 세습 자유영지 조합이 만들어져 세습영지를 소유한 바시키르인들이 마을회의의 결정에 의해서만 영지를 판매할 수 있게 되었다. 또한 가등기 토지의 관리위원회가 조직되어 분명 정부재산은 아니지만 그 운용은 정부의 통제를 받게 되었다.

여기서 바시키르 토지의 역사를 좀 길게 다루는 이유는 이것이 아주 직접적으로는 아니지만 톨스토이와 관련을 지니고 있기 때문이다.

가등기 토지들은 유입민에게 완전히 귀속되었어야 한다. 그러나 1871년 국유지 임의매각에 관한 법령이 발효되었다. 이에 따라 국유지를 불하받을 수 있는 권리가 관리들에게 주어졌다. 퇴임관리는 150헥타르에서 500헥타르까지, 현직관리는 500에서 2천 헥타르까지 사들일 수 있게 된 것이다. '최우수 근무관리'들에게 그런 분여지가 제공되었다.

그러나 매입제한 규정은 전혀 지켜지지 않았다. 토지에 대한 정확한 측량도 하지 않았고 토지경계는 이전처럼 편의적으로 자연 경계대로 적당하게 이루어졌다. 그리하여 어떤 경우는 2천 헥타르를 구입했지만 실

제로는 1만 헥타르를 차지하기도 했다. 이런 토지약탈 행위가 오렌부르
그 지역과 우파 현을 휩쓸었고 부분적이긴 했지만 사마라도 이를 피해
갈 수 없었다. 모스크바의 총독이나 사마르 지역 주지사로부터 미관말
직에 있던 산파에 이르기까지 지위고하를 가리지 않고 모두들 이런 토
지약탈에 가담했다.

이런 식으로 오렌부르그 현의 모든 가등기 토지와 우파 현의 36만 헥
타르가 매도되었다. 우파와 심, 벨라야 강 선착장을 포함한 아주 좋은
토지가 이렇게 약탈되었고 거기에는 좋은 산림지역까지 포함되었다.

가장 좋은 토지 1헥타르가 겨우 16루블 8코페이카에 팔려나갔다. 물
론 은행은 즉각 매입대금을, 그것도 매입대금의 10배 이상을 대출해 주
었으며, 게다가 37년 장기상환이라는 조건이었다.

최종적으로 이렇게 팔려나간 땅은 1백만 헥타르 이상이었다.

토지를 매입한 자들은 높은 가격으로 일부라도 팔아넘기려고 서둘렀
다. 유례가 없는 믿을 수 없는 강도짓이 백주에 판을 쳤던 것이다. 이런
토지약탈 행위는 다소 완화된 형태이기는 하지만 톨스토이의 단편 《사
람에게는 얼마만큼의 땅이 필요한가》에 반영되어 있다. 이 작품에서도
토지는 자연 경계에 따라 대략적으로 구획되고 있다. 하지만 그 매입자
는 관리가 아니라 부유한 농민으로 설정된다. 바시키르인들은 아주 짧
은 기간에 모든 토지를 빼앗겨버렸고 러시아 유입민들도 새 지주들에게
땅을 임대해야 했다. 그리하여 이 지역의 삶은 완전히 변모되고 말았다.

이제 다시 톨스토이의 편지로 돌아가 보자.

이곳에 온 뒤로 매일 저녁 6시만 되면 우수가 찾아오곤 했습니다.
마치 열병과도 같은 육체적인 우수였지요. 그 느낌은 영혼이 육체
에서 떨어져 나가는 듯하다는 말 외에는 달리 표현할 길이 없는 것
이지요. [47]

47) 1871년 6월 18일 아내 소피야에게 보내는 편지(83, 178).

톨스토이와 어린 처남 스테판은 회교도 율법학자에게서 유르트(유목민 천막)를 하나 빌려서 기거했다. 회교도 율법학자는 나란히 있던 좀 작은 유르트로 옮겨갔다. 유르트의 바닥은 여름에는 나리새를 베어다 깔았다. 유르트의 문은 초원을 향해 있었는데 보통의 가죽 천 대신 그림이 그려진 나무문이었다. 그 문 위에 하늘을 향해 구멍이 하나 나 있었다. 그 구멍은 날씨가 좋지 않을 때는 가죽 천으로 덮어 막아놓곤 했다.

그들은 쿠미스를 많이 마셨다. 쿠미스 치료 요법을 할 때는 밀가루 음식이나 채소를 먹어서는 안 된다고들 했다. 고기는 먹어도 되는데 가능하면 소금을 치지 않은 것이어야 했다. 이런 쿠미스 치료를 받으러 그 당시 많은 사람들이 이곳에 몰려들었다. 정작 바시키르인들의 일상적 음식은 살라마(끓는 물에 밀가루 반죽을 익혀 건져낸 것), 혹은 보리나 호밀 죽 같은 것이었다. 베시바르마크라는 음식도 있었는데 고기를 넣은 반죽을 익혀낸 것이었고, 카이마크라는 것은 스메타나(우유를 발효시킨 요구르트의 일종)를 넣은 우유를 끓여서 만들었다. 그 외에도 쌀과 고기, 야채, 후추 등 양념을 버무린 플로프라는 것도 있었다. 그러나 이제 가난해진 유르트에서는 살라마조차 구경하기 힘들었다.

톨스토이는 점차 새로운 생활에 익숙해져 갔다. 사람은 언제나 새로운 환경에 적응해야만 하고 사람들의 삶도 변화되어간다는 것은 분명한 사실이다.

톨스토이는 여기서 손에서 책도 놓고 그리스 어 학습도 중단했다. 그는 6월 말에 카랄릭에서 아내에게 편지를 쓴다.

새롭고 흥미로운 것이 많소. 헤로도투스의 마음을 빼앗았던 바시키르 사람들, 그리고 러시아 농민들, 매혹적일 만큼 담백하고 선량한 민중들. 난 60루블을 주고 말을 한 필 사서 스테판과 함께 타고 다닌다오. 나는 오리사냥도 해서 포식하기도 했지요. (…) 이제는 너 새 떼가 있는 곳까지 말타고 나가기도 하지만 언제나와 마찬가지로 그놈들은 놀라서 달아나 버리고 말더군요. 그리고 새끼 늑대 무리를 보러가기도 했습니다. 한 바시키르인이 그 중 한 마리를 잡았답니다. 난 그리스어 책을 읽기도 하지만 아주 가끔입니다. 그러고 앉아 있고 싶지가 않아요. 쿠미스에 대해서는 누구도 뭐라 말하기가 힘들지요. 그저 며칠 전 '우린 풀 위에서 살아간다'고 하던 한 농민의 말이 가장 적절한 말일 겁니다. 말처럼 말이지요.

　나는 6시나 7시에 일어나 쿠미스를 마시고 겨울용 막사로 갑니다. 그곳엔 쿠미스 치료를 받으러 온 사람들이 많습니다. 나는 그들과 이야기하다가 돌아와 스테판과 차를 마시곤 합니다. 그러고 나서 책을 조금 읽고 셔츠만 걸치고 초원으로 걸어 나가거나 하지요. 나는 계속 쿠미스를 마시고 구운 양고기 한 조각을 먹습니다. 그리고 걸어서 사냥가거나 말 타고 나서거나 하지요. 그리고 저녁이면 거의 어두워질 무렵 잠자리에 듭니다. [48]

　아침. 유르트 대문 위의 구멍으로 아직 별이 총총하고 주변 하늘이 서서히 밝아온다. 커다란 천막 속에 톨스토이가 침대 위에 누워있다. 편안하다. 나무 침대에는 건초가 깔려 있고 그 위에 펠트 담요가 전부다. 스테판은 바닥에 깃털이불을 깔고 누워 있다. 시종으로 따라온 이반은 구석에 가죽 외투를 뒤집어쓰고 누워 있다.

　점점 밝아진다. 유르트 한 구석에는 도회지에서 건너온 호두나무 장식장이 하나 서 있다. 세 마리 수탉이 제일 먼저 깨어나고 뒤따라 이반이 일어나 밖으로 나가 모닥불에 물을 데운다. 그리고 톨스토이가 자리에서 일어나고 그와 함께 베르니라는 별명으로 불리는 검은 사냥개가 따라 일어난다.

　이반이 툴라에서 가져온 사모바르를 들고 유르트 안으로 들어온다. 톨스토이는 우유와 함께 차를 세 잔 마시고 앞서거니 뒤서거니 하면서 사냥개와 함께 밖으로 나선다. 지평선이 발그레하게 물들어 있다. 해가

───────────

48) 1871년 6월 23일 아내 소피야에게 보낸 편지(83, 182).

떠오르면서 별이 파르스름해진다.

톨스토이는 바시키르식의 나무 등자에 발을 걸어 짙은 갈색 말 위에 오른다. 그리고 안장 앞에 값비싼 총을 올려놓는다. 검은 사냥개는 조용히 의젓하게 아침 공기를 마신다.

산에서 수천 마리의 말떼가 내려오고 있다. 망아지들을 거느린 암말들이 알록달록하게 무리를 지어 내려온다.

고요하다. 초원에는 풀과 꽃 냄새뿐이다. 이리저리 돌아보아도 온통 초원이다. 톨스토이는 서서히 말을 몰아 나아간다.

이곳의 초원은 녹색이다. 목초지 초원인 것이다. 이 초원은 카마 강, 벨라야 강으로 이어지면서 점차 갈색으로 변색된다. 초원은 우랄 산맥을 따라 남쪽으로 경사져 내려가다가 이르비트와 이심, 옴스크와 콜리반까지 오르막을 이룬다.

톨스토이는 먼 곳의 호수까지 말을 달린다. 그의 앞과 뒤, 왼편과 오른편으로 끝도 없이 수천 킬로미터나 되는 초원이 흑해까지, 오뎃사까지, 그리고 크림 지역을 거쳐 세바스토폴까지(오래 전 그에게 친숙했던) 펼쳐져 있다.

드디어 태양이 모습을 드러내자 금세 따스해진다. 비스듬히 그림자가 초원에 눕는다. 여전히 온통 초원이다. 이 초원은 카프카스까지, 그리고 탁류가 거칠게 흐르던 테레크 강까지도 이어질 것이다. 이 초원은 헝가리까지 이어진다. 마치 이곳의 모든 삶은 초원에서, 말 위에서, 그리고 마차 위에서 이루어지는 것만 같다.

톨스토이에게는 야스나야의 참나무 숲과 오래된 녹채는 초원의 가장자리이고 그 너머에는 아무것도 없다고 생각된다.

초원에 비하면 혁명이란 무엇이며 니힐리스트란 무엇인가. 그저 한두 줌에 지나지 않는 것이 아닌가. 그러나 초원은 넓고도 넓어서 저기 멀리 고비 사막까지 나아간다.

말은 아무도 밟지 않은 풀밭에 사뿐히 발걸음을 내딛는다. 해가 더 높이 떠오르며 하늘은 더욱 푸른빛을 드러내고 나리새는 회청색과 은백색으로 빛난다. 잘 익어 가는 밀밭이 넓은 띠를 이루며 나리새 풀밭 사이를 가로지르고 있다. 땅속 흑토의 깊이가 거의 2미터나 되는 흑토 지대가 끝도 없이, 끝도 없이 계속 펼쳐져 있다. 그것은 점점 더 맑은 갈색으로 변하다가 황무지를 만났다가 다시 더욱 짙은 색으로 변해간다.

나리새와 밀밭이 이어지고, 은백의 나리새가 더 이상 보이지 않고 휴경지가 나오면 다른 종류의 나리새가 그 자리를 차지하고 무성하게 자라나 있다.

초원은 스스로 자신의 상처를 보듬어 새 살을 돋게 한다.

이곳에 땅을 살 수 있다면 좋을 것이다 … 톨스토이는 이제 무덥고 갑갑하여 숨이 막히는 유르트로 돌아온다. 다른 사람들과 함께 커다란 나무통에 든 양고기를 손으로 집어먹고 쿠미스를 마신다. 그리고 챙이 넓은 밀짚모자를 쓰고 다시 초원으로 나간다.

태양은 초원을 더운 열기로 내리 누른다.

이렇게 무더운 날씨가 되면 너새들은 풀 속에 내려 앉아 목만 감추고 있다. 이럴 때 이 새들을 잡는 것은 너무나 쉽다. 이놈들은 더위에 지쳐서 사냥개가 가까이 다가와도 어쩌지 못하는 것이다. 이렇게 잡은 너새는 그 무엇에도 비할 수 없는 훌륭한 노획물이 아닐 수 없다. 한 마리가 16킬로그램이나 된다. 그 머리는 잿빛이고 귓구멍이 밖으로 드러나 있고 다리는 굵직하다. 수놈의 머리 양쪽에는 관모가 늙은 사람의 구레나룻처럼 자라 있고 턱 주변의 뺨에는 깃털이 수염처럼 달려 있었다.

너새는 겁이 많고 사람을 꺼려해서 경작지 근처에 잘 오지 않았다. 악사코프 같은 소문난 사냥꾼도 너새는 한 마리도 잡아보지 못했다.

톨스토이는 오후 만찬으로 무거운 너새를 끌고 유르트로 돌아왔다. 벌써 이반은 바닥에 새 나리새 짚을 깔아 놓았다. 그는 피곤한 몸으로 편지를 쓴다.

유쾌한 기분으로 편지 쓰면서 톨스토이는 오늘 보았던 것을 되새기며 자신의 생각을 털어놓는다. 모스크바 총독의 아들 니콜라이 투츠코프가 땅을 판다고 내놓았다. 불하받은 땅이었다. "말을 다 하자면 길지만 우선 이 땅을 사면 매우 커다란 이익이 될 거라는 점만 말해 두겠소. 수확만 잘되면 2년 만에 땅 값을 벌고도 남을 거요. 2천 5백 헥타르를 헥타르 당 7루블에 살 수 있지요. 사고 나서 경작지를 만드는데 1만 루블 정도 들여야 할 겁니다."[49]

톨스토이는 바시키르인들에게서 직접 땅을 사려고 하지는 않았기 때문에 훨씬 비싸게 돈을 치러야 했다. 그는 "여기서는 우리에게서보다 수확을 열 배나 더 거둘 수 있고 하는 일이나 신경 쓸 일은 열 배는 더 적을 겁니다"라고 편지에 쓰고 있다. "이곳 민중의 순박함과 정직함, 순수함 때문에 특히 이곳에 영지를 사두고 싶습니다."

그 뒤에 오렌부르그 초원으로 갈 수도 있음을 밝힌다. 그곳에서는 헥타르 당 3루블이면 토지를 살 수 있고 아는 한 사제가 땅을 가지고 있다더라는 것이다. 그러나 곧바로 소피야의 답장이 당도했다. 그녀는 야스나야 폴랴나 가까운 곳에 토지를 사고자 하는데 9만 루블이 들 것이며 그것도 조속한 기일 내에 대금을 지불해야만 한다고 걱정했다.

소피야는 사마라에서 토지를 사려는 것은 아주 좋은 생각이긴 하지만 위험이 따르며 별로 실현가능성이 없다고 덧붙인다. 7월 10일 소피야는 다시 편지를 보내온다.

그곳에서 영지를 매입하시겠다니 전 할 말이 없습니다. 조그만 땅을 산다는 것도 아니고 7루블씩 2천 5백 헥타르를 산다면 그것만 해도 1만 7천 5백 루블이 들겠지요. 수익이 좋을 것이라지만 저로선 아무 할 말이 없습니다. 수백 킬로미터를 가도 나무 하나 없는 초원에서 산다는 것은 무슨 어쩔 수 없는 경우가 아니라면 있을 수 없는 일입니다. 저로서는 그런 곳에 결코 가지도 않을 겁니다, 게다

---

49) 1871년 6월 27일 아내 소피야에게 보내는 편지 (83, 190~191).

가 다섯 아이들을 데리고 말이지요. (83, 192)

그러나 소피야를 설득한 것은 초원을 마치 낙원이나 되는 것처럼 과장되게 이야기해준 몸종 아르부조프였다.

그렇게 며칠이 가고 몇 주가 지나갔다. 너새들은 점점 더 조심스럽게 사람을 피했고 군집을 이루며 떠날 준비를 했다. 바람이 불고 밤이 길어진다는 것은 먹을 것이 심히 부족하리라는 것을 뜻한다. 밤하늘의 서글픈 별들은 땅에 닿을 듯이 초원 위에 쏟아지고 있었다.

대상(隊商)들은 키르기스 초원에서 바시키르 초원까지, 그리고 바시키르 초원에서 아스트라한까지 별을 보며 움직였다. 그들에게 별은 결코 눈에 덮이는 법이 없는 이정표와도 같았다.

가을이 시작되고 큰 시장이 열리기 시작했다.

톨스토이는 시장에 나가 보았다. 물건 파는 상인들이 양탄자를 펼쳐놓고 베개를 쌓아 놓거나 양고기를 잘라 팔며 그를 불러 세웠다. 그는 먹고 마시고 사람들에게 선물을 돌리고 말을 선물로 받기도 했다. 시장 바닥에서 톨스토이는 힘센 바시키르인과 마주 앉아 각자 등에 베개를 대고 밧줄로 서로 묶은 다음 발을 맞대고 손을 마주 잡아 서로 잡아당기는 힘 싸움을 하곤 했다. 퇴역 육군 중위이자 얼룩 반점의 귀족[50], 위대한 작가 레프 톨스토이를 잡아당기거나 들어 올리는 사람은 거의 아무도 없었다.

그는 쿠미스를 많이 마셨지만 결코 취하는 법이 없었다. 그는 초원의 말처럼 몸이 가뿐해졌다. 여전히 주변은 온통 초원이었다.

수수와 밀 값이 오를 것이라는 소문이 돌았다. 그리고 거래는 이제 어린 양들의 머릿수가 아니라 현금으로 이루어졌다.

톨스토이는 토지를 구매하기로 결심했다. 그는 모든 것이 서서히 변

---

50) 〔역주〕 앞에서 단편 《홀스토메르》를 다루면서 잡종인 얼룩말이 무리로부터 소외되는 상황을 톨스토이 자신의 운명과 비유했던 점을 상기하자.

104

해가고 있기는 하지만 이곳 초원에서의 생활이 좋았다. 그는 값이 오른 다는 소문에도 불구하고 수수나 밀을 사들이지 않았고 오히려 있는 것을 내다 팔았다.

이제 야스나야 폴랴나로 돌아가야 할 때다. 가서 아내를 설득해야 하고 《기초입문서》를 마저 집필해야 할 것이다.

새로운 계획

예술은 세계를 반영하되 거울처럼 반영하지 않는다. 상상력에 의해 세계는 재조명되고 대비되며 평가된다. 사람의 생각 속에서 사물은 숙고되며 재구성되는 것이다.

당시 톨스토이의 머릿속에는 여러 가지 구상이 싹트고 있었다. 그 구상들은 성격과 방향이 서로 달랐지만 동시에 공존하면서, 그러나 서로 교체되지는 않으면서 하나의 흐름을 형성하고 있었다. 그는 그것을 표현할 체계, 새로운 예술적 통일성을 모색하고 있었다.

톨스토이는 예술을 과학과 정확하고 엄격하게 구분한다. 1870년 2월 21일 그의 수첩에는 이렇게 적혀 있다.

이성은 필연성의 법칙, 즉 그 자신을 표현한다. 하지만 본질은 예술에 의해서만, 그리고 예술은 본질에 의해서만 표현되어진다. 따라서 이성적 예술이란 있을 수 없다.

예술이 무의미한 것이 아니며 예술의 본질은 그 구조를 통해 삶의 본질을 반영한다는 뜻이다. 그 후에 N. 스트라호프에게 보낸 편지에서 《안나 카레니나》에 대해 언급하며 톨스토이는 "내가 소설에서 말하고 싶은 것을 가벼운 잡문 따위로 표현할 수 있다고 생각하는"[51] 비평가들에 대해 놀라움과 함께 분노를 나타낸다.

《안나 카레니나》는 수많은 장면과 서로 다른 생각들의 연쇄로 이루어져 있다. 바로 이런 다채로운 연쇄의 미로만이 예술가가 표현하고 싶어하는 삶의 본질을 표현하는 것이다. 그러나 예술의 본질을 이해하는 것은 삶의 본질을 이해함으로써 가능하다. 그래야만 예술이라는 배가 나아갈 방향을 제대로 잡을 수 있는 것이다.

그는 아직은 어떤 주제를 선택할 것인가 전혀 마음을 잡지 못하고 있다. 푸시킨은 이런 마음 상태를 '대체 우리는 어디로 흘러갈 것인가?'라고 읊었다. 이에 대해서는 순진한 것이긴 하지만 소피야의 회고를 참조할 수 있다. '나의 참고용 잡기장'이라는 그녀의 공책은 톨스토이의 '지적 삶'을 기록하고 있다는 점에서 흥미롭다. 여기서 소피야는 이 시기의 톨스토이에 대해 이렇게 말한다. "뭔가 새로 시작하기에 좋을 때다. 《전쟁과 평화》를 끝냈고 아직 본격적으로 시작한 것은 아무것도 없다."[52]

《전쟁과 평화》이후에도 톨스토이는 많은 일을 했다. 《기초입문서》집필에 상당한 공을 들였고 표트르 대제 시기를 다룬 역사소설에 착수하기도 했다. 역사소설은 《전쟁과 평화》를 통해 새로운 형식을 창조한 거대한 경험을 이어가는 것만 같았다. 그런 경험을 이어가기 위해서는 새로운 역사적 주제를 찾아야만 한다는 것이 톨스토이의 생각인 것 같았다. 그러나 톨스토이가 생각하고 있던 것은 역사소설만이 아니었다. 그는 민속적 인물들에 기초하여 당대의 삶을 다룬 소설을 쓰고 싶기도 했다.

톨스토이는 《기초입문서》를 집필하기 위해 러시아 옛날이야기와 고대 영웅서사시를 많이 읽으면서 러시아 고대 용사들을 다룬 소설을 쓰고 싶은 생각이 들었다. "특히 그가 좋아했던 인물은 일리야 무로메츠였

---

51) 1876년 4월 23일 편지(62, 269).
52) 《소피야의 일기》, 제1부, 30쪽.

다. 그는 일리야 무로메츠 같은 인물을 농민 출신이면서 대학에서 공부를 한 교육수준이 높고 아주 지혜로운 사람으로 그려내고 싶었다."

이런 구상은 시작부터 벽에 부닥쳤다. 서사시의 인물에 현대적 배경을 부여하고 농민출신이지만 지적인 사람이 쉽게 구상될 리가 없었다.

그 뒤 톨스토이는 희곡에 매달리면서 셰익스피어를 칭찬하고 괴테에겐 드라마 재능이 없다고 평하곤 했다.

1870년 2월 15일 기록에는 톨스토이가 우스트럏로프의 표트르 대제에 관한 책을 읽기 시작했다고 씌어 있다. "표트르 대제와 멘시코프53) 같은 인물들이 그의 관심을 몹시 사로잡았다. 그는 멘시코프에 대해 강력하고도 순수한 러시아인이며 오직 그런 인물은 농민 출신에게서만 나올 수 있다고 말하곤 했다."

일리야 무로메츠 형상은 이제 뒤로 미루어졌다. 알료샤 포포비치만이 영웅서사시에 나올법한 멘시코프라고 할 수 있는 형상일 뿐이다. 그러나 위대한 정치적 공적을 수행한 농민의 형상이란 대학교육을 받은 일리야 무로메츠라는 주제를 떠올리게 하면서 여전히 그 내부에 모순적인 충돌지점들을 가지고 있었다. 하지만 그런 모순은 작품 주제를 만들면서 톨스토이가 종종 활용하는 일종의 법칙이라고 할 수 있다.

그 다음에는 미로비치의 주제가 잠시 부상했다. 미로비치는 요한 안토노비치를 해방시키려고 노력했던 장교였다. 갓 태어나면서부터 안나 요하노브나 여제에 의해 그 후계자로 지명된 요한 안토노비치는 어머니 사후에 어린 나이로 황위에 등극하여 요한 4세가 되지만 궁정 반란에 의해 평생 감옥에 갇혀 지내고 만다. 54) 미로비치는 바로 그를 탈출시키려

---

53) 〔역주〕 A. 멘시코프(1670~1729). 평민 출신으로 사병으로 군에 복무하다가 큰 공을 세우고 표트르 대제의 신임을 얻어 공작의 지위에 오르고 최고 군사회의 위원장이 됨. 표트르 사후 예카테리나 1세와 표트르 2세 시절까지 전권을 휘두를 정도의 권력을 장악하다가 결국 유형당하고 맘.

다가 죽는 인물이다.

2월 24일 페트와 대화 중에 그에게는 극적 재능이 없다는 페트의 말을 듣고 톨스토이는 드라마를 쓰려는 생각을 단념한다. 그래서 소피야의 다음과 같은 기록은 다소 공허하다. "오늘 아침 그는 작은 글씨로 종이 한 장의 앞뒤에 빼곡하게 글을 썼다. 행위는 수많은 사람들이 모여 있는 수도원에서 시작된다. 그 중 몇몇 사람들이 나중에 중요 등장인물이 될 것이다."

아마도 이런 기록은 트로이츠코-세르기옙스키 수도원에 대한 장면을 언급하는 것이다. 표트르 대제는 암살 시도를 피해 이즈마일로프 마을

54) 〔역주〕 표트르 대제(1682~1725) 사후 예카테리나 1세(재위 1725~ 1727)가 등극하고 예카테리나 1세는 표트르 대제의 손자를 표트르 2세 (1727~1729)로 지명한다. 예카테리나 여제가 어린 황제의 섭정으로 최고추밀원을 지명하자, 표트르 대제와 예카테리나 여제의 가까운 자문 관이며 추밀원 내에서 가장 유력한 인물인 알렉산드르 멘시코프가 재위 초 몇 개월 동안 위세를 떨쳤다. 멘시코프는 어린 황제를 자기 딸과 결 혼하게 해서 자신의 가문과 관계를 맺으려 했다. 그러나 표트르 2세는 이런 오만한 친절을 거절하고 오래된 귀족 가문인 돌고루키 가문에 접 근했다. 1727년 9월 돌고루키가는 멘시코프를 체포해 시베리아로 추방 하고 정치적 실권을 장악한다. 뒤이어 이들은 상트 페테르부르그에서 모스크바로 수도를 옮기고(1728) 표트르 2세와 예카테리나 돌고루카야 공주와의 결혼을 준비했다(1729). 그러나 표트르 2세는 결혼 예정일에 천연두로 죽었다. 이후 안나 요하노브나(재위 1730~1740)가 등극하고 그녀는 갓 태어난 방계 손자 요한 4세(1740~1764)를 황제로 지명한 다. 그러나 요한 4세는 한 살도 못되어 궁정 반란으로 추방되어 평생을 유형지와 감옥에서 지내야 했다. 이후 표트르 대제의 딸 엘리자베타(재 위 1741~1761)가 황위에 오르고, 표트르 3세(1761~1762)가 뒤를 잇 는다. 그러나 표트르 3세는 아내 예카테리나 여제(재위 1762~1796)에 의해 축출된다. 18세기 후반 예카테리나 여제는 러시아 황위의 혼란한 계승을 마감하면서 비로소 러시아를 근대 절대국가로서의 면모를 안정 화한다. 표트르 대제 사후에 18세기 중후반까지 벌어지는 혼란한 왕위 계승과정은 근대국가로 발전해가는 러시아에서 귀족세력과 황권강화 사 이의 갈등을 여실히 보여준다.

에서 이곳으로 피신했다. 표트르와 소피야가 대비되어 그려지고 보야르(군벌 대귀족) 들이 등장한다. 그리고 거의 균형을 이루다가 갑자기 한쪽으로 기우는 커다란 저울에 대한 비유로서 설명이 이루어진다. 여러 사람들의 개별적인 판단들이 축적되어 갑자기 역사적 필연으로 전화되는 모습을 보여 주려는 것이다. 이런 생각은 《전쟁과 평화》에서도 충분히 드러나지 않았던 것이다.

트로이츠코-세르기옙스키 수도원에서 젊은 표트르 대제에 대한 장면은 대단히 힘차고 독창적으로 그려져 있다.

대귀족 샤클로비티가 수도원 마당에서 고문을 받는다. 황소들이 대문 옆에 묶여서 울부짖는다. 익숙한 곳으로 들어가지 못하게 하고 있는 것이다. 수도승들은 그렇게 울부짖는 황소 울음소리를 고문대에 묶여 고문받는 자의 울부짖음이라고 해석한다.

톨스토이는 고문의 장면을 직접적으로 보여 주지는 않지만 새로운 방법의 세부묘사를 통해 그에 대한 인상을 깊게 각인한다. 그는 표트르의 키에 대해서도 직접 묘사하지 않지만 표트르의 일그러진 얼굴을 고문대위에 올려진 귀족의 얼굴과 같은 수준에서 보여준다. 그는 두 가지 감정상태, 즉 공포와 고통을, 고통에 의해 배가된 공포를 대비한다. 공포를 집어 삼키는 고통, 그리고 거의 광기로 변해가는 황제의 공포.

그와 나란히 황제의 어머니 나탈리야와 황비 예브도키야의 우아한 생활이 제시된다. 그것은 그 자체로 그려지기보다 고문의 공포와 의식을 배경으로 그려진다.

하지만 이러한 시작도 취소될 것이다.

많은 구상과 실험에도 불구하고 그러나 기본적인 갈등지점은 발견되지 않았다. 몇 년 뒤에야 상류사회 출신의 실성한 여인이라는 주제에서 작품의 기본 갈등이 형성된다. 이러한 갈등을 통해 작가가 오래 전부터 알던 사람들이 갈등상황 주변에 편제될 수 있었다.

조금 뒤인 12월 9일에는 "러시아를 편력하는 사람, 농민이며 교육받은 사람에 대한 생각이 떠올랐다"는 기록을 볼 수 있다. 그리고 바로 거기에 거의 자전적인 기록도 나타난다. "그런데 그가 내게 오늘 읽어준 시작부분에서 또다시 지혜롭고 천재적이며 자신감에 가득 찬 사람, 다른 사람을 가르치고 진심으로 다른 사람들에게 도움이 되고자 하는 사람에 대한 구상이 나타났다. 하지만 그는 얼마 동안 전 러시아를 편력하면서 진정 남에게 도움이 되는 평민들을 접하게 되고 여러 가지 내적 고뇌를 거쳐 남에게 도움이 되고자 하는 자신의 욕망이 무익한 것이라는 결론에 도달한다. 그리고 자신의 오만함을 깨닫고 정신의 평화를 얻는다. 그는 진정한 삶의 평범한 진리를 깨닫고 죽음에 이른다."

분명 이런 주제는 일리야 무로메츠와 연관된 것이지만 이제 그 인물의 기원이 문제가 되는 것이 아니다. 내 생각에 이런 주제는 이제 자전적인 울림을 얻고 있다. 톨스토이는 글을 쓰고자 하는 열망에 불타고 있었고 성자 순교전을 읽고 있었다. 아마도 순교전을 문학작품으로 대한 사람은 러시아에서 톨스토이가 처음일 것이다.

1873년 1월 초 《기초입문서》가 '끔찍하게 실패'했다고 판단하고 표트르 대제 시대에 관한 자료를 모으는 일을 재개했다. 당시 세태의 세부적인 사실들에 대한 단편적인 작업을 했던 것이다.

1873년 1월 31일 톨스토이는 이렇게 밝히고 있다. "기계는 모두 준비되었다. 이제 작동하기만 하면 된다."

이제 톨스토이는 새로운 시도를 하고 있었다. 톨스토이는 아조프 정복 전쟁부터 묘사를 시작한다. 모든 주인공이 새롭게 설정되었다. 이제 공작이나 황비 나탈리야도 없고 귀족들의 암투도 없었다. 러시아군은 배편으로 돈 강을 따라 보로네시에서 체르카스크로 이동한다. 여기서 사람들에 대한 묘사가 이루어진다. 표트르는 호방하게 웃다가 모자를 강물에 떨어뜨린다. 사제의 아들이며 하급 귀족 출신이었던 사공 세포테프가 강물에 뛰어들어 입으로 모자를 물어다가 표트르에게 바친다. 그는 모자를 멘시코프에게가 아니라 직접 표트르 대제에게 바친다. 그리고 황제와 거의 농담 섞인 가벼운 대화를 나눈다. 이 사건은 이 인물의 운명을 바꿔놓는다. 그는 이제 새로운 신분의 알료샤 포포비치로 명명되어 황제의 전함에서 근무한다.

세포테프는 멘시코프와 동렬에 있는 사람인 것 같다. 반 농민 출신이 황제와 나란히 서 있다는 점에서 그렇다. 물론 다른, 더 큰 갈등을 담아내기 위한 것이기는 하지만 이런 갈등구조는 분명 언젠가 활용되었던 것 같다.

톨스토이는 왜 트로이츠코-세르기옙스키 수도원에서의 사건으로 시작하기를 포기하고 아조프 정복 전쟁으로부터 시작하려고 했던가?

최초 판본에 씌어져 있던 것은 아직 미처 사건의 발단이라고 할 수는 없고 그저 하나의 제시였다. 상황을 극적으로 서술하고는 있지만 갈등은 과거의 것이고 귀족 집단들 사이에서 암시되고만 있을 뿐이다. 고문대 위에서 끌어내려진 샤클로비티가 선망에 찬 시선으로 논쟁을 벌이고 있는 귀족들을 바라본다는 점은 그걸 더욱 강조하고 있다. 골리츠인에게는 표트르 대제의 진영에 지지자들이 많았고 친형제도 있었다. 아조프 정복전쟁을 다룸으로써 작가는 민중에 대한 문제를 아주 예민하게 다룰 수 있게 되었다. 전사와 사공들, 그리고 나중에는 카자크 병사들이 바로 민중의 형상으로 나타나기 때문이다. 표트르 대제의 전함은 직접 바다로 나가지는 않았다. 터키 군함이 돈 카자크 병사들의 배에 의해 격파되었기 때문이다.

톨스토이가 구상했던 이 소설은 표트르 대제와 민중의 충돌을 그리는 것이어야 했다. 톨스토이가 이런 소설을 구상하게 동기를 제공하고 풍부한 자료를 제공한 것은 고돈의 일기와 우스트랼로프의 책이었다. 55)

---

55) 존 패트릭 고돈(1635~1699). 스코틀랜드인으로 1661년 러시아 군대에 복무. 세 권의 일기를 남겼다. 《패트릭 고돈 장군의 일기》(1849~1853년 발간); N. 우스트랼로프(1805~1870). 다섯 권짜리 《표트르 대제 치하의 역사》(1805~1870)의 저자.

그러나 중요한 것은 1870년 무렵에 이미 국가와 카자크 사회라는 주제를 분명하고 정확하게 제기하는 톨스토이의 기록이 있다는 점이다.

카자크 사회에 대한 문제는 당시 아주 예민한 것이었다. 카자크와 스테판 라진에 대해 우크라이나 역사학자 코스토마로프가 아주 우호적인 글을 썼다.[56] 그러자 솔로비예프가 반대하고 나서 소위 혼돈기[57]의 책임을 물으며 카자크를 비난했다. 그는 카자크가 "중노동과 정부와 사회의 통제를 피해 도망을 쳐서 조잡한 생업에 종사하며(…) 서로 약탈하거나 남의 종족을 약탈하며 기생적으로 놀고먹기나 하는"[58] 사람들이라고 간주했다.

솔로비요프는 1872년 표트르 대제에 대한 대중강연을 했다. 하지만 강연의 핵심내용은 이미 출간되었던 그의 역사서에 담긴 것이었다. 톨스토이는 그의 기본적인 생각에 반박을 가한바 있다.

1870년 4월 4일 톨스토이는 이렇게 기록하고 있다.

솔로비요프의 역사서를 읽고 있다. 이 역사서에 따르면 표트르 대제 이전의 러시아는 모든 것이 엉망이어서 잔혹, 약탈, 태형, 난

56) N. 코스토마로프(1817~1885).《보그단 흐멜니츠키》와《스테판 라진의 반란》의 저자.

57) 〔역주〕혼돈기(1606~1613). 몽골을 몰아내고 군주국가로서 대내적 안정을 꾀한 이반 4세의 철권 공포정치(재위 1533~1584)가 끝나고 외아들이 황위를 잇지만 무력한 그를 대신하여 그의 처남인 보리스 고두노프(재위 1598~1605)가 황위를 찬탈한다. 보리스 고두노프가 물러난 뒤 황위계승을 둘러싸고 대혼란이 발생한다. 이반황제의 아들 드미트리를 자처하는 인물과 귀족들이 결탁하여 반란을 일으키고 외세인 폴란드의 침공도 발발한다. 이러한 혼란을 극복하고 1613년에 미하일 로마노프가 황제로 선출되어 러시아 로마노프 왕조가 성립된다. 러시아 황권의 강화과정과 귀족세력의 저항으로 발생한 이 혼란기에 러시아 내의 다양한 세력이 갈등을 일으키고 그 과정에 카자크 군사들이 동원되어 혼란을 가중시키기도 했다.

58) S. 솔로비요프,《표트르 대제에 대한 대중 강의》, M., 1872, 16쪽.

폭, 무지몽매, 무능만이 판을 쳤다. 하지만 이제 표트르 정부가 그 모든 것을 바로 잡기 시작했다. 하지만 오늘날까지도 그 정부는 여전히 엉망일 뿐이다. 이 역사서를 읽어 보면 어쩔 수 없이 러시아의 전 역사가 항상 엉망이었다는 결론에 도달하지 않을 수 없다.

하지만 위대한 통일국가가 어떻게 그런 엉망진창으로 통치를 할 수 있단 말인가? 그것은 역사를 만들어 가는 것은 정부가 아니라는 것을 보여주는 증거이다.

구러시아에서 주민들이 세금을 내지 않을 때 가하는 벌을 태형이라고 불렀다. 세금을 제대로 내지 못한 자는 거리로 끌려나와 막대기로 장딴지를 수없이 맞았던 것이다. 매우 폭력적인 정부였던 셈이다. 톨스토이는 이렇게 질문한다. 그래, 도대체 일을 하는 사람이 누구인가? 누가 담비와 여우를 잡아 나라에 바치는가? 비단을 뽑고 직물을 짜는 사람은 누구며 정부를 먹여 살리는 사람은 누구란 말인가?

우크라이나 카자크와 보그단 호멜리니츠키[59]는 왜 폴란드나 터키가 아니라 러시아에 등을 돌렸는가?

역사에 대한 톨스토이의 생각은 그와는 좀 달랐다. 그 생각은 아조프 원정길에 표트르 대제가 누구를 만나도록 함으로써 드러날 것이다.

1870년 4월 2일 수첩에 톨스토이는 간략한 메모를 남긴다.

러시아의 모든 역사는 카자크에 의해 만들어졌다. 유럽인들이 우리를 카자크라고 부르는 데에도 다 이유가 있는 것이다. 민중은 카자크가 되고 싶어 한다. 골리친은 소피야 여제 치하에서 크림지역으로 출정했다가 불명예스럽게 실패하고 말았지만 파벨 치하에서 크림지역 사람들은 황제의 용서를 빌었고 4천의 카자크 용사들이 아

---

59) 〔역주〕 보그단 호멜리니츠키(1595~1657). 저명한 우크라이나 카자크 지도자. 폴란드의 침공에 맞서 우크라이나 영토를 지킨 인물. 후에 모스크바 중심의 러시아에 맞서기도 했다.

조프를 점령했다. 표트르 대제는 고난 끝에 아조프를 장악하였으나 그 후 다시 빼앗기고 말았다.

이 지점에서 톨스토이 자신이 갈등에 봉착한다. 1865년 그는 러시아 민중은 토지소유를 부정한다고 생각했고 '사적 소유, 그것은 도둑질이 다'(프루동)라는 말을 진리로 생각했다고 말한다.

> '사적 소유, 그것은 도둑질이다'라는 말은 인류가 존재하는 동안 영 국 헌법보다 더 큰 진실이다. 그것은 '절대' 진리지만 거기서 파생되 는 진실들은 상대적이며, 부가적인 것이다. 이 상대적 진실 중에서 첫째가는 진실은 소유에 대한 러시아 민중의 견해이다.
> 러시아 민중은 노동과 아무런 관련이 없는 사적 소유, 그 견고한 사적 소유를 부정한다. 게다가 토지의 사적 소유는 다른 어떤 소유 보다 다른 사람의 재산 소유권을 제한하는 것으로서 부정된다. 이 런 진실은 몽상이 아니라 농민 공동체, 카자크 공동체 사회에서 표 현되는 분명한 사실이다. 이런 진실은 학자와 러시아 농민 모두 한 결같이 말하고 있는 바다. 그들은 이렇게 말한다. '우리를 카자크 사회에 포함시켜라. 그러면 토지가 자유로운 공유의 것이 되리라.' 이런 사상은 미래의 것이다. 러시아 혁명은 그 사상에 기초하게 될 것이다. (48, 85)

톨스토이는 카자크 공동체를 누구보다 잘 알고 있었다. 그에게 그것 은 유토피아가 아니었다. 그는 또한 그것이 과거의 것이라고 믿지 않는 다. 그의 갈등은 《카자크 사람들》을 창작한 사람이자 토지 소유를 반대 하는 사람으로서 그 자신이 토지를 소유하고 사들였다는 데에 있다. 그 는 처음에는 투츠코프에게서, 그리고 사마라 현의 비스트롬에게서 6천 헥타르 이상의 토지를 사들였던 것이다.

《안나 카레니나》

한 예술작품에는 여러 판본들이 있을 수 있다. 이 판본들이 어떤 순서로 씌어졌는지는 초고 원고들을 통해서 파악하는 것이 유일하고도 확실한 방법이겠지만 그것은 매우 어려운 작업이 아닐 수 없다. 이미 완성된 작품의 순서에 따라 초고 판본들이 쓰인 순서를 결정해서는 안 될 것이다. 그런 방법은 아직 존재하지 않는 작품을 이미 존재하는 것으로 전제하는 오류이다.

한편 예술작품의 생명은 아주 복잡한 현상이다. 그것은 실제 삶에, 실제 삶의 지식들에, 그리고 심지어 예술가의 의도에 완전하게 국한되는 것은 아니다.

시인과 산문작가들은 '뮤즈'60) 라는 단어를 즐겨 사용한다. 톨스토이도 이 뮤즈에 대해 친구였던 페트에게 편지를 쓴 바 있다.

아파나시 페트는 영지를 팔고 사는 사업가였다. 그의 영지인 스테파놉카는 온갖 가재도구로 가득 찬 일종의 접시였다. 이 접시의 한가운데 작고 아담한 저택에 뚱뚱한 퇴역 기병장교 페트가 살고 있었던 것이다.

페트는 집 주변을 돌아다니며 언제든지 단 한 푼이라도 이득이 될 만한 것을 찾아다녔다. 페트는 이를테면 새로운 시대의 지주였다. 그는 보트킨의 상업자본을 새롭게 운영하였고 그 새로운 상술에서 보트킨을 능가했다. 그는 보트킨보다도 더욱 부르주아였던 셈이다. 하지만 동시에 그는 시인이었다. 아름답지는 않지만 부유한 아내가 있었고 그는 어떤 경우에도 사교계의 예절을 준수하려는 자세로 살아갔다.

톨스토이는 이렇게 말한다. "시인은 실제 삶보다 더욱 훌륭한 것을 현실에서 뽑아내 작품에 투영한다. 따라서 그의 시는 멋지고 그의 삶은 어

---

60) 〔역주〕그리스 신화에서 제우스의 딸로서 시와 음악, 무용 따위를 관장하는 9여신의 하나. 시의 신, 혹은 시적 영감 등을 뜻하기도 함.

리석다."[61] 하지만 톨스토이는 삶을 시적으로 살아갈 수 있는 방법을 찾고 있던 사람이었다.

능력 있는 지주였고 《나의 회상》과 같은 회고록을 집필한 작가(여기에는 투르게네프와 톨스토이의 편지들이 부정확하게 인용되고 있다)였던 페트는 오랫동안 교묘한 방법으로 자신의 귀족 출생을 증명하려고 애쓰던 퇴역 창기병 장교의 작품이라고는 도저히 믿기지 않는 훌륭한 시들을 남기고 있다. 페트는 러시아 시의 전통에 의거하여 삶의 현실에서 가장 시적인 것을 추출해냈다. 그리하여 시적 영감이 가득한 그의 시들은 위대한 러시아 시에 대한 추억으로 살고 있는 것 같았다. 하지만 인간 페트는 시적이지 않았다. 그는 자신이 귀족 지주였던 셴신의 적자라는 사실을 증명하기 위해 끊임없이 갖은 노력을 다해야 했다.

내가 페트에 대한 이야기로 조금 벗어난 것은 이 영리하고 능란한, 다소 비굴한 모습의 이웃이, 그 시적인 측면에서 《안나 카레니나》의 저자 톨스토이와 매우 가깝다는 점을 말하기 위해서다. 페트와 스트라호프는 1870년대에 톨스토이의 가장 가까운 친구들이었다. 하지만 톨스토이는 그들보다 더 멀리, 그리고 더 많이 보고 있었다.

당대의 문제는 당대 사람의 눈으로 볼 필요가 있다.

톨스토이는 역사가 움직이지 않으며 농촌은 영원하고 초원도 영원히 그 모습일 것이라고 생각했다. 농촌과 유목민의 초원을 벗어난 그 어떤 것도 모두 환영에 지나지 않는다고 생각했던 것이다.

《전쟁과 평화》를 집필한 지 그리 오래 되지 않았다. 아버지 세대의 역사와 그 시대 농민과 귀족의 세태는 이제 잘 알고 있었다. 톨스토이는 그런 삶이 여전히 진실한 삶의 증표라고 생각했지만 이제 그런 시대는 희미하게 저물어 가고 있었다.

표트르 대제의 역사에 대한 작업은 점점 더 힘들어졌다. 150년 이상

---

61) 1866년 11월 27일 기록(48, 116).

을 거슬러 올라가야 했기 때문에 쉽게 개념이 잡히지 않았다. 톨스토이는 항상 역사를 자기 가까이로부터 이해하고자 했다. 그래서 표트르 대제에 대한 이야기도 170년 전 야스나야 폴랴냐에서 일어나는 행위로부터 시작하려고 했다.

> 지금은 야스나야 폴랴냐의 영지를 가로지르는 대로가 세 개 있다. 가장 오래 된 길은 지금은 60여 미터로 폭이 좁아졌고 아락체예프 계획에 따라 버드나무가 심어진 길이다. 다른 하나는 전적으로 내 기억에 의존한다면 돌로 포장된 도로였다. 세 번째 길은 모스크바-쿠르스크 철도로서 씩씩거리는 소리와 기차바퀴 소리가 끊임없이 들려오고 석탄 때는 연기가 자욱한 곳이다. 예전에, 170년 전에 이곳에는 키예프 대로 하나밖에 없었다. 그것은 잘 닦여진 길이 아니라 사람이 많이 다니면서 자연스레 만들어진 길이었다. 그래서 그 길의 모습은 계절에 따라 바뀌었다. 특히 아직 다 베어내지 못한 녹채 지역에서는 길이 이리저리 단속적으로 이어졌다. (17, 213)

톨스토이는 거대한 변화들에 대해 말하고 있지만 그가 열거하는 변화들은 작고 이지러져 가는 것들이다.

농민의 삶에 대해서는 일상적인 면들을 다루고 있다.

> 초병들의 수는 적어서 누구라도 보드카 통을 만들 나무를 쉽게 베어갈 수 있었다. 지금은 거름을 주어도 밀이 자라지 않고 가축 사료를 쓸 건초도 많이 나오지 않는다. 가축은 이제 다른 곳으로 다 옮겨갔고 사람들도 도시로 흩어져 마부가 되거나 기술자가 되었다. 하지만 그 당시에는 어디에서든, 특히 숲을 베어낸 곳에서는 거름을 주지 않아도 밀이 잘 자랐고 농민들이나 지주나 수확량이 많았다. 가축용 건초도 많아서 농민들과 지주들에 가축을 많이 가지고 있어도 건초가 부족한 법이 결코 없었다. (17, 214)

여기서 역사는 모든 것이 축소되는 것으로, 자연의 몰락으로 제시된다. 톨스토이는 초원을 찾아 헤로도투스에게로, 바시키르인들에게로 가서 거기서 스키타이 족의 가장 가까운 후예들을 보았다. 그는 초원에서는 역사가 전혀 변화되지 않고 있다는 점을 좋아했다. 그러나 톨스토이 자신은 변화하는 역사의 일부였다. 그와 함께 사마르 현의 초원에 찾아온 역사는 유목민들과 농민의 몰락을 가져왔다. 그때 그는 그들과 함께 더 멀리로, 거대한 나라의 끝까지 떠나가고 싶었다. 그곳에서라면 변화는 없을 것이라고 생각했던 것이다.

역사는 툴라의 녹채 너머 야스나야 폴랴나에서와 마찬가지로 사마르의 초원에도 들이닥쳐 원시적 농민의 삶을 파괴해 버렸다. 이제까지와는 다른 방식으로 살아가야 했지만 다른 방법으로 바꾸어나갈 수가 없었다. 그들은 굶주림의 상태로 전락했고 톨스토이는 그것을 목도하고 그 누구도 따라할 수 없는 리얼리즘으로 정확하게 그 상태를 그려냈다.

삶은 자신의 길을 가고 있었고 바로 그것이 역사였다. 하지만 톨스토이는 가족과 집, 도덕성을 확고부동한 것으로 생각했다. 가족을 파괴하는 자들은 적이며 따라서 격퇴하고 비웃어줘야 했다. 톨스토이의 생각에 따르면 그들은 기껏해야 몇 안 되는 소수에 불과했기 때문이다.

그런 사람들은 니힐리스트이고 남의 아내나 정부와 살아가며 그들의 정부는 불행할 따름이다. 1872년 톨스토이는 대령의 딸이었던 안나 지코바라는 여인이 지독한 질투심에 열차에 몸을 던진 것을 직접 목격했다. 그의 애인이었던 비비코프는 자기 아들의 가정교사로 초청된 여자에게 청혼했다. 안나는 옷을 갈아입고 짐을 싸서 툴라로 갔다가 야센키로 돌아왔다. 야센키는 야스나야 폴랴나에서 5킬로미터 정도 떨어진 곳에 있던 역이었다. 여기서 안나는 화물차에 몸을 던져 자살했고 사인규명을 위해 해부되었다. 톨스토이는 야센키 역의 막사에서 드러난 두개골과 전라로 해부된 시체를 목격하게 되었다. 이에 대해서는 소피야가 쓴 "왜 안나 카레니나이고 어떻게 그런 자살을 구상하게 되었는가?"[62]

라는 글에 기록되어 있다.

하지만 이런 이야기는 지나치게 부분적인 해명이고 보다 내면적인 창작 동기를 이해해야 한다. 무엇보다 톨스토이는 이제 자신의 당대의 역사에 보다 가까이 다가가고 싶었다는 점을 알아야 할 것이다.

한 사람의 생각과 사회의 생각은 상호 접목되는 법이다. 글을 쓰기 시작하면서 '뮤즈'와 소통하기 시작한 인간은 전 인류의 사고라는 전화국에 연결되어 수화기를 들고 시대의 울림을 듣는 것이다.

1870년 2월. 야스나야 폴랴나는 눈에 덮여 있다. 톨스토이는 표트르 대제에 대한 소설을 쓰고 있다. 신문도 잡지도 배달되지 못하고 있다. 소피야는 이렇게 말한다. "톨스토이는 어떤 비평도 읽으려 하지 않는다. '비평가들이 푸시킨을 혼란스럽게 만들었다. 차라리 비평은 읽지 않는 편이 낫다'고 말하곤 했다."

이전에는 푸시킨 산문이 세부묘사가 없이 너무 앙상하고 이미 낡은 것이라고 치부했던 톨스토이가 이제는 늘 푸시킨을 되새기고 있다.

톨스토이는 표트르 대제와 불가리아의 투쟁의 역사에 관한 자료를 모으고 어떻게 하면 보다 단순하고 명쾌하게 묘사할 수 있을까를 궁리하고 있었다. 하지만 이때 그에게 또 다른 생각이 떠오른다. 아내 소피야는 이렇게 말한다.

어제 저녁 그는, 높은 신분이지만 정신이 나간 어떤 부인에 대한 생각이 떠올랐다고 내게 말했다. 그는 이 여성이 그저 불쌍할 뿐 죄가 없는 여성으로 만들 것이라고 말했다. 그는 이 여성을 떠올리자마자 이제까지 생각해오던 수많은 인물들과 남자 유형들이 이 여성 주변에 제각각 자리를 잡았다고 했다. 그는 "이제 모든 것이 확연해졌다"고 말했다.

---

62) 《소피야의 일기》, 제1부, 44쪽.

《안나 카레니나》가 구상된 것은 정확히 언제인가? 1870년 사회에서 제자리를 잃은 한 여성 죄수에 대해 생각할 때인가, 아니면 기차 역 막사에서 자살한 여인의 해부된 시체를 목격한 1872년인가?

하지만 이때는 모두 아직 아니다. 아직 뮤즈의 영감이 찾아오지 않았던 것이다.

"오랜 친지들, 내 소망의 열매들"[63] 같이 작품 구상에 관한 편린들이 존재하긴 한다. 사람은 생각을 하지만 자유롭게 생각하는 것만은 아니다. 그는 세계에 갇혀 세계에 종속되어 있는 상태에서 생각하고 있다. 그가 일부를 쓰고 있고 모든 것이 준비되었다고 해도 아직 그것은 하나의 작품으로 만들어질 상태는 아니었다.

적절히 활용할 수많은 속담도 모아놓았고 겨울과 여름의 의상들에 대해서도 구상을 끝냈고 등장인물들의 가계도도 작성해 놓았다. 하지만 시적 영감을 실은 배는 갑자기 전혀 다른 방향으로 선회했다. 역사소설을 만들기 위해 준비했던 재료들은 거의 아무런 후회도 없이 강변에 하역되었다.

이때가 1873년 3월 19일이다. 소피야는 이렇게 기록한다.

어제 저녁 그가 갑자기 이렇게 말했다.

"난 벌써 한 페이지 반 이상 썼는데, 아주 좋을 것 같소."

표트르 대제 시대에 관한 또 다른 것이려니 하고 나는 별다른 관심을 보이지 않았다. 하지만 나는 곧 그가 현대의 개인의 삶에 대한 소설을 쓰기 시작했다는 것을 알게 됐다. 그는 이상하게 이 주제를 떠올렸다. 세르게이는 늙은 숙모에게 뭔가 읽어줄 것을 달라고 내게 늘 부탁하곤 했다. 나는 푸시킨의 《벨킨 이야기》를 건네주었다. 하지만 숙모가 잠이 들어 버렸다. 나는 아래층 책장에다 책을 가져다놓기가 귀찮아서 책을 응접실 창문턱에 올려놓았다. 다음

---

63) 푸시킨의 시 《가을》에서.

날 아침 커피마시는 시간에 그가 이 책을 집어 들고 여기저기 읽어
보다가 감탄했다. 처음에 그는 이 책에서 (안넨코프가 편집한) 한
비평문을 발견했다. 그리고 이렇게 말했다.

"난 푸시킨에게서 많은 것을 배우고 있소. 그는 나의 대부야. 그
에게서 배워야만 해."

톨스토이는 자신이 표트르 대제에 대한 작품을 계속하고 있다고 생각
하고 이제 다시 집필을 이어나가려고 했다. "… 그러나 저녁에 그는 푸
시킨의 여러 작품들을 여기저기 읽어 보면서 푸시킨의 분위기에 젖어
글을 쓰기 시작했다. 오늘도 글쓰기를 계속했고 아주 만족스러운 작업
이었다고 말했다."

일은 열정적으로 계속되었다. 1873년 10월 4일 소피야는 이렇게 말
한다. "《안나 카레니나》는 봄에 시작했지만 그때 바로 완전히 손을 놓
고 있었다. 그리고 사마라에서 보낸 여름 내내 그는 아무런 글도 쓰지
않았다. 지금은 조금 뜯어고치고 바꾸면서 소설을 계속하고 있다."

3월 25일 톨스토이는 스트라호프에게 편지를 보낸다.

이제 나에 대해 말해 주겠지만 제발 비밀로 해 주길 바랍니다. 내
가 당신에게 말하려고 하는 것에서 나올 것은 아무것도 없기 때문
이죠. 이번 겨울 내내 나는 표트르 대제에 관한 일에 매달렸답니
다. 그 시대의 정신에 젖어 있었던 것이지요. 그런데 갑자기 1주일
전부터 내 큰아들 세르게이가 《유리 밀로슬랍스키》를 읽으면서 탄
성을 지르더군요. 나는 그 애가 그걸 읽기에는 좀 이르지 않은가라
고 생각하며 함께 읽었지요. 그런데 조금 있다가 아내가 세르게이
가 읽을 만한 것을 찾다가 아래층에서 벨킨 이야기를 가져다주었지
요. 물론 아내는 그것도 좀 이르다고 생각했지요.

난 일을 마치고 언뜻 푸시킨의 이 책을 집어 들었지요(아마도 이
번이 이 책을 읽는 일곱 번째쯤 될 겁니다). 하지만 난 처음 이 책
을 읽는다는 듯이 책에서 눈을 뗄 수가 없었어요. 푸시킨은 내 모

든 문제를 해결해 주는 것만 같았지요. 그 이전에 누구에게도, 심지어 푸시킨에게도 그렇게 감탄한 적이 없었습니다. 《일발》, 《이집트의 밤》, 《대위의 딸》! 또 그 책에는 《손님들이 별장에 모여들었다》의 일부도 들어 있었지요. 이런 글들을 읽다가 나도 모르게, 뭘 꼭 어떻게 하겠다는 생각 없이, 이런 저런 인물들과 사건들이 머릿속에 떠올랐고 난 그 뒤를 따라갔지요. 물론 이리저리 바꾸기도 했지요. 그런데 갑자기 너무나 멋지게 확연하게 풀려나가서 하나의 장편소설이 되어 버렸습니다. 지금 난 그 소설을 대략 초고상태로 써놓았습니다. 아주 생생하고 뜨겁고 완벽한 겁니다. 내 마음에 꼭 듭니다. 건강만 허락된다면 2주일이면 다 될 겁니다. 그건 내가 1년 내내 머리를 싸매고 매달렸던 그 어떤 것과도 비교할 바가 아닌 것이에요. 만일 이 소설을 다 마무리한다면 단행본으로 출판할 것이지만 당신이 먼저 그걸 먼저 꼭 읽어 주기를 바랍니다.

페테르부르그에서 출판하게 되면 그 교정쇄를 당신이 내게 가져다주게 되지 않을까요?

편지는 열광에 휩싸여 있었다. 하지만 이 편지는 발송되지 않았다. 톨스토이는 모든 걸 다 말하고 싶지 않았던 것이다. 3월 30일 톨스토이는 표트르 대제에 대한 소설자료를 보내준 골로흐바스토프에게 편지를 쓴다. 이 편지 역시 발송되지는 않았다.

최근 내가 일곱 번째로 《벨킨 이야기》를 읽었는데 정말 오랫동안 느껴보지 못했던 그런 열광에 휩싸였지요. 당신은 믿지 못할 겁니다. 작가라면 이 보석 같은 작품을 다함없이 탐독해야 할 겁니다. 내게도 이 새로운 독서는 깊은 영향을 주었지요. 나는 지금 글을 쓰고 있지만 그건 내가 하고 싶었던 것과는 전혀 다른 것입니다.

편지를 보내지 않은 것은 의도적이었다. 4월 톨스토이는 스트라호프에게 이렇게 알린다.

122

난 당신의 편지를 받고 즉각 답장을 썼지만 보내지 않았습니다. 그로부터 이렇게 2주일이나 지났군요. 내가 편지를 보내지 않은 것은 편지에 나 자신에 대해 말하면서 뭔가 아직 무르익지 않은 것에 대해 늘어놓았기 때문이지요. 그래서 그랬던 겁니다. 언젠가 그 편지를 보내서 보여 주겠습니다.
　나 자신에 대해서, 즉 현재의 나의 작업에 대해서는 말씀드리지 않겠어요. 또다시 편지를 보내지 않는 일이 생기기를 바라지 않거든요. 다만 내게 부과된 어떤 고귀한 의무감으로 작품을 쓰고 있다고만 말씀드리지요. 내 마음은 지금 고뇌에 가득하지만 그 고뇌 속에서 기쁨이 아니라 삶의 목적을 찾고 있습니다.

그리고 사흘 뒤 톨스토이는 골로흐바스토프에게 편지를 쓴다.

푸시킨의 산문을 다시 읽어 본 지 오래 됐나요? 나를 위해서라도 《벨킨 이야기》를 처음부터 다시 읽어봐 주지 않겠어요? 작가라면 이 작품은 거듭 거듭 연구해야 합니다. 나도 며칠 동안 읽고 또 읽었지요. 이 독서로 내가 얼마나 많은 도움을 받았는지 차마 말로는 다할 수가 없습니다.

그의 말에 따르면 톨스토이는 푸시킨으로부터 "대상들을 올바르고 조화롭게 배열하는 법"을 배우고 있었다.
　톨스토이는 소설을 아주 빨리 끝낼 수 있을 것만 같았다. 1873년 5월 11일 그는 스트라호프에게 새 편지를 보낸다. 이제 그동안 말하지 않았던 비밀을 말해도 좋을 것이라고 생각한 것이다.

나는 지금 표트르 대제와는 전혀 무관한 소설을 쓰고 있습니다. 벌써 한 달이 넘었고 초고로는 끝내놓은 상태입니다. 내게도 이런 소설은 처음입니다. 내 영혼을 사로잡고 있는 소설이지요. 철학적 문제들이 올봄부터 내 마음에 가득하지만 나는 이 소설에 푹 빠져 버리고 말았습니다. 내가 전에 보내지 않은 편지가 있다고 했었지요? 그 편지에 바로 이 소설에 대한 이야기가 있었던 겁니다. 우연히 손에 들고 경탄의 마음으로 거듭 읽었던 감사하기 짝이 없는 푸시킨 덕분에 나도 모르게 내 마음에 떠오른 소설이지요.

그러나 톨스토이에게 이 소설의 영감을 준 것은 푸시킨 한 사람이 아니다.

삶은 변화하고 있었다. 도시와 농촌도 변했고 옛날의 도덕관습은 새로운 세태와 충돌하고 있었다. 프랑스에서는 피할 수 없는 슬픈 운명을 가진 여성의 간통에 대한 소설이 많이 쓰이고 있었다. 그리고 관습적 세계에 대한 적대감이 고조되고 있었다. 러시아에서는 배심원들이 옛날의 도덕관습은 그 근본이 흔들리고 있고 새로운 도덕률은 아직 없다고 말하면서 전혀 의외의 판결을 내리기도 했다.

프랑스의 빼어난 작가 알렉산드르 뒤마(아들)는 희곡 《동백꽃을 든 부인》(1852)에서 타락한 여성의 헌신적인 사랑을 다루었고, 그 이후 《아내 클로드》(1873)라는 새 희곡에서는 남편이 변심한 아내를 죽이는 이야기를 다루었다. 이 희곡은 대단히 긴 서문과 함께 출판되었다. 또 바로 그에 앞서 1872년에 뒤마(아들)는 《남자와 여자》라는 책에서 부정한 아내를 어떻게 다루어야 하는가, 죽여야 하는가, 용서해야 하는가라는 문제를 논한 바 있다.

1873년 3월 1일 톨스토이는 처제인 타티야나에게 이렇게 편지를 보냈다. "《남자와 여자》읽어 보았소? 난 이 책을 보고 충격을 받았다오. 프랑스인이 결혼에 대해, 그리고 남녀관계에 대해 그렇게 수준 높은 이해를 보여 주리라고는 생각하지 못했었지요."

톨스토이의 새 작품의 토대에는 새로운 상황이 설정되었다. 해결 불능한 그런 상황이었다.

톨스토이는 갈등을 극복할 수 있는 방법을 찾고 있었다. 푸시킨의 미완성 산문 《손님들이 별장에 모여들었다》는 그런 상황을 처음에 어떻게 그려낼 것인가, 그리고 어떤 문체를 사용할 것인가에 대해 영감을 주었다. 푸시킨의 원고는 미완성이었고 갈등은 해결되지 못한 상태였다.

뒤마(아들)는 그런 갈등을 일정하게 전통적인 방법으로 해결하고 있다. 따라서 톨스토이는 자연스럽게 이 프랑스 극작가에게 관심을 가지게 되었다.

나중에야 《안나 카레니나》로 명명된 이 작품을 맨 처음 집필할 때는 부정한 아내와 남편이 이혼하는 것으로 설정되었다. 그러나 남편은 하나의 '유령'이 된다. 그는 "깡마르고 구부정한 노인에다 어떻게든 그 쭈글쭈글한 얼굴에 행복의 후광을 드리우려고 하는" 사람이었다.

톨스토이는 갈등을 프랑스식으로 해결해 보고자 했다.

> 한번은 그는(이혼하려는 남편 ─ 저자) 이혼 사무소에 갔다. 사무소에서는 질투로 인한 아내 살해에 대해 이야기를 나누고 있는 중이었다. 미하일(이 사람이 나중에 카레닌이 된다 ─ 저자)은 천천히 일어나 사무소를 나와 총기 제조인에게 가서 권총에 총알을 장전하고 그녀에게 향했다.

'그녀에게'라는 단어는 줄을 긋고 다시 '자기 집으로'라고 고쳐져 있다. 결별한 부부는 서로에게 도움이 될 수 없다.

> "우리 관계는 끝났어."
> 미하일은 말한다.
> "내가 어리석었어. 난 용서하고 쫓아내야 했어. 하지만 성스러운 맹세를 비웃을 수가 없었던 거야…"

총은 발사되지 않았다. 톨스토이는 이미 이때에도 여성의 자살을 유일한 돌파구로 선택하고 있었던 것이다.

푸시킨은 위선적인 결말을 경계하면서 죄가 아니라 그 여자 자체에게 관심을 기울인다. 푸시킨은 톨스토이에게 예술의 영감을 주는 뮤즈였다. 푸시킨은 톨스토이가 새로운 구조의 작품을, 즉 인간의 운명을 명료하게 보여 주면서 낡은 것이 새로운 것처럼 되살아나고 그것이 새로운 완벽한 진실이 되도록 만드는 그런 작품을 창조하도록 영감을 불어넣었던 것이다.

에이헨바움은 《레프 톨스토이》 제 2권 (1870년대) 에서 이런 사실을 다음과 같이 정리한다.

《안나 카레니나》 초고와 푸시킨의 이 단편(斷片)의 유사함은 처음 시작하는 부분에 그치지 않는다. 톨스토이의 원고 전체가 푸시킨의 주제를 변주하고 있는 것만 같다. 푸시킨 작품에서 (톨스토이 작품에서도 마찬가지다) 손님들은 사모바르 옆의 둥근 탁자에 모여 앉아 지나이다 볼스카야라는 한 젊은 여성의 이상한 행동에 대해 잡담을 나눈다.

"그 여자 정말 엄청나게 바람기 많은 여자야 …"
"바람기라고? 그 말로는 부족해. 용서받지 못할 짓을 했지."
"사람들이 생각하는 것보다 그 여자에게도 나쁜 점보다 좋은 점이 훨씬 많다고. 다만 욕망을 이기지 못하고 파멸의 길을 갔을 뿐이지."

마지막 언급은 완성된 《안나 카레니나》의 제사(題詞)를 암시하는 것 같다. 안넨코프 판본(제 5권)에는 "작은 광장 구석의 목조가옥 앞에 마차 한 대가 서 있다"로 시작하는 한 대목이 기록되어 있는데 역시 같은 생각을 다루고 있는 부분이다. 분명 톨스토이가 이 부분을 낭독해 주었을 것이며 그 흔적은 《안나 카레니나》에 그대로 남아 있다. 이 부분에서는 질투가 묘사되고 있다. 지나이다가 애인인 발레리안을 냉담하게 비난하며 의심을 토로한다. 화가 난 발레리안은 응수한다. "그래, 또 의심이군! 또 질투야! 제기랄, 정말 이건 참을 수 없어!" 이 부분은 발레리안이 떠나는 것으로 끝난다.

> 발레리안은 이제 더 이상 그녀의 말을 듣지 않았다. 그는 벌써 한참 전에 낀 장갑을 잡아당기며 초조하게 거리를 내다보고 있었다. 그녀는 화를 참는 표정으로 말이 없었다. 그는 그녀의 손을 잡고 의미 없는 말을 몇 마디 늘어놓고 발 빠른 학생이 교실을 빠져나오듯이 방을 빠져나왔다. 지나이다는 창가로 다가가서 마차가 다가오고 그가 마차에 올라 떠나는 모습을 지켜보았다. 그녀는 달아오른 이마를 성에 낀 유리창에 기대고 그 자리에 오랫동안 서 있었다. 그러다가 그녀는 이렇게 한 마디 중얼거렸다. "그래, 그는 날 사랑하지 않아!" 그녀는 벨을 눌러서 시종을 불러 램프에 불을 켜도록 지시한 다음 책상 앞에 앉았다…"

이 장면은 《안나 카레니나》에서 안나가 브론스키와 최후의 말다툼을 하는 장면의 밑그림이 되었다. 《안나 카레니나》에서는 다음과 같이 그려지고 있다.

> 그녀는 창가로 다가가서 그가 쳐다보지도 않고 장갑을 집어 드는 모습을 보았다. 그리고 그는 창 쪽으로는 시선도 주지 않은 채 익숙한 자세로 반포장 승용마차에 올라 발을 꼬고 앉았다. 마차가 모퉁이로 사라질 즈음 그는 장갑을 손에 끼우고 있었다.
> "떠났어! 모든 게 끝났어!"
> 안나는 창가에 서서 속삭였다.
> "아니야, 이럴 수는 없어!"
> 그녀는 이렇게 외치고 방을 가로질러 나오며 벨을 꾹 눌렀다… 그녀는 앉아서 편지를 썼다.

당시에는 푸시킨에 대한 정확한 지식이 확립되어 있지 않았다. 그래서 톨스토이가 푸시킨 산문에 관심을 가졌다는 사실을 언급하면서 그것을 톨스토이가 《벨킨 이야기》를 재독한 것이라고 기록하곤 했던 것이다. 굿지는 톨스토이 기념전집 제 20권에서 《벨킨 이야기》에 그런 시작부분은 존재하지 않는다는 사실을 처음으로 지적했다. 사실 톨스토이는 그보다 훨씬 후기의 산문을 읽었던 것인데 푸시킨 산문을 통칭하여 《벨킨 이야기》라고 말했다. 그 결과 세르게옌코와 소피야뿐만 아니라 다들 혼란을 일으켰던 것이고 그런 혼란은 오랫동안 해명되지 못했던 것이다.

나중에 《안나 카레니나》로 변해가는 이 거친 소설 초고는 어떤 모습인가?

소설을 어떻게 시작할 것인가는 아주 오랫동안 모색되었다. 기념전집에는 No. 1이라는 번호와 함께 다음과 같은 판본이 존재한다. "프롤로그. 그녀는 행복한 예감을 품고 결혼한다. 그녀는 올케를 위로하러 〔만나기 위해〕 가다가 가긴을 만난다."

이 판본은 최종 판본과 아주 유사하다. 올케의 문제를 해결하기 위해 기차를 타고 도착한 여인이라는 설정에서 특히 그렇다. 그것이 소설의 첫 판본으로 인정된 것은 그것이 명백히 푸시킨 소설의 시작부와 교감하는 구절로 시작(프롤로그 다음에)되고 있기 때문이다. "늦겨울에 손님들이 모여들어 모두들 카레닌 부부를 기다리며 그들에 대한 이야기꽃을 피우고 있었다. 드디어 그녀가 도착했고 그녀는 가긴(나중에 브론스키가 되는)에게 무례하게 행동한다."

《야스나야 폴랴나 문집》(툴라, 1955)에 실린 즈다노프의 "《안나 카레니나》 창작사에 관하여"라는 글이 나온 뒤 오늘날에는 전에 No. 3(원고 No. 4)이라고 분류되었던 원고(굿지도 이에 동의했다)가 소설의 맨 첫 부분으로 인정되고 있다.

여기서 여주인공은 타티야나라고 불린다. "대화가 멈췄다. 사람들은 스타브로비치와 그의 아내에 대해 이야기하고 있었다. 당연히 험담이었고 다른 것일 리는 없었다. 그것이 아니라면 즐겁고 지성적인 대화의 대상이 될 수 있는 다른 것은 없었으리라."

스타브로비치 부부가 들어온다.

타티야나는 검은 레이스가 달린 노란 원피스를 입고 있었다. 원피스는 누구보다도 짧은 것이었다. 그녀의 의상과 빠른 걸음걸이에는 뭔가 도전적이고 대담한 느낌이 묻어났고 발그레한 아름다운 얼굴과 커다란 검은 눈, 그녀의 오빠를 닮은 그 두 입술과 미소는 뭔가 단순하면서도 온순한 느낌을 던져주었다.

여주인이 말했다.

"드디어 오셨군요. 어디 갔었어요?"

"잠시 집에 들렀습니다. 발라쇼프 씨에게 편지를 써야 했거든요. 그분도 여기로 불렀습니다."

'그럴 필요 없는데.' 여주인은 속으로 생각했다.

"미하일 씨, 차 드릴까요?"

깨끗이 면도한 미하일의 얼굴은 창백하고 부어 보였으며 주름살이 가득했다. 미소를 지으면 얼굴에 주름이 더욱 깊게 퍼졌는데 그 미소가 그렇게 선량해 보이지 않았다면 억지로 꾸며내는 웃음으로 보였을 것이다. 그는 무슨 말인가를 우물거렸는데 여주인은 그 말을 알아듣지는 못했지만 어쨌든 차를 내왔다. 그는 냅킨을 정확하게 펼치고 하얀 넥타이를 매만지고 한쪽 손의 장갑을 벗고 홀짝거리며 차를 마시기 시작했다.

타티야나는 "어깨가 원피스에서 벗어날 정도로 웅크리고" 앉아서 "크고 거침없이 즐겁게" 이야기 한다. 이때 후에 브론스키가 될 발라쇼프가 도착한다. 그의 키는 타티야나와 거의 비슷하다. "그녀는 가녀리고 섬세한 반면 그는 시커멓고 투박하다." 발라쇼프는 스물다섯 살이고 타티야나는 서른이다. 남편 스타브로비치는 건강이 좋지 않은 거의 노인이 다 된 인물이다. 타티야나는 그리 높은 가문 출신이 아니다. "그녀는 우리 무미한 사회에서 소금과도 같은 존재다." 타티야나와 발라쇼프의 대화가 계속 이어진다. 그것은 정숙해 보이지 않았다. "이때부터 타티야나는 상류사회의 무도회나 파티에 단 한 장의 초대장도 받지 못하게 되었다."

소설은 이렇게 시작되었다. 이 소설 판본에는 모든 것이 다 정당하다고 생각하는 니힐리스트들도 등장한다. 타티야나의 남편은 이혼에 즉각 동의하고 나중에는 남의 아이를 양육해 주는 이상주의적 인물이다. 그는 아내의 정부를 자신의 집으로 초대한다. 타티야나의 성격은 직접적으로 제시된다. "그녀는 혐오스러운 여인이었다."

그녀에겐 나쁜 습관이 있었다. 그녀는 목걸이에 달린 진주를 물어뜯거나 너무 큰 소리로 말하곤 했던 것이다.

우리가 잘 알고 있듯이 나중에는 이 모든 것이 변화된다. 카레닌은 그 매력적인 모습을 상실하고 학자다운 모습도 잃고 그저 관료다운 모습을 지니고 있다. 안나 카레니나는 류릭 공의 후손으로 고귀한 가문 출신으로 설정된다. 그녀는 빼어난 미모에 높은 교육을 받은 여자이고 브론스키는 더 이상 다소 괴짜인 카자크 출신 장교가 아니라 빛나는 귀족이다. 그러나 최초의 판본들에 나타나는 주인공들의 속성들이 완전히 사라지지는 않고 모순적인 요소들로 남아 있게 된다.

주제에 단정하게 집중하는 경향은 푸시킨의 유산이다. 사건이 일어나는 것은 결혼이 이루어진 다음이지만 문제는 간통이 아니라 위대한 사랑이다. 여인은 자신의 부정을 들키는 것이 아니라 스스로 남편에게 고백한다. 그녀는 남편을 버리는 것이다.

소설은 그녀의 예정된 운명에 따라 나아간다. 마치 그녀를 철길을 따라 끌고 가는 것만 같다. 그러나 이 결정된 삶은 중요한 점에서 아직 결정된 것은 아니다. 왜인가?

예정된 것, 예측 가능한 것은 왜 일어나는가?

두 남자와 함께 사는 것, 남편과 함께 살면서 남편 몰래 정부와도 함께 사는 것은 불가능하다. 그녀는 그럴 수 없다. 그녀의 정부도 원하지 않는다.

톨스토이는 여주인공에게 정숙함을 요구하고 있다. 작가는 그녀의 남편을 들여다보고 관찰하지만 그녀의 남편은 작가의 이 시선 속에서 거듭 변화된 모습을 띠고 있다. 그는 출세가도를 달리는 페테르부르그의 고위관리지만 소외된 인물이다. 그는 하다못해 책도 아니고 서류나 파고드는 내각관리로서 시대의 메마른 지적 상태를 상징한다.

알렉세이 카레닌은 동시에 매우 불행한 인물이다. 그는 나름대로 선량하다. 이제 톨스토이는 수천 개의 대안을 늘어놓고 선택하여 짜 맞추려고 한다. 하지만 주인공들은 작가가 제안하는 운명에 동의하지 않는다.

질투에 관해 쓰인 많은 책들이 옆에 있거나 혹은 머릿속에 들어 있다. 톨스토이 자신도 질투에 관한 책을 쓸 것이다. 그러나 질투는 책 속에만 있는 것은 아니었다. 톨스토이는 뒤마(아들)의 책을 아주 좋아했다. 거기서 문제의 해결은 아주 간명했기 때문이다. "죽여라, 부정한 아내를 죽여라." 그런 여자는 범죄자니까.

하지만 이건 구식이다. 그것은 남편이 집을 가지고 있고 권력과 재산도 수중에 쥐고 있으니까 취할 수 있는 해결책이다. 또한 정조라는 것도 여성에게만 의무적인 것일 뿐 남성에게는 존재하지 않는다는 전통적 구습에 따라 취해지는 해결책이다.

정조를 요구하는 종교도 존재하고 인간사에 책임을 지는 신도 존재한다. 정확하게 기억하는 것은 아니지만, "복수는 내게 있으니, 내가 이를 갚으리라"라는 성서의 잠언도 존재하지 않는가.

여기서 대개 종교의 규범이란 것이 그렇듯이 모순이 발생한다. '악을 선으로 이기리라.' 그러나 신은 그대가 용서한 것을 벌하리라. 그렇다면 용서 그 자체가 바로 복수가 아닌가. 카레닌과 브론스키에게 복수와 안나의 죽음이 필요한 것인가? 소설이 쓰인 목적이 그것인데 그것은 과연 필요한 것인가? 소설에서 긍정적으로 그려지는 것, 즉 키티와 레빈의 행복은 과연 존재 가능한 것인가?

톨스토이는 구시대에 속한 사람이었고 그의 이상은 과거에 존재하고 있다. 하지만 동시에 그는 인간적인 사람이었고 인간적인 이상들은 미래의 것이다. 바로 그래서 톨스토이는 모순에 처할 수밖에 없었다.

그는 마치 안나가 카레닌에게 정조를 지켜야 한다고 요구하는 것 같다. 하지만 동시에 카레닌과 그녀의 관계에 대해, 그들 사이에 사랑이라고 불렸던 것에 대해 혐오스럽게 떠올리게 만든다. 카레닌은 원래 나쁜 사람은 아니다. 그러나 인간적으로 말해서 그는 안나를 위한 남편은 못된다. 톨스토이는 그 점을 아주 잘 보여 주고 있다.

안나는 부정한 아내로서 자신의 처지를 부끄러워한다. 그러나 그녀는 먹을 것을 앞에 둔 굶주린 사람이 행복하듯이 그렇게 행복하다.

진정 인간적인 도덕률은 종교적 제사에 모순된다. 안나를 기차 바퀴로 내모는 것은 신이 아니라 사람들이다. 톨스토이 자신을 혐오하는 바로 그 사람들인 것이다.

초상화

1873년 9월 톨스토이는 사마라에서 야스나야 폴랴나로 돌아와 페트에게 편지를 쓴다.

글쓰기를 다시 시작했습니다. 이미 시작한 소설을 가능하면 빨리 마치려고 합니다. 아이들은 열심히 공부하고 아내는 아이들을 도와주며 가르치며 분주하지요. 아내는 임신을 했고 그 때문에 좋지 않아요. 요즘은 매일, 벌써 1주일이나 됐군요, 화가 크람스코이가 트레티야콥스키 미술관에 보낼 초상화를 그리고 있답니다. 나는 그 앞에 앉아 잡담을 나누면서 그의 페테르부르그식 종교를 진정한 그리스도교 정신으로 바꾸려고 하지요. 나는 크람스코이가 직접 찾아왔기 때문에 초상화를 그리는 데 동의했습니다. 그는 싼 값으로 우리에게 초상화를 하나 더 그려준다는 조건으로 아내를 설득해서 동의를 받아 냈지요.

이 사람은 페테르부르그의 최신의 경향을 가장 순수하게 보여 주

고 있어 내 흥미를 끌고 있어요. 그것은 아주 좋은 그의 예술적 기
질에 반영되고 있지요. 그는 이제 초상화 두 개를 거의 끝내 가고
있습니다. 매일 찾아오는 바람에 방해받고 있습니다.

크람스코이[64]는 아침 일찍 숲 속 오솔길을 따라 야스나야 폴랴나를
향해 출발했다. 나무에는 불그스름한 가을 낙엽들이 아직 많이 남아 있
다. 새들은 없었다. 적막했다. 숲에 구덩이가 있었다. 언젠가 광산을
팠던 흔적이다. 땅이 꺼져 있었다. 구덩이에는 참나무가 쓰러져 있다.
마치 살해된 팔을 뻗고 엎어져 있는 것만 같다.

어떤 사람의 집을 처음 방문할 때, 특히 존경하는 분의 집을 방문할
때면 몹시 떨리는 마음으로 무슨 말을 할 것인가를 되새기고, 그분의 사
는 모습은 과연 어떨 것인가 몹시 고대하기 마련이다.

크람스코이는 《전쟁과 평화》를 잘 알고 있었고 사진을 통해 톨스토
이의 얼굴을 익히 보아 왔다. 그는 톨스토이 백작이 몸집이 크고 강건하
며 아주 지긋한 나이의 조용한 분이라고 생각했다. 백작의 아내에 대해
서는 페트의 시를 통해서, 그리고 톨스토이의 단편 작품들을 통해서 간
접적으로 알고 있었다. 그는 단편 작품들에 나타난 모습을 믿지 않았
다. 하지만 페트의 시에 대해서는 걸어가며 머릿속에 떠올렸다.

---

64) 〔역주〕I. 크람스코이(1837~1887). 화가. 초상화가. 1863년 재학 중
이던 예술아카데미를 중퇴하고 13명의 동료와 함께 이동전람파를 조직
하는 주요 인물. 이동전람파는 교회와 황실을 중심으로 한 회화를 벗어
나 러시아 민중의 일상적인 삶의 모습을 화폭에 담고 이를 삶의 현장에
서 전시했다. 이들은 문학과 음악 분야와 더불어 러시아 리얼리즘 예술
의 개화를 보여준다. '레프 톨스토이의 초상'(1873), '황야의 그리스
도'(1872), '미지의 여인'(1883) 등의 대표작이 있고 사막에 홀로 앉아
깊은 사색에 잠겨 있는 그리스도의 이미지는 라이너 마리아 릴케의 시
에 영감을 주었다고도 한다.

삶의 산문이 가시밭길이라도
나는 다시 밝히리라
축복의 마음으로 별과 장미,
그댈 위해 사랑의 석양을[65]

왼편에 두 개의 하얀 작은 탑이 보였다. 야스나야 폴랴나 입구다. 탑 너머로 큰 길이 보이고 길가에 자작나무 노란 잎들이 바스락거린다. 자작나무 가로수 사이로 섞어 심은 전나무가 벌써 키가 자라 자작나무를 넘어서고 있었다. 그 너머로는 단풍나무 정원이 붉다. 그리고 그 뒤에 그리 크지 않은 하얀 건물이 보이는데 분명 본채에 덧붙인 곁채였다. 건물 주변의 화단은 스위트 피(콩과에 딸린 일년초)와 한련(旱蓮), 커다란 막대기에 받쳐 놓은 묵직한 달리아 등이 가득하다. 단일 줄기 붉은 장미도 많았다. 흠뻑 물을 뿌려준 흙은 검은 빛이었다. 꽃들은 잘 자라 다채로운 향기를 즐겁게 뿜어내는 것만 같다. 멀리 또 다른 작은 건물이 보인다. 그 앞에도 단일 줄기 장미가 줄지어 있다. 과수밭에는 여자들과 아이들이 많다. 어딘가에서 크로켓 공을 치는 소리가 들려온다. 집안에서는 누군가 피아노를 치고 있었다.

열어놓은 발코니에는 식탁이 차려져 있다. 깨끗한 탁자보와 노란색 버터, 불그스름한 빛깔의 신선한 빵, 거의 갈색이 된 가을 오이, 사과, 그리고 주변의 모든 것이 비쳐지고 있는 노란색 툴라 산 사모바르.

모든 것이 알록달록하고 수선거린다.

크람스코이는 조용한 서재에서 아주 오랫동안 톨스토이를 기다렸다. 문은 정원 쪽으로 열려 있다. 벽에는 사슴뿔과 작은 나무 액자에 든 판화가 걸려있다.

가죽을 입혀 놓은 소파는 아주 오래된 것이지만 안락해 보였다. 책

---

65) 소피야 부인에게 바치는 A. 페트의 시《그렇게 다정하게 대해 주었을 때 … 》중에서.

상, 책상 위의 원고. 원고에는 줄을 그어 지우고 그 위에 크게 흘겨 쓴 알아볼 수 없는 글자들이 빼곡하다. 책상 앞에는 다리를 자른 안락의자가 놓여 있다. 꼭 마루에 무릎을 꿇고 있는 것만 같다.

크람스코이는 여전히 기다리고 있었다.

드디어 톨스토이가 들어왔다. 보통보다는 큰 키에 까무잡잡하고 회색 눈동자, 구레나룻에도 불구하고 마흔다섯이라기에는 젊고 세련된 풍모다. 다리를 자른 안락의자와 나란히 선 톨스토이는 한층 커보였다.

크람스코이는 톨스토이가 심한 근시이면서도 안경을 쓰지 않고 원고 위에 고개를 깊게 숙인 채 글을 쓰는 모습을 상상했다. 그러나 톨스토이의 시선에서 근시를 느끼기는 어려웠다. 그의 눈길은 평온하고 초점이 흩어지지 않았다.

톨스토이는 분명하게 거절하기 시작했다. 지금 작품을 집필 중이라 매우 바쁘다는 것이다. 아주 농민들에 대한 새 소설을 시작하고 있다고 했다. 톨스토이는 서두르지 않고 침착한 어조로 거절한다. 그는 마치 이 기회에 자신이 지금 해야 할 일과 써야 할 글을 점검하겠다는 듯이 그 목록을 차례로 열거한다. 게다가 그는 그림을 그리기 위해 자세를 취하고 있을 생각만 해도 두렵다고 덧붙인다.

크람스코이는 대답했다.

"저는 선생님께서 거절하시는 사유를 깊이 이해하고 존중하고 더 이상 매달리지 않겠습니다. 그리고 물론 앞으로도 선생님의 초상화를 그리고 싶다는 소망을 다시 품을 수가 없겠지요. 그러나 어찌됐든 선생님의 초상화는 미술관에 걸리게 될 것입니다."

"어떻게 말이지요?"

"간단합니다. 저는 물론 그리지 않을 것입니다. 그리고 저와 동시대 사람 중 그 누구도 아닐 겁니다. 그러나 후에 누군가가 그리겠지요. 저는 지금 러시아의 저명인사들의 초상화를 그리고 있습니다. 이를테면 그리보예도프의 초상화를 그 시대에 남겨진 여러 그림들을 통해 현대의 유화로 그려내고 있습니다. 저는 여러 자료들을 찾아봅니다. 누군가 그리보예도프를 직접 보았던 사람은 없는지를 찾아 제 그림이 비슷한지를 묻곤 합니다. 선생님의 초상화도 그렇게 그려질 것입니다. 사람들은 그 시대에 초상화가 그려지지 못했다는 점을 아쉬워하겠지요."

그때 스물여섯 살 가량의 부인이 빠른 걸음으로 들어왔다. 다정한 표정에 큰 눈, 발그레한 뺨이었다. 미소를 지을 때면 아랫입술이 조금 앞으로 튀어나왔다. 단정한 옷차림이었다. 폭이 넓은 환한 블라우스와 검은 치마를 입고 있었는데 허리띠를 두르지는 않았다. 아주 젊었고 임신하고 있음이 분명하다.

톨스토이는 화가를 아내에게 소개했다. 소피야는 자리에 앉아 폭이 넓은 블라우스를 매만지고 손잡이가 달린 안경을 통해 화가를 조용히 바라보았다. 그녀는 심한 근시였다.

대화는 다시 처음부터 시작되었다. 톨스토이는 아무것도 잘 이해하지 못하고 늘 실수한다는 식의 분위기였다. 결정은 아내 소피야가 한다. 물론 지금 당장은 아니다.

크람스코이는 아주 오랫동안 사진 일을 해왔으며 초상화를 그리거나 수정하는 작업도 많이 했고 교회 장식에도 많이 참여했다. 그래서 주문자와의 대화에도 익숙한 편이었다. 그는 톨스토이를 보고 있을수록 점점 더 꼭 이 분의 초상화를 그리고 싶다는 마음에 사로잡혔다.

크람스코이는 계속해서 제안한다.

"원하신다면, 만일 제가 초상화를 그린 다음에 마음에 들지 않으시면 파기해 버리기로 할 수도 있습니다."

"우린 당신의 솜씨를 알고 있답니다, 크람스코이 씨." 소피야가 말했다. "당신이 그린다면 분명 아주 마음에 들겠지요. 하지만 그래서 넘겨주기 아까우면 어떻게 하지요?"

"그럼, 이렇게 하시지요." 크람스코이가 말했다. "초상화를 미술관에 보내는 것은 백작님의 뜻에 따르기로요. 원하시면 집에 거셔도 되고요."

톨스토이는 반대했다. "그렇게는 안 되지요. 초상화 비용을 트레티야콥스키 씨가 지불하지 않습니까?"

소피야가 해결책을 찾았다. "그럼, 트레티야콥스키 씨에게 우리 초상화의 복사본을 만들어드리면 안 되나요?"

크람스코이가 대답했다.

"정확한 복사본은 있을 수 없습니다. 설사 진품 작가가 직접 그린다고 해도 말이지요. 제 생각입니다만 초상화를 두 개 그리면 어떻겠습니까? 나중에 둘 중에 마음에 드시는 걸 고르시지요."

"좋은 생각이시네요." 소피야가 말했다. "우리 아이들을 위해서도 초상화는 필요해요. 그 값은 우리가 치르지요. 200, 250루블이요. 제 생각에 그거면 충분할 것 같은데요?"

크람스코이는 1천 루블 이하로는 초상화를 그리지 않았다. 물감과 캔버스, 액자만 하더라도 500루블이었다. 그러나 그는 소피야의 제안을 단번에 받아들였다. 그는 톨스토이가 이제 작업대 앞에 앉을 준비가 되었다는 것, 그렇다면 어서 자리를 떠야 한다는 것을 알고 있었기 때문이다.

"그럼 내일부터 일을 시작하도록 하겠습니다." 크람스코이는 이렇게 말했다.

"좋아요." 톨스토이가 안락의자에 앉아 원고지 위에 고개를 푹 숙인 채 낮고 힘찬 목소리로 말했다.

소피야는 크람스코이를 현관까지 배웅했다. 그녀는 크람스코이의 명성을 많이 들어왔던 터라 아주 만족스러웠다. 그녀는 초상화를 그리려면 남편의 시간을 많이 뺏으리라는 것을 알고 있었다. 하지만 그녀는 남편이 항상 시간이 넘쳐나서 그녀를 힘들게 한다고 생각하고 있었다. 지금 그녀는 임신한 상태이고 젖먹이 아이도 보살펴야 하지 않은가.

바깥의 날씨는 무더웠다. 울창한 보리수나무 숲길의 그늘을 따라 알록달록한 부인네들이 산책하는 모습이 보였다.

부엌에서 칼로 뭔가 두드리고 있었다. 숲 쪽에서 수건을 쓴 젊은이들이 걸어왔다.

크람스코이는 모자를 벗고 손수건으로 이마의 땀을 닦으며 떠났다.

초상화 작업은 다음날 아침부터 시작되었다.

톨스토이는 부드러운 흰색 더블칼라가 도드라진 회청색 셔츠 차림으로 책상 앞에 앉았다. 그는 흥미로운 눈길로 크람스코이를 바라보았다.

"요즘 화가에 대한 글을 하나 쓰고 있소." 톨스토이가 말을 꺼냈다. "소설에 등장하는 화가인데 파블로프나 미하일로프 쯤으로 부를 것이오. 로마에서 가난하게 살아가는데, 오랫동안 그리스도 그림을 그리고 있는 인물이지 … 교육을 많이 받은 것은 아니지만 책은 많이 읽고 있지요."

크람스코이는 톨스토이의 말을 들으면서 캔버스에 신속하게 스케치를 해나간다.

톨스토이가 말을 잇는다. "보트킨이 내게 이바노프라는 화가에 대해 이야기하면서 그의 스케치를 수백 점 보여준 적 있어요. 그걸 잘 보았었지. 이바노프는 마치 사물의 덮개를 벗겨내는 것만 같더군. 대상을 덮고 있어 잘 보이지 않게 만드는 그런 덮개 말이오. 덮개를 벗기면서 대상 자체를 손상시키지 않으려고 노력하더군요."

"맞는 말씀입니다. 모든 예술가가 다 그렇게 하지요." 크람스코이가 대답했다. "그림에는 항상 모델이 되는 대상이 있습니다."

"초상화가 그렇지." 톨스토이가 대답했다. "하지만 우리 소설가들은 소설에서 자신이나 주변에 아는 친지들을 그리려고 하지 않지요. 내 아내 소피야와 여동생인 타티야나는 내가 그들을 묘사하고 있다고 생각해서는 누가 나타샤고 누가 키티라고 서로 우기며 싸우려고 들지. 하지만 내가 보기에 이바노프라고 해도 대상을 그대로 베끼는 건 아니지요. 로마의 풍경을 그리는 것이 아니라 아주 보편적인 것에 대해 그리는 것 아니겠소. 나 역시 야스나야 폴랴나를 그대로 그리지는 않소. 물론 이곳이 없었다면 난 러시아를 잘 이해할 수 없었을 터이지만 말이오. 내가 숲을 멀리서 바라보고 묘사할 때, 비록 내가 가까이에서 본 그런 나뭇잎들을 가진 나무들이 그 숲 속에 있다는 것을 잘 알고 있지만 그렇다고 해서 그 나뭇잎들을 그리지는 않는다 이 말이오."

크람스코이는 듣고 있다. 보통 사람들은 화가 앞에서 자세를 취할 때 따분해하며 마치 혼잣말하듯이 말하곤 한다. 하지만 이 대화는 그렇지 않다. 그는 대답한다.

"이바노프 씨는 세계 예술에 반기를 들었지요. 요즘 러시아에 그와 다른 화가도 있습니다. 표도르 바실리예프라고 아주 젊은 사람이지요. 저는 얼마 전에 그에게서 편지를 한 통 받았습니다. 그가 하고 있는 것은 아주 독창적이고 보통의 예술운동을 넘어서는 것이지만 저로서는 그게 좋다고 말씀드리기는 어렵습니다. 전적으로 좋다고는 할 수 없지만 어쨌든 아주 천재적인 화가지요."

톨스토이는 '천재적'이라는 말에 조금도 놀라워하지 않으면서 대답했다. "그 사람은 어떻게 삽니까? 주변에 쓸 데 없는 걸 많이 거느리고 있지는 않나요?"

"열병에 걸린 듯이 정신이 없지요. 항상 어딘가로 떠나 뭔가 새로운 일을 하고 무엇인가로부터 벗어나려는 충동에 휩싸여 있습니다. 이런저런 친구들도 많고 여자들도 많고 엉망진창이지요 …"

"여기 내 집에도 여자들이 많지. 늘 그들의 자질구레한 얘기들뿐이라서 때론 나도 여성이 아닌가하고 생각할 때가 있다오. 자리에서 일어나거나 일하고 있을 때나 그저 늘 여자들 얘기소리가 들려오니까 말이오. 혼란스런 인생에 빠지기 쉽지."

톨스토이는 잠시 말을 멈췄다가 덧붙인다. "저 밖은 냉랭한 데도 부인네들은 가벼운 옷차림으로 부엌 근처에서 아이스크림을 만들고 있어. 농민들은 몰락해가고 있는데 말이오. 땅도 말라가는데 그들을 그걸 보지 못해. 천재가 아니라도 볼 수 있는 걸 말이오. 제 머리 위에 썩어 가는 들보를 보지 못하는 것이지. 보고 싶어 하지 않는 것이지."

"어떤 작가는 인간은 올바르게 볼 수 있는 능력이 있다, 모든 사람은 태어날 때부터 천재라고 말했습니다. 그런데 천재가 그리 적은 것은 참으로 놀라운 일이 아닐 수 없습니다."

"누가 그런 말을 했지요?" 톨스토이가 관심을 보였다.

이때 소피야 부인이 상기된 얼굴로 들어서며 말했다. "돌사과로 잼을 만들었어요. 벌써 채색을 하시나요?" 그녀는 초상화를 들여다보더니 곧바로 덧붙였다. "이 초상화를 집에 남겨 둬요, 여보."

"내일은 다른 걸 시작하겠습니다." 크람스코이가 말했다. "더 크게 그릴 겁니다. 이건 마를 시간이 필요합니다. 나중에 보시고 고르셔도 됩니다."

"안케의 피로그66)를 준비했어요. 금방 될 겁니다." 소피야가 말했다. "우리 집 특별 요리지요. 베르스 가문의 요리법입니다. 아주 먹음직해요. 아주 특별한 분에게만 대접하는 겁니다. 안케는 장인의 친구 분 이름이지요. 3등 문관이었는데 피로그 만드는 데 일가견이 있었지요."

초상화 작업은 계속되었다.

집안사람들도 이제 크람스코이와 친해졌다. 톨스토이는 그와 많은 이야기를 나누었다. 크람스코이가 보기에 톨스토이가 초상화 작업이 어서 끝나기를 기다리며 다급해하는 것 같지 않았다. 그는 지금 난관에 봉착해서 뭔가를 생각하고 또 거듭 생각을 다시하고 있었던 것이다.

좀 더 큰 두 번째 초상화도 거의 완성되어갔다. 그걸 보고 소피야가 주저 없이 한 마디 했다. "이 두 번째 것이 훨씬 좋은데요."

크람스코이는 다시 첫 번째 초상화를 손에 잡았다. 두 개 모두 아직다 완성된 것은 아니지만 아주 감동적이었다. 단지 초벌 색만 칠한 상태였는데도 놀랄 만큼 실제 인물과 유사했다.

날씨가 변하여 과수밭은 깨끗이 잎이 지고 야스나야 폴랴나의 숲은

---

66) 〔역주〕 피로그는 러시아식 고기만두. 부풀려서 파이처럼 만들기도 한다.

알록달록한 가을 빛깔을 띠고 있었다.

9월 말 어느 비 오는 날 아침, 크람스코이는 조금 늦게 도착했다.

톨스토이는 큰 홀의 북쪽 창가의 딱딱한 팔걸이의자에 앉아 기다리고 있었다. 크람스코이는 큰 초상화 앞에 앉아 그림을 그리기 시작했다. 그러다가 잠시 붓을 멈췄다.

"선생님, 날씨 때문에 우울하신가요? 야채 농사에 좋은 날씨지요. 오늘 비는 그리 오래 내리지 않을 겁니다."

"그런데 당신은 왜 우울해 보이지요? 빛이 충분하지 못해서인가요?"

"친구가 죽었습니다, 선생님." 크람스코이가 톨스토이에게 '백작'이라는 칭호를 붙이지 않고 대답했다. "표도르 바실리에프가 죽었습니다. 그 사람을 안 지 5년밖에 되지 않고 저보다 훨씬 젊은 사람이지만 전 그 사람에게서 많은 것을 배웠습니다. 그 사람은 대공에게 바치는 시시한 병풍을 그리고 있었지요. 그는 늘 힘 있는 사람들이 그를 밀어 주기를 기대하고 있었습니다. 후원이 필요했던 것이지요. 신분이 불안정했었거든요."

"나가서 같이 산책이나 좀 합시다. 비가 그친 것 같소."

"그 사람은 우리로서는 가늠하기 힘든 정말 믿을 수 없을 만한 재능을 가진 예술가였습니다." 크람스코이가 말했다.

그들은 밖으로 나왔다. 그들은 오랫동안 굳은 마음으로 함께 걸었다. 비에 씻긴 자작나무 줄기들이 새하얀 모습을 뽐내고 있었다. 저 아래 목초지대 너머에는 강철처럼 짙푸른 빛을 띤 고요한 강물이 지나가고 있었다.

톨스토이가 말했다. "내 소설에는 남자를 절망에 빠트린 채 기차바퀴에 치어 죽는 여인이 있습니다. 나는 실제로 그렇게 죽은 여자를 해부하는 모습을 본 적이 있어요. 여기 코즐로프 녹채 근처에 있는 역사에서지요. 당신이 묵고 있는 별장에서 가까운 곳입니다."

크람스코이는 길을 덮고 있는 알록달록한 낙엽을 밟으며 말없이 걸었다.

"내가 지금 쓰고 있는 것은 가까운 사람들에게 죄를 짓고 절망에 빠졌지만 어찌할 바를 모르는 사람에 대한 겁니다. 왜 우리는 그렇게 사는 거지요? 당신 친구만 하더라도 …"

"제게 잘못이 있다고 보시는지요?"

"나에 대해서도 당신에 대해서도 말하는 게 아닙니다. 크람스코이 씨, 이를테면 나를 봅시다. 난 이름 있는 작가요 지주지요. 그래요, 앞으로 땅을 더 사들이기도 할 거고 더 유명해지겠지요, 투르게네프만큼 말이오."

톨스토이는 떡갈나무를 바라보았다. 어릴 때부터 너무나 익숙한 나무들이었다. 자신의 산문에서도 많이 다루었던 나무들이다. 그리고 그는 혼잣말 하듯이 반복해서 물었다.

"왜지요?"

"저는 그런 식으로 생각하지 않으려고 노력하고 있습니다, 선생님."

"꼭 내 자신에 대한 말이 아닙니다. 자, 여기 레빈이라는 지주가 있는데 아이들을 키우고 사과나무를 심으며 살아가지요. 젊은 아내는 가사를 돌보며 잼을 만들지요. 무엇을 위해서지요? 그는 자신에 대한 농담을 완전히 이해하는 것, 물과 칼과 총, 그리고 기차바퀴 밑에 넓은 공간이 있다는 것을 기억하는 것, 그것을 유일한 출구라고 생각하고 있지요."

"선생님은 신앙인이 아니시던가요?"

"신앙을 가진 듯이 온갖 흉내를 내고 어디서 배워들은 설교도 늘어놓곤 하지요. 난 전통을 따르지요. 전통에 따라 1년에 한번 하느님의 피라고 하는 포도주도 마시고 어떤 때는 하라는 대로 양배추도 먹곤 하지요."

"바실리예프는 성을 부여받지 못했고 신분증도 없고 집도 없었습니다. 참 힘들었지요, 어디에도 의존할 곳이 없었으니."

크람스코이가 이렇게 말하자 톨스토이가 대답했다.

"하지만 레빈은 삶이 모두 악이며 무의미하다는 것을 알면서도 계속 살아가지요. 그것이 연약함을 벗어나는 출구인 셈이었지요. 하지만 영혼 속에서는 모든 것이 뒤집어졌고 결코 다시 제 모습을 찾을 수가 없었어요."

"하지만 쓰는 것은 선생님 아니십니까?"

"그렇지요. 하지만 마음대로 되는 것은 아니지요."

"누가 방해를 하는 건가요?"

"나는 소리 예술가나 선, 색, 언어 예술가, 그리고 심지어 사상의 예술가 모두 자신의 생각을 의미 있게 표현할 수 있다는 믿음을 가지지 못할 때 끔찍한 처지에 놓인다고 생각해요. 바로 그 점이 방해하는 겁니다."

"그럼 어떻게 해야 하는 겁니까?"

"사랑은 불안한 전율이고 신앙은 평온한 것이지요. 신앙심은 있을 때도 있고 없을 때도 있지요. 난 지금 불안한 상태입니다. 글이 써지지 않을 때는 이런저런 다른 일거리를 찾곤 하지요. 교육학자들과 논쟁하기도 하고 《기초입문서》를 개작하고, 또 이렇게 초상화를 그리도록 앉아 있기도 하는 겁니다."

"조금 비관적으로 생각하시는군요."

"나는 사마르 초원을 야스나야 폴랴나처럼 사랑합니다. 하지만 그곳엔 지금 대기근이 들었어요."

"신문에서 읽었습니다."

"난 아내와 상의해서 가능한 당국을 자극하지 않고 도울 수 있는 방도를 찾고 있어요."

"우리 오스콜 지역도 상황이 아주 나쁘답니다."

"흉년이 들어 농민들은 가축을 팔아넘기고 종자까지도 줄이고 있는 형편이지요. 남자들은 뿔뿔이 흩어져 돈 벌러 나가고 아낙네만 집에 남아 그나마 있는 농작물을 거두지요. 그래야 하루 벌이가 10코페이카 밖에 되지 않아요. 물가를 내려도 도대체 뭘 살 수가 없는 것이지요."

"어떻게 생각하십니까, 선생님. 선생님은 상황을 잘 알고 계신데 대체 앞으로 어떻게 될까요?"

"비가 오면 수확이 좀 있겠지 … 그리고 난 언젠가 소설을 마칠 것이고."

"우리 모두 기다리고 있습니다."

"나도 기다리고 있소. 그리고 난 땅을 살 것이라오. 사마르에 2천 헥타르 정도 말이오. 그리고 어떤 할 일 없는 사람에게서 또 한 4천 정도 살 것이오. 하지만 삶은 뿌리부터 잘려나가고 있지요. 식량 생산은 줄어들고 초원은 갈아엎어지고 야스나야 폴랴나 근교 숲은 철마에 질식해 가고 있지요. 그리고 난 모든 것이 뒤죽박죽인 채 글을 쓰고 있지만 어떻게 해볼 수가 없어요. 하지만 당신은 내 그 우울한 초상화를 참 잘 그렸어요. 오늘 아침 일찍 홀에 나와 초상화 두 점을 마주했었지요. 그림 속의 두 사람이 비슷하더군요. 잘 그렸어요. 당신의 '황야의 그리스도'를 보았을 때만 해도 난 고개를 갸우뚱하며 생각했었지요. '아니 이게 그리스도인가?'하고 말이오."

"저도 그리스도의 모습을 확신하지 못합니다. 하지만 저로서는 달리 그릴 수가 없었습니다. 초상화를 그릴 때 저는 '웃음'을 주제로 그림을 그리고 싶었습니다. 그리스도의 얼굴과 그 주변에 웃고 있는 사람들 말입니다. 여러 종류의 사람들이지요. 하지만 마음에 들지 않았지요."

"뭐가 불만이었지요?"

"아시다시피 전 초상화를, 즉 사람의 머리를 그려야 합니다. 제 그림에는 중심도 없었고, 그리스도도 없었습니다. 이바노프였더라면 그렇게 중심이 없는 그림을 내던져 버렸을 겁니다."

"그래요, 당신 그림을 기억합니다. 서늘한 아침의 바위덩어리 황야였지요. 한 사람이 앉아 생각하고 있는 모습이었다고 생각되는데요. 다만 왜 이 사람이 그리스도인가, 왜 신이란 말인가? 그렇게 그렸어야 했는가? 라는 의문만 들었지요."

"저는 무원죄 수태라는 것을 믿지 않았고 그 당시의 인간의 논리를 믿었던 겁니다. 특히 특별한 사람은 특별하게 태어난다는 동방의 논리를 믿었습니다. 그래야 납득할 만하지요."

"온건하고 적절한 말이군요."

붉은 단풍잎이 땅에 떨어져 창백한 보리수 나뭇잎을 덮고 있었다.

크람스코이는 고개를 숙이고 발밑을 바라보며 걷다가 걸음을 재촉하며 말하기 시작했다.

"그림의 시작은 그랬어요. 저는 언젠가 페테르부르그에서 백야에 여기저기 돌아다니고 있었지요. 밤이지만 여전히 환한 백야에 어둑한 구석도 없었고 주변은 온통 큰 기둥과 기념비, 첨탑들이었지요. 그러다가 세나트 광장 앞 강변의 석조 벤치에 앉아 있던 어떤 남자를 만났지요. 긴 머리였고 어깨에 두꺼운 천을 두르고 있었습니다. 그는 제 발소리를 들었지만 돌아보지도 않았습니다. 그 사람은 너무나 진지하게 무슨 생각인가에 빠져있었던 겁니다. 저도 제 나름의 생각에 젖어서 그 자리를 지나 계속 걸었습니다. 저는 돌아다니면서 예술에 대해, 어떤 그림을 그려야 하는지에 대해 생각했지요. 카자크 여인과 하급 서기 사이에서 태어난 저로서는 남들처럼 아이들을 키우기 위해 1년에 많은 돈을 벌어야 했습니다. 그래서 이교도의 사원지붕을 고치기도 하고 신들의 손발톱을 칠하기도 해야 했지요. 저는 예술이란 돈을 받지 않고 제공될 때라야 진실을 얻을 수 있다고 생각했습니다. 무료로 보고 무료로 창작하고 무료로 나눠주는 겁니다."

"좋은 말이군요."

"저는 계속 돌아다니며 생각했지요. 저는 수보로프 장군이 방패로 러시아 황제의 왕관과 남의 나라인 로마황제의 왕관을 지키고 서 있는 동상을 구경했지요. 67)

67) [역주] A. 수보로프(1740~1800). 림닉스키 백작, 이탈리이스키 공작 등으로도 불림. 러시아-투르크 전쟁(1787~1891)에서 혁혁한 공을 세웠고 1789년에 러시아 및 신성 로마 제국 백작 작위를 받았고 1799년에 러시아 공작 작위를 받았다. 험준한 알프스 산맥을 넘어 이탈리아를 침

그러다가 다시 강변으로 돌아왔지요. 그 사람이 여전히 자리를 지키고 있었습니다. 해가 다시 그의 등 뒤로 솟아올랐지만 그는 두꺼운 천을 벗지 않았어요. 밤인지 낮인지 전혀 개의치 않고 있었지요. 그가 아무런 감각도 느끼지 않고 있었다고 말할 수는 없을 겁니다. 아침 한기가 엄습하자 그는 몸에다 팔을 바짝 움츠렸거든요. 저는 그냥 지나쳤습니다. 그의 입술은 바짝 말라 있었고 너무나 오랫동안 아무 말도 하지 않아 두 입술이 붙어 버린 것만 같았습니다. 나이보다 10년은 더 늙어 보였지만 저는 이런 사람은 무엇이든 어떤 장애물이든 타파하기로 마음만 먹으면 반드시 해낼 수 있는 그런 힘을 가진 사람이라고 생각했습니다. 제가 그리스도 초상화를 그릴 때 바로 이 사람을 떠올리려고 애썼지요. 그렇게 그리고 나서야 전 마음의 안정을 얻었습니다.”

“오늘날 문제를 해결할 수 있는 방법은 없어요.”

“모색이 없었다면 오늘의 러시아도 없었을 겁니다.”

“앞으로 어떻게 될 것 같소?”

“저는 그건 모릅니다.”

“난 체르니솁스키를, 특히 그의 소설을 신뢰하지 않아요.” 톨스토이가 대답했다. “나는 내가 쓰고 있는 소설도 전적으로 믿지는 않습니다. 다른 일을 하기 위해 그저 시간을 보내고 있을 뿐이지. 정말 쓰고 싶은 것은 표트르 대제에 관한 것이라오. 난 그 사람을 믿지는 않아요. 그러나 그를 존경하지 않아서 그에 대한 소설을 쓰지 못하고 있는 것은 아니지요. 난 이 나라의 역사 전체가 두렵고 그걸 존경하고 있지 않아요. 페테르부르그식의 신앙을 존경하지 않는다는 말인 셈이지요.”

“그럼 무엇을 존중하십니까?”

공한 프랑스군을 격퇴하는 등 유럽의 혁명세력을 진화하고 보수적 왕권국가들을 수호하는 데 커다란 기여를 했다. 놀라운 전술 능력과 지도력으로 전쟁사에 빛나는 이름을 남기고 있다. 그의 동상은 러시아 황제의 왕관과 정교국가인 그리스 황제의 왕관을 함께 지키고 있는 모습이다.

"저 사마르 오지의 농민과 헤로도투스가 묘사했었던 바시키르인들이지요. 호머라면 그런 농민들을 탁월하게 그려냈을 텐데. 난 그릴 줄을 모르지만 말이오. 난 심지어 호머를 읽으려고 그리스어도 배우고 있다오. 호머는 시인이고 웅변가고 진실 그 자체지. 나는 그 초원에 가면 평화를 느낍니다."

"그럼 선생님 소설은 어떻게 하지요?"

"나도 모르오. 하나는 분명하지. 안나는 죽을 것이고 복수를 당하게 되지. 그녀는 나름대로 살아가는 법을 찾아내고 싶었지만."

"삶에 대해 어떻게 생각해야 합니까?"

"어머니 젖을 빨듯이 그렇게 신앙심을 가지고 살도록 해야지. 오만한 마음을 버리고 말이오."

"교회를 믿어야 된다는 것입니까?"

"저기 보시게, 하늘이 얼마나 깨끗한지. 푸르른지. 저 푸름이 영원히 변치 않는 모든 것이오. 그게 아니라면 혁명을 믿어야만 하겠지."

톨스토이는 피곤해 보였다. 만개한 붉은 장미 밭 옆에서 소피야가 서 있었다. 장미 한 송이가 넓은 블라우스에 꽂혀 있었다. 소피야는 남편과 화가를 맞이하며 수줍고 행복하게 미소 지었다.

"초상화를 보았어요." 그녀가 말했다. "톨스토이도 아주 흡족해 했지요. 어떤 걸 골라야 할지 모르겠군요. 혹시 큰 걸 가지는 게 좋을까요? 우리 집에 그에 맞는 액자가 있는 것 같은데. 그런데 땅이 젖었는데 어떻게 그렇게 오랫동안 산책하셨나요?"

"그래요, 크람스코이 씨와 이렇게 얘기를 하느라고. 좀 위로도 하고 페테르부르그식의 신앙을 우리식으로 돌려놓으려고 했지."

"크람스코이 씨. 우리 남편 말을 들으세요. 우린 행복하고 아주 평온하게 살아간답니다. 가시지요. 안케의 피로그가 식탁에 준비되어 있어요!"

집필 작업

새로운 작품을 구상하는 것은 쉬울 수 있어도 그것을 완성하기란 어려운 일이다. 시작의 기쁨, 그러나 그 시작으로부터 벗어나 새롭게 바꾸어나가야 하는 난관, 그것은 위대한 부정의 과정이다.

1874년 2월 톨스토이는 스트라호프에게 말한다. "난 동그라미를 그릴 때, 그리고 나서 꼭 처음 시작한 부분을 고치지 않고는 동그라미를 완성하지 못합니다."

그러나 동그라미는 동그랗게 그려지지 않았다.

몇 달이 흘렀고 계절이 바뀌었다.

1875년 가을. 농부 아낙들이 젖은 흙 위를 맨발로 돌아다닌다. 집 안 아가씨들은 집 밖으로 나가려 하지 않는다. 톨스토이의 기분은 울적하다. 몸과 마음이 허약해진 느낌이다. 집 안은 온통 여자들에 둘러싸여 있고 미로와도 같은 삶의 출구는 보이지 않는다.

이 시기 야스나야 폴랴나의 생활상은 소피야 부인의 1875년 10월 12일 일기에 잘 그려져 있다.

너무나 고립된 시골생활이 나로선 더 이상 참기 힘들었다. 우울한 권태. 그 무엇에도 아무런 관심이 없었다. 이렇게 내일도, 모레도, 또 한 달이 가고 1년이 가고 할 것이다. 나는 해가 갈수록 톨스토이와 더욱 밀착되어간다. 그가 나를 잡아끄는 것 같다. 이 쓸쓸하고 고적한 상태로 밀어 넣는 것은 바로 그다. 나는 지금 그의 모습을 보고 견딜 수가 없어 고통스럽다. 침울하고 공허한 모습으로 아무 일도 하지 않고 무력하게, 조금도 즐거운 기색이라곤 없이 하루 종일, 1주일 내내 앉아만 있는 그의 모습은 이런 상태와 화해한 것만 같다. 이건 일종의 도덕적 죽음이다. 나는 이런 상태로 죽고 싶지 않다. 그도 역시 그렇게는 오래 살지 못할 것이다.

단행본으로 출간하기 위한 《안나 카레니나》 조판은 1874년 3월에 시작되었다. 처음에는 제 1부만 인쇄소에 보냈다. 제 2부는 필사 중이었기 때문이다. 조판은 그 해 6월에 중지되었다. 톨스토이는 교육활동에 전념하고 있기 때문에 조판을 중지했다고 스트라호프에게 편지를 보낸다.

1875년 6월 말 숙모 타티아나 부인이 조용히 숨을 거두었다. 그녀는 임종할 즈음에는 누구도 알아보지 못했다. 그러나 언제나 톨스토이만은 알아보았고 그를 보면 얼굴이 환해지며 톨스토이의 아버지 니콜라이의 이름을 부르려고 입술을 움직거리곤 했다. 죽음 앞에서 그녀는 자신이 평생 사랑했던 사람과 톨스토이를 연결 지으려고 부단히 애를 썼던 것이다.

집은 일상의 일들로 바쁘게 돌아갔지만 소피야는 쓸쓸하기만 했다. 아이들을 이 시골에서 기를 수 있는 사람이 누가 있는가? 누가 책임감을 가지고 이 아이들을 고통과 실패로부터 지켜갈 것인가?

톨스토이는 냉담하게 생기를 잃어갔고 무엇을 어떻게 할 것인지 아무런 말도 없었다.

소설은 1875년 발간된 〈러시아 통보〉 제 1호에서 제 4호까지에 처음 게재되었다. 제 1부와 제 2부, 그리고 제 3부의 10장까지였다.

그리고는 오랫동안 중단되었다.

1876년 제 3부의 나머지가 발표되었는데 여기에는 레빈이 농촌에서 직접 농사 짓고 건초 베는 장면, 카레닌 앞에서 아내 안나가 부정을 고백하는 장면, 적대적인 내각 대신들의 공격을 물리치는 카레닌의 공직생활 모습, 안나와 브론스키의 관계 양상, 그리고 다시 레빈의 농업경영 계획과 회의, 실패 등이 담겨 있었다.

이른 봄이었다. 톨스토이는 서재에서 글을 쓰고 있다. 옆의 두 방은 방해가 되지 않도록 잠겨 있었다. 창 밖에는 파르란 봄눈이 흩뿌린다. 나뭇가지에는 봄눈이 소복하게 내려앉았다. 하지만 눈 위로 파르란 봄빛을 감추지는 못했다.

알렉산드라 부인은 또 다시 소설가로 크게 명성을 높인 그에게 깊은 호의를 가지고 문상의 편지를 보냈다.[68] 궁정의 관리였던 부인은 얼마 전에 톨스토이로부터 집안에 있었던 상(喪)에 대한 짧은 소식을 받고는 이 기회에 톨스토이에게 친구로서 공식적인 방법으로 믿음을 표하고 싶었던 것이다.

지난 겨울은 혹독했다. 하얀 두 탑의 대문에서부터 눈에 덮인 어둡고 고요한 본채까지 도시에서 온 썰매자국이 길게 이어졌다. 의사들이 당도했다. 집안에는 죽음에 대해 떠올리지 않으려는 긴장된 분위기가 감돌았다. 톨스토이의 고모, 그러니까 아버지의 여동생 펠라게야 유시코바가 죽었다. 그녀는 남편이 죽은 뒤 옵티나 수도원에서 살다가 후에 툴라의 여자 수도원으로 옮겨 살았다. 그리고 바로 얼마 전인 1874년에 야스나야 폴랴나로 옮겨와 있었다. 그녀는 매우 겸허하게 인사를 했고 옛날식 귀족의 습성을 간직하고 있었다.

중단되었다가 다시 시작하고, 또 새로운 모색을 시도하는 톨스토이의 집필작업과 아무런 희망 없이 침잠된, 내일을 알 수 없는 소피야의 절망이 온통 집안 분위기를 좌우하고 있었다.

1876년 3월 8일, 톨스토이는 마음을 굳게 다잡으며 알렉산드라 부인에게 편지를 쓴다.

저의 아이들이 죽은 것은 이랬지요. 지금 살아 있는(오 주여, 감사합니다!) 다섯째 이후에 여섯째는 아주 튼튼한 사내아이였습니다. 페탸라고 불렀는데 아내가 몹시 사랑했었지요. 이 애는 한 살 때 어느 날 저녁부터 아침까지 밤새 앓았었는데, 아내가 잠시 자리를 비우면서 나를 부르는 사이에 죽었지요. 호흡곤란이었습니다. 그 애

---

68) 이 편지는 《톨스토이와 A. 톨스타야 부인의 왕복서간집》(상트 페테르부르그, 1911)에 실려 있다.

뒤에 아주 **빼**어난 아이가 나왔는데(몇 달밖에 안 되었을 때도 그 **빼**어난 모습이 확연히 드러났었지요), 이 애 역시 한 살 때에 뇌수종을 앓았습니다. 지금까지도 그 애가 죽어 가던 1주일을 생각하면 너무나 고통스럽습니다. 그리고 지난 겨울에는 아내가 거의 숨이 넘어갈 정도로 아팠습니다. 처음에는 백일해였지요. 헌데 그녀는 임신 중이었습니다. 그녀는 거의 숨이 넘어갈 듯하다가 딸아이를 조산하고 말았는데 겨우 몇 시간도 못돼 죽고 말았지요. 우리는 아이에 대해 슬퍼할 겨를도 없이 산모가 무사하다는 사실에 감사할 따름이었습니다. 아내는 거의 6주 동안 자리에서 일어나지 못했습니다.

그 사이에 생기가 넘치던 우리 펠라게야 유시코바 고모가 끔찍한 고통 속에서 숨을 거두었습니다. 그녀는 바로 올해 수도원에서 이곳으로 옮겨와서 살고 있었습니다. 이상하게 들릴지 모르지만 80세의 이 노인의 죽음은 다른 어떤 죽음보다도 내게 깊은 영향을 주었습니다. 그녀를 잃는 것이 안타까웠고 아버지 세대의 마지막 추억이 사라지는 것이 안타까웠고 그녀의 고통이 안타까웠지요. 하지만 그녀의 죽음에는 뭔가 다른 것이, 당신께 말로는 표현하기 힘든 무언가가 있었습니다. 이에 대해서는 언젠가 다른 자리에서 말씀드리지요.

두 번째 죽은 아들 니콜라이의 이름은 밝히지 않고 사산된 딸에 대해서는 슬퍼할 겨를도 없었다고 씌어 있다. 편지는 절망으로 가득 차 있다. 이 편지는 소설의 여주인공에 대한 말로 끝맺는다.

"나는 안나에 대해 이제 싫증이 났습니다. 마치 매운 무를 씹는 기분입니다. 어리석은 성격의 학생을 데리고 가르쳐야 하는 기분이랄까요. 하지만 내게 그녀가 어리석다고 말하지는 말아주세요. 그리고 싶더라도 제발 참아주세요. 어쨌든 그녀는 제 양녀인 셈이니까요."

안나의 이름이 죽은 아들과 함께 호명되며 마치 죽은 자들을 밀어내는 것만 같이 들린다. 알렉산드라 부인에게 보낸 편지는 실수로 봉투가

바뀌어 우루소프에게 보내지고 우루소프에게 보낸 편지가 부인에게 배
달된다. 하지만 부인이 받았던 이 편지는 보관되어 있지 않다. 야스나
야 폴랴나의 모든 것이 뒤죽박죽이었던 것이다.

하지만 삶은 계속되어야 했다. 봄이 왔고 들판과 초원은 다시금 푸르
러지고 있었다.

톨스토이는 초원으로 갔다가 가을에야 《안나 카레니나》의 집필을 재
개할 것이었다.

알렉산드라 부인에게 편지를 보낸 며칠 뒤 톨스토이는 페트에게 이렇
게 편지를 보낸다. "혹시 당신께 늙은, 그리 비싸지 않은 아랍 혈통의 승
마용 말이 있는지요. 그리고 또 혹시 두세 살이나 네 살쯤 된 암말이 있
는지요. 역시 그리 비싸지 않았으면 좋겠습니다만. 종마는 키르기스 산
암말들의 교미를 위해 필요하고, 암말들은 그냥 타고 다니려고 합니다."

편지는 이렇게 끝맺음 된다. "우리 집은 모든 것이 다 그대로입니다.
아내는 더욱 상태가 좋지 않습니다. 하지만 이제 견딜 만합니다. 나는
어쨌든 여름까지는 소설을 끝내려고 했지만 잘 될 것 같지 않습니다."

그리고 이어서 다시 알렉산드라 부인에게 편지를 보낸다. 그는 복음
주의 전도사인 그레네빌 레드스톡에 대해 이것저것 물어 본다. 분명히
작품 창작에 전도사로서의 인물성격이 필요했던 것이다.

톨스토이의 내적 고통과 삶의 의미를 이해하고자 하는 노력에는 분명
종교적인 문제가 개재되어 있었다.

"레드스톡에 대해서 해 주신 말씀은 참으로 훌륭한 도움이 됐습니다.
그 사람을 직접 보지 않고도 그 인물에 대한 묘사가 정말 우스울 정도로
사실에 가깝다고 저는 느낄 수 있었지요."

당시 러시아에 퀘이커 교도들이 나타나기 시작했다. 이 교파의 여자
들은 검소한 차림으로 돌아다녔다. 퀘이커 교도 은행가들도 나타났다.
국교인 러시아 정교와 유대교 은행가들과 더불어 새로운 종파가 출현한
것이다.

톨스토이에게 종교는 여전히 논쟁적 문제였고 아직 현실 문제에 대한
최종적인 답이 아니었다. 그는 무언가 폭발할 때 손으로 얼굴을 가리고
피하는 것처럼 종교를 통해 자신을 방어해 보고자 했다. 하지만 그런 손
짓은 아무런 도움이 되지 못했고 물에 빠진 사람이 지푸라기라도 잡으
려는 그런 심정이었을 뿐이다.

제가 기쁘게 생각하는 것은 제가 몹시 괴로워하며 아주 열심히 노
동하고 있다는 것입니다. 제 영혼 깊은 곳에서 저는 이런 노동과
고뇌가 제가 이 세상에서 할 수 있는 것 중 가장 훌륭한 것임을 알
고 있습니다. 바로 이런 활동은 상을 받아야 할 것입니다. 신앙을
다시 확인하는 편안함이 아니라 이런 노동에 대한 의식이 이미 그
자체로 상인 것이지요. 영국인들 클럽이나 주주 모임 같은 데서 인
간에게 하사된다는 은총 이론은 언제나 제게는 어리석을 뿐만 아니
라 비도덕적으로 보일 뿐입니다.

문제를 해결하려는 노력은 소설 속에서도 계속된다. 소설 속에도 온
갖 고뇌들이 존재한다. 그래서 아이들의 죽음에 대한 문제에 대해서 톨
스토이는 소설에 대해 말하고 있는 편지에서 같이 언급하고 있는 것이
다. 그는 용서 없이 가혹한 슬픔의 세계에서 안나를 용서하고 있다.

하지만 신앙심은 생겨나지 않는다. "저는 제 자신의 이성이 요구하는
것과 그리스도가 제시한 해답이라는 두 손을 가지고 있는 셈입니다. 저
로서는 이 두 손을 함께 모아보려고 애쓰지만 손가락들이 서로 뻗치며
벌어지고 있지요."

이것은 자기의 움직임을 통제할 수 없게 된 사람이 내젓는 의미 없는 손
짓, 혹은 유리창 너머의 무언가를 손으로 잡으려는 몸짓과도 유사하다.

소설은 최초의 해결방법을 부정해 가면서 불행과 죄의 원인을 찾아가
고 있었다. 브론스키가 자살을 시도하는 것은 불가피한 설정으로 여겨
졌다. 브론스키와 그를 둘러싼 세계의 평범한 도덕률은 부정되어야 했

기 때문이다. 톨스토이는 1876년 4월 23일 스트라호프에게 보낸 편지
에서 자신이 해온 작업에 대해 이렇게 말한다.

"안나의 남편을 만난 뒤 브론스키가 어떻게 하는가에 대한 부분은 이
미 오래 전에 써놓았습니다. 하지만 의외로 전혀 망설일 필요 없이 브론
스키가 총으로 자살을 시도하는 것으로 정정했지요. 이젠 그렇게 하는
것이 앞으로의 진행과 관련하여 어쩔 수 없이 꼭 그렇게 해야 하는 것으
로 여겨집니다."

소설을 처음 구상할 때 브론스키는 아직 브론스키란 이름을 얻지 못
한 상태였고 레빈이라는 사람의 친구로 그려졌다. 브론스키와 레빈은
그 시대 삶의 문제를 해결하는 대립되는 두 가지 방식을 대변하는 인물
이고 그들은 각자의 법칙에 따라 자살 시도를 하거나 죽음에 대한 생각
으로 나아간다.

안나는 기차 바퀴에 몸을 던진다.

톨스토이는 눈 먼 사람이 출구를 찾으려고 벽을 더듬듯이 이 세계로
부터의 출구를 찾고 있었다.

소설이 부분적으로 발표되었던 것은 그럴만한 이유가 있었다. 그것
은 단지 소설 집필작업이 중단된 것일 뿐만 아니라 새로운 모색이 계속
되고 있었기 때문이기도 하다. 그 사이사이에 숨을 돌리고 있었던 것이
다. 그러나 그런 중에도 소설의 심장은 멈추지 않았다.

소설의 여러 장들이 지체되었던 것은 새로운 해결책을 모색하고 여러
장면들을 대비해 보기 위해서였다. 시대의 모순적인 전류들에 접속하
고 있었던 이 소설은 작은 장들 속에 함축된 부분적인 사건과 표현들이
서로 충돌을 일으키곤 했던 것이다.

소설의 결말에 대한 소문이 나돌기 시작했다. 알렉산드라 부인은 정
말로 안나가 기차에 몸을 던져 죽게 되느냐고 묻기도 했다. 그녀는 그런
해결은 저속하다고 생각했다.

소설은 준비된 해결을 가지고 시작되었다. 사건 자체를 새로 추가하

고 정확하게 다듬을 필요는 따로 없었다. 다만 새롭게 다듬고 추가해야 할 것은 주인공들의 관계, 그리고 사건들의 의미에 대한 것이었다.

인물들의 비중과 진실한 의미가 점차 해명되어 갔다. 안나 카레니나는 잘못된 삶의 한 걸음을 내딛음으로써 파멸한다. 톨스토이는 처음에는 이렇게 확정하고 있었다. 최종적으로 보다 정교하게 다듬어진 것은 '한 시대의 자랑거리일 수 있었던 멋진 여인이 사랑에 빠져서, 더욱이 그녀의 희생에 값할 만한 사람을 찾지 못해서 죽음에 이른다'는 것이다.

브론스키는 강건하고 전도양양한 외국인 공작의 부관이 된다. 사랑을 배신한 브론스키는 스스로에게 묻는다. "나 자신도 이 바보 같은 소고기 덩어리와 같은 모습이 아닐까?"

브론스키는 소고기 덩어리는 아니지만 그의 사랑에는 살티코프-세드린[69]이 조롱한 바 있던 수소의 저돌성 같은 것이 있었다. 톨스토이도 이런 조롱을 알고 있었다. 야스나야 폴랴나 외양간에는 하얀 암소와 검은 수소가 있었는데 그곳 사람들은 예전부터 이 소들을 안나와 브론스키라고 부르며 조롱하곤 했었다.

그러나 이것은 조롱에 대한 대답일 뿐이다.

안나는 레빈 못지않게 삶에 대한 작가의 감각을 담지한 인물이다. 그것은 무엇보다도 안나가 죽으러 가는 장면에서 확연하게 드러난다.

안나는 사랑을 잃고 사건들과의 연관을 상실한다. 그녀는 브론스키를 사랑했지만 그녀가 세상이라고 부르는 사교계를 떠날 수 없었다. 브론스키는 그 세상을 벗어나 살 수 없었기 때문이다. 사랑하는 사람을 지키기 위해서는 오페라의 특별석을 준비해야 했고 브론스키가 그녀와 나란히 세상이라는 사교계에 설 수 있는 자리가 필요했다. 소설의 제사

69) 〔역주〕 살티코프 세드린(1826~1889). 소설가. 풍자작가. 《포세혼스카의 옛 시절》, 《한 도시의 이야기》, 《골로블료프 사람들》 등의 대표작이 있다. 러시아 사회 현실과 농노제에 대에 통렬한 풍자를 가했고 러시아 리얼리즘 문학의 새로운 발전에 기여.

(題詞) 70) 에 나오는 복수는 바로 이 점에 있었던 것이다.

만일 그녀가 이 극장에서 나가버린다면, 브론스키를 포기해 버린다면 그녀는 구원될 것이다. 그러나 톨스토이 자신은 야스나야 폴랴나의 자신의 자리를 포기할 수 없었다. 그 자신이 가족과 유복함과 명성의 포로였던 것이다.

톨스토이는 안나의 행복에 대해서는 거의 감추고 있다. 그녀가 행복한 것은 소설의 기본 정신에 모순이다. 그러나 그녀는 죽으러 가는 길에 목격한 우스운 광경을 브론스키에게 이야기해 주고 싶다는 마음이 든다. 그녀는 전에도 재미있는 이야기를 한 적이 있었다. 말하자면 그녀는 사랑하면서 말을 건네고 이야기할 수 있는 소재를 볼 수 있는 능력을 가지고 있었다. 하지만 남편 카레닌과 사랑이라고 믿고 살았던 것을 생각하면 소름이 돋는 느낌이었다.

안나는 꼭 불행해야만 하는가?

톨스토이는 그녀의 사랑을 불행으로 묘사한다. 그리고 동시에 그녀를 자신과 가깝게 만들고 있다. 그녀는 그의 양녀이고 그는 아이들 무덤 옆에서 안나를 위한 용서를 빌고 있다. 모든 사람들 위에 혼자, 그 누구보다 높은 곳에 안나 카레니나는 서 있다. 진정으로 사랑하고 있기 때문이다. 톨스토이는 그녀를 심판하고 싶었지만 그렇게 되지 않았다. 아마도 브론스키에 대한 사랑, 바로 그것이 불행이요 치욕이었다.

그녀는 자신이 죄인이라는 느낌이어서 자신에 대한 경멸을 참고 그저 용서를 빌 뿐이었다. 이제 그녀의 인생에서 그가 떠나면 아무도 없었다. 그래서 그녀는 그에게 자신을 용서해달라고 기도를 올렸던 것이다. 그녀는 그를 바라보며 육체적 굴욕감을 느끼면서 아무런 말도 한마디 할 수 없었다 ⋯ 정신적으로 모든 것이 벌거벗은 듯한

---

70) 〔역주〕《안나 카레니나》 소설 머리에 "복수는 내게 있으니 내가 이를 갚으리라"라는 성서의 한 구절이 제사로 제시된다.

치욕이 그녀를 짓눌렀고 그리하여 어쩔 수 없이 그에게 연락을 취했던 것이다…

그러나 동시에 이것은 사랑이었다. 그래서 안나는 이렇게 말했다.

"내가 불행해요?"
그녀는 그에게 다가가며 환희에 찬 사랑의 미소를 지었다.
"난, 난 말이죠, 먹을 것을 앞에 둔 굶주린 사람과도 같아요. 그런 사람은 옷도 다 찢어지고 춥고 부끄러울지 몰라도 불행하지는 않을 거예요. 내가 불행하다고요? 아니요, 내 행복은 바로 여기 있어요…."

'복수는 내게 있으니 내가 이를 갚으리라.' 톨스토이는 이렇게 말하고 하늘을 바라본다. 하지만 톨스토이 눈앞의 그 하늘은 공허하다.
레빈은 원형이라고 할 만한 인물을 가지고 있지 않으며 톨스토이 자신도 아니다. 그가 톨스토이라면 분석의 힘, 천재다움이 배제된 톨스토이일 것이다. 그러나 레빈에겐 사랑과 연관된 통찰력이 있다. 그는 키티가 스케이트를 타고 있는 스키장의 눈부신 세계를 볼 수 있고 농민들이 일하는 장면의 아름다움을 볼 수 있다. 그리고 또 그는 사랑에 빠져 있는 순간, 키티가 사랑한다고 말하는 순간, 겨울의 아름다움을 볼 수도 있다.
톨스토이와 소피야 사이에서는 이루어질 수 없었던 일도 레빈에게는 가능하다. 톨스토이는 사랑하는 사람이 자신과 생각이 똑같기를 바라며 단어의 첫 글자만을 써놓았지만 사랑하는 사람은 전혀 알아맞히지 못했다. 결국 나중에 보낸 편지 속에서 그 내용을 풀어줄 수밖에 없었다.
소설 속에서 키티는 모든 것을 이해하고 레빈에게는 세계를 통찰하는 행복이 부여된다. 그 통찰력은 푸시킨이나 튜체프, 페트와 같은 시인들이 보여준 그런 통찰력이다. 단 페트의 경우 집 앞 마당에서 한 푼이라도 더 건지려고 돌아다니던 페트가 아니라 이미 주머니에 은화가 가득한 듯이 온화한 미소를 띠고 돈 얘기는 입 밖에 꺼내지 않던 시인으로서의 페트에 국한되는 이야기다.

겨울을 바라보는 레빈은 시인이다. 일할 때나 사냥할 때, 그리고 사랑의 절정에서 레빈에게 삶은 너무나 아름다운 것이었다.

그가 그때 본 것은 그 이후로 결코 다시 보지 못한 것이다. 특히 학교로 달려가는 아이들과 지붕에서 보도로 날아 내려오는 회청색 비둘기, 보이지 않는 손이 창턱에 내놓은 밀가루가 뿌려진 새로 구운 빵, 이 모든 것들이 그의 마음에 감동을 주었다. 빵과 비둘기, 두 소년은 지상의 존재가 아니었다. 이들 모두는 한순간에 일어났다. 소년이 비둘기에게로 달려가며 웃으면서 레빈을 바라보았고 비둘기는 날갯짓을 하며 흩어졌다. 흩어지는 비둘기의 날갯짓이 흩뿌리는 허공의 눈발 사이로 비치는 햇빛에 반짝였다. 그 순간 창문을 통해 갓 구운 빵 냄새가 풍겨왔다. 이 모든 것은 너무나 좋은 느낌을 주었고 레빈은 미소 지으며 기쁨에 겨워 눈물이 날 것만 같았다.

그의 절망은 이 환희의 감정을 위한 것이었다.

안나는 죽음에 대한 예감을 통해 통찰력을 얻는다. 톨스토이 자신은 《부활》을 집필할 때 분노에 찬 저항의 정신을 체험한다. 그때 그는 모욕 받은 세계를 분명하게 직시하고 다른 세계에 대한 희망을 또한 분명하게 보게 된다.

소설 속의 사람들은 세계를 통찰하는 사람들과 그렇지 못한 사람들로 나뉜다. 레빈은 세계의 진실한 모습을 통찰하며 행복을 느끼지만 그것은 그가 사랑에 빠졌을 때뿐이다.

안나는 죽으러 가는 길에 그동안 익숙하고 관계를 맺어왔던 세계의 노골적인 모습을 통찰하고 그것을 저주한다.

하지만 카레닌은 비록 선하기는 하지만 결코 그런 세계를 볼 수 없다.

그의 선량함은 맹목인 것이다. 다만 불행만이 인위적 삶에 젖은 카레닌을 일시적으로나마 흔들어 놓을 뿐이다.

> 카레닌은 삶의 그림자와 관계하는 관료사회에서만 일하며 그 평생을 살아왔다. 그는 삶 자체와 맞닥뜨리는 순간이면 늘 그것을 외면했다. 지금 그는 심연 위의 다리를 건너다가 문득 다리가 무너져 버리고 심연의 깊은 나락으로 떨어지는 듯한 느낌이었다. 그 깊은 심연의 구덩이는 바로 삶이었다. 그리고 그가 평생 살아왔던 인위적인 삶은 바로 그 위에 걸쳐진 다리였던 것이다.

다리가 붕괴되자 카레닌은 당황해서 심지어 혀도 제대로 놀리지 못했다. 그는 '피리스트라달'(많은 고생을 겪어왔다)이라고 해야 할 것을 '필리스트라달'이라고 발음했다. 그걸 보고 안나는 일순간이나마 그의 아픔을 이해할 수 있었다.

이렇게 발음을 제대로 하지 못하는 장면은 톨스토이가 작품을 끝낼 때까지 오랫동안 구상해서 얻은 것이다. 어쩌면 그런 장면은 다른 상황에서라면 진실할 수 있었을 카레닌의 한 모습을 보여 주는 것일지도 모른다.

> 그는 잠시 말을 멈추고 그 음울한 얼굴로 아기를 바라보았다. 그러다가 갑자기 머리칼과 이마의 피부를 움직이며 미소가 얼굴에 번졌다. 그리고 그런 모습으로 가만히 방을 빠져나왔다.

카레닌의 미소는 어떤 장애물을 넘어서는 것만 같다. 그러나 장애물은 신속하게 새로운 모습으로 그의 앞을 가로막았다. 업무에서, 세계와의 관계에서 카레닌은 죽은 사람이었다.

카레닌은 안나를 사랑하지 않았고 분명 자신의 아이도 그녀도 눈에 보이지 않았다. 그는 살아 있는 사람 대신에 인위적으로 고안된 사람들을 세워놓는다. 아들과의 대화에서도 고안된 아이와 이야기를 나누는 듯하다. 그에게는 러시아도 존재하지 않았다. 그는 관청의 한 부속물이 었으며 일신의 안위만을 생각하는 전형적인 '상자 속의 인물'71) 이었다. 톨스토이가 카레닌의 일하는 모습을 어떻게 묘사하는지 살펴보자.

이제 카레닌은 다음과 같은 것을 요구하려고 마음먹었다. (…) 이민 족들의 절망적인 상태의 원인규명을 위한 다른 새로운 조사위원회 를 임명하여, 동 사태의 원인을 ① 정치적 관점, ② 행정적 관점, ③ 경제적 관점, ④ 인종적 관점, ⑤ 물질적 관점, ⑥ 종교적 관점 에서 다루도록 해야 한다. 그리고 셋째, 적대적인 내각에 보고서 제출을 요구한다. (…) 넷째, 마지막으로 내각에 해명을 요구해야 할 것은 1863년 12월 5일과 1864년 6월 7일자로 위원회에 제출된 보고서 제 17015호와 제 18308호에서 보듯이 내각이 법령 제 2권 제 18조, 그리고 제 36조 부칙의 기본적 유관적 의미에 반하여 조치를 취한 이유이다. 이런 생각들을 대략 수첩에 적어 넣으며 카레닌의 얼굴에는 아연 활기가 감돌았다.

날짜로 보건대 카레닌이 적대적 내각을 향해 칼끝을 겨누고자하는 이 민족에 대한 서류는 분명 바시키르의 토지 약탈행위에 관한 서류였다. 그러나 그 서류를 보며 카레닌은 초원과 사람들은 안중에도 없고 오직 공문서 숫자들에만 관심을 가진다. 그는 죽은 자이며 죽이는 자였다.
　관리와 은행가, 속물적 소시민은 톨스토이가 가장 적대적으로 생각 하는 대상이었다. 그는 고위관료 카레닌과 은행장 볼카리노프를 똑같

---

71) 〔역주〕체호프의 《상자 속의 사나이》의 주인공을 통해 드러난 인물 유 형. 베리코프라는 주인공이 어떻게든 얼굴을 가리고 다니고 자면서도 커튼을 치고 이불을 뒤집어쓰고 자는 등 마치 상자 속에 들어가 사는 사 람처럼 살아가는 이야기. 세계와의 적절한 관계를 맺지 못하고 폐쇄되 고 고립된 인물과 그 사상을 표현하고 있다.

이 증오하고 인사차 볼가리노프를 방문하는 스테판 오블론스키를 경멸한다.

카레닌이 '7월 2일 위원회 회의'에서 보여준 냉담한 초조함은 그가 안나를 쫓아낼 때의 냉정하면서 광적인 증오와 동일한 것이다. 그는 "찢어지는 듯한 어린애 같은, 조롱기어린 목소리"를 가지고 있다. 그는 질투를 하고 있지만 남자가 아니다. 그는 아내와 이야기하면서도 관료적인 어투를 사용하고 있는 것이다.

> 나로서는 이 자리에서 이 사람을 만날 이유가 없으며 당신의 그 행동은 우리 사회 사람들이나 하급 종복들조차도 용서하지 못할 것이오 (…) 당신이 그를 더 이상 만나지 않도록 해야 될 필요가 있소. 당신은 정숙한 아내로서의 의무는 저버린 채 그 권리만을 누리고 있는 것이오.

튜체프는 이렇게 말한다.

> 오, 만일 살아 있는 영혼의 날개가
> 군중 위에 날개를 펴고
> 그를 구해낼 수만 있다면
> 그 불멸의 속물성의 억압으로부터![72]

소설의 구조

도덕규범이 흔들리고 파괴됨으로써 갈등이 초래된다. 그리고 이러한 상황은 독특한 소설구조를 요구한다. 한편으로는 여주인공의 확신과

---

[72] F. 튜체프의 시 《그대는 사랑의 마음으로 무엇을 기도 하는가》에서.

그녀의 특수한 처지를, 그리고 동시에 그녀에 대한 사람들의 관습적인 태도를 동시에 보여 주어야만 하는 것이다.

《안나 카레니나》는 처음에는 사건을 다 드러내놓고 시작하는 열린 구성을 가지고 있었다. 우리는 처음부터 안나가 그녀를 사랑하는 남자와 나누는 대화를 듣고 그 뒤에 그들이 사교계에 초대받지 못한다는 사실을 알게 된다. 그리고 소설은 격정적으로 빠르게 진전되며 비극적인 결말로 치달았다.

그러나 주변에서 발생하는 일을 분석하면서 톨스토이는 폐쇄적 구성이라고 부를 만한 방식으로 사건 구성을 바꾸게 된다.

새롭게 구성된 소설은 스테판 오블론스키가 여인인지 술병들인지 모를 무언가가 노래를 부르는 달콤한 꿈에서 미처 벗어나지 못한 채 잠을 깨는 것으로 시작된다. 너무나 즐거운 꿈이었다. 잠에서 완전히 깨어난 그는 침대에서 발을 내려놓았는데 슬리퍼가 발에 닿지 않았다. 그 말은 그가 자기 침실에서 자지 않았다는 것을 뜻한다. 그는 서재에서 잠이 들었던 것이다. 그리고 그것은 아내와 다퉜다는 사실을 떠올리게 했다. 스테판은 현실로 돌아오지만 그 현실은 그에게 하잘 것 없는 현실이었다. 현실 속에는 어떤 드라마도 없고 불쾌한 일들뿐이다.

톨스토이는 두세 쪽짜리 작은 장들로 소설을 써나간다. 각각의 장들은 나름대로 완결된 주제를 지니고 있으며 사건은 각각 일정하게 정해진 장소에서 벌어진다.

스테판이 푹신한 가죽 소파에서 잠을 깬다는 사실은 무엇을 말해 주는가?

술병-여자들은 물론 스테판의 여자 파트너들이다. 그들은 먹을 것과 마실 것과 연결되는 것으로 완전히 스테판의 일상을 의미한다. 그들에 대한 생각만으로도 스테판은 눈을 빛내며 즐거워한다.

제 2장은 처음에는 행위 장소를 바꾸지 않고 등장인물만 추가되고 주제가 조금 바뀔 뿐이었다. 1장의 주제가 부부생활에서의 배신에 대한

남자의 태도였다면 다음 장의 주제는 아버지의 배신에 대한 집안의 태도와 아내에 대한 남편의 태도이다.

모든 것은 스테판의 입장에서 전개된다.

장을 더해가면서 톨스토이는 연쇄의 미로를 통해 삶을 탐구해나간다. 그는 마치 삶을 개별적이고 고립된 순간들로 하나하나 나누고 있는 것 같다.

레빈과 키티가 동물원 스케이트장에서 만나는 장면은 제 9장에서 그려진다. 모든 것이 축제적이고 다소 장난감 세계 같다.

> 깨끗한 차림의 군중, 맑은 태양 아래 빛나는 모자들, 수많은 사람들이 입구에서부터 늘어서서 새를 조각하여 붙인 지붕의 러시아식 목조가옥들 사이로 깨끗한 소로를 따라 길게 이어져 있었다. 공원의 울창한 자작나무 고목들이 눈에 덮여 온통 가지를 늘어뜨리고 있어 새 사제복으로 갈아입은 것만 같았다.

키티의 어머니는 냉담하게 레빈을 맞이하고 키티는 눈치 채지 않게 어머니의 퉁명함을 달래려고 애를 쓴다. 키티의 미소에 레빈은 용기를 얻는다. 그는 스테판과 함께 '영국'이라는 레스토랑으로 간다.

제 10장. 레스토랑에서 레빈과 스테판의 대화. 레빈이 키티에게 빠져 있다는 이야기가 주가 되면서 도시와 농촌에 대한 분석이 곁따른다. 도시와 농촌의 대조는 레스토랑의 메뉴와 음식가격의 비교에서도 나타난다. 경험 많은 한량인 스테판 공작은 메뉴를 러시아어로 읽는다. 높은 분들의 기호에 놀랄 만큼 충실한 종업원은 프랑스어로 요리 이름을 부르게 하려고 애를 쓴다. 종업원이 세태풍속에 종속되어 있다면 스테판에게는 그에게 세태풍속이 종속되어 있다. 레빈은 식사를 마쳤을 때는 더 이상 식사 값을 시골의 경제가치로 환산하지 않는다.

브론스키는 레빈보다 훨씬 선망을 받는 화려한 결혼대상이다. 키티와 어머니는 브론스키에게 마음이 끌리지만 아직 청혼은 받지 못했다.

오빠의 초청을 받고 도착한 동생 안나. 그녀는 오빠의 문제를 잘 수습하고 모두를 화해시켜야 한다. 그녀는 이제 초기 판본에서처럼 조금 뚱뚱하고 감성적인 여자가 아니라 아름다운 귀족 부인이고 사교계에서 최고 지위를 누리고 있는 여자다. 선량하고 정숙한 여인으로서 오빠 부부를 화해시키고자 모스크바에 온 것이다. 그녀가 부여받은 높은 신분은 이후 그녀의 추락을 더욱 강조한다.

키티에게 안나가 죄가 있다는 모티프가 도입되면서 동시에 보다 강조되고 있다.

강한 안나는 거의 장난하듯이 키티의 환상을 파괴한다. 키티와 브론스키와의 만남은 무도회를 배경으로 그려진다. 키티는 목에 걸친 빌로드 리본이 매혹적이라는 것을 알고 있지만 정작 자신의 매력에는 자신이 없다. 안나는 가벼운 마음으로 별다른 수고도 없이 의상을 입지만 그 의상은 남들보다 뛰어나고 매혹적이기를 넘어 빼어나게 아름답다. 그녀는 키티를 별로 신경도 쓰지 않고 압도하는 것이다.

강한 안나는 원하지 않아도 자연스럽게 브론스키의 눈을 사로잡고 약한 키티의 예정된 행복을 무너뜨린다.

안나는 페테르부르크의 남편과 아들에게로 돌아간다. 돌아가는 열차의 쿠페에 앉아 그녀는 영국 소설을 읽고 있다.

소설의 주인공은 이제 자신이 남작이라는 지위와 영지를 가지고 있다고 생각하며 행복에 대한 영국인다운 생각을 하기 시작했다. 안나는 그 주인공과 함께 그 영지를 방문하고 싶다는 생각이 들었다. 그러다가 갑자기 그 주인공이 부끄러워해야 하고 그녀 자신도 부끄럽다는 느낌이 들었다.

실제 인간관계가 영국 소설이라는 가상세계에 끼어들고 있다. 기차는 회오리치는 눈보라를 뚫고 달려간다.

브론스키가 출현한다.

욕망은 안나의 삶을 파괴한다. 욕망이라는 테마는 철도의 테마와 관련되고 기차 바퀴에 치어 안나가 죽게 된다는 사실과 연관된다. 철로는 톨스토이에게 삶에 끼어들어 감춰진 욕망을 불러일으키는 것을 나타내는 기호이다.

안나의 죄는 그녀가 사랑했다는 점이 아니라 그녀의 사랑이 사회에 대립되었다는 사실, 그리고 사회가 그 사랑을 수용하지 않았다는 점에 있다. 안나에게 주어진 벌은 '모욕'이었다. 그녀가 극장에 나타나면 상류사회의 '고결한' 부인들이 모두 나란히 앉기를 거부했던 것이다.

도덕적으로 해이해진 사회에서, 거죽만 남은 가족이라는 틀만 남은 사회에서 톨스토이는 남편과 정부와 동시에 함께 살아가기를 원치 않는 여성에 대해 신의 이름으로 천벌을 이야기하고 있다. 여기서 톨스토이가 옹호하고 싶은 것은 관습적인 것이 아니라 초월적인 것, 즉 자신이 만들어내고자 하는 가정, 자유를 희생하더라도 지키고자 하는 그런 가정이다. 어떤 사상이라도 다 이해하고 앞 글자 하나만으로도 단어를 다 알아맞히는 여성에 대한 톨스토이의 꿈은 소설 속에서 충족된다. 바로 키티는 모든 것을 이해하고 그녀와 함께라면 모든 것이 굳건하고 모든 것이 다 이루어질 수 있으리라.

톨스토이는 실제 삶에서는 모든 것을 완전히 기록하고 모든 것을 명명백백하게 문서형태로 밝혀놓아야 하는 성격이었다.

초고에서는 안나와 비교하여 키티는 보잘것없는 모습이었다. 그리고 최종적인 원고에서도 레빈이 안나의 매력에 빠져들 뻔한 모습을 그리고 있다. 톨스토이는 자신의 여주인공 안나를 너무나 사랑하는 것만 같다.

안나는 진정으로 모든 것을 이해하는 여자이다.

안나가 산욕으로 고생하는 장면에서 모두들 그녀가 죽고 말 것이라고 생각한다. 거기서 카레닌은 브론스키를 용서한다. 이 장면에서 카레닌은 고양된 감정을 보인다. 그러나 안나는 그들 둘보다 더 고양된 모습으로 그려진다. 그녀는 남편을 새롭게 바라보고 그에게서 인간적인 면을 보게 된다. 브론스키는 자살하려고 한다. 카레닌은 인간적 덕성을 견지하지 못하고 종교로 도피한다.

이들 두 사람의 죄에 대해 대가를 치르는 것은 안나뿐이다. 사기와 악덕이라는 책을 혼자서 끝까지 읽어내는 것이다.

톨스토이는 가족의 의무를 저버린 여성으로 인해 붕괴된 가정의 역사를 써내려가기 시작한다. 그는 니힐리즘이라고 여기는 사상과 투쟁하고 있는 것이다. 그는 마치 자신의 야스나야 폴랴나의 가정을 철학적으로 확고하게 뒷받침하려는 듯이 이 드라마 속으로 걸어 들어간다.

안나 카레니나는 유죄다. 처음 구상에서는 카레닌은 죄가 없고 오히려 성자와도 같은 모습이었다. 또한 브론스키 역시 죄가 없는 것으로 구상되었다. 상류 사교계 여성과 로맨스를 벌이는 것은 당시 세태에서 일상적인 것이었기 때문에 브론스키의 행동에 죄가 있다고 볼 수는 없었다. 브론스키가 죄가 있다면 진실한 마음 없이 키티를 따라다녔다는 것이다.

소설은 점점 성장해간다. 그리하여 안나는 죄가 없는 것으로 변모한다. 카레닌도 무죄일 수 있다. 왜냐하면 선량한 마음으로 관습적인 도덕관념을 일시나마 벗어나고 있기 때문이다. 그러나 세계는 완강하게 그 모습을 유지하고 있다. 비록 레빈의 형 니콜라이에 의해 도전을 받기는 한다. 그러나 니콜라이는 죽고 만다. 동생 레빈은 자유주의자이지만 현실에 대해선 아무것도 모르는 인물이다. 그러나 실재하는 러시아 현실이라는 세계, 그 도덕률은 유구하다. 전복되는 러시아, 경제 문제, 사회 개조의 문제 등은 여전히 문제로 남아 있다. 그리고 도스토옙스키가 1877년 《작가일기》에서 몹시 흥분한 목소리로 논하던 바로 그 점에[73] 대해 헛간에서 대화가 진행된다. 사회적 개조가 개인사보다 더욱더 중요하다는 것이다.

안나는 죽고 브론스키는 죽으러 떠난다. 레빈은 구세계에서 그대로 살아가기 위해 낡은 신을 재건하고자 한다.

모든 연쇄의 요소들은 엄격하게 의도대로 움직이고 동시에 독자의 마음을 장악해 들어갈 뿐만 아니라 작가 자신도 구속한다. 작가 역시 연쇄의 논리가 가진 힘에 순응할 수밖에 없는 것이다. 그것은 학자가 특정한 실험을 통해 거둔 사실들 앞에 구속되는 것과 마찬가지다.

소설을 집필하면서, 더 정확히 말해서 집필 초기에 톨스토이는 레빈의 행로가 올바른 것이라고 생각했다. 작가는 레빈의 가정과 농경활동을 성서에서 뽑은 구절을 활용하여 긍정적으로 확립하려고 했다. 하지만 레빈 자신은 신앙심이 깊지 않았다. 그는 자신의 잠정적인 타협적 해결책을 종교적인 것으로 귀결시키고자 강제할 뿐이다. 그는 자신의 생활을 교회의 신앙에 의탁시키려고 한다. 혹은 그가 일기에 쓰듯이 더 이상 삶을 바꾸려고 하지 않고 그 자신을 굽히고 그 자신을 삶의 현실에 맞도록 유화시키고 있다.

이제 그는 교회에서 올리는 모든 신앙은 그 무엇이든 가장 중요한 것, 즉 인간의 유일한 사명으로서 신과 선에 대한 신앙을 가르치는 것이라고 생각했다. 교회의 어떤 가르침도 필요가 아니라 진실에 봉사하는 것으로 바꾸어 이해할 수 있는 것이었다.

예기치 않게 레빈은 '바꾸어 이해한다'는 말을 끌어들인다. 즉 신앙의 가르침을 받아들이기 위해 어떤 것을 다른 것으로 대체해서 이해한다는

---

73) 〔역주〕도스토옙스키는 《작가일기》(1876~1877)를 통해 프랑스 혁명을 통한 서유럽의 개혁과 민주주의 문명의 보급에 대해 격렬하게 비판하며 극단적인 슬라브주의 이념을 전개한다. 사회주의와 혁명에 빠진 타락한 서유럽과 달리 러시아 민족은 슬라브 민족의 지도자로서 동방정교의 중심이 되어 새로운 신의 사명을 완수하는 나라를 만들어야 한다고 주장했다.

것이다. 그렇다면 이것은 신앙이 아니라 인간의 노력이다.

　레빈은 하늘을 바라보며 생각한다.

　저 하늘은 끝없는 공간이지 둥근 지붕이 아니라는 것을 내가 과연
모른단 말인가. 그러나 내가 아무리 눈을 찡그리고 힘을 주어 바라
보더라도 나는 저 하늘을 둥글고 유한한 것으로 보지 않을 수가 없
다. 하늘이 끝없는 공간이라는 나의 지식에도 불구하고 내가 저 하
늘을 튼튼하고 푸른 지붕으로 본다고 해도 잘못은 없는 것이다.
아니 오히려 그 너머의 무엇을 보려고 할 때보다 나는 더욱 올바르
다 … 이런 것이 신앙인가? 그는 그러한 행복함을 그대로 믿어도 될
것인지를 다소 두려워하며 생각에 잠겼다.

　레빈이 말하는 '눈을 찡그린다'는 것은 무엇을 말하는가? 톨스토이는
어떤 뜻으로 이 단어를 사용하고 있는 것인가? 최초의 판본 중 하나에서
톨스토이는 안나에 대해 이렇게 말하는 장면이 있다.

　그녀는 어떻게 기억을 지워버릴 수 있는지를 알고 있었다. 그녀는
최근의 밀월여행 기간 동안 마치 눈을 찡그리고 자신의 과거를 바
라보고 있었다. 그러면 과거의 모든 것은 그녀 앞에 세세하게 나타
나지 않고 피상적으로만 보이는 것이었다. 그렇게 그녀는 자신의
삶을 미화하고 과거를 피상적으로 바라볼 수 있었다.

　절망으로까지 내달린 욕망은 안나의 눈을 크게 뜨게 만들었다. 레빈
역시 필연성에 봉착하여 종교로 가려놓을 수 없는 세계를 새롭게 보지
않을 수 없게 된다. 안나의 죽음은 제 7부의 마지막 일곱 장에 걸쳐 묘사
된다. 이 장면은 안나가 키티와 돌리와 만나는 장면만 제외하면 거의 안
나의 독백으로 이루어져 있다. 브론스키가 돌아오는 것 말고 안나를 구
할 수 있는 것은 아무것도 없다. 그러나 그가 돌아온다 하더라도 이제

그는 더 이상 그녀가 사랑하는 그가 아니다. 그는 예전의 모습으로는 결코 돌아올 수 없다. 그리하여 이제 더 이상 필요한 것은 없다. 오직 하나, 그를 벌하는 것뿐이다.

브론스키는 위협을 두려워하지 않고 떠난다. 그는 언젠가 안나가 카레닌에게 했던 것처럼 안나에게 거짓말을 하고 떠난다.

서재와 식당을 오가는 그의 발걸음 소리가 들려왔다. 발소리는 응접실에서 멈췄다. 그러나 그는 그녀에게 되돌아오지 않았다. 그는 자신이 없을 때 말을 잘 돌보라고 보이토프에게 몇 마디 지시를 했다. 그리고 마차를 부르는 소리, 문이 열리는 소리가 들려왔다. 그는 다시 나간 것이다. 그러나 곧 현관에 누군가 들어와서 위층으로 뛰어올라왔다. 놓고 간 장갑을 시종을 시켜 가져오게 한 것이었다.

브론스키는 마차에 앉아 창 쪽을 바라보지도 않았다. 그리고 떠났다. 안나는 그에게 쪽지를 보내지만 아무 소용이 없다. 그녀는 돌리에게 가보았지만 돌리는 안나를 만나기조차 싫어하는 키티와 함께 있었다. 쪽지에 대한 답은 오지 않는다. 안나는 집으로 돌아왔다. 안나는 점점 죽음으로 가까이 다가간다. 그녀는 인생을 처음부터 끝까지 돌이켜 생각해본다.

그녀가 보는 세계는 추하기 이를 데 없다. 세계는 무너져 내렸다. 이제 필요한 것은 아무것도 없다. 그러나 그녀는 어떻게든 브론스키에게 가려고 시도한다. 안나의 내적 독백과 세계에 대한 부서진 단편적 인상들이 이어진다. 그녀는 삶의 마지막 장면들을 혐오스럽게 되새긴다. 그리고 더러운 아이스크림을 먹고 있는 아이, 서로 짐승처럼 아귀다툼하는 사람들을 바라본다.

기차역.

챙 달린 근무모를 쓴, 어딘가 낯익은 남자가 몸을 숙여 기차바퀴를 살피며 창가를 지나간다. 안나는 꿈을 떠올린다. 그녀는 역 바깥으로 나갔고 거기서 브론스키의 쪽지를 전해 받는다. "쪽지를 받지 못했었습니다. 너무 미안합니다. 10시에 집으로 가겠습니다." 서둘러 쓴 필체였다.
이 비참함으로부터 어서 빨리 떠나야 했다.
안나는 가벼운 걸음으로 빠르게 철로 쪽으로 내려선다.

'저곳이다!' 그녀는 객차 그림자 밑에 서서 석탄과 모래를 섞어 다진 침목 사이의 흙을 바라보며 혼잣말을 했다. '저곳에서, 저 한가운데서 난 그를 벌할 것이다. 그리고 모두로부터, 나 자신으로부터 벗어나고 말 것이다.'

톨스토이는 불필요할 정도로 안나의 움직임에 초점을 맞추어 보여줌으로서 착란적인 결정을 내리게 되는 논리를 전달하고 있다. 행위는 느린 화면처럼 그려진다. 안나는 가벼운 움직임으로 철로로 쓰러진다. 마치 금세라도 다시 일어설 사람처럼 무릎이 꺾인다.
이제 끝이 다가오고 있다.

어떤 늙은 사내가 뭔가 중얼거리면서 쇠를 가지고 무슨 일인가를 하고 있었다. 불안과 기만, 슬픔과 악으로 가득 찬 책을 읽을 때 비쳐주던 촛불이 그 어느 때보다 더 환하게 피어올라 언젠가 어둠 속에 있었던 모든 것을 그녀에게 비추어 주고는 이리저리 흔들리며 깜박거리다가 영원히 사그라졌다.

어쩌면 이것은 일상의 하얀 정방형의 공포를 비추는 무서운 아르자마스의 촛불일지도 모른다. 레빈은 신앙에 매달리고 신앙에 대한 이야기를 통해 이런 공포를 극복하고자 한다.
모스크바 예술극장은 N. 볼코프의 각색으로 《안나 카레니나》를 무대에 올렸다. 레닌은 이 소설에서 모든 것이 다시는 결코 되돌릴 수 없게 전복되고 있는 러시아에 대한 묘사가 가장 중요한 점이라고 지적한 바 있다. 그러나 연극에서는 이런 중요한 부분이 탈락되고 만다.

레빈이 농업경영에 실패하고 영지를 유지하면서 정의로운 사람이 되려고 하는 모순적인 모습이 연극 대본에서 빠지면서 그런 결과가 초래되었다. 처음에 톨스토이는 《안나 카레니나》를 구상할 때 사교계 여인의 타락에 대한 이야기를 쓰려고 했지, 복잡하고 다양한 현실 문제를 다루려 했던 것은 아니다. 그러나 점차 귀족들의 도덕률은 사멸했고 그 어떤 절대적 도덕률도 상정할 수 없다는 점이 소설에 부각되기 시작했다.

작품은 이렇게 시작된다.

> 모든 행복한 가정은 서로 비슷하며, 모든 불행한 가정은 저마다 서로 다른 이유로 불행하다.

그리고 스테판의 불행한 가정 이야기가 전개되지만 우리는 곧바로 카레닌의 가정 역시 불행하다는 것을 알게 된다. 그리고 브론스키와 가정을 이루려는 안나의 시도는 실패로 끝난다.

여기서 이런 질문이 제기되지 않을 수 없다. 레빈의 가정은 행복한가, 레빈과 키티는 과연 행복한가?

레빈과 키티는 결혼해서 아이도 낳는다. 하지만 만일 키티가 행복하다면 그것은 톨스토이가 직접 지적한 바와 같이, 그녀가 보잘 것 없는 인물이기 때문이다. 게다가 어찌됐든 그녀는 아직 젊고 자신의 운명을 다 알지 못한다. 레빈의 가정은 나름대로 불행하며 이 가정의 불행을 통해 우리는 한편으로 톨스토이 자신의 가정사를 이해해 볼 수도 있을 것이다.

톨스토이는 레빈의 삶에 대해 이렇게 쓰고 있다.

> 그러나 이것은 진실이 아니었을 뿐만 아니라 결코 굴복해서는 안될 사악하고 역겨운 어떤 힘의 잔혹한 조롱이었다. 이런 힘에서 벗

어나야 했다. 벗어나는 것은 각자의 손에 달려 있었다. 이렇게 악
에 매여 있는 자신을 끝내야 했다. 그 유일한 수단은 바로 죽음이
었다. 그리하여 행복한 가정을 가진 건전한 인물이었던 레빈은 몇
차례 자살하려는 생각을 품게 되었다. 그는 목을 매게 될까봐 밧줄
을 숨겨놓았고 혹시라도 총으로 자살하게 될까봐 총을 가지고 다니
기를 두려워했다. 그러나 레빈은 총을 쏘지도 목을 매지도 않았다.
그는 그대로 계속 살아갔다.

톨스토이와 종교

톨스토이의 종교를 이해하기 어려운 것은 그가 '종교'와 '신'이라는 단
어를 사용하면서 여러 시기에 서로 다른 의미를 부여하고 또 때로는 동
시에 하나의 의미로 사용하기도 하기 때문이다.

톨스토이는 《참회록》에서 이렇게 말한다. "나는 세례를 받았고 정교
그리스도 신앙의 분위기에서 양육되었다. 나는 어린 시절과 소년 시절
과 청년 시절 내내 종교를 배웠다. 그러나 열여덟 살 대학 2학년을 중퇴
할 때 그때까지 배웠던 그 무엇도 믿고 있지 않았다."

톨스토이는 열여덟 살 때까지 신앙을 믿지 않았고 단지 배운 것에 대
한 믿음을 가지고 있었을 뿐이라고 말한다. 그러나 동시에 종교적 습관
과 종교적 감동의 분위기는 신앙을 의식적으로 거부하고자 하던 때에도
완전히 떨쳐내지 못했다. 그는 종교를 거부함에 있어 아주 신중했고 건
드리고 싶지 않은 여러 문제들은 유보해 두고 있었다.

카프카스 시절 톨스토이는 모든 것을 질서정연하게 정리하는 예의 그
습관에 따라 전통적인 신앙에 대한 문제를 분명하게 해명하려고 노력했
고 또한 동시에 유혹에서 벗어날 수 있기를 신에게 기도했다.

1853년 6월 톨스토이는 자신의 행동을 반성하며 이렇게 일기를 쓴다.

"그런 기분은 하느님 덕분이다. 그대로 유지되게 하소서."

그 해 7월. "신의 존재를 난 증명할 수 없다. 단 하나의 실제적 증거도 난 찾을 수 없다. 그런 개념조차 불필요하다고 생각한다. 다할 수 없이 극미한 질서를 가진 이 모든 세계의 영원한 존재를 이해하는 것이 그것을 창조한 존재를 이해하는 것보다 더 쉽고 간단하다."

톨스토이는 교리에 대한 다양한 논리를 거부한다. 그러나 선조들의 신앙과 논쟁을 벌이려고 하지는 않았다. 그러나 신에 대한 호소, 신에 대한 감사는 신에 대한 거부에도 불구하고 여전히 간직하고 있었다.

톨스토이는 별도의 다른 신앙을 가지고 있었다. 그것은 그가 보고 있는 세계가 아니라 그가 구축하고 싶은 세계에 조응하는 것이었다. 우리는 그런 신앙이 태어나는 시기를 분명하게 확정할 수 있다. 바로 세바스토폴 시절, 1855년 3월이다.

황제 니콜라이 1세가 서거하고 러시아군이 새로운 황제에게 충성을 맹세할 때 톨스토이는 이렇게 일기에 기록한다. "위대한 변화가 러시아를 기다리고 있다. 러시아의 역사에서 이 중요한 시기에 참여하기 위해 힘을 내고 노력해야 할 때다."

톨스토이는 후원자였던 M. 고르차코프 공작이 멘시코프 대신 내각 수반에 임명된 것을 기뻐했다. 톨스토이는 직접 군 개혁안을 작성하고 성찬식에도 참석한다. 그리고 이렇게 일기를 쓴다.

> 어제 신과 신앙에 대해 나눈 대화가 나를 위대하고 거대한 사상으로 이끌어갔다. 그 사상을 실현하는 것에 내 생명을 바칠 수 있다는 느낌이었다. 그 사상은 인류의 발전에 조응하는 새로운 종교의 토대를 만드는 것이다. 새로운 종교는 그리스도 종교이긴 하지만 신비한 신앙의 모습을 완전히 배제하고 내세의 은총이 아니라 이 지상에서의 은총을 내려 주는 실제적인 종교가 될 것이다.[74]

---

74) 1855년 3월 4일 (47, 37~38).

이것은 새로운 종교개혁 사상을 담은 것이다. 이런 생각은 이내 사라졌지만 그 후 다시 새로운 형태로 되살아나곤 했다. 그의 생각은 삶의 질서를 획기적으로 변화시키는 것뿐만 아니라 의식의 개혁과도 관련된 것이다. 자유주의적인 생각이다.

그러나 톨스토이는 삶을 예술적으로 감지할 때에는 자유주의적인 사고를 거부한다.

세바스토폴의 함락, 〈동시대인〉지에의 기고, 보트킨과 치체린, 드루지닌에 대한 환멸, 농촌 생활, 농민 학교 활동 등은 톨스토이를 변화시켰고 그의 종교적 신념도 변화시켰다.

톨스토이 학교에서는 아이들에게 사제가 성서를 가르쳤다. 톨스토이 자신도 성서의 구절들을 인용하여 가르치곤 했다. 하지만 아이들은 톨스토이의 이야기를 재미있는 사건에 대한 감동적인 이야기로 받아들였다. 특히 아이들은 어쩔 수 없이 형제에게 배신당해 노예로 팔려간 요셉의 이야기를 좋아했다.

알렉산드라 부인에 대해서는 이미 여러 차례 언급한 바 있다. 분명 조카와 아홉 살 연상의 숙모뻘 되는 사이에 어떤 로맨스가 있었던 것이 분명하다. 톨스토이는 나중에 알렉산드라 부인이 늙어서 더 이상 여자로서 아무런 느낌도 주지 못한다는 사실을 슬퍼하고 있는 것을 보아도 그것은 분명하다.

톨스토이의 긴 편지 속에는 알렉산드라의 이름이 수없이 등장한다. 그는 그녀를 사샤라는 애칭으로 부르고 있다. 그러나 동시에 알렉산드라와 그녀의 여동생 엘리자베타를 노마님이라고 부르기도 했다.

알렉산드라는 니콜라이 1세의 딸 마리야의 시중을 들었고 나중에는 알렉산드르 2세의 딸을 양육하는 일을 맡았다. 톨스토이는 그녀에게 19통의 편지를 보내며 친근한 관계를 유지했다. 그는 그녀에게 마음을 터놓고 이야기를 했다. 반면 그녀는 자신이 속한 계층의 시선으로 톨스토이의 작품을 비평하면서 다소 훈계조의 편지를 보내곤 했다. 알렉산드라는 매우 종교적인 인물이었다.

1858년 5월 1일 알렉산드라 백작부인에게 보내는 장문의 편지에서 톨스토이는 부인이 종교적인 사람이라는 것을 염두에 두고 자신의 작품 《세 죽음》에 대해 처음으로 언급하고 있다. 이야기는 당시 톨스토이에게 지대한 관심사였던 소유의 감정에 대한 분석으로 시작된다.

톨스토이는 그때 바로 얼마 전에 아주 넓은 국유림을 어렵사리 매입했었다. 돈이 부족하여 기일을 연기해가며 가까스로 임야를 사들였던 것이다. 이와 관련하여 《세 죽음》의 끝에서 나무의 죽음이 그려지고 있는 것을 상기할 필요가 있다.

어제 나는 내가 사들여서 베어 버린 숲으로 말을 타고 나갔습니다. 자작나무 잎들이 돋아나고 나이팅게일이 날아다녔지요. 그들은 이제 국유재산이 아니라 바로 나의 소유임을, 그리고 나무들은 곧 베어나갈 것임을 알고 싶어 하지도 않았습니다. 나무들을 베어내면 다시 자라날 것이고, 나이팅게일은 자신이 누구의 소유인지 알 필요가 없는 것이지요.

그 뒤에는 종교적인 분위기의 대화가 시작된다.

이런 감정을 어떻게 전해야 할지 모르겠군요. 우리가 자랑스러워 마지않는 그 인간적 덕성과 자유의지에 비추어 난 양심이 아픕니다. 우린 마음에 떠오른 어떤 것이든 조금치도 바꾸지 않고 그대로 그려내는 자유의지를 가져야 합니다. 자기 자신에 대한 것에서도 말입니다. 당신은 당신이 알지 못하는 수많은 법들이 당신을 구속하고 있음을 느낄 겁니다. 어디에나 그분이 존재하지요.

여기서 말하는 '그분'은 그리스도 신을 말한다고 생각할 수 있다. 그러나 톨스토이는 계속 말한다.

제 보잘것없는 작품에 대한 당신의 의견에 제가 동의하지 못하는 것은 전적으로 이 때문입니다. 당신은 공연히 작품을 그리스도교적 관점에서 보고 있습니다. 내 생각은 이렇습니다. 세 존재가 죽었다, 귀족과 농민, 그리고 나무.

톨스토이에게 부인은 안쓰럽고 가증스럽다. 그녀는 거짓말을 하고 있고 그리스도교는(그는 괄호를 치고 '당신이 이해하는'이라는 단서를 달고 있다) 삶과 죽음의 문제를 다 해결해 주지 못하기 때문이다.

'농민은 그리스도교도가 아니기 때문에 평온하게 죽음을 맞이한다.' 그는 생명의 탄생과 죽음을 보았고 씨앗을 뿌리고 곡식을 거두었다. 그는 노인들이 죽어 가는 모습이나 아이들이 태어나는 모습을 수없이 보았다. 그에게 삶은 간단하고 명료하다. '나무는 편안하게, 정직하고 아름답게 죽는다.'

그럼 여기서 그리스도교 신앙은 무엇을 할 수 있는가. 톨스토이는 그에게도 그리스도교적 감정이 존재하지만 그건 남들과 다른 무엇이라고 대답한다. "이건 진리와 미의 감정입니다 (…) 이것이 어떻게 연결되는지 나는 알지 못하고 해명할 수도 없지요. 그러나 한 헛간에 개와 고양이가 같이 있다는 것은 긍정적인 일이지요."

즉 한 영혼 속에 알 수 없는 두 개의 공존 불가능한 요소가 존재하는 것, 바로 이것이 톨스토이의 특징이다. 그의 비유대로라면 고양이는 헛간이라는 장소에 익숙해져서 습관대로 살아간다. 톨스토이가 세계를 이해하는 방식은 농민적이고 세계 속의 자신의 모습에 대한 톨스토이의 이상은 나무였다. 《세 죽음》 외에 《기초입문서》에 실린 세 단편에서 나무가 죽어 가는 모습, 그리고 그들이 죽고 싶어 하지 않는 모습을 그리고 있는 것도 우연은 아니다. 아주 말년에 커다란 영감에 싸여 《하지 무라트》를 집필하면서 톨스토이는 그를 바퀴에 깔렸다가 다시 일어나 살아가는 엉겅퀴에 비유하고 있다.

바로 이것이 톨스토이가 카프카스에서 획득하고 오랫동안 유지했던 인생관이었다. 톨스토이에게 이런 비종교성이 종교성보다 훨씬 강하게 드러나는 것이다. 종교란 그에게 모든 것을 다 말하기 두려워서 물러나는 것과 같다. 바로 이것이 톨스토이가 알렉산드라 부인에게 말하고 싶었던 것이다. 그러나 그는 말을 자신에게로 돌린다.

나는 어린아이였을 때 아주 열심히, 그리고 감상적으로, 아무 생각 없이 종교를 믿었습니다. 그러다가 열네 살 때 인생 전반에 대해 생각하기 시작하면서 종교가 내 이론에 맞지 않는다는 것을 알게 됐지요. 그리고 물론 종교를 무너뜨리는 것을 내가 할 일이라고 생각했습니다. 그리고 종교를 믿지 않고도 10년 동안 아주 마음 편히 살 수 있었지요. 내 앞에 모든 것은 분명하고 논리적으로 보였고 혼돈이 없었습니다. 종교가 들어설 틈이 없었던 거지요. 모든 것이 명명백백하고 삶의 비밀이란 내게 더 이상 존재하지 않게 되었다고 생각했지만 그러나 삶 자체는 그 의미를 잃어가기 시작했습니다. 이 시기에, 카프카스에서 살면서 나는 고독하고 불행했습니다. 그 시절에 쓴 일기가 있는데, 지금 그걸 다시 읽어 보면 나는 도대체 인간이 당시 내가 도달해 있던 것처럼 그렇게까지 지적으로 열광적인 상태에 빠져있을 수 있는 것인지를 이해할 수가 없습니다.
참 고통스럽고도 좋았던 시절이었지요. 이전에도, 그리고 앞으로도 나는 '다른 곳'을 바라보지 않고 한결같이 그렇게 높은 사고 수준을 유지했던 그 시절의 경험을 결코 다시는 겪어 보지 못할 것입니다. 2년 동안 내내 그랬었지요. 그때 내가 발견해낸 것은 영원히 나의 신념 속에 깃들어 있을 겁니다. 그렇지 않을 수가 없습니다. 그 2년의 지적 작업을 통해 나는 오랫동안 내려온 아주 간명한 진실을 깨달았습니다. 내가 깨달은 그것은 그 누구도 알지 못할 겁니다. 나는 무엇이 영원한 것인지, 무엇이 사랑인지를 깨달았고, 영원히 행복하기 위해서는 타인을 위해 살아야만 한다는 것을 발견해 냈습니다. 이러한 발견은 그리스도교와도 유사한 것이었지요. 그래서 나는 그에 맞는 진리를 스스로 만들어내기보다 성서를 통해 찾아내기 시작했지만 많이 찾지는 못했습니다. (60, 293~294)

톨스토이는 종교적이었지만 그의 종교는 자신이 세계를 이해하는 방식이었다. 그것은 자신과 타자에 대한 관습적인 개념을 넘어서는 것이었다.

그는 그를 이해하지 못하는 부인에게 계속해서 편지를 쓰고 있다. "나의 삶은 종교를 만들고 있지만 종교는 삶을 만들지 못합니다."

알렉산드라 부인은 그녀가 속한 궁정사람들이 생각하는 관습적인 사고를 담은 내용을 써 보낸 것이다. 톨스토이는 그것을 터무니도 없는 것이라고 말했다.

톨스토이는 고독하다. "당신은 자연과 나이팅게일을 보면서 웃고 말겠지만 내게 그것은 종교의 안내자입니다. 사람은 누구나 나름대로 영혼의 길을 가지고 있지요. 아무도 모르는 그 길은 오직 그 영혼의 깊은 곳에서 느낄 수 있는 것입니다."

그러나 나이팅게일이 톨스토이를 구원할 수는 없었다. 그 새들은 그가 소유한 숲에서, 부동산 등기부상 그에게 속한 자연에서 노래하고 있기 때문이다. 새들은 그에 대해서 모르고 있고 물론 그의 농노도 아니며 그저 임시 의무부담자(당시 농노해방 후 농민들을 이렇게 불렀다)라고 할 수 있었다. 종교도 톨스토이를 도와줄 수 없었다. 심지어 그 자신이 만들어낸 종교, 교리와 기적 같은 것을 완전히 씻어낸 종교도 소용없었다. 왜냐하면 그가 만든 종교는 그와 그가 이해하고픈 것 사이에서 나온 것이기 때문이다.

나이팅게일은 돌아올 것이고 그리고 《하지 무라트》에서 치명상을 입은 주인공 하지 무라트가 위업을 다하기 위해, 오직 그것만을 생각하면서 꺾여 쓰러졌던 나무가 반듯하게 다시 일어나듯이 온 힘을 끌어 모아 다시 일어서는 그때에 다시 노래할 것이다. 하지 무라트는 쓰러져 죽지만 그 자리에서 나이팅게일은 그의 영광을 노래한다. 그러나 그 나이팅게일은 체첸의 것도, 러시아 황제의 것도 아니다. 그것은 예술가에 의해 이해된 나이팅게일, 비록 어둠 속에서지만 완수된 위업을 정당화하는 나이팅게일이다.

나중에 《신부 세르기》라는 작품에서 나이팅게일과 딱정벌레, 자연 그 자체가 은둔자의 수도원적 신앙을 거부하는 모습이 그려진다.

《안나 카레니나》의 레빈은 종교적 믿음을 받아들인다. 그러나 삶의 경험이 많은 도스토옙스키는 영리한 계몽 지주의 이런 신앙에 대해 당연히 회의주의적 태도를 취했었다.

《안나 카레니나》의 레빈이 톨스토이 자신과 밀접한 관련이 있는 것은 사실이지만 소설은 그리 단순하지 않다. 소설이 말하고자 하는 바를 레빈이 내리고 있는 도덕주의적 결론과 같은 것이라고 볼 수는 없다. 레빈은 자기 앞에 펼쳐진 폭넓고 깊은 문제를 대면하지 않고 물러선다. 슬라브 민족의 해방을 도모하기 위해 전쟁이 필요하다고 주장하는 사람들을 보고 레빈도 생각에 잠기지만 침묵한다. 그는 왜 침묵하는가. "그는 더 말하고 싶었다. 만일 그들이 사회 여론을 그렇게도 존중한다면 왜 그들은 슬라브 민족을 원조하는 운동은 합법적이라고 하면서 혁명과 콤뮨 같은 것은 불법적이라고 생각하는가."

레빈은 아무 말도 하지 않았지만 건초 헛간에서의 논쟁 중에 이미 사회주의에 대해 언급했었다. 하지만 그것은 레빈이 종교라는 이름으로 미래로부터 자신을 보호하려는 것이었다.

내가 이 책 초판을 출간했을 때 구세프는 코즈니셰프에 대한 톨스토이의 태도가 더욱 복잡하고 그의 논박이 레빈의 것보다 더 깊은 것이었다고 정당한 지적을 했다.[75] 그것은 소설의 초고에 표현되어 있다.

---

75) 구세프의 평론은 〈러시아 문학〉 1965년 제4호에 게재되어 있다.

무엇 때문에 자네는 공산주의자와 사회주의자를 비난하지? 그들은 불가리아의 대학살보다 더 크고 더 나쁜 권력남용을 지적하고 있는 것 아닌가? 그들과 그들의 지향에 담긴 아름다운 정신은 세르비아 전쟁보다 더 높고 이성적인 동기에 의해 촉발된 것이 아닌가? … 당신은 지금 슬라브족의 핍박에 대해 말하고 있지만 그들은 인류의 절반이 핍박받고 있음을 말하고 있지 않은가.

나중에 톨스토이 자신은 러시아의 상황을 새롭게 이해하면서 무저항주의, 투쟁에의 불참여를 종교적 신념으로 유지하려고 한다. 여전히 종교로서 자신을 방어하고 있는 것이다.

《안나 카레니나》의 레빈은 결혼을 앞두고 고해성사를 하고 성찬식에 참여해야 했다. 그는 가르침을 전하려는 늙은 사제를 모욕하지 않으려고 애쓰면서 자신이 해야 할 만큼 고해성사를 한다. 그는 공손함과 은밀한 우월감을 동시에 보여 주고 있는 것이다.

소설의 끝에서 레빈은 키티와 방금 태어난 아이들과 함께 아직은 조부의 소유로 되어 있는 영지에서 삶의 근본을 바꾸지 않고 살아가고자 한다. 그는 종교에서 새로운 균형을 찾았고 그것이 그를 농민들과 가깝게 만들어줄 것이라고 믿는다.

레빈은 인간의 오만한 사상을 거부하고자 노력한다. 그의 신앙은 사상가의 모색이 아니라 하나의 개념을 다른 것으로 대치하고 타협을 모색하려는 인간의 노력이다.

하지만 이런 믿음에도 불구하고 그는 절망을 피해갈 수 없었다. 의혹은 레빈의 머릿속을 떠나지 않는다.

'별은 움직이지 않는다는 것을 나는 알고 있지 않은가?' 그는 자작나무 꼭대기에 걸려 있던 밝은 별이 움직이는 모습을 바라보며 스스로에게 물었다. '하지만 난, 저 별의 움직임을 보면서 별이 움직이는 것이 아니라 지구가 자전하는 것이라고 생각하기 어렵다. 그

래서 별이 움직인다고 말하는 나는 정당하다.'

레빈은 이런 사상으로 자살의 유혹과 공포로부터 벗어나고자 한다. 그러나 그는 별이 무서우면 별에게서 멀리 떨어지면 되듯이 이런 사상들도 필요하면 쉽게 버릴 수 있다고 생각한다. 그는 하늘이 천정으로 덮인 것은 아니지만 그걸 사실이라고 믿듯이 신을 믿는다. 그러나 레빈은 톨스토이와 마찬가지로 아무리 눈을 찡그리고 실눈으로 보아도 하늘은 하나의 그림이나 어떤 인상처럼 그대로 존재하고 있음을 알고 있다. 그리하여 그는 분석을 멈춘다.

이런 신앙에는 자신에 대한 많은 불신이 담겨 있다. 만일 여기서 한 걸음 더 나간다면 그 신앙은 사라져 버리고 코페르니쿠스가 부활하게 될 것이다.

신은 눈으로 볼 수 있고 감각으로 지각되는 하나의 풍경처럼, 세계의 일부로서 수용된다.

번개가 번쩍할 때마다 은하수뿐만 아니라 선명한 별들은 그 모습이 사라졌다. 그러나 번개가 사라지고 나면 마치 손으로 정확하게 던져놓은 것처럼 그것들은 다시 바로 그 자리에 나타났다.

결과적으로 레빈은 어떤 새로운 균형에 도달한다. 하지만 그의 새로운 종교적 신념은 깨지기 쉬운 물건과도 같다. 그것은 신념이라기보다 조심스럽게 유지하고 있는 착각이며, 사상이 아니라 비교에 의해 뒷받침되고 있을 뿐이다.

가정소설, 그 이상의 《안나 카레니나》

레닌은 이렇게 말한다. "톨스토이의 주요 활동은 러시아 역사의 전환점이 되는 두 시기, 즉 1861년에서 1905년 사이의 역사 시기에 이루어지고 있다. 이 기간 동안 농노제의 잔재와 그 직접적인 부활은 이 나라의 모든 경제(특히 농촌 경제) 영역과 모든 정치적 영역에 철저하게 관철되고 있었다.

(… 농민들은) 1861년 농노해방령에 의해 지주에게 유리하게 이루어진 농지분할을 통해 부여받은 분여지에서 낡은 방식으로 원시적 농업을 계속하고 있었다. 다른 한편 러시아 중부지역에서는 지주들이 농민의 노동과 농민의 농기구, 농민의 말을 이용하여 토지를 개간하는 토지경영이 이루어지고 있었다. 농민들은 '쪼가리 농지'[76]를 분여받았기 때문에 지주의 목초지와 용수지 등을 사용하는 대가로 그렇게 무상노동을 제공하지 않을 수 없었던 것이다. 본질적으로 이런 상황은 구농노제 농업과 다를 바가 없었다."[77]

레빈이 시골에서 농장을 운영하던 때가 바로 이 시기였다. 그는 농민들에게 목초지를 제공하고 거기서 생산되는 3분의 2는 자신에게, 그리고 3분의 1은 노동의 대가로 농민들이 가져가게 했다. 그는 나름대로 지주로서 자신의 농업과 농민의 농업을 건전하게 조정하고자 노력했던 것이다. 이웃 마을에 영지를 가지고 있던 브론스키는 유럽식으로 농사를 짓는다며 멋을 냈다. 반면 스테판 오블론스키는 자신의 임야를 상인에게 팔아넘기고 은행에서 일할 궁리를 했다. 그리고 카레닌은 고개를 갸

---

76) 〔역주〕 토지를 분배하면서 농민들이 이전에 공동으로 사용하던 목초지와 용수지 등이 지주의 손에 넘어가게 되었다. 가축을 기르고 농사를 짓기에 필수불가결한 이런 지역으로부터 고립된 농민들은 이를 사용하는 대가를 지주에게 치러야 했다.

77) V. 레닌, 전집 제2권, L., 1939, 223쪽.

웃거리며 위원회를 열어 이민족의 생업문제를 터무니없이 처리한 내각의 실수에 대해 지적하고 있었다.

유례없는 속도로 육박해오는 미래에 대한 공포가 엄습하던 시절이었다. 사람들은 저마다 서로 다른 이유로 두려워하고 있었다.

《안나 카레니나》에서 브론스키는 사냥몰이에 동원된 무서운 농민에 대한 꿈을 꾼다. 그는 "작고 더러웠고 곤두선 수염이었다. 그는 허리를 굽히고 뭔가를 하다가 뭔가 이상한 말을 프랑스어로 지껄이기 시작했다."

안나도 꿈을 꾼다. "나는 수염이 곤두선 이 농민이 작고 무시무시하게 생겼다는 것을 본다. 나는 도망가고 싶었지만 그 농민은 허리를 숙이고 자루 같은 것에 손을 넣어 뒤적이며 뭔가를 꺼내고 있었다."

꿈속의 농민은 혀를 굴리며 프랑스어로 말을 한다. "쇠를 두드려 부셔 가루를 만들어야 해….."

'속도는 힘이다.' 이것은 톨스토이에게 분명한 사실이었다.

그러나 속도는 쇠만 두드리고 부수는 것이 아니라 톨스토이의 세계 전체를 변화시키는 것이었다.

쇠는 역사의 질주 앞에서 물러진다.

긴장의 시대, 사람들이 무엇이 가장 중요한가를 생각하기 시작한 긴장의 시대였다.

1869년 살티코프-세드린은 이렇게 말한다.

소설은(최소한 지금까지 존재했던 형태에서) 주로 가정사를 다루는 작품이었다. 소설 속에 전개되는 드라마는 집안에서 시작되어 집밖을 나오지 않으며 거기서 끝나곤 했다. 긍정적 의미에서든(영국 소설), 부정적 의미에서든(프랑스 소설) 가정은 항상 소설에서 가장 중요한 역할을 한다.

소설에 내용을 제공하는 이 따뜻하고 안락하며 잘 의미화된 요소가 이제는 모든 사람의 눈앞에서 사라져가고 있다. 소설의 드라마는 다른 모티프를 요구하기 시작했다. 그것은 어딘가 다른 공간에서 싹터 그곳에서 끝을 맺는다. 이 공간은 어디에서도 빛이 들어오지 않는 곳이다. 그곳의 모든 것은 차갑고 어두우며 불편하다. 앞으로의 전망도 없어서 드라마는 우연성의 제물이 된다. 어떤 사람은 우연히 맞아 죽고 또 어떤 사람은 굶주려 죽는다. 그런 식의 해결을 진정한 해결이라고 말할 수 있을 것인가? (…) 그러나 이런 드라마가 분명히 존재하며 거기에는 우리가 이전의 소설에서 본 것보다 훨씬 더 고결한 투쟁의 전범이 함축되어 있다. 채워지지 않은 야망을 위한 투쟁, 모욕받고 학대받는 인류를 위한 투쟁, 그리고 생존을 위한 투쟁, 이런 모든 것들은 죽음을 통해서만 온전히 해결되는 주제이다. 어떤 인물은 사랑하는 사람이 다른 사람과 입을 맞추었다는 이유로 죽게 되지만 누구도 죽음이라는 이런 해결방식을 터무니없다고 하지 않는다. 그 외에 결코 그에 못지않게 복합적인 인물들이 풍부한 드라마의 내용을 제공할 수 있다는 점을 우리는 충분히 납득할 수 있다.

만일 지금까지 그런 인물들이 적절하게 충분히 활용되지 못했다면 그것은 그들의 투쟁이 발생하는 무대에 조명이 너무나 부족했기 때문이다. 그러나 그 무대는 분명히 존재하며 아주 끈질기게 러시아 문학의 문이 열리기를 고대하고 있다. 이런 점에서 나는 고골을 러시아 예술가 중 가장 위대한 예술가로 부르고 싶다. 그는 이미 오래 전에 소설이 가정성의 범주를 넘어서야 한다는 점을 통찰하고 있었던 것이다.[78]

즉 살티코프-셰드린의 말은 러시아의 '반-소설'에 대해 말하고 있는 것이다.

톨스토이의 소설은 사랑이야기만이 아니라 나라의 경제적 난관에 대해서도 자세히 다루고 있다. 첫눈에 보더라도 그의 소설에는 사랑의 실패와 토지소유 관계의 실패가 기묘하게 뒤엉켜 있다.

---

78) 《문학에 대한 러시아 작가들의 견해》 제 2권, L., 1939, 223쪽.

그러나 가족과 토지 소유의 문제가 하나의 고리에 연결되어 있다는 것을 처음 지적한 사람은 푸리에이다. 프리드리히 엥겔스는 《가족, 사적 소유 및 국가의 기원》이라는 책의 말미에서 이렇게 언급한다. "(…) 이미 푸리에도 일부일처제와 토지소유를 문명의 가장 일차적 특징으로 간주했다 (…) 그는 문명을 빈자들에 대한 부자들의 전쟁이라고 불렀다. 또한 우리는 이미 푸리에에게서 대립물로 분열된 모든 불완전한 사회에서는 개별 가족이 경제적 단위라는 사실에 대한 깊은 통찰을 발견할 수 있다."[79]

톨스토이도 삶에서 이 두 현상이 연관되어 있음을 알고 있었다. 이것이야말로 사회를 왜곡하는 가장 본질적인 적대적 문제였던 것이다. 레빈의 경제활동에 대해 소설에 자세히 다루어지고 있는 것은 아니지만 그것은 소설의 근본 문제의식을 이해하게 해준다.

레닌은 《레프 톨스토이와 그의 시대》에서 다음과 같이 말한다.

톨스토이는 《안나 카레니나》의 레빈의 입을 통해 러시아 역사의 전환기인 이 반세기 동안에 무슨 일이 일어났는지를 너무나 선명하게 표현하고 있다.

레빈이 그동안 뭔가 아주 저급한 일이라고 생각했던 수확이나 노동자 고용 등과 같은 대화들이 (…) 이제는 그에게 아주 중요한 문제로 생각되었다. "이것은 어쩌면 농노제 시절이나 혹은 영국 같은 곳에서는 중요하지 않을지도 모른다. 거기서는 조건 자체가 아주 정확하기 때문이다. 두 경우 모두 조건이 명확하기 때문이다. 그러나 지금 모든 것이 전복되고 다시 막 모습을 갖춰가고 있을 뿐인 이곳 러시아에서는 그런 조건을 어떻게 설정하느냐라는 문제는 유일하게 중요한 문제이다." 레빈은 이렇게 생각했다.[80]

---

79) K. 마르크스와 F. 엥겔스, 선집 제21권, 제2판, M., 1961, 177쪽.
80) V. 레닌, 전집 제20권, 100쪽.

노동자 고용에 대한 문제, 토지소유에 대한 문제 등은 카레닌과 레빈의 가정사와 교직되며 상호작용한다. 형 니콜라이는 레빈의 곁에서 죽어간다. 니콜라이는 결핵환자이며 사회 밑바닥으로 내려간 사람으로 협동조합을 만들기를 꿈꾸던 인물이다.

"보라고." 니콜라이는 힘겹게 이마를 찌푸리며 일그러뜨렸다. 그는 분명 무엇을 어떻게 말하고 행동해야 할지 생각하기 힘든 것 같았다. "저기 보이지 …" 그는 방 한 구석에 가느다란 실로 묶은 네모난 철제 물건을 가리켰다. "저거 보이지? 저건 우리가 하려고 하는 새 일의 시작이야. 생산 협동조합 일이지 …"
레빈은 거의 형의 말을 듣고 있지 않았다 (…) 그는 그 협동조합이라는 것이 형이 자신에 대한 경멸에서 벗어나기 위한 유일한 닻이라고 생각했다. 니콜라이는 계속해서 말을 이었다.
"자본이 노동자를 짓누른다는 건 너도 알거야. 우리 노동자와 농민들은 온통 노동의 짐을 지고 살아가지만 아무리 일을 해도 짐승 같은 처지를 벗어날 수가 없게 되어 있어. 그들이 일해서 버는 모든 이익으로 자신의 생활을 향상시키고 여유를 즐기고 그리하여 교육도 받고 할 수 있을 터이지만, 조금이라도 남는 여분은 모두 자본가들에게 착취당하고 마는 거야. 사회가 그렇게 되어 있어서 그들이 일을 많이 하면 할수록 상인과 토지 소유자들만 배를 불리고 그들은 일하는 가축 신세를 영원히 벗어나지 못하는 거야. 이런 세상을 바꿔야만 되지 않겠어?"
그는 말을 멈추고 답을 구하듯이 동생을 바라보았다.

니콜라이가 몸담고 있는 사회, 그가 창녀촌에서 돈을 지불하고 구해 내 평생을 반려자로 삼고자 하는 여자, 그리고 그의 친구들, 이 모든 것은 당시 혁명적 민주주의자들을 상기시킨다. 레빈은 그들의 말에 귀를 기울이지 않는 것 같다. 하지만 니콜라이 형의 말은 아주 잘 들려왔다. 그래서 그 말을 듣고 자기 나름대로 생각하기 시작했던 것이다. 그는 즉

시 모든 문제를 해결할 수 있는 책을 쓰려고 마음먹었다. "정치 경제적
인 전복만이 아니라 그런 과학을 완전히 붕괴해 버리고 새로운 과학의
기초를 놓을 수 있는, 토지와 농민의 관계에 대한 책"을 쓰고 싶었던 것
이다.

그러나 레빈이 주의를 기울이지 않는 것 같았던 니콜라이와의 대화는
새로운 삶의 법칙을 이해하도록 작가 톨스토이를 도와주었다. 이 대화
에서 톨스토이는 자기 자신과 대화를 하는 것만 같다. 이 대화를 마치고
레빈은 기차역으로 가다가 문득 그 대화에서는 언급되지 않았던 새로운
단어, '콤뮤니즘'(공산주의)이라는 단어를 떠올린다.

> 콤뮤니즘에 대한 형의 이야기를 그때는 가볍게 지나치고 말았지만
> 그는 이제 그에 대해 다시 곰곰이 생각하기 시작했다. 그는 경제적
> 조건을 개조하는 일을 헛된 망상이라고 생각했지만 항상 민중의 빈
> 곤함에 비해 자신이 얻는 이득이 부당하다는 느낌을 가지고 있었
> 다. 이제 그는 자신이 정당하다는 것을 느끼기 위해, 이전에도 많
> 이 일하고 검소하게 살았지만 앞으로는 더욱 더 많이 일하고 더욱
> 더 검약 소박하게 살아야겠다고 다짐했다. 그는 자신의 삶을 그렇
> 게 이끌어 가는 것은 전혀 어려운 일이 아니라고 생각했다. 그래서
> 그는 돌아오는 길 내내 아주 기분 좋은 몽상에 젖어 있었다.

그러나 일이 그렇게 단순한 것은 아니었다. 얼마 뒤 동생의 영지를 방
문한 니콜라이는 레빈의 새로운 취미에 대해 비웃는다.

> 니콜라이는 다시 자신의 계획을 말해 주려고 동생을 불렀다. 하지
> 만 그는 동생을 비난할 뿐만 아니라 의도적으로 콤뮤니즘이라는 말
> 로 동생을 혼란시키기 시작했다.
> "너는 남의 사상을 가져다가 왜곡할 뿐만 아니라 적용할 수 없는
> 곳에다 가져다 붙이려고까지 하는 구나."

레빈은 어떻게든 변명하려고 했지만 소용이 없었다. 그는 소유와 자본과 유산을 거부하지 못하고 있기 때문이다.

"정말이다. 넌 남의 사상을 빌려다가 거기서 핵심적인 힘이 되는 모든 것을 빼버리고 그걸 자신의 새로운 무엇이라고 확신하고 싶어해." 니콜라이는 화를 내며 넥타이를 비틀며 말했다.

레빈은 노동자에게 주는 빵 한조각도 계산하고 힘들게 일하는 날에도 먹을 것을 추가하지 않는 아주 엄격한 주인이었다.

그는 노동자를 고용하는 것은 가능한 싸게 해야 한다고 알고 있었다. 그러나 지불해야 할 임금을 좀 싸게 미리 지불해서 그들의 발을 묶어두는 것이 훨씬 이익이긴 하지만 그럴 필요까지는 없다고 생각했다. 농민들이 건초가 떨어졌을 때 그들이 불쌍하기는 했지만 돈을 받고 팔 수도 있었다. 그러나 여인숙이나 주막은 설사 소득을 가져다 준다하더라도 없애버려야만 하는 것이었다. 몰래 나무를 베어 가는 것에 대해서는 가능한 엄하게 벌해야만 했다. 그러나 도망친 가축을 잡기 위해 목초지에 들어간 것에 대해서는 벌금을 물려서는 안 되었다 ….

계속해서 그와 같은 아주 자의적인, 그러나 아주 엄격한 규정들이 잇따른다. 그는 완전히 농노제 하의 고리대금업자 같은 경영방식으로 성공하고 있다. 이웃의 지주가 이에 대해 이렇게 말한다.

내가 하는 방식이란 그저 가을에 갚으라고 돈 좀 먼저 당겨주는 게다요. 저 농사꾼들이 찾아와서는 '나리, 어르신, 구해 주세요!' 하지. 그럼 어떻게 해, 다 이웃이고 불쌍한 농민들인데. 우선 3분의 1을 먼저 주면서 이렇게 말하지요. '이보게들, 잊지 말게나, 내가 자네들 도와줬으니 필요할 때 날 도와줘야 돼. 보리파종이나 건초 벨 때, 추수할 때 말이야.' 그리고 얼마큼씩 일해야 하는지를 알려 주면 되지 ….

그러나 레빈은 그게 이익이라는 것을 알면서도 그런 방법으로 노동자의 품을 사지 않았다. 동시에 그는 노동자가 그의 땅에서 일하는 것이 손해라는 것도 알고 있었다. "그의 관심사는 그들에게 낯설고 이해되지 않는 것이었다. 그뿐 아니라 그들 자신의 정당한 이익들에 치명적으로 반하는 것이었다 …."

그는 노동자들을 농장의 주주로 만들고자 했다. 심지에 그에 관한 책을 쓰려고 마음먹기까지 했다. 그러나 그는 농민들에게 건초베기를 시키고 그 3분의 1을 주었다. 자기 몫은 3분의 2로 늘렸던 것이다. 이전에 농민들은 절반을 받았었다. "올해 농민들은 3분의 1의 건초를 갖기로 하고 목초지에서 일했다. 이제 촌장이 풀베기가 끝났다고 알리러 왔다 …."

톨스토이는 농민들이 풀베기 작업을 끝내고 지주인 레빈 옆을 지나가는 모습을 탁월하게 시적으로 묘사한다. 그는 농민들이 건초를 쌓아올리면서 그 수량을 속이고 있었기 때문에 그들 앞에서 자신이 정당하다는 것을 느꼈어야만 했다. 하지만 그는 다른 것을 느끼고 있다.

아낙네들이 노래 부르며 레빈에게 다가오고 있었다. 즐거운 천둥소리와 함께 먹구름이 그에게 몰려오는 것 같았다. 먹구름이 그를 몰아닥쳐 휘어 감자 그가 누워있던 건초더미며 짐마차, 저 먼 들판의 초원 전체가 고함을 내지르고 휘파람을 불어대며 환호하는 이 야성적 활기에 찬 노랫소리에 사로잡혀 온통 일렁이며 뒤흔들리는 것이었다. 레빈은 이 건강한 활력을 선망의 눈으로 바라보며 삶의 기쁨을 노래하는 저 무리에 동참하고만 싶었다. 그러나 그는 아무것도 할 수 없었고 그대로 누워서 노래를 들으며 바라볼 뿐이었다. 노래하는 사람들이 점점 시야에서 사라지고 조용해지자 자신이 고독하며 아무 할 일이 없고 저 세계에 적대적인 사람일 뿐이라는 무거운 우수의 감정이 레빈을 짓눌렀다.

레빈은 고리대금업자는 아니다. 그러나 그의 농장운영 방식은 인근 농민들이 목초지가 없어서 어쩔 수 없이 싼 품삯으로 일하러 와서 그의 건초를 베어야만 한다는 점에 기초하고 있다.

이 소설에서 새로운 점은 토지의 사적 소유가 근절되어야 함을 정확하게 감지하고 있을 뿐만 아니라 레빈을 사로잡고 있는 그 불안정한 상태에 대해서도 분명하게 포착하고 있다는 것이다.

이런 불안정함으로부터 벗어나기 위해 톨스토이는 어린 시절의 신앙, 즉 '교회에 대한 믿음'으로 돌아가고자 한다. 나중에 그는 "국가에 의해 임명된 사제들의 자리에 자신의 도덕적 신념에 봉사하는 사제들로 대체하고자"(레닌)[81] 하면서 다른 새로운 종교를 세우고 싶어 했다. 그로서는 "어떤 악마의 사악한 조롱거리가 되거나 자살해 버리지 않도록 자신의 인생을 스스로에게 해명해야"만 했다.

레빈은 그러나 이것도 저것도 하지 않았다. 안나는 스스로 목숨을 끊지만 소설의 갈등은 결코 그것으로써 해결되지 않는다.

하늘은 공허하다. 세계는 보리수 나무처럼 활짝 꽃이 피어 있고 밝고 사랑스럽지만 그 속에서 살아갈 수가 없다. 이 세계에는 진실이 죽고 없다는 점, 톨스토이는 세계문학사상 최초로 바로 그 점을 통찰하고 있었다.

사회는 안나를 거부하였다. 언젠가 더 좋은 신랑감인 브론스키 때문에 레빈의 청혼을 거절했던(레빈을 사랑하고 있다고 볼 수는 있지만) 키티는 안나가 카레닌을 떠나 브론스키에게 갔다는 이유로 얼굴조차 보려고 하지 않는다.

---

81) V. 레닌, 전집, 제 17권, 209~210쪽.

도스토옙스키는 톨스토이 소설의 새로움을 통찰했다. 그는 톨스토이의 주인공들이 헛간에서 나누는 정의와 미래사회에 대한 대화가 톨스토이와 전 러시아 문학, 그리고 전 세계에 얼마나 중요한 것인지를 알 수 있었다.

도스토옙스키는 《작가일기》의 제2장 1877년 2월 부분에서 톨스토이 소설에 대한 자신의 견해를 기록하고 있다. 처음에 그는 아픈 안나의 침대 옆에 선 브론스키와 카레닌의 장면에 대해 언급하고 이렇게 말한다. "그 뒤 그들의 사랑이야기가 다시 이어지다가, 나로서는 다소간 놀라지 않을 수 없었는데, 제6부에서 진정한 '당면문제'를 다루는 장면이 나온다. 게다가 중요한 것은 이 장면이 의도적이거나 경향적으로 만들어진 것이 아니라 문학작품으로서 이 소설의 본질 자체에서 흘러나온다는 점이다."

톨스토이는 스트라호프에게 1873년 8월 24일 보내는 편지에서 "가장 가볍고 엄격하지 않은 문체로" 소설을 쓸 것이며 그 작업에 깊이 매료되어 있다고 밝힌다. 하지만 출판된 소설을 보고 그 엄격함과 심지어 어조의 준엄함에 스트라호프는 입을 다물지 못했다.

이것은 사랑과 예술의 익숙한 대립이다. 소설은 처음 시작하는 것과는 다르게 진행되고 있다.

영락해가는 몽매한 농촌에 둘러싸인 톨스토이는 조명이 화사한 방으로 떠나 자신이 속한 사회에서 어떻게 살아야 하는지를 이야기하고 싶었다. 그리고 삶을 개조하고자 하는 사람들의 잘못을 폭로하고 싶었다. 《안나 카레니나》에 등장하는 화가 미하일로프와 마찬가지로 그 역시 관찰하는 대상의 덮개를 하나씩 벗겨내기 시작했다. 그는 대상의 본질을 확연하게 드러내고자 했던 것이다.

카레닌은 기만 당한 남편이라기보다 규정과 숫자로 진실한 삶을 덮어 버리는 죽은 사람이었다. 그는 고통당하는 순간에만 각성한다. 그러나 그는 그 고통으로부터 고안된 신에 대해 고안된 신앙으로 도피하고 만다.

레빈은 농촌으로 떠나 노동을 하면서 카레닌의 관료사회를 피할 수 있었지만 토지 소유자로서 불의의 세계에 살면서 다른 사람의 노동에 의거하여 살아간다. 그는 여유 있는 삶을 영위하며 키티를 사랑하고 아이들을 양육할 수 있었지만 행복하지는 못하다. 그러자 그는 눈을 찡그리고 신을 고안해내서 낡은 종교적 관습을 새로운 개념으로 대치하고 실제 삶으로부터 도피한다.

그러나 삶은 여전히 유구하며 사냥을 나선 지주들은 농민의 곡물창고에서 사회적 불의에 대해 이야기한다. 스테판은 자신에게 유리한 이런 불의와 타협하며 살아가고자 한다. 레빈은 불의를 원하는 것은 아니지만 어떻게든 정당화하려고 노력한다.

도스토옙스키는 《작가일기》에서 누구보다 처음으로 이 대화에 주목한다. 그는 이 대화에 당대의 가장 중요하고도 근본적인 문제 중의 하나가 제기된다고 말한다. "자신의 노동의 결과가 아닌 그 어떤 소득도 정직하지 못한 것이다." 도스토옙스키는 레빈의 이 말을 인용한다. 레빈은 그릇된 인물이 되고 싶지는 않았다. 도스토옙스키는 자신의 인생을 회고하면서 그런 말을 처음으로 했던 생-시몽과 푸리에 등과 같은 사람들을 떠올린다.

그 후 푸시킨 기념제에서 푸시킨에 대해 연설하면서 도스토옙스키는 푸시킨의 《집시》의 주인공 알레코, 예브게니 오네긴, 그리고 기타 모든 러시아 방랑자들을 떠올린다. 그는 카프카스에서 《집시》를 읽었던 톨스토이가 걸어갔던 길을 그대로 따라간다. 그 길은 피할 수 없는 길이었다.

도스토옙스키는 사회적 불의에 대한 새로운 러시아적 해법, 종교적 해법을 구하고자 했다. 톨스토이 역시 그랬다. 그런 모색에 대해서는 앞으로 이야기를 계속할 것이다.

안나 카레니나, 그리고 작가의 가정

안나 카레니나의 유죄는 톨스토이에게 결코 쉬운 문제가 아니었다. 제7부 제20장에서 스테판은 새로운 공직을 청원하기 위해 페테르부르그에 들른다. 그는 먁카야 공작부인을 만나게 되는데 부인은 안나에 대해 말하면서 사태의 요점을 정확하게 파악한다. "그래요, 안나는 나를 빼고 나머지 모두가 몰래 하는 짓을 한 것이지요. 하지만 안나는 속이지 않고 멋지게 드러내고 했을 뿐이지요."

안나는 이혼하지 못한다. 앞을 내다보는 능력이 있다는 베즈주보프 백작의 외국인 양아들이 반쯤 황홀경 속에서 예시를 받아 카레닌에게 이혼에 동의하지 말라고 충고하기 때문이다.

이것은 애초의 구상에서는 볼 수 없었고 나중에 나타났지만 역시 다시 잊혀진 모티브 중 하나이다. 물론 이건 중요한 것은 아니다. 톨스토이는 안나 입장에서도 이혼의 가능성, 그 합목적성을 부정한다. 어쨌거나 아들 세료자도 어머니가 이혼하고 다른 남자와 산다는 것을 알게 될 것이고, 브론스키도 그녀가 바라는 사랑이 아니라 부채의식으로, 좀 달리 말하자면 의무감으로 그녀에게 묶일 것이기 때문이다.

신성함은 파괴된다. '결혼의 신성함'은 아주 자세하고 엄숙하게 제시된다. 레빈은 그 종교의식에 깊이 감동한다. 하지만 키티에게 그것은 좀 다르게, 일상적인 개인적 측면에서 수용된다.

> 그녀의 눈에 담긴 표정을 통해 그는 그녀가 자신이 느끼는 것과 똑같은 것을 느끼고 있다고 생각했다. 하지만 그것은 사실이 아니었다. 그녀는 예배문을 거의 알아들을 수가 없었고 심지어 반지를 교환할 때에도 아무것도 듣지 않고 있었다. 그녀는 그들의 말을 들을 수도 알아들을 수도 없었다. 그저 단 하나의 감정만이 그녀의 마음을 꽉 채우고 있었고 그것은 점점 더 강렬해질 뿐이었다. 그 감정

은 이미 한 달 반가량 그녀의 마음에서 이루어졌던 그것을, 이 6주 내내 그녀를 기쁘게도 했고 괴롭게도 했던 그것을 드디어 완수한다는 기쁨의 감정이었다.

톨스토이는 결혼식을 묘사하면서 감동적으로 숨을 몰아쉰다. 마치 난파선에서 있는 힘을 다해 헤엄쳐서 갖은 고생 끝에 드디어 섬에 도착해 구조된 사람이 안도의 숨을 내쉬며 기쁜 마음으로 그 섬을 묘사하는 것 같다. 결혼식 끝에 레빈이 입을 맞추는 '미소 짓는 두 입술'에 대한 묘사는 감동적이다.

그러나 야스나야 폴랴나 주변에는 정식으로 결혼하거나 결혼식 없이 살아가는 수많은 부부들이 살고 있었다.

형 세르게이는 정식 결혼을 하지 않고 20년 동안 집시여인인 마샤와 아이까지 낳고 살았다. 드미트리 형도 사창가에서 데려온 여인과 내연의 관계에 있었다. 여동생 마리야는 발레리얀과 이혼하고 빅토르 드 클렌 자작과 결혼했는데 교회가 아니라 민간결혼식을 올렸다. 아내 소피야 가문에서도 조모 코즐롭스카야-자바돕스카야의 복잡한 가정사와 아버지 안드레이의 혼외관계(앞에서 언급했던 바와 같이) 등은 제외하더라도 소피야의 언니 엘리자베타와 남동생 알렉산드르는 첫 번째 결혼에 실패하여 이혼했다.

주변에 굳건하게 가정을 지키고 있는 것은 톨스토이 자신뿐이었다. 소설에서 그같이 굳건한 가정으로 그려지는 것은 레빈의 집이다. 돌리는 배신한 남편과 함께 살고 있고 안나의 사교계 친구들은 남편들 몰래 바람을 피운다. 브론스키의 어머니 역시, 레빈의 말에 따르면 젊은 시절 세상 모든 남자와 놀아났다. 소설 앞부분에서 우리는 그녀가 화려한 사교계 부인과 아들의 로맨스를 고대하고 있는 모습을 볼 수 있다. 그래야 젊은 사내의 성품이 제대로 갖춰진다는 것이다.

안나의 친구들도 각자 제 남편을 속이고 있다. 초고에서 안나와 가긴의 대화에 충격을 받는 것으로 그려진 바로 그 사교계는 항상 가정문제들에 대해 이야기하고 있다. "… 이 사람들에 대해 나쁘게들 험담했다. 그렇지 않으면 달리 할 말이 없었다. 행복한 민족은 역사를 가지고 있지 않기 때문이다."

톨스토이는 최종본에서 '모든 행복한 가정은 서로서로 비슷하다'고 소설을 시작한다. 그 이전에 그는 행복한 민족은 역사를 가지지 않으며 행복한 가정은 초역사적이라고 말했었다. 즉 우화적이었다는 말이다.

안나 카레니나의 불륜에 대해 말하기 위해서는 행복한 가정을 배경으로 제시해야 했다. 레빈의 가정이 바로 그것이었다. 하지만 레빈은 자살을 생각하고 있다. 행복에 대해 말하자면 오직 키티의 행복에 대해서 말할 수 있을 뿐이다.

톨스토이는 행복한 배경을 확장하고 싶었다. 이에 따라 키티의 여동생과 그의 가정에 대한 묘사가 필요했다.

나탈리는 리보프와 결혼한다. 리보프와 레빈, 이 두 사람의 성은 모두 톨스토이의 이름 레프에서 나온 것이라고 볼 수 있다. 톨스토이 자신의 가정이 둘로 확장되는 것 같다.

그러나 키티가 브론스키에게 빠진 이야기와 레빈의 복잡한 입장은 소설 속에서 중요한 요소이지만 리보프 가정의 이야기는 거의 잊히지 않을 정도로만 다루어진다. 별다른 사전의 이야기도 없이 리보프 집 아이들이 아프다는 정도만 이야기되고 더 이상은 기억될 만한 아무런 것도 없는 것이다.

유리창의 무늬

귀족의 집, 특히 지주의 저택은 매우 존중되는 독자적 영역으로 국가의 간섭을 받는 경우가 드물었다.

집에서 일하는 사람을 고르고 가정교사를 초빙할 때 귀족은 건전한 사상여부를 따지기 위해 증명서 따위를 요구하지 않았고 필요에 따라 선발하곤 했다.

젊은 스트로가노프 백작의 보육선생은 나중에 국민공회[82] 의원이 되었고 그에게 배운 스트로가노프는 프랑스에 가서 역시 프랑스 혁명 과정에 열정적으로 참여한 바 있다. 게르첸의 양육을 맡았던 선생은 망명한 혁명가로서 게르첸에게 류도비키 왕을 혁명으로 처단한 것은 옳았으며, 그것은 왕은 민중을 배신했기 때문이라고 가르쳤다.

페테르부르그와 모스크바에서 추방된 사람들 역시 지방 영지에서 쓰라린 마음을 달래며 은신해 있을 수 있었다. 이반 크릴로프[83]는 예카테리나 여제 시절 말기의 가혹한 탄압을 피해 골리친의 영지에서 젊은 공작들을 가르쳤다.

《안나 카레니나》에서 논의되고 있는 양육의 문제는 톨스토이에게도 실제 존재했다. 그 당시 톨스토이의 아이들도 무럭무럭 자라나고 있었기 때문이다. 처음에 톨스토이는 직접 자식들을 가르쳤다. 그는 쥘 베른의 소설을 아이들에게 읽어 주고 공상과학 소설을 통해 세계가 몹시 격변해가고 있다는 것을 알게 해 주었다. 또한 아이들에게 해로운 것은 빼고 알렉산드르 뒤마의 소설을 읽어 주기도 했다.

러시아 사회에서는 양육문제에 관한 가혹한 투쟁이 전개되고 있었다. 소설에서 카레닌은 반동적 세력을 대표한다. 그는 스테판의 집에서 이렇게 말한다. "내가 보기에 여러 언어의 형태를 공부하는 과정 그 자체가 정신적 발전에 특히 긍정적 작용을 한다는 사실을 인정하지 않으

---

82) [역주] 1792~1795에 소집된 프랑스 혁명 의회.
83) [역주] 이반 크릴로프(1769~1844). 우화시인. 200여 편에 이르는 우화시를 발표했다. 이솝이나 라 퐁텐의 우화를 모방하다가 독자적인 러시아 우화를 창작했다. 단순한 도덕적 설교에 그치지 않고 사회악이나 국가권력에 대한 통렬한 풍자로 나아감.

면 안 됩니다. 게다가 더욱 부정할 수 없는 사실은 고전급 작가들이 매우 고귀한 도덕적 영향을 준다는 것입니다. 불행하게도 우리 시대의 언어가 되어 버린 위험하고 거짓된 가르침은 바로 자연과학 교육과 결탁되어 있는 오늘날 특히 그렇습니다." 엄격하게 통제된 학교생활은 민주주의적 인텔리겐챠의 출현을 저지하고 젊은이들을 순화시키는 수단이었다.

여성 문제와 고전 교육에 대한 문제는 나아가 하나의 문제, 하나의 투쟁, 즉 니힐리스트와의 투쟁으로 귀결된다.

《안나 카레니나》에 니힐리스트는 등장하지 않지만 당대의 삶 자체에서 레빈은 불가피하게 현실 부정 앞에 서지 않을 수 없었고 그로부터의 출구, 혹은 죽음을 꿈꾸게 된다.

《안나 카레니나》에서 구세계는 옹호되어야할 것으로 제시된다. 그러나 그 세계에서 카레닌 외에 그 정당성을 믿는 사람은 거의 없다.

카레닌은 옳다. 안나가 끔찍함과 혐오감으로 말하듯이 '항상 옳다.'

많은 사람들이 투쟁을 견지하지 못하고 좌절한다.

저명한 반동적 인물이며 〈모스크바 통신〉지의 편집자인 미하일 카트코프의 동생 메포지는 1874년 9월 11일 〈모스크바 통신〉의 공동설립자인 파벨 레온티에프를 저격했다. 레온티에프는 고전적 교육체계에 대한 가장 악독한 지지자 중 한 사람이었고 황태자 니콜라이 2세의 이름을 딴 귀족학교(리체이)의 교장이었다. 레온티예프는 인문학자이며 가망없이 케케묵은 인물로서 교육부장관인 D. 톨스토이에게 그리스어 문법과 그리스 신화 교육을 통해 '유물론이라는 종기'와 투쟁을 벌일 것을 촉구했다. 메포지는 혁명가는 아니었지만 자기 아이들이 고통받는 것에 대해 복수하려고 했던 것이다.

이보다 좀 뒤에 체호프는 학부모들이 당시 학교의 끝도 없고 무의미한 과제들을 다해내도록 얼마나 혼을 내고 때려대는지에 대해 묘사한 바 있다. 84)

귀족 아이들은 이런 불행에서 벗어날 수 있었다. 특권층 자제들을 위한 다양한 학교가 있었기 때문이다. 이를테면 '법률학교'라는 곳은 학습량이 과도하지도 않았고 그리스어를 배우지 않아도 되었다.

톨스토이는 아이들을 대학에 보내고 싶었다.

야스나야 폴랴나에 프랑스인, 독일인, 영국인, 러시아어 교사, 그리스어 교사, 성경학자 등 다양한 남녀 가정교사가 초대되기 시작했다. 이 집 아이들이 배우는 학습체계는 톨스토이가 잡지 〈야스나야 폴랴나〉에서 주창하던 것과는 사뭇 달랐다. 이들 교육은 소피야가 관장했다. 소피야는 아이들이 다른 귀족 아이들보다 떨어지는 것을 원치 않았다. 그녀는 아이들을 데리고 모스크바로 가기를 바랐다. 그래서 가정교사들은 이를테면 하나의 타협책이었다. 그녀는 국가시험을 매우 존중했고 만일 아이들에게 도움이 된다면 그녀 스스로도 그리스어를 학습했을 것이다. 심지어 늙은 아가피야(톨스토이 집안에서 아버지 때부터 하녀로 일해 왔던)는 아이들이 시험 보는 날 성상 앞에 촛불을 켜고 기도를 올리기도 했다.

그러나 외부인들이 야스나야 폴랴나 대문을 열고 들어오는 길은 모두 위험했다.

과거 야스나야 폴랴나 농민학교의 교사들은 학생 소요에 관련된 인물들로 게르첸을 즐겨 읽었다. 페테르손이라는 뛰어난 교사는 톨스토이가 가장 아꼈던 사람인데 펜자에서 교사생활을 했던 인물이고 카라코조프와 같은 서클에 참여하기도 했었다.

1877년 톨스토이는 아들 세르게이와 함께 크세노폰의 《아나바시스》를 번역하며 그리스어를 공부했다. 그러나 세르게이는 아버지만큼의 그런 능력을 갖지 못한 평범한 소년이었다. 게다가 톨스토이 자신도 학교에서 가르치는 그리스어 문법을 알지 못했고 호머를 읽으면서 혼자

---

84) 체호프의 《고전 공부》(1883).

배운 그리스어 실력을 가지고 있었을 뿐이었다.

톨스토이에게 러시아어 교사와 사마르 영지를 관리할 사람이 필요했다. 소피야의 어린 아이들을 받았던 툴라의 산파가 여러 사람을 그에게 추천했다. 그리하여 가난한 지주 출신이었던 바실리 알렉세예프와 알렉세이 비비코프라는 젊은 사람 두 명이 야스나야 폴랴나에 들어왔다.

알렉세예프의 아버지는 전직 장교였는데 농민 여자와 결혼해서 여덟 아이를 낳았다. 그는 나름의 독특한 가습을 만들어 집안을 다스렸는데 니콜라이 1세 시대의 가혹한 군대식 규범과 일치하는 것이었다.

그의 아들 바실리는 페테르부르그 대학 수학부에 입학했다. 가난했지만 공부를 잘했고 생각에 기백이 있었다. 그는 혁명적 인민주의 서클에 가담했고 노동자 학교에서 가르쳤다. 그러나 곧 그런 활동이 금지되기 시작했다. 하지만 바실리는 무사히 대학을 마칠 수 있었다.

대학과정을 마친 그는 2천 루블을 받고 기술학교 교장으로 임명되었다. 학생들은 젊은 교장을 좋아했고 그는 먹고 사는데 문제가 없었을 뿐 아니라 상당한 부를 누릴 수 있었다.

이 무렵 그는 인민주의자로 감옥과 유형생활을 하다가 인신(人神) 사상의 전도사가 된 A. 말리코프와 가깝게 지냈다. 인신사상이란 신비주의적 교리로서 그리스도교 윤리에 바탕을 두고 사람들의 사회적·국제적 관계를 고결하게 드높이자고 주장하는 것이었다. 새로운 윤리에 따라 살아가기 위해서는 새로운 체제의 사회생활을 실험해야 했다.

한 여학생이 돈을 대서 젊은이들이 미국으로 가서 캔자스에 있는 농장을 매입했다. 말리코프와 알렉세예프 형제를 포함한 열다섯 명의 러시아 젊은이들이 거기에 일종의 콤뮨(공동체)을 만들었다. 첫 해에는 그런대로 성공을 거두었지만 다음 해에는 수확이 형편 없었고 결과적으로 콤뮨 내에 논쟁이 벌어지고 콤뮨은 와해되고 말았다.

미국에서 환멸을 느낀 바실리는 아내 엘리자베타와 러시아로 돌아왔다. 아내는 말리코프와의 사이에서 낳은 두 아이를 데리고 그에게 시집

왔었다. 바실리는 러시아에서 정치적 사상 건전 증명서를 받을 수가 없어서 공직을 얻는 것이 불가능했고 먹고 살기가 힘들어졌다. 그리하여 어쩔 수 없이 야스나야 폴랴나로 오게 됐지만 그로서는 크게 달갑지 않은 일이었다. 그는 중키에 어깨는 좁다랗고 금발에 푸른 눈이었다. 언뜻 보기에 다소 수줍어하고 바른 사람처럼 보였지만 자신의 견해를 분명히 밝히고 주장하는 것을 꺼려하지 않는 인물이었다.

바실리는 전에 톨스토이 집 하인이었던 어떤 사람의 집에 방을 빌려 기거하면서 아이들을 가르치러 들르곤 했다. 아이들은 그를 따랐고 톨스토이와도 종종 같이 거닐었다. 톨스토이는 그에게 정교를 믿으라고 설득하기 시작했다. 당시 톨스토이는 자신을 분명한 정교주의자로 생각하고 종교를 통해 모든 의혹을 떨치고 민중에게 보다 가까이가려고 노력하고 있었다.

한번은 바실리와 톨스토이가 얼어붙은 창가에 나란히 앉아 있었다. 창문에 어린 서리 무늬 사이로 햇빛이 비쳐 들어왔다. 바실리는 많은 시대적 경험을 겪었고 다종다양한 사람들과 이야기를 나눈 경험도 많았다. 바실리는 톨스토이에게 어떻게 그렇게 진실하고 배움도 많은 백작님이 교회에 가서 기도하며 신앙생활에 매진할 수 있느냐고, 이해할 수 없다고 말했다. 톨스토이는 바실리의 말을 주의 깊게 다 듣고는 얼어붙은 창문을 가리키며 대답했다.

우리는 단지 이 서리 무늬에 비친 태양만을 볼 수 있지만 동시에 우리는 이 무늬 너머 어딘가 저 먼 곳에 빛의 원천인 진짜 태양이 있어 우리가 이렇게 세상을 볼 수 있도록 해준다는 것을 알고 있지 않은가요. 민중은 종교를 통해 눈앞에 보이는 빛의 현현만을 보지만 나는 더 먼 곳을, 빛의 원천을 보고 있지요. 최소한 나는 빛의 원천 자체가 존재한다는 것을 알고 있습니다. 그렇다고 해서 우리의 이런 차이가 우리의 소통을 방해한다고는 생각하지 않아요. 우린 둘 다 태양의 이런 현현을 보고 있고 우리의 이성은 서로 다른 깊이

200

로 그것을 꿰뚫어 보고 있으니까요. 85)

톨스토이는 바실리와 많은 이야기를 나누며 우의를 다졌다.

비류코프는 톨스토이 전기에서 (톨스토이 자신이 이 전기를 꼼꼼하게 검토했다) 바실리가 톨스토이에게 일정한 영향을 주었고 나중에는 그 자신이 초기 톨스토이주의자 중 한 사람이 되었음을 확인해준다.

몇 년 뒤 소피야의 요청에 따라 바실리는 해고된다. 소피야는 톨스토이가 그의 영향을 받는 것을 좋아하지 않았다 (바실리는 황제 암살자86) 들의 처형에 대해 황제에게 청원서를 보내라고 톨스토이에게 충고했다). 바실리는 사마르 영지 관리인으로 보내졌다.

비비코프는 바실리와 말리코프의 친구로서 그들과 마찬가지로 니힐리스트라고 볼 수 있었다. 그는 다부진 몸매에 잘생긴 사람으로 반코트에 높은 가죽 부츠를 신고 다녔고 구레나룻이 무성했다. 겉보기에는 영락없이 농민이었다. 하지만 그는 아주 부유한 지주의 아들이었고 하리코프 대학 자연과학부를 졸업하고 분쟁조정위원으로도 근무했었다. 카라코조프가 황제 암살미수 혐의로 체포된 후 그와 연루된 혐의로 그는 6개월 동안 투옥되었다가 8년 유형에 처해졌다. 그 후 그는 툴라 현에 있는 '조랑말'이라 불리는 작은 자기 영지를 벗어나지 못하는 조건으로 복

85) P. 비류코프, 톨스토이 전기, 제2권, 제3판, M.-P., 국립출판사, 155쪽.
86) 〔역주〕 1881년 3월 1일, 인민주의자 (나로드니키) 들이 알렉산드르 2세를 암살한다. 러시아를 농촌 사회주의로 개혁하기 위해 '브나로드 (민중속으로)'를 외친 인민주의는 운동의 실패를 경험한 뒤 '인민의 의지'와 '흑색토지분배' 그룹으로 분리된다. 이중 '인민의 의지' 그룹은 테러리즘을 통해 혁명을 달성하고자 하며 정부 고위 관료와 황제 암살을 시도하고 마침내 황제의 암살에 성공한다. 이후 강력한 정치적 반동에 처하여 인민주의는 쇠퇴하고 1890년 무렵 러시아 혁명운동은 마르크스주의로 무장한 러시아 사회민주당에 의해 비판적으로 발전 계승된다.

권되었다. 자신의 영지에 갇힌 비비코프는 거의 모든 토지를 농민들에게 나누어 주고 농민 처녀와 결혼까지 했다. 나중에 이혼했지만 다시 다른 농민 여자와 결혼해서 아이를 몇 명 낳았다. 경찰의 감시가 완화되어 비비코프는 사마르 현의 벽지에 살 수 있도록 허가되었다.

야스나야 폴랴나에 모여든 니힐리스트들 사이에 얼마 되지 않아 예기치 않게 새로운 인물이 추가된다. 톨스토이는 모스크바에서 가정교사를 구하고 있었는데 1878년 니에프라고 불리는 프랑스인이 초빙되어 왔던 것이다.

톨스토이의 아들 세르게이는 니에프라는 가정교사가 프랑스 명문가 출신으로 자작쯤 되는 귀족이라고 회고한다. 니에프는 파리 콤뮨에 참여했다가 체포를 피해 이름을 바꾸고 러시아에 숨어들었던 인물이었다.

이 프랑스인이 실제로 누구였는지는 톨스토이도 알고 있었다.

한번은 세르게이가 프랑스와 프러시아 간의 전쟁에 대해 선생님과 이야기를 나누고 있었다. 아직은 미성년자였던 세르게이가 선생님을 자극했다. "프랑스 사람들은 참 대단하군요! 아니 독일인들이 파리 턱밑에까지 와있는데도 내전을 일으키다니요."

그러자 선생이 조용히 대답했다. "프랑스 역사에서 그 시기에 대해서는 논의를 금하겠습니다."

니에프는 톨스토이와 즐겨 대화를 나누었고 프랑스어 책들을 빌려가거나 서재에서 프루동의 서적을 찾아내곤 했다. 그런 책들은 톨스토이가 1860년대에 러시아로 반입한 것들이었다. 그 중 한 책은 《혁명과 교회에서의 정의에 관하여》였다. 이 프랑스 가정교사는 콤뮨 가담자들에 대한 사면이 내려질 때까지 야스나야 폴랴나에 머물다가 후에 튀니지로 떠났다.

혁명의 와해와 그 생존자들은 그들이 평범한 삶을 거부했던 점에서 톨스토이의 관심을 사로잡았다.

톨스토이는 순례자나 방랑자들이 민중들에게 신문과도 같은 역할을 하며 새로운 소식들을 가져다주는 통로라고 말하곤 했다. 비비코프와 바실리, 그리고 좀 뒤에 니에프 등은 야스나야 폴랴나의 불온한 집주인이 불러들인 방랑자였다. 톨스토이는 이들을 받아들이고 그 자신도 오랫동안 살아왔고 항상 의혹의 시선을 거둘 수 없었던 일상의 궤도를 벗어나 다른 길로 나아가고자 했다.

야스나야 폴랴나 주변 도로들

겨울과 여름이면 톨스토이는 여지없이 말을 타고 나갔다.

아침에는 일하거나 커피를 마시고 나서 마당으로 나왔다. 그는 말고삐를 잡은 손으로 목 주변의 갈기를 움켜쥐고 등자에 발을 올리고 말에 올라 안장에 앉는다. 그가 말에 오르는 모습은 거침없고 경쾌했다.

크람스코이는 말 탄 톨스토이는 그가 알고 있는 그 누구보다 멋진 사나이다운 모습이었다고 회상한다.

톨스토이는 말을 타고 10킬로미터, 15킬로미터를 나가곤 했다. 때로는 가파른 계곡을 건너기도 하고 때로는 말을 달려 냇물을 뛰어넘기도 했다. 제대로 길이 나지 않은 숲 속에서 나뭇가지가 낮게 드리워져 길을 가로막으면 아주 익숙하게 몸을 숙여 통과하곤 했다.

당시 삼림을 벌목하는 주기는 수년에 걸쳐 상당히 길었기 때문에 전혀 벌채가 이루어지지 않은 구역도 있었다. 그런 지역의 참나무들은 아주 굵지는 않았지만 키가 상당히 컸다. 빽빽한 숲 속에서 참나무는 다른 나무들, 사시나무, 보리수나무, 자작나무 등을 이기고 위로 치솟아 마치 하늘에 푸른 구름을 드리운 것처럼 가지를 펼치고 있었다.

참나무가 벌채된 곳에는 어린 보리수나무, 단풍나무, 물푸레나무 등이 빽곡한 군집을 이루고 그 사이로 개암나무와 까마귀밥나무가 뒤를 따라 자라났다. 숲에는 담비와 너구리, 토끼, 여우들이 돌아다녔다. 얼마 전까지만 해도 야생 염소들도 있었고 큰 길에서 벗어난 외진 곳에는 커다란 사슴들이 있어 큰 뿔로 나뭇가지를 분질러놓고 다니기도 했다.

톨스토이는 숲 속 오솔길을 모두 알고 있었다. 아무리 울창한 숲에서도 넓은 들판으로 찾아 나올 수 있었고 새롭게 변한 곳에서도 옛 모습을 알아보았다.

한번은 결혼한 이후에 악시냐가 톨스토이가 다니는 길목에서 자신을 알아보도록 바위 위에 올라가 있었다고 한다. 톨스토이는 멀리서도 손으로 만들어 입은 악시냐의 낯익은 알록달록한 치마를 알아보고 다가갔다. 한 사람은 말 위에, 또 한 사람은 바위 위에 서 있었는데 아마도 그 높이는 비슷했을 것이다. 그들이 무슨 말을 나누었는지, 아니면 서로 말이 없었는지, 야스나야 폴랴나 사람들이 전하는 말은 서로 다르다.

봄이면 숲 속 길은 다니기 무척 힘들었다. 톨스토이는 봄에는 큰 가로수나 폭이 60여 미터쯤 되는 가축 몰이용 구로를 따라 걸어서 산책했다. 그 길은 야스나야 폴랴나 영지의 입구 근처로 나 있었다.

예카테리나 여제 시절에 이 구로에 자작나무를 가로수로 심었었는데 대로가 개통되기 전에 마차와 반개(半蓋) 사륜마차, 타란타스, 수송마차, 썰매마차 등이 수없이 이 길을 통해 지나갔다. 느린 역마차도 지나갔고 고속의 역마차도 지나갔다. 푸시킨도 이 길을 따라 여행길을 떠났고 타간로그에서 서거한 알렉산드르 1세도 이 길을 따라 운거되었다. 볼콘스키 공작의 딸 톨스토이의 어머니 마리야 부인도 저택 끝의 정자에 올라서 그 과정을 지켜보았었다.

도로 양쪽 가장자리로는 묵직한 우크라이나 산 잿빛 황소들이 모스크바의 도살장으로 끌려가곤 했다. 얼마 전부터 이 도로를 통한 가축이동은 전면 금지되었다. 전염병 때문이라고 했지만 어쩌면 철도가 만들어지면서 철도의 화물을 늘리기 위해서였는지도 모르겠다. 도로 주변을 따라 이어지는 국유지는 지주들이 차지하고 농민들에게 임대했다. 토지는 아주 비옥했다.

당시 농노해방령 이후에 농민들은 지주를 '땅을 잡아먹는 자'라고 불러댔다. 투르게네프는 끊임없이 농민들 땅을 잠식해 들어간 한 지주 이야기를 들려준다.[87] 결국 그 지주는 농민들에게 붙잡혀서 3킬로그램이나 되는 흑토를 먹고 죽었다고 한다.

구로의 삶은 대로로 넘어갔다. 대로는 보수작업이 자주 이루어졌다. 농민들은 쭈그려 앉아서 넝마로 잔뜩 감싼 발로 돌을 누르고 무거운 망치로 두드려댔다. 포장용 쇄석을 만드는 것이었다. 이런 소란에 비하면 구로는 훨씬 평온했다.

톨스토이는 도로를 커다란 세계라고 불렀다. 거기서 그는 많은 사람들을 만날 수 있었기 때문이다. 이 길에서 나눈 대화나 전해들은 이야기가 그의 수첩에는 가득 적혀있다.

삼 껍질로 짠 신발을 신고 자루를 멘 순례자와 떠돌이들이 모스크바에서 키예프로, 키예프에서 모스크바로 오고 갔다. 그들은 바쁠 것 없이 천천히 걸어가거나 이즈음엔 돈 되는 손님이 없어 황폐해진 역참 마당에 무리지어 머물곤 했다. 그들은 하루에 30여 킬로미터씩 걸어가며 이런 저런 이야기를 나누곤 했으리라. 해가 가면 갈수록 그들의 이야기는 단 하나, 점점 몰락해가는 그들의 운명에 대한 것이었다. 경작지는 점점 좁아들었고 목초지도 가축도 줄어들었다. 굶주림을 면치 못한 농촌 주민들은 인정이 메말라갔고 도시로, 도시로 떠나버렸다.

세바스토폴 전투에 참여했었던 늙은 사람들도 지나갔다. 대부분 이런 사람들은 톨스토이보다 나이가 많았다. 해군과 육군 보병 부대 근무기간이 당시 훨씬 길었기 때문이다. 해병들은 대포를 장착하고 줄을 당겨 어떻게 쏘았는지, 폭풍우가 칠 때 돛을 어떻게 펼쳐야 하는지를 이야

---

87) 투르게네프는 《사냥꾼의 수기》에 넣을 목적으로 《땅을 잡아먹는 자》를 쓰려고 구상했지만 완성하지는 못했다. 이에 대해 투르게네프는 P. 안넨코프와 N. 오스트롭스키에게 편지를 쓴 바 있다(I. 투르게네프, 전집 제4권, 478~479쪽).

기했고 나무와 종루를 가리키며 파도가 어떻게 쳤는지를 설명하곤 했다. 병사들은 훈련 중에 태형을 당한 이야기를 많이 했다. 그러나 무엇보다 그들의 불만은 새로운 시대에 대한 것이었다. 강물은 수염이 쇠는 것보다 더 빠르게 마르고 누런 모래바닥을 드러낸다. 농촌의 가축은 사람들 힘이 쇠진하는 것보다 더욱 빠르게 사라져 간다.

토지는 척박해지고 갈수록 머물 곳 없이 떠도는 사람들이 늘어갔다. 걸인에게 베푸는 빵 조각도 작아졌고 길은 황량해져만 갔다.

톨스토이는 경건한 마음으로 순례를 다니는 사람이 별로 없다고 말하곤 했다. 하지만 어쨌든 봄이 되면 키예프로, 솔로브키로, 트로이츠키 수도원으로, 옵티나 수도원으로, 티혼 자돈스키로 길을 떠나는 순례자들이 나타났다. 그들은 걸어갔다. 그래야 가는 길에 이곳저곳을 돌아볼 수 있었기 때문이다.

톨스토이는 이제 자신의 종교적 의혹에 대해 상류사회 정교 신앙의 대변자인 알렉산드라 부인에게 편지를 쓰지 않았다. 그는 구습과 편견에 대한 이성의 투쟁에 대해, 구습이 어떻게 양심의 법칙을 파괴하는지에 대해 스트라호프에게 불평한다.

> 나도 마찬가지로 금지된 날에 양배추와 고기를 먹기도 했답니다. 구습에 따라(이미 다양한 그 해석자들과의 이성적 투쟁에 의해 그 모습 그대로는 아니지만), 자, 우리 모두 터키 사람들을 더 많이 죽이도록 기도합시다, 혹은 이것이 성스러운 피라는 것을 믿지 않는 자들은 어쩌고저쩌고하고 말할 때 말입니다. 그럴 때 나는 이성으로 그러는 것은 아니지만, 흐릿하지만 분명한 내 가슴의 소리를 듣습니다. 그건 거짓이라고 말입니다. 나는 그렇게 물속의 물고기처럼 무의미의 바다에서 헤엄치고 있습니다. 구습이 내게 의미 있는 것이라며 어떤 행위를 요구하지만 그것이 내 마음의 생각과 일치하지 않는 경우 나는 절대 양보하지 못합니다. 물론 내 마음 속의 생각도 흐릿하고 기본적으로 무의미한 것임을 부정할 수는 없겠지요. [88]

앞으로 톨스토이는 그런 구습과의 투쟁뿐만 아니라 바로 자신의 마음
과의 투쟁도 수없이 해내야 할 것이다.

이 시기에 베라 자수리치가 혁명가 보고류보프(아르히프 예멜리야노
프)의 처형을 명령한 트레포프 장군을 저격했다. 하지만 배심원들은 그
녀의 무죄를 선언했다.

황후의 시녀였던 알렉산드라 부인은 "정치는 친애하는 악사코프의 잉
크처럼 새카만 것"이라고 말했지만 톨스토이는 그에 반대하며, "내 생각
에 정치는 그 혐오스러운 트레포프의 피처럼 붉은 것"[89]이라고 했다.

이제 많은 것이 밝혀지고 있었다.

부활절이 다가오고 있었다. 이 무렵 야스나야 폴랴나에서는 엄격하
게 사순절 기간을 준수하고 있었다. 특히 육식을 금하는 첫째 주일과 수
난주간을 엄수했다.

소피야 부인은 모든 금식주간을 준수했다. 하인들과 손님들과 아이
들까지 정진주간 요리를 먹도록 했다. 하지만 그녀는 남편이 최근 종교
서적과 성서를 읽고 있다는 것을 알고 있었다. 그녀는 동생에게 '그리스
도가 없다면 좀 더 평온했을 것'이라고 편지를 쓴다. 즉 그녀는 톨스토
이가 종교문제에 매달려 있는 것을 보고 새로 쓰려는 책이 사람들이 많
이 읽지 않을 종류일 것이라는 생각에 불만스러웠던 것이다.

해바라기 기름은 당시 많이 사용되지 않았고 대부분 아마유나 삼씨기
름, 호도기름 등으로 요리를 했다. 모두들 고기를 뺀 사순절 요리를 먹
었다. 가정교사로 있던 바실리와 프랑스인 가정교사 니에프는 예외였
다. 그들은 따로 엄격하게 격리된 자리를 만들어서 금지된 육류 요리를
차려 주었다.

부활절 전날에는 집안의 모든 유리창을 깨끗이 닦았다. 별로 공들이

---

88) 1878년 1월 27일 편지(62, 381).
89) 1878년 4월 6일 편지(62, 409).

지 않고 수없이 복구한 가족들의 낡은 초상화와 크람스코이가 그린 톨
스토이 새 초상화를 햇빛이 환하게 비추었다.

커버가 씌워진 피아노는 낡은 집안의 흐릿한 벽거울에 비치고 있었
다. 창밖에는 봄빛을 띤 작은 오솔길이 환하게 드러났다. 오솔길은 아
직 잎이 나지 않은, 그러나 파란 하늘을 배경으로 올록볼록 봉오리가 맺
히기 시작한 나무들 사이로 달려간다. 남동쪽으로 난 높은 창을 통해 햇
빛이 밀려들어 크바스가 담긴 유리 항아리와 오이, 배추가 가득한 접시
들을 비쳐준다.

바실리와 니에프에게 소박한 커틀렛 요리가 제공된다. 시종이 창턱
에 접시를 내려놓았다. 그러자 톨스토이가 아들에게 말했다.

"일리야, 내게도 커틀렛 한 접시 가져오라 하여라!"

아들이 심부름한다. 톨스토이는 맛있게 먹고 나서 그때부터 금식주
간을 지킨다. 소피야는 반대하고 나서지 않는다. 그녀는 남편이 위가
약하다는 것을 알고 있기 때문이다.

한 주제의 여러 갈래

1864년 가을 톨스토이는 온순하지 못한 말 마시카를 타고나가 토끼
뒤를 쫓다 떨어져 탈골되었지만 제대로 치료받지 못해 결국 마취제를
맞고 다시 치료해야 했다.

사람에게 클로로포름 마취제를 놓으면 마구 울거나 욕을 하는 등 헛
소리를 한다. 특히 속 깊이 감춰놓았던 가장 큰 불만이 터져 나온다고
한다. 톨스토이는 클로로포름을 맞고 수술하기로 결정했다. 처제인 타
티야나는 이때를 이렇게 회상한다. "시간이 꽤 흘렀다. 마침내 그가 팔
걸이의자에서 뛰어오르며 창백해진 얼굴에 눈은 초점을 잃은 채 클로로
포름 주머니를 내던지고 방안이 떠나가도록 소리치기 시작했다. '이봐,

친구들, 그렇게 살아서는 안돼 … 내 생각에 … 난 결심했어 …' 그러나 그는 미처 말을 다 마무리하지 못했다."[90]

톨스토이에게는 어떤 주제가 다른 주제를 덮어 버렸다가 다시 나타나는 경우가 종종 있다.

어쩌면 톨스토이의 가장 근본적인 주제, 가장 마음 졸이며 생각했던 주제는 바로 민중에게로 떠나는 것이었다고 말할 수 있다.

어디로부터 떠난단 말인가?

안락하고 영예로운 집으로부터.

참나무가 자리를 옮기기는 어렵다. 어린 나무들 사이로 높게 솟은 참나무를 뿌리째 뽑되 있던 자리의 흙을 함께 잘 감싸서 옮겨 심어야 한다. 하물며 사람이 움직이는 것은 더욱 힘들다. 그가 떠난다는 것은 그 자신과 아이들이 태어난 소파가 놓여 있는 그 방을 버려야만 한다는 것을 의미한다. 그리고 그가 태어나고 또 묘사했던 그 세계를 떠난다는 것이다. 또한 그가 그 거짓과 관습의 덮개를 벗겨냈던 그 세계를 떠난다는 것이다.

집과 영지의 모든 것은 오랫동안 가꾸어진 것들이다. 나무를 심어 새 숲을 만들었고 기존의 숲도 소중히 관리했다.

소피야는 야스나야 폴랴나의 숲이 딸들에게 물려줄 유산이라고 했다. 딸들이 성장하고 숲도 자랐다. 딸들은 별 걱정 없이 부를 늘려갔고 그 부를 잘 지키기만 하면 된다.

저택은 계속해서 수리되고 보수되었다.

커다란 사과밭도 잘 자랐고 거기서 양봉으로 상당한 소득을 거두기도 했다. 벌의 무리가 수백이나 되었다. 흡족하게 매입한 영지들은 아들들을 위한 것이었다.

---

90) T. 쿠즈민스카야, 《나의 가정과 야스나야 폴랴나에서의 나의 삶》, 320쪽.

그러면서 동시에 그는 바로 그곳으로부터 떠나고 싶었다. 다만 아직 왜 떠나야 하는지, 무엇이 그의 삶을 가로막고 방해하는지는 알지 못했다. 농촌을 영락시킨 새로운 발전 때문일까, 강물이 마르고 가축이 여위고 농가가 무너져 내리고 농민들이 슬퍼하며 아파하기 때문일까.

사마라의 비옥한 흑토지대 초원은 어떤 점에서는 중부 러시아의 궁핍으로부터 벗어나는 출구였다. 그곳에는 바시키르인들과 농민들이 살고 있었는데 그들은 결코 농노로 산 적이 없었다. 톨스토이를 대할 때에도 그들은 지주 나리가 아니라 부유한 농민 정도로 대접했다. 그러나 톨스토이는 부동산 증서로 그들을 농노처럼 땅에 묶어놓기 위해 그곳으로 갔던 것이다.

초원에는 성질 사나운 종마들이 말 떼를 이끌고 돌아다녔고 가을이 되면 살지고 온순해져서 야스나야 폴랴나에서 밭을 가는 말과 비슷한 모양이 되었다.

그러나 그곳은 말이 아주 많았다. 전하는 말로는 한 바시키르 지역에만 60만여 마리가 있었다고 한다. 초원은 광활했고 더 멀리 나가면 칼미크족, 키르키즈족이 살았고 거기에도 초원과 가축 떼와 황야가 펼쳐져 있었다. 그리고 더 멀리 나가면 산맥이 있어 여름이면 시든 초원을 피해 말 떼가 그곳으로 올라갔다.

그곳은 그렇게 광활하고 고요하여 집에서와는 달랐다. 톨스토이는 아내를 데리고 가려고 했지만 그렇게 고집하지는 않았다. 소피야에게 초원은 견디기 쉽지 않을 것이다. 식료품 가게도 없고 아는 사람도 없고 안장도 없이 말을 타야 했고 튤립 화단도 없지 않은가.

톨스토이는 《전쟁과 평화》에서 포로가 된 피에르를 묘사하면서 한편으로 익숙한 일상의 생활환경을 떠나 농민들에게 다가가는 지주의 모습을 담아내려고 했다.

다만 피에르의 그런 떠남은 어쩔 수 없이 이루어진 것이다. 톨스토이는 1876년에 새로운 소설을 구상한다. 소피야의 일기가 그걸 증명한다.

톨스토이는 그녀에게 이렇게 말했다고 한다.

"좋은 작품을 쓰기 위해서는 작품에 담긴 중요한 기본사상을 사랑해야만 되지요. 《안나 카레니나》에서 난 '가족' 사상을 사랑했고, 《전쟁과 평화》에서는 1812년 전쟁의 결과로 형성된 '민중' 사상을 사랑했지요. 하지만 지금 새로운 작품에서 나는 러시아 민중의 사상을, 그 '장악력'을 사랑하고 있지요."

톨스토이는 러시아인들이 시베리아 남부나 러시아 남동부 지역, 벨라야 강 유역이나 타시켄트 등지에 이주하여 뿌리내릴 수 있는 것은 바로 그런 힘 덕분이라고 여겼다.

러시아인의 이주에 대해서는 수많은 설명들이 존재한다. 이를테면 지난여름 우리는 사마라에 가서 살았는데 한번은 둘이서 우리가 지내던 곳에서 20여 킬로미터 떨어진 곳으로 카자크 사람들을 찾아가 보았다. 우리는 아이들과 노인들을 포함해 몇 가족이 함께 이동하는 짐마차 행렬을 만났는데 모두들 밝고 명랑했다. 우리는 길을 멈추고 노인에게 물었다.

"어디로 가는 길인가요?"

"예, 보로네시 현에서 새로운 곳을 찾아가는 길이지요. 우리 집 안사람들이 벌써 오래 전에 아무르 강 유역으로 떠났는데 거기서 편지를 보내왔지요. 그래서 우리가 지금 그곳으로 가는 중입니다."

톨스토이는 그때 이 말을 듣고 몹시 흥분하여 깊은 관심을 보였던 것 같았다 … 바로 여기서 앞으로 쓰게 될 새 작품의 사상이 나왔다고 나는 알고 있다. 그리고 아직 그 자신에게도 분명하지는 않았던 이 사상과 관련된 사실과 인물유형을 모아나가기 시작했다.[91]

먼 변방으로의 이주에 관한 테마는 실제적인 것이었다. 프르제발스키[92]가 아시아 황야의 한가운데에서 노르 호수와 이동성 강 타림을 조

---

91) 《소피야의 일기》, 제1부, 37~38쪽.
92) 〔역주〕 N. 프르제발스키(1839~1888). 여행가. 중앙아시아 연구가.

사할 때 야생마들이 돌아다니는 바로 그곳에서도 러시아 이주민의 흔적을 발견했었다.

그러나 톨스토이가 구상하던 테마는 농민이 다른 지역으로 떠나는 것이었을 뿐만 아니라 그 자신이 집에서 떠나 농민들과 함께 농민들에게로 가는 것이기도 했다.

《지주의 아침》의 주인공 네흘류도프는 자기 농민인 마부 일류시카와 함께 운명을 바꾸는 것을 이미 꿈꾸고 있었다. 하지만 사실 일류시카는 네흘류도프의 꿈에서만 행복하고 자유로웠다. 이 꿈은 몽상이지만 그러나 먼 길을 떠나는 노동의 여행에 대한 선망에서 비롯된 것이다.

《안나 카레니나》에서 레빈은 농민의 노동에 대해 괴로울 정도로 선망의 시선을 보낸다. 그러나 키티와 함께하는 가정은 너무나 굳건하여 떠나기보다 죽는 것이 차라리 쉬운 출구처럼 보였다.

1875년 사마라의 초원에서 톨스토이는 새로운 테마를 떠올렸다. 그것은 바로 이주민들에게로 떠나는 테마였다. 어딘가 멀리, 농민들이 보다 자유롭고 지주는 더 이상 지주가 아닌 그런 곳으로 떠나는 것.

톨스토이는 몇 년 동안 새 소설을 준비하면서 세계를 새롭게 보는 법을 배우고 있었다. 그는 일기에 자연풍경을 그려나가기 시작했다. 그것은 단순한 풍경이나 그림을 그리는 것이 아니라 땅을 경작하는 사람의 눈에 자연이 어떻게 비치는가를 보여 주고 있다. 그림일기는 항상 새로운 과제를 부여하고 비판과 경고를 담고 있다.

그 당시 톨스토이는 일상적인 일기는 중지하고 있었다. 써야할 것은 수첩을 이용하여 기록했다. 1877년 5월 8일 톨스토이는 수첩의 기록이 뭘 위해서인지를 정확하게 쓰고 있다. 새로운 단계의 일을 시작하는 것만 같다.

페테르부르그 아카데미 명예회원. 우수리스크 지역 탐험(1867~1869), 네 번에 걸친 중앙아시아 탐험(1870~1885)을 수행. 중앙아시아 지역의 수많은 지역에 대한 기록과 새로운 지역을 발견했다.

《안나 카레니나》 후속작을 향하여. 농민들. 쟁기를 수리하고 써레를 사온다. 허리를 숙이고 밭 갈기. 첫 쟁기질, 습하다. 망아지들이 꼬리를 흔들며 가는 다리로 쟁기질하는 뒤를 쫓는다.

잡초가 무성하게 자랐다. 밤일을 나선다. 아낙네들이 풀을 뽑는다. 병아리들. 어미닭이 죽었다. 슬픔. 갈아엎었지만 다시 풀은 무성하다. 써레질로는 안 된다. 송아지, 새끼 양들.

기록은 계속 이어지지만 그 모든 것이 향후의 주제에 관련된 것이라고 말할 수는 없다. 그러나 분명 그에 대한 암시가 나타나고 있다.

자연, 그리고 봄은 이전의 노동의 결과로서 평가된다. "노인은 5월의 —5월 말의— 귀리를 살피러 다닌다. 싹이 돋아난 것이 꼭 솔처럼 생겼다. 석양빛에 초록 잎은 노란색으로 비치고 줄기는 보라색이다. 에헤, 농사 잘못 지었군."

그 뒤에 분명 같은 노인에 대한 묘사가 이어지고 있다. "5월 20일까지 노인은 한참동안 호밀밭에 나가지 않았다. 탁한 회청색 깃털, 크고 무성히 자랐다. 꽃술이 모자처럼 솟아나 있다."

독립적인 여성의 모습, 귀리와 호밀 자라는 모습, 곡식을 베고 몸을 씻은 농부가 걸어가는 모습, 검은 빛을 띤 고요한 물, 잘 갈은 낫을 시험하는 모습 등 이런 메모는 수도 없이 많다.

1877년부터 78년을 거쳐 이런 방대한 준비작업은 종교와 데카브리스트에 대한 기록들과 중첩된다. 이 모든 것들은 서로서로 교체되고 있지만 하나의 씨앗을 파종하기 위한 여러 경작지였던 셈이다.

톨스토이는 농민들이 예전의 가부장주의적 관점을 변함없이 견지하면서 새로운 세상의 압력을 어떻게 견디며 살아가는지 그리고 싶었다. 그 새로운 세상은 표트르 대제 치하로 설정되거나 데카브리스트 시절로 설정되었다. 혹은 아주 최근에 러시아군이 초원의 눈 폭풍 속에서 강행했던 페롭스키의 히바 원정[93] 으로 설정되기도 했다. 이 시기 표트르 대제에 관한 소설 초고들을 보면 사건이 전개되는 장소가 점차 야스나야 폴랴나로 근접하고 있음을 알 수 있다. 물론 시기는 당대는 아니지만 그가 살던 곳과 인접한 곳에서 벌어지는 사건들이 설정되는 것이다.

어떤 공작과 어떤 농부의 아이가 동시에 태어난다. 농부의 아이는 버려지고 공작의 종복이 된다. 이야기는 두 인물에 관해 각각 흘러가다가 세상의 끝 어딘가에서 그 둘이 만나면서 합쳐진다. 거기서 지주는 더 이상 지주 나리가 아니었다. 마치 피에르가 포로가 되면서 백작이라는 사회적 신분을 벗어던지는 것과 마찬가지다.

이 이야기를 자신과 가까운 이야기로 만들기 위해, 자신에게서 이 문제를 끄집어내기 위해 톨스토이는 친지들에게 자기 선조들의 역사에 대해 탐문하였다. 특히 처음으로 백작이라는 귀족 작위를 수여받고 나중에 솔로브키로 유배를 떠난 표트르 톨스토이에 대해 자세히 알아보았다. 그는 고르차코프 가문에서도 유형당한 사람이나 오랫동안 실종된 사람들을 찾아보았다. 그리고 다른 귀족 가문에서도 밝혀지지 않은 부분을 살펴보고 어딘가 멀리 떠나 돌아오지 않는 사람들에 대한 기록을 조사했다. 혹시 그 사람들이 러시아 땅 어딘가 끝에서 농민들과 함께 살아가고 있을 수도 있다고 생각하면서.

많은 자료들 중에 특히 바로 어제의 일처럼 생생했던 최근의 페롭스키 원정에 관한 것들이 많았다. 그는 알렉산드라 부인에게 편지로 물어보았다.

제가 기억하고 있는 1830년대가 이미 역사가 되어 버렸다고 생각하면 이상하기도 하고 기쁘기도 합니다. 그 무대의 수많은 인물들이

93) 〔역주〕 V. 페롭스키(1795~1857). 군사전략가. 1812년 나폴레옹 전쟁에 참여했고 오렌부르그 지사를 역임. 카자크 봉기와 바시키르 지역 농민 봉기 등을 진압. 히바 지역 정벌을 시도하였으나 실패로 끝남(1839~1840). 1853년에는 바시키르인들로 군대를 조직하여 현재의 '크질-오르다'로 불리는 남부지역 요새를 점령함.

명멸하며 사라지고 모든 것이 진실과 아름다움의 장엄한 고요 속에
자리잡고 있다고 생각해 보십시오. 94)

그러나 그러한 고요는 꿈이었다.

그렇게 고요해진 역사를, 심지어 니콜라이 1세에 대한 분노도 잊고
이제는 글로 쓸 수 있으리라는 것은 톨스토이의 꿈일 뿐이었다. 이 황제
의 진실한 모습은 아주 후기 작품인 《하지 무라트》의 끝 부분에 가서야
획득될 뿐이다. 1878년 초 그는 알렉산드라 부인에게 보내는 편지에서
이렇게 말한다.

내 머릿속에 오래 전부터 페롭스키 원정기에 오렌부르그 지역을 배
경으로 일어나는 사건에 대한 소설구상이 맴돌고 있습니다. 이제
나는 모스크바에서 이와 관련된 모든 자료뭉치를 가져왔지요. 내가
페롭스키를 묘사할 수 있을지, 혹시 가능하다고 해도 과연 정말로
해낼 수 있는지는 아직 모르겠습니다. 다만 그에 관한 모든 것에
너무나 흥미가 있습니다. 나는 역사적 인물로서, 개성적인 인물로
서 이 사람에 대해 깊이 공감하고 있거든요. 당신이나 혹시 그분
친척들이 내게 해 주실 말씀은 없을까요? 서류나 편지 같은 것을
내게 주실 수는 없을까요? 그 누구에게도 보여 주지 않고 저 혼자
만 읽을 것이고 필사하지도 않고 어느 것 하나 빠트리지 않고 그대
로 돌려드릴 것임을 분명히 약속할 수 있습니다. 그분의 마음 속
깊이까지를 들여다보고 싶을 뿐입니다.

바실리 페롭스키는 수석 시종무관으로 알렉산드라 부인과 가까운 사
이였다.

편지로 여러 정보가 도착하기 시작했다. 그가 보냈던 몇 통의 편지도
볼 수 있었다. 페롭스키라는 이름과 나란히 톨스토이의 먼 친척인 고르

94) 1878년 1월 27일 편지(62, 383).

차코프 공작의 이름도 등장했다.

　부탁이 있습니다. 짧은 것이라도 레프 페롭스키에 관한 전기가 없
을까요. 그분이 1816년에서 33년까지 어디서 어떻게 근무했는지를
알고 싶거든요. 하지만 정말로 알고 싶은 것은 그가 고르차코프 공
작 가문의 카테리나 우바로바(드미트리 우바로프의 미망인)와 언제
어떻게 결혼하게 되었는지에 대해서입니다. 제가 아는 바는 그녀의
결혼생활이 매우 순탄치 못했고 1833년에 죽었다는 것뿐입니다. 하
여튼 그의 결혼과 그녀와의 관계에 대한 것이면 무엇이든 제게 아
주 귀한 자료가 될 겁니다. [95]

　그는 몰락한 고르차코프 집안에 대한 모든 자료도 온갖 통로를 통해
수집하였다. 한번은 스트라호프에게 이렇게 편지를 보낸다.

　문제는 이런 겁니다. 1811년에 서거한 내 외증조부 니콜라이 고르
차코프 공작에게 미하일, 바실리, 알렉산드르, 이렇게 아들이 셋
있었지요. [96] 바실리는 육군소장이었고 스트로밀로바와 결혼했고
딸 카테리나를 낳지요. 그리고 카테리나는 우바로프와 결혼했다가
미망인이 되었고 다시 페롭스키와 결혼합니다. 이 세 아들 중에 한
명은 터무니없는 사건에 말려들어 재판을 받고 시베리아로 유형당
했지요 … 바로 이 사람에 대한 자료를 찾을 수 있겠냐는 겁니
다. (62, 463)

　하지만 그것은 어려운 작업이었다. 그는 백부인 I. A. 톨스토이에게

---

95) 1879년 1월 말의 편지(62, 465).

96) 〔저자〕 바실리 고르차코프. 1771년 생. 이 사람은 당시 톨스토이가 구
　　상하고 있던 《모든 수고하고 짐 진 자들》(《1879년 1월 15일》이라는
　　날짜가 붙은 단편(斷片) 중의 하나)의 중심인물 중 한 모델이었다고 볼
　　수 있다.

도 편지를 보낸다.

> 제 작업에 외증조부이신 니콜라이 고르차코프 공작 아들에 대한 자
> 료가 꼭 필요합니다. 제가 알기로는 어떤 사건에 연루되어 재판을
> 받고 강등되어 시베리아로 유형당한 분이지요. 그 사건이 무엇이었
> 는지 전 모릅니다. 다만 그분이 외증조부의 세 아들, 미하일과 바
> 실리, 알렉산드르 중 한 명이라는 사실 뿐입니다. (62, 467)

톨스토이 주변에서 갑자기 사라진 사람들에 대해서도 조사가 이루어
졌다. 스비스투노프에게 보낸 편지에서 톨스토이는 우바로프와 그의
아내97) 와 같은 인물들에 대해 물어 보고 있다.

톨스토이는 도주의 경로를 찾고 있었고 도주한 사람들에 대한 기억을
모으고 있었다.

톨스토이의 세계는 바로 얼마 전까지만 하더라도 모든 것이 견고하고
명료했던 가부장적 농촌과 더불어, 그 낡은 생활방식과 더불어, 그리고
지주 저택에서 누리던 무의미하고 습관적인 세계와 더불어 붕괴되었다.
그곳에서 도망쳐야 했다. 떠나는 것, 사라지는 것, 바로 그것이 톨스토
이의 새로운 테마로 점점 그 형태를 갖춰가고 있었다.

새로운 작품의 모든 주인공들은 살기 위해 떠나야 하는 인물들이다.

알렉산드르 1세 황제도 어딘가로 떠나서 현자 표도르 쿠지미치가 되
었다는 전설도 있었다. 톨스토이는 자료를 모으고 니콜라이 고르차코
프 대공에게 과연 그런 전설이 믿을만한 것인지, 현자 표도르 쿠지미치

---

97) 〔저자〕표도르 알렉산드로비치 우바로프. 1789년생. 나폴레옹 전쟁에
참여했던 연대장. 데카브리스트인 M. S. 루킨의 기병대 동료이며 루킨
의 여동생 예카테리나 세르게예브나와 결혼. 1827년 1월 7일 페테르부
르크에서 집을 나와 귀가하지 않음. 어느 곳에서도 흔적을 찾지 못함.
네바 강에 몸을 던져 자살한 것으로 공식 결론이 났음. 그의 아내도 그
렇게 믿었지만 외국이나 시베리아로 은신했다는 설도 있음.

는 누구며, 혹시 정말로 알렉산드르 1세가 그 사람인지를 묻곤 했다. 황제가 아니라면 혹시 우바로프가 바로 그 사람일지도 모를 일이었다.

중편 《신부 세르기》에서 카사츠스키 공작도 처음에는 수도원으로 떠나고 그리고 나중에는 부랑자가 된다. 카사츠스키는 자존심에 상처를 입고 당당함을 유지하기 위해 그가 속한 세계를 버린다. 그가 만난 유혹 중 가장 힘든 것은 노인이 되어 길을 가던 중에 마차를 타고가던 사람들이 프랑스어로 그에 대해 이야기할 때였다. 그는 대화에 참여하여 자신이 그 사람들과 얼마나 멀리 떠나왔는지를 말할 수가 없었던 것이다.

농민인 코르네이 바실리에프도 자신의 부유한 농장을 버리고 떠난다. 《산송장》의 페쟈 프로타소프도 자살을 위장하여 도망치고 도시 부랑자들 사이에 은둔한다. 네흘류도프도 카튜샤 마슬로바를 쫓아 떠나간다. 대장장이의 아들이고 농사꾼이었던 하지 무라트도 독재자 샤밀을 피해 또 다른 독재자 러시아 니콜라이 황제에게로 도망친다. 매를 맞은 병사 아브데예프는 그와 반대로 산으로 도망치려하지만 우연히 총상을 입게 되는 바람에 탈주범이 되지는 않는다.

이런 모든 이야기의 중심 테마는 바로 제 자신이 속한 비정상적 세계에서 벗어나 농민의 세계로, 혹은 도시 밑바닥 빈민의 세계로 떠나는 것이다.

《하지 무라트》에서 주인공은 어디로도 떠날 곳이 없었다. 그는 진실이 무엇인지 알지 못하지만 자신이 믿는 정의를 위해 투쟁하면서 당당하게 죽어 가는 탈주자이다.

페롭스키에 관한 소설에서 니콜라이 1세의 궁정을 묘사하면서 톨스토이는 그 누구에 대해서도 비난하려고 하지 않았고 주콥스키라는 빼어난 인물을 보여 주고자 했다. 그러나 《하지 무라트》에서는 니콜라이 황제가 행사하는 폭력에 대한 증오가 묘사의 중심이 된다.

톨스토이는 이미 오래전부터 솔로비요프의 《역사》에서 잘못된 점을 알고 있었다. 그것은 모든 부르주아 역사의 오류이기도 했다. 그들은 전쟁과 범죄에 대해서는 기술하면서 그 시대 사람들이 무엇을 먹고 부자들이 서로 선물로 주고받는 담비와 여우가죽이 대체 어디서 오는 것인지에 대해서는 전혀 아무것도 모르고 있다. 그 물질적 가치는 누가 생산하는 것인가? 제 민족의 우호는 누가 만들어내며 왜 갑자기 우크라이나가 러시아와 동맹을 맺게 되는가?

그에게 역사란 노동하는 사람의 역사, 즉 땅을 개간하고 경작하는 농민의 역사였다. 그는 위대한 국가가 어떻게 만들어지는가를 말하고 싶었다. 그리고 그것은 태평양 연안까지 진출하여 위대한 농지를 개간하는 농민들의 힘이라는 것을 말하고 싶었다.

그러나 톨스토이는 그 위대한 역사 속에서 자신은 누구인가, 자신의 운명은 어떠한 것인가에 대해 쓰고 싶었다. 그는 항상 유형을 간 귀족들이 농민들과 어떻게 함께 살아가는지를 말하고자 했다. 그러나 유형을 간다는 것은 단지 사회적 권리를 박탈당한다는 것일 뿐 그 자체가 농민과 함께한다는 것은 아니다. 귀족이 농민과 함께 하기 위해서는 더 이상 귀족이지 않아야만 한다.

톨스토이는 하나의 갈등구조를 가져다가 다양한 시대에 적용해 보려고 했지만 그것을 작품으로 써내지는 못했다. 그는 그가 인정하고 있는 바로 그 역사 속으로, 그 성스럽고 필연적인 농민의 역사 속으로 들어갈 수가 없었던 것인지도 모른다.

우리가 보통 톨스토이의 도주라고 부르는 것은 집으로의 귀환, 즉 그가 합법적으로 유일하게 존재하는 것이라고 생각한 그 세계로의 귀환이었을 뿐이다.

제
4
부

1881년 대전환

1.

여름, 야스나야 폴랴나.
1881년 7월 6일 일기.

경제혁명은 혹시 있을 수도 있는 그런 것이 아니다. 그것은 불가피
하다. 아직 일어나지 않았다는 것이 놀라울 뿐.
　쿠르노센코바가 아이를 낳았다. 열이 높다. 그런데 먹을 빵이 없
다. 아니시야가 찾아왔다.
　세키노 출신 폐결핵 농민. 빵이 없다.

그는 농민혁명을 불가피한 것으로, 도덕적으로 정당한 것으로 보고
있다. 그러나 그 혁명을 가부장적 삶으로의 회귀에서 찾고 있다. 그러
나 동시에 그는 그러한 회귀가 불가능함을 감지하고 있으며 그 불가능
함을 종교로 극복하고자 한다.
　1881년 무렵 톨스토이는 모든 것을 변혁시키고자 하는 강력한 의지를
가지고 있었다. 그는 지칠 줄 모르는 전사였다. 그는 이전에는 뭔가를
증명하려고 했지만 이제 그에게 필요한 것은 확신이었다.
　그는 지금 누구보다 폭넓고 정확하게 러시아 농촌의 실상과 그 불안
정함, 그리고 변혁의 필연성과 불가능성을 모두 알고 있다. 삶에 대해
느끼는 그의 예민한 감각은 도스토옙스키가 사회혁명을 피할 수 없다는
것을 암시하면서 '불가피한 것의 불가능성'이라고 말했던 것과 대비될
만하다.
　도스토옙스키는 근본적으로 러시아에 더 이상 출구가 없다고 생각했
다. 그는 순응과 수난의 정신을 출구로 제시했지만 그것은 그렇게 확신
할만한 것은 아니었다. 기본적으로 그는 혁명이 불가피하다고 생각했

지만, 그러나 또한 그것은 불가능하다는 모순적인 생각 사이에서 고군
분투하고 있었다.

톨스토이는 자신이 이제 그 불가능성을 극복할 수 있는 길을 찾았다
고 생각했다. 그는 카라타예프의 격언처럼 만일 불행에 순응한다면 그
불행이 그대에게 순응하리라고 생각하면서 악에 대한 무저항을 염두에
두고 있었다. 농촌에서 태어나 모든 것을 자급자족하는 농촌 살림살이
를 잘 알고 있던 톨스토이는 그 구성요소들을 변화시키고 새로운 세계
를 창조하기를 원했다. 그는 튼튼한 두 손으로 구식 쟁기를 들고 구식으
로 땅을 갈았지만 그러나 새롭게 그 일을 해낼 수 있었던 인물이다. 그
러나 그 밭에 무엇이 뿌려졌는지는 미처 인식하지 못했다.

세계에 대한 톨스토이의 지식은 아주 폭이 넓은 것이었지만 아직 다
채워지지는 않았다.

코롤렌코는 《레프 톨스토이》라는 평론에서 톨스토이 소설들에 매우
풍부한 인물들이 등장한다고 말하면서 이렇게 언급한다. "하지만 이 대
단히 풍부한 군상들 속에는 본질적인 하나의 공백이 존재한다. 즉 거기
서 독자들은 '중간 계층'의 인물을 만나볼 수 없을 것이다. 지식인, 자유
직업인, 도시 사람들은 그의 소설에 등장하지 않는다. 공무원, 사무원,
회계원, 은행원, 수공업 기술자, 공장 노동자, 신문 종사자, 기술사,
엔지니어, 건축사 등과 같은 직업인들은 없는 것이다."[98]

코롤렌코는 중간계층을 열거하면서 지적 노동을 하는 여덟 가지 직업
군을 열거하고 노동자는 수공업 기술자와 공장 노동자에 대해서만 언급
할 뿐이다.

톨스토이는 제화공과 도시 빈민에 대한 글을 쓴 적이 있지만 도시 노
동자에 대해서는 코롤렌코와 마찬가지로 언급만 했을 뿐이다. 당시는

98) V. 코롤렌코, 《레프 톨스토이》, 10권 선집, 제8권, M., 국립문학출
판사, 1955, 102쪽.

러시아에서 자본주의의 의미에 대한 논쟁이 벌어지던 때였다. 나로드니키로서 러시아의 공장 노동자에게 특별한 의미를 두지 않았던 코롤렌코에게 중요한 것은 농민과 지식인이었다. 코롤렌코는 톨스토이에게서도 중요한 것은 "농노제하의 러시아의 양극 계층, 즉 시골 귀족과 시골 농민"이라고 생각했다. "이 양극 사이에서 맴돌고 있는 우리 같은 도시 잡계급층은 이 위대한 예술가의 눈에 보이지 않는다. 그는 우리에 대해 알고 싶지도 함께 하고 싶지도 않은 것이다."

그러나 코롤렌코는 도시 잡계급이야말로 민중을 해방시킬 잠재적 혁명 세력으로서 본질적인 의미를 지닌 계층이라고 생각했던 것이다.

톨스토이는 그런 혁명을 믿지 않았다.

톨스토이는 중간계층의 한 사람을 잘 알고 있었다.

아내 소피야는 오랜 봉직의 대가로 귀족의 신분을 얻은 의사의 딸이었다. 그런 그녀가 구축하고 있던 모든 이상은 도시적이고 귀족 관료적인 것이었다. 그녀는 남편의 새로운 이념들을 받아들일 수 없었다. 그녀는 결혼을 통해 백작부인이자 지주가 되고 싶었을 뿐이다.

톨스토이 곁에는 서른일곱 살의 나이에 벌써 많은 아이를 낳았지만 여전히 아름다움을 자랑하는 말 많은 아내, 남편에게 헌신적이며 매우 힘이 넘치는 아내 소피야가 살고 있었다. 그러나 그녀는 남편을 알고 이해하기보다 언제나 자신을 드러내려고 애를 썼고 남편에게 자신이 얼마나 필요한 존재인가, 얼마나 가치 있는 존재인가를 증명하기 위해 안간힘을 쓰고 있었다. 그녀는 온통 자신에 대한 생각, 톨스토이 가문에 대한 생각, 그리고 그들의 가치에 대한 생각뿐이었다. 자식들은 그들의 어머니가 툴라에서 사라사 원단을 사면서 가게 주인에게 자신의 살아온 이력에 대해 전부 다 늘어놓았다는 사실을 웃으며 이야기하곤 했다. 80년대 초 그녀는 남편의 성공과 가족, 재산, 명성에 대해 아주 만족스러워 했다. 그러나 다른 한편으로는 남편의 대담한 생각들, 빼어난 논쟁 능력, 무슨 일인가를 벌이려는 모순적인 생각들에 대해 두려움을 떨쳐

낼 수 없었다.

어려운 시대였다. 카라코조프의 저격과 젤랴보프의 폭탄 테러에 맞서[99] 황제는 혁명가들과 전쟁을 벌이고 있었다. 소피야로서는 이해할 수 없는 싸움이었다. 절반의 귀족으로서 기품 있는 명성을 꿈꾸고 있던 소피야는 모스크바에서의 귀족적 삶을 영위하기를 희망했다. 그리 대단할 것 없었던 의사의 딸이었던 그녀는 이제 저명한 남편의 당당한 아내이자 '멋진 가정'의 어머니로서 금의환향하고 싶었던 것이다. 그녀는 결코 벗어날 수 없을 것 같았던 고향 모스크바로 돌아가서 선망어린 지위를 과시하고 싶었다. 그것은 그녀 자신만을 위해서는 아니었다. 남편은 매우 성공한 사람이면서도 도대체 무엇이 그리도 불만스러운지 이해할 수가 없었던 것이다.

하지만 톨스토이는 1881년 《그리스도교인의 수기》라는 제목의 책을 쓰기 시작했다. 이 책 속에 이미 써놓은 《참회록》에 대한 언급이 나온다. 이 책 원고에서 우리는 '하마터면 목을 맬 뻔했다'(49, 8)는 언급이 지워져 있는 것을 볼 수 있다.

톨스토이는 열한 권짜리 전집을 기획 출판했다. 여기에는 《안나 카레니나》와 《전쟁과 평화》가 포함되어 있었는데 그는 별 신경도 쓰지 않는 듯이 '한 부인이 젊은 장교와 사랑에 빠진 이야기', '러시아의 위대함에 대한 이야기'라고 대충 설명하고 있다. 바로 이 선집을 출판한 뒤 톨스토이는 목을 매고 싶은 충동에 사로잡혔다.

이제 그는 그리스도교도가 되고자 했다.

당시 상류사회에는 스스로 그리스도교라고 지칭하는 사람들이 매우 많았다. 레드스톡 경 같은 영국 선교사들이 많이 찾아왔고 러시아 대 귀

---

99) D. 카라코조프(1840~1866)는 1866년 4월 4일 알렉산드르 2세에게 총격을 가했다. 그리고 A. 젤랴보프(1850~1881)는 몇 번에 걸친 황제 암살을 기도하였고 결국 1881년 3월 1일 알렉산드르 2세는 폭탄 테러에 의해 사망하였다.

족들 사이에 적지 않은 신도들을 거느리고 있었다. 이 그리스도교는 신앙을 요구했지만 삶의 조건을 변화시킬 것을 요구하지는 않았다.

새로운 그리스도교의 수장 파시코프는 근위 기병대장이었다.

톨스토이의 그리스도교는 많은 점에서 이와는 다른 것이었다.

톨스토이는 오랫동안 신앙을 가지고 싶었고 옛날식 신앙을 간직하며 정교를 견지하고 있었다. 절벽에서 떨어진 사람이 피 묻은 손으로 장미 가시덤불을 움켜쥐고 있는 형국이었다.

그러나 그는 신앙이 아니라 무신론에 더욱 빼어났다. 그는 낡은 믿음에 대한 희망을 잃어버리고 움켜쥔 손을 놓아버렸던 것이다.

젊은 시절 그는 볼테르와 흄의 저서를 탐독했었다. 그는 그들이 어떻게 그리스도교 신앙을 부정했는지를 잘 알고 있었고 그 자신도 수십 년 동안 종교를 믿지 않았다. 물론 가끔씩 관례에 따라 의무적으로 종교 의식에 참여하기는 했다. 신앙과 무신론은, 알렉산드라 부인에게 보낸 편지에 담긴 그의 말대로, 개와 고양이가 한 집에 사는 것처럼 그의 영혼 속에 함께 살고 있었다.

위대한 작가로서 톨스토이는 자신이 농촌에서 목격한 것, 자신의 삶의 체험을 결코 망각하거나 거부하지 않고 문학의 세계로 들어왔다. 그가 자원해서 군대에 복무한 것도 그런 마음이었다. 그는 대지를, 야스나야 폴랴나의 평범한 흙을 믿었다. 그리고 이 땅을 개간하고 씨를 뿌리면 수확할 수 있다는 사실을 믿었다. 그리고 또한 평범한 이성을, 농민과 근로자의 이성을 믿었으며 비록 그 자신은 대저택에서 살고 있었지만 농민들의 오두막집의 문을 통해 세계를 바라보고 있었다. 하지만 아내 소피야는 그 대저택을 도시형 주택으로 개조하고 싶어 했다.

이미 잘 알려진 진실을 새롭게 말하는 법, 톨스토이의 그런 말하기는 귀족적인 것이라기보다 농민적인 것이었다. 사랑과 노동과 전쟁에 대해 말하면서, 그리고 먼 길을 나서면서 그는 모든 것을 한 뼘 두 뼘, 한 걸음, 두 걸음의 척도로 표현했다. 그가 보고 체험했던 농민은 이제까지 존재했고 앞으로도 영원히 존재할 전 인류였던 것이다.

1879년 그는 이제 교회의 전도사와 주교들을 찾아다녔고 《신학교의》 집필자인 마카리우스 대주교를 방문하기도 했다. 이제 그는 당시 유명했던 이 책을 열심히 들춰보고 있었다. 물론 여전히 모든 의심을 떨쳐낸 것은 아니었다.

톨스토이는 사람들에게 행복을 보장해 주고 농촌에서 평온한 삶을 유지하게 해 주며 노동과 수확과 사랑을 가져다줄 신을 믿고 싶었다. 《신학교의》는 다소 억지로 끌어다 붙인 가설적인 방법으로, 그리고 교묘하게 뒤섞인 신학의 비밀스런 교의를 설파하고 있었지만 톨스토이는 그 진실의 비밀을 풀어내고 싶었다.

신학자들은 신학의 교의가 어떻게 형성되었는지를 설함으로써 증명을 대신하고자 했다. 하지만 톨스토이에게 필요한 것은 역사가 아니라 그의 주변에 농촌에 살고 있는 사람들과 함께 생각하는 것이었다.

삼위일체에 대해서도 말을 하지만 톨스토이가 보기에 그것은 논쟁과 절충, 잘못된 용어사용에 기초하여 교묘하게 꾸며낸 것에 불과했다. 의도된 것이든 무의식적인 것이든 그 허구적 논리는 정확한 어법을 구사하는 작가의 눈앞에서 한순간에 무너져 내렸다. 그는 더부룩하게 머리칼에 덮인 귀를 기울여 오래된 종교적 가르침을 경청하였지만 그것은 거짓이라는 마음속의 불만을 잠재울 수 없었다. 결국 그는 그 어떤 교회 성직자의 가르침보다 더욱 날카로운 판단에 도달한다.

처음에 그는 놀라움을 감출 수 없었다. "나는 아직은 신학교의가 허구라고 생각하지 않았다. 그런 신학 속에 단 하나의 허구라도 드러난다면 곧바로 모든 신학이 무너져 버릴 것이기 때문에 나는 신학이 허구라는 사실을 생각만 해도 두려웠다."(23, 60) 그리고 그는 "이른바 성물모독이라고 불리는 볼테르와 흄의 저서들"이 사실은 "무신론에 대한 분명한 확신"을 불러일으키는 것은 아니라는 사실을 깨닫고 몸서리치게 놀랐다. 나는 오히려 "교리문답서나 신학서를 보면서 분명하게 무신론을 느끼지 않을 수 없었다."

그가 들은 혼란스러운 말들은 한결같이 거짓을 유지하기 위해 꾸며진 것들이었다.

톨스토이는 신학자들에게 "당신들은 악마나 다름없는 당신들의 사제에게 간다. 그리고 천국의 열쇠를 받은 다음 거기에 들어가지는 않고 다른 사람들이 들어가지 못하도록 그 문을 잠그는 사람들이다."[100] 라고 선언했다.

낡은 신학에 대한 커다란 불만과 슬픔, 경멸을 품고 톨스토이는 새로운 시학을 구축해나가기 시작했다. 그는 자신의 날카로운 지성과 분석의 힘을 활용하여 기적을 배제하고 성서를 재서술해 나갔다. 그는 기적의 신화는 부정확한 번역으로 인해 나온 것이라고 생각했다.

여기서 우리는 사회주의 유토피아에 대해 환멸을 표명했던 바실리 알렉세예프라는 인물에 대해 다시 한 번 상기할 필요가 있다. 이에 대해서는 비류코프의 말을 인용하는 것이 적절할 것이다. 톨스토이 자신도 비류코프의 증언을 미리 읽어 보고 감수했기 때문이다.

> 우리는 이미 톨스토이의 집에 바실리가 찾아온 적이 있었다는 것을 언급한 적이 있었다. 그는 톨스토이에게 일어나고 있던 종교적 변화에 대해 깊은 관심과 사랑을 표명하고 있었다. 그는 톨스토이에게 잠시 동안이나마 일정한 영향을 주었고 그 자신도 톨스토이로부터 강력한 영향을 받은 인물이다.
>
> 바실리는 복음서에 대한 톨스토이의 작업을 읽어 보고 나서 그리스도의 가르침이 함축한 새로운 의미를 깨달으며 깊은 충격을 받았다. 그는 톨스토이의 저작을 읽어 보자마자 이 새로운 사상을 동료들과 함께 나누고자 이 작품을 필사하려고 했다. 톨스토이 집에 묵기로 한 기간이 끝나가고 있었기 때문이다. 그러나 이 방대한 저작

---

100) 《신학교의 탐구》(63, 121).

과 남은 시간을 생각해 보고는 도저히 모두 필사할 수 없다고 판단하고 복음서 원문 번역만을 필사하기로 결심했다. 이 작업을 마치고 바실리는 그것을 톨스토이에게 보여 주었다. 톨스토이는 이 필사본을 읽어 보면서 다시 좀 교정을 가하고 이 필사본에 새로운 서문과 결론을 써주었다. 그렇게 하여 톨스토이의 새로운 저작이 《간략 복음서》라는 제목으로 모습을 드러내게 되었다. 이 책은 보통 '톨스토이 복음서'라고 불리면서 그의 종교 저작 중 가장 널리 알려지고 많은 독자들에게 읽혀졌다. 그리고 또 많은 비판의 대상이 되기도 했다.

톨스토이의 성서 해석에는 기적이나 예언 따위는 배제되었다. 그것은 위대한 환멸의 시대의 복음서로 해석되었던 것이다. 이 복음서에서 그리스도는 마치 크람스코이의 그림에서 걸어 나온 인물처럼 그려지고 있다.

톨스토이는 부활이란 불가능한 것일 뿐만 아니라 생각할 수도 없는 일이라고 말한다. 소위 부활 이후에 그리스도가 사도들에게 행하는 얼마간의 교시를 기술하기 위해 부활이라는 장치를 만들 필요는 없다는 것이다. 톨스토이가 기술하는 복음서는 비감하고 사실적이다.

코롤렌코가 야쿠트 유형 초기(1881~1882)에 쓴 기록이 보존되어 있는데 그의 비망록에서 뜯어서 묶은 것이다. 이 원고는 두 부분으로 구성되어 있다. 코롤렌코의 이 기록은 톨스토이 복음서에 대한 당대의 평가를 보여준다고 말할 수 있다.

톨스토이 복음서는 그리스도의 생애에 관한 빼어난 소설이다. 이 작품은 명상가로서의 예술가의 손에 의해 쓰인 것일 뿐만 아니라 열정에 찬 예술가의 영감어린 붓에 의해 일필휘지 그려진 것이다. 참으로 매혹적인 작품이다! 이교도들이 그리스도에게 진실을 설교해 보라고 청할 때의 그 위기의 장면을 보자. 그리스도는 당황해 한다. 그도 인간인 것이다. 그는 싸움의 승리가 그의 편으로 기울고 있음을 느끼고 있다. 그 시대와 시대의 역사적 조건은 기회주의와 타협주의를 요구하고 있다. 그러나 그는 잠시 인간으로서 어쩔 수 없는 동요를 느낀 뒤에 영원한 진리라는 고귀한 이상을 선택한다.

또 한 번은 사도들에게 이렇게 말한다. 유다가 그리스도를 배반하러 지배자들에게 떠나갈 때 최후의 만찬을 하고 난 밤이었다.

"나는 너희들에게 양식을 쌓아두지 말고 어떤 무기도 몸에 지니고 다니지 말라고 가르쳤다. 그러나 이제 죽음에 임하여 비통한 마음으로 달리 말하노라. 양식을 비축하라, 우린 은거할 것이다. 그리고 무기를 지니라, 우린 우릴 지킬 것이노라."

이것은 인간으로서의 절규, 정신의 요구에 대한 육체의 반란이다. 이상을 향한 거룩한 투쟁이 압도적인 힘에 맞서 불가피하게 패배할 수밖에 없다는 결론을 거부하고자 하는 반란이다. 그리스도는 비통한 밤의 어둠 속에서 위대한 이상의 힘에 호소하며 기도한다. 그는 고통스러운 마음으로 사도들의 나약함을 질타한다.

"나는 그대들의 지지와 격려가 필요하도다. 하지만 그대들은 슬퍼할 뿐이구나!"

그리스도는 비통한 밤의 어둠 속에 비탄에 잠긴 채 홀로 싸워 승리한다. 그는 사도들에게 말한다.

"이제 모든 것은 결정되었다. 나는 평안하도다."

그리스도는 두 개의 유혹을 이겨냈다고 톨스토이는 설명한다. 두려움과 저항이라는 유혹이다. [101]

톨스토이는 분석을 통해 증명되는 한에서 자신의 믿음과 자신의 신을 종교로 받아들였다. 후에 톨스토이는 신에 대한 그러한 태도로 '예술을 위한 예술'이라는 것에 대해서도 그렇게 말하곤 했다. 분석이 끝나야만 하나의 원이 완전하게 그려졌던 것이다.

---

101) V. 코롤렌코, 전집 제24권, 우크라이나 국립출판사, 1927, 301~302쪽.

톨스토이가 확신했던 것에 새로운 내용이 많았던 것은 아니다. 하지만 그 파괴력만큼은 이루 말할 수 없이 거대한 것이었다. 톨스토이는 세계의 비논리성을 통찰하고 말의 거짓된 의미를 제거하고자 했다. 그는 말에 암시된 바를 믿지 않고 말의 의미를 바르게 함으로써 세계의 거짓된 논리를 제거하고자 했다.

톨스토이의 비판적 사고는 근본적으로 종교적인 것은 아니었다. 세계를 이해하기 위한 그의 출발점은 어디까지나 구 농촌이었다. 그는 농촌 들녘이야말로 생산적인 곳이라고 보고 싶었다. 견고한 농가와 평화로운 가정, 배부른 사람들이 바로 그의 이상이었다. 하지만 그의 이상은 과거의 것이었다. 그는 과거의 토양에 발을 딛고 서서 눈앞에 보이는 현재의 것, 비록 현존하고 있는 것이지만 반드시 파괴되어야만 하는 것, 그것을 파괴하고자 했다.

나중에 코롤렌코는 혁명적 지식인들의 역할을 제대로 보지 못했다고 톨스토이를 비난한다. 톨스토이는 혁명적 지식인이 "필리스티아인들에 의해 눈이 먼 삼손처럼 자신들 머리 위로 무너져 내릴 건물을 흔들어 대는"[102] 사람이라고 보았다는 것이다.

하지만 톨스토이는 성서에 나오는 삼손처럼 바로 그런 건물을 흔들고 파괴하고 있었다. 그러나 농촌에 있는 짚을 얹은 목조 사원은 그의 견해에 따르면 결코 파괴될 수 없는 것이었다. 그것은 전 대지에 걸쳐 존재하는 것이었다.

그는 테러를 믿지 않았고 그 합목적성을 거부했다. 그것은 농민이 할 일이 아니라 지식인이 벌이는 일이었기 때문이다. 하지만 그는 혁명가들의 분노는 이해할 수 있었다.

그는 두려움의 유혹은 이겨냈지만 무저항의 유혹을 뿌리치지 못했다. 수없이 실패한 농민 봉기, 봉기를 일으켰지만 몇 주일 뭉쳤다가 다

---

102) 위의 책, 290쪽.

시 고분고분하게 쟁기를 들고 일하러 가는 사람들을 보면서 그는 저항이 불가능한 것이라고 생각했다. 그는 저항의 실패를 맛본 사람들의 동반자가 되고자 했다.

톨스토이는, 만일 '야만족 줄루'가 그를 공격한다면 어떻게 할 것인가, 아니면 어떤 어머니가 제 아들을 죽일 듯 매질하는 장면을 목격한다면 어떻게 할 것인가 같은 질문을 받은 적이 있었다. 톨스토이는 그런 경우에도 어떻게 할 수 없으며, 어떻게 해도 줄루족을 폭력으로 물리칠 수 없고 교육을 시킬 수 있을 뿐이라고, 그리고 제 자식을 죽이는 어미에 대해서는 그저 불쌍한 마음을 가질 뿐이라고 대답했다.

톨스토이에게 그런 질문을 던졌던 사람들은 정말로 줄루족의 공격이나 제 자식을 죽이는 어머니에 대해 묻고 있는 것이 아니었다. 그들은 검열의 눈을 피해 전제 권력을 줄루족에 빗대어 말했던 것이다.

톨스토이는 홀로 독자적인 길을 모색해가고 있었다. 그는 주변 가까운 사람들에게도 점점 이해하기 힘든 사람이 되어갔고 문학계에서도 기인처럼 여겨지게 되었다.

1880년 5월 푸시킨 기념제 때 이미 도스토옙스키는 아내에게 이렇게 편지를 쓰고 있다. "톨스토이가 거의 광기에 싸여 있다는 소문이 있던데 카트코프가 정말 그렇다고 하더군요."[103]

2.

레닌은 《철학서한》에서 헤겔의 역사철학 강의를 요약하고 있다. 헤겔은 "일반 상식"이라는 것은 "그 시대의 모든 편견을 함축하는 그 시대의 사고 방법이다"라고 말한다. 레닌은 이 부분에 이렇게 메모를 남긴다. "상식 = 그 시대의 편견."[104]

---

103) F. 도스토옙스키, 《편지》제 4권, L., 1959, 156쪽.
104) V. 레닌, 《철학서한》, 전집 제 29권, 245쪽.

톨스토이는 이런 의미에서 그 시대의 상식과 싸워나갔다.

무너져가는 가부장제 농민사회는 날카로운 붕괴를 체험하고 있었다. 그런 체험 속에서 농민들은 당대 세계의 무의미함을 여러모로 목도하고 있었다. 당대 세계는 법과 언론과 경찰에 의해 견지되는 상식의 이름으로 그들을 압박하고 있었던 것이다.

톨스토이는 병을 앓고 있었던 것이 아니라 오히려 일상의 광기로부터 벗어나고 있었다. 중병에서 회복된 사람처럼 그는 걷고 말하는 법을 새롭게 배워나갔다.

삶의 광기에 대한 자각은 처음에 고통스럽게 찾아왔다. 그것은 꽁꽁 언 손에 피가 다시 돌기 시작할 때 느끼는 고통과도 같은 것이었다. 하지만 일상적이고 상식적인 관성적 생활은 계속되었다.

가족들은 야스나야 폴랴나에서 모스크바로 이사할 준비를 하고 있었다. 톨스토이는 이에 대해 뭐라 말하지 않았다. 그는 이사하는 것에 대해 그저 견뎌내야 할 불행으로 바라보고 있었다. 그는 무저항 외에는 다른 출구를 찾을 수 없었다.

이미 러시아는 오래전부터 혁명을 기다리고 있었지만 일어난 것은 가벼운 농민들의 소요뿐이었다. 테러리스트들의 행동은 민중을 깨워 일으킬 수 없었다.

황제와 그의 운명은 야스나야 폴랴나에서 아무런 동정을 불러일으키지 못했고 황제의 건강을 크게 걱정하는 분위기도 전혀 존재하지 않았다. 아들 세르게이는 이렇게 회상한다.

"어느 날 저녁 아버지는 솔로비요프의 알렉산드르 2세 암살 미수 사건에 대한 신문기사를 읽다가 프랑스인 가정교사 니에프를 위해 프랑스어로 기사를 번역해 주기 시작했다. 아버지는 '그러나 신께서 자신의 파마잔니크[105]을 지켜주셨다'라는 문장에서 이 '파마잔니크'를 어떻게 번역

---

105) 〔역주〕 성유를 바른 사람이란 의미. 황제 즉위식에서 성유를 바르는

해야할지 몰라 '신께서 지켜주시기를 자신의 … 자신의 … ' 하면서 더듬거렸다.

그러자 니에프가 갑자기 '자신의 생프로이드!'[106] 하고 익살스럽게 끼어들었다. 그 말을 듣고 우리는 모두 웃음을 터트렸다.”[107]

1881년 3월 1일 마침내 알렉산드르 2세가 암살당한다. 야스나야 폴랴나에 이 소식이 전해진 것은 다음날 우연히 이곳을 들른 이탈리아 거지 소년에 의해서였다. 그는 더듬거리는 프랑스어로 말했다.

“나쁜 일이, 아무도 안 도와주고, 황제가 죽었어요.”

“어떻게, 언제, 누가 그랬단 말이니?”

사람들이 소년에게 다그쳐 물었다. 그러나 소년은 더 이상 아무것도 몰랐다. 신문은 그날 저녁이 되어서야 이곳에 도착했다.

1881년 3월에 쓴 톨스토이의 편지들에서 우리는 그가 이 사실을 어떻게 받아들이고 있는지 알 수 있는 단서를 찾을 수가 없다. 이 시기에 그가 오직 굳게 침묵을 지키고 있음을 알 수 있을 뿐이다. 이런 침묵을 깨고 톨스토이는 뒤이어 등극한 알렉산드르 3세에게 여러 장에 걸친 편지를 쓴다. 이 편지에서 그는 알렉산드르 2세에 대한 혁명가들의 증오를 마치 “무시무시한 오해”라는 듯이 언급하면서 다음과 같이 말한다.

대저 혁명가란 어떤 사람들이겠습니까? 이 사람들은 현존의 세계 질서를 잘못된 것이라고 증오하며 미래의 더 나은 세계질서를 만들어나갈 수 있다고 생각하는 사람들입니다. 그들을 죽이고 제거하는 것으로 그들과 싸워서는 안 됩니다. 중요한 것은 그들의 수가 아니라 그들의 사상입니다. 그들과 싸우기 위해서는 정신적으로 싸워야

관습에 따라 황제를 지칭함.

106) 〔역주〕 '자신의 차가운 피, 즉 냉정함'이라는 뜻.

107) 세르게이 톨스토이, 《과거의 기록》, 제 2판, 국립문학출판사, 1956, 55쪽.

만 합니다. 그들의 이상은 모든 사람의 부와 평등, 자유입니다. 그
들과 싸우기 위해서는 그들의 이상에 맞서 그들의 이상까지도 포괄
하는 그보다 더 높은 이상을 제시해야 합니다. 프랑스와 영국, 독
일에서도 지금 그들과 싸우고 있지만 여전히 성공하지 못하고 있습
니다. (63, 52)

편지를 쓰도록 주선한 것은 분명 바실리였다. 그리고 포베도노스체
프108)를 통해 황제에게 편지를 전달하도록 생각한 것도 역시 그였다.
포베도노스체프는 당시 말리코프를 도와주고 있었다. 말리코프는 농민
출신으로 대학을 마치고 법원 수사관으로 일하다가 1866년 카라코조프
사건에 연루되어 유형에 처해졌고 1874년 36개 현에서의 선전선동 혐의
로 또다시 체포되어 재판을 받게 된('제193호 재판') 인물이었다. 그는
차이콥스키와 바실리, 오를로프 등과 함께 미국으로 이주하여 그곳에
서 토지를 사들여 농촌공동체를 만들고자 했다. 그러나 이 공동체는 붕
괴하고 말리코프는 신인사상이라는 새로운 교의의 창시자가 되었다.
　1881년 5월 18일 톨스토이는 가족들과 나눈 대화를 기록한다. "저녁
에 나는 말리코프가 정부를 위해 헌병경찰들 전부가 하는 것보다 훨씬
많은 일을 하고 있다고 말했다."
　포베도노스체프는 이에 대해 냉소적으로 보았지만 그들을 도와주었
다. 말리코프가 사면된 것은 분명 이런 점으로 설명될 수 있을 것이다.
하지만 결국 나중에 그는 이런 타협적 태도를 버리게 된다.
　바실리와 톨스토이의 대화는 문을 꼭 닫은 채 비밀리에 이루어졌다.
그러나 소피야 부인은 이 대화를 엿들었다. 그날 있었던 일에 대해 바실
리는 이렇게 말한다.
　"갑자기 문이 벌컥 열리더니 백작부인이 흥분한 채 뛰어 들어왔다. 몹

---

108) [역주] K. 포베도노스체프(1827~1907). 고위 관료. 신성종무원 검
　　사장 역임.

시 화가 난 부인은 손으로 문을 가리키며 내게 고성을 질렀다. '바실리 씨, 당신 지금 무슨 말씀을 하시는 거예요! 당신이 가르쳐야 할 사람은 여기 톨스토이 백작이 아니라 내 아들과 딸이라는 걸 모르세요. 즉시 여기서 썩 나가세요 ….' 나는 그렇게 흥분한 부인의 모습에 너무 놀라서 대답했다. '예, 잘 알겠습니다. 나가겠습니다 ….'"

점심 식사 중에 소피야가 사과했지만 집안 분위기는 톨스토이가 오히려 뭔가 양보한 것만 같았다. 바실리는 사마라의 영지로 보내졌다.

곧 새로운 유토피아적인 생각이 부상했다. 사마라 영지를 경영하여 빈농 구제기금을 마련하자는 것이었다. 하지만 그것은 환상에 불과했고 톨스토이는 이내 환멸에 빠지고 만다. 그가 지켜보고 있는 야스나야 폴랴나의 상황도 그의 마음을 편안하게 해 주지 못했다.

톨스토이는 이 시기에 《그리스도교인의 수기》(49, 7~21)를 집필하고 있었다. 이 책은 독특한 자서전과 같은 형식으로 신앙에 대한 이야기로 시작된다. 그러나 갑자기 야스나야 폴랴나 농민들의 생활상에 대한 구체적인 이야기로 방향을 선회한다. 실제 인물들도 등장한다. 포병으로 근무했던 라리온은 능력이 있고 처음에 꽤 성공을 거둔 인물이다. 그러나 송사에 걸려 재판을 받고 감옥에 갔다 와서는 거지가 되고 만다. 그 이웃인 코스테틴 역시 몰락해가는 인물이다. 이 농민은 톨스토이에게 자신의 일생을 들려주었고 톨스토이는 이 이야기를 《한 농민의 생애. 고독한 가난뱅이 코스튜샤》라고 이름 붙였다.

이 농민은 자신의 몰락에 대해 이렇게 말한다.

"우린 애가 둘 있었습죠. 애들은 매일같이 울어댔죠. 흉년이 들어 빵 한 조각도 없이 살았거든요. 나, 코스튜샤는 평생 없이 살고 쓰라린 슬픔 속에 살았습죠. 이젠 매일 닳아 없어지고 있죠. 나무껍질 신발도 다 닳아서 눈이 쑥쑥 들어와 가득합죠. 밤마다 목이 가려워 기침하느라 죽어나고 혹한에 너무 다리가 얼어서 견딜 수가 없습지요. 하느님이 누구에게도 나처럼 이렇게 부자로 살라고 하시지는 않았을 겁니다. 찬장과 창고는 텅 비었고 추위와 배고픔만 가득하지요. 하지만 저는 1880년을 잊지 못할 겁니다. 입안에 넣어 넘길 것이라곤 하나도 없이 며칠을 보내곤 합지요. 아침에 일어나 빵 한 조각도 먹지 못하고 다시 저녁도 먹지 못한 채 잠을 자야 합니다."

그 시절 톨스토이의 집 주변 농촌상황이 아주 열악해지고 있었다. 1881년 그의 일기에서 몇 군데를 살펴보자.

굶주림에 지친 빈민들은 야스나야 폴랴나의 톨스토이에게로 찾아왔다. 심지어 두 팔로 기어서 찾아오는 사람들도 있었다. 이들은 개를 피해 마을을 에둘러 들판을 가로질러 오곤 했다.

"추구노프는 두 번째로 찾아왔다. 다리는 마른 나뭇가지처럼 깡말랐다. 그는 벌레처럼 두 팔로 엎드려 기어 다녔다. 콧수염만 빼고 깨끗이 면도한 모습이 꺼림칙했다. 나는 발효 우유를 한껏 마시고 있었다. 나는 그로부터 벗어나고 싶었다. 나는 먼저 준 55루블을 어디 다 써버렸느냐고 서둘러 다그치기 시작했다. 그에겐 아내와 두 아이가 있다고 했다. 다리를 못 쓰게 된 것은 3년 됐다(앞을 잘못 보고 바위에 부딪쳤다고 했다). 그의 오두막집은 다 무너져 버렸다."(49, 40)

이 사람은 대로에 깔 쇄석을 깨는 일을 하다가 병이 들었다. 이렇게 몰락한 것은 그 혼자만이 아니었다. 옆구리가 깨진 물통에서 물이 새는 것이 당연하듯이 인근 농촌 전부가 몰락하고 있었다.

1881년 6월 28일 톨스토이는 이렇게 기록한다.

"콘스탄틴에게 가보았다. 그는 일주일 동안 옆구리 통증에 심한 기침을 앓고 있었다. 이젠 황달이 번져가고 있었다. 쿠르노센코프도 황달이었다. 콘드라티이는 황달로 죽었다. 빈농들은 황달로 죽어 가고 있었던 것이다! '손도 쓰지 못하고' 죽어 가고 있다. 그의 아내는 젖먹이를 안고 있었다. 게다가 여자 애가 셋이나 더 딸려 있었다. 하지만 먹을 빵이 하나도 없다. 네 시가 되어도 한 끼를 먹지 못하고 있었다. 여자 애들은 나무 열매를 따다 입에 넣었다. 부엌 난로는 먹을 것이 있는 양 불을 피워

놓았고 젖먹이는 울지 않았다."

부엌 난로를 피워놓았지만 먹을 것이 없는 모습, 이것은 빈궁함에 대한 고전적 묘사다. 아이들은 먹을 것이 곧 나올 거라고 믿고 있다. 죽어가는 마을에서 아이들의 어머니가 이런 식으로 아이들의 절망을 달랠 수 있는 것은 기껏해야 한 시간을 넘지 못할 것이다.

"우리는 샴페인을 곁들인 성찬을 먹는다. 보모는 아이들을 잘 차려 입혔다. 모든 아이들에게 5루블짜리 허리띠를 나누어 주었다. 모두들 점심을 먹고 나자 소풍갈 마차가 준비되었다. 일에 지친 농민들이 타고 가는 마차들 사이로 타고 나갈 것이었다."(49, 47)

어떻게 해야 한단 말인가? 톨스토이는 자문했다. 그는 처음에 자선을 기대했지만 이내 환멸을 느끼고 만다. 그는 혁명의 가능성도 믿지 않았다. 아니 그것을 두려워하고 있었다고 하는 편이 옳을 것이다.

톨스토이는 악에 대한 무저항이라는 사상을 더욱 굳혀가고 있었다. 무기를 버리고 폭력에 의지하지 말아야 한다. 진실에 의지해야 하고 악에 대해 저항하지 말라고 설득해야 한다. 악은 사람들이 악을 잘못 이해함으로써 더욱 힘을 얻는다. 악이 아무런 힘이 없다는 것을 사람들이 알게 되면 악은 무너지는 것이다.

톨스토이는 마치 얇은 책을 읽듯이 쉽게 사람들을 파악해낸다. 그는 사람들을 매혹시키기도 하고 실망시키기도 하며, 그리고는 모든 것을 망각해 버리는 능력도 있었다.

톨스토이는 몇 년 동안 많은 희망을 걸었던 바실리와 비비코프와 결별했다. 그것은 쉽지 않은 일이었지만 아내와의 많은 대화 끝에 결정되었다. 1883년 그는 사마라 농장경영을 중단한다. 바실리와 비비코프에겐 큰일이었다. 비비코프는 톨스토이의 영지에 집을 짓고 있었는데 중단해야만 했다. 바실리는 톨스토이의 토지를 임대하기로 했다. 그는 떠나기 힘들었던 것이다. 그는 처음에는 톨스토이가 아는 집의 가정교사로 일했지만 나중에는 철도원, 농장 수공업 학교 학생 주임, 상업학교 교장 등등의 직업을 전전한다.

톨스토이와 오래 함께 할 수 있었던 사람을 매우 드물었다. 많은 사람들이 그에게서 떠나갔다. 톨스토이가 걸어가는 길은 평범하지 않았고, 또한 일을 함께 하기에 톨스토이는 그리 믿음직한 동반자가 아니었기 때문이다.

그의 곁에 남은 많지 않은 사람들은 신문 기자나 친인척들, 오랜 우의를 다진 사람들이었다. 콘스탄틴 이슬라빈이 그런 사람 중 하나였다. 그는 어렸을 때부터의 친구였고 톨스토이가 최초로 겪은 실패와 연관된 사람이었다. 톨스토이는 그를 안쓰럽게 생각하여 소피야가 없을 때면 그를 먹여 살리고 일자리를 알아보려고 카트코프를 비롯하여 여러 사람들을 찾아가보도록 주선하기도 했다. 그럴 때면 톨스토이는 자신의 프록코트를 그에게 입혀 보내기도 했다. 그는 보통 셔츠 상의만 입었기 때문에 그 프록코트는 몇 번 입어 보지도 않은 새 것이었다. 인생의 실패자였던 콘스탄틴은 귀족주의에 대한 불만으로 가득했고 톨스토이로서는 특별한 마음의 부담 없이 데리고 먹여 살릴 만했다.

톨스토이는 아이들이 많이 딸려 있고 원한에 가득 차 있던 거지 간까라고 불리던 여자도 도와줬다. 또한 퇴역 중위인 술주정뱅이 알렉산드르 이바노프도 도와주었다. 그는 톨스토이 글을 대필해 주던 서기였는데 뻔뻔스런 인물이었다. 그는 그럴 만하면 그들을 도와줬고 그리고 그뿐이었다.

세상에 그만큼 그렇게 다종다양한 사람들을 만나고 또 기꺼이 그들과 대화를 나눌 수 있었던 작가는 많지 않았다.

톨스토이의 영혼은 커다란 길과도 같고 대양과도 같았다고 말할 수 있다. 수많은 사람들이, 만일 한두 번 만나고 편지를 주고받은 사람들까지 포함한다면 수만의 사람들이 그의 영혼을 거쳐 지나갔던 것이다.

톨스토이가 정말로 그들의 진정한 친구는 아니었다고 그를 비난하지는 말자. 사람들은 계속해서 그의 주변에서 바뀌어야만 했다. 단지 노년의 동반자들만은 바뀌지 않았다. 죽음이 가까워졌기 때문이다.

톨스토이는 바실리를 좋아했고 오랫동안 우정 어린 서신을 교환했다. 그와 결별한 뒤에도 그는 1882년 11월에 편지를 보낸다. 그는 꿈에 나올 만큼 그를 그리워하고 있으며 그의 고난의 운명을 "사랑스럽게 질투한다"고 말한다. 그는 이 친구와 그의 가족에 대해 안타까워하며 깊이 슬퍼했다.

그러나 시간이 지나고 또 다른 사람들이 등장했고 또 다른 아픔과 애착이 다가왔다. 시간은 과거를 벗어날 것을 요구했다.

사마라 농장경영을 포기한 후 톨스토이는 토지를 농민들에게 임대하기로 결정하고 아내 소피야에게 보낸 편지에서 농민들의 임대료 절반, 약 5천 루블은 '도저히 어쩔 수 없는' 것이라고 말했었다. 그리고 이제는 나머지 임대료 역시 곤궁한 농민들을 돕는데 쓰기를 원했다. 1884년 6월 그는 바실리와 비비코프에게 편지는 보낸다.

"토지는 정해진 규칙에 따라 경작하고 돈은 정해진 기일 내에 납부되도록 두 분 모두 잘 감독해 주길 부탁합니다. 두 분 모두 이 일을 잘 처리해줄 것이라 믿습니다. 그리고 이 일을 하는 데 여러분의 부담을 경감하기 위해 다음과 같은 내 뜻을 밝히는 바입니다. 나는 이미 오래 전부터 이 임대료가 이 토지를 임대한 마을 주민들을 위해 사용되어야 한다고 결심하고 있습니다. 곤궁한 농민을 돕고 학교를 세우고 또 겨울철 일거리를 제공할 수 있는 시설(특히 최근 나는 이 생각을 깊이 하고 있습니다)을 갖추는 일 등에 사용되길 바랍니다. 하지만 이 일은 내가 집안에서 여러 반대 의견을 설득한 뒤에 시작될 것입니다. 그때까지는 좀 기다리기 바랍니다. 신의 뜻이라면 그것은 조만간 실행될 것입니다."

그러나 톨스토이는 아내의 반대 앞에 그런 결정을 내릴 수 없었다.

1884년 12월 편지를 보자.

"친애하는 바실리 씨. 당신의 편지는 우울한 것이더군요. 하지만 그럴 필요 없습니다. 두고 봅시다. 우선 중요한 것은 우리의 외적인 삶이란 생식행위가 그렇듯이 언제나 늘 그렇게 혐오스럽다는 것이겠지요. 만일 우리의 열정의 특별한 빛이 더해지지 못한다면 모든 물질적 삶이란 끔찍하게 혐오스러운 그런 것에 지나지 않는 것입니다. 먹고 배설하는 것에서부터 자신을 위해 타인의 노동을 요구하는 것에 이르기까지 말입니다."

다음 편지에는 또 이렇게 씌어 있다.

"바로 이것은 이른바 나의 것이라고 말하는 그 토지에 대한 당신의 책무에 대한 것이기도 합니다. 나와 당신이 잘 알다시피, 나의 이 모든 토지와 재산은 나와 다른 사람들의 죄악의 원천이며 나를 미망에 빠트리고 또 지금도 혼란스럽게 만드는 것들입니다."

이즈음에 소피야는 비비코프에게 보낸 편지에서 임대료를 정확히 수납하여 그녀에게 보낼 것을 요구하였다.

톨스토이는 12월의 편지에서 아주 우울한 기분을 드러낸다.

"소유를 인정하지 않는 우리가 우리 자신에게 거짓말을 하고 있다는 사실이 슬플 뿐입니다."

톨스토이는 굴복했다. 자신의 가족들에게 그는 이루어질 수 없는 허망한 계획을 다음과 같이 제시했다.

야스나야 폴랴나에서 살 것.

사마라 영지의 수입은 빈민들과 학교에 지출하고 납부한 자들의 지시와 감독에 따를 것.

니콜스코에 영지의 수입(땅을 농민들에게 나누어준 뒤)도 똑같이 처리할 것.

아내와 나, 어린 아이들에게는 야스나야 폴랴나에서의 수입, 약 2,3천 루블을 남겨둘 것.

성년이 된 아이들 세 명은 그들의 뜻에 따라, 사마라와 니콜스코에에서 나오는 각자의 몫을 취하거나 아니면 그곳에 살면서 그 돈이 잘 사용되도록 협력하거나, 혹은 우리와 함께 살면서 우리를 돕도록 할 것.

어린 아이들은 더 많은 것을 요구하지 않는 생활에 익숙해지도록 양육할 것.

자신들이 하고 싶어 하는 것을 가르치되 공부만 가르치지 말고 공부와 일하는 법을 함께 가르칠 것.

하인들은 필요한 만큼만 갖춰서 우리가 그들 없이도 살 수 있도록 다시 배우고 익힐 때까지만 유지할 것.

모두 함께 살되 남자들은 한방에, 부인들과 처녀애들은 다른 한방에 살 것.

공부할 수 있는 도서관으로 방 하나, 그리고 공동작업을 할 수 있는 방 하나, 여유가 있으면 병약자들을 위한 별도의 방을 마련할 것.

직접 먹을 것을 차려 먹고 아이들 식사를 도와줄 것.

공부와 일, 농업활동. 빵 제조, 병 치료, 아이들 학습 보조.

일요일은 빈민과 거지들을 위한 식사준비와 독서, 대화.

생활과 식사, 의복 등 모든 것은 가장 검소하게.

기타 불필요한 것들, 피아노와 가구, 마차 등은 팔거나 나누어 줄 것.

학문과 예술을 중히 여기되 모두와 함께할 수 있는 것이 되도록 할 것.

모든 사람에 대해, 주지사에서 거지에 이르기까지 동등한 관심을 가질 것.

목적은 오직 하나, 나 자신과 가족의 행복이다. 행복은 작은 것에 만족할 줄 알고 다른 사람에게 선을 베푸는 것에 있음을 명심할 것. (49, 122~123)

보다 중도적으로

톨스토이는 마치 사람들을 자신의 양심에 마주서게 하려는 것처럼 모든 사람의 말을 깊이 경청한다.

　1881년 6월 초 몸종인 아르부조프와 야스나야 폴랴나 학교 교사인 비노그라도프 등과 함께 톨스토이는 도보로 옵티나 푸스틴 수도원으로 향했다. 마을과 마을을 지나면서 그는 신앙에 대한 농민들의 이해방식을 파악하여 도대체 그들에게 정교 신앙이 의미하는 바가 무엇인지를 확인했다.

　이 여행에 대해 톨스토이는 10쪽에 이르는 일기를 남긴다.

　나무껍질 신발을 신은 한 노인이 마치 순례자들처럼 세계를 바라보고 있다. 농민들은 매질이나 군대 경험, 범죄 등에 대한 이야기를 늘어놓는다. 여행자들을 맞이하기에 옵티나 푸스틴은 열악했다. 방에는 빈대가 들끓었고 옆 사람들의 코고는 소리는 잠을 방해했다.

　수도원 상점에는 성서는 없고 수도생활에 관련된 여러 가지 책자들만 팔고 있었다. 모두 조악하게 대충 쓰인 것들이었다.

　과거 톨스토이 가문의 농노였던 수도사를 통해 수도원 사람들은 이 험한 차람의 노인이 톨스토이 백작이라는 사실을 알게 되었다. 그러자 모든 상황이 일변했다. 톨스토이는 일반인들은 감히 접견할 수 없었던 최고 원로 유베날리 수도사에게 안내되었다. 유베날리의 승방은 4개의 방으로 이루어져 있었다. 모든 방에는 편안하게 기도할 수 있도록 푹신한 깔개가 가득 깔려 있었다. 수도사는 자기 확신에 가득했지만 성서에 대한 지식은 부정확하고 권력에 순종할 것을 설하고 있었다. 그가 생각하는 하늘의 왕국은 러시아 현실의 장군과 주지사, 지주와 똑같은 것이었다. 유베날리는 자신이 속세를 떠나 수도원으로 왔다고 생각했지만 사실은 군대의 야전 장교와도 같은 역할을 하고 있었던 셈이다.

　톨스토이 일행은 원로 암브로시에게도 안내되었다. 많은 군중이 암브로시를 영접하려고 기다리고 있었다. 사람들은 암브로시에게 주막을 열어도 되는지, 예루살렘으로 순례를 떠나야 하는지, 세례식 날 술에 취해 죽은 자를 위해 추도식을 올려도 되는지 등 많은 질문을 던졌다. 톨스토이는 두 시간여 동안 암브로시 곁에 앉아 있었지만 아주 지루했다. 암브로시와의 면접이 끝난 뒤 톨스토이 일행의 숙소는 온통 빌로드가 깔린 일급 호텔로 옮겨졌다.

수도원에서 그 담백함과 순수함으로 톨스토이를 감동시킨 인물은 원로 피멘 뿐이었다. 그는 경건한 마음으로 찾아온 여신도들을 피해 승복을 걷어 올리고 정원 숲으로 도망을 치는가 하면 종교적 대화를 나누다가도 의자에 앉은 채 잠이 들곤 했다.

한편 모스크바에서 소피야는 가구를 마련하고 집안을 꾸미느라 분주했다. 소피야 입장에서는 대가족이 머무를 둥지를 마련하는 것은 당연한 일이었다. 하지만 그녀는 아버지의 무관심과 어머니의 무분별함 속에서 아이들이 이기적으로 그릇되게 자라고 있었다는 사실을 알아야 했다. 그녀는 일리야가 시종과 술을 마시며 공부에는 관심이 없다는 사실을 보고 놀랐다. 또한 세르게이의 냉담한 성격에도 고개를 저었다. 하지만 그녀는 아이들이 나아질 것이라고 막연히 기대하기만 했다.

한편 톨스토이는 쿠미스를 마시기 위해 사마라 영지로 향했다. 거기서 바실리를 만났고 분리주의와 종교 분파를 공부하던 차분한 프루가빈과 알게 된다. 그는 그들과 함께 몰로칸 교도를 방문했다. 이들은 군 복무를 거부했기 때문에 박해를 받고 있었다. 이들은 카프카스 불모지나 오지의 초원지대로 추방되어 살아갔다. 하지만 이 몰로칸 교도들은 농부를 고용해 쓰고 있었기 때문에 부농으로 잘 산다고 말할 수 있었다.

7월 20일 일기.

"일요일. 몰로칸 교도들의 기도회. 매우 더운 날씨. 사람들은 손수건으로 연신 땀을 닦는다. 힘 있는 목소리들. 강판처럼 거친 갈색의 목덜미. 예배와 점심 식사. ① 전채 요리. ② 쐐기풀 죽. ③ 삶은 양고기. ④ 국수. ⑤ 견과류. ⑥ 구운 양고기. ⑦ 오이. ⑧ 볶은 국수. ⑨ 꿀."

이만하면 풍족한 삶이다. 톨스토이는 이런 풍족함을 강조하면서 별다르게 비난하지는 않는다. 이와 더불어 그는 몰로칸 교도들이 여자 농부를 재판하는 모습을 기록하고 있다.

톨스토이는 자신이 가족들에게 무엇을 요구하고 있는 것인지 다 알고 있지 못했다. 8월 2일 그는 아내에게 이렇게 편지를 보낸다.

"당신은 지금 모스크바로 떠날 준비를 하고 있겠지요. 당신에게 힘든 일을 떠맡겼다는 생각과 내가 별로(아니 전혀) 도와주지 못했다는 후회로 내가 얼마나 괴로워하는지 모를 겁니다. 이제 좋은 쿠미스를 많이 마셔서인지, 나도 어쩔 수 없이 내 일에 빠져 혼자 가지고 있던 그런 생각을 내려놓고 세상을 바라볼 수 있을 것 같아요. 이제 나는 세상을 다르게 보고 있답니다."

이런 편지는 처음은 아니었다. 이미 7월 말경 톨스토이는 이런 내용의 편지를 보낸 적이 있었다.

"이제 돌아가면 당신과 함께 일할 겁니다. 당신의 짐을 덜어 주기 위해서가 아니라 내가 좋아서 말입니다. 당신에게 몹시 미안한 마음이며 당신이 없다면 나는 참으로 힘들 것입니다."

8월 6일 톨스토이는 아내에게 깊은 참회의 편지를 쓴다.

"이상에 따른 삶이 불가능함을 비비코프 가족과 바실리의 생활보다 더 분명하게 보여 주는 것은 없을 겁니다. 이 사람들은 정말 빼어난 사람들이지요. 온 힘을 다해 이들은 가장 올바르고 훌륭한 삶을 향해 나아가고 있지요. 하지만 삶과 그 가족들은 그 나름으로 더욱 중도적인 방향으로 나아가고 있습니다. 내가 한편에서 보기에 이렇게 더욱 중도적인 것은 비록 훌륭한 것이기는 해도, 그들의 원래 목적과는 먼 것이지요. 당신도 그와 같은 중도적인 것을 느끼고 그에 만족하는 법을 배우고 있겠지요. 몰로칸 교도들, 특히 이곳의 평민들이 보여 주는 그런 중도적인 것을 말입니다. 다시 당신과 가족의 품으로 무사히 돌아갈 수 있기를 바랍니다. 나는 이제 당신이 말한 바와 같은 착한 아이가 되어 있을 겁니다."

영원한 집과 삶의 의미, 그 모색

낡은 삶의 타성은 계속 유지되었다.

톨스토이 가족이 모스크바로 이주하기로 결정했을 때는 큰 아이들이 성년이 다 되어 가던 무렵이었다. 큰아들 세르게이는 집에서 대학 입학 준비를 하고 있었고 일리야와 레프는 중등학교 진학을 목전에 두고 있었다. 열여덟 살이 되어 가는 타티야나는 사교계에 진출하여 무도회에도 나가고 극장도 나다닐 나이였다. 아직 누가 될지는 몰라도 분명 좋은 가문에 재산도 넉넉한 미래 신랑감을 찾기 위해 그럴만한 사람들과 사귀어야 했던 것이다.

어렸을 때 타티야나는 쇄골이 부러진 적 있었다. 아버지 톨스토이는 딸을 데리고 직접 모스크바의 솜씨 좋은 외과의사를 찾아갔고 완치된 후에 흔적이 남지 않는지를 세심하게 물어 보았다. 나중에 딸애가 무도회 의상을 차려입고 모스크바 궁정 무도회에 나갔을 때 그 환한 불빛 아래 부러졌던 쇄골이 붙은 자리가 뭉툭하게 드러나지 않을까 염려했던 것이다.

톨스토이는 아이들과 많은 이야기를 나누지 않았다. 그는 글을 쓰는 일에 매달려 별로 말을 많이 하지 않았던 것이다. 그러나 1877년 무렵에는 성직자들이 교리 문답서를 내놓고 아이들에게 무엇을 가르치는지에 대해 참으로 가관이라고 스트라호프에게 불평을 늘어놓는다. 그러나 정작 집에서 톨스토이와 가족들은 분명하게 서로 어긋나고 있었다. 야스나야 폴랴나의 고요한 집안에는 아무 일도 일어나지 않는 것 같았지만 매일매일 대들보가 타들어 가고 있었고 점점 그 탄 냄새가 풍겨오기 시작했다. 다만 아직 그 불길이 활활 타오르지 않고 있을 뿐이었다.

이번에도 톨스토이가 물러났다. 모스크바로 이주가 결정된 것이다.

툴라에서 모스크바까지는 200킬로미터가 채 되지 않는 거리였다. 어찌 보면 툴라는 모스크바의 외진 변두리라고 해도 좋을 것이다.

톨스토이는 툴라를 좋아하지 않았다. 그래서 시내에 나가는 것을 달 가워하지 않았다. 그에게 툴라가 좋은 단 하나의 이유가 있다면 툴라의 집시들이 모스크바 집시보다 노래를 잘한다는 점이었다.

당시 수도는 페테르부르그였다. 모스크바는 이미 수도가 아니었지만 귀족의 도시였다. 이곳에서의 생활은 여전히 많은 점에서 구귀족 영지 에서와도 같은 모습을 간직하고 있었다. 귀족 저택들이 상인들 손에 넘 어간 지 이미 오래였고 여기저기 많은 공장들이 들어섰지만 그래도 아 직은 그 옛 모습이 많이 남아 있었던 것이다.

아주 활동적이며 변화를 갈망하던 소피야는 오랫동안 살 집을 구하러 다녔다. 1881년 7월 그녀의 편지를 보자.

"팔려고 나온 집들은 10만 루블 이상 가는 큰 집이거나 3만 루블 정도 의 작은 집들 뿐입니다. 아파트는 비쌀 뿐더러 불편할 것 같아요. 게다 가 추울까봐 걱정되지요. 하지만 물어 볼 사람이 아무도 없군요."

아르바트 거리의 흘레브니 골목에 있는 한 집이 2만 6천 루블에 나왔 다는 소식에 소피야는 몸이 달았다. "이 집은 너무 싸게 나왔다는 점 말 고 뭔가 아주 편리한 면이 있다고 확신해요. 내일 가서 근처 가게사람들 이나 거주자들에게든 여러모로 알아봐야겠어요. 만일 된다면 잡아야 해요."[109] 그녀는 다른 집도 알아보았지만 "세탁실이 없고 난방이 좋지 않을 것 같았다."

근처 가게들을 통해 집을 알아보고 탐문하는 것은 쉬운 일이 아니었 다. 소피야는 당시 또다시 임신한 상태였다. 하지만 그녀는 드디어 프 레치스텐카 거리의 데네지니 골목에 있던 볼콘스카야 여공작의 집을 찾 아냈다. 3만 6천 루블이었다. 가구는 빼고 연 1,550루블로 임대할 수도 있었다.

---

109) S. 톨스타야, 《톨스토이에게 보낸 편지(1862~1910)》 M. -L., 아카 데미아, 1936, 162쪽.

위치도 좋았다. 당시 이 거리에는 견실한 집들이 많았다. 완전히 목조 저택이거나 일층은 석조로 하고 그 위에 목조 건물을 얹은 집들이었다. 모두 잘 지어진 건물에 기둥 장식이 훌륭한 귀족 저택이었다.

이 집의 커다란 방은 안쪽 정원으로 창이 나 있었다. 소피야는 이 방을 톨스토이의 서재로 정했다. 그러나 나중에 톨스토이는 이 방이 너무 휑하게 크고 너무 화려해서 실망한다. 소피야는 "엄청난 양의 가구와 접시와 램프"를 사들이기 시작했고 마루에 펠트 가죽을 깔아 따뜻하게 만들었다. 그녀는 어떻게 해서든 남편의 마음에 들게 하려고 애를 썼다.

아들 일리야와 레프는 중등학교에 들어가야 했다. 입학 조건을 알아보았더니 국립 중등학교에서는 아이들의 '사상건전성'에 대한 부모의 각서를 요구했다. 톨스토이는 이런 말을 듣고 당황했다.

"나는 나 자신에 대해서도 그런 각서를 쓸 수가 없다. 하물며 자식들에 대해 어떻게 그런 것을 쓸 수가 있겠는가?"

집 가까운 곳에 레프 폴리바노포 사립학교가 있었는데 툴라에서 알고 지내던 예브게니 마르코프가 그곳의 교사로 근무했다. 학교는 아이들을 환영했고 아이들은 가벼운 시험을 거쳐 정원 외로 입학했다.

타티야나는 예술학교에 입학시켰다.

10월 5일 톨스토이는 일기에 이렇게 쓰고 있다.

한 달이 지났다. 내 생에 가장 힘든 날들이었다. 모스크바로의 이주. 계속해서 정착에 따른 문제들에 시달렸다. 언제나 제대로 생활이 시작될 것인가? 이 모든 일들은 살기 위해서가 아니라 그저 다른 사람들처럼 되기 위해서 필요한 것들이다. 불행한 사람들! 삶이란 존재하지 않는다.

악취, 석조건물들, 사치와 가난이 뒤섞인 곳. 혐오스럽다. 민중을 강탈하는 불한당들이 군인과 재판관을 모아놓고 저희들의 술잔치를 지키게 한다. 민중들은 이들의 욕망을 이용해서 강탈당한 것을 다시 되찾기 위한 편법을 강구하는 것 외에 다른 할 일이 없다.

사내들이 그런 일은 영리하게 잘 한다. 여자들은 집에 있고 사내들은 목욕탕에서 마루를 닦거나 몸을 닦아주고, 아니면 거리에 나가 마차를 몬다.

톨스토이가 보기에 도시에 사는 사람은 귀족 나리들이거나 그들에게 억압 받거나 그들에게 봉사하는 사람들, 즉 마루닦이와 마차꾼과 목욕탕 일꾼뿐이었다. 그의 눈에 노동자는 보이지 않았다.

이 시기에 톨스토이는 옛날식 삶에 대해 다시 한 번 검증한다. 즉 다시 페트를 만나 그리스도교 정신에 대해 논쟁을 벌였고 《니힐리즘에 대한 편지》110)와 관련해서 스트라호프에게 답변했던 것이다.

그는 이제 옛 친구를 냉소적으로 바라보았다. 이 시기 스트라호프는 정교와 전제정치, 민중성 등의 개념을 지지하고 있었다. 이것은 황제의 전제정치 하의 러시아가 지탱될 수 있었던 공식적인 삼위일체론(지구를 떠받들고 있다는 전설 속의 세 마리 고래이론과 같은)이었다.

스트라호프는 불한당들이 20여 년 동안 선량한 황제를 뒤쫓다가 드디어 그를 암살했다고 말하곤 했다. 이에 대해 톨스토이는 이렇게 말했다.

"불한당이란 없습니다. 과거에나 지금에나 두 가지 원칙의 투쟁만이 있을 뿐입니다. 도덕적 견지에서 이 투쟁을 살펴본다면 우리는 이 투쟁의 양쪽 진영 중 누가 더 선과 진리로부터 벗어나 있는지 그것만을 판단할 수 있겠지요. 그러나 이 투쟁은 결코 끝나지 않을 것임을 잊어서는 안 될 겁니다."

톨스토이는 스트라호프에게 선언한다.

"이건 정말 너무도 터무니가 없어서 반대하고 나서기조차 민망한 노릇입니다. 그것은 스트라호프가 매일 도서관에 다니며 검은 모자와 회색 외투를 입고 다닌다는 사실을 알고 있다고 해서 내가 그와 그의 이상

---

110) 1881년 악사코프가 펴내던 신문 〈루시〉에 연재되기 시작했던 N. 스트라호프의 일련의 논문들.

을 알고 있다고 말하는 것과 마찬가지지요. 스트라호프의 이상이란 도서관 다니기와 회색 외투다, 그것이 스트라호프 주의다라는 것과 같은 터무니없는 것입니다. 아무 연관도 없는 우연적인 두 가지, 가장 외형적인 것에 불과한 전제정치와 정교, 거기에 민중성을 덧붙인다고 해도 그런 것들은 이미 아무런 의미도 지니지 못하는 것들인데 그것을 어떻게 이상이라고 내세울 수가 있겠습니까."

조금만 생각해본다면 스트라호프가 니힐리스트에 대해 설파하는 것과는 정반대의 논리로 나가게 될 것이라고 톨스토이는 생각했다.

"만일 그들이 불한당이라면 신앙심을 가진 유일한 불한당들이겠지요. 그들이 설사 잘못을 저질렀다 해도 그들은 천국을 위해, 즉 불멸의 세계를 위해 육체적 생명을 희생하는 유일한 신앙자인 것입니다."[111]

톨스토이는 이렇게, 이전에는 당연시 여기고 눈여겨보지 못했던 것을 거부하면서 진실을 모색해 나갔다.

톨스토이와 슈타예프

톨스토이는 자신을 민중의 대변자이며 삶을 아래로부터, 그러나 올바르게 바라보는 사람이라고 생각했다. 이를 위해서는 민중 속에서 스승을 찾아야 했다. 그는 민중으로부터 배우고 싶었다. 이 시절 많은 사람들은 분리주의야말로 농민의 꿈을 가장 잘 구현하는 것이라고 생각했다. 톨스토이는 분리주의와 종교 분파에 대해 특별한 지식을 가지고 있던 프루가빈으로부터 슈타예프에 대한 이야기를 들었다. 몰로칸 교도와 안식교도의 신앙은 톨스토이를 만족시키지 못했다. 그들은 늘 성서를 인용하지만, 톨스토이는 이들의 사고체계가 늘 '우물우물 거린다'고

---

111) 1881년 5월 26일 편지(63, 63~65).

말했다.

사실 톨스토이가 찾고 있던 것은 종교라기보다는 윤리였다. 따라서 그가 농민에게 희망을 건 것은 당연한 일이다. 그들은 성서와 복음서에 대한 문자 그대로의 해석에 물들어 있지 않았기 때문이다.

슈타예프에 대한 이야기를 듣고 톨스토이는 기뻤다.

프루가빈의 말에 따르면 슈타예프와 그의 아들은 군 복무를 거부하고 투옥되었다가 마을로 돌아와 다시 농사일을 하던 사람이었다.

1881년 늦가을에 톨스토이는 토르 족이라는, 트베리에서 그리 멀지 않은 작은 도시로 슈타예프를 찾아간다.

그는 정말로 신실한 사람을 찾고 있었다. 모스크바에서 그는 그런 사람을 단 한 사람 보았다. 사서학자였던 니콜라이 표도로프[112]였다. 하지만 표도로프는 혼자였고 그의 길은 환상적이고 너무나 독특했다. 죽은 자들의 육체적 부활을 믿는 그의 이상은 실현가능해 보이지 않았다. 그러나 슈타예프는 현실에서의 성자적 삶을 설교하고 있었다.

톨스토이는 슈타예프에게서 무엇을 보았는가?

슈타예프는 결혼한 아들들과 함께 대가족으로 살고 있었다. 그는 마을의 가축 떼를 자발적으로 맡아서 돌보았다. 자신이 가축을 아끼고 다른 목동들은 가축을 함부로 돌보기 때문이라는 것이다. 그는 가축 떼를 좋은 초지로만 몰고 다니며 잘 먹고 마실 수 있도록 관리했다.

분명 목동 일을 함으로써 슈타예프는 일정한 돈을 벌 수 있었고 그 돈으로 가계를 꾸릴 수 있었을 것이다. 1880년대에는 이미 무엇보다 돈이

---

112) 〔역주〕 N. 표도로프(1828~1903). 종교사상가. 사서학자. 독특한 러시아 코스미즘(우주론)을 주창. 도스토옙스키와 톨스토이가 천재적인 사상가로 부르며 '모스크바의 소크라테스'라는 별칭을 얻기도 했다. 그는 인간의 죽음을 인정하지 않았다. 죽은 자와 산 자를 포함하여 전 인류가 하나로 결합되어 부활하는 세계가 올 것이라고 믿었다. 예술과 종교와 학문이 모두 '공동의 일'에 봉사해야 함을 주장했다. 그의 이런 사상은 현대 러시아 종교철학과 문학사상에 다양하게 영향을 미쳤다.

필요했던 시기였다. 슈타예프 가정에서는 모든 것이 공동 소유였다. 심지어 여인네의 옷가방조차 공동 소유였다.

톨스토이는 슈타예프의 며느리의 머릿수건을 보고 이 가정에서 개인 소유와 공동소유의 경계를 알고 싶어 이렇게 물어 보았다.

"그래, 이 머릿수건은 당신 것인가요?"

젊은 아낙은 대답했다. "아, 이거요, 이건 … 제 께 아니고 어머니 껀데, 글쎄 제 껀 어디 두었는지 잘 모르겠는데요."

이 대가족 농민 공동체의 가족 소유에 대해 많은 이야기를 할 수 있었겠지만 톨스토이는 단지 이 대답을 통해 여기서는 개인 소유란 아무것도 없으며 개인 소유를 밝히려고 하지도 않는다고 결론 내린다.

슈타예프는 교회 의식이나 정교회에서 신비주의라고 부르는 것 따위는 인정하지 않았다. 이를테면 딸을 시집보낼 때 결혼식도 교회 의식과는 무관했다. 그는 저녁에 가족들을 모두 불러 놓고 신혼부부에게 아버지로서 한 마디 훈시를 내린 다음, 그들을 침실로 데려가서 자리에 눕히고 불을 끄고 그들만 남겨놓고 나왔다.

톨스토이는 바쿠닌이라는 지주 집에 묵고 있었는데 슈타예프는 자신의 마차를 타고 와서 톨스토이를 데려갔다가 다시 그 집으로 바래다주었다. 함께 마차를 타고 다니는 것은 아주 오래 걸렸다. 슈타예프는 말을 몰 때 채찍을 전혀 사용하지 않았기 때문이다. 그들은 함께 마차를 타고 가면서 많은 이야기를 나눴다. 그들은 너무 이야기에 심취해서 말고삐 잡는 것을 잊어버려 마차가 길을 벗어나 넘어지기도 했다. 톨스토이는 이때 받은 커다란 인상에 대해 엥겔가르트에게 보낸 편지에서 이렇게 말했다.

"여기 이 농민이, 일자무식의 농민이 사람들에게, 우리 지식인에게 주는 영향력은 말입니다, 아마도 푸시킨과 벨린스키를 비롯해서 러시아의 모든 작가와 트레디아콥스키에서 오늘에 이르기까지 모든 학자들의 영향력을 다 합친 것보다도 더 크고 심대한 것입니다."(63, 122)

252

1882년 1월 말 슈타예프는 모스크바의 데네지니 골목의 톨스토이 집을 방문했다. 모스크바 사람들은 그를 예언자이자 기인으로 대했다.

바로 이 시절 톨스토이는 전 러시아인구 센서스에 참여하기 시작했다. 그는 작은 가방 하나와 공책을 들고 집집마다 방문하며 사람들 이름이며 나이, 직업 등을 기록하고 다녔다. 이 센서스는 통계학적 조사였지만 톨스토이가 여기에 참여했던 것은 삶 그 자체를 보고 싶어서였다. 그는 아르바트 거리의 도로고밀롭스키 다리 근처 지역을 맡았다. 지금은 거리 확장으로 인해 없어졌지만 당시 그곳은 가난한 사람들이 모여 살던 지역이었다. 여기는 강변도로와 니콜스키 골목 사이에 있는 하모브니키 지역으로 이 근방을 통틀어 르자노프 돔, 혹은 르자노프스키 요새라고 불렀다. 이곳에는 직업이 없거나 몰락한 사람들, 길거리 여자들과 소상인들이 주로 살고 있었다.

이제까지 톨스토이는 농촌의 가난함을 충분히 목격하여 잘 알고 있었다. 그러나 이제 바로 도시의 가난을 직접 눈으로 확인하게 되었다. 그는 어떻게든 이 사람들에게 먹을 것을 주고 일자리를 찾아주고 싶었다. 하지만 그가 생각했던 것은 "마치 한 지붕 밑에 천 마리 양을 몰아넣고 먹이듯이 그들 수천 명을 먹이고 입히는 문제만이 아니었다. 내가 해야 할 일은 그들에게 선을 행하는 것이다. 이 수천 명의 사람들 모두가 나와 똑같은 사람이라는 것, 나와 똑같은 욕망과 미혹, 혼돈에 사로잡혀 있고, 나와 똑같은 생각과 문제들을 가진 사람이라는 것, 내가 바로 이 점을 깨달았을 때, 내가 하고자 하는 일이 갑자기 너무나 어렵게 여겨져 나는 나의 무력감을 절감하지 않을 수 없었다."113)

이런 무력감을 체험한 뒤 그는 그의 집에 머물던 슈타예프와 이야기를 나눈다. 이때의 대화에 대한 톨스토이 자신의 기록을 보자.

113) 논문《그러면 우리는 무엇을 할 것인가?》에서(25, 198~199).

슈타예프는 내 여동생의 방에 있었다. 나는 방에 들어가 여동생 옆에 앉았다. 여동생은 내 일에 대해 여러 가지 질문을 던졌다. 나는, 자기가 하는 일에 확신이 없을 때 사람이 늘 그렇듯이, 오히려 아주 열을 내서 열심히 내가 하고 있는 일에 대해, 그리고 그 일에서 나올 결과에 대해 다변을 늘어놓았다. 나는 모든 것을 다 말했다. 우리가 모스크바의 모든 가난을 샅샅이 살필 것이며, 고아와 노역자들을 돌보고 농촌 출신의 빈민들을 고향으로 돌려보낼 것이다, 타락한 여자들이 쉽게 교정될 수 있도록 방도를 찾을 것이다, 그렇게 우리 일이 잘만 된다면 모스크바에는 더 이상 도움이 필요한 사람은 없을 것이다 등… 여동생이 내 말에 공감을 표했고 그렇게 우리는 이야기를 나누고 있었다. 대화 중에 나는 슈타예프를 힐끗 살폈다. 그의 그리스도교적 삶과 그가 자선에 부여하고 있는 의미를 잘 알고 있던 나는 그에게서 공감을 얻고 싶어 그가 알아들을 수 있도록 말을 이끌었다. 나는 여동생에게 말하고 있었지만 점차로 내 말은 그를 향해가고 있었던 것이다. 모든 농민들이 그렇듯이 무두질된 검은 가죽 재킷을 안에서나 밖에서나 항상 입고 있던 그는 아무런 미동도 없이 그대로 앉아 있었다. 우리 말에는 귀 기울이지 않고 자기 생각에 빠져 있는 것만 같았다. 그의 작은 두 눈은 그 자신 속에 침잠한 듯 몽롱했다. 나는 하던 말을 멈추고 그를 향해 이 문제에 대해 어떻게 생각하느냐고 질문을 던졌다.

"다 허망한 일입지요." 그가 이렇게 말했다.

"어째서 그렇지요?"

"예, 당신의 모든 그런 계획은 다 허망한 것이고, 선한 일과는 아무 관계가 없습니다." 그는 확고하게 거듭 이렇게 말했다.

"아무 관계가 없다? 우리가 수천 명을, 아니 하다못해 수백 명이라도 도와주려는 것인데, 어째서 허망하다는 것이지요? 성경에서도 헐벗은 자를 입혀주고 굶주린 자를 먹여 주라고 하지 않았습니까?"

"압니다, 알아요. 하지만 당신이 하려는 일은 그런 것이 아닙니다. 그렇게 해서 어떻게 도울 수 있겠습니까? 길을 가는데 어떤 사람이 당신께 20코페이카를 달라고 구걸합니다. 주시겠죠. 그걸 자선이라고 할 수 있겠습니까? 정신적 자선을 베풀어야지요. 가르쳐야지요. 당신이 베푼 것이 그런 것입니까? 말하자면 오직 그들이 '풀려나도록' 해야 한다는 것이지요."

"그런 사람들이, 추위에 길바닥에 나앉은 굶주린 사람들이 모스크바에만 얼마나 되는지 알기나 하십니까? 내 생각에 2만은 될 겁니다. 페테르부르그나 다른 도시들은 또 어떻고요?" 나는 이렇게 항변했다.

그러자 그는 미소를 지었다.

"2만이라고요! 그럼 우리 러시아 농민들은 얼마나 될까요? 백만은 되지 않을까요?"

"그럼 어떻게 해야지요?"

"어떻게요?" 그는 두 눈을 빛내며 활기를 띠었다. "자, 우리가 각자 나눕시다. 나는 부자는 아니지만 두 명을 데리고 가지요. 젊은이 한 명은 당신 집으로 데려가세요. 내가 데려가려고 해도 나를 따라오지 않을 테니까요. 그 열 배가 된다 해도 그렇게 모두 각자 나눕시다. 당신도 데려가고 나도 데려가고. 그리 우리 다함께 일하러 갑시다. 사람들은 내가 일하는 모습을 보고 어떻게 살아야 하는지를 배울 겁니다. 차 한 잔도 한 식탁에서 같이 마시면서 그들은 내가 하는 말을, 그리고 당신의 말도 듣게 되겠지요. 이것이 바로 자선입니다. 당신이 말하는 공동체 같은 건 전혀 허망한 것입니다."

아주 간단한 이 말에 나는 큰 충격을 받았고 그의 말이 옳다는 것을 인정하지 않을 도리가 없었다. (25, 233~234)

이는 도시민 자선사업에 대한 문제만은 결코 아니었다. 죽어가는 농촌의 사람들은 도시란 대체로 악이라고 생각했다. 슈타예프에게도 도시는 죄악과 불온함에 지나지 않았다. 슈타예프의 아들 I. 슈타예프가 전해준 말이다. 언젠가 이 아들이 아버지 슈타예프와 함께 비시니 볼로첵에서 집으로 돌아오는 길에 있었던 일이다.

여관 근처에 말과 마차가 서 있었다. 우리는 차를 마시는 방으로
들어가서 차를 주문했다. 이때 아버지가 물었다.

"어디서들 오셨소, 형제들?"

농민들이 고르키 마을에서 왔다고 대답했다. 아버지는 또다시 농
민들에게 물었다.

"이보시오, 형제들, 그래 도시로 가는 길이오?"

"그렇소, 도시로 밀을 팔러가는 길입니다."

이 말을 듣고 아버지가 말했다.

"그건 하느님 뜻에 어긋나오. 밀을 도시에 내다 파는 거 말이오.
그럼 도시가 커져요. 도시는 없애야 하는데, 당신들이 나가고, 또
다른 이들도 나가고 그러면 상인들만 자꾸 많아져요. 상인들이 손
을 비비며 도시를 떠돌아다니며 계속해서 당신들을 기다릴 거요.
당신들이 밀을 내가지 않고 또 다른 이들도 그러지 않으면 도시엔
먹을 것이 없게 될 거요. 그럼 상인들이 이 땅으로 와서 제 손으로
직접 일해야만 할 거요. 그것이 바로 하느님이 가르친 바요 …"[114]

톨스토이도 그렇게 생각했다. 그는 가난의 극복이 도시의 소멸을 통
해 이루어질 수 있다고 판단하기 시작한 것이다.

슈타예프의 말은 그 담백함으로 톨스토이를 고무시켰다. 그러나 그
렇다고 슈타예프가 그의 삶의 동반자가 될 수 있었던 것은 물론 아니다.
그러나 이미 명성이 드높은 작가의 집에 슈타예프가 머물고 있다는 사
실은 모스크바 권력층의 관심을 끌고도 남았다. 주지사이며 장군이었
던 돌고루코프 공작의 명령에 따라 톨스토이 집으로 처음에는 헌병 대
위가, 그리고 나중에는 주지사 사무실 관리가 찾아왔다. 톨스토이는 이
들을 거칠게 대했고 대화조차 거부했다. 그런 일이 있은 후 슈타예프는
모스크바를 떠났다.

슈타예프가 죽은 뒤에 그의 큰 아들들은 도시로 나가 대리석을 다루

114) 《톨스토이 연감》, M., 1913, 34쪽.

는 노동자가 되었다. 슈타예프의 공동체는 농민중심의 가부장주의적인 것이었다. 그것은 슈타예프의 종교적 가르침보다도 그의 개인적 영향력에 더 많이 좌우되는 것이었다. '공동의 머릿수건'을 사용하는 슈타예프의 생활은 완고한 한 사람에 의해 만들어진 목가적 전원시라고 말할 정도의 것이었다. 자신의 아버지와 톨스토이를 믿고 농촌에 남아 있으려고 노력했던 아들은 이반뿐이었다. 그는 네바 강 상류의 얼음 섬에 있던 작고 낡은 감옥에서 2년 반에 걸친 수형생활을 했다. 거기서 그는 작은 감방 창문으로 희미한 등불이 비치는 고요한 슐리셀부르그 요새와 느릿느릿 흘러가는 네바 강, 혹은 차가운 얼음 위를 휩쓰는 눈보라를 2년 반이나 지켜보아야 했다. 그리고 5개월 동안 정신병원에 수감되었다가 농촌에 돌아왔지만, 군복무를 수용하라는 1년 반에 걸친 집요한 설득을 견디다가 더 이상 농촌을 지키는 것이 어렵다고 판단하고 페테르부르그로 이주하고 말았다. 도시에 온 그는 체르트코프가 운영하며 톨스토이 책을 펴내던 출판사에서 기술자로 일했다. 그러나 그는 여기서 1년을 넘기지 못하고 농촌으로 다시 돌아갔다. 그 이후 농촌에서 그가 어떻게 살았는지 나는 알지 못한다. 다만 그곳에 그의 농장이 있다는 사실은 분명하다.

슈타예프의 충고대로 사람들이 농촌으로 돌아갔다고 해도 그들은 대부분 날품팔이 농민 신세를 벗어나지 못했을 것이다.

슈타예프는 농촌에서 공동 양계장을 운영하려는 꿈을 가지고 있었다. 농촌 주부들의 손을 덜어 주고 그들 사이에 다툼이 생기지 않도록 하려는 의도였다. 그러나 그는 이에 대해 이렇게 생각했다. "가을이 오면 우리는 모든 닭을 주인들에게 되돌려 보낼 것이다, 닭도 병아리도 계란도 그대로."

그런 공동의 삶을 건설하려는 이상은 아직 먼 미래의 일이었다. 그러나 동시에 슈타예프는 황제에 대해 기대를 버리지 않고 있었다. 이에 대해 V. 라흐마노프는 이렇게 증언한다. "1888년 여름 슈타예프는 알렉산드르 3세를 알현하여 '민중을 위하여 슈타예프의 생각에 기초해서 성서를 연구하도록 명'하도록 청원해야겠다는 생각을 했다. 내가 알기로, 페테르부르그에 온 슈타예프는 레스코프[115]를 방문하여 이런 생각을 말했지만 레스코프는 그의 이런 행보를 저지하려고 노력했다. 그러나 슈타예프는 그의 말을 듣지 않고 황제를 찾아갔다. 그러나 그는 황궁 입구에서 체포되었고 절차에 따라 고향으로 송치되었다. 그는 '들여보내주지 않더군. 만일 나를 들여보냈더라면 지금 세상은 달라졌을 텐데!'라고 말하곤 했다.

　이런 꿈들은 1888년경의 것이다. 그러나 황제에 대한 이런 기대는 슈타예프 이후에도 사라지지 않았다. 톨스토이 자신도 가스프라에서 니콜라이 2세에게 편지를 보내 농민들에게 토지를 불하해달라고 간청했었던 것이다.

　"러시아 혁명의 거울로서의 레프 톨스토이"라는 논문에서 레닌은 1905년 혁명에서 조금이라도 조직적으로 투쟁에 참여한 농민들은 아주 소수였다고 말한다. "그리고 자신들의 적을 박멸하고, 황제의 종복과 지주의 보호자들을 괴멸시키기 위해 손에 무기를 들고 나선 농민은 더더욱 소수였다. 대다수 농민들은 울며 기도했고 이런저런 설교를 늘어놓으며 몽상에 젖어 청원서를 쓰고 '청원자'를 보내곤 했던 것이다. 이 모든 것이 바로 레프 톨스토이의 기질이다!"

---

115) 〔역주〕 N. 레스코프(1831~1895). 소설가. 일상의 풍속에 대한 풍부한 묘사와 날카로운 폭로를 담아냈다. 《수도원의 사람들》, 《봉인된 천사》, 톨스토이가 찬탄을 금치 못했던 《므첸스크의 맥베스 부인》, 《매혹당한 나그네》 등의 대표작들이 있다.

부 부

아내 소피야의 일기는 때로는 음울하고 때로는 불안한 열광에 휩싸여 있다. 그녀의 일기를 통해 당시 톨스토이의 삶을 떠올리면 마음이 아프다. 만일 우리가 꿈에서 똑같은 것을 계속 보게 된다면, 또 그 꿈이 일관되게 계속되는 것이라면 우리는 꿈을 현실로 착각하게 될 것이다. 불행하게도 소피야와 톨스토이의 갈등은 일관된 것일 뿐만 아니라 논리적이기까지 하다. 물론 그 갈등은 성격 탓이 아니라 그들의 존재 자체로부터 비롯된 것이다. 가정에서 소피야는 실재 세계와 실재 세계의 요구를 대변하는 존재였다. 처음에 소피야는 쉽게 자신을 진정시켰다. 남편과 다툼을 벌이고 나면 소피야는 죽어 버리고 싶다고 생각했다. 그리고 자신이 죽으면 사람들이 얼마나 슬퍼해 줄 것인가를 생각했다. 그리고 숲으로 나가 몇 시간 동안 아이들과 버섯을 땄다. 그러면 완전히 진정되곤 했다.

그러나 갈등은 곧 다시 벌어지곤 했다. 그럴 때 쓴 그녀의 일기를 보면 우리는 톨스토이의 삶에는 그런 싸움 이외에는 아무것도 없다고 오해할지도 모른다.

소피야는 모스크바로 가고 싶었다. 겨울이면 모스크바에서 다른 귀족들처럼 살고 싶었던 것이다.

물론 그녀는 항상 남편과 함께 할 것이라고 생각했다. 그러나 톨스토이는 마음이 편치 못해 화려한 서재 대신 곁채의 작은 방 두 개를 얻어서 지냈다. 그는 모스크바 강 너머로 건너가 장작을 패거나 모스크바를 배회했다. 그리고 인구센서스에 참여하여 돌아다니다가 돌아와서는 소피야의 마음을 자극하는 이야기를 해댔다. 소피야도 가난한 사람들을 돕자는 것에 반대할 만큼 악한 여자는 아니었다. 다만 그녀가 돕는다는 것은 눈에 보일 때 그저 약간 돕는 것을 의미했다.

톨스토이는 인생에 실패한 빈민들이 사는 지역이나 거주지를 다녀와서 그 사람들이 인구조사를 두려워한다고 말했다. 체포하거나 추방하는 일은 없을 것이라는 말을 그들은 믿지 않았다. 오늘 널 잡아 죽이지 않겠다, 다만 조사를 하고 기록할 뿐이라고 하는 사냥개의 말을 토끼가 어찌 믿을 수 있겠는가.

추위에 얼고 겁에 질린 병든 노숙자들은 누더기를 걸치고라도 그저 따뜻한 물 한 모금으로 추위를 피하고 잠깐 눈이라도 붙일 수 있기를 꿈꾼다. 이런 사람들을 보고 있노라면 삶이란 대체 무엇인가 하는 생각을 하지 않을 수 없다.

열여섯 살, 열네 살, 아니 열두 살짜리들이 매춘하는 것은 너무나 충격적인 일이었다. 이런 추악한 일에 대해 경찰들은 낄낄거리며 이야기해댔다. 그러나 더욱 끔찍한 것은 몸을 파는 여성들이 마치 소피야 주변 여자들이 자기 수입이나 영지에 대해 말하는 것과 하나도 다를 바 없이 자신들의 처지에 대해 아무렇지도 않게 이야기한다는 점이었다.

소피야는 이런 말을 듣고 끔찍해했지만 그리 오래가지는 않았다. 그녀의 끔찍함에는 경멸의 감정이 담겨 있었다. 그녀는 그런 사람들이 자신들과는 전혀 다른 사람들로서 전혀 다른 방식으로 배고파하고 전혀 다른 방식으로 추워하며 전혀 다른 방식으로 잠을 잔다고 생각했다. 그렇게 생각함으로써 그녀는 톨스토이에게 전혀 낯선 사람이었다. 톨스토이는 모든 사람들을 똑같은 인간으로 바라보았고 그런 인간이 그런 끔찍한 조건에 처해있다는 것에 대해 책임을 느끼고 있었다.

그렇다고 소피야를 나쁜 사람이었다고 생각할 수는 없을 것이다. 그녀는 나름대로 능력 있고 정력적이며 열심히 일하는 평범한 사람이었다. 그러나 그녀는 어떤 사람을 대할 때 다른 사람들이 그 사람을 대하는 것을 보고 똑같이 대했다. 그녀는 세계를 마치 그 문법과 사전을 가진 하나의 전체로 받아들였다. 거기서 그녀는 단지 우연한 실수 정도만을 교정하고자 하는 것 같았다.

슈타예프 역시 다른 사람들이 그를 좋아하는 한 그녀도 좋아했다.

1882년 1월 30일 소피야가 언니에게 보낸 편지를 보자(비류코프 전기에서 인용).

"어제 우리 집에 아주 품격 있는 저녁 모임이 있었어요. 골리친 공작 부인과 그 딸과 남편이 왔고 사마리나와 그 딸, 젊은 만수로프, 호먀코프, 스베르베예프 가족 등이 왔었지요. 그런 모임은 정말 따분하지만 그나마 분리주의자인 슈타예프라는 농민이 있어서 그런대로 견딜만 했지요. 이 분은 요즘 모스크바 전체에서 화제가 되는 분인데 여기저기 불려 다니며 설교하느라 바쁘지요. 이 분에 대해서는 〈러시아 사상〉에 프루가빈이 쓴 기사를 보세요. 정말 뛰어난 노인네예요. 이 분이 서재에서 설교를 시작하면 모두들 응접실에서 그쪽으로 슬금슬금 모여들지요. 그러면 자연스레 저녁 모임은 끝이 나지요."[116]

그 뒤에는 레핀[117]이 서재에서 슈타예프의 초상화를 그리고 있고 주변에 사교계의 높은 분들과 니힐리스트들, 그리고 '이제껏 보지 못했던 사람들'이 가득하며, 딸 타티야나도 레핀 옆에서 나란히 슈타예프 초상화를 그리고 있다는 이야기를 전하고 있다.

처음에 골리친 공작부인이 왔다는 이야기 등은 다 공연한 이야기다. 이런 말을 하다가 갑자기 그녀는 슈타예프가 고급 사교계의 관심대상일 뿐만이 아니라 모스크바 전체의 화제라는 말을 한다(당시 쿠즈네츠키 모스트의 아반초 상점에서는 슈타예프의 초상화가 판매되고 있었다). 이는 저녁마다 톨스토이 집에서 벌어지는 모임에 대해 헌병대에서 관심을 가지

---

116) P. 비류코프, 《레프 톨스토이 전기》, 제 2권, 196쪽.

117) 〔역주〕 I. 레핀(1844~1930). 화가. 수리코프와 더불어 19세기 후반 러시아 미술계의 대표적인 리얼리즘 화가. 크람스코이의 영향을 받았고 예리한 사색과 관조가 담긴 역사적 장면들과 인물화, 민중의 일상의 넘쳐나는 활력 등을 그렸다. 유수한 페테르부르그 미술대학은 레핀의 이름을 따 그를 기념하고 있다. '볼가 강의 예인인부', '쿠르스크의 십자가 행렬', '터키 술탄에게 답장을 쓰는 자포로지에의 카자크들' 등과 같은 명작이 있다.

고 있고 뭔가 큰 문제가 발생할 것 같다는 생각에서 소피야가 뒷다짐을 하는 말이다. 소피야는 무엇보다도 이런 문제에 남편이 연루되는 것을 원치 않았기 때문이다.

소피야 부인은 정치적 건전함에 아주 집착하던 인물이었다.

톨스토이는 단순히 사람들을 도와주고자 했던 것은 아니다. 그는 그들과 운명을 같이 하면서 그의 가족 자신이 속해있다고 생각하는 세계, 즉 부자들의 세계에 개입하고자 했다. 톨스토이는 개별적인 사람들의 개인적 불행에 대해서는 쓰지 않는다. 그것은 어쩌면 견딜 수 있는 것이었다. 그가 늘 말하고자 했던 것은 사람들의 상호관계의 체계에 대한 것으로 이를테면 매춘부의 생활을 자신의 주변 생활과 비교하는 것과 같은 것이다.

그는 비록 자신이 무너뜨릴 수는 없었지만 자신이 살고 있던 사회에 반대하는 입장을 취했다.

마치 어디서 병을 치료해야 하는지를 알지 못하는, 그리고 전혀 잠을 잘 수 없는 환자처럼 톨스토이는 모스크바에서 야스나야 폴랴나로, 야스나야 폴랴나에서 다시 모스크바로 옮겨 다녔다. 야스나야 폴랴나에서는 좀 견디기 나았지만 이곳에 가면 곧바로 모스크바에서 이런 편지가 날아들었다.

"막내 애는 여전히 몸이 좋지 않아요. 너무 안쓰럽고 불쌍해요. 당신과 슈타예프 씨는 특히 자기 자신들의 아이들을 좋아하지 않지요. 하지만 우리 같이 평범한 사람들은 그렇게 이상한 사람이 될 수가 없고 모든 세상에 대한 사랑이라는 말로 그 어떤 한 사람을 사랑하지 않음을 정당화할 수가 없지요. 그래요, 그리고 싶지도 않아요. 저는 오늘 당신의 편지를 받을 것이라고 생각했어요. 하지만 당신은 어제 편지를 보내 당신에 관한 제 걱정을 덜게 해 주었지요. 하지만 제가 걱정을 많이 할수록 더 잘 되는군요. 양쪽에서 아주 힘차게 타고 있는 제 촛불이 더 빠르게 타오를 겁니다."[118]

바로 이 무렵 톨스토이는 아내에게 보낸 편지에서 그들 사이의 갈등을 이렇게 설명한다.

"내게 있어, 그리고 모든 사람들의 생각에 있어(이에 대해서는 쓰지 않겠소) 도시의 주요한 악은 사람들이 거짓된 판단을 가지고 끊임없이 싸우거나 논박하고, 또는 논쟁도 없이 동의하곤 한다(이건 더 나쁜 것이지요)는 것입니다. 쓸데없는 것들과 거짓을 가지고 논쟁하고 논박하는 것은 아주 즐거운 잔치와도 같이 되었지요. 거기엔 끝도 있을 수가 없지요. 거짓이란 수도 없이 많은 법이니까요."(83, 314)

이 내용 바로 앞에 톨스토이는 이렇게 말했었다.

"고요 속에 빠져 있다오. 부탁하러 오는 사람들을 다 피하고 있소. 나는 지금 오직 생각해두었던 것을 쓰고 싶을 뿐이오. 집은 따뜻하고 숙모가 쓰던 방을 쓰고 있소. 너무 따뜻해서 갑갑하면 옮길 것이오. 마음이 다할 때까지, 그리고 당신이 충고한 대로 이곳에 머물도록 하겠소."(83, 311)

야스나야 폴랴나의 낡은 집은 적막하고 한기에 싸여 있었다. 마리야와 아가피야는 따뜻한 방에 모여 앉아 차를 마시며 조용히 이야기를 나누었다.

톨스토이는 마음이 평화로워지기를 갈망하며 기다렸다.

소피야는 이 편지에 대해 나름대로 감동을 받아 다정하게 답장을 보냈다.

"왜 도시생활이 논쟁을 불러일으킨다는 것인지 전 이해하지 못하겠어요. 뭔가 설교하고 설득하는 일이 즐거운 사람이 어디 있겠어요? 그런 사람은 그저 미숙하고 어리석을 뿐이지요. 그런 건 미숙하고 순진한 슈타예프 같은 사람에게나 어울리겠지요."[119]

118) S. 톨스타야, 《톨스토이에게 보낸 편지(1862~1910)》, 173쪽.
119) 위와 같음.

이 편지의 목소리는 무슨 일에도 경탄할 수 없는 사람의 목소리다.

소피야는 자기 주변 사람들의 일상적인 삶을 영원한 것으로 생각했다. 그녀의 주변을 벗어난 바깥사람들의 삶은 어딘가 저 멀리에 있는 것이고 그녀와는 무관한 것이었다. 이런 그녀에게 톨스토이의 생각은 그럴 이유가 없는 별난 것으로 여겨졌다. 그녀는 29년 동안 참 많이 참으면서 남편이 자신과 같은 사람이 되기를 기다렸다.

톨스토이가 모스크바에 머물 때면 소피야 곁에 있었지만 그녀와는 단절된 채 살아갔다. 그가 바라보는 모스크바는 그녀가 보는 것과는 전혀 달랐던 것이다.

1884년 3월 27일 톨스토이는 체르트코프에게 편지를 쓴다.

오늘 아침 내 글을 필사했던 이바노프라는 중위가 찾아왔습니다. 다소 정신이 없지만 훌륭한 사람이지요. 그는 노숙인 숙소에서 지내고 있지요. 그는 당황한 모습으로 날 찾아와서 이렇게 말하더군요.

"끔찍한 일이 있었습니다. 제가 묵던 방에 세탁부가 한 사람이 있었는데요. 스물두 살이었지요. 그녀는 일을 할 수가 없어서 하룻밤 방세를 낼 수가 없었습니다. 숙소 여주인이 내쫓았지요. 그녀는 몸이 아픈 상태였고 제대로 먹지 못한 지도 벌써 한참 되었지요. 그녀는 나가려고 하지 않았어요. 그러자 경찰을 불렀고 경찰이 와서 그녀를 데려가더군요. '어디로, 날 어디로 데려가는 거예요?'하고 그녀가 물었어요. 그 경찰이, '아무데나 가서 죽으라고. 돈 없으면 못사는 거야', 이러지 않겠습니까. 그 경찰은 그녀를 교회 입구에다 끌어다 놓았습니다. 밤이 되자 어디 갈 데라곤 없었던 그녀가 다시 숙소로 왔지만 여주인은 집 문턱도 넘지 못하게 했지요. 결국 그녀는 집 앞에 쓰러져 죽었습니다."

나는 집에서 나와 그곳으로 가보았지요. 관은 지하실에 놓여 있었는데 그녀는 거의 벌거벗은 상태였고 뼈만 앙상한 다리를 무릎에 웅크린 채 관 속에 누워 있었습니다. 양초가 켜져 있었고 부제가 뭔가 추도문 같은 걸 읽고 있더군요. 나는 호기심으로 지켜보았을 뿐이지요. 이런 사실을 쓰기도 부끄럽고 산다는 것 자체가 부끄러울 뿐입니다. 집에서는 철갑상어 요리가 다섯 번째 요리로 준비되어 있더군요. 그리 신선한 것은 아니었지만 말입니다. 가족들에게 내가 이런 사실을 전하자 다들 이해할 수 없다는 표정이었습니다. 어쩔 수 없는 그런 일을 왜 입에 올리느냐는 것이겠지요.

"그러면 우리는 무엇을 할 것인가?"라는 논문에는 많은 실례가 거론되고 있지만 전체적으로 어조는 많이 완화되었다. 분명히 검열을 염두에 두고 쓴 것이다. 이 논문은 한 인간이 자기 자신의 삶을 바라보며 놀라워하는, 가슴 아파하는 감정에 기초해 있다.

톨스토이는 모스크바를 불행하고 굶주린 도시이자 부가 넘쳐나는 방탕한 도시로, 파멸한 삶에 대한 대가를 모르는 도시로 보았다. 이렇게 톨스토이는 농촌의 굶주림을 목격한 뒤에 도시의 굶주림까지 인식하게 되었다.

하지만 삶은 계속되고 있었다.

성경에 네 적은 네 집안에 있다는 말이 있다. 그러나 그건 사실이 아니다. 인간은 자신의 소심함을, 자신의 우유부단함을 집안사람들에게 떠넘긴다. 그래서 만일 그가 삶을 개조하지 못한다면, 집안사람들은 그의 파멸에 대한 변명거리가 되는 것이다.

근면함, 혹은 땅을 가는 사람의 승리

1.

슈타예프의 제안처럼 도시 밑바닥 사람들을 부유한 농장에서 일하게 함으로써 문제를 해결하는 것은 불가능한 일이었다. 부유한 농장은 이미 부농의 손안에 쥐어져 있었다. 이에 대해서는 엥겔가르트가 톨스토이에게 자세하게 이야기한 바 있다. 그의 아버지는 유명한 사회 활동가이자 언론인으로 농촌 문제에 대해 해박하고 정통한 지식을 가졌던 인물이다.

M. 엥겔가르트(1861~1915)는 학생 '소요'에 참여했다가 농촌으로 추방되었는데, 거기서 농촌의 실상을 목격하게 된다. 그는 다른 사람들의 말이 아니라 자신이 직접 본 것에 기초하여 농촌에 대한 이야기를 했다. 무엇보다 엥겔가르트가 목도한 것은 농촌 공동체의 붕괴였다.

현재 농민대중이 가장 열악한 경제적 조건에 처해있다는 사실은 잘 알려진 바입니다. 토지는 적고 세금은 많고, 대다수 토지가 황폐해져 가고 있습니다. 항상적인 빈곤과 빵 한 조각을 둘러싼 끝없는 싸움으로 인해 농민들은 뭘 들여다보고 생각하고, 삶의 의미에 대해 문제를 가져볼 시간이 전무하며 그로 인해 그들은 갈수록 강팔라 갑니다. 다른 사람들을 돌아볼 겨를이 없고 오직 저 혼자 살기도 힘든 것이죠. 이기주의적 성향이 강화되어 만일 황폐해가는 조그만 땅뙈기라도 있으면 다들 입맛을 다시며 '저 땅을 내가 임대할 수 있다면, 아니면 저 땅을 내가 사들이면 나도 드디어 지주 나리가 될 텐데'라고 군침을 삼킬 겁니다. 실제로 토지는 아주 영악하고 능력 있는 사람들 차지가 되고 나머지 농민대중은 품팔이 농부로 전락해갑니다. 더러운 욕심쟁이가 아니라 신의 은총을 받은 사람들이 이렇게 착취자가 되어 공동체로부터 단절되고 있습니다. 그렇게 공동체가 무너지고 있는 것이지요. 우리 농민은 그 어떤 지렛대로도 움직일 수 없을 만큼 단단하게 사유재산의 원리에 뿌리내린 의식적인 부르주아가 아직은 아닙니다.

그러나 농민들은 공동체가 유일하게 정당하고 합리적인 사회라는 것을 모르고 있습니다. 그걸 제대로 알았다면 벌써 오래 전에 토지 공동경작으로 나아갔을 것입니다. 또한 농민들은 고용경작의 불합리한 점도 결코 주목하지 못하고 있습니다. '나와 같이 열심히 일하라, 그러면 너도 부자가 될 것이다. 나는 내 힘으로 잘 살고 있다.

도둑질도 강탈도 하지 않았다'는 식의 논리를 반박하지 못하는 것이 지요. [120]

　엥겔가르트는 구 농촌사회의 붕괴를 막기 위해 선전선동이 필요하며 이 선전선동에 분파주의 종교를 활용할 필요가 있다고 제안했다. 이에 따라 그는 분파주의 운동의 의미를 재평가할 수 있을 사람이라고 생각하며 톨스토이에게 편지를 쓴 것이다.

　엥겔가르트의 편지에 나타난 사상은 유토피아다. 분파주의는 농촌을 개조할 수 없는 것이었다. 그것은 그 자체가 농촌의 붕괴에 기초하여 창조되었을 뿐만 아니라 이미 옛날에 속하는 것이기 때문이다.

　엥겔가르트에 대한 답변에는 당시 톨스토이가 겪고 있던 고독한 감정이 짙게 담겨 있어 우리를 놀라게 한다. 그는 낯선 사람에게 너무나 가까운 사람을 대하듯이 말한다. 즉 이것은 당시 톨스토이가 집안에서 그 누구와도 이야기를 나누고 있지 않았다는 사실을 말해준다.

　후에 체르트코프가 차지하는 아주 특별한 예외적인 지위는 분명 이런 고독한 감정과 관계가 있다. 체르트코프는 이야기를 경청하고 변함없는 어조로 응답할 수 있었던 사람이었다. 그리하여 그는 톨스토이의 가장 중요한 친구가 되었던 것이다.

　엥겔가르트의 편지는 톨스토이식으로 표현한다면 그의 영혼을 따뜻하게 녹여 주었다. 답장은 1882년 말이나 83년 초에 씌어졌다. 편지는 비극적 어조로 시작된다. "내가 얼마나 고독하며, 현재의 '나'라는 것이 나를 둘러싼 모든 사람들에 의해 얼마나 경멸당하고 있는지 당신을 생각 못할 것입니다. 아니 상상조차 할 수 없을 것입니다."

　이 편지는 기념전집에 실려 있는데 12쪽이나 된다. 이 편지는 불만의 목소리가 아니라 매우 차분하면서도 우울한 사실 확인으로 가득 차 있다.

---

120) M. 엥겔가르트의 1882년 12월 10일 편지(63, 125∼126).

톨스토이는 열여덟 살짜리 아들(분명 일리야를 말한다)이 술독에 빠져 방탕한 생활로 빠져드는 모습에 대해 이야기한다. 그리고 성서를 인용하며 스스로를 위로한다. 이렇게 말이 많아진 이면에는 그의 커다란 슬픔이, 그리고 삶을 어떻게 개조해야할지 모르는 당혹함이 묻어난다.

그는 폭탄과 총, 선전선동 팸플릿 대신 신에 대한 믿음과 충성서약 거부, 군복무 거부를 제안한다. 톨스토이는 그렇게 확신하고 싶었다. 톨스토이는 그리스도교를 오 계명으로 이해했다. 이 오 계명은 모세의 10계명 중 일곱 가지 금지 계명을 축약한 것이었다.

다섯 가지를 금하고 그 다음 무엇을 할 것인가?

해야 할 것은 분명히 집, 마을, 밭, 노동 그리고 모두 동등하게 노동하고 직접 물을 길어 자기 방을 쓸고 닦는다는 의미의 평등과 관련되어 있었다. 바로 이런 이유에서 본다레프의 유고가 톨스토이에게 하나의 계시와도 같았다. 톨스토이는 본다레프의 《자기 자신의 손으로 노동하기》라는 제목의 수기에 대해 〈러시아 사상〉(1884년 제 11호)에 실린 글렙 우스펜스키의 논문을 통해 알게 된다. 이제 이와 관련한 톨스토이의 희망과 절망에 대해 이야기할 차례다.

2.

우스펜스키의 논문에 식량을 얻기 위해 손에 굳은살이 박이도록 일하는 것이 삶의 기본이라고 생각하는 한 시베리아 농부에 대한 이야기가 나온다. 톨스토이는 이 농민의 이름을 탐문하여 그가 미누신스키 지방의 티모페이 본다레프라는 것을 알아냈다. 톨스토이는 그의 수기를 찾으려고 노력했고 그 먼 지역에 살고 있는 자신과 생각이 동일한 사람과 문통을 하기 시작했다. 1885년 7월 중순 톨스토이는 본다레프에게 편지를 보낸다.

며칠 전 당신의 수기를 받았습니다. 당신의 가르침이 압축된 것이더군요. 나는 전에 수기의 발췌본을 읽으면서 당신의 말씀이 진실로 가득하다는 점에 깊은 감명을 받았습니다. 하지만 이번에 완본을 읽으면서 더욱 기뻤지요. 당신의 말씀은 성스러운 진리이고 헛된 말씀은 하나도 없었습니다. 세상의 거짓을 잘 파헤쳐 주었습니다.

톨스토이는 본다레프에게 총 9통의 편지를 보냈다. 그 중 마지막 편지는 본다레프가 죽은 후 도착한다.

톨스토이는 본다레프의 수기를 출판하고 싶었지만 검열에 걸려 뜻을 이루지 못했다. 〈러시아의 부〉에서도, 〈러시아의 옛 풍속〉에서도 출판을 시도했지만 성공하지 못했고 1888년 〈러시아의 일〉 제 12호와 13호에 게재되었지만 모두 압수되고 만다.

결국 본다레프의 수기는 해외에서, 1890년 프랑스 파리에서 불어로, 그리고 1896년 영어로 출판된다. 본다레프의 수기에 대한 톨스토이의 러시아 어 서문은 톨스토이 선집(1890년, 모스크바)에 실리는데 검열을 통과하기 위한 정도의 내용이었다.

이때까지 본다레프 자신은 자신의 수기를 다양한 통로를 통해 러시아 당국에 전달했었다. 그가 수기를 통해 전하고자 하는 것은 모든 인류가 땅에서 일해야만 한다는 것, 그리하여 만일 모두가 열심히, 설사 1년에 40일 동안만이라도 땅을 간다면 기생적 삶이 사라질 것이며 세상의 가난은 더 이상 존재하지 않으리라는 것이었다.

본다레프는 모든 사람들이 개별적으로 각각 땅을 갈아야 한다고 생각한다. 그는 도대체 왜 사람들이 자신의 충고를 받아들이지 않는지 이해하지 못했다. 그래서 황제와 그 신하들에게 도움을 청하고자 했다.

1883년 그는 자신의 수기를 청원서와 함께 내무부 장관에게 보냈다.

저는《땅을 가는 사람의 승리》라는 제목으로 250가지 질문을 골라 이에 답하고 있습니다. 이것은 효과적이고 유용한 치유가 될 것입니다. 만일 세상 사람들이 모두 제 말을 받아들이게 된다면 4년이

채 되지 않아 모두들 크게 힘들이지 않고 극빈상태에서, 견딜 수
없는 가난으로부터 벗어나게 될 것입니다. 그때가 되면 어리석은
자는 지혜로워지고, 게으른 사람은 근면해질 것이며, 술주정꾼은
건강해지고, 가난한 자는 부자가 되고, 집 없는 자는 견실한 집주
인이 되고, 불한당은 정직한 사람이 될 것입니다. 그리하여 부활의
날이 도래하고 전 우주가 그 어떤 저항도 없이 신에 대한 하나의 믿
음으로 결속될 것입니다. 121)

본다레프의 생각은 아주 고답적인 것이었다. 그런 생각의 기원을 우
리는 구약성서에 나오는 교회운동에서 발견할 수 있을 것이다. 고위 당
국에 수기를 보내는 것과 같은 선전선동 방법도 고답적이다. 그는 수기
를 황제에게 보내면서 제목을 《근면함과 기식성에 대하여》라는 제목으
로 출판해달라고 부탁했다. 그러나 한참의 시간이 지난 뒤 본다레프는
'청원의 타당한 근거가 없으므로 윤허되지 아니한다'(63, 278)는 통보를
받았다.

톨스토이는 수기를 고위 당국자들에게 아무리 보내야 도움이 되지 못
하다고 본다레프를 설득했다. "장관들이 당신의 수기를 받을지 말지 나
는 모르지만 다만 그것이 아무 소용이 없으며, 틀림없이 장관들은 그걸
읽어 보지도 않고 사무실 어딘가에 내던져 버릴 거라는 사실을 잘 알고
있습니다. 만일 읽어 본다 하더라도 그저 웃음거리가 되고 말 것입니
다."122)

톨스토이는 본다레프에게 그의 가르침이 때로는 톨스토이 자신에게
조차도 잘 납득되지 않는 점이 있다고 말한다. 즉 근면의 법칙은 기식
계층에게 도움이 되지 않는다는 것이다. 나아가 톨스토이는 이렇게 말

121) K. S. 쇼호르-트로츠키, 《슈타예프와 본다레프》, 《톨스토이 연감》,
      1913년, 13쪽.
122) 1886년 3월 26일 편지(63, 338).

270

한다.

> 나는 자문하곤 합니다. 어떻게 사람들이 제 일의 법칙을 벗어나고
> 또 다른 사람들도 벗어나게 하는가? 어떻게 하여 사람들이 그 법칙
> 을 수행하지 않고 벗어나는가? 그리고 스스로 이렇게 답합니다. 다
> 른 사람에 대한 권력을 쥐고 있고(사울 왕123)의 선출), 사람들을
> 무장시켜 다른 사람들을 종속시키는 사람들이 있다, 관리와 병사와
> 같은 그런 사람들이 제 일 법칙을 가장 먼저 배신한 자들이라고 말
> 입니다. 그들은 먹을 것을 충분히 장악하고 나면 다음엔 돈을 장악
> 합니다. 그리하여 이제 그들은 먹을 것을 얻기 위해 노동할 필요가
> 없게 됩니다.

톨스토이는 내무성을 통해서, 그리고 심지어 황제를 통해서는 그 무
엇도 이룰 수 없으며 그래서도 안 된다고 생각했다. 그러나 그 자신의
환상 역시 본다레프의 환상과 크게 다른 것이 아니었다.

톨스토이와 본다레프는 동일한 범주의 문제들로 고뇌하고 있었다.
본다레프는 사람들이 어떻게 일해야 하는지를 모르고 있을 뿐이라고 생
각했다. 만일 그들에게 잘 설명해준다면 그들은 그의 말을 알아듣고 자
신의 삶을 바꾸어갈 것이라고 믿었던 것이다.

그러나 톨스토이는 이 세상이 생각에 의해 움직여지며 생각을 바꾸면
세상도 바뀔 것이라고 생각하며 그런 생각을 평생 주장하고자 했다.

1886년 5월 4일 편지에서 톨스토이는 아내에게 기아(飢餓)에 대해,
그리고 배를 곯으며 잠자리에 드는 농민 아이들에 대해 이야기한다. "구
걸하는 자들에게 빵이든 씨앗이든 무엇이든 먹을 것을 주어 도울 수 있
지만 그건 도움이 아닙니다. 그건 바닷물에 물 한 방울 보태는 것에 지
나지 않아요. 게다가 이런 도움 자체는 자기모순이지요."

---

123) 〔역주〕 성서에 나오는 이스라엘의 초대 왕. 바울의 원 이름.

그렇다면 무엇으로 도와야 한단 말인가?

"단 한 가지 방법, 즉 선한 삶으로 이끄는 것뿐입니다. 모든 악이 부자들이 가난한 자들의 것을 빼앗아가기 때문에 발생하는 것은 아닙니다. 그것은 작은 이유일 뿐이지요. 보다 큰 원인은 사람들이, 부자든, 중간층이든, 빈민이든 모두 짐승처럼 살아가면서, 제각각 저를 위해 남을 공격하고 있다는 데 있습니다. 바로 그래서 슬픔과 빈곤이 생겨나는 것입니다."

톨스토이는 모든 친구들에게 본다레프에 대해 이야기한다. 그는 〈러시아 사상〉 편집진을 통해 본다레프의 수기를 받아든 뒤 레베제프를 설득한다. "슈타예프와 본다레프와 같은 두 농민이 이야기하는 것과 같은 그런 힘차고 명료한 위대한 사상은 대학이나 아카데미, 서적과 잡지를 통해 나오지 않습니다. 제 말은 그저 하는 말이 아니며 농민문학에도 흥미로운 현상이 있다는 말도 아닙니다. 이건 러시아 민중뿐만 아니라 전 인류의 삶에 하나의 커다란 사건입니다."(90, 257)

러시아 작가와 학자들에 관한 사전을 편찬하는 벤게로프의 부탁을 받고 톨스토이는 본다레프에 대한 간략한 평가를 써 보낸다.

"본다레프의 저작은 (…) 이 사전에 실려 있는 많은 저작들을 뛰어넘는 것으로 그 모든 저작들이 미치는 영향력을 다 합친 것보다 더 큰 영향력을 지닌 것이다 (…) 그 누구도 본다레프가 하고 있는 것과 같은, 빵을 얻기 위한 노동이 삶의 가장 근본적인 종교적 원칙이라는 말을 하지 못하고 있다. 그러나 그는 하고 있다 (…) 그는 천재적인 사람이기 때문이다."(31, 69~70)

3.

본다레프 자신은 자신에 대해 이렇게 말한다.

> 나는 노보체르카스카야 지역의 체르노주보프라는 지주의 농노였는
> 데, 지주는 내 입에 재갈을 물려 타고 다녔고, 나는 이 불운함과
> 모욕, 슬픔과 한숨의 술잔을 바닥까지 다 마셔버렸다 (…) 주인은
> 내가 못하는 것 없는 마술사나 요술쟁이라고 불렀고 그래서 그해
> 나는 37살의 나이로, 먹지도 제대로 못한 채 밤낮 없는 노동으로
> 이미 노인이 다 되어 있던 몸으로 군대에 보내졌다. 당신 니콜라이
> 1세 법률에 따라 복무기간은 25년이나 되었다. 네 명의 어린 애들
> 과 걷지도 못하는 다섯째는 저희들 어미와 함께 극심한 가난에, 그
> 리고 주인의 호랑이 같은 발톱 아래 내던져졌다. 그 어디에서도 그
> 누구로부터도 도움이나 보호를 받지 못했다. 그 시대에는 하느님조
> 차도 구름에 가려 있어 우리의 기도가 닿을 수 없었던 것이다. 124)

본다레프라는 이 농민에게는 아주 고답적인 요소와 더불어 오늘날 우
리가 보더라도 고개를 끄덕일 만한 요소들이 섞여 있다. 그의 책은 《땅
을 가는 사람의 승리. 혹은 근면함과 기식성》이라는 제목으로 1906년
〈중개인〉 출판사에서 출판되었다.

본다레프의 수기는 노동하는 사람, 땅을 가는 사람의 당당함으로 가
득하다.

"나는 일하는 사람이다. 잘 자란 밀을 큰 낫으로 수확하고 수확한 밀을
큰 단으로 묶을 때 장정 두 사람이 하기에도 힘든 일을 나는, 내 나이 예
순다섯이지만, 혼자서도 아주 말끔하고 단단하게 단을 묶어낼 수 있다."

"내가 말한 모든 것에서 분명한 것은 최고급 사교계에서는 장군이 제
일 높은 자리를 차지하지만 우리 일하는 사람들 중에서는 훌륭하게 땅

---

124) 《톨스토이 연감》, 1913년, 12쪽. 이후 본다레프의 말은 이 책 14쪽,
42쪽, 37쪽, 21쪽, 38~39쪽에서 차례로 인용된다.

을 가는 사람이 제 일의 자리를 차지한다는 점이다. 이제 독자 여러분은 내가 누군지 알았을 것이다. 이 정도면 나는 근면함과 기생계층에 대해 말하고 쓸 만한 사람인 것일까? 나는 정말 그렇게 말할 충분한 권리를 가지고 있다고 생각한다."

본다레프는 성서를 글자 그대로 받아들이면서도 동시에 자유롭게 재해석하는 분리주의 종파에 속한다. 군대에 복무할 때 그는 분파의 하나인 안식교의 영향을 받아 이 유대 종파에 귀의한다. 그는 이름도 다윗 아브라모프라고 바꾸고 유대인들이 유배되어 있던 미누신스키 지역 유디노 마을을 찾아갔다. 거기서 그는 성서의 사사기 편[125]을 다시 읽었다. 사사기 편은 왕 없이 살아가는 백성들과 모든 사람이 땅을 갈고 경작하는 시대에 대한 이야기를 담고 있다. 이 가부장주의 시대의 삶에 대한 전설은 추방당한 농민들에게 일하는 사람의 낙원에 대한 이야기로 들렸다. 그는 삼천 년 전에 존재했다는, 희미하게 기록된 그 낙원을 다시 만들어내고자 했다.

본다레프는 성서를 재해석하기 시작했다. 그가 보기에 성서에서 가장 중요한 인물은 카인이었다. 카인은 최초로 태어난 사람이었다. 아담과 이브는 태어난 것이 아니라 창조되었기 때문이다. 카인은 최초로 땅에 발을 딛고 땅을 간 인물인 것이다. 그것은 성서의 창세기 4장에 나와 있다. 카인과 그 후예들은 농기구를 만들고 가축을 번식하는 기술을 창안했다. 그래서 본다레프는 마코비츠키에게 보낸 편지에서, "이 세상 최초로 태어난 카인은 모든 성자들과 모든 정의로운 자들 중에서도 가장 성스럽고 가장 정의로운 자입니다. 나는 무슨 이설을 주장하는 것이 아닙니다. 글자 그대로 카인은 신 앞에 자신의 정의로움을 입증한 사람인 것입니다."

---

125) 〔역주〕구약 성서 사사기가 다루는 사사 시대는 여호수아의 죽음 이후부터 이스라엘의 초대 왕 사울의 즉위까지, 대략 340여 년 동안의 이스라엘의 역사 시기를 말한다.

유대인 마을에서 본다레프는 훌륭한 농장을 이룩했지만 얼마 뒤 내던 지고 조그만 오두막을 지어 추방당한 사람처럼 거기에 칩거한다. 주변의 유형 온 농민들은 점점 부유해졌지만 자신들의 농민 선지자를 이해하지는 못했다. 그가 말하는 것은 반역과도 같은 것이었기 때문이다.

"오, 이 넓은 세상이 얼마나 끔찍한 야만과 사악함으로 가득 차 있는가. 전 러시아의, 용수가 풍부한 비옥한 땅과 초원, 숲, 물고기를 잡을 수 있는 강들, 호수들 … 그 모든 곳으로부터 사람들은 내쫓겼다 … 영원히 빼앗기고 말았다. 그리고 사람들은 그 대가로 굶주림과 추위로 죽어 가고 있다."

본다레프는 동료 마을 사람들에게 이해받지 못한 채 고독하게 살아갔다. 나지막한 탁자를 앞에 두고 나지막한 의자에 앉아 그는 직접 손을 움직여 하는 노동에 대해 처음에는 종이쪽지에, 그리고 나중에는 들판과 길바닥과 집안을 가리지 않고 온갖 곳에 글을 써댔다. 그러다가 쓰인 글자들이 독자들에게 읽힐 것이라는 확신은 없었지만 돌 위에 자신의 말을 새기기 시작했다. 그는 아주 단단한 석회암 석판들을 골라서 후세를 위한 유훈을 몇 년 동안 끌로 새겼다.

그는 아주 오랜 시간이 지난 뒤에 그의 무덤을 찾을 사람들에게 자신의 고독함에 대해 이야기하고 있었다. 그는 자신의 삶을 "오랜 수난을 겪은, 위대한 애가를 받을만한" 삶이라고 말한다.

돌 위에는 또 이런 말이 새겨져 있다.

여기 내 생전에 글을 새기는 것은 이 나라 최고 정부에 고하는 것이다. 그대 정부는 나, 본다레프를 어떻게 생각하는가. 나는 자기 자신을 신분과 신앙과 출생을 가리지 않고 전 세계의 지복함을 탄원하는 더없이 진실한 사람으로 생각한다. 다시 말해 나는 사람들 모두가 극빈함을 벗어날 수 있는 방법과 수단을 찾고 있다. 이것은 너무나 중요한 문제지만 그 누군가가 한순간에 갑자기 사람들을 그런 불행으로부터 벗어나도록 해낼 수 있는 것은 아니다. 어느 시대의 어떤 위대한 사상가도 그 모든 노력에도 불구하고 그런 일을 해낼 수는 없었다. 그렇다면 그런 극심한 가난으로부터 벗어나도록 하려면 어떻게 해야 할 것인가? 거지에게 1, 2루블을, 아니면 백, 천 루블을 준다 해도 그는 얼마 되지 않아 그 돈을 다 써버리고 과거와 마찬가지로 여전히 거지신세를 벗어나지 못할 것이다. 그가 알코올 중독자라서 그런 것인가? 그렇지 않다. 멀쩡한 사람일지라도 내가 말하는 재앙으로부터, 즉 가난으로부터 벗어날 수 있는 방도는 그 어떤 것도 없다.

그렇다면 사람들을 가난으로부터 벗어날 수 있도록 청원하고 있는 나는 어떤 방법을 가지고 있는가. 그리고 그대, 이 세상 모든 사람을 다복하게 해 주어야할 통치자와 안내자들인 그대들은 어떤 방법을 가지고 있는가? 혹시 중대한 힘을 가진 정부인 그대는 지주와 그 부류 사람들과 같은 건강한 양떼만을 기르고, 나머지 연약한 양떼는 피에 굶주린 야수들의 먹잇감이 되게 하려는 것은 아닌가?

본다레프는 지금은 가난에 찌든 인간이 미래에는 "두 배, 세 배, 아니 수십 배로 노동의 기쁨을 맛보게 될 것이며, 그 모든 노동이 전혀 힘들지 않게 느껴지고 노동의 피로를 결코 느끼지 않게 될 것이다"라고 확신했다. 나아가 본다레프는 그가 22년 동안 그의 말에 귀를 기울이라고 당부했지만 이제 그는 다 익은 밀이 때가 되어 수확을 기다리며 새로운 파종을 준비하는 것과 같이 자신은 관에 누울 날을 기다리고 있다고 돌에 새겨 넣었다.

본다레프의 말이 언제나 명쾌한 것은 아니다. 그는 강력한 유토피아를 꿈꾸었지만 그의 유토피아는 항상 과거에 자리하는 것이었다. 그리하여 미래의 독자를 향해 자신의 묘비에 새겨 넣은 그의 말은 다소간 공허하지 않을 수 없다.

"나는 그대들에게 찾아갈 수 없지만 그대들은 언제나 나를 찾을 수 있

276

으리라."

돌고-하모브니체스키 골목에서

톨스토이는 사소한 일에서는 독립적이지 못했다. 소피야가 "왜 당신
은 제게 마음대로 하라고 했지요?"[126] 라고 톨스토이를 힐난하는 편지를
쓴 것도 분명 근거 없이 그런 것은 아니다.

그는 때때로 누구든지 대신 결정하고 책임을 져주기를 바랐다. 그와
동시에 일반적이고 전체적인, 삶의 원칙들은 자신이 모든 것을 직접 결
정했다. 1882년 12월에 일기처럼 쓴 기록에는 이렇게 씌어 있다. "다시
모스크바. 다시 끔찍한 정신적 고뇌를 느꼈다. 한 달 이상이다. 그러나
아무 소득이 없다." 이 기록은 아주 길기 때문에 축약해서 인용한다.

네가 선의 결과를 보려고 한다면 너는 더 이상 선을 행하는 것이 아
니다. 그뿐 아니라 네가 그 결과를 보려는 사실로 인해 너는 선행
을 망치고 허영심에 젖어 절망하게 될 것이다. 네가 행한 것이 진
정한 선이 되기 위해서는 선을 망치는 너의 존재가 존재하지 않는
그때이다. 그러나 더 많은 선을 행하라. 씨를 뿌리고 뿌려라. 그러
나 그걸 거두는 것은 너, 인간이 아님을 알라. 한 사람은 거두고
다른 사람은 거두리라. 너, 톨스토이라는 인간은 거두지 않으리라.
네가 거두려고 한다면, 그 밭의 잡초라도 뽑으려고 한다면 너는 그
밭을 망가뜨리고 말 것이다.

잡초를 뽑는다는 것은 분명히 일을 끝까지 다 완수하려한다는 것을

---

126) 1882년 3월 2일 소피야의 편지. 《톨스토이에게 보낸 편지(1862~
    1910)》, 184쪽.

의미한다. 그것은 선행을 완수하도록 호소할 뿐만 아니라 그 결과까지도 획득하는 것을 과제로 삼고 있다는 뜻이다.

모스크바에서 톨스토이는 시골 영지를 찾고 있었다. 그것은 이미 어떤 후퇴와도 같은 것으로 자신의 삶의 방식의 보존을 의미했다.

그는 도시에서 농촌을 찾고 있었던 것이다.

자고스킨은 《모스크바와 모스크바 사람들》에서 이렇게 말한다.

"여러분은 모스크바에서 우리 농촌 마을의 단순한 삶의 형태를 보여주는 분명한 특징들을 볼 수 있을 것이다. 이를테면 여러분은 완벽한 시골 지주의 저택의 모습을 볼 수 있다. 가축 방목장과 과수원, 야채밭, 그리고 기타 농촌 농장에 필요한 여러 장치들을 그대로 가지고 있는 시골지주의 저택을 말이다. 내 친구 중 하나인 P. F. 씨는 바스만 거리에 있는 K씨의 집을 임대했다. 나는 그 계약서를 직접 읽어 보았다. 그 계약서에는 여러 필요한 사항과 더불어 임대인이 집에 딸린 모든 밭을 완전히 활용할 수 있지만 **건초와 물고기 천렵**은 금지된다는 사실이 부기되어 있었다."[127]

이 책은 1840년대에 쓰인 것이지만 톨스토이가 1882년에 구매한 집은 모스크바 대화재 이전인 1808년에 지어진 것이었다. 이 집은 오래된 밭도 있었고 화재 이전의 모스크바 저택의 모습을 간직하고 있었다.

톨스토이는 4월에 돌고-하모브니체스키 골목에 있는 아르나우토프 저택을 찾아냈다. 그리고 6월에 이 집에 대한 부동산 매입절차를 완료한다. 이 골목은 노보데비치 수도원 가까운 곳이었다. 톨스토이는 이 저택이 독립가옥이고 거의 방치되긴 했지만 2만 평방미터 크기의 과수밭이 딸려 있다는 사실을 마음에 들어 했다.

과수밭에는 보리수와 느릅나무, 단풍나무, 자작나무, 흰색과 보라색 라일락 등이 자라고 있었다. 나무들이 조용하고 쾌적하게 수런거리는

---

127) M. 자고스킨, 선집 제 8권, 상트-페테르부르그, 1901, 100쪽.

모습은 도시에서 보기 힘든 것이었다. 당시 톨스토이 집을 방문했던 사람들은 한결같이 이 집 풍경을 보고 교외의 지주 저택과 똑같다고 입을 모았다. 지주들은 모스크바에서도 달팽이가 껍질을 이고 다니는 것처럼 자신의 시골 저택을 그대로 만들어 살았던 것이다.

집 자체는 대가족이 살기에 좁았다. 이미 아이가 여덟이나 됐다. 세르게이와 타티야나, 일리야, 레프는 나이가 좀 들었고 마리야와 안드레이, 미하일, 알렉세이는 아직 어렸다. 그리고 가정교사와 하인들 수도 그에 못지않았다.

집을 증축하기로 결정했다. 지주들은 집을 짓고 증축하고 하는 등의 일을 좋아했다. 그럴 때 보통 지붕을 건드리지 않고 지붕 밑에 다락방 같은 공간을 덧붙이는 방법이 사용되었다. 편하게 살기 위해 집의 균형을 깨는 일은 하지 않았던 것이다.

아래층은 그대로 두고 2층에 천장이 높은 방 세 칸이 증축되었고 바닥에는 쪽마루를 깔았다. 거기로 올라가기 위해서는 화려한 계단을 통해야 했다. 톨스토이 자신은 2층에 손을 보지 않은 낡고 나지막한 방을 골랐다. 그 방으로 가기 위해서는 화려한 방을 지나 마치 지하실로 들어가는 것처럼 계단 3개를 내려가게 되어 있었다. 이제 이 집은 그에게 영감의 집, 창조의 집, 화해의 집이 될 것이다.

톨스토이가 이 집에 들어왔을 때는 그의 나이 54세로 창작의 절정기라고 부를 시기였다.

그가 이 집을 마지막으로 방문했던 것은 1909년 9월이었다.

그는 여기서 아주 오래 살았고 많은 작품을 창작했다. 《모스크바 인구 조사에 대하여》(1882), 《그러면 우리는 무엇을 할 것인가?》(1882~1886), 《이반 일리치의 죽음》(1882~1886), 《암흑의 힘》(1886), 《계몽의 열매》(1886~1890), 《크로이체르 소나타》(1887~1889), 《민화》(1882~1887), 《부활》(1889~1899), 《주인과 머슴》(1894~1895), 《예술론?》(1897), 《산송장》(1900), 《하지 무라트》(1896~1904) 등이 이 시기의 작품이다. 다만 《하지 무라트》의 핵심적인 부분은 두 번의 중병을 앓던 후기에 가스프라에서 쓰인 것임을 밝혀둔다.

하모브체브스키의 저택을 다시 만들고 있던 사람이 어떤 사람이었는지는 1884년 4월에 그 집에서 처음 톨스토이와 만났던 화가 레핀의 묘사를 보면 잘 나타나 있다. "대범하게 도끼로 잘라낸 듯한 그의 외모는 모델로서 아주 흥미로웠다. 첫눈에 보기에 외양은 거칠고 단순했고 그 외의 다른 점은 좀 지루해 보였다."

그러고 나서 레핀은 초상화 화가로서 톨스토이 얼굴을 뜯어보기 시작한다. 도드라진 눈썹마루, 좀 낮게 자리한 큰 두 귀, 사자 같은 콧수염 밑에 숨겨진 대담한 윤곽의 큰 입과 힘차게 여며진 입 가장자리. 꼭 다문 입술 중간 부분은 아름답다. "군인 같은, **포병대원** 같은 외적 태도. 근육질에 **뼈**마디가 야무진 골격 체질. 일꾼의 손처럼 큰 손은 손가락은 길지만 **뼈**마디가 특히 발달해 있어 '발동기' 같다. 영락없는 농민의 손이다. 귀족의 손가락은 거미다리보다 **가녀리다** … 두꺼운 피부색은 테라코타(붉은 진흙색) 색깔이다. 파르스름하게 혈관이 보일만큼 하얗고 투명한 피부와 같은 귀족적 특징들은 전무하다."[128]

모스크바의 집은 톨스토이를 번거롭게 했지만 그는 이 집에서 오랫동안 살며 일하며 늙어갔다. 가끔씩 야스나야 폴랴나를 방문하곤 했지만 그는 이곳에서 18년을 살았다. 쓰라린 고통과 노동의 세월이었다.

집의 재건축은 가볍게 시작됐다. 톨스토이는 아내를 제치고 모든 것을 직접 돌봤다. 그녀는 편지로 벽난로나 통풍구 따위에 대해 의견을 제시했고 아이들이 떨어질 수 있으니 계단에 난간을 좀 더 촘촘히 만들어야 한다고 다짐을 받아 두곤 했다. 그리고 가을이 되기 전에 마루를 칠해야 한다고도 충고했다. 톨스토이는 아들 일리야와 늙은 콘스탄틴 이

---

128) 《예술유산. 레핀》 제1권, M. -L., 소련과학아카데미 출판사, 1948, 330~332쪽.

슬라빈과 함께 지내고 있었다. 이슬라빈이 톨스토이를 지도할 때는 그는 우아함의 전형으로 보였다. 그는 음악에 빼어난 달인이었고 집시 노래에 열광했던 인물이었는데 소피야의 어머니 쪽으로 아저씨뻘이었기 때문에 톨스토이가 결혼하면서 톨스토이의 인척이 되었다.

이슬라빈은 지금은 인생의 실패자로서 가난하고 일도 없는 인물이었다. 심지어 그는 제대로 된 신분증도 없었다.

사생아였던 이슬라빈은 상인 신분에 입적되었고 거주증을 받으려면 상인자치회로 가야만 했지만 그것을 모욕적인 일로 생각했다. 그는 오랫동안 예피판 지역 귀족회의 지도자였던 오볼렌스키와의 친분을 통해 발급받은 증명서를 가지고 살았다. 그리고 톨스토이가 당시 크라피벤스키 지역 거주등록 사무소장이었던 비비코프에게 이슬라빈을 위한 신분증 발급을 부탁하고 있었다. 물론 이제 다 늙고 할 일 없는 이 사람에게 관심을 가질 사람은 아무도 없었기 때문에 그런 신분증은 있으나 없으나 아무 상관이 없는 일이기는 했다.

이슬라빈은 피아노도 치면서 상류 사교계의 여러 이야기를 늘어놓거나 홀에 깐 검은 줄무늬가 든 노란 쪽마루는 그야말로 '최신 유행'이라고 일리야에게 설명하는 등 이런 저런 충고를 하기도 했다. 집안에 여주인도 없고 부엌일을 해 주는 하녀도 없었고 가구란 가구는 한 방에 몰아 둔 상태였다. 그들은 고기를 삶아먹거나 밀죽을 끓여먹는 등 로빈손 크루소처럼 마음대로 살아갔다. 소피야는 남자들끼리 멋대로 사는 모습을 못마땅해 하며 편지로 이런저런 지시를 내리곤 했다. 그녀는 남편이 아저씨에게 너무 빠져있는 것이 별로 달갑지가 않았다.

이슬라빈 외에도 이 집에 드나든 사람이 한 명 더 있었는데 퇴역 육군 중위였던 알렉산드르 이바노프였다. 그 역시 인생의 커다란 좌초를 겪었고 술꾼에다 싸구려 숙박업소를 전전하던 인물이었다. 하지만 그의 필체는 아주 좋았다. 그런 숙박업소를 떠도는 사람들 중에는 필사 일을 하는 사람들이 적지 않았다. 교육받은 사람이 아무리 몰락해도 그 필체는 끝까지 남아 있는 법이다. 디킨스의 소설 《황량한 집》129) 에 나오는 한 귀족 부인은 필체를 보고 잃어버린 남편을 알아본다. 남편의 무덤을 찾던 그녀는 남편의 마지막 친구였던 떠돌이 소년을 만나고 그 소년은 풀막대기로 철책너머의 무덤을 가리킨다. 그때 무덤에서 쥐 한 마리가 달려 나온다.

하지만 이바노프는 그 누구도 찾지 않았고, 살기도 오래 살았다. 그러면서 그는 이슬라빈과 마부 라리온과 마찬가지로 톨스토이와 엮이게 된다. 이바노프는 톨스토이에게 모스크바 지옥을 데리고 다니며 보여주는 베르길리우스130) 였다. 그는 월계관도 쓰지 않고 고대의 명성도 없었고 아무런 질책도 하지 않고 다만 '그러면 우리는 무엇을 할 것인가?' 라는 질문만을 가지고 다녔다.

단테가 묘사했던 중세의 지옥은 악마에 의해 만들어진 것으로 간주되었다. 그러나 톨스토이가 바라보는 모스크바의 지옥은 다름 아닌 인간에 의해서 만들어진 것이었다. 그리고 그 인간들은 돌고-하모브니체스키에 있는 그의 집을 방문하여 화려한 방을 드나드는 그런 사람들이었다. 이바노프는 그런 화려한 방을 드나드는 부류의 사람이 아니었다. 그러나 그 무엇도 두려워하지 않는 이 영락한 인물은 톨스토이 방에는 자주 들르곤 했다.

톨스토이의 방은 작업실과 서재, 두 개였다. 작업실에는 수성 페인트

---

129) 〔역주〕 황량한 집(Break house). 영국이 낳은 가장 위대한 소설가 중 하나로 평가받는 찰스 디킨스(1812~1870)의 대표작 중 하나(1853년 작). 복잡한 구조의 이 소설은 사회풍자와 사랑이야기가 뒤섞인 작품으로 무의미하게 복잡하고 가혹은 법 절차와 가난한 사람들에 대한 경멸, 위선적 인도주의자와 성직자들, 불결한 위생시설 등을 비판한다.

130) 〔역주〕 베르겔리우스(BC 70~BC 19)는 로마의 가장 위대한 시인으로 세계문학사에 큰 영향을 미친 인물이다. 로마의 민족 서사시 《아이네이스》가 대표작. 단테는 《신곡》에서 이 시인을 만나 그의 인도를 받아 지옥을 순례한다.

를 칠한 금속제 세면대와 양동이가 있었는데 이것은 당시 가난한 사람들에게서나 볼 수 있는 세면대였다. 이 방에서 톨스토이는 가죽 구두 만드는 일을 했다. 여기에는 철제 구두골, 망치, 줄칼, 구두못 등이 널려 있었다. 창문 옆에 탁자가 놓여 있고 그 옆에 나란히 참나무를 구부려 만든 안락의자가 놓여 있었다. 색을 입히지 않은 탁자에는 백랍(주석과 납의 합금) 버너가 있었다. 그리고 창문으로 연통이 연결된 작은 난로도 놓여 있었다. 톨스토이는 이 난로에 밀죽을 끓이기도 하고 구두용 밀랍을 녹이기도 했다.

톨스토이의 서재는 구석으로 연결되어 있었지만 꽤 넓어서 거의 20평방미터 정도 됐다. 서재에는 호두나무 책상이 있었는데 당시 유행하듯 책을 옮기거나 수많은 원고나 필사본을 밀쳐놓을 때 떨어지지 않도록 나지막한 칸막이가 둘러쳐져 있었다. 책상 위에는 전통적인 문방구들이 있었다. 톨스토이는 펜을 잉크병에 직접 찍어 가면서 글을 쓰곤 했기 때문에 별로 필요 없어 보이는 것들이었다. 그 외에도 팔걸이 안락의자 두 개, 의자 두 개, 그리고 짙은 녹색 유포를 입혀서 가죽처럼 보이는 소파가 있었다.

서재 천정은 2.75m로 조금 낮은 편이었다.

톨스토이는 자기 방에서 가족들과 거의 분리되어 살았다. 손님이 오면 응접실에서 하녀의 방을 거쳐 검은색 계단을 통해 그의 방으로 안내되었다.

책상 앞의 팔걸이 안락의자는 다리 밑동을 잘라냈다. 이미 말했듯이 심한 근시였던 톨스토이는 안경을 쓰지 않고 원고에 얼굴을 바짝 들이대고 글을 썼기 때문이다.

레닌은 1920년 4월 6일 모스크바의 톨스토이 저택 국유화 법령에 서명하면서 집의 형태를 그대로 보존해야 한다고 말했다. "집의 모든 것은 원형이 보존되어야 합니다. 톨스토이가 '이층집'에서 어떻게 살고 있었는지 사람들이 알도록 말입니다. 톨스토이는 바로 이런 점을 자기 작품

들에도 반영했던 것입니다. ˮ131)

톨스토이의 방도 있었던 이 집을 그러나 톨스토이는 자신을 위해 지은 것은 아니다. 굳이 말하자면 자기식으로 지었다고 말할 수는 있을 것이다. 그는 마루를 새로 까는 것이라든지, 벽난로를 다시 설치하는 것 등을 지켜보았다. 그리고 야스나야 폴랴나에서 실어올 사과를 보관할 수 있는 지하실을 걱정하기도 했다. 계단에 천을 입힌 것도 그의 생각이었다. 소피야는 야스나야 폴랴나에서 그에 적당한 천을 발견하고 새로 살 필요가 없다는 점을 기뻐했다.

이 집은 타협과 화해의 '이층집'이었다.

톨스토이는 수하렙카 시장에 나가 소피야가 직접 사들인 가구 중 모자란 것들을 사들였다. 집에는 그리 비싸지 않은 가구들이 들어차기 시작했고 집안 모양이 점차로 야스나야 폴랴나와 비슷해져 갔다.

톨스토이는 집 앞 과수밭에 특히 흡족했다. 마구간과 곁채도 다 고치고 비록 좀 늦기는 했지만 마루에 색칠도 마쳤다. 현관에는 옷장과 옷걸이를 설치했다. 나무는 모두 물푸레나무를 썼다. 벽장문에는 흰색으로 구불구불하게 '케로신(등유)'이라고 위협적인 단어를 써놓았다.

등유는 당시 새로운 것이어서 사람들이 아직 잘 다룰 줄 몰랐고 두려워했다. 그럼에도 불구하고 사모바르는 지주들의 전통대로 현관 근처에 등유가 있는 곳과 위험하리만큼 가까이 설치되었다.

가족들의 방에는 제각각의 가구들이 들어찼다. 원목을 구부려 만든 값싼 가구들이 많았다. 위층 마루는 쪽마루가 깔렸다. 응접실에는 아주 좋은 피아노를 가져다 놓았다. 딸 타티야나가 이제 화가가 되었기 때문에 여러 종류 그림과 안티누스 석고 흉상도 등장했다. 당시 모스크바의 일반적인 기준으로 중간 수준의 집이었다.

---

131) V. 본치-브루예비치, '톨스토이에 대한 레닌', 〈프라우다〉, 1935년 11월 16일. /《톨스토이 집-박물관》, M., 1955, 20쪽.

시종은 계단 밑에 살았지만 흰 장갑을 끼고 있었다. 톨스토이 방 옆에
는 하인방과 곳간이 위치했다.

톨스토이가 자책할만한 사치라고 할 만한 것은 없었다. 이렇게 새로
개조한 방에서 톨스토이는 새로운 작품과 새로운 종교를 만들어 가기
시작했다.

돌고-하보브니체스키 골목에서 살던 톨스토이에 대해서는 많은 이야
깃거리가 있다. 그는 이곳에서 오래 살았고 집필과 육체노동, 지적 노
동, 사람들과의 교제라는 네 마리 말에 매인 듯이 살아갔다.

이 네 마리 말은 모두 따라가기 힘든 것이었다. 그는 집안에 필요한
물을 혼자 다 길어왔고 장작을 패고 신발을 만들어 주었다. 그런 톨스토
이 모습을 보고 페트는 냉소를 보냈으며 바로 그래서인지 이들은 결정
적으로 갈라섰다. 페트는 톨스토이가 만든 구두 한 켤레를 전시품으로
만들고 싶어서 누가 만들었는지 확인증을 하나 써달라고 부탁했다. 하
지만 톨스토이는 이런 부탁을 받고 어떻게 이런 사람을 한때나마 사랑
했었는지 모르겠다며 우울하게 답장을 보낸다.

코롤렌코는 "위대한 순례자"라는 논문에서 이렇게 말한다. "S. 크리
벤코는 《문화적 종교부락들》에서 톨스토이가 '다른 사람들이 다 만들
어놓고 다 갈아놓은 다음에' 밭을 갈고 신발을 만들기 시작한다고 독설
을 퍼부었다. 그러나 사실은 톨스토이가 항상 삶의 단순화를 지향하고
있으며 어떤 것이든 삶의 직접성에 열중한다고 말하는 것이 옳다. 이제
이런 본능적인 노력들은 더욱 심화되고 강화되고 있다. 그리하여 다른
사람들이 다 밭을 갈았을 때 톨스토이는 버려진 밭에 홀로 남아 있는 것
이다. "[132]

다른 사람들은 바로 나로드니키를 말한다.

톨스토이는 그들이 밭을 다 갈고 신발을 다 만들었을 때, 바로 그때

---

132) V. 코롤렌코, 10권 선집, 제8권, 127쪽.

밭을 갈고 신발을 깁기 시작했다. 그러나 톨스토이를 끄는 '말'들, 그의 불안함은 모든 사람이 느끼는 불안함이었다. 모든 것이 뒤집어진 러시아에서 어떻게 살아갈 것인가, 어떻게 죄의식을 씻을 것인가, 폭력에 어떻게 대항할 것인가?

톨스토이는 무엇보다도 자신의 삶을 단순하게 만들어야 한다고 생각했다. 자신의 몫을 더욱 적게 가지고 자기 자신을 스스로 건사해야 한다, 자신의 오줌통을 자신이 비우는 것을 부끄러워하지 말아야 한다, 자신의 방을 스스로 청소하는 것을 게을리 하지 말아야 한다. 비록 소설가 표트르 보보리킨[133]이 방문했을 때 함께 프루동을 떠올리며 이야기하기는 했지만, 그는 가족의 삶을 개조하려고 하지 않았다. 보보리킨은 프루동이 가족의 삶을 개조할 수 있었을 것이라고 가볍게 이야기했다. "프루동은 자신의 가족들에게 그 어떤 폭력도 행하길 원치 않는다는 변명을 하지는 않았을 겁니다. 그러면 그들이 직접 벌지 않은 지상의 그어떤 이익도 공짜로 누리지 못하도록 만들었겠지요. 그들이 가지고 있는 것도 마음대로 낭비하지 못하게 할 뿐만 아니라 강탈하거나 도적질한 것이나 마찬가지라며 유산상속도 금했겠지요."[134]

톨스토이는 보보리킨의 말에 동의했다. 그러나 이 대중 소설가의 말은 전혀 틀린 말이다. 프루동은 사는 생활방식이 완전히 프랑스 농민이었다. 그가 식사를 할 때면 아내는 같은 식탁에 앉지도 못하고 옆에 서서 시중을 들어야 했다. 그러나 프루동이 프랑스와 러시아에서 명성을 떨치고 또 위협적으로 여겨졌던 것은 보보리킨이 말한 그런 것 때문이

---

133) 〔역주〕 P. 보보리킨(1836~1921). 산문작가. 극작가. 언론인. 많은 극작품과 자연주의적인 대중소설들을 남김. 인민주의 운동에 실패한 지식인의 환멸을 다루기도 했음. 인텔리겐챠라는 용어를 대중화시킨 것으로 널리 알려졌다.

134) P. 보보리킨, 《모스크바의 톨스토이 집에서》, 《국제 톨스토이 문집》, P. 세르게옌코 편, M., 1909, 7쪽.

아니었다. 한 가정을 이루며 살아가면서 한 개인의 삶을 바꾼다고 해서 세계의 구조를 바꾸는 것은 아니다. 단지 그것은 세상과 격리된 독특한 수도원 같은 것일 뿐이다.

세계를 개조하는 것보다 자기 방을 청소하는 것이 분명 더욱 쉬운 일이다. 한편 톨스토이는 아이들 방은 건드리지 않고 자기 방만을 청소하고 자신의 삶만을 바꿔갔다. 그러나 그는 너무나 정확하게 세계의 부당함을 그려내고 있었고 너무나 진실하게 자신을 개조해나가고 있었기 때문에 그 자체가 그 시대에 대한 질타일 수 있었다.

1881년 이후 억압적 러시아에서 톨스토이는 문이란 문은 모두 두드리며 이렇게 말하는 듯했다. '일어나시오, 여러분 집 들보에 불이 붙었소. 당신의 운명이 불타고 있소. 복수가 다가올 것이오. 당신들 이웃이 불행해하고 있소. 그들에게서 모든 것을 빼앗은 사람이 바로 당신들이오.'

그는 매일같이 논설문을 썼고 그것은 일기 책자처럼 되어갔다. 그 책이 바로 《그러면 우리는 무엇을 할 것인가?》였다. 이 책에는 모스크바 사람들이 살아가는 모습과 한편에서는 굶주림으로 야수가 되어가고 있는데 다른 편의 배부른 사람들은 그에 대해 아무런 관심도 없는 현실이 그려져 있다.

톨스토이는 집안에서는 평안을 찾을 수 없었다. 집은 작은 공장들 사이에 끼어 있었다. 가장 가까이에는 양말공장이 있었고, 또 한쪽에는 견직공장, 또 한쪽에는 향수공장, 또 다른 쪽에는 맥주공장이 들어서 있었다. 모든 공장들은 사이렌을 불어대곤 했다. 그 소리는 아주 집요했다. 아침 다섯 시에 먼저 울렸고 여덟 시가 되면 30분 휴식을 알리는 사이렌이 울렸다. 정오가 되면 세 번째 사이렌이 울렸는데 점심시간을 알리는 것이었다. 그리고 저녁 여덟시가 되면 퇴근을 알리는 네 번째 사이렌이 울렸다.

수탉들이 서로 목청을 높여 연이어 울어대는 소리를 들으며 아침을 맞이하던 사람이 이제 공장 사이렌 소리를 들으며 아침을 맞아야 했다.

공장 사이렌 소리와 더불어 아침이 밝았다. 사이렌 소리는 톨스토이 집 옆에서 먼저 시작되고 이어서 먼 곳에서도 들려오기 시작했다. 아침이 톨스토이 서재의 작은 창문으로 언뜻 찾아오는가 싶으면 도시의 소음과 뒤섞인 사이렌 소리들이 아우성쳤다. 햇빛은 집의 한 모퉁이를 돌아나가고 다른 편에서는 나무들 사이로 반짝였다. 그리고 저녁이 오면 나무들 너머 하늘이 붉게 물들었다. 그러면 다시 사이렌이 울려 퍼졌다.

구두를 만들고 물을 길어오는 것은 도움이 되지 않았다. 톨스토이는 모스크바의 겨울 거리를 가로질러 급수탑이나 강의 얼음구멍에서 물을 수레로 길어 날랐는데 그 길에서 가난한 사람들의 모습과 난폭한 삶의 모습, 술에 찌든 모습 등을 목격해야 했다. 그에게 사이렌 소리는 죄악의 점수를 헤아리는 소리였다.

이 경적 소리를 들으면서 다른 생각 없이 그저 시간을 알리는 것이라고 생각할 수도 있다. '아, 사이렌이 울리는구나. 산책할 시간이다.' 그러나 이 소리를 듣고 현실에서 일어나는 것을 떠올릴 수도 있다. 첫 번째 소리는 아침 5시에 울리는데 이것은 사람들이, 축축한 지하실 방에서 남녀가 뒤엉켜 자던 사람들이 어둠 속에서 일어나 서둘러 사이렌 울리는 공장으로 가서 끝도 모르고 무슨 이익이 되는지도 모르는 일에 매달리기 시작한다는 것을 의미한다. 그들은 숨 막히는 더운 열기와 더러움 속에서 휴식도 거의 없이 1시간, 2시간, 3시간, 12시간, 그리고 급기야는 그 이상의 시간을 연이어 일해야 한다. 일을 끝내면 그들은 곯아떨어졌다가 다시 일어나고, 그리고 또다시 거듭거듭 자신들에게 무의미한 노동을, 단지 굶지 않기 위해 강제되어질 뿐인 노동을 계속해야 한다. (25, 302)

사이렌이 흐느껴 운다. 톨스토이는 도시 사람들이 흩어져야만 한다, 그가 사치라고 부르는 생산을 중단해야만 한다고 생각한다. 그는 단지 맥주공장만을 용인했다. 맥주는 보드카를 밀어낼 것이기 때문이다. 그

외의 다른 공장들은 사치를 위한 것일 뿐이었다. 그의 귀에는 더 멀리서 들려오는 소리들, 쇠를 주조하고 기관차를 만들고 철로를 뽑아내는 공장들에서 들려오는 위협적인 사이렌 소리는 들리지 않았다.

야스나야 폴랴나에 갈 때 그는 철도를 이용했다. 그러나 낯선 도시 사람들과 함께 열차타고 가는 것을 좋아하지는 않았다. 그는 모스크바에서 야스나야 폴랴나까지 걸어서 세 번이나 다녀왔다.

보보리킨은 글도 많이 쓰고 재미있게 쓰기도 했지만 그의 기록은 그리 치밀하지는 못했다. 하지만 이 부분에서도 그의 이야기는 흥미롭다.

톨스토이는 그 당시 《안나 카레니나》와 《전쟁과 평화》의 저작권을 포기했고 더 이상 소설을 쓰지 않겠다고 선언했다. 이에 대해 보보리킨은 이렇게 말한다.

> 그 자신에게 너무 엄격한 규율을 부과하는 것 아니냐고 내가 유감을 표하자 그는 대략 이렇게 대답했다.
> "그거 아시오? 그런 말은 내게 말이오, 늙어 버린 프랑스 매춘부에게 옛날에 쫓아다니던 사람이 '당신이 상송을 부르는 모습과 치마를 살짝 들어 올리는 모습은 정말 얼마나 황홀했는지 모르오!'라고 말하는 것처럼 들립니다."
> 여기서 그는 '프랑스 매춘부'라는 단어를 아주 짙게 러시아식으로 발음했다. 135)

톨스토이는 안나 카레니나가 브론스키와 사랑에 빠진 이야기가 더 이상 시간을 할애할 만한 가치가 없다고 생각했다. 그는 이 소설에서 레빈의 설 곳 없던 영혼과 사회주의에 대한 논쟁에 대해 다 잊어버린 듯 했다. 모든 것이 뒤집히고 어떻게도 다시 제자리로 돌아갈 수 없던 러시아에 대해 말했던 것도 잊혀진 듯 했다.

---

135) 《국제 톨스토이 문집》, 위의 책, 10쪽.

톨스토이의 생활방식과 그의 설교는 모순에 봉착했다.

모든 일기는 타협에 관한 대화로 가득 찼다. 톨스토이가 아내에게 말하는 중도적인 길, 그것은 타협의 길이었다.

그러나 톨스토이는 매일 글을 쓰면서 사람들의 삶의 허위성을 부각시키고자 애를 썼다. 그와 그의 가족은 매일같이 이런 허위의 삶을 살아가고 있었다. 가족과 함께 모스크바에서 겨울을 보내는 지주의 생활이란 톨스토이의 말과 모순된 것이었다.

톨스토이는 계단에 비싸지 않은 천을 깔라고 명령했다. 겨울에 그가 타고 다니는 말도 덮개로 옷을 입고 있었다. 톨스토이 주변의 삶이 바로 그러했다. 그러나 톨스토이는 《그러면 우리는 무엇을 할 것인가?》에서 우리가 천으로 마루와 말을 덮어 주고 있는 바로 그때 옆에는 헐벗은 사람들이 지나다니고 있다고 지적한다. 그는 다른 사람들이 아니라 바로 자신을 질책하고 있는 것이다. 그는 집을 짓고 벽난로를 수리하는 모습을 지켜보면서 가구를 사들였다. 가진 자가 누리는 바와 별반 다를 바 없는 생활환경을 구축했던 것이다.

그러나 동시에 그는 좀 더 나중에야 완성되지만 《이반 일리치의 죽음》을 집필해 나가고 있었다.

이반 일리치 역시 새로 부임한 도시에서 자신의 삶을 새롭게 정비하고자 했다. 그는 집을 구해서 꾸미고 커튼도 새로 단다. 그런데 우연히 사다리에서 떨어지면서 몸에 잠재해 있던 병이 발병한다. 암이었다. 그는 병상에 누워 지난 삶을 되돌아본다. 흔적들을 따라 잃어버린 물건을 찾으려는 사람처럼 과거를 되짚어 가는 것이다. 그러나 실상 그가 잃어버린 것은 그의 삶이었다.

한 사람이 노래하거나 소리치면 먼 산에서 메아리로 되돌아온다. 이 메아리는 되돌아오면서 그 다음 말해진 것과 충돌한다. 톨스토이의 양심의 메아리는 그의 삶을 점검하는 것이었다. 그의 방들은 값싼 물건들뿐만 아니라 그의 절망들로 가득 차 갔다.

이 오래된 집에 대해 몇 가지 더 언급해 보자.

이 집에는 화려하고 넓은 계단과 검고 아주 좁은 계단이 있다. 낡은 귀족집안의 마차에 상자나 여행가방이 실려 있는 것처럼 이 집에는 크고 작은 방들과 하인들과 아이들이 가득 들어차 있었다. 대학생도 있었고 예술학교 여학생, 중등학교생들, 아직 어린 아이들도 있었다.

톨스토이의 자식들 중에 두 아들이 여기서 사망했다. 알렉세이가 다섯 살에, 이반이 일곱 살에 죽은 것이다. 이반은 1888년 3월 31일 여기서 태어났다. 톨스토이의 친구들이 아이들과 아래층에 앉아 있을 때였다. 출산은 2층 응접실에서 이루어지고 있었다. 눈물에 젖어, 그러나 기쁜 표정으로 톨스토이가 계단을 조용히 내려와서 말했다. "오, 정말 대단히 무서웠어."

그는 비류코프를 불러 산모에게 보냈다. 마치 단 한 마디의 비명도 신음도 내뱉지 않고 산통을 견뎌낸 어머니의 용기를 자랑이라도 하려는 것 같았다.

소피야는 머리까지 담요를 뒤집어쓰고 응접실 긴 소파에 누워있었다. 그러나 두 눈은 반짝였다. 그녀 곁에는 배내옷으로 둘둘 말아놓은 발그레한 작은 생명이 꼼지락거리고 있었다.

막내아들의 탄생은 톨스토이의 삶에 많은 변화를 가져왔다. 톨스토이는 어린아이에게서 특별한 어떤 점이 없었음에도 불구하고 뒤를 이어 자신의 일을 완성시킬 사람이 세상에 나왔다고 생각했다. 집안이 발칵 뒤집혔고 방배치도 바뀌었다. 타티야나는 위층으로 올라갔고 마리야는 가정교사의 방으로 꾸며진 것 같은 소박한 방으로 옮겨졌다. 톨스토이의 서재는 위층에 그대로 있었지만 침실은 아래층으로 옮겼다. 통과용 방에 가림막을 치고 그 뒤에 톨스토이와 소피야의 침대 두 개가 옮겨졌다. 침대에는 소피야가 직접 짠 털실 덮개가 씌워져 있었다. 창가에는 조립식 가구와, 화려하다기보다는 빈약한, 언젠가 타티야나 숙모가 소피야에게 선물했던 아주 아름다운 작업용 탁자가 놓여졌다.

문 너머에는 아주 커다란 방이 하나 더 있었는데 아이 침대와 유모 침대를 제외하고 가구라곤 별로 없었다. 유모의 옷들은 벽에 걸었다. 창가에 검은 방울새 새장이 있고 허름한 탁자와 나무를 구부려 만든 의자들이 있었다. 이 방은 늦둥이 아들을 통해 새롭게 결합한 소피야와 톨스토이의 느지막한 사랑을 지켜보았다. 톨스토이는 야스나야 폴랴나를 막내아들 이반의 몫으로 정했다. 그의 집안에서 야스나야 폴랴나는 막내에게 물려준다는 것이 하나의 법칙이었다. 톨스토이도 아버지 니콜라이의 막내로서 그곳을 물려받았던 것이다.

그러나 이반은 허약한 체질로 병치레가 잦았다. 소피야가 열세 번째로 낳은 아이였고 이미 부모들의 나이가 너무 많았기 때문인지도 모른다. 이반은 다른 형제들과 마찬가지로 아버지 생전에 유산을 지정받았다. 그리고 성인이 되기까지 그 관리는 소피야가 맡아서 하기로 결정되었다.

소피야는 일곱 살밖에 안 된 이반의 죽음을 견딜 수 없었다. 이 죽음으로 인해 소피야는 깊은 상처를 받았고 어찌 살아야 하는지를 모르며 겨우겨우 삶을 이어갈 뿐이었다.

이반은 1895년 2월 23일 밤 11시에 성홍열로 죽었다. 그의 죽음으로 인한 슬픔은 잠시 동안이나마 부모의 마음을 결합시켜 주었다.

체르트코프와의 만남

체르트코프[136]가 톨스토이 집에 나타나게 된 경위에 대해서는 비류

---

136) 〔역주〕 V. 체르트코프(1854~1936). 사회활동가. 출판인. 톨스토이 주의자. 톨스토이와 함께 〈중개인〉 출판사를 설립하고 톨스토이 저작과 사상 보급에 앞장선다. 1897년~1907년에는 외국에 체류하며 〈자유로운 말〉 신문을 발행하기도 했다. 1928년부터 90권짜리 톨스토이

코프의 톨스토이 전기에 체르트코프의 자신의 말로 잘 설명되어 있다.

비류코프가 전하는 체르트코프의 말에서 우리는 차분하면서도 오만한 어조를 느끼지 않을 수 없다. 체르트코프는 자신이 독립적인 정신적 발전을 추구한 사람이며 처음부터 톨스토이의 가르침과는 다른 믿음을 가지고 있었다고 주장한다. 나는 그의 말이 옳다고 생각한다. 톨스토이와 체르트코프를 혼동해서 생각해서는 안 될 일이다.

비류코프는 《안나 카레니나》와 《전쟁과 평화》의 작가인 톨스토이를 찾아왔다. 반면 체르트코프가 톨스토이를 찾은 것은 종교적 개혁가로서 동맹을 맺기 위해서였다.

> 나의 정신적 탄생뿐만 아니라 사회적 삶의 중요한 변화는 톨스토이와 만나기 이전에, 그의 종교적 저술을 접하기 이전에 형성되었다. 1879년 나는 군대에서 퇴역하기로 결심했지만 아버지의 희망에 따라 11개월의 휴가를 얻어 영국을 다녀왔다. 그리고 다시 1880년에 아버지의 고집을 꺾지 못하고 기병대에 근무했고 그해 3월 1일 이후에야 보로네시 현에 있는 부모의 영지에 가서 우리를 먹여 살리는 농민들과 가까이 지내며 그들을 위해 활동했다. 거기서 나는 몇 년을 계속 지내면서 가끔씩 페테르부르그의 부모를 찾아뵙곤 했다. 페테르부르그를 오가는 중에 만난 사람들을 통해 《전쟁과 평화》의 작가인 톨스토이가 내가 이야기하고 있는 것과 똑같은 그런 견해를 설파하고 있다는 소리를 자주 들었다. 당연히 나는 그와의 개인적 만남이 필요하다고 생각했고 드디어 1883년 말에 모스크바를 지나갈 일이 생겼다.
> 내가 늘 가지고 있던 질문을 그에게 던졌을 때 그는 그 대답으로 책상 위에 놓여 있던 원고 《나의 신앙은 무엇인가?》에서 그리스도교의 관점에서 군복무를 단호히 거부해야 한다는 구절을 읽어 주기

전집 출판에 나선다. 체르트코프와 톨스토이의 복잡하면서도 미묘한 관계에 대해서는 이후 본문에서 자세히 다루어진다.

시작했다. 나는 그의 말을 들으면서 드디어 나의 정신적 고독이 끝났다는 생각에 너무나 기뻤다. 이렇게 내 자신의 생각에 침잠해 있던 나는 그가 읽어 주는 이후 구절들을 따라갈 수가 없었다. 나는 그가 글의 마지막 구절을 다 읽고 나서 아주 또렷하게 '레프 톨스토이'라는 서명을 읽는 소리에 정신이 들었다.

내가 알고 있는 한 그 역시 나를 똑같은 사상을 가진 최초의 인물로 생각했다. 이런 상황에서 당연히 우리에게 매우 특별한 의미를 지닌 긴밀한 정신적 유대감이 즉각 형성되었다. 그로서는 자신이 인식하고 있던 최선의, 최고의 생각이 다른 사람에게 평가받고 인정받는다는 점에서 의의가 있었고, 나로서도 향후의 정신적 발전에서 그 무엇으로도 대체할 수 없는 도움을 얻었던 것이다. [137]

체르트코프는 자신이 '모스크바를 지나는' 중에 톨스토이를 방문하게 되었다고 강조한다. 그는 심지어 톨스토이의 새로운 견해에 대해 들었을 때 자신이 그를 만나기 전에 독자적으로 생각하고 있던 것과 "똑같은 견해"라는 점에 놀랐다고 말하기까지 한다.

이 기병대원은 겸손함이라고는 모르는 것 같다. 선배들을 도대체 인정할 줄 모른다.

체르트코프는 후에 톨스토이주의라고 불리는 사상의 지도자가 된다.

기념전집 제 85권에서 체르트코프에 대한 내용을 통해 그에 대해 살펴보자. 분명 이 내용은 그들에 의해 검증된 것이다. 체르트코프에게 보낸 톨스토이의 편지는 체르트코프 자신에 의해 독립된 한 권으로 출판되었다.

체르트코프의 부모는 황실과 끈이 닿는 페테르부르그 최고 상류층에 속하는 사람들이었다. 이 가문의 대표적인 인물로는 고고학자와 역사

---

137) 체르트코프는 비류코프의 요청에 따라 톨스토이에 대한 회상을 집필했고, 그것은 비류코프의 《레프 톨스토이 전기》(제 2권, 221~222쪽) 에 실리게 된다.

학자로서 체르트코프 도서관 설립자인 알렉산드르 체르트코프를 꼽을 수 있다. 이 도서관을 기초로 나중에 《러시아 문헌자료》가 출판된다. 체르트코프의 어머니는 데카브리스트에 참여했던 체르니세프 가문 출신이었다. 가정적으로 그녀는 불행한 여인이었다. 그녀는 외국에 나가 복음주의 운동의 창시자인 레드스톡 경의 추종자가 되었고 평생 철저한 복음주의자로 살아갔다. 레드스톡 경이 모스크바에 왔을 때 그녀는 언니의 남편인 파시코프를 그에게 소개한다. 파시코프는 근위기병대 대령으로 아주 높은 사회적 지위를 가진 인물이었다. 그는 러시아에서 복음주의 선교조직을 만드는데 도움을 주었고 그래서 이 조직은 '파시코프 신자들'로 불렸다.

체르트코프는 종교적 분위기에서 성장했다. 하지만 기념전집 85권에 나와 있듯이(그것은 분명히 체르트코프 자신이 제공한 정보에 따른 것이다.), "보로네시 초원에서 사냥을 다니다가 너무 심하게 햇빛에 노출된 결과 심한 병을 앓게 되어 그는 격심한 정신활동을 엄격히 금하라는 진단을 받았다. 그래서 그는 근위기병대에 자원입대했고 곧 장교로 진급했다."

체르트코프는 전도가 양양했다. 거대한 영지도 있었고 농노도 많았다. 안톤 체호프의 조부도 바로 체르트코프 집안의 농노였다.

체르트코프는 기병대에서 독서회를 조직하려고 했지만 당국의 방해를 받았다. 그는 청년 장교로서 임무 수행차 들른 군 병원에서 환자들이 잔혹하게 취급되는 모습을 목격했다. 결국 체르트코프는 1879년 터키와의 전쟁이 종결되었을 때 군을 떠나기로 결심한다.

체르트코프는 11개월 동안 영국에 머물다가 돌아와서 다시 1년을 군대에 복무하고 나서 자신의 영지인 리지노브카로 갔다. "5천 명이 사는 농촌 마을 리지노브카에서 그는 기술학교를 설립하고 수공업 기술을 보급하여 농민들의 부수입을 증대시켰다."

1883년 그런 이력을 가진 부유한 귀족 체르트코프는 12월에 톨스토이를 방문한다. 그 전에 그는 톨스토이에게 여러 종교적 문제들에 관한 편지를 보낸 바 있었다. 이 편지들을 이해하기 위해서는 편지와 함께 책과 잡지들을 같이 보냈다는 사실을 언급해야 할 것이다. "내가 아주 흥미롭게 읽은 그리스도의 부활에 대한 기사가 실려 있는 잡지 〈해설자〉 한 권을 동봉합니다. 나는 당신이 이 잡지를 좋아하실지 확신할 수는 없지만 당신과 이에 대해 의견을 나누고 싶습니다."(85, 23)

톨스토이는 고맙다는 답장을 보냈지만 어조는 냉소적이었다.

"부활에 대한 기사는 마음에 들지 않습니다. 그걸 증명하려고 할수록 의혹은 더 많아질 뿐이지요. 이를테면 실제 존재하지도 않았던 목격자들이 있었다고 제시하는 그 증거라는 것도 너무나 조악한 것입니다. 그러나 중요한 것은 왜 증명하려고 하느냐는 것이지요. 속옷을 뒤집어 입는다면 불편할 것이라고 나는 믿습니다. 이런 믿음을 버릴 수는 없겠지요 (…) 그러나 나는 이런 믿음의 진실성을 누구에게도 증명하려고 하지 않을 겁니다 (…) 그러나 당신이 추천한 부활에 관한 기사는 나를 슬프게 만들더군요. 어떻게 당신은 그런 문제에 흥미를 가질 수 있습니까?"(85, 3)

체르트코프는 톨스토이와의 첫 만남에서 받은 인상에 대해 어머니에게 편지를 쓴다. "신에 대한 우리의 개인적 생각들은 상당히 다르더군요."(85, 24)

체르트코프는 자신이 마치 톨스토이의 사고 수준과 동등하다는 듯이 이야기하고 있다. 그러나 내가 보기에 자신의 정신적 성장과 사고의 독립성에 대한 그의 확신은 잘못된 것이다.

비록 톨스토이가 설파하는 것을 완전히 선전해낸 것은 아니지만 체르트코프는 탁월한 조직가이자 훌륭한 선전가였다는 사실을 부정할 수는 없다.

자신의 교의를 구축하면서 톨스토이는 항상 러시아의 삶에서 구체적인 사실을 예로 들곤 했다. 현존하는 것에 대한 그의 부정적인 묘사는 그 자체로 거대한 선전의 의미를 지니는 것이다. 톨스토이는 삶의 모든 구조에 대한 전면적인 폭로로 나아갔다. 이 시기에 그가 게르첸에게 심취하여 게르첸을 가장 재능 있는 러시아 작가로, 가장 필요한 작가로 여겼다는 것도 우연이 아니다. 체르트코프가 외국에 나갈 때 톨스토이는 항상 게르첸을 찾아가 그에게서 출판 활동을 배우라고 충고했다. 게르첸의 폭로적 힘은 톨스토이에게서도 생생하게 느껴졌다. 게다가 톨스토이의 말은 원고로 씌어져 출판되고 또 해외에서 출판되어 러시아로 역수입되는 방법으로 파급력이 높았다. 그의 말은 단순히 새로 혁신된 종교적 가르침으로서의 의미에 국한되는 것은 결코 아니었다. 그의 거부 속에는 그의 모든 예술적 통찰력이 또한 담겨있던 것이다.

체르트코프의 설교는 종교적이었다. 만일 톨스토이가 게르첸에게서 자신의 힘을 얻었다면 체르트코프는 이데올로기적으로 근위기병대 대령 파시코프와 연결되어 있었다. 체르트코프와 함께 톨스토이의 삶에 찾아든 또 한사람은 비류코프였다. 그를 톨스토이에게로 안내한 사람은 체르트코프였다.

비류코프는 톨스토이의 가장 가까운 친구 중 한 사람이 되어 최초의 톨스토이 전기를 집필한다. 그는 코스트로마 현 귀족가문 출신이었다. 그는 처음에는 육군 중앙 유년학교에 입학했다가 후에 해군학교와 해군 아카데미에서 수학했다. 군복무에 환멸을 느낀 비류코프는 때마침 체르트코프와 알게 되면서 퇴역한다. 군에서 나온 그는 한때 중앙 물리 관측소에서 근무하다가 나중에는 체르트코프와 함께 〈중개인〉 출판사를 운영한다. 그는 톨스토이와 함께 빈민구제 사업을 전개하기도 했다. 1897년 그는 러시아에서 추방되어 영국에 체류하다가 후에 스위스로 옮겨갔다.

톨스토이 가족들은 그를 포샤라고 부르며 매우 좋아했다.

체르트코프와 비류코프는 괴멸된 인민주의 운동조직 출신들을 대체하면서, 그리고 구 톨스토이주의자들과 어깨를 나란히 하면서 나타난 새로운 유형의 톨스토이주의자들이었다. 체르트코프는 자신이야말로 최초의 톨스토이주의자라고 생각했다.

무엇 때문에 톨스토이는 체르트코프에게 그렇게 끌렸을까? 왜 그는 그의 저작과 그와의 우정에 그렇게 중요한 의미를 부여했던 것일까?

체르트코프와 비류코프는 출신성분에서 톨스토이와 아주 가까웠다. 체르트코프가 처음 톨스토이 집에 왔을 때부터 가족들은 그를 아주 잘 대해 주었다. 무엇보다 그는 '무지한 사람'들이 아니었다. 톨스토이가 스승으로 모셨던 슈타예프와 본다레프 같은 사람들은 톨스토이 가족들과는 너무나 거리가 먼 사람들이었다.

체르트코프는 톨스토이주의를 확고히 정립하는 일에 매달렸다. 톨스토이가 절망에 빠져있던 시기에도 체르트코프는 병적일 정도로 일을 해냈다. 그는 서유럽인 같은 분명한 태도를 가지고 쓸데없는 일에 마음을 뺏기지 않았다. 그런 점들이 톨스토이에게 깊은 인상을 주고 그를 압도한 것이 아닌가 싶다. 체르트코프는 무엇보다도 톨스토이의 생애 마지막 오 년에 중요한 역할을 한다.

소피야는 1885년 겨울에 12권짜리 전집 출판을 알아보러 페테르부르그에 간다. 이 일은 소피야의 사업활동의 새로운 서막이었다. 그녀는 검열문제도 손을 썼다. 그녀는 먼 친척인 예카테리나 쇼스탁을 만나러 귀족 여학교에 들렀다가 거기서 황후를 알현한다. "나는 몹시 흥분했지만 정신을 잃을 정도는 아니었다."[138] 이런 일들로 인해 그녀는 자신의 안목에 대해 강한 자부심을 갖게 된다.

이 여행길에서 그녀는 체르트코프를 만났다. "오늘 체르트코프를 만났지요. 그분은 다시 내일 저녁에 들르겠다고 했어요. 정말 좋은 분이예요. 아주 담백하고 공손하고, 아마도 유쾌한 분이라고 생각돼요."[139]

---

138) 《톨스토이에게 보낸 편지 (1862~1910)》, 293쪽.
139) 위의 책, 295쪽.

이쯤이면 거의 가족 전원시 같은 분위기다.

그해 3월에 모스크바에서 소피야는 우루소프와 함께 크림으로 떠난 남편에게 이렇게 편지를 쓴다. "오늘 체르트코프에게서 아주 다정한 편지를 받았습니다."[140]

얼마 뒤 가을에 체르트코프는 비류코프와 함께 야스나야 폴랴나를 방문했다. 거기서도 그는 사교계 인물이나 된 듯 모든 사람들의 환심을 샀다. 모두들 그들을 따뜻하게 환대했다. 톨스토이는 우루소프 공작에게 편지로 이렇게 말했다.

"어제 체르트코프가 비류코프와 함께 이곳을 떠났습니다. 사흘을 묵었지요. 그는 우리 가정사에서 나의 큰 도움이 되었습니다. 그는 우리 집안의 여성들에게 영향을 미쳤지요. 아마도 그 영향이 오래 남아 있을 겁니다. 그는 내게 민중들을 위한 이야기를 쓰라고 권했습니다. 주제는 어떤 걸 고를지 모를 정도로 무궁하지요."(63, 283) 이 점에 대해서는 그는 다른 자리에서도 여러 번 언급한다.

8월 19일 톨스토이는 아내에게 알린다. "체르트코프와 비류코프가 오늘 아침부터 저녁까지 나와 함께 있었습니다 (…) 나는 그에게 계약에 대해 당신과 상의하고 그에 대해 잘 알고 있는 시틴을 통해 당신을 도와 달라고 부탁했습니다. 그들은 참 좋은 사람들이에요. 아마도 어떤 사람도 힘들게 하지 않을 겁니다. 담백한 사람들이지요."

그리고 8월 20일 편지에서는 집에서 체르트코프가 큰일을 해냈다고 말한다. "손님들이 다 떠났지요. 체르트코프는 큰일을 해냈지요. 여자애들에게 좋은 영향을 준 겁니다. 그의 충고를 받아들여 여자들이 허리받이[141]를 다들 벗어 버렸지요. 그 외에도 여러 가지 좋은 일들을 많이 했답니다."

---

140) 위의 책, 305쪽.
141) 〔역주〕여성의 치마를 부풀려 아름답게 보이게 만드는 도구.

꼭 언급하고 지나가야할 사항이 하나 더 있다. 체르트코프는 톨스토이에게 예술적 충고도 자주 했다는 것이다. 예를 들어 그는 단편《촛불》의 결말에서 시종의 죽음 부분을 없애고 어조를 좀 부드럽게 하라고 충고했다. 좀 뒤의 일이지만 그는《부활》에서 혁명가들의 모습을 좀 더 비판적으로 바꾸라고 부드럽지만 끈질기게 톨스토이에게 충고한다.《크로이체르 소나타》의 후기를 쓰자는 것도 그의 생각이었다.

체르트코프는 대중 출판사인〈중개인〉을 창립했을 뿐만 아니라 톨스토이 주변에 뭔가 조직 같은 것을 만들고 싶어 했다. 한때 체르트코프와 그 주변 사람들이 '톨스토이주의자 회의(會議)'에 대한 구상을 하기도 했는데 이 소식을 들은 톨스토이는 냉소적으로 답했다. "그러면 나를 장군으로 선출하고 뭔가 휘장 같은 것도 만들어야 하지 않을까요?"

당시 영국과 미국에서 번창하던 구세군을 염두에 두고 한 말이 틀림없다.

톨스토이의 모든 혼돈의 책임을 체르트코프의 뻣뻣한 어깨에 다 지우지는 말자. 그러나 톨스토이가 무미건조한 '민화'에 매달리고 보다 폭넓은 창작으로 나아가지 못한 점에 대해서는 분명 체르트코프의 책임이 있다.

톨스토이의 예술작품들에는 톨스토이 자신이 '연쇄의 미로'라고 불렀던 것처럼 사상들이 복잡하게 결합되어 있다. 그는 삶을 탐구하면서 다양한 결말을 모색했으며 그 결과 오랫동안 존재해 오는 인간적 가치를 지닌 해결책으로 나아갔다. 때로 톨스토이는 직접적이고 냉담한 방식으로 말함으로써 자신의 재능을 허비한다. 그것은 체르트코프식이었다. 체르트코프에게는 직접적이고 냉담한 말들이 필요했다.

어쩌면 일부 성공에도 불구하고 톨스토이의 민화들이 민중들에게 수용되지 못했던 것은 바로 이런 이유 때문인지도 모른다. 톨스토이 자신은《부활》과《하지 무라트》에서 삶을 조망하며 '소리와 형상의 결합'으로 되돌아왔다. 그것은 결코 '개인적 즐거움'을 위한 것만은 아니다.

우리는 체르트코프에게 그렇게 존경을 표한 톨스토이의 의지를 존중해야 할 것이다. 그러나 무저항주의에 대한 체르트코프의 편지들을 읽으려면 참으로 많은 인내심이 요구되는 것도 사실이다.

민 화

1862년에서 1863년에 쓰인 한 논문 초고에서 톨스토이는 "유럽에서는 이미 오래 전부터 민중들에게 노동과 겸손을(가르치는 사람들은 지닐 수 없는) 가르칠 수 있는 책들이 나오고 있다. 하지만 민중은 전과 마찬가지로 우리가 원하는 것을 읽지 않고 자기들 마음에 드는 것을 읽는다. 그들이 읽는 것은 뒤마와 《순교전》, 《실낙원》, 《코로베이니코프의 여행》, 《프란츨 벤치안》, 《기사 예루슬란》, 《영국의 조지 경》 따위다. 그들은 나름의 독특한 방법으로 자신들의 도덕적 확신을 만들어 가는 것이다."

이미 그 당시 톨스토이는 민중을 위해 어떤 책을 출판해야 할 것인가를 생각하고 있었다. 그는 무엇보다 그들이 원하는 것을 주어야 한다고 생각했다. "우리가 쓴 모든 것은 우리 소책자를 접한 비평가를 혼란스럽게 만들려는 것이 아니라 어떻게 해서든 우리의 예르마크를 춤추게 만들거나 영국 조지 경처럼 개작하려는 것이다."(8, 363~364)

톨스토이는 민중이 불변의 존재이며 그 불변성 속에 도덕성의 진리체계와 미적 가치규범이 함축되어 있다고 생각했다.

그로부터 상당한 시간이 지난 뒤 1883년에 톨스토이는 젬스트보(지방자치회) 의원이자 저널리스트였던 미트로판 세프킨의 모스크바 집에서 민중들을 위한 출판에 대해 대담을 나눈다. 미트로판은 톨스토이도 참여해서 많은 것을 목격했던 1882년 인구조사를 조직했던 인물이었다.

1882년 〈민중도서관〉이라는 출판회사를 만든 블라디미르 마라쿠예프도 세프킨과 관련이 있었다. 마라쿠예프는 교사 자치회 대회에서 연설을 통해 이렇게 말했다. "우리의 훌륭한 저자들의 수많은 저작들이 민중들이 좋아하는 것일까요. 우리의 고매한 저자들이 민중으로서는 이해할 수 없는 병적인 사회현상들에 사로잡혀 글을 쓴다는 것은 참으로 기이하지 않습니까. 민중 대중이 이해할 수 있는 것은 오직 영원한 현실의 이상들과 진실뿐입니다. 민중들이 주콥스키를 모른다고 불평하는 저 신문 나부랭이들의 불평을 보면 너무나 기이한 일 아닙니까. 《안나 카레니나》나 《귀족의 둥지》는 우리에게는 너무나 훌륭한 작품이지만 민중들에겐 전혀 아무런 가치가 없는 것 아닙니까."(25, 875)

당시 스토로젠코와 베셀롭스키, 얀줄[142] 등도 참여하던 이 모임에서 톨스토이도 연설을 했다. 이 연설 원고는 세프킨 문서실에 보관되다가 발견되었다. 이 연설원고는 결론이 제대로 맺어지지는 않았지만 아주 흥미롭다. 톨스토이는 교회 출판물이 졸렬하고 엉터리며 파시코프 출판물도 아무 쓸 데가 없는 것들이라고 비판한다. 귀족출신 대령이며 체르트코프의 친척이었던 파시코프는 신앙을 통해 민중을 구원할 수 있다고 설교했다. 인간이 그리스도를 믿는다면 원하는 대로 살 수 있으리라는 것이다.

톨스토이는 작가들이란 무식한 존재이며 오직 여러 사람들이 생각해낸 것만을 알 뿐이라고 확신했다. 그렇다면 사람들이 생각해낸 것이란 무엇인가?

"우리는 푸시킨과 고골을 민중에게 제시합니다. 우리만 그런 것은 아니지요. 독일인들은 괴테와 쉴러를 추천하고 프랑스인들은 라신느와 코르네이유, 부알로를 추천합니다. 그렇게 우리는 너무나도 당연한 것

---

142) 〔역주〕 N. I. 스토로젠코(1836~1906). 러시아 최초의 저명한 서구문학사가. 셰익스피어 연구로 영국에서도 인정을 받았다. A. 베셀롭스키(1839~1906). 저명한 러시아 문예학자. 페테르부르그 대학 교수이고 《역사시학》의 저자. I. 얀줄(1845~1914). 저명한 경제학자.

302

처럼 추천하지만 민중들은 그걸 읽지 않는 것입니다."(25, 527~528)

톨스토이는 민중의 진정한 양식을 찾아야 한다고 말한다. "만일 우리가 그것을 찾아낸다면 모든 굶주린 사람들이 그것을 가져갈 것입니다."

굶주린 수백만 민중의 양식이 될 책을 출간하려는 계획은 거대한 것이었다. 특별한 책을 만들어야 했다.

뭔가 쉽게 이해되면서 도덕적인 것, 민중을 위한 것을 시급하게 써내야만 했다. 단순하면서도 명백한 것을 쓸 수 있는 위대한 능력이 자신에게 있는지 톨스토이는 아직 확신할 수 없었다. 티플리스의 아가씨들이 집단으로 그에게 편지를 보내 민중을 위해 무엇을 해야 할 것인지 톨스토이에게 충고를 당부했다. 톨스토이는 이에 대한 답장에서 민중을 위해 책을 개작하고 민속 문학과 루복143) 문학을 새롭게 편집할 것을 제안한다.

톨스토이는 예카테리나 대제 시절 하인 출신의 마트베이 코마로프라는 인물이 쓴 책, 《러시아의 협잡꾼, 도적, 강도이며 전직 모스크바 수사관 반카 카인의 생애와 업적, 기행에 대한 상세 기록. 저술이유에 관한 계고. 그의 이름이 언급된 노래 소개와 증거자료들》과 《영국의 조지 경의 모험소설》을 잘 알고 있었다. 이 코마로프는 대중적인 작가였고 그의 책들을 민중들이 즐겨 읽고 있었다. 그러나 톨스토이가 보기에 이런 책은 조악하고 비도덕적인 것들이었다.

톨스토이는 이런 책들을 옛날의 고상한 루복 작품이나 자신이 쓴 짧은 이야기들, 개작한 성자전들로 밀어내기로 결심했다.

___

143) 〔역주〕 민중화의 일종. 주로 판화 기법으로 또렷한 선과 간결한 표현, 화려한 색감으로 민중의 삶과 성서 이야기 등을 그려냈다. 나무껍질이나 나뭇잎 등에 그려내기도 했다. 판화 형태의 인쇄로서 대량 보급되어 민중의 많은 사랑을 받을 수 있었다. 고대 중국에서 유래한 것으로 중세 유럽을 거쳐 근대에까지 다양하게 발전되었다. 대중 예술을 탐구하던 많은 현대의 전문적인 예술가들에게 깊은 영향을 주었다.

  일을 잘 조직했던 체르트코프는 그런 목적을 수행할 출판사를 만들었고 그럼으로써 톨스토이의 끝없는 관심을 한 몸에 받을 수 있었다. 책 출판 사업이 당시 루복 문학 시장의 달인이었던 시틴의 손에 넘어가자 책이 아주 잘 나가기 시작했다.

  이들이 펴낸 책들이 코마로프의 책을 밀어내지는 못했다. 체르트코프가 만든 출판사 〈중개인〉이 코마로프 책들을 본 딴 조지 경에 관한 책을 출판하기도 했다. 나름대로 좋은 의도로 만든 이 책은, 그러나 코마로프 독자들을 사로잡았던 그런 충격적이면서도 생동감 넘치는 요소를 가지고 있지 못했던 것이다. 코마로프의 《영국의 조지 경》은 1917년까지 원본 그대로, 수정 없이 지속적으로 출판될 정도로 인기를 누렸다. (이에 대해서는 나의 책 《마트베이 코마로프. 모스크바 주민》(프리보이 출판사, 1929)를 참조하라.)

  톨스토이는 모두 22편의 민화를 직접 창작했다. 그들 중에는 그림에 설명을 곁들인 《우리의 주님 예수 그리스도의 유혹》(그림 N. 게의 《최후의 만찬》)도 있다. 톨스토이는 요한복음 13장에서 35문단을 골라 그림 위에 배치했다. 그리고 그 설명으로 그림을 배치했다. 톨스토이가 보기에 이 작품의 중요한 의미는 예수가 적을 사랑하는 모범을 보이고 배신자 유다를 제자들의 분노로부터 구원하는 데에 있는 것이었다.

  톨스토이 민화들은 대체로 성자전 이야기를 개작한 것이다.

  가장 재미있는 것은 《바보 이반과 두 형, 무관 세몬과 배불뚝이 타라스, 귀머거리 누이 말라니야, 그리고 늙은 악마와 세 도깨비 이야기》(이하 《바보 이반》으로 줄임)이다. 이 작품은 전적으로 톨스토이 창작이다. 바보 이반은 농민이고 맏형 세몬은 귀족 무관이며 배불뚝이 타라스는 상인이고 머리를 써서 이반을 유혹하는 늙은 악마는 지식인이다.

  《바보 이반》은 다른 민속작품에서 차용한 것이 아니다. 단 하나 민속작품의 요소가 있다면 세 형제가 나온다는 점, 그리고 바보인 막내에게 공감을 표명한다는 점이다.

보통 민화에 나오는 세 형제는 사회적 신분이 농민으로 다 같고 모두 성공을 꿈꾼다. 이를테면 왕의 딸과 결혼하는 동화 같은 이야기인 것이다. 하지만 톨스토이 작품에서 큰형 세몬은 무관이다. 그는 한 다발로 묶인 볏단처럼 아무 인격도 없이 행진하는 군인집단으로 니콜라이 1세 치하의 무인통치 시대를 대변한다.

둘째 형 배불뚝이 타라스는 어떤 원고에서는 부농 타라스로 나오기도 하는데 자본주의 체제, 돈의 권력을 상징한다. 바보 이반은 떡갈나무 잎으로 이 돈을 만들어낸다.

무인 계급과 군사 통치, 돈과 상인 통치, 이것은 도깨비들이 농민들 앞에 제시한 두 개의 유혹이다. 바로 이반에게 이 모든 것은 전혀 낯설고 불필요하다. 그에게 군인들은 음악과 노래이고, 금화는 여자들에게 선물로 나누어줄 쇠붙이에 불과하다. 바보 이반은 손에 굳은살이 생기도록 일하는 것만을 인정한다. 굳은살 생기도록 일하는 노동은 이 경우 먹을 것을 얻기 위한 노동과 같은 의미다.

바보 이반은 민화에서처럼 공주를 치료해 주고 공주는 그를 사랑하게 된다. 그녀는 온순한 공주였고 남편이 왕위를 물려받고서도 여전히 농민처럼 살아가자 자신도 남편을 따라 그대로 농부 여인처럼 살아간다. 늙은 악마는 이반의 왕국을 유혹할 수 없었다. 아무도 악마의 말을 쫓으려고 하지 않았기 때문이다. 톨스토이의 농민들은 무저항과 자비로운 마음으로 돈과 무력에 대항하는 것이다.

이반의 형들이 왕위에서 물러나자 바보 이반은 그들을 먹여 살린다. 바보들에게 머리를 쓰는 일은 필요가 없다. 그들은 슈타예프가 제안한 것처럼 직접 자신의 손과 몸으로 일을 할 뿐이다.

현실은 바보 이반 이야기에서와 같았다. 이 이야기책은 속도 빠른 인쇄기로 인쇄되고 새로운 기계로 제본이 되고 철도로 운송되었다. 그러나 그것은 아무것도 바꾸어 놓지 못했다. 누구도 굳은살 박이는 노동을 기꺼이 하려하지 않았다.

톨스토이 민화 중에 또 한 작품 《촛불》을 보자. 이 이야기가 쓰인 과정은 아주 흥미로운 것이지만 우선 그 내용부터 살펴보자. 이 이야기는 이런 제사(題詞)로 시작된다. "그대들은 눈에는 눈, 이에는 이라는 말을 들어 보았을 것이다. 하지만 나는 이제 이렇게 말하노라. 악에 저항하지 말지로다."

그리고 이야기의 도입부는 이렇다. "아직 농노가 해방되지 않았을 때의 일이다. 그 무렵 지주 중에는 별별 사람이 다 있었다. 자신도 언젠가는 죽을 것임을 잊지 않고 신을 공경하며 농노를 불쌍히 여기는 자들이 있는가 하면, 말도 못할 형편없는 개 같은 자들도 있었다. 그중에서도 가장 악독한 자들은 개천에서 구르다가 용이 된 것 같은 농노 출신의 집사였다. 그들의 악독한 등쌀에 농민들의 살림은 더욱 궁핍해졌다."

이것은 물론 틀린 말은 아니지만 그럼에도 불구하고 책임을 그 집사들에게 떠맡기는 것이다. 그런 집사 중 한 사람이 농민들에게 부활절에 땅을 갈라고 명령했다. 농민들은 거부했지만 농민들 중 표트르라는 신앙심 깊은 사람이 가래에 5코페이카짜리 촛불을 켜서 얹고는 땅을 파기 시작했다. 그는 가래로 땅을 파서 이리저리 뒤집곤 했지만 그 위의 촛불은 꺼지지 않았다. 다른 농민들은 집사를 욕하면서 말했다. "그놈의 배가 툭 터져서 창자가 터져 나오게 해야 해."

집사는 농민들의 협박에는 겁내지 않았지만 표트르의 꺼지지 않는 촛불에는 놀라지 않을 수 없었다. 그는 그 모습을 보려고 직접 밭으로 나가보았다. 표트르는 노래를 부르며 밭을 갈고 있었다. 할 일 없이 집으로 돌아가려고 했다. 그는 말을 타고 가다가 마을 입구의 대문을 열려고 말에서 내렸다가 다시 말에 올라탔다. 그런데 갑자기 말이 돼지에 놀라 울타리에 부딪혔고 집사는 말에서 떨어져 울타리에 배를 세게 부딪쳤다. "그리고 그는 배가 찢어지면서 땅바닥에 엎어졌다."

성자들의 설교집이나 순교전에서 따온 다른 많은 민화들과 달리 《촛불》은 민담에 기초하고 있다.

체르트코프는 예의바르게, 그러나 완강하게 이 이야기에 대해 이의
를 제기했다. 그는 전체적으로 다 좋다고 생각했지만 집사가 울타리에
찔려죽는 것에 대해서는 꺼림칙한 마음을 지울 수 없었다. 그는 톨스토
이에게 차분하면서도 단호한 편지를 보내기 시작한다.

그는 이야기 자체가 제사(題詞)에 모순이라는 점을 지적했다. 집사
가 죽는 것은 표트르가 바란 것이 아니라 욕을 해대던 농민들의 뜻대로
된 것이었다. 촛불과 복수가 따로따로라는 것이다. 체르트코프는 이렇
게 말한다.

"악에 대해 선이 승리했다는 것을 인정하고 자신이 패배했다는 것을
인정했는데 집사는 곧바로 끔찍하게 죽고 맙니다 (…) 이것은 자신을 비
웃은 아이들에게 죽임으로 복수하는 구약성서의 선지자에 대한 이야기
를 떠올리게 해서 마음이 아픕니다 … 우리와 견해가 같은 사람들이나,
아니면 우리 견해에 호의적인 사람들이나 누구나 이 이야기를 읽으면
내용이나 형식이 아주 빼어나다는 점을 알게 될 것입니다만, 다만 한 가
지 결말이 모든 것을 망치고 있습니다(1885년 11월 7일 편지)."

"내 견해에 대해 어떻게 생각하시는지 잘 모르겠습니다 … 하지만 …
말씀드리기 어렵습니다만, 그러나 형식상 작은 문제에 대해, 그러나 제
생각에 본질적으로 매우 중요한 것, 결말을 바꾸는 문제에 대해 다시 한
번 말씀드리지 않을 수 없습니다."(25, 710~711)

체르트코프는 듣기 좋게 말하고 있다. 결말을 바꾸는 것이 형식상 아
주 작은 문제에 지나지 않는다는 것이다. 이에 대해 톨스토이는 11월 11
일에 답장을 보낸다.

"나는 다른 결말을 쓰기 시작해서 하나를 완성했습니다. 하지만 전혀
어울리지 않고 어울릴 수도 없어요. 전체 이야기가 이런 결말에 맞춰서
씌어졌기 때문이지요. 내용이나 형식이 다 좀 거칠지만 내가 듣고 이해
한대로일 뿐이지요. 다르게는 될 수가 없어요. 위선적인 거짓을 만들어
내는 것이 아니라면 말이지요."

톨스토이는 동의하지 않았지만 체르트코프의 말을 받아들여 집사가
자신을 뉘우치고 행복하게 끝나는 결말을 만들었다. 작품 제목도 《촛
불, 혹은 선량한 농민이 사악한 집사를 이기는 이야기》로 붙였다.

그렇게 이 작품은 1886년 〈중개인〉에서 출판되었다. 그러나 그 비슷
한 시기에 출판된 톨스토이 전집 제 12권에는 《촛불》이라는 원래 제목
으로, 울타리 나무에 찔려죽는 집사의 죽음도 바뀌지 않은 채 실려 있다.

톨스토이가 민화 속에서 표현하고 있는 그런 세계 이해방식은 톨스토
이로서 그럴 수밖에 없는 것이었지만 반드시 올바른 것만은 아니었다.
천재성과 진실성을 지닌 톨스토이였지만 타협과 모순을 넘어설 수가 없
었던 것이다.

톨스토이는 호머와 헤로도투스, 볼테르, 루소, 스턴, 푸시킨, 튜체
프, 레르몬토프, 체호프 등에 대해, 그리고 또 수백여 권의 책들에 대해
감탄을 금치 못하곤 했다. 그는 그들을 수용하거나 비판하면서 짧은 기
간에 새로운 다른 예술을 찾고자, 혹은 창조하고자 노력했다. 그는 기
존의 예술사를 거부하고 종교에 근거해서 예술의 전개과정을 새로운 결
말로 귀결시키고자 했다.

그러나 《촛불》이라는 하나의 작품이 두 개의 결말을 가질 수 없듯이
그런 노력도 명백히 불가능한 것이었다. 톨스토이의 잘못은 그가 민중
에게는 뭔가 특히 단순하고, 아주 초보적으로 이해하기 쉬운 것이 필요
하다고 생각했다는 점에 있다. 호머가 민중에게는 필요 없고 톨스토이
자신에게만 필요한 것이라면, 톨스토이 자신도, 민화와 《카프카스의
포로》, 《기초입문서》등을 제외하고는 민중에게 필요치 않은 존재가 아
니겠는가.

하지만 이런 결론은 다 잘못된 것이다. 코마로프와 같은 대중작가가
되기 위한 톨스토이의 자기부정은 결코 그럴 필요가 없는 것이었다.

톨스토이는 역사를 인정하지 않았지만 역사는 노동과 위업을 통해 계
속해서 민중이 톨스토이를 점점 더 확대해서 이해하도록 만들어 주었

308

다. 레닌은 《레프 톨스토이》에서 이렇게 말한다.

"예술가로서의 톨스토이는 러시아에서조차 극히 소수에게만 알려져 있다. 그의 위대한 작품들을 진정으로 모두의 자산이 되게 만들기 위해서 우리는 수백만, 수천만 대중들을 무지와 몽매함으로, 고역과 빈곤으로 몰아넣는 그런 사회구조에 대항하여 투쟁해야만 한다. 즉 사회주의 혁명이 필요한 것이다."[144]

사랑과 사랑의 죽음

우리는 예술이 삶을 반영한다는 것을 알고 있다. 그러나 가끔 우리는 예술이 실제 삶에서 일어난 사건을 반영한다고 생각한다.

물론 이런 생각은 잘못된 것이다. 예술은 삶을 반영하되 거울처럼, 굴절 없이 그대로 반영하는 것은 아니다. 예술은 앞선 세대의 체험에 기초하여 세계를 탐구하면서 삶을 재현한다. 예술은 삶을 반영하면서 대상을 직접 바라보는 눈에는 보이지 않는 것을 파헤치는 경우가 많다.

예술은 삶을 기록하고 인류의 체험을 기록하는 자신의 기호체계를 가지고 있다. 예술은 인간노동에 의해 인식된 삶을 반영하고 영감을 얻은 예술가는 종종 일상으로부터 벗어나게 된다. 왜냐하면 예술가는 자신의 체험을 활용하면서 자신의 일상으로부터 인류의 일상으로 나아가고 그에 의해 자신의 삶을 새롭게 풀어내기 때문이다.

따라서 우리는 《크로이체르 소나타》에서 톨스토이가 아내에 대한 어떤 질투라든가 아내의 부정, 혹은 자신의 의심 따위를 담아내고 있다고 생각할 필요는 없을 것이다. 하지만 사람들은 《크로이체르 소나타》라는 작품이 야스나야 폴랴나와 모스크바에서 소피야와 타네예프라는 인

144) V. 레닌, 전집 제20권, 19쪽.

물 사이에 벌어진 어떤 사건에 대한 톨스토이의 질투가 반영된 것이라고 생각하는 경우가 많다. 타네예프는 연주가이자 작곡과 이론을 겸했던 대단한 러시아 음악가였다.

작품 창작과 작가의 삶의 관계를 살펴보기 위해서 집안에서 벌어졌던 이 충돌에 대해 잠깐 살펴볼 필요가 있겠다.

세르게이 타네예프는 1890년대 초반 돌고-하모브니체스키에 있던 톨스토이 집에 자주 들락거렸던 사람들 중의 하나이다. 1895년 봄 타네예프는 툴라 인근에 별장을 구하려고 야스나야 폴랴나 집의 곁채를 세내어 지내고 있었다. 그는 자신의 늙은 유모와 자신의 학생이었던 율리 포메란체프와 함께 기거하면서 음악이론에 관한 글을 쓰거나 피아노를 쳤고, 수영도 하고 젊은이와 함께 산책을 하곤 했다. 때로는 톨스토이와 테니스를 치기도 하고 장기를 두기도 했다. 우리는 그의 일기를 통해 그가 거기서 어떻게 지냈는지를 알 수 있다. 그는 여자들에 대해서는 전혀 관심이 없었다.

이 시절 소피야는 아들 이반의 죽음으로 인한 커다란 슬픔을 아직 벗어나지 못한 상태였다. 그녀는 음악에 심취하여 음악회에 자주 다녔고 야스나야 폴랴나에서 타네예프의 연주를 듣기도 하는 등 마치 이제 자신의 사랑을 음악에 쏟아 부으며 절망을 달래려는 것 같았다.

소피야는 1904년 타네예프에 대한 사랑 고백이 담긴 편지를 쓴다. 그러나 타네예프는 이 편지를 없애버렸다.

톨스토이는 타네예프를 그렇게 좋아하지 않았다. 그는 타네예프가 집안에서 '공동의 장난감'처럼 지내고 있다고 생각했다. '공동의'라는 단어 자체는 가족들 모두가 타네예프에게 빠져있다는 사실을 말해준다.

《크로이체르 소나타》는 사랑과 결혼 문제, 당시 사회에서 예술의 의미와 관련된 문제를 다루고 있는 것이지 톨스토이의 삶에서 어떤 구체적인 문제와 연관된 것이 아니다.

어떤 예술작품이 언제 시작되었고 어디서 그 갈등의 단서를 얻고 있는가를 말하기는 대체로 쉽지 않은 문제다. 아내의 변심, 그리고 변심에 대한 죽음의 형벌에 대한 생각은 아주 오래된 것이었다. 그건 《안나 카레니나》 초고에서도 나타났던 생각이다.

톨스토이 머릿속에는 오래전부터 '아내의 살인범'에 관한 구상(7, 149~151)이 존재했었다. 그는 넷으로 접은 종이 두 쪽에 그 구상을 적어 놓았는데 그 종이 상태나 물이 묻은 흔적으로 보아 1860년대 후반 무렵에 쓰인 것이었다. 한 사람이 아내를 죽이고 자수한다. 그는 감옥에 앉아서도 마음의 평정을 찾지 못한다. 감옥에서도 사람들은 그에게 아주 공손하게 대한다. 그는 귀족이고 퇴역 기병대위였기 때문이다. 그를 돌보도록 허용된 시종은 눈물을 쏟아내지만 정작 살인자를 괴롭히는 것은 도대체 무슨 일이 벌어진 것인지 이해할 능력 자체가 없다는 점이다.

나는 여기서 이 주제가 얼마나 어떻게 변모했는지 일일이 거론하지는 않겠다. 그것은 주로 질투에 대해서라기보다 결혼한 두 사람의 삶에 대한 이야기이기 때문이다. 그리고 톨스토이는 결혼에 대해 비감한 이야기를 수없이 썼기 때문이다.

《크로이체르 소나타》의 갈등 역시 질투에 기초한 것이 아니다. 그보다는 어쩔 수 없는 속박, 몰이해, 끝없는 경쟁심리 등에 대한 것이다. 이를테면 남편은 개 전시회에 대해 말하면서 어떤 개가 금메달을 받았다고 말한다. 하지만 아내는 즉시 그것은 메달이 아니라 증명서라고 정정한다. 개가 그들과 아무 관련이 없음에도 불구하고 그들은 계속해서 말싸움을 벌인다.

이들이 싸우는 근본적인 이유는 남편이 아내가 자신의 말에 고분고분하게 따라야 한다고 생각하기 때문이다. 하지만 아내는 아주 사소한 말싸움과 속임수로 맞서려고 한다는 데 있다.

이미 나이가 지긋하던 소피야의 삶은 매우 힘든 것이었다. 그녀는 늙은 요리사가 제출한 식단표를 들고 살았다. 한 끼 먹고 나면 또 한 끼, 수프를 먹고 나면 또 수프, 그리고 여러 가지 잇따르는 계산서들 …

사실 남편의 상당히 많은 원고뭉치들이 그녀의 손이 닿지 않는 곳에 따로 있었다. 그 내용은 끝없이 반복되며 변화하고 어딘가 다른 곳으로 끝없이 나아가는 것이었다. 이제 그녀는 그걸 좋아하지 않았고 심지어 필사해달라는 부탁도 대놓고 거부했다. 정부와 정교회에 대한 비판으로 가득한 글들이었기 때문이다.

톨스토이의 사랑을 다룬 페트의 시도 대여섯 편 된다. 거기에는 거칠고 농민적인, 제어되지 않는, 그리고 이해할 수 없는 톨스토이의 사랑이 담겨있다.

그녀는 돌고-하모브니체스키의 집에서 겨울을 보내고 봄에는 야스나야 폴랴나로 돌아왔다. 하지만 그녀는 시골에 오는 것을 좋아하지 않았다. 그래서 봄도 싫었다. 저마다 다른 아이들을 보는 기쁨이 없었던 것은 아니다. 그녀는 아이들을 낳고 먹이며 마음을 졸였다. 하지만 아이들은 점점 자라면서 학교에 다니기 시작했고 점점 그녀에게 함부로 대했다.

톨스토이는 서재에 칩거하여 홀로 외롭게 지내며 글을 썼다. 그는 자신의 고독한 슬픔을 엄청난 저술에 쏟아 부었고 그리하여 그 슬픔은 거대한 세계로 나아갔다. 톨스토이는 홀로 숲에 나가 마음의 슬픔을 달랬다. 숲에 나갈 때면 빠르고 거친, 그러나 근시에다가 놀라기 잘하는 말 델리르를 타고 다녔다.

소피야는 홀로 슬픔을 달래야 했다.

타네예프가 야스나야 폴랴나에 와서 2년을(1895~1896) 살았는데 그것은 이미 《크로이체르 소나타》가 이미 등사판으로 나오고 작품 후기와 더불어 출판된 다음이었다.

톨스토이가 질투를 했다는 것은 사실이다. 소피야는 음악을 잘 알지 못했으면서도 음악을 동경하며 빠져들었다. 아마도 그녀가 꿈꾼 것은 다른 삶, 그녀 자신을 위한 삶이었을 것이다.

《크로이체르 소나타》가 앞으로 있을 타네예프와의 이야기를 미리 반영하고 있다고 볼 수는 없다. 그리고 이 작품을 쓸 당시에 톨스토이가 어떤 질투를 하고 있었다는 직접적인 증거는 없다.

내 생각에 이 작품에서 아내의 살해는 갈등구조에서 그리 중요한 것이 아니다. 그런 점에서 《크로이체르 소나타》는 1860년대에 구상했던 '아내 살해범'에 대한 주제를 이어받는 것이라고 보기 힘들다.

《크로이체르 소나타》는 어쩔 수 없는 속박으로서의 결혼에 대한 이야기다.

1889년 9월 톨스토이는 《크로이체르 소나타》의 주인공의 한 생각을 이렇게 적어놓았다. "나는 스무 번도 더 그녀의 죽음을 기원하며 그녀에게서 풀려날 자유를 꿈꾸었다."

아내 살해는 아내로부터 해방되고자 하는 꿈의 실현이고 부부관계의 내적 범죄성의 폭로이다.

《이반 일리치의 죽음》에서 남편과 아내는 서로 남남에 가깝다. 죽어가는 이반에게 동정을 표하는 것은 하인 게라심 뿐이다. 이반이 죽은 뒤 아내는 차분하게 연금에 대해 이야기를 나눈다. 그녀의 죄는 부정에 있는 것이 아니라, 사랑이 죽었다는 것, 그것이 죄라면 죄다.

《크로이체르 소나타》

톨스토이가 돈의 권력이라고 생각했던 자본의 권력 외에도 극복해야할 또 다른 권력이 하나 있었다. 그것은 바로 육체의 권력, 즉 사랑과 질투였다. 톨스토이는 이 주제에 곧바로 다가가지는 못했다.

처음 작품의 단서들은 마치 아무런 방향도 없는 메모처럼 등장해서 편지 속에 이리저리 언급되었다가 또 그것들이 서로 연결되기도 한다. 만일 독자들이 작품 초고들을 볼 수 있다면 작품을 처음 구상하는 과정이 얼마나 어려운 일인지를 알 수 있을 것이다.

때로는 제목으로만 작가가 생각하고 있는 것을 추적할 수 있다. 또 때로는 어떤 단서들이나 어떤 시도, 어떤 메모가 서로 교직되고 있는지 풀어내기 힘들 때도 있다. 도대체 작가 자신이 어떻게 끝을 맺고 어떤 것을 선택하였는지 알 수가 없기 때문이다.

1888년 톨스토이는 모스크바의 하모브니체스키에 있는 집에서 크로이체르에게 헌정된 베토벤의 소나타를 듣고 있었다. 바이올린 연주는 랴소타가 했고 피아노 반주는 아들 세르게이가 맡았다.

청중들 중에는 화가 레핀과 배우 안드레예프-부를락도 있었다. 연주를 듣고 나서 그들은 향후 세 예술분야 각각의 방법으로 소나타에 대한 인상을 표현해 보기로 했다. 그러나 레핀은 이 일을 착수조차 하지 못했고 안드레예프-부를락은 1888년에 사망하고 만다. 톨스토이만이 《크로이체르 소나타》 초판을 완성했다. 기념전집에 이 작품은 17쪽 분량으로 게재되었다. (27, 353~369) 아마 배우가 낭송한다면 한 번에 읽어내릴 수 있을 정도의 짧은 것이었다.

이 첫 작품은 별로 중요하지 않은 청중들의 반응을 그린 독백 형식으로 씌어졌다. 주인공은 질투에 대해 말한다. 처음에 포즈드니셰프가 어떤 다른 사람에 대한 이야기를 하듯이 말한다. 그러나 나중에는 아내를 죽인 사람이 다름 아닌 바로 자신이라는 것을 고백한다.

이 첫 작품에는 나중에 개정된 판본들에서와 같은 폭넓은 일반화가 존재하지 않는다. 모든 죄가 남편에게 있다고 설정되는 것이다. 그는 "집에서 먼지와 외로움 대신 매혹과 우아함과 아름다움, 달콤한 기쁨을" 얻기 위해 결혼했다.

그러나 결혼생활은 전혀 다른 것이었다. "언제나 그렇듯이 그런 일이 벌어졌지요, 왜 그, 편하게 지내보려고 말이죠, 벽난로 옆에 안락의자를 가져다 놓았다 말입니다, 앉아서 쉬려고요, 그런데 갑자기 안락의자가 뒤로 벌렁 넘어져서는 이러는 겁니다, 나도 놀고 쉬고 싶다고 말입니다. 안락의자가 남이 아니라 자신을 위해서 존재하려고 하다니요, 당신이라면 놀랍지 않겠습니까? 안락의자가 말입니다. 안락의자를 도로 세워놓고 앉으려고 하면 또 그러는 겁니다. 그게 다예요. 그래서 불화가 생기고 싸움이 벌어지게 된 겁니다."

결국 여자는 다른 사람을 사랑하고 그 사랑으로 빛난다. "그렇게 말입니다, 사랑으로, 짐승 같은 사랑으로 빛나더군요." 남편은 아내를 단검으로 찔러 죽인다. 아내는 죽어가며 용서를 빈다. 남편은 그들을 "짐승 같은 것들을 죽여도 죄가 되지 않지요 …"라며 자신을 정당화한다. 독백은 이렇게 끝난다.

"나는 죽어가는 자리에서야 그녀를 사랑했지요. 예, 정말로 사랑했습니다. 오, 맙소사, 정말로 사랑했단 말입니다!"
그는 오열했다.
"예, 그녀는 죄가 없어요. 그녀가 살아난다면 나는 이제 그녀의 몸과 얼굴을 사랑하는 것이 아니라 정말로 그녀를 사랑할 겁니다. 모든 용서를 빌고요. 예, 내가 정말로 사랑한다면 용서 못할 일이 무엇이겠습니까?"

복잡한 미로와도 같은 삶의 연쇄를 풀어갈 때 톨스토이는 항상 악덕으로 금지된, 그러나 강렬하고 인간적이며 정당하다고 생각하는 것을 통찰한다. 특히 《부활》에서 그것은 명료하게 표현되어 있다.

그러나 사랑에 대한, 혹은 사랑이라고 불리는 것에 대한 주제를 다룬 톨스토이의 모든 책들 중에서 《크로이체르 소나타》는 가장 절망적이다. 작품의 제목 자체와 음악이 이전에 짓밟혀버린 인간의 욕망을 불러일으킨다는 생각은 시적이다. 그러나 음악에 의해 일깨워진 욕망은 혐오스러운 것이다. 음악은 결코 완결될 수 없는 것으로 이끌어 가기 때문에 범죄적인 것이다. 소설에서는 이렇게 이야기된다.

바로 그래서 음악은 무서운 것이고 때로는 끔찍하게 작동한다. 중국에서 음악은 국가사업으로 간주된다. 바로 그래야만 한다. 원하는 사람이 누구나 다른 사람에게 최면을 걸어 자기 마음대로 움직이게 만드는 그런 일을 어떻게 허용할 수 있는가? 더욱이 그런 최면술사가 가장 비도덕적인 사람이라면 어떻게 되겠는가.

무서운 수단이 누구에게나 주어져 있다는 것은 문제가 아닐 수 없다. 예를 들어 이 크로이체르 소나타만 하더라도 프레스토(가장 빠르게)이다. 어떻게 이 프레스토를 응접실에서 가슴이 드러나도록 차려입은 부인들에게 연주할 수 있겠는가? 연주를 끝내고 점잖게 박수를 치고 아이스크림을 먹고 가벼운 잡담을 늘어놓을 수 있겠는가? 이런 음악은 아주 특별하고 중대한 자리에서만 연주될 수 있다. 이 음악에 어울리는 중차대한 행동을 수행하도록 요구하는 자리에서 말이다. 이 음악을 연주하고 이 음악이 조율하는 것을 행하는 것이다.

말하자면 음악은 멀리해야 할 것이다. 포즈드니세프가 말하는 행진곡은 걷고 싶은 욕망을 불러일으키고 사람들은 행진곡을 들으며 걸어간다. 하지만 베토벤의 음악은 그와는 다른 아주 복잡한 욕망을 불러일으킨다. 그의 음악은 어떤 욕구와 욕망을 풀어내 버린다. 그래서 그것은 전혀 불필요한 것임이 분명하다. 그러나 톨스토이는 음악을 너무 사랑했고 음악 없이 사는 것은 불가능했다.

그는 음악을 질투했다. 결혼이라는 산문에 대비되는 시와도 같았기 때문이다.

《크로이체르 소나타》는 앞에서 말했듯이 단순히 질투에 관한 것이 아니라 부르주아 사회의 결혼에 대한 이야기다. 한때 톨스토이는 작품을 다시 쓰기로 마음먹었다. 질투의 감정이 들어 있지 않던 판본은 더 이상 유지되지 않았다. 대신 톨스토이는 갈등을 살인으로 귀결시키지 않고 풀어내려고 했다. 이런 작업과 관련해 톨스토이는 1889년 9월 20일 일기에, "조금 썼다"고 말하고, 다음날, "많이 썼다. 결정적으로 바꾸기로

했다. 살인은 필요 없다"고 말한다. 그리고 또 다음날엔 이렇게 쓰고 있다. "《크로이체르 소나타》에 전념했다. 하지만 이건 이제 전혀 《크로이체르 소나타》가 아니다. 이제 이야기는 전반적으로 단순히 말다툼 때문에 살인이 일어났다는 것으로 기울고 있다. 살해된 남편과 아이들을 죽인 아내에 대한 이야기를 읽었다. 이건 더 확실하게 마음을 굳히게 해주는 것이다."

《크로이체르 소나타》 창작과 출판과정에 대해서는 굿지가 자세하게 연구한 바 있고 나는 그의 책에서 자료를 얻고 있다. 그에 따르면 위의 기록에 나오는 사실은 오뎃사에서 자우제라는 교사가 목이 매달린 채 발견되었고, 그의 아내는 그 직후 세 아이를 칼로 찔러 죽이고 4층에서 뛰어내렸다는 것을 말한다. 톨스토이는 1889년 9월 17일자 신문 〈일주일〉 제 38호에서 이 기사를 읽었다.

1889년 7월 4일 일기를 보자. "어제 아침과 저녁에 크로이체르 소나타에 대해 많은 생각을 했다. 생각이 분명해졌다. 아내는 글을 정서하다가 마음이 가라앉지 않았다. 아내는 밤늦은 저녁에 젊은 여성의 환멸에 대해, 그리고 애초부터 남과 같았던, 그리고 아이들에 대해서는 냉담한 남자의 정서상태에 대해 이야기했다."

소피야는 종종 남편이 아이들을 사랑하지 않는다고 질책하곤 했다. 그러나 그건 사실이 아니다.

톨스토이는 같은 글에서 마치 모든 아내들 앞에 변명하듯 말한다.

아내는 부당하다. 변명하려고 하기 때문이다. 하지만 진실을 말하기 위해서는 참회해야만 한다. 계속해서 나를 붙잡고 있던 이 소설의 모든 드라마는 이제 머릿속에 선명해졌다. 그가 그녀의 감성을 그렇게 만들었다. 의사들은 아이를 낳지 말라고 금했다. 그녀는 잘 먹고 잘 입고 온통 예술의 유혹에 빠진 것 같다. 어떻게 타락하지 않겠는가? 그는 그 자신이 그녀를 여기까지 이끌어왔다는 것을 깨달아야 한다. 그녀를 증오하기 이전에 벌써 그녀를 살해한 것이다. 그는 구실을 찾고 그에 기뻐하고 있는 것이다.

어제 이야기를 나눈 농민들은 히스테리는 처녀애들에겐 없고 부인네들에게만 있는 것이라고 확신했다. 분명히 그건 성적 과잉으로 인한 것이라고 말해야 옳을 것이다.

성서에서 울리아의 아내가 애인 다비드의 아이를 가진 후 이를 숨기기 위해 남편과 잠자리를 가지는 교활한 행동을 한다. 성서의 이런 구절을 인용하여 톨스토이는 여성의 부정함과 교활함을 드러낸다. 그리고 결국 남편은 사소한 이유로 미리 준비된 흉기 다마스커스 강철 단검을 사용하여 살인을 저지른다. 이런 교활함과 의심, 이 모든 것은 바로 벗어나고 싶은 욕망으로부터 비롯된 것이다. 이탈리아 가톨릭교도들이 아내 살해를 '이탈리아식 이혼'이라고 부르는 것도 우연이 아니다.

남편은 속박에 대한 복수로서 아내를 살해한다. 분노의 폭발이 가져온 필연적 결과이다.

톨스토이는 자신의 일기를 들여다보듯이 부부의 논쟁을 분석한다. 처음에는 여자가 남자를 이기는 것처럼 묘사되지만 잠시 뒤에는 남성이 공격을 퍼붓는다. 여자는 억압받으면서 그런 상황을 뒤엎고 억압에 대한 분풀이를 하려고 한다. "그래요, 당신들은 우리 여자들을 당신들 욕정의 대상으로만 생각하지요, 그래요, 좋아요, 욕정의 대상으로서 우린 당신들을 위해 일하겠어요." 여자의 말이다.

여자가 입은 옷차림의 특징에 대한 묘사가 많이 나온다. "그래서 그런 스웨터와 엉덩이를 부풀어 보이게 만드는 받침대, 다 드러난 어깨와 가슴과 팔이 다 혐오스러운 것입니다."

알렉산드라 부인은 회고록에서 《크로이체르 소나타》와 《암흑의 힘》이 원고 형태로 이미 유명해진 직후 이 책들의 출판에 대해 이렇게 말했다. "《크로이체르 소나타》와 《암흑의 힘》이 나오게 된다면 무슨 일이 벌어질지 상상하기 힘들 것입니다. 아직 출판이 허락되지 않은 이 책들은 벌써 수백수천 부도 더 필사되어 손에서 손으로 전해지고, 여러 나라 언어로 번역되어 온갖 곳에서 믿을 수 없을 만큼 열렬히 읽히고 있습니다. 대중들은 제 자신들의 개인적인 일들을 다 잊어버리고 오직 톨스토이 백작의 문학에만 빠져서 살아가는 것 같은 지경입니다 (…) 몹시 중차대한 정치적 사건도 그만큼 강렬하고 철저하게 대중을 사로잡지는 않을 것입니다."(27, 588)

이 작품을 집필할 당시 대중들 사이에 벌어진 논쟁을 잘 알고 있던 체르트코프는 끊임없이 톨스토이에게 조언한다. 그의 조언들은 아주 다양한 것이었지만 주로 주인공의 독백에서 톨스토이의 생각처럼 보이는 것을 제거하고 노골적인 도덕률을 불어넣으라는 것이었다. 그는 톨스토이에게 "삭제하는 것이 좋을 듯한 곳을 표기한" 원고 교정본을 보내고 작품에 후기를 꼭 써야할 필요가 있다고 고집한다.

논쟁은 이제 국가적 수준으로 넘어갔다. 황제인 알렉산드르 3세는 이 작품이 좋다고 했지만 황비는 충격을 받았다고 한다.

옥스만은 페옥티스토프의 문서고에서 포베도노스체프의 《크로이체르 소나타》에 대한 편지(1890년 2월 26일)를 발견했다.

당시 황제에게 큰 영향력을 행사하던 1등관 국무장관 격이었던 포베도노스체프가 친구인 공보부 장관 페옥티스토프에게 이렇게 단언한다.

경애하는 예브게니 페옥티스토프, 당신께 무슨 말을 해야 될지 모르겠습니다. 공책에 쓰인 처음 두 권을 읽었을 때 거의 구역질이 날 정도로 혐오스러웠습니다. 그리고 다시 더 읽어나갔을 때 (한 번에 읽기에는 너무나 내 영혼이 고통스러웠지요) 이 작품에 담긴 사상이 분명해졌지요. 책을 손에서 놓았다가 세 번째에야 다시 들고 다 읽었습니다. 그리고 나는 깊은 생각에 잠겼지요…

예, 우선 말해두어야 할 것은 이 책에 쓰인 것은 거울에 비친 것처럼 모두 진실이라는 점입니다. 내가 이런 내용을 쓴다고 해도 거기 쓰인 것과 거울에 비친 것처럼 똑같을 겁니다. 차이가 난다면 거울에 반점이 있을 때 약간 모양이 일그러지는 그런 정도일 겁니다. 소설은 자신이 저지른 일에 대해 스스로 고통받고 괴로워하는 어떤 사람의 시선으로, 즉 3인칭으로 이야기되지만 사실 모두 그것이 작가 자신의 사상을 대변하는 것임을 느낄 수 있지요. 거의 전적으로 부정적 태도만 눈에 띄지요. 작가의 긍정적 이상은 간혹 반짝이듯이 보이기도 하지만 거의 나타나지 않습니다 ….

정말 강렬한 작품입니다. 이 책을 **도덕성**의 이름으로 금지해야 하는가 하고 자문하면서 나는 **그렇다**고 대답할 수가 없더군요. 이상을 존중하는 사람들이 나를 질책하는 목소리가 들리는 듯 했습니다. 그들은 은밀하게 책을 다 읽고 나서, '하지만 어쨌든 이것은 진실이 아닌가 …' 이렇게들 말할 겁니다. (27, 593~594)

《안나 카레니나》가 최종적으로 안나의 자살로 끝이 났지만, 여러 초고에서는 '부정한 여인을 죽여라!'가 주요 사상의 하나였다. 이 오래 전의 외침이 다시 울리고 있다.

작가는 동요하고 있었다. 그는 실제로 부정이 저질러진 것으로 할 것인지 바로 결정하지 못했다. 결국 여자에게도 죄가 있고 남자의 질투에도 죄가 있는 것으로 만들었다. 작품에는 절망의 분위기가 가득하고 작가의 고통스러운 생각들이 묻어나고 있다. 그 생각들은 그의 수첩에도 흔적을 남긴다.

"여자들은 욕정의 대상으로 멸시받았다. 그리하여 그들은 똑같이 남자들에게 갚아준다. 거기로부터 그들의 힘이 … 임신 중에 나는 아내의 신경을 괴롭혔고 질투심을 자극했다. 그리고 나중에는 죽이고 싶은 마음까지 들었다."(50, 204)

그리고 이런 기록도 있다.

"《흑인 황녀》, 즉 모욕받은 여인, 흑인 하녀가 지배하고 있다." 그리고 또, "진정한 고문은 구석에 세워진 하얀 곰."

하얀 곰, 이것은 톨스토이 가정에서 머릿속에 떠나지 않는 생각을 나타내는 말이다. 어린 니콜라이 형은 개미형제단을 조직하고 형제들에게 행복을 얻기 위해서는 방의 한 구석에 서서 하얀 곰에 대해 생각하지 않아야 한다고 일러주었다. 이 하얀 곰에 관한 테마는 스턴의 《트리스트람 샌디》에서 기원하는 것이다. 어떤 것을 생각하지 말라고 금지하면 오히려 그것은 결코 머릿속을 떠날 수 없다는 넌센스다. 하지만 톨스토이에게는 하얀 곰이 실제로 존재한다. "고문이 종결되려면 살해되어야 한다. 그녀의 허영, 그 끝도 없는. 사랑하고 질투할 뿐이다."(50, 206)

사창가를 다닌 경험이 있는 한 남자가 제 옆에 한 여인을 아내로 거느리고 있으면서 그녀의 말은 한 마디도 신뢰하지 않으려고 한다.

《크로이체르 소나타》는 원고 상태로 열독되었다. 출판된 판본만 해도 여덟 개나 존재한다. 톨스토이의 딸들은 판본을 꼼꼼하게 심의했다. 그들은 작품을 평하면서 세상에 나쁜 여자가 둘이 없다면 어느 한 가정도 불행해질 이유가 없다고 말하곤 했다.

이 작품을 쓸 당시 톨스토이가 아주 종교적인 사람이었다는 점에 놀랄 필요는 없다. 그는 일부일처제를 확신했고 한 남자가 처음 만나는 여자를 평생 아내로 맞이해야 한다고 확신했다. 그리고 동시에 그 남자는 여자를 소유한 자로서 책임을 다해야 한다는 것이다. 모세의 10계명에서 특히 금지 계율, 즉 무엇을 하지마라는 계율을 톨스토이는 아주 단순화해서 받아들였다. 〈출애굽기〉 제 20장에는 이렇게 씌어 있다.

"네 이웃의 집을 탐하지 말지니라. 네 이웃의 아내나 그의 남종이나 그의 여종이나 그의 소나 그의 나귀나 무릇 네 이웃의 소유를 탐하지 말지니라."

이 계율은 시나이 산에서 우뢰와 번개와 나팔 소리와 산의 연기와 함께 들려온다.

아내는 집과 노예 사이에, 그러나 가축보다 앞서 언급된다. 이 계율

은 소유의 파괴를 금하고 있다. 《카자크 사람들》과 《전원시》를 집필할
때의 톨스토이는 이보다 더 자유롭고 가볍게 살았었다.

게르첸을 다시 읽다

정치적 반동의 시기에 톨스토이는 무엇을 해야만 하는지 그 길을 분
명하게 알지 못했다. 다만 계속 글을 써나갔고 점점 흥미가 없어지는 편
지들에 대해 답장을 써나갔다. 톨스토이의 대답 역시 점점 판에 박힌 것
이 되어갔고 이전에 출판된 자신의 책을 읽어 보라는 말에 그치는 경우
가 많았다.

그러나 톨스토이는 종종 다시 힘을 내곤 했다. 톨스토이는 게르첸의
힘, 즉 분노와 독설로써 전제정치의 무도함과 방자함을, 이른바 충성서
약과 권력의 정통성이라는 것이 아무것도 아님을 폭로하면서 전제정치
를 파괴해내는 힘을 더욱 증폭시키고자 했다.

체르트코프는 톨스토이가 나아가는 길을 바꾸거나 그 힘이 드러나지
않도록 만들 수 없었다.

톨스토이는 일찍부터 게르첸의 힘의 본질을, 그리고 그 힘이 자신과
매우 유사하다는 것을 알고 있었다.

그는 수없이 게르첸에게로 돌아왔다.

1888년 2월 13일 화가 N. 게에게 보내는 편지에서 톨스토이는 이렇
게 말한다.

"최근 들어 게르첸을 읽고 또 읽으면서 당신에 대해 자주 생각하게 됩
니다. 그는 정말 놀라운 작가가 아닙니까! 만일 우리의 젊은 세대가 이
작가를 제대로 접할 수만 있었더라면 우리 러시아의 지난 20년이 저런
모습은 아니었을 것입니다. 그를 내쫓은 것은 러시아 사회라는 유기체
에서 가장 중요한 내장기관을 강제로 뽑아낸 것과 마찬가지지요."

톨스토이는 게르첸에 대한 애정을 가부장제 농민계급의 이상과 연결 시키고자 했다.

그해 2월 9일 체르트코프에게 러시아에서 금지된 책을 해외에서 출판 하도록 제안하면서 톨스토이는 이렇게 말한다.

"본다레프의 논문과 서문을 이제 외국에서 출판하고 싶습니다 … 게 르첸을 읽으면서 몹시 감탄하고 있는데 그의 저작이 금서가 된 것이 안 타깝기만 합니다. 첫째로 이 작가는 최고의 예술작가, 적어도 우리 국 내의 일급 작가들과 어깨를 견주는 작가입니다. 둘째, 만일 그가 1850 년대부터 젊은 세대의 영혼의 살과 피가 될 수 있었더라면 우리 젊은이 들이 그렇게 혁명적 니힐리스트가 되지는 않았을 것입니다. 요즘 혁명 이론들의 무근거성을 증명하기 위해서는 게르첸을 읽어야 합니다. 게 르첸은 온갖 폭력이 그것이 기도 하는 바 그 목적을 되돌아보고 참회해 야 한다는 것을 알고 있습니다."

게르첸이 만일 본다레프의 설교를 접했다면, 그리고 동시에 톨스토 이가 본다레프를 사상적 동맹자로 간주하고 있다는 사실을 알았다면 아 주 놀랐을 것이다.

톨스토이의 말에 따르면 게르첸은 '서유럽 혁명이론'과 싸우는 사람으 로서 중요하다. 그것이 톨스토이식 해석인 셈이다. 톨스토이는 게르첸 을 자신의 동반자로 만들고 싶었지만 창작 후기에 들어서야 게르첸의 예술적이면서 정치평론적인 저술방법을 자신의 비평활동에 적용하며 게르첸의 사업을 이어받는다.

게르첸은 (…) 처음에는 헤겔 철학과 서유럽 혁명이론에 심취했지만 결국 러시아 민중의 공동체적 삶의 토대에 관심을 돌리고 거기에서 구원을 발견하였지요. 나는 게르첸이 이곳에서 살지 못하고 그의 저술이 러시아 사회에 널리 읽히지 못했다는 것이 러시아로서 매우 큰 불행이라고 생각합니다. 만일 그가 여기 러시아에 살 수 있었다

면 우리의 혁명적 젊은이들이 수많은 실수를 저지르지 않도록 커다
란 영향을 주었을 것이라고 생각합니다. 145)

톨스토이는 게르첸에게서 전제정치와 폭력에 맞서 싸우는 법을 배웠
다. 그는 이런 사실을 공공연하게 밝히면서 게르첸을 받아들이고 있다.

톨스토이는 나중에 "전신국을 가진 칭기스칸"이라는 논문을 쓰는데
이 논문은 나중에 "이제 알아야 할 때다"로 명명된다. 이 논문의 처음 명
칭은 게르첸이 알렉산드르 2세 황제에게 보낸 편지에서 차용된 것이다.
게르첸의 편지는 코르프 남작의 책과 관련된 것으로 1857년 〈종〉지에
게재되었다. 게르첸은 여기서 이렇게 말했다.

"만일 우리가 정부 내에서만이라도 완전한 진보를 이룩해낸다면 우리
는 우리의 자유가 만들어낸 모든 것을 갖춘 사상 유례가 없는 전제정권
을 이 세상에 선보일 것입니다 … 그것은 전신국과 증기선, 철도 등을
갖춘 칭기스칸, 카르노와 몽제146) 가 장관으로 있는 정부와 같은 것이
되겠지요."147)

나이가 들면서 더욱 통찰력이 깊어진 톨스토이는 새롭게 게르첸을 읽
고 있다. 그는 〈종〉지를 소리내어 읽어 보면서 게르첸이 니콜라이 1세
황제가 임석한 군대행진을 묘사하는 모습에 감탄을 연발한다. 골덴베
이저는 이렇게 회상한다. "오스트리아 황제와 니콜라이 1세가 참석한
열병식 묘사는 변함없이 톨스토이를 감탄하게 만들었다 … 그는 내게
몇 번이나 그 장면을 낭송해 주었다."148)

톨스토이는 단순히 게르첸을 읽기만 한 것은 아니다. 그는 그로부터

---

145) A. 골덴베이저, 《옆에서 본 톨스토이》, 1959, 191쪽.
146) 〔역주〕 비유클리드 기하학으로서 사영기하학을 발전시킨 유명한 프랑
    스 수학자들.
147) A. 게르첸, 30권 선집, 제 13권, 38쪽.
148) A. 골덴베이저, 《옆에서 본 톨스토이》, 제 2권, M., 1923, 377쪽.

아주 정확한 세부묘사와 구체성, 정론적인 열정과 폭넓은 일반화에 기초하여 민중의 머릿속에 각인시키는 글쓰기 방법의 기초를 습득했던 것이다.

《그러면 우리는 무엇을 할 것인가》와 《이반 일리치의 죽음》

고요한 모스크바 골목에 있는 2층집에서도, 고요한 야스나야 폴랴나 숲에 둘러싸인 2층집에서도 톨스토이의 삶은 편치 못했다.

나중에 하나의 책으로 발전하게 되는 논문 《그러면 우리는 무엇을 할 것인가?》에는 그리스도에 대한 제사(題詞)가 붙어 있다.

"그러자 백성들이 주께 여쭈었다. 우리는 어찌하오리까? 주께서 대답하시기를, 너희들에게 옷이 두 벌 있으면 가지지 못한 자에게 하나를 내주어라. 먹을 것을 가진 자도 없는 자에게 나누어 주어라."

그러나 그렇게 하는 것은 불가능했다. 톨스토이가 목격한 부자들은 나눌 수 없는 재산을 가지고 있었다. 공장을 반으로 나누어줄 수 없었고, 증기선도 반으로 나누어줄 수 없었으며, 철도도 반으로 나눌 수 없었다. 심지어 부자들의 옷은 나눌 수 없도록 만들어져 있었다. 톨스토이는 이것을 아주 잘 알고 있었다.

> 만일 부유한 자가 추위나 막을 정도의 평범한 옷을 걸치고 다닌다면, 즉 털가죽 반외투, 모피 코트, 가죽 신발, 양복 윗도리와 바지, 셔츠 따위를 입고 다닌다면 그에게 필요한 것은 많지 않을 것이다. 그렇다면 모피 코트 두 개 중 하나를 가지지 않은 사람에게 줄 수도 있을 것이다. 그러나 부유한 사람은 여러 개별 부분들로 구성된 그런 옷을 주문해 만들어 입고 다닌다. 그런 옷은 특별한

경우에 어울리도록 만든 것이라서 가난한 사람에겐 필요가 없다. 부자면 부자일수록 다가가기 더욱 힘든 법이다. 그럴수록 부자와 가난한 사람들 사이에 가로막는 수위가 더욱 많고 가난한 사람을 카펫 위로 인도하여 융단을 입힌 안락의자에 앉히기가 더욱 더 불가능하기 때문이다.

운송수단도 마찬가지다. 마차나 썰매를 타고 가는 농민은 혹시 나타날지도 모르는 보행자를 다치지 않기 위해 아주 정신을 바짝 차려야만 한다. 그러나 화려한 마차일수록 가는 길에 사람이 튀어 나올 가능성은 훨씬 더 적은 법이다. 한 마디로 말해서 가장 사치스러운 마차는 가장 이기적인 마차다. (25, 236)

톨스토이 주변에서는 또 다른 삶이 전개되고 있었다. 톨스토이는 이에 대해 아주 자세하게 기록하고 있지만 모두 다 출판되지는 않았다.

톨스토이의 방 옆에 있는 아들 세르게이의 방에는 두 여자가 일을 하고 있었다.

호리호리하고 얼굴빛이 누런, 나이가 들어 보이는 서른 살쯤의 여자가 어깨에 숄을 두르고 책상 앞에 앉아 뭔가를 만들고 있었다. 그녀는 무슨 신경발작이라도 일으키듯이 움찔거리며 재빠르게 손과 손가락을 놀리고 있었다. 비스듬하게 마주앉은 한 소녀도 똑같이 움찔거리면서 똑같은 뭔가를 만들고 있었다. 이 두 여자는 성자 비티의 춤에[149] 사로잡힌 것처럼 보였다. 나는 가까이 다가가서 뭘 하는지 살펴보았다. 그들은 나를 힐끗 한번 바라보고는 여전히 하던 일에 집중했다. 그들 앞에는 연초와 담배싸는 종이들이 흩어져 있었다. 그들은 담배를 만들고 있었던 것이다. 나이든 여자가 손바닥으로 연초를 문질러 가루를 만든 다음 작은 기계에다 넣었다. 그

149) 〔역주〕 근육이 마비되어 자신도 모르게 사지가 뒤틀리는 신경병. 중세에 이 병을 치료한 것으로 알려진 성자 비티의 이름을 딴 병. 특히 6세 이전 어린아이들이 경기, 빈혈, 영양실조 따위로 인해 발병하기 쉽다.

리고 담배종이를 올려놓고 기계를 작동하면 담배가 채워져 나왔다. 이렇게 채워져 나온 담배를 앞에 앉은 소녀가 받아서 담배를 꼭꼭 밀어 넣고 끝을 잘 마무리해서 던져놓는 것이었다. 이들의 동작이 너무 빠르고 긴장된 것이어서 제대로 묘사할 수가 없을 지경이었다. (25, 305)

이렇게 담배 만드는 일은 세르게이가 시킨 것이다. 이들은 1천 개를 만들면 2루블 50코페이카를 받았고 세르게이는 아버지 돈으로 지불했다. 그는 피아노나 치면서 그렇게 한량처럼 살았다. 12시나 되어야 일어나서는 담배나 피우며 소일했고 그를 위해 한 여자와 소녀가 작은 기계 앞에 앉아 담배를 채워 넣었다.

톨스토이는 그렇게 집안 풍경을 묘사했다. 소피야는 남편이 집안을 창피하게 만든다며 항변했다. 한편 정부는 책의 출판을 허용하지 않았다. 그러나 그렇다고 해서 톨스토이가 책 내용을 고쳐 쓸 리가 없었다. 정부가 허락하지 않아도 어쨌든 책은 유포되면서 사람들을 충격에 몰아넣곤 했다. 그의 책은 일상의 관습을 파괴하고 안락한 삶을 깨뜨리는 것이었다. 그러나 톨스토이는 계속해서 더 많이 써내고 있었다.

《이반 일리치의 죽음》은 이 시기에 집필되었다.

이 작품을 쓰게 된 동기는 톨스토이도 아는 사람이었던 툴라의 재판소 관리가 암으로 죽었다는 소식을 우연히 전해들은 다음이다. 그러나 톨스토이는 이반 일리치의 죽음이 아니라 그의 일생에 대한 이야기를 써나갔다. 이야기는 사람들이 함께 카드치고 놀던 아는 사람의 사망 소식을 접하는 것으로 시작된다. 그들은 망자의 집을 찾아가 특별히 다를 것 없는 유해를 바라본다. 이를 톨스토이는 이렇게 묘사한다.

유해는 보통 유해가 그렇듯이 별다르지 않았다. 영원히 꺾여버린 머리는 베개에 받쳐져 있고 굳어진 사지는 관 속의 깔개 위에 눕혀져 있었다. 그 모습은 특별히 무거워서 가라앉아 죽은 것처럼 보였다. 밀랍을 바른 듯한 누런 이마, 움푹해진 관자놀이 위의 대머리, 윗입술을 내리누를 듯이 툭 튀어나온 코, 그것은 여느 시체와 마찬가지 모습이었다.

아름다우면서 의미심장해 보이는 얼굴 표정은 산 자들에게 뭔가 알 수 없는 질책을 하는 것 같아서 찾아온 동료는 그 표정이 "부적절하거나 아니면 최소한 자신과 무관한 것"이라고 생각한다.

우리가 이른바 재미라고 부르는 것은 여기에 없다. 우리는 이 주인공이 죽었다는 사실부터 알게 된다. 그는 우리가 그를 알기 전에 먼저 죽고 만 것이다. 여기서 이야기되는 것은 죽음의 공포라기보다 삶의 끔찍함이다. 이반은 새로 집을 얻어 분주하게 물건을 사러 다니고, 사람이 다 그렇듯이 새 집이 생겼다는 사실에 기뻐하다가 죽음을 맞게 된다.

그에겐 시집갈 나이의 딸과 얼굴에 푸른 반점이 있는(이반 일리치는 그 반점이 어떻게 생겨났는지 알고 있었다) 중등학교 학생 아들, 뚱뚱한 아내와 하인들이 있었다. 그러나 그의 인생은 무의미한 것이었다. 그 무의미함은 하모브니체스키 골목 15번지에 있는 집에서 전개되던 삶의 무의미함과 비슷한 것이었다.

우리는 항상 뭔가 다시 준비하여 새롭게 살아보려고 한다. 하지만 우리가 다른 더 큰 어떤 것을 얻지 못한다면 우리는 삶 자체를 얻지 못하고 가장 무의미한 존재로 전락할 것이다. 몸이 아파 죽는 죽음만이 죽음이 아니라 바로 그런 무의미함 자체가 죽음이다.

제 2장은 바로 그렇게 시작된다. "이반 일리치의 지난 삶은 아주 단순하고 평범하고, 그리하여 너무나 끔찍한 것이었다."

이 시기의 톨스토이는 단순하고 평범하고 끔찍한 것에 대해 글을 쓰고 있었다. 그는 도덕적이고 교훈적인 글을 쓰고 정치 경제적 현실을 다시 고찰하고 성자들의 삶을 개작하려고 했지만 실제로는 그런 단순하고 평범하면서 끔찍한 것에 대한 글에 주로 매달렸다. 사람들이 어두운 밤에 상식적이면서 끔찍하게 살아가는지를 보여 주는 것, 즉 밤을 낮으로 만드는 것, 그것이 톨스토이의 운명이었다.

톨스토이가 이 작품을 쓰기 시작한 것은 1881년에서 1882년 사이였다. 1884년 소피야는 여동생에게 편지를 쓴다. "낮에 톨스토이가 우리에게 한 단편을 읽어 주었어. 조금 음울하지만 아주 좋았어 … 제목이 '이반 일리치의 죽음'이었지."(26, 681)

작품은 1886년에 완성된다.

언제나 그렇듯이 이번에도 작품을 어디서 출판할 것인지, 유료로 할 것인지, 무료로 할 것인지 논쟁이 벌어지기 시작했다. 톨스토이와 소피야의 싸움에서 약한 편인 소피야를 비난해서는 안 될 것이다. 톨스토이는 다르게 사는 사람이었고 자신의 죄에 대해서도 잘 알고 있었다.

1889년 10월 27일 톨스토이는 그에게 송달된 책에 관해 이렇게 쓰고 있다.

"전기 작가는 작가를 알고 있고 작가에 대해 그려낸다! 그렇지만 난 나를 알지 못하고 내가 무엇인지 생각조차 못한다. 결코 짧지 않은 내 생애에서 아주 작은 것들만이 아주 가끔씩 내게 그 모습을 드러낸다."

작가의 전기를 쓸 때는 속속들이 모든 것을 완전하게 써낼 수는 없다는 것을 명심해야 한다.

작가는 글을 쓰면서 자신으로부터, 자신에 대한 기억으로부터 벗어나 탐구되는 현실의 현상들로 자신을 이전시킨다. 그리고 자신과 현실을 대비하고 일반화하여 새로운 설명을 찾아내고 새로운 상황에 위치시키는 것이다. 이렇게 작가는 글을 쓰면서 끊임없이 자신을 들여다보기 마련이다.

집 안에서 톨스토이와 아내의 싸움은 양쪽 모두에게 아무런 출구도 없는 황량한 싸움이었다.

다른 집안에서라면 일상적이고 불가피한, 혹은 오히려 바람직하다고도 할 수 있는 것을 톨스토이는 범죄적인 것으로 간주했다. 그는 장님들 속에서 홀로 눈을 뜨고 살아가는 사람이었다.

톨스토이 민화 중에 《대자(代子)》라는 작품이 있다. 죄를 갚고 영혼을 구원받기 위해 한 죄인이 세상을 떠돌아다닌다. 그러면서 그는 자신이 본 모든 것이 일종의 잠언이라는 것을 알게 된다. 그는 밀밭 속으로 들어간 망아지를 강제로 끌어내리려면 오히려 밀밭만 짓밟게 된다는 것을 깨닫는다. 망아지를 불러낼 수 있는 유일한 방법은 오직 잘 달래는 말 뿐이다. 그리하여 "농민들도 기뻐하고, 아주머니들도 기뻐하고, 망아지도 기뻐"하게 되었다.

그가 깨달은 또 하나는 더러운 수건으로 탁자를 닦아서는 안 된다, 우선 수건을 깨끗이 빨아야 한다는 것이었다. 또한 수레바퀴를 만드는 사람들이 나무를 구부리기 위해서는 받침대를 단단히 고정시켜야만 힘을 받을 수 있다는 것도 깨달았다. 받침대가 고정되지 않으면 아무리 나무를 구부리려고 해도 같이 겉돌기만 할 뿐이다.

톨스토이는 친절하게 가족들에게 좋은 영향을 주려고 노력하면서 스스로의 가슴을 정화하고자 했다. 그러나 그는 수레바퀴를 둥글게 만들어낼 수가 없었다. 단단히 고정시켜야할 받침대 자체가 움직이고 있었기 때문이다.

톨스토이는 하나의 가족, 혹은 하나의 농민 공동체로 삶을 정화할 수 있다고 생각하고 싶었다. 확실히 이런 환상은 농민적 고립상태와 관련된 것이다. 농민들은 애초에 각자 고립된 상태로 자급자족하며 살았던 것이다.

톨스토이주의자들은 나중에 공동체를 만들어 함께 죄를 짓지 않고 살아가려고 한다. 그런 공동체들은 한 2, 3년 동안 유지되다가 무너졌다. 그 기반이 바뀌지 않는 사회 속에서 도덕적으로 존재할 수가 없기 때문이다. 그들은 역사를 벗어날 수가 없었다. 톨스토이 역시 때로 이런 사실을 깨닫고 그를 따르는 사람들에게 '새로운 수도원'을 만들지 말라고 충고했다. 그는 세계를 개조하기 원했지만 세계의 개조는 자신이나 다른 스승이 선을 행하도록 모든 사람을 설득할 수 있을 때 가능한 것이었다.

톨스토이 자신은 새로운 사회의 승리는 세계적인 일이라고 생각하고 있었다. 그러나 그는 이것을 가정문제처럼 발언한다. 1886년 10월 17일 처제 타티야나에게 이렇게 편지를 보낸다.

"우리는 모두 잘 조용히 지내고 있소. 편지를 보건대 당신네도 마찬가지인 것 같군요. 전 러시아나 유럽 모두 다 별일 없이 고요한 것처럼 말입니다. 가족은 러시아에서 유럽에서 늘 마찬가지군요. 하지만 이런 고요를 너무 믿지 말아요. 안케의 피로그150)에 저항하는 저 먼 곳에서의 투쟁이 저 먼 곳에서도 멈추지 않고 있을 뿐만 아니라 계속 성장하고 있고, 아예 피로그 자체를 찢어발기는 굉음소리가 여기저기서 들려오고 있지요. 나는 피로그가 영원한 것이 아니라 인간 이성이 영원하다는 것을 믿고 그 믿음으로 산답니다."

톨스토이는 신념을 통해 삶을 개조하고자 했고 무엇보다 먼저 자기 자신을 개조하고 있었다. 자신을 먼저 개조하고 나서 사람들을 개조해야 한다. 그러나 어떻게 사람을 개조할 수 있을까? 가르치고 제자를 기르고 책을 출판해야 한다.

톨스토이는 대중계몽운동에 종사하는 아주 지혜롭고 영향력 있는 여성 칼미코바의 원고 《그리스의 스승 소크라테스》라는 소크라테스 전기를 받았다. 칼미코바는 아주 활기찬 인물로 페테르부르그 자유 경제협회 문맹퇴치위원회에 적극 참여하고 있었다. 그녀는 여러 형태의 학교 외 교육활동을 전개했고 〈중개인〉 출판사와도 관계했다. 그녀는 나중에 맑시스트들과 결합하여 잡지 〈시작〉, 〈삶〉 등을 출판했고 〈불꽃〉이라는 신문의 해외출판을 돕기도 했다. 1900년 그녀는 페테르부르그

150) 〔역주〕 소피야 부친 베르스의 친구 안케의 특별 요리법으로 만든 러시아식 고기만두. 톨스토이 집안에서 통용되는 말. 제3부 '초상화' 편 참조. 여기서는 구시대의 삶의 방식을 뜻하는 말로 사용되고 있음.

에서 추방되어 해외로 나갔으며 레닌과 개인적 관계가 있었고 서신도 많이 교환했다.

그녀는 안케의 피로그를, 즉 구시대의 삶을 부정하는 사람들 중 하나였다. 톨스토이는 그녀가 쓰고 있던 이 책을 《소크라테스의 생애》라고 부르면서 그녀의 집필을 도와주기 시작했다. 그녀를 돕기 위해 그리스 철학에 관한 책들을 다시 읽어 보기도 했다. 그 결과 칼미코바 원고의 많은 부분이 새롭게 씌어졌다. 기본적으로 소크라테스의 성격 특성이 민주주의적 인물로 변화되었다. 역사적 인물로서 소크라테스는 조각가였고 톨스토이는 그를 석공 노동자로 묘사해냈다. 톨스토이가 그린 소크라테스는 노예제도와 인간의 인간에 의한 착취에 맞서 싸웠고 "다른 사람을 굴복시키고 다른 사람을 말 타듯 타고 다니려는 모든 사람들"(26, 432)에 저항하는 인물이었다.

톨스토이는 이 책에 '가정에서의 삶'이라는 장을 추가했다. 그 일부를 살펴보자.

소크라테스가 석공 일을 그만두고 광장에 나가 사람들을 가르치려고 하자 아내는 수입이 줄어들 것이라며 화를 냈다. 그러나 수많은 사람들이 소크라테스에게 모여들자 그녀는 다소 마음을 가라앉히고 생각했다. '강의료를 잘 내겠지. 선생들은 잘 살잖아. 우리도 이제 그렇게 살게 되겠지.' 하지만 소크라테스는 생각이 달랐다. '나는 가르침에 대한 대가를 받을 수 없다. 나는 신이 내게 말한 대로 말할 뿐이고 올바름을 가르칠 뿐이다. 그 대가로 어떻게 돈을 받을 수 있겠는가?' 이렇게 생각한 소크라테스는 그의 말을 경청하기 위해 아무리 많은 사람이 몰려와도 그 누구로부터도 결코 돈을 받지 않았다. 다만 가정살림을 위해 자신의 기술을 살려 일을 했고 최소한의 돈만을 벌었다. 아내는 가난하게 사는 것이 힘들었고 부끄러웠다. 그녀는 남편이 강의료를 받지 않는다는 것에 대해 자주 불평을 해댔다. 불평은 때로 도를 넘어 울부짖음과 악다구니로까지 나아갔다. 그녀의 이름은 크산티페라고 했는데 성격이 아주 불같았다. 한번 화를 낼 때는 손에 잡히는 것은 무엇이든 다 집어던지고 부셔버리곤 했다. (26, 441)

위의 글에는 톨스토이의 전기적 요소가 숨어 있는 것이 사실이다. 톨스토이는 문학활동으로 살아갔지만 거기에는 분명한 경계가 존재한다. 즉 1881년 이전에 쓰인 예술작품들, 그 당시 출판된 선집에 포함된 작품들에 대해서는 인세가 지불되어야 했다. 하지만 그 이후의 민화와 논문들은 아무 제한 없이 무료로 출판할 수 있었다. 출판사 〈중개인〉을 위한 편집기획 활동이나 여기서 출판된 원고들에 대해 그는 아무런 보수도 받지 않았다.

안케의 피로그 이름으로 집안에 불화가 발생하지 않을 수 없었다. 왜 어떤 집에서는 안케의 피로그가 있어서는 안 되고, 왜 다른 집에서는 문학작품을 팔아 돈을 벌어도 된단 말인가

민화는 그렇게 양이 많지도 않고, 논문은 돈을 받지 않을 수도 있다고 칠 수 있지만 문제는 새로운 예술작품이었다. 이상하게 들릴지 몰라도 톨스토이가 예술창작으로 돌아올 때마다, 아니 더 정확하게 말하자면 작품이 출판되기만 하면 집안에 격분한 목소리와 적대적 분위기가 최절정에 달하곤 했다.

톨스토이는 가정문제에 있어 결단력을 보이지 못했다. 가족이 모두 어디에 살아야 하는지, 영지는 어떻게 해야 하는지, 아이들은 어떻게 가르쳐야 하는지 모든 문제가 문제로 남아 있었다. 마침내 소피야가 무언가를 결정하면 자신의 방에만 틀어박혀 있던 톨스토이는 거기에 이의를 달며 불만을 표출했다. 그러면서 일기는 더욱 두터워져만 갔다. 톨스토이는 아내와 큰아들 세르게이와 논쟁을 벌였다. 아들은 잘 교육받은 선량한 사람으로 그 당시 대표적인 귀족 자제일 뿐이었다.

1884년 6월 4일.

세르게이에게 모든 사람이 다 무거운 짐을 함께 밀어야 한다고 말
했다. 하지만 그 아이는 다른 사람들처럼 핑계만 댄다. '다른 사람
들이 밀면 나도 밀지요.' '그게 움직이면 밀지요.' '저절로 움직일
거예요.'

밀지 않겠다는 것일 뿐. 그 아이는 누구도 미는 것을 보지 못했
다고 말한다. 그리고 나도 밀지 않고 말만 하지 않느냐고 대꾸한
다. 그 말이 날 아프게 자극했다. 제 어미와 똑같이 독살 맞고 감
정이 없는 놈이다. 너무나 마음이 아프다. 당장이라도 떠나고 싶
다. 하지만 그런 것은 마음 약한 소리일 뿐이다. 사람들에게 보이
기 위해서가 아니라 신을 위해 살아야 한다. 남에게 보이기 위해서
가 아니라 자신을 위해 아는 대로 행해야 한다. 그러나 너무나 끔
찍하게 아프다. 물론 내가 마음이 아프다면 난 죄가 있다는 뜻이
다. 나는 솟아나는 불길을 끄기 위해 싸우고 있다. 그러나 나는 저
울추가 심하게 기울었다고 느낀다. 도대체 나는 무엇 때문에 그들
에게 필요한가? 나의 이 고뇌는 무슨 쓸모가 있는 것인가?

가정생활은 그 무엇도 해결되지 않은 채 아무런 출구도 없이 흘러갔
다. 톨스토이는 가족들을 재교육시키고자 아이들과 함께 농민들을 도
우러 나가기도 했다. 아이들은 처음에는 뭔가 새롭다고 생각하며 그를
따랐지만 조금 뒤에는 뒤로 물러나기 시작했다.

그러나 톨스토이는 희망 없는 노력을 계속했다.

6월 23일 아침. "사람들이 오기를 기다리지 않고 블로힌과 일했다."
블로힌은 미친 농민이었다. 그는 정신이 나가서 자신이 유명한 남작이
며 부자이고 높은 사람이라고 했다. 같이 일하자는 톨스토이의 제안은
그에게 우습기 짝이 없는 일이었다. "그는 '이건 아주 난처한 일이로군
요. 이런 건 농민들이 다 해놓아야 하는 겁니다. 소일거리로 라면, 해
보십시다'라고 말했다. 그는 밭을 지나 가로수 길을 걸으며 기분이 좋아
졌는지 깔깔댔다. '그래요! 산책하기엔 참으로 멋지군요.' 농담이 아니

라, 누가 저 사람이 우리 가족들보다 더 미친 사람이라고 말할 수 있겠는가?"

그는 계속해서 노력했다. 그는 일기에 이렇게 적어 넣는다. "모두 함께 크로켓 운동장에서 차를 날랐다. 그래서 보고 있던 하인들을 웃게 만들었다."(49, 108) 그러나 진척은 없었다.

농민들은 머리로 꾸며내는 일을 하지 않는다. 하지만 은행에서 깨끗이 차려입은 은행원들은 주판을 튕기거나 손가락을 입술에 대고 침을 묻혀가면서 돈을 센다. 귀족들과 상인들도 그렇다.

톨스토이의 일은 희망이 없었다. 그것은 상호 몰이해에 부닥칠 뿐이었다. 톨스토이는 1881년 이전에 쓴 모든 출판물에 대한 권리를 소피야에게 양도했다. 그녀는 남편의 출판물에 관련된 모든 수입을 자신과 가족이 사용하는 것은 당연한 권리라고 생각했다. 영지에서의 수입은 크지 않았다. 그녀는 사과밭을 임대료를 받고 빌려 주었는데 임대된 밭에는 가족들뿐만 아니라 주변 농민들도 함부로 들어가서 사과를 딸 수 없게 되었다.

소피야는 들어온 돈을 면밀히 계산해서 고무줄로 묶은 다음 은행에 넣어 조금이라도 더 불릴 수 있는 곳에 투자하도록 했다.

톨스토이는 집안일에서 점점 더 소외되어갔다. 그는 이렇게 말한다. "소금기가 너무 없으면 이스트는 부풀어 오르지 않는다. 나는 이것을 딸 마리아에게서 항상 느끼고 있다."(49, 104)

그 주변의 삶을 바꾸지 않고 한 사람만을 일으켜 세워 개조하는 것은 그 어떤 이스트로도 해낼 수가 없는 일이다.

1884년 6월 18일, 톨스토이는 건초를 베고 목욕을 하고 돌아왔다. "힘이 솟고 즐거운 마음으로 돌아왔다. 그런데 갑자기 아내가 말들에 대해 쓸 데 없는 비난을 했다. 나는 필요도 없고 그저 피하고만 싶을 뿐이었다. 나는 아무 대꾸도 하지 않았지만 끔찍스럽게 마음이 무거워졌다. 집을 나왔다. 완전히 떠나고만 싶다. 하지만 임신한 아내를 생각하며 툴라로 가는 길 도중에 돌아왔다."

집으로 돌아오니 발코니에서 수염을 기른 두 남자가 카드놀이를 하는 모습이 보였다. 아들 세르게이와 일리야였다.

만일 그들이 농민이고 가족이 있었다면 그들은 벌써 오래 전부터 농사일을 해야 했을 것이다.

톨스토이는 마음의 슬픔을 잊으려고 잠을 청했지만 잠을 이룰 수가 없었다. 밤 3시에 아내가 들어와서 그를 깨웠다. "여보, 미안해요. 지금 낳을 것 같아요. 죽을 것만 같아요." 그리고 출산이 시작되었다. 딸 알렉산드라가 출생했다. 기뻤지만 행복하지는 않았다. 톨스토이는 이 일에 대해 이렇게 말한다. "만일 누군가 우리 인생을 만들어놓았다면 나는 그를 비난하고 싶다. 이건 너무나 힘들고 잔혹하다."

그리고 7월 4일, 톨스토이는 그의 고뇌가 누구에게도 불필요한 것이며, 따라서 집을 떠나야 한다고 쓰고 있다. 하지만 다시 나가지는 않았다. 어떤 때는 밤 열한 시부터 "깊은 고뇌로 새벽 다섯 시까지 잠을 이루지 못했다." 그러나 다시 가출하지는 않았다.

그 뒤에 톨스토이는 집안 경제권에 대해 거의 전적으로 아내에게 위임했다. 그 직전의 일기. "아내와의 결렬, 더 커졌다고 말할 수는 없지만 이제 완벽하다."

하지만 소피야는 이에 대해 알지 못했다. 그녀는 남편이 채식주의로 인해 위가 상해서 그런다고 생각하고 요리사에게 남편이 모르게 야채수프에 고기국물을 넣으라고 지시했다.

부부간의 충돌은 아이들이 보는 앞에서도 일어났다. 이제 둘 모두 스스로를 자제하기 힘들었다. 소피야는 나름대로 남편을 돕고 싶었다. 《바보 이반》에서는 이반의 갈퀴에 붙잡힌 악마가 이반에게 밀짚으로 병사를 만들거나 떡갈나무 잎으로 금화를 만들어내는 법을 가르쳐 준다. 소피야에겐 병사들은 필요가 없었다. 그녀는 나라에 충성스러웠고 러시아 군대에 아무런 불만이 없었다. 하지만 돈은 매우 필요했다. 그녀는 남편에게 보내는 편지에서 자신은 바보 이반처럼 남편의 전집 책의 한 장 한 장을 모두 금화로 만들 수 있다면 좋겠다고, 그러면 남편이 얼마든지 자선을 베풀 수도 있을 것 아니냐고 말했다.

소피야는 다시 페테르부르그로 가서 도스토옙스키의 미망인 안나 도스토옙스카야를 만나 이야기를 나눴다. 안나는 어디서 얼마에 출판할 수 있는지, 종이는 어디서 사야 좋은지, 서점의 이윤을 어떻게 하면 적게 줄 수 있는지 따위를 이야기해 주며 소피야를 위로했다. 또한 안나는 지난 2년 동안 남편의 책을 출판하여 현금으로 3만 7천 루블을 벌었다고도 했다. 당시 이 정도는 매우 큰돈이었다. 이리하여 톨스토이 집안에도 돈이 몰려들기 시작했다. 소피야는 사무실을 열고 출판사 간판을 내달았고 신문에 광고까지 내기 시작했다. 이에 따라 돈이 뭉텅이로 들어오기 시작했다. 돈은 끊임없이 들어왔다. 자식들도 그 사실을 잘 알고 있었다. 그들은 이런저런 이유를 들어가며 거듭 손을 벌리곤 했다.

소피야가 떠올리기 싫어하는 크산티페는 활동적으로 집을 치우고 뜨개질과 바느질을 했으며 남편의 식사를 준비하느라 아주 바쁜 여자였다. 소피야도 남편과 아이들을 위해 바느질을 했다. 그 외에도 그녀는 출판활동을 했고 교정을 보았으며 수지를 잘 맞춰서 출판형태를 선택하곤 했다.

그러나 집안에서 남편과의 충돌은 끊이지 않았다.

일부러 꾸며낸 듯이 일대 드라마가 일상적으로 펼쳐지곤 했다. 《이반 일리치의 죽음》은 남들과 똑같이 행복한 듯이 살아가던 한 사람이 죽음을 맞이하는 아주 슬픈 이야기다. 그러나 동시에 이 작품은 출판용 선물이었다. 톨스토이는 슬픈 분위기를 다소 완화해서 소피야의 생일에 맞춰 이 원고를 선물했다. 그녀는 항상 남편이 예술작품을 쓰면 너무나 기쁘다고 말하곤 했었다. 과연 선물은 소피야를 기쁘게 했다. 마침내 남편이 다시 일을 시작했구나! 그러나 이 원고는 출판하면 바로 돈이 될 수 있었지만 전집에 포함시켜 출판하기 전에 잡지에 게재하면 원고 가치가 훨씬 떨어질 것이었다.

그래서 톨스토이가 또 하나의 다른 작품 《주인과 머슴》을 〈북방통보〉지에 보냈을 때 소피야는 절망적으로 질투했다. 그 잡지의 편집인은 류보피 구레비치라는 여자였는데 소피야가 그 여자에 대해 질투한 것은 아니었다. 문제는 자기 자신에 대한 모욕감도 아니었다. 그녀는 마치 자식들을 남의 손에 내맡긴 것 같은 모욕감을 느꼈던 것이다. 그녀는 겨울에 얇은 셔츠에 가운만을 걸치고 돈을 집어 들고는 집을 뛰쳐나왔다. 그녀는 골목길을 내달려 기차역으로 갔다가 감기만 걸리고 집으로 돌아왔다.

남편과 싸우고 소피야가 집 밖으로 뛰쳐나간 것은 한두 번이 아니었다. 심지어 길거리에까지 아무것도 걸치지 않고 뛰어나가기도 했다. 당시 거리에는 사람이 많지 않아서 모두 백작부인을 알아보았다. 마음이 편할 리가 없었다. 이 모든 것은 남편을 압박하기 위한 수단이었다. 그러나 그녀가 진정으로 고통스러워했던 것도 사실이다.

소피야는 시골 아낙들이 말하는 클리쿠시카[151], 다시 말하자면 히스테리컬한 여자였다. 힘든 생활에 지쳐 교회로 달려가서는 가족의 불행과 슬픔, 수치에 대해 대성통곡하며 울어대는 여자들을 민중들 속에서는 그렇게 부르곤 한다.

《후 기》

모스크바에서 지내던 톨스토이의 세계에 행복한 결혼이란 불가능한 것이었다. 결혼이란 재산과 불가분한 관계를 가진 것이었지만 톨스토

---

151) 〔역주〕 마구 소리를 질러대는 여자. 집나간 닭 따위를 불러들일 때 소리를 질러대는 것에서 기원함.

이에게 그 재산이란 것은 인간의 모든 순수한 관계를 파괴하는 것이었기 때문이다. 톨스토이 집안에 행복한 결혼은 별로 없었다. 《안나 카레니나》에 부분에서 이미 언급했듯이 톨스토이 집안 주변의 모든 결혼은 대체로 불행했다. 이 무렵 톨스토이는 예의 그 놀라운 일관성으로 《크로이체르 소나타》 후기를 써내려가고 있었다. 여기서 그는 결혼이란 대체로 전혀 불필요한 것이며 독신생활이 이상적이라고 주장한다. 인류의 종족 보존이 유지되는 것은 사람들이 반드시 이상을 파괴하기 때문이라는 것이다.

1889년 11월 9일, 톨스토이는 결혼과 사유재산 사이의 직접적 연관을 밝히는 글을 쓴다. 여기서 죄는 남자에게 있다. 그는 경제적으로 여성을 노예화하기 때문이다. 그리고 부정의 모티프를 도입함으로써 남자는 여성에게 증오와 비난을 돌린다.

포즈드니세프의 질투는 역사적으로 오델로의 그것과는 차이가 있다.

오델로는 푸시킨이 말했듯이 질투가 많았다기보다 남을 잘 믿는 사람이었다. 포즈드니세프는 소유욕이 강한 성격이었고 자신이 원하는 대로 아내를 길들였다. 그의 살인은 기실 사랑 때문이라기보다 재산 때문이었다. 톨스토이의 작품구상 메모에 들어 있는 주인공의 독백들은 이 주인공이 얼마나 강한 소유욕을 가진 인물인지 잘 보여준다.

톨스토이는 자신을 강제로 내몰듯이 힘들게 《후기》를 써나갔다. '내가 말하고 싶은 첫 번째는 …', '둘째는 …', '셋째는 …' 하고 한 문단씩 다섯 번째까지 써나갔다. 그러나 각 항목에 대한 해명 뒤에도 자신에 대한 심문은 계속되고 있다.

첫 번째 항목은 남녀의 성적 관계가 불필요하며 오히려 "성적 절제는 가능하며 무절제보다 건강에 덜 위험하고 덜 해롭다"는 것을 말하고 있다. 남자들에게 절제가 필요함을 말하는 것이다.

두 번째 항목은 육체적 사랑이 "시적으로 고양된 삶의 행복"이 아니라는 것이다.

세 번째 항목은 어떤 피임수단도 사용해서는 안 된다는 것이다.

네 번째 항목은 아이들 양육에 대해 말하고 있다. 잘못된 양육이 아이들의 감각을 자극한다는 것이다. 나아가 그는 "의상, 독서, 볼거리, 음악, 춤, 달콤한 먹을거리, 상자에 그려진 그림에서부터 중, 장편 소설과 시에 이르기까지 집안의 모든 환경이 점점 아이들의 감각을 자극한다."고 말한다.

다섯 번째 항목에서는 육체적 사랑과 관련된 모든 것이 허망한 것이며, 그 모든 것이 "사람들의 욕망을 최고의 시적 목적으로 고양시키는 것"은 불행한 일이며, 그럼에도 불구하고 "우리 사회의 모든 예술과 시는 그런 일에 봉사하고 있다"고 비판한다.

《후기》에는 사랑의 시와 그리고 사랑과 관련된 모든 예술이 전적으로 부정된다. 더 나아가 "그리스도교적 결혼이란 있을 수 없으며 결코 가능하지 않다"고까지 단언한다.

톨스토이는 도덕성은 결혼한 상태에서든 결혼하지 않은 상태에서든 파괴되고 있으며 이른바 그리스도교 사회가 비그리스도교 사회보다 더 비도덕적이라고 말한다.

그렇다면 대답은 순결함이다. 모두가 순결을 고집한다면 인류는 어떻게 유지되느냐고 걱정할 필요는 없다. 그것은 불가능한 이상이기 때문이다.

마치 나침판을 다루듯이 이상을 다룰 수 있어야 한다. "합법적 향락"이란 없다. "유일하게 저지른 범죄로서 최초의 타락은 영원히 헤어질 수 없는 결혼"이 되어야 한다. 결혼한 사람들은 "유혹으로부터 해방되기 위해 노력해야 하며 자신을 정화하고 더 이상 죄를 짓지 않도록" 노력해야 한다.

표도로프가 학문의 이상을 영원불멸과 조상들의 부활이라고 보았다면 톨스토이는 올바름의 이상을 "완벽한 성적 절제"라고 말하고 있다.

이렇게 초금욕적인 유토피아를 톨스토이는 시적이고 형상적으로 그려낸다. "강변에서 멀지 않은 곳을 항해할 때는 강변의 탑이나 구릉, 곶을 지켜보며 갈 수 있다. 그러나 강변에서 멀리 나아가면 까마득한 하늘의 별과 방향을 보여 주는 나침판을 이용해야 한다. 그 둘 다 우리에게 주어진 것이다."

나침판에 대한 꿈은 꿈을 창조한 인류의 종족보존을 부정하는 것과 갑자기 연결된다. 톨스토이는 역사를 인정하지 않는다. 가난과 타락을 목도하면서, 족쇄처럼 묶인 가족의 속박을 극복하고자 하면서, 그리고 자기 자신으로부터 떠나가면서 그는 용감하게 별을 보며 절멸의 공허 속으로 향해갔다.

유토피아의 운명은 때로 아이러니하다. 《후기》는 전집 13권에 《크로이체르 소나타》와 함께 출판되었다. 항상 집안의 재정문제에 관심을 놓지 않았던 소피야 부인이 다행스럽게도 이 《후기》 출판을 허용했던 것이다.

소피야의 소설

소피야의 부정은 없었다. 다른 사람과의 로맨틱한 사랑에의 갈망과 남편에 대한 소유욕이 있었을 뿐이다.

소피야는 타네예프가 여성에 무관심하다는 사실을 몰랐다. 분명 톨스토이도 그것을 알지 못했다. 그는 음악가로서는 타네예프를 좋아하지 않았지만 그에 대한 존경하는 마음은 가지고 있었다. 그러나 다른 한편 도시사람이라는 점에서 그를 경멸했고 아내를 질투하며 아내를 수치스럽게 생각했다.

소피야는 타네예프가 자신을 사랑하지 않는다는 사실을 몰랐고 그저 타네예프가 남편을 두려워하며 조심한다고만 생각했다. 그녀는 모든 음악회를 따라다니며 객석에서 타네예프 곁에 앉으려고 애를 썼지만 그는 그녀를 멀리했다. 그녀는 감정에 북받친 편지를 쓰기도 했다. 하지만 타네예프는 아주 공손하게 음악가는 음악회에 가서 듣기 편한 자리에 앉아야만 하다고 대답했다.

한 번은 거리에서 한 집시 여자가 소피야에게 이렇게 말했다고 한다. 그녀의 일기에 나오는 말이다.

"'금발의 남자가 당신을 사랑하는데 차마 말을 못하고 있답니다. 당신은 이름 있는 부인이시고 지체도 높으시고 배운 것도 많으신데 그 사람은 그렇지 못하거든요 … 1루블 60코페이카를 내시면 마법을 걸어 주지요. 이 마법을 부리면 그분이 남편처럼 사랑해 주실 거예요.' 나는 기분이 섬뜩했지만 그녀의 마법을 가져가고 싶었다."[152]

소피야의 꿈은 혼란스럽고 모순적이었다. 그녀는 다른 사랑을 꿈꾸면서 동시에 톨스토이가 쓴 모든 원고를 가족의 것으로 간주하는 등 재산에 집착하며 살아갔다. 질투와 소유욕이 서로 부딪치며 함께 했던 것이다.

톨스토이는 한 번역원고에 서문[153]을 써서 〈북방통보〉에 보내려고 했다. 그 당시 소피야는 독립적 지위를 차지하기 위한 싸움으로 더욱 날카로워진 질투심을 표출할 곳을 찾고 있었다. 그녀는 "타네예프에 대한 나의 태도에 그가 불쾌했듯이 나도 구레비치에 대한 그의 태도에 불쾌하다"고 톨스토이에게 말했다고 한다. "나는 그를 쳐다보았는데 무서웠다. 최근 들어 더욱 무성해진 짙은 눈썹이 화난 두 눈을 덮고 있었다. 얼굴 표정은 고통으로 일그러져 있었다."[154]

소피야는 타네예프에 대한 갈망을 접고 싶지 않았다. 그녀는 키예프로 가서 그의 여동생을 만났고 거기서 셸리세에 있는 마슬로프 씨 집으

---

152) 《소피야의 일기》, 제 3권, 5쪽.
153) 스위스 시인 G. 아미엘의 《일기》 번역본에 붙인 서문. 〈북방통보〉 1894년 1월호에 게재되었다.
154) 《소피야의 일기》, 제 3권, 10쪽.

로 갔다. 소나무와 참나무로 구성된 브랸스크 숲 속에 있는 아름다운 곳이었다. 주변에는 작은 나블랴 강이 흐르고 있었다. 이곳에 타네예프가 손님으로 묵고 있었다. 그는 슈베르트와 헨델을 연주했다. 다음날 사람들은 모두 함께 숲으로 소풍을 나갔고 수백 년 된 보리수나무 중에서 커다란 구멍이 뚫린 나무 옆에서 소피야는 사진을 찍었다. 그리고 그녀는 모스크바로 돌아왔다. 톨스토이는 격분했다. 그는 "대화"라고 이름붙인 글을 하나 썼다. 그는 이것을 처제 타티야나에게 보내려고 했다.

어제 밤에 이야기를 나누고 아내의 최근 나들이보다도 더 심하게 내게 영향을 주는 장면이 펼쳐졌지요. 대화의 성격을 알려면 어제 내가 18킬로미터 정도 떨어져 있는 마리야의 영지를 돌아보기 위해 갔다가 밤 열한 시가 넘어서야 돌아왔다는 사실을 말해야 할 거요. 그래서 내가 피로했다는 것을 말하려는 게 아니오. 기분 좋게 다녀 왔지요. 하지만 그래도 40킬로미터 정도 말을 타고 다녔으니 어쨌든 나는 다소간 피곤했던 게 사실이오. 낮잠도 자지 못하고 말이오. 내 나이 70인데 말이오.

톨스토이는 타티야나가 말하듯이 모든 것이 아무것도 아니기를 바랐다. 하지만 소피야가 먼저 이야기를 꺼내기 시작했다.

"오 … 그래요? 내 동생하고 이야기했다고요?"
난 그렇다고 했지.
"오, 그래 뭐라고 하든가요?"

그리고 긴 대화가 시작되었다. 톨스토이는 습관대로 이 대화를 그대로 기록하고 있다. 다섯 페이지에 달하는 대화였다. 톨스토이는 그녀의 여행에 대해 비난하며 그녀가 사랑에 빠진 것이냐고 추궁했다. 소피야는 흥분하며 화를 냈다.

이들의 대화는 이렇게 끝난다. "당신은 악독해요, 짐승 같아요. 당신 같은 사람이 아니라 착하고 좋은 사람들을 사랑하겠어요. 당신은 짐승이에요."

그리고 만일 톨스토이가 《부활》을 출판한다면 소피야도 자신의 소설을 출판하겠다고 협박했다.

그러고 나서 톨스토이가 익히 알고 있는 비난의 말들과 함께 발작적인 히스테리가 있었다. 그는 아내의 이마에 키스를 했다. "아내는 오랫동안 숨도 쉬지 못하다가 하품을 하고 한숨을 내쉬기 시작했지요. 그러다가 고개를 꾸벅이더니 이제는 자고 있답니다."(53, 383~387)

사실 소피야에게 부정한 일 따위는 없었다. 다만 여자로서의 삶과 남편과의 관계에 대한 불만이 있었을 뿐이고 다소간의 몽상과 남편에 대한 적대감이 있었을 뿐이다.

이 "대화" 원고는 소피야의 손에 들어갔다. 그리고 그녀는 이에 대한 변명을 자신의 일기에 남겨 놓는다. "무슨 일이 있었는지 잘 기억은 나지 않지만 뭔가 딱딱한 분위기로 끝나고 말았다." 그러고 나서 그녀는 거의 하루 반을 침대에 누워 있었다고 한다.

"나는 우연히 탁자를 밀치게 되었는데 마룻바닥에 그의 초상화가 떨어져 있는 것을 보았다. 그래서 그걸 보고 나는 이 일기에 쓴 것처럼 그가 평생 그렇게 열심히 세워놓으려고 했던 그 발판에서 그를 밀쳐내 버리고 말았다."[155]

유감스럽게도 일기는 출판용이었다. 일방적으로 밀어붙이며 사랑하는 이 여인에게 톨스토이는 낯선 사람이었다.

집은 바닥부터 썩어 들어가기 시작했다. 그 토대에 통풍구가 없이 지어지면 아무리 좋은 목조가옥도 곰팡이를 피할 수 없다. 들보에 곰팡이가 피고 습기가 차서 무성하게 번져 목질 속으로 파고들어 갉아먹어 버

---

155) 《소피야의 일기》, 제3권, 72쪽.

리면 통나무들은 다 삭은 부스러기로 가득 찬 빈 통이 되고 만다. 그런 집에서는 빨리 대피해야 한다.

톨스토이는 아내를 데리고 낡은 자신의 생활에서 떠날 수가 없었다. 그는 아무것도 개조하지 못했다. 낡은 생활방식을 유지하면서 소피야는 책을 출판하며 자식들에게 필요한 돈을 마련했다. 하지만 자식들은 점점 더 많은 돈이 필요했다. 점점 독립심이 커지고 자기 몫의 한 삶을 가져야만 했다. 아들들은 카드를 치고 각자에 어울리는 적당한 말들을 사들였다.

돈과의 싸움

야스나야 폴랴나 주위의 삶은 변화되어 갔다. 농촌은 가난으로 무너지고, 비록 섬처럼 야스나야 폴랴나에 국한된 것이라 할지라도 학교나 설교를 통해 구세계의 농촌을 창조하고자 하는, 그러면 그것이 더 넓은 곳으로 확산되어 가리라는 톨스토이의 모든 환상은 점점 사라져갔다.

삶은 낡은 방식으로 지속되었지만 그러나 그것은 이미 옛날의 그 모습이 아니었다.

전에는 작품을 출판하고 받는 돈이 그리 많지 않았다. 출판사에 원고를 주고 거의 헐값의 계약을 맺었다. 마치 도박으로 작품을 날리는 것과도 같았다. 그러나 시대가 변했다. 톨스토이의 명성이 높아지고 출판시장 자체도 변하고 독자 수도 늘었으며 톨스토이의 책은 출판되기 전부터 엄청나게 선점되기 시작했다.

소피야는 자신의 사업에 빠져들어 갔다. 넘쳐나는 힘의 출구를 찾은 것만 같았다. 그녀는 자신이 일을 함으로써 돈을 벌어들이고 그럼으로써 모두를 만족시킬 것이라고 생각했다. 아이들은 부유해질 것이고 남편은 가난한 사람들을 도울 수 있고, 그러면 결국 남편은 다시 예술작품을 쓰기 시작할 것이고, 그것은 다시 끝도 없이 찍고 또 찍어낼 수 있으리라.

소피야는 문학에 대한 이해도가 그리 높지는 않았다. 아들 레프가 〈로드닉〉이라는 잡지에 처음으로 단편을 게재하고 20루블과 65루블을 받아왔을 때 그녀는 아들이 처음 벌어온 돈에 아주 기뻐했다. 이제 집에 남편이 없어도 예술적 관심이 유지될 것이고, 그런 대화가 지속되리라는 사실이 너무나 기뻤던 것이다. 중간 이하 수준의 아들과 아버지의 차이를 그녀는 분명히 인식하지 못했다. 그녀 자신도 글을 쓰고 출판하고 싶어 했다. 그녀는 자신이 재능이 억눌려 있을 뿐이라고 생각했다. 그리고 그 점에 있어서는 사실 틀린 말은 아니었다.

체르트코프와 비류코프가 하는 〈중개인〉 출판사 일들은 소피야로서는 경쟁자였다. 1881년 이후 톨스토이가 쓴 글은 누구나 출판할 수 있었고 제1차 출판권도 비상업적 목적하에 〈중개인〉 출판사가 가지고 있었다. 하지만 체르트코프는 초판본에 대한 자신의 독점권을 고집했다. 반면 소피야는 작품 전집 출판권을 가지고자 했다. 처음에는 이들의 충돌이 그리 심하지 않았지만 점차 비극적인 파국으로 치달았다. 톨스토이는 고통스럽게 새로운 길을 모색하면서 다시 예술작품에 그것을 쏟아 붓기 시작한다. 그러면서 돈을 둘러싼 싸움은 격화되었다.

《악마》, 《세르기 신부》, 《위조 쿠폰》, 《하지 무라트》 등 여러 작품이 새로 창작되었다. 그러나 이 작품들은 세상에 나가서는 안 될 것들이었다. 톨스토이는 이 작품들을 쓰고 두려워했다. 그는 《하지 무라트》를 출판하지 않기로 결심했다. 그리고 그는 《세상에 죄인은 없다》를 완성할 수가 없었다. 이 작품은 혁명가들을 정당화하고 자신의 죄를 모르는 부자들의 죄를 폭로하는 것이었을 뿐만 아니라 이 작품들이 벌어들일 돈이 집안에 탐욕을 자극하고 상상할 수도 없는 싸움과 고통을 안겨 줄 것이기 때문이었다.

하지만 이 모든 것은 향후의 일이고 아직은 그 시작에 불과했다. 소피야가 바쁘게 일하는 동안 집안은 상대적으로 평온했다.

출판활동은 많은 일거리를 주었기 때문에 처음에는 소피야에게 적지 않은 위로가 되었다. 12권이나 되는 작품집을 한 사람이 편집하고 교정까지 했다는 것은 상상하기조차 힘들다. 게다가 그녀는 대규모 가족 살림을 도맡았고 출판사 회계에다 출판 예약까지 담당했다. 소피야가 감당한 짐이 정말로 대단히 힘겨운 것이었음을 인정하지 않을 수 없다.

그러나 소피야는 기꺼이 즐겁게 일했다. 나중에 그녀는 딸에게 보내는 편지에서 자신은 남자들이 슬픔을 잊기 위해 술집에 가듯이 일했다고 말했다. 그녀는 발작적으로 술을 마시면서 일했다. 그녀는 모두가 자신을 좋아하지 않는다고 생각했다.

톨스토이의 일기는 편지와 마찬가지로 아무에게나 공개되기 위해 쓰인 것은 아니다. 그러나 동시에 그것은 모든 사람을 향한 고백이기도 했다. 톨스토이는 그 일부를 잘라내 버리기도 했지만 그 버린 것도 잘 보존되었다. 편지와 일기는 필사되어 복사본이 만들어졌다. 타이피스트를 시켜서 가장 내밀한 내용의 글을 복사해 놓기도 했다. 가족이나 친구들은 그런 복사본들을 양심적으로 사심 없이 아주 비밀리에 간직했다.

톨스토이 가족문제에 대해 기술하는 것은 참 당혹스럽고 난감하다. 톨스토이가 자신의 고뇌의 흔적을 남겨놓았다면 소피야는 하나하나 모두 기록해 놓는다. 소피야의 기록을 보면 톨스토이가 다른 누구보다 문제의 원인이라는 인상을 받을 수도 있다. 하지만 아니다. 오히려 톨스토이가 정말 양심적이고 더 의식적으로 말하고 있을 뿐이다.

전집 출간이 톨스토이의 의사와 무관하게 이루어진 것이라고 생각할 필요는 없을 것이다. 출판하기 위해서는 처음에 종이도 사야 하고 조판도 해야 하는 등 자금이 필요한 법이다. 톨스토이는 이 돈을 스타호비치에게 차용했다. 1885년 11월 그는 아내에게 편지를 쓴다. "스타호비치에게 약속어음을 주고 돈을 받았소. 오늘 세르게이가 가지고 갈 거요. 스타호비치는 8% 이상을 받지 않았소. 어음에 대한 이자로 240루블을 받았는데 그건 8% 이하일 거요."

소피야는 오랜 노력 끝에 전집 12권에 실린 논문 "그러면 우리는 무엇을 할 것인가"에 대한 검열통과를 얻어냈다. 톨스토이도 그 과정을 모르고 있지는 않았다.

동시에 소피야는 제 12권은 톨스토이의 새 전집 예약자들에게만 판매한다고 광고를 냈다. 이제 1880년에 나온 살라예프 판 전집을 가지고 있던 독자들은 이 책을 구매할 수조차 없게 되었다. 당연히 많은 독자들의 불평이 높았다.

소피야는 처음에 3천부를 출판했지만 즉각 2만 부를 더 출판해야 했다. 새로운 독자들이, 즉 달라진 러시아의 새로운 독자들, 톨스토이에 대한 다른 관심을 가진 독자층이 생겨났던 것이다.

출판을 통해 들어온 돈의 분배에 대해서 톨스토이는 관여하지 않았다. 그는 소피야에게 긴 편지를 하나 썼는데 끝까지 다 쓰지는 않았다. 올수피에프로 친구를 만나기 위해 떠나면서 톨스토이는 이 편지를 모스크바에 남겨놓았다. 이 편지의 맨 위에는 소피야의 필체로 '아내에게 보낸 톨스토이의 편지. 우편으로 붙이지도 직접 건네지도 않은 것'이라고 씌어 있다. 톨스토이는 이 편지를 아내에게 전하지는 않았지만 소피야의 손에 보관될 수 있었다. 서명은 들어 있지 않았다. 이 편지는 거의 10쪽에 달한다.

이 편지에는 《참회록》의 내용이 언급되어 있는데, 직접 인용은 하지 않고 인용된 곳을 표시하기만 한다. "여기에 56, 57, 58, 59쪽에 밑줄을 그어 놓았소."[156] 그리고 편지 옆에 1884년 외국에서 출판된 《참회록》이 놓여 있었다. 매우 고뇌에 차 있는 이 편지는 딱딱한 논문 투로 씌어져 아주 사적인 편지이기보다는 톨스토이의 교의의 내용을 확증하는 것이면서 동시에 고백과도 같은, 자기 자신을 위한 고백과도 같은 것

---

156) 1885년 12월 15~18일 편지 (83, 539~548).

이다.

삶의 흐름에서 벗어나는 것은 매우 힘들고 거의 불가능한 일이었다.

아이들은 성장하면서 아버지에게는 낯설어만 갔다. 톨스토이는 때로 모든 것을 소피야의 탓으로 생각하기도 했다. 그는 자신 속에서 일어난 변화를 소피야가 "뭔가 특이하고 우연하며, 일시적이고, 환상적인, 그리고 편견에 사로잡힌 것"으로만 생각한다는 것이다.

1885년 말 소피야는 동생에게 보내는 편지에서 예기치 않은 충격적인 일에 대해 알리고 있다. 18일에 벌어진 일이었는데 편지는 20일에 부친 것이다. 톨스토이는 눈물을 흘리면서 뭔가를 말하려고 했고 마음을 돌리려고 애를 썼다. 그러나 그의 노력은 일에 매달려 바쁘게 돌아가는 소피야의 의식에 미치지 못했다. 그녀는 이 모든 일이 다 지난 일이라고 동생에게 편지로 말한다.

"벌써 수도 없이 일어났던 일들이다. 그이는 극도로 신경이 날카롭고 우울한 상태였지. 한번은 내가 자리에 앉아 글을 쓰고 있는데 들어왔지. 얼굴을 보니 무서웠어. 지금까지 우린 아주 잘 살았지. 이제까지 한 번도 그런 불쾌한 말은 한 번도 없었지. 그 비슷한 것도 없었단다. 그런데 갑자기 이러더구나. '난 당신과 이혼하고 싶단 말을 하기 위해 왔소. 난 더 이상 이렇게 살 수가 없소. 난 파리나 미국으로 가겠소.'"

소피야는 동생 타티야나에게 가려고 짐을 꾸리기 시작했다.

톨스토이가 오열하기 시작했다.

가장 끔찍한 것은 이것이 처음도 아니고 마지막도 아니라는 사실이다. 그들의 균열은 끝을 모르고 영원히 계속될 것이었다.

톨스토이는 문제를 해결하기 위한 진정한 문은 모든 문제가 언제나 그렇듯이 '오직 내부로만' 열리는 것이라고 생각했다. 그러나 아우성치는 소용돌이를 향해 나아가는 문은 바깥쪽으로 열려 있지만 '안으로의 문'은 열리지 않고 이성으로 굳게 잠겨 있기 마련이다. 소피야는 그렇게 모든 평범한 사람과 같이 살아가고 있었다.

《바보 이반》에서 이반의 아내도 좋은 의미에서 바보다. 그녀는 '바늘 가는 데 실이 따라가는 법'이라며 남편을 쫓아 평범한 삶으로 나아갔다. 톨스토이는 이들에 대해 마치 자신과 자신의 아내에 대해 말하듯이 묘사한다.

톨스토이는 체호프의 《귀여운 여인》에 감탄을 표했다. 주인공 여자는 처음에 극장 운영자와 결혼했을 때 극장에서 공연되는 소가극을 사랑했다. 그러나 뒤에 산림업자의 아내가 되자 그녀는 나무판과 통나무에 대한 꿈을 꾼다. 또한 수의사의 애인이 되었을 때는 병든 짐승에 대한 이야기만 했다. 그러다가 수의사의 아이를 맡아 키우면서는 오직 학습에 관한 생각만 했고 마치 중학교 3학년 학생 수준으로 사고했다.

톨스토이는 체호프가 여성을 폄하하려고 하면서 오히려 아주 특별하게 여성을 예찬하고 있다고 생각했다. 톨스토이에게 '귀여운 여인'이 바로 여성의 이상이었기 때문이다. 그가 변하면 아내와 가족들은 '바늘 가는 데 실이 따라가는 것'처럼 그와 함께 변해야만 했다.

그의 정신 속에는 낡은 삶의 방식이 메아리처럼 울리고 있었다. 톨스토이는 음악을 사랑했고 야스나야 폴랴나의 늙은 나무들과 아버지가 지은 집의 석조 기반을 사랑했다. 분명 이런 모든 것이 향수처럼 의식 속에 자리하고 있었지만 그러나 가부장적 농민사회의 삶의 기초가 완전히 몰락하고 있다는 사실에 무엇보다 마음이 아팠다.

민중의 의식을 바꿔놓은 제 1차 러시아 혁명은 톨스토이의 의식도 바꿔놓았고 그에게 타협이란 불가능하다는 것을 보여 주었다. 아직 그 혁명은 미래의 일이지만 그러나 지구 표면의 긴장은, 즉 지진을 예고하는 전조는 이미 곳곳에 나타나고 있었다. 민중들 모두가 확연히 깨닫고 있는 것은 아니고 여전히 환상으로 뒤덮여 있지만 그들의 불만은 고조되고 있었던 것이다.

소피야는 상식을 가진, 즉 그 시대의 모든 편견에 사로잡힌 평범한 사람이었다. 그녀에게 미래란 존재하지 않는 것이었다. 그녀는 영지와 작

350

위, 토지 문서와 재산으로서의 문학작품 등을 영원한 것으로 여겼고 따라서 톨스토이의 양심이 제기하는 의혹에 대해서는 전혀 동의할 수 없었다.

한집에 서로 다른 생각을 가진 사람들이 살았던 셈이다.

소피야는 일로 지쳐가면서 영원한 죄인의 처지에 놓이게 되었다. 그녀는 남편의 사상을 돈으로 만들어 가졌다는 점에서 남편에게 죄인이었고 항상 돈을 충분히 대주지 않았다는 점에서 자식들에게 죄인이었다.

그녀는 영원한 '채찍'과도 같은 역할을 하며 모든 사람을 속박했다. 모두들 그녀에게 요구할 줄만 알았다. 그러면서도 그녀가 놀지 않고 일만 하는 것을 이해하지 못했다. 그녀는 쓸데없이 돌아다니는 법이 없었고 늘 일로 바빴다. 때로는 공간 감각을 상실할 정도로 기진해 버리기도 했다.

1885년 10월에 그녀는 수하렙카 시장에서 물건을 사고 책방을 돌아본 다음 다시 스몰렌스크 시장으로 향했다.

"이렇게 분주한 가운데 무슨 생각인가에 골몰하다가 나는 갑자기 내가 앞으로 갔다 뒤로 갔다 세 번이나 맴돌았다는 사실을 깨달았지요. 왜 그랬는지, 어디로 가려는 것인지, 도대체 내가 지금 어디에 있는 것인지 알 수가 없었어요. 나는 내가 정신이 나간 것이 아닌가 두려워서 정신을 차리려고 행상인과 마구 이야기를 나누기 시작했답니다. 그리고 전차를 타고 서둘러 집으로 돌아왔지요. 그리고 나서 나는 내가 일을 하고 있다고 상상하며 뭔가 걱정스럽게 돌아다녔다는 것을 깨달았어요. 하지만 이미 할 일은 없었던 겁니다."[157]

남편의 정신적 모색에 대해 그녀는 대놓고 반발하지 않았지만 수긍할 수는 없었다. 물론 자신이 수긍하지 않을 힘도 근거도 가지고 있지 못하다는 것을 알고 있었다. 한편 그녀 자신이 그 모든 걱정거리들을 지고

---

157) S. 톨스타야, 《톨스토이에게 보낸 편지(1862~1910)》, 330쪽.

가야 한다는 것에 대해 스스로를 부정하기도 했다. 그러나 그런 부정은 지속적인 것은 아니었다.

소피야는 커다란 문제에서 작은 것을 보았고 하찮은 것을 가지고 논쟁을 벌였다.

톨스토이는 가족과 함께 농민처럼 일하며 살고 싶었다. 소피야는 톨스토이가 건초를 베고 딸들이 갈퀴로 건초를 그러모으는 정도는 허락했지만 거름을 실어 나르는 것은 금했다.

서로 이해하지 못하는 상태가 층층이 쌓여만 갔다. 딸들은 나름대로 다양한 이유로 아버지 편을 들었다. 큰아들 세르게이는 하급관리 생활을 해나갔고 일리야는 하루 종일 사냥을 다니거나 한량처럼 놀러 다녔다. 안드레이 역시 빈둥거리며 사랑놀음에 여념이 없었다. 레프는 아버지의 문학적 명성을 선망했다. 모두들 자신이 할 바를 분명히 알고 있지 못했다.

톨스토이는 의식을 개조해야 하고 그러면 의식이 존재를 개조할 것이라고 생각했다. 물론 즉시 그렇게 되지는 않을 것이다. 처음에는 불쏘시개로 불을 지피다가 장작을 넣어야 하는 법이다. 그는 딸들의 도움을 받아 가난한 농민을 위한 오두막을 짓기 시작했다.

타티야나와 마리야는 맨발로 진흙을 이겼다. 진흙으로 지은 집은 불에 타지 않을 것이다. 이런 모습은 《지주의 아침》에서 젊은 네흘류도프가 농노들과 함께 집을 짓는 모습과 흡사하다. 톨스토이가 지은 오두막집은 그럼에도 불구하고 다 불에 타버렸다. 기술적인 면에서 문제가 있었을 뿐만 아니라 기실 그 일은 야스나야 폴랴나의 광인 블로힌이 말한 것처럼 '소일거리' 정도에 지나지 않는 것이기 때문이다. 농민이었던 블로힌은 미쳐서 자신이 높은 귀족이고 온갖 고위 직책을 다 맡아보았다고 말하곤 했다. 톨스토이는 그의 주변 사람들과 자기 자신이 블로힌과 다를 바 없다고 생각했다. 헛소리를 해대는 톨스토이 가족들의 블로힌과 차이가 있다면 우연한 출생에 의해 법적 보호를 받는 특권을 가지고 있었다는 점이다. 그래서 해방은 사람들이 어리석은 특권에 대한 믿음을 버리는 것에서부터 시작되어야 했다.

다수가 소수에 봉사하는 것은 중단되어야 한다. 하지만 다수가 개별적으로 의식의 각성을 이루면 그 개별자들은 사멸하고 만다. 다수 전체가 구세계를 거부하는 공동의 각성을 이루려면 혁명이 필요하지만 혁명은 일종의 폭력이다. 톨스토이는 이 폭력을 승인할 수 없었다.

맨발로 진흙을 이기고 불에 타지 않을 오두막을 짓고 농민들 못지않게 많은 시간동안 건초를 베는 일은 '굳은살 박이는' 손노동의 승리로 나아가지 못했다.

톨스토이의 비극은 집안에서 일어난 것이 아니다. 단지 비극이 집안에서 드러났을 뿐이다. 재산을 포기하고 모두 나누어 주고 오두막을 떠나버릴 수는 있었다. 하지만 톨스토이는 농촌의 삶의 수준을 잘 알고 있었다. 모든 것을 거부한다면 잠자리에 깔 마른 건초더미마저도 거부해야 했다. 욕구는 끝이 없기 때문이다.

그는 밑 빠진 독에 물을 붓고 있었다.

오직 삶의 완전한 갱신만이 그런 출구 없는 고뇌로부터 그를 구해줄 것이다.

하지만 톨스토이는 아직은 타협 속에 살아갔다.

소피야와 알렉산드르 3세 황제

1.

1891년 소피야는 전집 제 13권 출판이 지연되자 출판 허락을 청원하기 위해 직접 나섰다. 처음에 그녀는 검열위원회로 페옥티스토프를 찾아갔지만 냉담한 반응을 받았다.

대담 중에 페옥티스토프는 13권의 내용을 모른다는 사실을 알게 되었

다. 그는 《그러면 우리는 무엇을 할 것인가》가 금지되었다는 점만 거듭
확인하는 것이었다. 하지만 그것은 이미 12권에 포함되어 출판 허락을
받지 않았던가.

소피야는 극장위원회에 들러 톨스토이 희곡에 관한 질의를 했다.
《계몽의 열매》에 관한 것이었다. 황립 극장장인 브세볼로시스키는 소
피야에게 일련의 조건을 제시했다. 소피야는 사립극장에서 톨스토이의
희곡을 공연하지 않겠다는 각서를 제출해야만 했다. 그녀는 끈질기고
정확하게 긍정적인 대답을 이끌어낼 수 있었다.

그러나 수도에서 해야 할 가장 중요한 일은 황제를 알현하는 것이었
다. 하지만 궁정은 상중(喪中)이었고 그녀는 일이 지체되어 기다리고
있었다. 드디어 4월 13일 소피야는 스타호비치로부터 그녀가 열한 시
반 아니츠코프 궁전에서 알현이 허락되었다는 전갈을 받았다.

검은 드레스를 입고 레이스 달린 검은 모자에 상장을 단 그녀는 열한
시가 되자마자 궁전에 나타났다. 수위는 알현에 대해 모르고 있었지만
곧바로 "금줄이 쳐진 선명한 붉은색 제복을 입은 젊고 잘생긴" 전령이 당
도하여, 폐하께서 이미 허락하시어 모셔오라는 분부를 받아왔다고 전
했다. 그는 훈령을 전달하는 자답게 걸음걸이가 몹시 빨랐다. 거의 뛰
듯이 정신없이 전령의 뒤를 따라 가던 소피야는 숨이 막힐 것만 같았다.
몇 분 만에 그녀는 별로 아름답지 못한 밝은 녹색의 카펫 위에 쓰러져 죽
을지도 모르겠다는 생각이 들었다. 응접실로 안내되어 자리에 앉자 전
령이 시야에서 사라졌다. 그녀는 숨을 쉴 수가 없어 허리 아래 부분의
코르셋을 눈에 띄지 않게 조금 풀고 몇 걸음 걸어 보았다. 그러면서 그
녀는 힘에 부친 말들이 짐을 끌고 있는 모습을 연상하였고 다시 자리에
앉아 자신이 죽으면 자식들이 어떻게 받아들일지 생각해 보았다.

이때 다시 전령이 나타나 외쳤다. "폐하께서 톨스타야 백작부인 각하
를 들라 하시옵니다!"

알렉산드르 3세 황제는 문 옆에까지 와서 백작부인을 맞이했고 손을

내밀며 기다리게 해서 미안하다고 말했다.

소피야로서는 이 순간이 사회적 신분고양을 맛본 최고 정점이었다. 그녀는 황제에 대해 이렇게 묘사한다. "키가 몹시 크고 뚱뚱하다기보다 건장해 보였다 … 황제는 어딘지 체르트코프를 연상시켰다. 특히 목소리와 말하는 태도가 그랬다."

체르트코프에 대해서는 그가 알렉산드르 2세 황제의 아들이라는 소문도 나돌아 다녔다. 158)

소피야는 미리 준비된 말을 꺼냈다. 단순하지만 요령 있는 말이었다.

당시 톨스토이는 새로운 땅으로 이주한 사람들에 대한, 유형 간 귀족에 대한 오랜 구상을 실현할 새로운 소설을 쓰려고 마음먹고 있었다. 《부활》의 집필이 시작된 것이다. 소피야는 톨스토이가 예술활동으로 돌아오기를 간절히 바라고 있었다. 그녀는 남편이 새로 소설을 쓰게 되면 그 내용이 황제를 만족시킬 것이라고 순진하게 낙관하고 있었다.

소피야는 순진하게 충성스러운 여성이었다. 오랜 황실 근무의 대가로 귀족으로 승격한 가정 출신다웠다. 그녀는 니콜라이 1세 치하 말년에 세바스토폴 전투가 벌어졌을 때 자매들과 함께 거친 천으로 '애국 외투'를 만들어 바치기도 했다. 이제 그녀는 애국 부인으로서 충심을 다해 궁정의 상에 대해 예를 표하고 있었다.

소피야는 이렇게 말했다.

"폐하, 최근 저는 제 남편이 예전과 같은 예술작품을 쓰고자 하는 것을 알게 되었습니다. 남편이 제게, '나는 이제 종교적이고 철학적인 작업에서 물러나서 예술작품을 쓸 수가 있을 것이오. 내 머릿속에 《전쟁과 평화》 같은 규모와 형식의 작품이 이미 자리 잡고 있다'고 말했습니다. 하지만 그럼에도 제 남편에 대한 편견이 자꾸만 증가하고 있습니다. 예를 들어 제 13권이 차압되었다가 이제야 통과

---

158) 〔저자〕 체르트코프의 어머니는 알렉산드르 2세 때 궁정 시녀였다.

될 기미가 보입니다. 《계몽의 열매》도 금지되었다가 이제는 황립
극장에서 공연허락을 받았습니다. 《크로이체르 소나타》 역시 …"

이 대목에서 황제가 내게 말했다.

"그래요, 하지만 그 책이 말이요. 만일 부인이라도 부인 자식들
에게는 읽게 하지는 않을 것 아니겠소."

나는 이렇게 말했다.

"유감스럽지만 그 작품의 형식은 지나치게 극단적인 것이 사실입
니다. 그러나 기본 사상은 이렇습니다. 이상이란 항상 도달하기 어
려운 것이다, 만일 극단적인 순결이 하나의 이상이라면 사람들은
결혼생활에서만 순수할 수 있을 뿐이라는 것입니다."

두 사람은 속내를 감추며 영악하게 말을 하고 있었다.

알렉산드르 3세는 처신해야할 바를 알고 있는 황제였다. 그는 또한
톨스토이가 "니콜라이 팔킨"이라는 논문을 썼으며 이 논문이 할아버지
를 우습게 만들었을 뿐만 아니라 황제의 권좌까지 흔들어 놓았음을 기
억하고 있었다. 그러나 톨스토이는 힘이 있는 반대자였다. 톨스토이가
무슨 말을 하는지는 황제 자신이 소피야보다 더 잘 알고 있었다.

백작부인은 말을 계속했다. "만일 《크로이체르 소나타》가 전집에 포
함되도록 차압이 풀릴 수 있다면 얼마나 행복할지 모르겠습니다. 그건
분명 톨스토이에게 자애로운 자비를 베푸는 것이며 그에게 창작에 분발
하라는 격려가 될 수도 있을 것입니다."

톨스토이는 일기에 이 '할 수도'라는 단어 밑에 다른 잉크로 '누가 알
겠는가'라고 써놓았다.

"황제는 한결 부드럽게 이 점에 대해 '그래요, 전집에 넣는 것이야 괜
찮지 않겠소. 아무나 읽을 것은 아니고 널리 보급될 것도 아니니 말이
오'라고 말씀하셨다."

이 자리에서 황제는 '톨스토이가 교회에서 멀어지고 있다'는 점에 대
해 유감을 표했다. 이에 대해 소피야는 이렇게 대답한다.

"폐하, 제가 분명하게 말씀드리자면, 제 남편은 결코 민중 속에 있지 아니하고 어디서 그 무엇도 설교한 바 없습니다. 그는 농민들에게 단 한 마디도 한 적이 없고 그 어떤 원고도 배포하지 않았을 뿐만 아니라 오히려 그렇게 배포되는 사태에 절망하는 경우가 자주 있습니다. 이를테면 한번은 어떤 젊은이가 제 남편의 가방에서 원고를 훔쳐서 일기를 필사했습니다. 그런데 2년이 지난 뒤 인쇄되어 나돌아 다니기 시작했습니다."

이때 소피야는 그 젊은이의 성은 언급하지 않았다.

"폐하는 이 말에 그럴 수가 있느냐며 화를 내고 놀라움을 표했다."

소피야는 황제가 아이들은 아버지의 가르침을 어떻게 대하느냐고 묻자 그녀는 이렇게 대답했다. "아버지가 설교하는 높은 도덕법칙들에 대해 아이들은 존경 외에 달리 대할 수가 없습니다. 그러나 저는 아이들을 정교신앙에 따라 양육해야 한다고 생각하며 8월에는 아이들과 함께 툴라에 나가 재계 정진할 것입니다. 우리 마을에서는 우리의 정신적 교부가 되어야 할 성직자들 중에 우리에 대해 거짓보고를 해대는 스파이들이 있기 때문입니다." 황제는 이에 대해, "나도 그런 말을 들었소"라고 말했다. 그 다음에 나는 큰아들은 젬스트보의 관리이고 둘째는 결혼해서 가정을 꾸리고 있으며 셋째는 대학생이며 나머지는 집에 그냥 있다는 사실을 말했다."[159]

2.

옛날 소설에서 종종 그렇듯이, 우리도 이제 우리의 주인공들을 잠시 그대로 두고 이들의 대화가 가능했던, 즉 황제가 소피야의 알현을 허락한 동기에 대해 잠시 살펴보자.

이 동기를 소피야로서는 전혀 알 수가 없었지만 황제로서는 아주 분명한 목적을 가지고 있었다. 알렉산드르 3세는 소피야를 톨스토이 가정

---

159) 이상 《소피야의 일기》, 제2권, 28~31쪽.

내에서 자신을 대변하는 인물로 생각했다.

1890년 5월 8일 〈새로운 시대〉에 신성종무원 검사장 포베도노스체프가 황제에게 보고한 보고서 중 일부가 게재되었다. 그것은 공식문서임을 확인하는 다음과 같은 서문이 붙어 있었다. "1887년 신성종무원 검사장의 황제 폐하께 상신하는 보고서에서 우리는 톨스토이 백작과 관련된 다음과 같은 흥미로운 구절을 접할 수 있다."

이 문서의 내용을 축약해서 살펴보자.

1887년 톨스토이 백작은 최근 몇 년간 야스나야 폴랴나에서 보낸 것과는 달리 이 해의 거의 대부분을 모스크바에서 지냈다. 그리하여 결과적으로 야스나야 폴랴나 농민들에 대한 그의 영향력은 전에 비해 일시적으로나마 현저히 감소하였다. 게다가 농민들에 대한 그의 태도 자체가 현저히 변화되었다. 그가 농민들과 똑같이 밭을 갈고 건초를 베었으며 필요한 경우 직접 노동을 통해 빈농들을 도운 것은 사실이다. 예를 들어 그는 농가 지붕에 밀 짚단을 얹어 주었고 벽난로의 틈을 발라주는 등의 일을 했다. 특히 그런 일들은 주로 축제일에 실행되었다. 그러나 이제 그는 이전의 규모로 자신의 영지 수입에서 농민들에게 재정적 물질적 도움을 주기가 어려워졌다. 그의 성장한 아들들이 아버지가 재산을 탕진하는 것을 제어하고 그의 재산에 반하는 농민들의 행동을 감시하기 시작했으며 그의 영지에서 농민들의 약탈적 경작활동을 금지하고 있기 때문이다. (…) 최근 톨스토이의 선전활동의 주요 수단은 농민들에게 〈중개인〉이라는 유명한 출판사에서 발행한 소책자들을 무료로 제공하는 것이다.

이 보고서는 톨스토이 아들들을 자극했다. 세르게이는 《톨스토이 연감》(1913)에서 그에 대한 반박이 어떻게 이루어졌는지를 전하고 있다.

당시 톨스토이의 아들들은 신문의 이 기사를 읽고 일리야와 레프가 그에 반박하기로 생각을 모았다. "동생 레프가 그런 반박문을 하나 썼다."

세르게이는 레프가 쓴 반박문이 어떻게 되었는지에 대해서는 언급하지 않고 다음과 같이 자신의 말을 계속한다.

나는 당시 아래의 편지를 써서 신문에 게재하기로 결심했다. 하지만 어떻게 어디로 보내야 할 것인가? 우선 〈새로운 시대〉에 게재해야겠다고 생각하고 나는 그것을 가지고 수보린을 찾아갔다. 그는 나를 맞이하며 솔직하게 말했다. 만일 〈새로운 시대〉의 운명을 생각하지 않는다면 기꺼이 나의 반박문을 실어줄 수 있을 것이라고 했다. 하지만 그들은 이미 두 번의 경고를 받은 상태였다.

"하지만 이렇게 한번 해 보죠."그가 내게 말했다. "내가 포베도노스체프에게 물어 보겠습니다. 당신 반박문을 게재하는 데 아무 문제가 없는지 말입니다."

수보린에게 나의 편지를 맡겨두고 나는 결코 출판되기 힘들겠다고 생각하며 그곳을 나왔다. 하지만 놀랍게도 얼마 되지 않아 그것은 〈새로운 시대〉에 게재되었다. 수보린이 포베도노스체프에게 과연 물어 보았는지 아닌지는 모른다.

분명 반박문은 공동으로 만들어졌거나 아니면 최소한 형제들의 동의를 거쳐 씌어졌다. 그리고 분명 포베도노스체프의 동의하에 출판되었을 것이다. 수보린160)은 조심스러운 사람이었다. 포베도노스체프는 어떤 점에서는 이 반박문을 환영했다. 그 반박문을 보자.

존경하는 편집장님! 〈새로운 시대〉 5월 8일자에 신성종무원 검사장님의 황제 폐하께 올리는 1887년《코차콥스키 교구에서 톨스토이

---

160) 〔역주〕 A. 수보린(1834~1912). 언론출판인. 극작가. 자유주의적인 만평과 수기를 발표하여 체포되기도 함. 1876년부터 신문 〈새로운 시대〉를 사들여 자유주의 민주진영의 기대를 받으며 높은 판매부수를 올림. 그러나 점차로 협소한 민족주의적 경향에 극우적 전제군주주의로 변절하여 노동계급 운동에 극단적으로 반발함.

백작의 세계관과 도덕적 확신의 확산》에 관한 보고서의 일부가 게재되었습니다. 우리는 거기서 톨스토이 백작이 '그러나 이제 그는 이전의 규모로 자신의 영지수입에서 농민들에게 재정적 물질적 도움을 주기가 어려워졌다. 그의 성장한 아들들이 아버지가 재산을 탕진하는 것을 제어하고 그의 재산에 반하는 농민들의 행동을 감시하기 시작했으며 그의 영지에서 농민들의 약탈적 경작활동을 금지하고 있기 때문이다.'라는 부분을 읽었습니다.

보고서 내용대로 아버지가 **직접 노동**을 통한 도움만이 효과적이라고 생각한다면 재산을 탕진할 이유가 어디 있습니까. (이것은 톨스토이의 저작에서도 분명히 명시되어 있고 검사장님의 보고서에도 분명히 톨스토이 백작이 필요한 경우에 빈농들에게 **'자신의 직접 노동으로'** 도움을 주었다고 명시되어 있습니다.) 따라서 우리 톨스토이 백작의 아들들은 이 보고서의 분명한 사실에는 이의를 달지 않으면서도, 우리는 결코 아버지의 재산탕진을 제한한 적이 없으며 ― 우리에게 그럴 권리는 조금도 없습니다 ―, 어떤 방식으로든 아버지가 하시는 일에 간섭하는 것을 불경스럽게 생각하고 있다는 점을 분명하게 공표해두지 않을 수 없습니다.

부디 대검사장님의 황제 보고서 발췌본을 게재한 신문에 이 편지가 게재되기를 바랍니다.

건승을 빕니다.

톨스토이 백작의 아들 세르게이, 일리야, 레프

대검사장 보고서는 선동적인 성격을 지니고 있는 것이었다. 황제 칙령에 따르면 '재산 탕진자'에 대해서는 친지들의 소명에 따라 후견인이 지명될 수 있었다. 이 보고서는 그래서 마치 재산 상속권자들에게 행동에 나서도록 촉구하는 것만 같다.

정부는 실제적인 협박을 가하면서 교묘한 공격을 꾸며내고 있었다. 분명 정부는 가족의 요구라는 방패막이를 이용해서 세계여론의 화살을 피하고자 했다. 아니면 적어도 가족을 톨스토이에 대한 감시자로 만들

360

고자 했다.

아들들은 선동에 넘어가지 않았지만 그들의 반박문에는 톨스토이의 복지활동이 **노동**을 통한 것이라고 이탤릭체로 강조되어 있다. 아버지에 대한 진심어린 존경의 표현에도 불구하고 이 이탤릭체는 이미 아버지의 활동을 제한하려는 것만 같다.

이 반박문은 톨스토이의 재산 포기를 예고하고 어쩌면 그것을 촉구하고 있는 것이었다.

아버지에 대한 충성심에도 불구하고 이 반박문은 톨스토이 가족이 그를 지지하지 않고 있으며 단지 '아버지의 하시는 일에 간섭'하지 않을 뿐이라는 점을 증명하고 있다. 이는 편지가 게재되어도 좋을 충분한 이유였던 셈이다.

톨스토이의 영지에서 약탈적 경작활동을 하는 농민들과의 충돌에 대한 보고 역시 사실이었고 그런 충돌은 점점 증가하고 있었다.

신성종무원 검사장의 황제보고서 중 〈새로운 시대〉에 게재되지 않은 한 부분은 비류코프의 《톨스토이 전기》에 들어 있다. "톨스토이의 해로움은 그의 가족의 견실함에 의해 무력화되고 있다. 백작부인은 가족을 정교의 정신으로 교육하고 톨스토이가 비밀스런 선동활동을 하지 못하도록 통제하고 있다."161) 〈새로운 시대〉에 게재되면서 이런 말은 삭제되었고 아들들의 반박문 속의 인용에도 당연히 들어 있지 않았다.

소피야는 반박문에 전혀 언급되지 않는다.

정부는 소피야를 건전한 부인일 뿐만 아니라 자신들의 가능한 동맹자로 여겼다. 소피야 부인도 이를 부정하지 않았다.

---

161) P. 비류코프, 《톨스토이 전기》, 제3권, 138쪽.

3.

이제 다시 황제의 접견실로 돌아가 보자.

대화는 아주 우아한 분위기에서 진행되었다. 황제는 아이들 건강에 대해 물었고 막내아들이 수두에 걸렸다는 말을 듣고는 그건 괜찮다고, 감기에 걸리지 않으면 위험하지 않다고 말해 주었다.

소피야는 이렇게 아주 따스한 황제의 은총을 받았다. 이 모든 것이 너무나 고상했다. 소피야는 《크로이체르 소나타》에 대한 황제의 질문에 톨스토이가 '이 작품을 역겨워하기 때문에' 소설을 개작하지 않는다고 대답했다.

그 외에도 톨스토이가 젊은이들에게 큰 영향을 주고 있다는 대화도 있었다. 이에 대해 소피야는 이렇게 대답했다.

"대부분의 젊은이들이 정치적 악덕의 잘못된 길로 나아가고 있습니다. 하지만 톨스토이는 그들이 토지와 악에 대한 무저항, 사랑 등에 관심을 가지라고 가르칩니다. 아무리 그렇다고 해도 그들이 아직은 진리를 품고 있지 않지만 법의 편에 설 것입니다."

대화는 계속되었다. 황제는 그리고리와 엘리자베타의 아들인 체르트코프에 대해 물었다. 그의 부모들은 황실과 가까운 사람들이었다. 소피야는 눈치를 채고 체르트코프를 옹호하기 시작했다.

"우리는 벌써 그를 보지 못한 지가 2년이 되었습니다. 그에겐 혼자 남겨둘 수 없는 병든 아내가 있어서 지요. 체르트코프가 제 남편과 함께 일하게 된 배경은 처음부터(이 단어를 다른 색 잉크로 쓰고 있다) 종교적인 것이 아니라 다른 것이었습니다."

이 대목에서 소피야는 톨스토이가 "체르트코프에게 민중문학을 도덕적이고 교육적인 방향으로 다시 만들라는 생각"을 제공했다고 말했다.

소피야는 심지어 황제에게 직접 톨스토이 저작을 검열하시라고 당부했다. 조심성 없는 여인이 톨스토이에게 푸시킨의 운명을 부과하려 했던 것이다.[162] 하지만 시대가 변했고 무엇보다 톨스토이의 저작은 황제의 개인 사무실에서 처리될 수준이 아니었다. 하지만 알렉산드르 3세는 자애롭게 대답했다.

"기쁘게 받아들이겠소. 내가 볼 수 있도록 그의 저술을 내게 보내도록 하시오." 그리고 덧붙였다. "아무 걱정 하지 마시오. 모든 게 잘 될 겁니다."

황제를 알현한 뒤 소피야는 황후 폐하에게 안내되었다. 황후의 처소 앞에는 "말투와 얼굴이 이국적인 나이든 시종"이 서 있었다. 그리고 "다른 한편에는 황실제복을 입은 흑인이 서 있었다."

소피야는 흥분한 상태에서 말이 헛갈리고 어떤 민속복장을 황실제복이라고 오인하고 있다.

황후에 대한 묘사는 문학적인 재능도 반짝인다. "황후는 날씬하고 민첩하고 가뿐한 걸음을 옮겨 내게 다가왔다. 얼굴빛이 너무나 아름다웠고 놀랄 만큼 정교하게 빗어 내린 아름다운 갈색 머릿결은 만들어 붙인 것만 같았다. 검은색 모직 드레스와 몹시 가느다란 허리, 역시 가녀린 팔과 목… 나는 굵고 커다란 황후의 목소리에 깜짝 놀랐다."163)

대화는 몹시 우아했다. 황후는 어떤 사람들이 톨스토이 백작의 원고를 훔쳐서 묻지도 않고 출판했다는 말을 벌써 전해 들어 알고 있었다.

이야기는 아이들에게로 옮겨갔다.

1891년 4월 18일 톨스토이는 일기에 이렇게 쓰고 있다. "아내가 3일쯤 전에 도착했다. 황제를 찾아가 입에 발린 소리를 하고 누가 내 원고를 훔쳐갔다는 등의 이야기를 늘어놓았다니 불쾌하다. 나는 참지 못하고 쏘아붙였지만 그렇게 그냥 넘어갔다."

162) 〔역주〕이전에는 황제가 직접 문학가의 저술을 검열하기도 했다. 18세기 말 예카테리나 여제는 라시시체프의 저작을 직접 검열하고 교열하기까지 했으며 푸시킨 저작에 대해서도 알렉산드르 1세와 니콜라이 1세가 직접 읽고 출판 여부를 결정했다. 푸시킨의 유배와 죽음 등과 같은 운명에 이와 같은 황제의 검열이 결코 무관하지 않았다.
163) 이상 황제와 황후와의 만남 장면은 《소피야의 일기》, 제2권, 32~35쪽.

하지만 '그냥 넘어간' 것처럼 보였을 뿐이다.

소피야는 황제와의 만남을 통해 자신에 대한 확신을 얻었다. 그리고 황제와의 이 알현은 분명 톨스토이와의 불화를 더욱 날카롭게 만든 작지 않은 요인이 된다.

재산분배와 저작권 포기

톨스토이는 출구 없는 막다른 골목에 처해 있었다. 영지이자 농촌마을로서 야스나야 폴랴나는 그의 의식 속에 현재이자 과거와도 같았다. 때로는 과거로서의 야스나야 폴랴나가 더욱 중요하게 여겨지는 것 같기도 했다. 그는 일기에 기록된 야스나야 폴랴나에 대한 회상들은 지나간 과거를 정화시키듯 시적 분위기에 싸여 있었다.

회상 속에 그려지는 가부장적 농촌의 모습 속에는 하나가 된 대가족과 아들과 손자들을 기르는 노인들, 즐거운 마부들과 마차를 타고 가며 부르는 노래 등이 함께 어울려 있다. 《지주의 아침》에서 네흘류도프는 이미 이런 모습을 꿈속에서나 볼 수 있을 뿐이다.

19세기 말 농촌은 몰락했다. 농노는 해방되었지만 그 조건은 생각하기도 힘들 정도로 열악했다. 나누어 받은 분여지는 당시 시세보다 훨씬 비싼 값을 치러야 했고 그곳에서 일해서 갚기에 벅찬 금액이었다. 분여지는 농민들이 전에 직접 일하던 땅과 같지 않았다. 그것은 이리저리 기형적으로 구획되어 지주의 땅을 활용하거나 통과하거나 않고는 사용하기 힘들었다. 병아리 한 마리라도 풀어 놓을라 치면 옛날 지주에게 찾아가 머리를 조아려야 했다.

농민들이 받은 땅은 약탈되거나 가난한 농민으로서는 가보기도 힘들었다. 수천 킬로미터 떨어진 길도 없는 곳이기도 해서 가다가 굶어죽을 판이었다. 농민들이 가진 빈약한 말을 타고 어찌어찌 가본다 해도 아무런 장비 없이 맨손으로 고역을 치러야 했다.

톨스토이는 과거를 꿈꾸며 과거를 믿었지만 그가 사는 것은 현재였다. 역사를 인정하지 않고 세계를 부동의 것으로 생각하는 톨스토이는 불행할 수밖에 없었다. 그는 이미 '전화'로 말을 했고 전 세계로부터 전보를 받고 있었다. 모스크바에는 전기가 들어오기 시작했고 사진기술이 출현했으며 비행기에 대한 이야기도 나오기 시작하던 때였다. 공상과학 소설들에는 오늘날 우리가 모두 목격하고 있는 그런 세계를 환상적으로 그려내고 있었다. 쥘 베른은 우주 공간을 여행하는 이야기를 썼다. 두 명의 미국인과 명랑하고 겁 없는 프랑스인이 우주에 쏘아올린 탄두를 타고 가는 이야기였다.

톨스토이는 쥘 베른의 소설을 읽고 프랑스어 학습용으로 직접 그림도 그려 넣어 아이들에게 읽히기도 했다.

톨스토이의 삶은 존재해야만 하는 것과 존재했던 것으로 나뉘어져 있었다. 몰락도 있었고 전진도 있었다. 러시아에 자본주의 시대가 도래했지만 인민주의자들(나로드니키)은 그것을 거부했고 톨스토이도 자기 식으로 그것을 거부했다. 레닌은 자본주의가 도래하여 러시아를 관통할 것임을 예언하며 《러시아 자본주의의 발전》이라는 책을 집필했다.

세계는 미래로, 우주적 미래로 빠르게 이전해가고 있었다. 그러나 톨스토이는 대붕괴와 비도덕성, 빈곤을 바라보며 과거로부터 오늘을 고찰했고 내일은 어제와 같은 모습이 될 것이라고 확신했다. 시간은 눈 깜박할 사이에 바람처럼 지나가고 보려고 하면 이미 지나가 버린 것이 된다. 사람들은 순간의 현재를 볼 수 없으며 그저 안나 카레니나처럼, 레빈처럼, 그리고 톨스토이의 오랜 친구이자 황실 자제를 돌보던 황실 시녀 알렉산드라 부인처럼 눈을 찌푸리고 보려고 할 뿐이다.

하지만 톨스토이는 눈을 찌푸릴 수 없었다. 그는 명백하게 존재하는 것을 두 눈을 똑바로 뜨고 눈이 아프도록 바라보았고 거기서 존재의 추한 모습을 직시했다.

톨스토이의 리얼리즘은 도시로 나온 농민의 리얼리즘, 상식이라는 편견을 벗어나 삶을 직시하는 리얼리즘이었다. 그것은 세계를 위해, 러시아를 위해, 그리고 러시아 혁명을 위해 불가피한 것이었다.

톨스토이는 셰익스피어와 데카당과의 동시적인 투쟁 속에서 그런 리얼리즘을 확립해 나갔다. 그가 보기에 셰익스피어는 뛰어나고 능숙한 배우로서 뭔가 기이하고 미증유의 것을 표현해내는 능력을 가지고 있지만 과장된 언어에 사로잡혀 있다. 그는 셰익스피어의 모든 주인공들이 톨스토이 시대 사람들처럼 말하지 않고 톨스토이 시대 사람들처럼 행동하지 않는다고 비판한다.

그러나 예술은 영원한 것이며 계속해 나아갈 뿐 소멸되는 것은 아니다. 개념의 연쇄 속에서 현상의 본질을 포착하기 때문이다. 인간이 창조한 것 중에 가장 큰 기적은 예술이다. 예술작품은 그 어떤 것보다 위대한 의미를 가지고 있으며 일정한 조건에 기초해 창조되면서 그 조건을 뛰어넘어 존재한다.

톨스토이는 셰익스피어의 《리어왕》을 비웃었다. 그런 일은 세상에 없다는 것이다. 왕이 이상한 말을 해대면서 자식들과 왕국을 나누어 가지고 그 자식들에 의해 추방되어 시종과 함께 폭풍우 속을 떠돌다니, 너무 환상적이다.

소련의 배우 미호엘스는 리어왕 역할을 하면서 셰익스피어에 대한 톨스토이 논문을 읽고 감탄하면서, 톨스토이가 《리어왕》을 부정하면서 직접 자신이 재산을 나누어 주고 스스로 추방의 길에 나서는 새로운 배역을 수행했다고 말했다.

톨스토이의 셰익스피어 비판은 날카롭고 정당하다. 그러나 그에 대한 반박의 논리는 역사의 부동성과 미학 규범의 영원성에 입각해 있기 때문에 정당한 것이 되지 못한다.

삶에서 떠나가는 것은 불가능하다. 톨스토이주의자들은 손에 굳은살이 박이도록 노동하는 농업공동체를 만들려고 노력했다. 지식인들도 땅을 파고 과학과 온갖 지식을 거부하고 서툰 솜씨로 통에 테를 두르는 일을 했다. 이런 통 제조공 중에는 이반 부닌도 있었다. 그를 가르친 사람은 나중에 테네로모라는 이름으로 언론활동을 하는 파이네르만이라는 역시 솜씨가 어설픈 사람이었다.

학자들도 연구실을 팽개치고 땅을 파러 나갔다. 물론 그 솜씨가 좋을 리는 없었다.

톨스토이 자신은 이런 일에 그렇게 큰 믿음을 갖지 않았다.

> 공동체로 떠나는 것, 공동체, 공동체를 깨끗하게 유지하는 것, 이 모든 것은 잘못이요 죄악이다. 혼자 깨끗해지고 혹은 일군의 집단만 깨끗해지는 것이 아니라 모두 함께 깨끗해져야 한다. 죄를 짓지 않기 위해 고립되는 것은 가장 불결해지는 것이다. 그것은 다른 사람의 노동으로 얻어진 부인들의 깨끗함 같은 것이다. 이미 깨끗한 곳에서 땅을 파고 깨끗해지는 것이나 마찬가지다. 164)

이런 공동체는 2년이나 3년쯤 지속되었지만 그 이상은 아니었다. 그곳에 간 사람들은 자신의 노동에 대해 기적을 체험한 듯이 편지를 쓰곤 했지만 그것은 진실이 아니었다.

1892년 톨스토이.

"알레힌으로부터 좋지 않은 편지를 받았다. 모두들 뭔가 기발한 것을 하고 싶어 한다. 하지만 진정한 노동의 특징은 그 '평범함'에 있다. 그것은 카드놀이가 아니라 짐을 끄는 일이다."(52, 61)

알레힌은 페트롭스키 농업 아카데미 청강생 출신으로 인생에서 톨스토이보다 더 많은 것을 이루고 싶어 했다. 하지만 삶의 말년에 그는 쿠르스크 시장 일을 맡았다.

낯설게만 느껴지는 당신의 자식들이 당신을 둘러싸고 매일같이 논쟁

---

164) P. 비류코프, 《톨스토이 전기》 제3권, 116쪽.

을 벌이며 당신이 과거에 가졌던 것과 같은 그런 눈길로 당신을 바라본
다면, 그리고 바로 당신이 그들을 낳아 길렀기 때문에 당신을 그대로 닮
아 있다면 어찌할 것인가?

톨스토이는 언젠가 그 자신도 야스나야 폴랴나 주변에 아주 멋지게
자라고 있던 녹채 숲을 황제가 선물해 주기를 꿈꾼 적이 있었다고 일기
에 쓴 바 있다. 그 자신이 직접 멀리 떨어진 사마라의 토지를 구매한 것
은 꿈이 아니었다. 하지만 자유로움과 시적 삶을 위해 구매한 이 땅은
부유한 재산으로 변모했다.

1890년 가을 톨스토이 영지에서 무단 벌목하던 농민들이 붙잡혔다.
숲은 지주들에게 할당되었고 농민들은 귀족들 숲에 들어갈 수 없었다.
농민들은 보리수 나무를 베어서 나뭇잎으로 덮어놓았다가 기회를 봐서
실어 가곤 했다. 어린 전나무는 성탄절에 툴라에 내다 팔았고 사시나무
를 베어서는 진흙과 짓이겨서 오두막집을 수리하는 데 이용했다. 붙잡
힌 농민들은 소피야에게 용서를 빌었지만 그녀는 용서하지 않았다. 그
들은 재판을 받고 6주간 감옥살이를 해야 했다. 늘 있는 일이었다.

이 일은 톨스토이가 토지 소유권을 공식적으로 가족에게 양도하도록
마음먹게 만들었다. 그러면 이제까지 톨스토이의 이름으로 농민들에게
지시하던 소피야가 제 자신의 이름으로 토지를 운영할 것이기 때문이
다. 소피야는 자신의 일기에서 만일 재산 소유가 죄악이라면 왜 그녀가
죄악을 떠맡아야 하느냐고 논박했다.

그러나 페테르부르그를 다녀오고 나서 황실에서 그녀가 아름답고 지
적이라고 말하는 등 칭찬이 자자하더라는 소문에 소피야는 몹시 고무되
었다. 물고기는 진짜 미끼만이 아니라 가짜 미끼로도 잡을 수 있다. 톨
스토이 아들은 자유주의적이거나 보수적인 젊은이들이었다. 톨스토이
와 형 세르게이는 당시 '가문 좋은 지방 귀족신분'을 경멸했다. 그러나
이제 톨스토이 아들들은 귀족 선거에 참여하겠다고 아버지의 허락을 청
하고 있다.

온 가족이 모였고 재산분배가 신속하게 이루어졌다. 마치 톨스토이가 죽거나 수도원으로 떠나기라도 하는 것 같았다.

재산분배에 대해서는 1891년 4월 18일 일기에 두 쪽에 걸쳐 기록되어 있다. 그러나 분배 자체에 대한 기록은 3분의 1 쪽밖에 되지 않는다. 톨스토이는 소피야가 도착했다는 이야기와 함께 이렇게 쓰고 있다.

"아내는 성질나는 대로 굴기는 하지만 내게 잘 해준다. 방해물은 바로 그것이지 그녀가 아니라는 생각을 항상 잊지 않을 수만 있다면 화를 내지도, 달라져야겠다고 생각하지도 않을 텐데."

방해물이라고 지적되는 그것은 바로 일반적인 상황을 말한다. 모두들 제 몫을 나눠받았다. 마리야만 받기를 거절했다. 모두들 마리야가 말로만 거절하는 것이라고들 비난했다. 톨스토이는 화가 게에게 1891년 4월 17일 이렇게 편지를 쓴다.

이제 아이들이 모두 모였습니다. 일리야는 가정을 꾸렸으면서도 여전히 문란하게 살아가고 있지요. 제 어머니와 돈 문제로 늘 다툽니다. 이제 모든 영지를 다 나누어 주기로 결정했습니다. 일리야는 아주 좋아했고 나머지는 차분하고 무관심한 듯 했지요. 딸 마리야는 재산이 자신의 것이 아니라며 거부하겠다고 했지요. 나는 내 소유를 다 넘긴다는 증여증서에 서명해야 했습니다. 그러나 그런 서명은 나의 원칙을 벗어나는 것이지요. 하지만 그럼에도 불구하고 그렇게 하지 않으면 내가 악덕을 지을 것이기 때문에 서명을 했습니다 … 지금 글이 잘 써지지 않습니다. 야센카에서 방금 돌아와서 손이 다 얼어붙었지요. 아주 기분이 좋지 않은 상태라서 내용도 좋지 않군요. 하지만 어서 빨리 편지로 알리고 싶습니다 ….

4월인데 무슨 추위가 심했을까. 그가 느끼고 있는 한기는 마음에서 오는 한기리라.

귀족 가문에서 재산분배를 할 때는 우선 가치에 따라 부분별로 나누

고 그 각각을 서로 비교하여 균등하게 만든 다음 제비뽑기를 한다. 그래
야 다툼이 최소화되는 것이다.

모두 아홉 개의 제비가 만들어졌다. 토지는 모두 55만 루블로 평가되
었고 아홉으로 나뉘었다. 하지만 아주 균등한 가치로 나누기는 불가능
하기 때문에 적절한 현금이 조정수단으로 이용되었다. 분배는 다음과
같이 결정되었다.

① 세르게이 — 니콜스코에-뱌젬스키 마을의 800만 평방미터. 1년
  안에 여동생 타티야나에게 2만 8천 루블 지급하고 15년 내에 어머
  니에게 5만 5천 루블을 지급하되 매년 이자를 4%로 산정할 것.
② 타티야나 — 옵샨니코보 마을 영지와 3만 8천 루블의 현금.
③ 일리야 — 그리넵카 영지와 니콜스코에-뱌젬스키 마을의 368만
  평방미터.
④ 레프 — 모스크바의 집, 사마라 영지 보브로브노 마을에 붙은 394
  만 평방미터와 5년 내 5천 루블 지급.
⑤ 미하일 — 사마라 영지의 2,105만 평방미터와 레프에게 5천 루블
  지급 의무.
⑥-⑦ 안드레이와 알렉산드라 — 사마라 현 영지의 4,022만 평방미
  터(절반씩). 타티야나에게 9천 루블 지급 의무.
⑧ 이반 — 야스나야 폴랴나의 370만 평방미터.
⑨ 아내 소피야 — 야스나야 폴랴나 나머지 영지와 상속을 거부한 마
  리야의 몫으로 5만 5천 루블. 165)

이렇게 분배된 유산의 가치는 나중에 불균등한 것이었음이 밝혀졌
다. 톨스토이가 1만 평방미터 당 7루블, 13루블 주고 사들인 사마라의
영지는 이를 상속받은 자식들이 즉시 45만 루블에 팔아넘길 수 있었던
것이다. 즉 안드레이와 미하일, 알렉산드라 등이 15만 루블씩 받은 셈

165) 《소피야의 일기》, 제 2권, 217쪽.

이다.

1900년에 톨스토이는 골덴베이저에게 이렇게 말했다.

> 내가 아이들을 위해 아주 잘한 꼴이 되었다는 것을 생각하면 지금
> 도 우습지요. 나는 그렇게 해서 아이들에게 최악의 잘못을 저지른
> 것이지요. 안드레이를 좀 보세요. 도대체 무슨 생각을 하며 사는
> 사람이라고 봅니까?! 그 애는 전혀 아무것도 할 줄 모릅니다. 그냥
> 지금 민중의 고혈로 살아가지요. 그건 내가 언젠가 도적질한 것이
> 니 그 애는 여전히 도적질하고 있는 셈입니다. 지금 그런 소리를
> 듣거나 그런 모양을 지켜봐야 하다니, 참으로 괴로운 일이 아닐 수
> 없습니다! 그런 모든 것은 내 생각과 바람과 내가 살아온 모든 것
> 과 모순되는 것입니다 … 그 애들이 날 조금이라도 불쌍히 여긴다면
> 그럴 수는 없지요![166]

한 인간의 삶은 전 사회의 삶과 몹시 밀접하게 짜여 있어 자신만의 길
을 찾아가기가, 자신의 운명의 실타래를 그 섬유조직으로부터 뽑아내
기가 폭력을 쓰지 않고는 불가능하다. 톨스토이의 처지는 모순적이었
다. 사람들은 그를 비난하고 비웃었다. 하지만 그는 이런 비하가 그에
게 도움이 되는 것이라고 말하곤 했다.

"나는 바보-현자(그리스도 형상처럼), 즉 자신의 실제 모습보다 더 낮
춰 보이도록 만드는 것이 선행자의 가장 높은 자질이라는 생각을 자주
하고 글로 쓰기도 했다."

이것은 1893년 5월 29일 일기인데 이런 입장은 이후 일기에도 점차
자주 나타나고 있으며 나중에 레닌은 일기를 읽지 않은 상태에서 톨스
토이의 그런 입장을 정확하게 포착해내기도 했다.

'바보-현자'라는 말은 똑같은 일기에 반복되어 나타난다.

---

166) A. 골덴베이저, 《옆에서 본 톨스토이》, 1959, 73쪽.

"일부러 비도덕적인 잘못이 있는 것처럼 꾸미는 바보-현자의 정신은 설사 자신에게 유리하다 할지라도 뭔가 썩은 냄새가 나서 해롭다고 나는 생각한다. 그러나 이미 만들어진 어리석은 견해를 파괴하지 않고, 가장 커다란 유혹으로부터 벗어나 신의 뜻을 실행하는 진실한 삶으로 나아가는 것에서 기쁨을 느끼는 것, 그것은 자연스럽고 마땅한 일이다. 나는 이런 테마를 세르기 신부에게서 만들어내야 한다. 가치 있는 일이 될 것이다."

그 당시 쓰고 있던 《세르기 신부》는 톨스토이의 일기라고도 말할 수 있다. 그는 단계적으로 작품의 틀을 잡아갔고 그러면서 작품은 점점 더 비극적인 것이 되었다. 처음에 수도승과 죄악에 빠진 여성은 감각적이지만 역겹지는 않았다. 톨스토이는 항상 세계를 죄악으로 물들었다고 비난하고 《크로이체르 소나타》와 《세르기 신부》에서 감각적 사랑을 저주했으나 여전히 미의 유혹을 완전히 벗어날 수는 없었다. 그는 항상 《악마》를 기억하고 있었다. 그는 삶을 사랑했고 산책할 수 있는 숲을 사랑했다. 그의 옆에는 사랑스러운 막내, 당시 아직 살아 있던 이반이 함께 살고 있었다.

토지분배 이후 저작권은 어떻게 처리할 것인가의 문제가 남았다.

1891년. 톨스토이는 신문에 자신의 저작권을 부정하는 편지를 써서 보내겠다고 아내에게 말했다. 소피야는 아무 말이 없었다. 며칠이 지났다. 톨스토이는 다시 이 문제를 꺼냈다. 소피야는 일기에 이렇게 쓴다.

"이번에는 나는 아무런 준비가 되어 있지 못했다. 첫 번째 감정은 또 다시 아주 불쾌한 것이었다. 즉 나는 즉각 이런 행동이 가족들에게 너무나 부당한 것이라고 느꼈다. 그리고 저작권을 포기하는 그의 행동이 아내와 가족과 많은 불화가 있다는 여론을 불러일으키는 것임을 처음으로 느꼈다. 그것은 무엇보다도 나를 불안하게 만들었다. 우리는 서로 수많은 불쾌한 말을 주고받았다. 나는 명예욕과 허영심에 눈이 멀었다고 그를 비난했고 그는 내가 돈만 아는 여자이고 그렇게 어리석고 탐욕적인 여자를 본 적이 없다고 소리쳤다. 나는 그가 나를 평생 깔보기만 하는 것은 제대로 된 여자들과 지내보지 못했기 때문이라고 말했다. 그는 내가 받는 돈 때문이 아니라 내가 아이들을 망치기 때문에 나를 비난하는 것이라고 했다. 그리고 마침내 그는 소리치기 시작했다. '나가, 나가!' 그래서 나는 그 자리에서 나왔다."[167]

그러나 아직은 근작 저작에 대한 저작권만 문제였다. 전집 11권까지는 부유한 가족들에게 남아 있었다. 그러나 단지 이 문제만이 아니라 이들의 논쟁은 올바른 생활에 대한 문제로, 소피야의 재산권에 대한 문제로 확대되었다. 톨스토이에게 그것은 "진실이 담긴 설교가 될 수 있는 행위를 약화시키는 것"[168] 에 대한 논쟁이었다.

소피야는 방을 나가 울면서 바깥으로 뛰쳐나갔다. 그녀는 집을 지키던 하인에게 눈물을 보일까봐 부끄러웠다. 그녀는 사과밭에 앉아 주머니에서 연필을 꺼내 사건 정황을 기록하려고 했다. 하지만 그녀의 수첩에는 "나는 톨스토이와 살면서 그와의 불화로 너무 괴로워 여기 코즐롭카에서 죽어 가고 있다 …"라고 기록되어 있다.

젊은 시절에도 남편과 싸우고 나면 그녀는 자살을 생각하며 코즐롭카 녹채까지 달려와서 큰 계곡에 놓인 다리까지 뛰어 내려가곤 했었다. 그녀는 돌아가고 싶었지만 돌아가기가 부끄러웠다. 여동생의 남편인 알렉산드르 쿠즈민스키가 걸어오는 모습이 보였다. 그는 걸어오다가 날아다니는 개미들이 달려들자 우연히 발길을 이쪽으로 돌린 것이다.

소피야는 이것은 신의 뜻이라 판단했다. 여전히 물에 몸을 던지고 싶은 마음을 억누르며 그녀는 숲을 가로질러 집으로 돌아왔다. 돌아오는 숲길에서는 무슨 짐승들인가가 놀라서 뛰어 달아났다. 그게 무슨 짐승인지 그녀는 알 수가 없었다. 그녀는 심한 근시였다. 7월 21일 소피야

---

167) 《소피야의 일기》, 제 2권, 59쪽.
168) 1891년 7월 14일 일기(52, 44).

의 일기는 그런 내용이다.

톨스토이는 22일 일기에 이 일에 대해 기록을 남긴다. "신문에 편지를 보내는 것에 대해, 그리고 저작권 포기에 대해 어제 아내와 이야기가 있었다. 기억하기 힘들지만 있었던 것을 기록해두는 것이 중요하다." 그리고 이 뒤의 19줄이 삭제되고 마지막 부분만 남아 있다.

"우리가 잠자리에 들려고 할 때 아내가 뭔가 이야기를 꺼내며 말을 걸었기 때문에 이야기가 시작되었다. 아내가 불쌍하다."

시간이 더디게 흘러갔고 8월에 톨스토이는 다시 편지를 출판사로 보내려고 했다. 그는 마치 모든 저작권을 거부하려는 것 같았다. 하지만 그 일은 곧바로 이루어지지는 않았다.

7월에 야스나야 폴랴나는 손님이 넘쳐났다. 화가 레핀이 찾아와서 작업실의 톨스토이를 그리고 있었다. 알렉산드라 부인도 방문했다. 그녀는 이제 몹시 늙었지만 그 영리함은 여전했다. 가족들은 그녀의 방문을 영광스러워하며 극진히 맞이했다. 그녀는 그녀가 오랫동안 사랑하던 사람이 침울해있다는 것을 알아차렸다. 한번은 그녀가 이렇게 말했다. "자식들에 대한 책임을 언제라도 진지하게 생각해 보았나요? 저 애들 모두 내가 보기엔 의혹 속에서 갈 길을 잃고 헤매는 것 같군요. 저 애들에게서 신앙심을 빼앗아버리고 당신이 그들에게 준 것은 무엇이죠?"[169]

하지만 톨스토이가 너무나 침울해 했기 때문에 부인은 서둘러 방을 나갔다.

문제는 여전히 미해결로 남아 있었다. 1891년 9월 16일 마침내 톨스토이는 신문사에 편지를 써서 다음과 같이 알린다.

존경하는 편집장 귀하.
　나의 저작물 출판과 번역, 공연의 허가를 받기 위해 나는 많은 요청을 받고 있는바, 귀사에서 발행되는 신문에 다음과 같은 나의

---

169) P. 비류코프, 《톨스토이 전기》, 제3권, 160쪽.

발표문을 게재해 주기를 당부 드립니다.

나는 1886년 출판된 전집 제12권, 그리고 올해 나온 13권에 실린 저작물의 출판과 공연 등의 권리를 러시아든 외국이든, 러시아어든 번역으로든 원하는 모든 사람에게 무료로 제공할 것임을 밝히는 바입니다. 그리고 아직 러시아에서 출판되지 않은 모든 나의 원고와 이후의 원고들, 즉 오늘 이후 쓰이는 모든 것들 역시 마찬가지입니다.

이 시기에 러시아에 대기근이 들 것이라는 무시무시한 소문이 나돌았고 곧 이 소문은 곧 현실로 나타났다.

대기근

1. 톨스토이의 의혹

러시아에서 주기적으로 발생하던 흉작은 마침내 1891년 대기근을 몰고 왔다. 농민들은 생명이 고갈된 땅을 원시적인 쟁기로 박박 긁어낼 뿐 수확은 거의 거두지 못했고 가축들도 사라져갔다. 어쩌다 우연히 다행스럽게 수확이 있는 해에도 엄청난 부족분을 채우기에 턱없이 부족했다. 모든 상황이 급전직하로 악화되어 갔다.

레닌은 1902년 "파산의 징후들"이라는 논문에서 "전제정권의 약탈적 경제운영 방식은 농민계층에 대한 막대한 착취에 기반하고 있다. 전국 곳곳에서 주기적으로 일어나는 농민들의 대기근은 이러한 경제운영의 필연적 사태이다 (…) 1891년부터 기근은 엄청난 희생자를 몰고 왔고 1897년이 지나면서부터는 매년 꼬리를 물고 이어졌다."[170]

톨스토이는 어찌할 바를 몰랐다. 7월 4일 그는 레스코프에게 기근에

---

170) V. 레닌, 전집 제6권, 278쪽.

대한 편지를 쓴다. 기근이 점점 더 심해질 것이라며 그는 참담한 심경을 고백한다. "암탉과 병아리에게 먹이를 주는데 수탉이 먼저 집어먹고 약한 놈들을 내쫓으며 괴롭힌다면 아무리 먹이를 더 주어도 약한 놈들이 배를 채울 가능성은 별로 없는 셈입니다. 괴롭히는 수탉을 죽일 수는 없으니 그놈들을 약한 놈들과 분리시켜야 되겠지요. 그렇게 하지 않는다면 약한 놈들의 배고픔은 계속될 겁니다."

그러나 강제적 힘이 없이 어떻게 약자를 억압하지 못하도록 강자를 격리시킬 수 있을 것인가.

약자들을 당장 치료해 주지 못한다면 쓰러져 죽을 것이다. 그러나 물질적 도움을 피한다는 톨스토이의 자기 원칙은 이에 대한 언급조차 망설이게 만들었다.

1891년 6월이 끝나갈 무렵, 톨스토이는 일기를 쓴다.

25일. 8시 기상. 비, 폭우다. 혼자 커피를 마셨다. 계속 무력증이다, 오늘은 좀 나아졌지만. 지난 밤부터 채식주의에 관한 책의 서문을 어떻게 쓸까, 즉 절제에 대해서 어떻게 쓸 것인가를 내내 생각했다. 오늘 아침 내내 꽤 잘 써졌다. 그 뒤 산책을 나갔고 수영도 했다. 지금은 오후 5시. 여전히 힘이 없다. 잠도 잘 오지 않는다. 나 자신에 대한 이루 말할 수 없는 혐오감뿐이다.

그 뒤에 문단별로 사고를 정리한다.

1. 여전히 같은 주제에 관하여. 삶에 대한 물질적 구원, 죽어가는 아이들을 구원하고 병자를 치료하며 노약자들의 삶을 보조하는 것은 선이 아니라 단지 선의 특징 중 하나일 뿐이다. 그림을 그리기 위해서는 물감을 캔버스에 떨어뜨려야 하는 것은 사실이지만 캔버스에 물감을 떨어뜨리는 모든 행위가 그림이 되는 것은 아니다. 물질적 구원, 생계를 지원하는 것 등은 선의 일상적 결과이지 선 자

체는 아니다. 5천 대의 채찍을 맞도록 태형대열[171]로 내몰린 노예의 생명을 유지하는 것, 그것은 생명의 유지이기는 하지만 선은 아니다. 선은 항상 희생을 수반하는, 자신의 동물적 생명을 바치는 것으로서 신에게의 봉사이다. 그것은 마치 초가 자신을 태워 빛을 내는 것과도 같다.

톨스토이는 스스로에 대한 의심에 빠지고 싶지 않았던 것이다.

여기서 톨스토이의 오랜 친구였던 이반 라옙스키에 대해 언급할 필요가 있다. 톨스토이는 모스크바 중등학교 시절 체조클럽에서 라옙스키를 만나 가깝게 지냈다. 톨스토이는 태생적으로 강건했고 평생을 체조로 몸을 단련하여 늙어서도 말을 타고 다닐 정도로 건강했다. 그는 힘과 민첩함, 용기를 숭앙했다. 라옙스키는 자유로운 집안 전통을 가진 귀족 집안에서 태어난 인물이었다. 그의 어머니는 시인 폴레자예프를 아주 잘 알았고 그의 초상화를 그리기도 한 분이다.

라옙스키는 온화한 시골 지주였고 힘이 전설적인 장사였다. 그는 톨스토이보다 열두 살이나 어렸지만 그들은 서로 너나들이하며 지내는 사이였다.

라옙스키는 말을 아주 잘 했고 남의 말을 경청할 줄도 알았다. 톨스토이와 그와의 대화는 스승과 제자 사이의 대화가 아니었다. 라옙스키는 대기근기에 야스나야 폴랴나를 방문해서 톨스토이에게 농민들의 실상을 직접 보고 그에 기초하여 기아에 대한 논문을 집필하라고 설득했다.

톨스토이는 이틀 예정으로 길을 나섰다가 그와 함께 굶주린 농민들을 구제하기 위한 급식소 사업을 펼치기로 하고 베기쳅카에 있는 라옙스키 집에서 2년을 머물게 된다.

가만히 있지 못하는 소피야의 혈기왕성함은 그들 사업의 장애물 중 하나였다. 그녀는 그들의 사업에 동의했다가 곧바로 물질적 지원을 거

---

171) 〔역주〕채찍질하는 두 열의 병사 사이를 지나가게 하는 형벌.

부했다. 그녀에게 돈이 없었던 것은 아니다.

딸 마리야는 안넨코프에게 보낸 편지에서 라옙스키가 살고 있던 단콥스키 지역의 베기쳅카 마을에서 아버지가 벌이려던 사업구상에 대해 이렇게 말한다.

"이미 식량 일부와 연료 등이 준비되었습니다. 엄마는 우리에게 2천 루블을 지원하기로 약속했습니다. 우리는 이 사람들에게 조금이라도 더 도움이 되겠다고 생각하며 무척 기뻤지요. 그런데 갑자기 엄마(엄마는 늘 그런 식이었지요)가 완전히 태도를 바꾸어 버렸답니다 (…) 엄마는 자신과 아빠와 우리를 괴롭히면서 스스로 까칠하게 아파한답니다. 불쌍하신 분이지요."(66, 57)

소피야는 돈이 없다면서 다시 저작권 문제를 꺼내 들었다. 그녀 자신의 말을 들어 보자.

"남편이 제12권과 13권에 대한 저작권 포기를 선언하기 전에 나는 굶주린 사람들에게 2천 루블을 희사하고 싶었다. 나는 어디든 지역을 골라서 가난한 집들에 한 달 치의 밀가루와 빵과 감자를 배급하려고 했던 것이다. 그런데 지금 나는 내가 과연 그렇게 하게 될지 전혀 모르겠다. 남이 제안한 일에 남의 바퀴에 끌려가듯이 (성명서 같은 것) 행동할 수는 없는 일이다."172)

톨스토이가 기아와의 투쟁에 끌려들어 가는 것에 대해 불만을 가진 것은 소피야뿐만이 아니었다. 10월에 딸 타티야나도 이렇게 일기를 쓰고 있다.

"우리는 내일 돈 지역으로 떠난다. 하지만 우리의 여행이 달갑지도 않고 아무런 힘도 나지 않는다. 아빠의 행동이 일관되지 않다고 생각하기 때문이다. 아빠는 돈을 함부로 나누어 주고 기부금을 받기도 하고, 그러면서 또 얼마 전에 엄마에게 물려준 돈을 다시 받아내고 있다."173)

172) 《소피야의 일기》, 제2권, 75쪽.

378

이 시기에 톨스토이는 베기쳅카에 살면서 앞으로 일어날 사태와 향후의 필요를 예측하면서 단호하고 과감하게 일을 해나가고 있었다.

그는 기근상태가 단기간에 그칠 일이 아니며 타개할 방책도 없다는 것을 알고 있었다. 그는 가장 무서운 것은 기아의 끔찍함이 아니라 농촌의 완전한 몰락이라고 생각했다.

그는 다음 해 봄까지 러시아에 식량이 얼마나 필요한지, 그걸 어디서 구입할 수 있을지를 계산하려고 노력했다. 동시에 그는 어떻게 급식소를 세우고 배급할 것인지의 문제에 대해서도 고민했다. 톨스토이의 지시사항 중 하나를 보자.

기근이 가장 심한 마을 가운데 자리를 잡고 그곳에 밀가루와 밀기울, 감자, 배추, 사탕무, 완두콩, 등나무 콩, 귀리 가루, 소금, 혹은 이들 중 가능한 것을 비치하시오. 그리고 한 마을을 찾아가서, 만일 30, 40가구가 넘지 않으면 그중 가장 가난한 한 가정을 고르고, 두 배 이상 큰 마을이면 두 가정을 고르시오. 그리고 여러분에게서 식량을 받은 부인들에게 빵을 굽고 수프를 끓여 가장 필요한 사람들, 즉 노약자와 어린이들, 노인이 아니더라고 매우 굶주린 사람들, 약 30~40명에게 배급하시오. 174)

2. 소피야의 결정과 톨스토이의 노력

아무 일도 하지 않는 것은 소피야의 성격에 맞지 않는다. 그녀는 곧 기근 구제사업에 정열적으로 뛰어들었다. 1891년 11월 2일 그녀는 '편집국에 보내는 편지'를 발송한다. 175)

"자선사업과 기부는 굶주린 사람들에게 너무나 중대한 문제이기 때문

---

173) P. 비류코프, 《톨스토이 전기》 제3권, 160쪽.
174) 1891년 11월 19일 V. 라흐마노프에게 보낸 편지(66, 92).
175) 이 편지는 〈러시아 통보〉 11월 3일자에 게재된다. 원고는 《소피야의 일기》에 실려 있다(제2권, 77~78쪽).

에 이 문제에 나서기가 두렵기조차 합니다. 하지만 민중의 가난이 모두가 예상하는 것보다 훨씬 더 심각한 상태이기에 우리는 거듭 거듭 기부금을 내고 도와줄 것을 호소합니다. 우리 가족 모두는 각각 여러 곳에서 가난한 민중을 돕기 위한 사업을 펼치고 있습니다. 남편인 톨스토이 백작은 두 딸과 함께 현재 단콥스키 지역에 머물고 있습니다."

가족들 이름을 열거한 뒤에 호소문은 다음과 같이 마무리된다.

"네 명의 어린 아이들과 모스크바에 남아 있을 수밖에 없는 저는 물질적 지원으로 제 가족의 활동에 동참할 수밖에 없습니다 (…) 그러나 우리 가족이 이제 그 모든 것을 보았습니다. 그리하여 저는 모든 사람들에게 호소하기로 마음먹었습니다 (…) 우리 가족의 활동에 물질적 후원을 해 주시기를 (…)"

그리고 그 뒤에 타티야나와 세르게이, 톨스토이의 주소를 적고 마지막에 소피야 자신의 모스크바 주소를 적었다.

편지는 자선단체의 호소문처럼 씌어져 있고 이렇게 끝맺는다.

"제 호소에 호응해 주시는 모든 분들께 죄 많은 제가 아니라, 선한 영혼의 양식을 받게 될 불행한 분들의 이름으로 감사드립니다."

호소문의 내용은 적절하고 힘이 있었다. 필요한 계산도 제시되었다. 즉 하루 한 사람에게 두 끼의 양식을 제공하기 위해 연료를 포함하여 월 95코페이카에서 1루블 30코페이카 정도 필요하다. "결론적으로 13루블로 다음 해 수확할 때까지 열 달 동안 한 사람을 구할 수가 있습니다."

3일부터 12일까지 9천 루블의 기부금이 들어왔다. 호소문은 가시적이고 분명한 목적을 제시하고 있었기 때문에 아주 효과적이었다. 그런 호소는 사회 전체의 안녕을 해치는 것과 무관하기 때문이다.

소피야에게 보내온 기부금에는 톨스토이와 그의 교의에 대해 편견을 가지고 있던 크론슈타트의 요한 세르게예프 사제장도 있었다. 그는 2백 루블을 보냈다.

그러나 기아와 싸우는 사람들의 적도 즉시 나타났다.

380

〈모스크바 통보〉는 '톨스토이 백작 각하의 가족'이라는 냉소적인 기사를 실었다. 176) 물론 이 기사가 냉소를 보내는 것은 소피야의 호소문에 대해서만은 아니었다. 톨스토이 자신의 폭넓은 활동은 정부에 충격을 주었다. 톨스토이는 아무런 기관의 도움도 받지 않고 공무원도 없이 굶주린 사람들을 먹여 살리고 있었던 것이다. 이것은 민중적 동원력을 가진 사업이 되었다. 네 지역 주민들이 결집하여 일을 도왔다. 톨스토이는 가장 가난한 농민의 오두막집에 급식소를 설치했다. 그런 집의 부인들이 가장 헌신적으로 일을 한다는 것을 알고 동네 사람들의 모범이 되게 했던 것이다.

말을 타고 혹은 걸어 다니며 톨스토이와 라옙스키는 많은 일을 했다. 딸 마리야는 이 두 '노인'이 다정하게 이야기를 하고 서로 웃어대며 많은 일을 해나가는 모습을 전해준다.

11월 진눈깨비를 맞으며 라옙스키가 예피파노보 지역의회에 다녀왔다. 당시 농촌의 빈궁함은 도로에 넘쳐났다. 먹을 것을 찾으러 구걸하며 돌아다니는 사람들 중에는 어린애들도 있었고 노인네들도 있었다. 라옙스키는 길에서 만난 다 죽어가는 사람들을 마차에 싣고 돌아왔다. 그는 마차가 너무 무거워지자 말이 힘들어하는 것을 보고 말에서 내려서 걸었다. 특히 언덕을 오를 때는 더욱 그랬다. 다리가 흠뻑 젖었던 그는 다음날 아침 몸이 좋지 않음을 느꼈다. 그러나 다시 마차를 타고 40여 킬로미터 떨어진 단코프로 가서 또 다른 지역의회를 방문해야 했다. 단코프에서 돌아온 라옙스키는 심하게 앓기 시작했다.

툴라의 지주였고 기근 구제운동에 동참하던 피사레프에게 톨스토이는 편지를 쓰기 시작했다. "친애하는 피사레프 씨! 나는 지금 라옙스키가 불러주는 편지를 쓰고 있습니다. 그는 지금 감기에 걸려 고열 속에 앓고 있습니다만 당신께 다음과 같은 사실을 알리고자 합니다. ① 프로

176) 1891년 11월 9일자 신문.

토포포프에 관해 당신이 부탁한 모든 것이 이루어졌습니다."

세바스토폴 제4능보에서 같이 근무했던 톨스토이의 친구 프로토포포프는 당시 기근 구제를 위해 호밀을 사들이고 있었다. 편지는 이어진다. "② 6천 루블을 보내는데 랴잔은행 현금계좌에 입금하여 주십시오. ③ 당신이 제안했던 호밀 마차를 우리가 구매할 수 있기를 희망합니다. 이런 모든 사항은 이반 라옙스키가 부탁한 내용이고 이다음부터는 나의 편지입니다. 그는 벌써 4일째 앓고 있습니다."[177]

고열 속에서 라옙스키는 툴라의 아내에게 편지를 쓴다.

"내 사랑하는 천사! 나를 용서해 주겠지요? 아마 이렇게 당신에게 소식을 전하지 못한 것은 처음일 겁니다. 그동안 아파서 편지를 보내지 못했소."[178]

라옙스키 아내는 편지를 받자마자 고통스러워하는 남편에게 달려왔다. 라옙스키는 그렇게 앓다가 죽었다. 톨스토이는 홀로 일을 계속했다. 그는 "즐겁고도 활기차게, 열렬히"[179] 일을 했다. 라옙스키를 추모하면서 그는 알렉산드라 부인에게 편지를 보낸다.

"페테르부르그에서는 사태를 심각하게 생각하지 않는다고들 합니다. 그건 죄악입니다. 나는 라옙스키 집에서 해군이었던 프로토포포프를 만났습니다. 그는 35년 전에 세바스토폴 야조놉스크 다면보루에서 함께 싸웠던 친구지요. 그는 아주 친절한 사람으로 지금은 툴라 시 자치회 의장입니다. 그는 이곳저곳 청원을 하고 빵을 사 모으는 일을 하고 있습니다. 그는 세바스토폴에서 느꼈던 것과 같은 기분을 느끼고 있다고 제게 진심으로 말하더군요. 무엇이든 가난과 싸우는 일을 할 때에만 불안이 사라지고 마음이 편해진다고 말입니다."[180]

177) 1891년 11월 24일 편지(66, 97).
178) 《국제 톨스토이 문집》, 199쪽.
179) 1891년 11월 28일 소피야에게 보낸 편지(84, 106).
180) 1891년 12월 8일 편지(66, 107).

그들은 기근 속에서도 돈을 벌어들이려는 자산가들 사이에서 일을 해야만 했다. 지주들은 마른 감자 줄기를 1만 평방미터당 5루블에, 그것도 직접 거두어 가는 조건으로 판매했다.

톨스토이는 사람들을 먹여 살리는 일 뿐만 아니라 말(馬)이라도 유지시킴으로써 농촌 경제의 완전한 몰락을 막으려고 애를 썼다. 한편 정부는 강력한 기근 구제조직이 만들어지지 않을까, 서유럽에서 러시아가 기근에 휩싸이고 있다는 사실을 알게 되지 않을까 두려워했다. 황제는 다음과 같이 칙서를 발표했다. "러시아에 기근은 없으며, 다만 수확 실패로 인해 어려움을 겪는 지역이 있을 뿐이다."[181]

러시아에 식량수요가 얼마나 되는지는 조사되지 않았다. 톨스토이는 조용히 조직적으로 쉬지 않고 일을 했다. 매우 심각한 위험에도 직면했다. 눈보라를 뚫고 말을 몰아야 했고 혹한 속에서 이 마을 저 마을로 돌아다녀야 했다. 교회에서는 톨스토이를 비난하는 설교가 행해지기도 했다. 티푸스도 나돌았다. 레핀은 톨스토이와 함께 간신히 얼어붙은 돈 강을 건너던 장면을 그려냈다. 얇은 얼음 밑으로 강물이 흐르는 모습이 비치고, 얼음 위에는 가벼운 눈보라가 인다. 녹은 얼음 구멍에서 수증기가 솟아오르는 모습처럼 보인다. 썰매는 마치 심연 위를 날아가는 것만 같다.

3. 정부의 의심

톨스토이는 기근에 대한 최초의 논문을 그로트 교수가 편집장으로 있는 매우 학술적인 잡지 〈철학과 심리학의 제문제〉에 기고했다. 이 논문은 툴라와 랴잔 현의 몇몇 지역의 경제 실태에 대해 분석하고 있다. 톨스토이는 한 농민의 수입과 지출을 구체적으로 예로 들면서 사태의 심각함을 강조한다.

---

181) P. 비류코프, 《톨스토이 전기》, 제 3권 168쪽.

민중은 우리가 너무 배부르게 살기 때문에 굶주리는 것이다. 그런
생활조건 속에서, 즉 그런 세금과 소규모 토지에서, 아무런 보호도
받지 못하는 야만적인 황폐함 속에서 나라의 수도와 여러 도시들,
부자들이 모여 사는 농촌지역의 중심부들이 생산의 결과를 다 흡수
해 버리는 그런 노동을, 게다가 무서울 정도로 많이 해야만 하는
민중들이 어찌 굶주리지 않을 수 있겠는가? 민중의 처지는 항상 그
렇다. 올해 수확량 감소로 인해 그런 문제의 심각성이 겉으로 드러
났을 뿐이다. 182)

톨스토이는 농촌 아이들이 죽어 가고 인구가 감소하고 있다는 사실을
지적하며 특권 계급이 "민중에 대한 죄의식을 가지고 민중의 환경 속으
로 들어가야만 할 것"183) 이라고 역설한다.

이 논문은 〈철학과 심리학의 제문제〉에 게재되지 못했다. 그 일부가
〈이 주일의 책〉 1월호에 실렸는데 여기서도 검열관은 여기저기 계속
적으로 교정을 요구하며 시간을 끌다가 통과시켰다. 톨스토이는 논문
교정쇄를 번역가 딜론에게 건네서 해외에서 출판되게 했다. 외국에서
의 기부금을 기대했던 것이다. 논문은 덴마크와 프랑스, 영국 신문 등
에 발표되었다.

〈모스크바 통보〉는 1월 22일 영어에서 재번역해서 인용의 형식으로
논문의 내용을 비판적으로 소개했다. 그 어조와 내용은 톨스토이가 썼
던 원본과 큰 차이가 없었다. 하지만 기사 논조의 핵심은 톨스토이 발언
이 가지는 세계적인 의미에 대한 것이었다. 신문들은 경악을 금치 못했
다. 반동적인 신문이었던 〈모스크바 통보〉는 이렇게 쓰고 있다.

톨스토이 백작은 농민들 자신이 자신들 처지의 심각함을 알고 있는

182) 논문 《기근에 대하여》(29, 106).
183) P. 비류코프, 《톨스토이 전기》, 제 3권, 182쪽.

가가 '가장 중요한 문제'라고 했다. 이제 그들이 깨어나야 할 때이며 스스로 무엇이든지 해야만 한다, 그 누구도 그들을 도와줄 수 없다, 만일 그 자신이 무엇이든 해내지 못한다면 '그들은 봄이 될 무렵이면 꿀 없는 꿀벌처럼 죽음을 피할 수 없을 것'이라는 것이다.

톨스토이 백작의 편지들은 굳이 논평을 달 필요도 없이 전 세계에 공히 존재하는 사회경제 구조를 전복하라는 공개적인 선동이다. 백작은 전 세계의 보편적 문제를 오직 러시아에만 있는 것으로 선동하는데 그 목적은 명백하다. 백작의 선동은 가장 방자한 사회주의 선동이다. 그 앞에서는 우리나라 지하 선동가들이 무색할 지경이다.

며칠 전 우리에게 추잡한 지하 선전문 중의 하나가 우편으로 전달되었다. 여기에는 톨스토이 백작의 논문에서와 같이 '러시아 농촌은 러시아를 심연의 구렁텅이로 끌고 가는 이 나라의 내각이나 주지사, 현 사령관 따위에 기대할 것이 없다. 농촌의 구원은 오직 자기 자신에 의해서만 가능하다'라고 씌어 있다. 이 선전물에는 역시 '정부가 러시아를 기근으로 몰고 갔다'는 터무니없는 선동이 담겨 있다. 톨스토이 백작은 그런 지하 선동가들과 아무런 관계를 가지고 있지 않지만, 그럼에도 불구하고 그들과 마찬가지로 정부가 자기만족을 위해서 민중의 피를 빨아먹는 '민중의 기생충'이라고 확신하고 있는 것이다!

지하 선동가들은 그들이 꿈꾸는 혼란으로 가는 수단으로 '헌법'이라는 미끼를 내걸고 반란을 고무한다. 하지만 톨스토이 백작은 서구 사회주의자들의 뒤를 쫓아 이미 낡고 터무니없는 말을 반복하면서 사회혁명 강령을 공개적으로 설교한다. 그러나 '부자들은 민중의 땀을 마시고 민중이 가진 것과 생산하는 모든 것을 쥐어짠다'는 것과 같은 그런 말은 무지몽매한 대중에게 언제나 영향을 주기 마련이다.

〈모스크바 통보〉에 실린 논문은 중상모략이라기보다 밀고에 가까웠다. 농촌의 상황에 대해 정확하게 묘사하면서 톨스토이는 어쩔 수 없이 일관되게 혁명적인 일을 수행하고 있었다. 어쩌면 그는 그것이 바로 저항이라는 생각을 하지 못했는지도 모른다.

〈모스크바 통보〉는 톨스토이가 혁명적 선전·선동을 하고 있다고 직접적으로 비난했다. 위에 실린 기사 두 번째 문단에서 선동이라는 단어는 의도적으로 세 번이나 연이어 강조되고 있다.

위험은 실제적인 것이었고 소피야는 불안해하기 시작했다. 이런 편지가 날아들기 시작했다. "당신은 그 도발적인 논문들로 우리를 파멸시키고 말 거예요. 도대체 **사랑과 무저항** 정신은 어디에 있지요? 당신은 아이가 아홉이나 되는데 나와 그 아이들을 위험에 처하게 할 권리는 당신에게 없습니다."184)

처가인 베르스 집안에서도 안달하기 시작했다. 페테르부르그에서 처제 타티야나가 편지를 보냈다. "내각에 위원회가 구성되어 톨스토이를 외국으로 나가도록 하는 문제가 논의되고 있다고 합니다."185)

알렉산드라 부인도 소피야에게 편지를 보냈다. 하지만 톨스토이는 아내에게 이렇게 답했다. "모두들 내가 뭐라도 잘못을 하고 누구에겐가 변명이라도 해야 하는 것처럼 말들 하는 군요. 그런 말투는 허용할 수 없습니다. 나는 내가 생각하고 있는 것을 쓰고 그것이 정부나 부유계층을 기쁘게 하는 것일 수 없다 해도 어쩔 수 없습니다."186)

소피야는 내무부장관과 얼마 전에 황제와의 만남을 주선했던 고위급 친구였던 세레메티에바 부인에게, 장관의 친구인 플레베에게, 그리고 알렉산드라 부인에게, 여동생에게 등 여러 곳에 편지를 보낸다. 그리고 직접 세르게이 대공을 찾아갔다. 세르게이 대공은 톨스토이에게 즉각 반박문을 쓰라고 제안했다.

소피야는 〈모스크바 통보〉에 반박문을 써 보냈다. 〈모스크바 통보〉

---

184) 《톨스토이에게 보낸 편지(1862~1910)》, 490쪽.
185) 위와 같음.
186) 1892년 2월 28일 편지(84, 128쪽).

는 로이터 통신사를 통해 그것을 해외 언론들에 유포했다. 톨스토이가 1월 26일 발표된 편지 텍스트가 진본이 아니라고 부정했다는 것이다.

번역자 딜론은 서둘러 베기쳅카로 톨스토이를 찾아갔다. 그는 새로운 빈민급식소 조직 관련 일을 하고 있던 톨스토이를 발견했다. 딜론의 말을 들은 톨스토이는 "아내가 그가 보는 앞에서 그런 편지를 쓴 것은 사실이지만 그것은 그의 의사에 반하는 것"(66, 146) 이라고 말했다.

레스코프는 격분하다 못해 그 비속한 반박문을 쓰기 위해 사용된 펜의 깃털을, 그 깃털을 달려있던 그 날개를 저주하기까지 했다. 톨스토이는 1892년 1월 29일 베기쳅카에서 딜론에게 직접 자신의 필체로 편지를 보냈다. "나는 결코 한번도, 그 누구에게도 내 이름으로 나간 논문들이 진짜가 아니라는 말을 한 적이 없습니다."

톨스토이 논문을 이중으로 번역하면서 (러시아어에서 외국어로, 그리고 다시 외국어에서 러시아어로), 그리고 논문 원본이 부재한 상황에서 〈모스크바 통보〉는 톨스토이의 사상을 범죄적인 것으로 만들어 버리려고 애를 썼다. 심지어 이제는 이렇게까지 말했다. "우리는 우리 신문 제 22호에 게재되었던 톨스토이 백작의 사회주의적 생각들이 매우 진실하며 믿을 만한 것임을 매우 긍정적으로 생각한다."

물론 단서가 붙어 있다. "톨스토이 백작 자신은 누군가를 폭력적 사회 전복으로 선동하는 것과는 물론 거리가 멀다. 그러나 그의 선동 그 자체가 이미 그의 희망과는 달리 그런 전복을 예비하는 것일 수 있음을 모르는 것은 오직 톨스토이 자신뿐이다."

이런 단서는 정부가 톨스토이를, 굶주린 사람들을 도와주는 일을 한다는 이유로 체포하는 것이 실질적으로 불가능하다는 것을 보여 주고 있다. 그래서 이 신문은 작가의 위대함을 폄하하려고 애를 쓴다.

"우리 앞에는 우리가 알던 톨스토이와 다른, 지적 도덕적 타락상태에 처한 채 무지한 무정부주의적인 선전지와 팸플릿에나 나오는 세계관에 빠져든 불행한 노인네가 있을 뿐이다."[187)]

이 당시 톨스토이 나이가 64세였다. 하지만 그는 새로운 활력의 절정을 맛보고 있었다. 적대적인 극우신문들조차 그것을 잘 느끼고 있었음에 분명하다.

알렉산드라 부인은 드미트리 톨스토이 백작이 알렉산드르 3세 황제를 찾아가서 톨스토이를 체포하여 수즈달 감옥에 투옥시켜야 한다는 연례 보고서를 제출할 것이라고 확신했다. 하지만 알렉산드르 3세는 그녀의 말을 듣고 보고서에 서명하지 않았다고 한다.

그러나 사실은 그렇지 않았다. 비류코프가 이미 밝혔듯이 당시 드미트리 톨스토이 백작은 이미 죽은 사람이었고 보고서를 가지고 갈 수가 없는 사람이었다. 분명 정부는 톨스토이를 체포하고 싶었겠지만 실제로 체포할 수는 없었다. 그러기에는 이미 너무나 막강한 영향력을 지닌 인물이었던 것이다.

톨스토이를 체포하는 것은 그동안 이 위대한 인물에게 누구라도 쉽게 할 수 있었던 모든 종류의 비난을 벗겨주는 일이다. 그것은 그를 순교자로 만들어줄 뿐만 아니라 그 자신이 그렇게 고통스럽게 가고 있던 바보-성자의 길에서 해방시켜주는 것이었다.

1892년 3월까지 논쟁이 이어졌다. 신문은 욕설과 저주로 전락했다. 톨스토이는 〈정부 통보〉에 편지를 보냈지만 게재되지 않았다. 그 핵심 부분만을 살펴보자.

> 나는 영국 신문들에 어떤 편지도 써 보낸 바 없다. 나의 것이라며 〈모스크바 통보〉에 작은 활자로 실린 발췌문도 나의 편지에서 뽑아낸 것이 아니다. 그것은 "기근에 대하여"라는 나의 논문에서 크게 변형된 것(처음에 영어로, 그리고 다시 러시아어로 매우 임의적으로 이중번역이 된 결과)이다. 원래 이 논문은 러시아 잡지에 게재하기 위해 쓴 것이지만 검열을 통과하지 못하게 되면서 나는 늘 그

---

187) 〈모스크바 통보〉 1892년 3월 12일.

래왔듯이 외국 번역가들에게 마음대로 하라며 넘겨주었다. 내 논문의 부정확한 번역을 발췌 소개한 뒤 굵은 활자로 인쇄된 다음 부분, 즉 민중이 스스로 기근에서 벗어나기 위해서 무엇을 해야 하는가에 대해 내가 말했다는 아마 두 번째 편지라는 것에 들어 있는 내용은 완전히 허구다. [188]

여덟 개의 신문이 이 반박문을 게재했다.

---

188) 1892년 2월 12일 편지(전집 제66권, 161~162쪽).

제
5
부

《부 활》

1. 작품 구상

야스나야 폴랴나 정원 숲에는 나무들이 무성하게 커가고 있었다. 봄이면 잘 개간된 사과밭에 꽃이 만발했고 여름이면 노랗고 파르스름한 사과들이 과즙을 농밀하게 머금었다. 가을이 되면 초록의 밭에서 파수꾼들이 피운 모닥불 연기가 푸르스름하게 올라오기 시작했고 그러고 나면 밭을 세낸 사람들이 수레에 사과를 실어 나르기 시작했다.

야스나야 폴랴나 농민들은 척박한 밭에서 어떻게든 수확을 얻으려고 애쓴다.

톨스토이의 아이들은 나이가 들어가며 영지를 사들이고 카드놀이를 즐겼고 아내와 사랑을 나누거나 이혼의 아픔을 겪기도 했다.

가족들은 행복하지 못했다. 아이들을 사산했다는 기록도 많다. 톨스토이의 가족도 세상의 쓰라린 고통을 피해가지는 못했던 것이다.

방문객은 끊임없이 찾아와서 톨스토이를 바라보며 이야기를 나누었다. 그들은 알프스 산맥의 호텔에서 일출을 바라보듯이 톨스토이를 바라보았다. 그는 세계를 변화시킨 것은 아니지만 그 자신 세계의 볼 만한 구경거리 중 하나가 됐던 것이다. 이 무렵 몸집이 거대하고 당당하며 턱수염이 무성했던 황제 알렉산드르 3세가 서거했다. 상당히 영민했던 그는 휴식을 취할 때면 헬리콘이라는 청동 나팔을 불고 보드카를 많이 마시던 인물이었다. 그런 그가 두려워했던 것은 혁명과 톨스토이였다.

뒤를 이어 니콜라이 2세가 등극했다. 그의 수염은 볼품없이 작고 의병대 장교 같은 품이었다. 황제 대관식 날 모스크바 근교 호딘카 평원에서 산업협동조합원들이 기념선물을 나눠주었다. 토산물과 양철컵 같은 것이었는데 황제의 문장과 이니셜이 새겨진 것들이었다. 그러나 이때의 모스크바는 알렉산드르 3세와 2세 시절의 모스크바가 아니라는 것을 그들은 미처 알지 못했다. 전혀 예상치 못할 만큼 많이 몰려든 모스크바

주민들은 서로 밟고 밟히며 대혼란을 일으켜 수많은 사상자를 냈고 허술하게 닫아놓은 우물에 밀려 빠져죽은 자들도 적지 않았다. 189) 호딘카 들판에는 사람들이 내뿜는 가쁜 숨이 잿빛 구름처럼 피어올랐다.

새로운 황제의 등극은 이처럼 무지몽매한 재앙으로 시작되었다.

젊은 황제는 헌법에 대한 젬스트보(지역 자치의회)의 온건한 청원에 대해 그 모든 것이 '아무 의미 없는 몽상들'이라고 응답했다. 그는 유명한 화가를 불러 예의바르게 차려입은 시골 읍장들을 만나서 더 이상의 그 어떤 토지분할도 없을 것이며 재산은 성스러운 것이라고 설명하는 자신의 모습을 그리라고 지시했다.

이것은 톨스토이의 분노와 비애를 촉발시켰다. 그는 황제에게 아무 것도 기대하지 않았고 그렇다고 혁명을 믿지도 않았다. 하지만 변화가 필요하다는 것만큼은 분명히 느끼고 있었다.

'사람에게 정말로 많은 땅이 필요한가?' 톨스토이는 사마라의 토지와 토지 소유자들의 탐욕에 대해 생각하면서 언젠가 이렇게 질문을 던진 적이 있었다. 몸을 뉘어 쉴 수 있는 집은 필요하겠지. 쟁기를 갈아 농사를 지을 수 있을 만큼의 땅도 물론 필요할 것이고.

톨스토이는 볕이 잘 드는 2층 방에서 늙어 가고 있었다. 주변에는 톨스토이주의자들이 앞을 다투며 맴돌았다. 슬로바키아인으로서 헝가리에서 감옥살이를 하다가 풀려나 러시아로 왔던 의사 쉬카르반이라는 인물이 있었는데 톨스토이와 거의 친구처럼 지냈다. 그는 톨스토이 주변을 맴도는 사람들에 대해 이렇게 들려준다.

189) 〔역주〕호딘카 사건: 1894년 알렉산드르 3세의 뒤를 이어 니콜라이 2세 즉위를 기념하여 모스크바 근교 호딘카 평원에서 기념품을 나누어 주는 과정에서 몰려든 인파에 수많은 사람이 희생된 사건. 이 사건은 민중의 무지 몽매함과 집단적 행동의 통제 불능함을 러시아 지식인들에게 깊이 각인시켰고 혁명 과정에서 민중의 돌출적 집단행동을 우려하는 많은 논쟁을 불러일으키는 계기가 되었다.

아, 그의 친구들이라니! 그건 정말 완전히 병적인 '떼거리'라고 밖에는 달리 볼 수가 없었다. 그는 그 사람들에게 아주 잘 대해 주었다. 하지만 나는 그 사람들에 대한 생각을 단 한마디도 내뱉고 싶지 않다. 그들이 거기에서 어떤 의미를 가진 사람들이었든지 간에 단 하나 분명한 것은 톨스토이에 대한 그들의 태도는 아주 불손했고 저마다 자기 식으로 그를 바꾸어놓으려고 했다는 것이다. 그를 가르치려 든 것이다, 형편없는 자들 같으니! 그의 친구들은 그에게 정말 형벌과도 같은 존재들이다![190]

그들은 유약한 사람들이었고 일부러 신경 안 쓰는 척 아무렇게나 옷을 입으려고 하는 사람들이었다. 철봉에 매달려 체조를 하고 삶에 대한 열망이 가득한 강인한 인물인 톨스토이가 그런 사람들 속에서 살아가고 있었던 것이다. 쉬카르반은 두나예프를 통해 들은 톨스토이와 알레힌의 다음과 같은 일화를 전해준다. 알레힌 형제는 둘 다 열렬한 톨스토이주의자였다.

풀을 베고 있을 때였다. 톨스토이와 알레힌은 같이 풀을 베고 있었다. "알레힌이 톨스토이를 비난했지. 왜 아내와 계속 살고 있느냐고 말이지. 아내를 버려야 한다, 버려야만 한다, 그건 성서의 가르침이다, 사람들이 당신에게 모두 그걸 바라고 있다고 하면서 말이야."

두나예프의 말을 옮기면서 쉬카르반은 이렇게 덧붙인다. "우리는 훌륭한 교황님처럼 구는 체르트코프로부터 시작해서 최근 들어온 타이피스트에 이르기까지 모든 러시아 톨스토이주의자들이 다소간에 다들 그렇게 생각하고 있다는 것을 알고 있다. 톨스토이는 할 수 있는 데까지, 인내심을 가지고 알레힌의 공격을 견뎌내려고 했지만 그러나 그 역시 어쩔 수 없이 뜨거운 피가 흐르는 인간이었다. 마침내 그는 신음소리를 내뱉으며 큰 낫을 들어 올려 알레힌을 베어 버리려고 했다."[191]

190) 《문학유산》, 제 75권의 제 2권, M., 1965, 157쪽.

394

톨스토이는 알레힌을 베지 않았다. 대신 낫을 집어던지고 땅에 주저 앉아 울음을 터뜨렸다.

명성을 더럽힐 수 없어 폭력을 쓸 수도 없었고 사무적인 잡다한 일들 은 아내가 다 처리했으며 친구들로 둘러싸여 세상 모든 것으로부터 차 단된 톨스토이로서는 사는 일이 힘겨울 뿐이었다. 쉬카르반은 순진하 긴 했지만 영리한 인물이었다. 그는 톨스토이를 수행하며 이런 점을 잘 파악하고 있었고 나중에는 이것저것 캐묻고 다니는 체르트코프에게 정 보를 제공하는, 이를테면 스파이 역할을 하기도 했다.

그러나 그 역시 톨스토이의 절망의 깊이를 알지는 못했다. 그는 이런 기록을 남긴다.

너무나도 진지하고 심각했던 톨스토이였지만 때때로 농담을 즐겼으 며 즐거운 마음으로 기꺼이 아이들과 어울렸다. 우리가 한번은 철길 옆에서 기차구경을 하려고 기다리고 있었다. 틀림없이 곧 기차가 지 나갈 것이었다. 드디어 기차가 맹렬하고 거침없이 빠른 속도로 달려 왔다. 그런데 기차가 다가와서 채 몇 미터도 남지 않았을 때 톨스토 이가 철로를 가로질러 뛰어갔다. 우리 모두는 이제 그가 산 사람이 아니라고 생각했다. 하지만 기차가 지나간 뒤 우리는 철로 저쪽 편 에 서서 우리를 보고 웃으며 고개를 끄덕이는 톨스토이를 보았다. 체르트코프는 이런 장난을 정말 마음에 들어 하지 않았다.[192]

행복한 사람들은 그런 장난을 치지 않는다. 철학자나 어떤 운동의 지 도자들도 마찬가지다. 신을 믿는 평정심을 가진 사람들도 그런 장난을 치지 않는다. 그렇게 운명을 건 장난을 하는 것은 절망에 빠진 사람들이 다. 게다가 톨스토이는 분명히 위험한 일을 통해 젊음과 자신의 힘을 확

191) 위의 책, 158쪽.
192) 위의 책, 143쪽.

인하고 싶었을 것이다.

비류코프가 톨스토이의 전기를 집필하고 있을 때 톨스토이는 전기적 자료와 마찬가지로 예술작품에도 관심을 가지라고 충고하곤 했다. 그것은 《지주의 아침》이나 《세바스토폴 이야기》, 혹은 《안나 카레니나》 등에 나오는 몇몇 대목들이 톨스토이의 실제 삶을 반영하고 있다는 뜻에서만은 아니다. 예술작품 속에 작가의 생각과 마음이 분명하게 흔적으로 남아 있다는 것을 지적하고 있는 것이다. 그것은 사금에서 정제된 순금이이라고 할 수 있고 새로운 발견을 향한 항해가 얼마나 힘들었는가를 말해 주는 항해일지인 셈이다.

편지를 쓰면서 사람은 그 편지의 수신자에게 자신도 모르게 뭔가를 숨기려는 태도를 취하게 된다. 그래서 여러 사람들에게 보내는 다양한 편지들은 그 수신자의 다채로운 색깔로 다양하게 채색되기 마련이다. 반면 일기 속에서 톨스토이는 자신을 훈육해 나간다. 그의 일기는 교사가 학생의 비행사실을 낱낱이 기록한 낡은 중등학교 생활기록부 같다. 소피야는 이 일기를 다 읽어 보고 정서했다. 체르트코프 역시 이 일기를 읽고 사본을 만들어 두었다.

소설을 창작하면서 작가는 우연적인 요소들로 가득한 지금 현재로부터 벗어나 여러 사실들을 대비하고 연결시킴으로써 대상에 대한 올바른 지식을 획득해 내기도 한다.

장편 《부활》은 1889년에서 1890년, 1895년에서 1896년, 1898년에서 1899년 사이에 씌어졌다. 세 번에 걸친 창작의 단절이 있었다.

처음에 그는 《코니의 이야기》라고 제목을 붙이려고 했다. 1887년 6월 코니193) 가 톨스토이에게 해준 이야기 때문이었다. 재판정에 배심원으로 참석한 어떤 젊은 사람이 절도혐의로 기소된 매춘부를 보고 언젠

---

193) 〔역주〕 A. 코니 (1844~1927). 법률가. 1860~1870년대 사법개혁을 주도함. 당대 저명한 문학가들과의 교우관계에 관한 다양한 회고록을 남기기도 함.

가 자신이 유혹했던 여인이라는 것을 알아본다는 이야기였다. 이 여인은 성이 오니라고 했는데 병으로 불구가 된 최하급 매춘부였다. 젊은이는 그녀와 만날 수 있게 해달라고 부탁했다. 독방에서 데려온 여인은 타락한 사람 그 자체였다.

그러나 젊은이는 그녀를 유혹했던 그 당시 분명히 이 여인을 사랑했었다. 그래서 그는 그녀와 결혼하기로 결심하고 그녀를 돌보기 시작한다. 하지만 이 고귀한 행동은 완성되지 못한다. 여인이 감옥에서 죽고 말았던 것이다.

이 비극적인 상황은 매춘의 본질을 적나라하게 드러내는 것이었다. 그리고 어딘지 톨스토이가 아주 좋아해서 《프랑스와즈》라는 제목으로 번역하기도 했던 모파상의 단편 《항구》를 떠올리게도 한다. 오랜 항해에서 돌아온 한 선원이 항구에서 사창가를 찾아 여자를 산다. 그런데 그 여자는 그에게 그 선원 자신의 이름을 대면서 혹시 그런 선원을 만난 적이 없느냐고 묻는다. 바로 그 순간 그는 그녀가 바로 자신의 누이라는 것을 알게 된다는 이야기.

톨스토이는 이 상황에 흥미를 느끼며 코니에게 잡지 〈중개인〉에 실을 수 있도록 단편을 하나 써달라고 부탁했다. 코니는 약속했지만 지키지 못했다. 얼마의 시간이 지난 뒤 톨스토이는 코니에게 그 주제를 자신에게 달라고 부탁했다. 그는 실제의 상황을 갈등상황으로 만들어 가기 시작했다. 그는 이 작품을 직접 쓰는 데에만 몇 년을 들여야 했고 전체적으로는 11년여에 걸쳐 여러모로 고민해야만 했다.

처음에 자신의 죄를 갚으려는 젊은이의 단호함에 톨스토이는 매우 큰 감명을 받았다. 톨스토이주의자는 바로 그런 주인공이어야 했다.

단 한 작품에서도(《어둠 속에 빛이 비치니》라는 미완결의 허약한 희곡을 제외하고) 톨스토이는 톨스토이주의자를 그리지 않았었다. 하지만 톨스토이는 여기서 체르트코프를 주인공 네홀류도프 원형으로 삼고 있는 듯하다.

N. 스트라호프는 1895년 8월 22일 톨스토이에게 보낸 편지에서 작품의 첫 구상에 대해 자신의 인상을 이렇게 전한다.

> 어떤 형태로든 간에 이 작품은 체르트코프에 대한 이야기가 될 것이라고 봅니다. 만일 이 인물을 이해하고 그 내면의 삶을 파악하신다면 정말 놀라운 작품이 될 겁니다. 하지만 아직은 주인공이 허약하고 너무 일반적입니다. 당신의 이야기가 다루는 폭은 정말 대단합니다! 젊은이의 위대한 꿈, 타락한 가정, 공허한 삶에의 탐닉, 사창가의 음란함, 재판정, 양심의 각성과 새로운 삶을 향한 혁신, 이 이야기의 이런 모든 지점들이 참으로 얼마나 중요한 것들인지요.[194)

2. 구상의 전환

톨스토이는 계속해서 작품의 처음 구상에서 벗어나 그 중심을 변화시키곤 했는데 그것은 그로서도 어쩔 수 없는 일 같았다.

1895년 11월 5일 일기를 보자.

> 지금 막 산책을 하고 돌아왔다. 그리고 왜 《부활》이 제대로 써지지 않고 있는지를 분명히 알게 됐다. 거짓된 시작이었다 … 농민들의 실생활로부터 시작해야 한다. 그들은 긍정적인 면도 있고 어두운 그림자도, 부정적인 면도 가진 살아 있는 실체임을 알게 됐다. 《부활》에서도 그런 점을 잘 파악해야 한다.

이제 카튜샤 마슬로바의 세계 인식이 소설의 중심으로 떠올랐다. 그녀의 형상이 고양되어진다. 봄날, 더럽고 악취 나는 감옥에서 호송병들에 이끌려 죄수용 가죽 신발을 신은 한 여인이 끌려나온다. 우리는 그녀의 이름만을 알고 있고 지나는 행인의 시선으로 그녀를 바라볼 수 있을

---

194) 제 33권, 346~347쪽.

뿐이다. 칼을 빼든 병사들이 어떤 도둑 여자를 데리고 가는구나 하고.

여인은 "오랫동안 걸음을 걷지 못했던 발에 꼴사나운 죄수용 가죽 신발을 걸치고 돌 포장도로를 걸어갔다. 그녀는 제 발밑을 바라보며 어떻게든 가볍게 발을 내딛어 보려고 애를 썼다."

그녀는 밀가루 가게 앞을 지나간다.

가게 앞에는 사람들에게 익숙해진 비둘기 몇 마리가 아장아장 돌아다니고 있었다. 여죄수는 하마터면 그 중 회청색 비둘기 한 마리를 밟을 뻔했다. 그러자 그 비둘기는 푸드덕 날갯짓을 하며 날아올라 그녀에게 바람을 확 뿌리며 귓전을 스치며 날아갔다. 여죄수는 자기도 모르게 미소를 지었으나 이내 자신의 처지를 생각하고는 무겁게 한숨을 내쉬었다.

여인은 잘 걷지 못하고 금방이라도 넘어져 버릴 듯한 걸음걸이로 묘사된다. 그녀는 고통을 당하며 끌려가지만 비둘기를 괴롭히는 사람은 아무도 없다. 비둘기들은 '아장아장' 걸어 다닌다는 한 단어로 묘사되어 있다.

비둘기의 비상은 카튜샤 마슬로바의 얼굴에 덮인 먼지를 쓸어내 버릴 것만 같다. 그녀 자신이 한 마리 비둘기다. 뒤이어 2장 전체에는 카튜샤의 운명에 대한 자세한 분석이 담겨있다. 그 이야기에는 돈과 관련된 숫자가 많이 등장한다. 그녀가 파멸하게 된 것은 무엇보다 돈 때문이었던 것이다.

3장은 네흘류도프에 대한 이야기이고 카튜샤 마슬로바에 대한 그 뒤 이야기는 12장에서 18장까지 이어진다. 하지만 연속적인 이야기가 아니라 여러 시각에서 조망되고 있다.

소피야는 1898년 일기에 이렇게 쓰고 있다.

"나는 톨스토이가, 칠십의 노인네가 유별나게도, 마치 식도락가가 맛있는 음식에 탐닉하듯이, 젊은 장교와 하녀의 간통장면을 그리고 있는

모습을 보고 있기가 괴롭다."(33, 334)

소피야는 작품의 성격을 잘 모르고 있었다. 카튜샤에 대한 네흘류도 프의 사랑은 봄날 대지에 만발한 꽃, 왜 그런지 전혀 모른 채 서로 끌리는 마음, 라일락 나무숲, 그리고 예기치 못한 입맞춤 등과 관련된다. 카튜샤의 '타락'은 초봄의 풍경과 강물의 해빙(解氷)과 함께 그려지고 있는 것이다.

톨스토이는 여러 논문이나 일기에서 대체로 사랑이란 존재하지 않는다, 성적 행동은 혐오스러운 것이며 따라서 사랑하는 사람들 간에도 해서는 안 될 일이라고 말하곤 했다. 또한 그는 사랑에 어떤 시적인 매혹이 있다는 것을 철저히 부정했으며 사랑이란 거짓된 예술의 사악한 산물이라고 간주했다. 하지만 카튜샤의 사랑은 그 사랑에 처음 눈뜰 때, 그리고 비극적인 사랑에 빠졌을 때 두 번 예찬된다. 사랑에의 눈뜸과 비극은 함께 주어진다. 그러나 부활하는 사람은 종교적인 마음을 품게 된 네흘류도프가 아니라 그저 단순히 사랑하고 있는 카튜샤라는 점에서 사랑은 더욱 고양된다.

톨스토이와 함께 네흘류도프는 카튜샤의 손에 성경을 건네주고 싶어한다. 하지만 그녀는 이미 읽은 적이 있다며 거절한다. 종교적인 감정들은 네흘류도프에 대한 카튜샤의 태도에 어떤 비극적 역할도, 서정적역할도 하지 못한다. 프롤로그와 에필로그에서 종교는 네흘류도프 혼자만의 것으로 남아 있을 뿐이다. 네흘류도프는 여전히 잘생기고 모든점에서 완벽하며 아주 신선한 모습을 유지하고 있다. 이 점이 카튜샤의증오를 불러일으킨다. 그녀는 그의 내밀한 생각들을 알고 있는 듯하다. 아니 더 정확하게 말하자면 톨스토이가 그녀에게 그런 생각을 불어넣어준 것이다. 그녀가 더 이상 기만당하지 않도록.

28장에서 네흘류도프의 기도 장면이 나온다. 그의 눈에 눈물이 흐른다. 그것은 "선하기도 하고 악하기도 한 눈물이었다. 이 몇 년 동안 그의 내면에 잠들어 있던 정신적 존재가 눈뜬 것을 기뻐하는 눈물이었다는 점에서 선한 눈물이라면, 악한 눈물이란 이 눈물이 자기 자신과 자기의 선량한 덕성에 감동하는 눈물이었기 때문이다."

48장에서 카튜샤는 술에 취해 네흘류도프와 이야기한다. 네흘류도프는 카튜샤를 위해 할 수 있는 모든 일을 다 하겠다고 말한다. 그녀는 대답한다.

"저리 비키세요! 난 징역수고 당신은 공작이에요. 당신이 이런 데 찾아올 이유는 하나도 없어요."

얼굴이 온통 분노로 일그러지며 그녀는 그의 손을 뿌리치며 외쳤다.

"당신은 나를 가지고 구원받고 싶은 거죠?"

그녀는 마음속에서 일시에 솟구쳐 오르는 모든 말을 단번에 뱉어버리려고 말을 서둘렀다.

"당신은 이 세상에선 나를 가지고 즐기고 저 세상에 가선 나를 이용해 구원받으려 하는군요! 역겨워요, 당신! 그 안경도, 그 기름진 얼굴도 보기 싫어요. 가세요. 가버려요, 당신!"

그녀는 격한 몸짓으로 자리를 차고 일어나며 외치기 시작했다.

나는 원형들을 믿지 않는다.

카튜샤는 알렉산드르 3세를 닮은 통통하게 살찐 귀족주의자 체르트코프를 직접 겨냥해서 이런 말을 외치고 있을 뿐만 아니라, 바로 톨스토이주의를, 자기 과시욕에 젖어 어떤 위대한 일을 하고 있다고 생각하는 달콤한 정신상태를 부정하고 있는 것이다.

카튜샤는 네흘류도프를 사랑했고 여전히 사랑하고 있다. 일본에서 살았던 탁월한 언어학자 예브게니 폴리바노프는 톨스토이의 《부활》이 일본에 오페라로 수용되어 노래로 불렸고 사랑의 새로운 본질을 보여주는 작품으로 받아들여졌다고 말한 바 있다. 카튜샤 마슬로바는 지금까지도 사람들의 의식 속에 살아 있다. 그 이유는 마슬로바가 창녀였다는 데 있는 것이 아니라 그녀가 사랑하는 사람을 거절했다는 데 있다.

그녀는 자신이 그 사람보다 더 강하다고 생각하며 그의 희생을 바라지 않았던 것이다.

이 작품은 금욕주의적인 성격을 가진 것은 아니다. 하지만 네흘류도 프가 카튜사를 범하는 장면은 일부 프랑스 출판인들을 당혹스럽게 만들었다. 문학에 조예가 깊고 에로틱한 장면에도 익숙한 그들이었지만 강의 얼음이 깨져나가고 지상 위에 불길하게 걸려있는 달의 모습 등을 그린 시적인 장면을 삭제해 버렸던 것이다.

3. 톨스토이는 카튜샤에게서 무엇을 보고 있는가?

카튜샤의 사랑이 《부활》의 중심이지만 그것은 강한 자가 약하고 가난한 자를 모욕한다는 이야기는 아니다. 톨스토이가 사회의 모순과 그 모순의 발전에 대해 최초로 통찰했던 시절에 작품의 상황이 이미 나타나고 있다.

이미 1857년의 수첩에 "전제군주제하에서 비열한 의무를 수행하는 자가 타인에 대해 오만함과 경멸을 보이는 것"(47, 202)은 매춘부가 남을 경멸하며 오만하게 구는 것과 다르지 않다는 기록이 존재한다.

이런 생각은 《그러면 우리는 무엇을 할 것인가?》(《나는 어떻게 살고 있는가》라는 제목으로 출판되기도 했던) 라는 책으로 발전된다. 모스크바 '밑바닥' 사람들의 도덕의식을 분석하면서 톨스토이는 그들의 타락상보다 그들의 자의식이 이른바 상류층의 도덕적 입장과 비슷하다는 점에 주목했다. 끔찍하게 비루한 조건 속에서 살아가면서도 그들은 자신들의 상태가 도덕적이며 심지어 존경받을 만하다고 생각했다. 톨스토이는 한 매춘부에 대해 이렇게 쓰고 있다.

"이 여성은 성서에 나오는 한 과부처럼 병자를 위해 정말 아무런 주저도 없이 자신이 가진 모든 것을 기부한다. 그러면서도 그녀는 자기 동료들과 마찬가지로 노동하는 사람의 처지를 천하게 보고 경멸한다. 그녀는 일하지 않고 살아가도록 배웠다. 그녀의 주변 사람들이 그녀에게 그

런 삶이 당연한 것이라고 가르쳤던 것이다."(25, 211)

네홀류도프는 카튜샤를 구원하고 싶어 하지만 카튜샤는 오히려 자신의 처지를 도덕적이라고 생각한다.

44장에서 네홀류도프는 놀라고 있다.

> 더욱이 크게 놀란 것은 카튜샤가 자기의 처지를, 여죄수로서의 처지(그녀도 이 사실에 대해선 부끄러워했다)가 아니라 매춘부로서의 처지를 조금도 부끄러워하지 않았을 뿐만 아니라 심지어 만족해 하며 자랑스럽게까지 생각하는 듯한 것이었다. 하지만 사실 그건 그럴 수밖엔 없는 일이었다. 인간이란 무슨 행동을 하기 위해선 자신의 행위가 중요하고 좋은 일이라고 여기지 않으면 안 되는 것이다. 그러므로 인간은 자신이 어떤 처지에 있더라도 자신의 행위가 극히 중요하고 좋은 일이라는 견해를 갖게 마련이다.

시(詩)에서 예기치 않은 어떤 운 하나가 한 연의 의미를 밝혀주기도 한다. 톨스토이는 카튜샤가 처음에 가지고 있던 그 자신만만함을 보여주면서 그 당시 사회의 확고부동해 보이는 온갖 근엄한 격식의 허구성을 폭로하고 있는 것이다.

체호프는 《부활》에서 카튜샤에 대한 이야기가 제일 재미없고 네홀류도프의 시선이 가장 흥미롭다고 생각했다.[195] 하지만 네홀류도프는 톨스토이가 그의 운명을 카튜샤와 교직시키면서 보여주고 싶어 하는 그것만을 보고 있을 뿐이다. 네홀류도프의 세계는 카튜샤에 의해 조명된다. 그것은 가차 없이 선명한 조명이다. 네홀류도프와 그의 주변 사람들은 그 빛에 비쳐진 그림자들이다.

그렇게 만들고자 한 것은 바로 톨스토이 자신이다.

---

195) 1900년 1월 28일자 M. 멘쉬코프에게 보낸 체호프의 편지에서(A. 체호프, 전집, 제18권, 국립문학출판, 1949, 313쪽).

28장에서 네흘류도프는 재판이 끝난 후 자신의 서재로 돌아와 어머니를 회상한다.

그는 어머니에 대한 좋은 추억을 간직하기 위해 유명한 화가에게 5천 루블을 주고 그리게 한 어머니의 초상화를 물끄러미 바라보았다. 어머니는 가슴을 드러낸 검은 비로드 원피스를 입고 있었다. 화가는 가슴 사이의 젖무덤과 눈부시게 아름다운 어깨와 목선을 그리는데 특별히 공을 들였음에 틀림없었다. 지금 보니 그런 모습이 부끄럽고 역겨웠다. 반라의 여인으로 그려진 어머니의 초상에는 어딘지 혐오스럽고 신성모독과도 같은 느낌이 감돌았다.

네흘류도프 주위의 모든 것, 재판정의 모든 구성원, 주지사의 집, 네흘류도프와 이야기를 나누는 상류사회 여인들, 그가 극장에서 본 연극 등 이 모든 것이 카튜샤와 연관된다. 물론 이때의 카튜샤는 본 모습의 카튜샤가 아니라 여성의 매춘에 길들어 버린 류보피라고 불리던 여인 카튜샤를 말한다.

체르트코프는 죄수들과 함께 호송되는 혁명가들이 카튜샤의 정신을 변화시키는 모습을 톨스토이가 상당한 존경스럽게 묘사하는 것을 보고 당혹스러워 했다. 그는 2월 24일 톨스토이에게 자신과 아내의 이름으로 아주 외교적인 서한을 보낸다.

"아내 갈랴와 내가 오래전부터 이 소설의 내용과 관련해서 나름의 인상을 표명하고 싶었던 한 가지 사실이 있습니다. 당신이 '정치적으로' 투옥된 사람들을 아주 빼어나게 묘사하여 마치 그들에게 공감을 표하는 것 같아 우리는 몹시 기쁘고 감동하였습니다. 그것은 모든 수많은 진실한 사람들이 당신을 좋아하도록 해줄 것이기 때문입니다."(33, 383)

그러나 그 뒤에는 이들에 대한 부정적 특징들도 강화해야 한다는 충고들이 이어진다.

톨스토이는 소설 내용에서 몇 가지 수정을 가했다. 노보드보로프 형상에 부정적 색채가 입혀졌고 혁명가들 내부에서 벌어지는 애정행각에 대해 비판적인 어조가 부가되기 시작했다. 그러나 전체적으로 마르크스의 《자본론》을 마대 배낭에 넣어 유형지까지 가지고 가는 정치범의 세계, 노동자의 세계를 폭로적으로 다루지는 않았다. 소설은 부활의 세계가 아니라 삶의 세계를 그리고 있었던 것이다.

삶으로 귀환한 카튜샤 마슬로바는 매혹적인 여성이 되어 이 세계와 함께 하나의 전체를 구성한다. 그 세계의 사람들과 그녀는 하나로 일치되었다.

카튜샤는 네흘류도프가 현관에서 그녀에게 찔러주었던 100루블에 대해서는 잊었다. 하지만 이 돈은 그녀가 사랑의 대가로 받은 최초의 돈이었고 그리하여 그녀를 매춘의 길로 접어들게 만든 것이었다. 그녀는 네흘류도프와 작별하고 힘겨웠던 자신의 삶과, 자기비하와 감옥, 재판과 호송생활과도 작별한다. 그녀의 부활은 사랑의 소생이며 그럼으로써 반(反) 종교적이며 윤리적인 것이다.

사랑과 강과 달이 승리한다. 즉 삶이 《크로이체르 소나타》를 이겨내는 것이다.

톨스토이는 네흘류도프를 위한 부활을 생각할 수 없었다.

처음에는 네흘류도프가 카튜샤와 결혼하여 함께 영국으로 떠나는 것으로 구상해 보았다. 네흘류도프는 선교활동을 하고 카튜샤는 야채밭에서 일하는 것으로 설정하는 것이다. 그러나 그런 결말은 자연스럽지 못하며 더구나 그를 위해 러시아를 떠나야 한다는 것은 더더구나 전혀 불필요한 일이었다. 그것은 누가 보더라도 인위적인 결말이 될 것이다.

이후 톨스토이는 아내 소피야에게 네흘류도프가 카튜샤와 결혼하지 않을 것이라고 말했다. 소피야는 네흘류도프가 카튜샤보다 더 고상하기 때문에 그런 것이 아니라 카튜샤가 네흘류도프보다 더 고상하며 그런 그녀에게 그는 필요한 존재가 아니기 때문이라고 이해했다.

카튜샤가 네흘류도프를 사랑하고 있다 하더라도 그녀에겐 더 이상 그가 필요하지 않다. 그는 추억 속의 사람으로 남아야 했다. 그것이 그녀를 정화시켜주기 때문이다. 그러나 카튜샤는 사창가에서 벗어났을 뿐만 아니라 삶의 질서, 즉 톨스토이에게 사창가와 전혀 다를 바가 없었던 그런 삶, 사랑이 아니라 진실을 팔아넘기는 그런 삶의 구조로부터도 벗어난다. 톨스토이는 이런 삶에 대해 차분하게 관심을 기울여 이야기한다. 그에 대해 어떤 개념적 설명이나 풍자를 곁들이지 않는다. 그는 죄 없는 카튜샤를 유형보내야 했던 터무니없는 수많은 법조항들을 열거할 뿐이다.

사창가는 전혀 묘사되지 않지만 법정에 선 사창가 주인여자도 다른 사람보다 더 나쁜 사람으로 그려지지는 않는다. 그녀는 카튜샤에 대해 좋은 말을 해 주고 그녀에게 돈도 건네준다. 반면 재판정의 다른 사람들, 어리석은 검사보, 무능력한 변호사, 자부심에 우쭐해하는 배심원들, 제각각 자신의 생각에만 빠져있는 관리들, 이들 모두는 톨스토이의 눈에 매춘부들과 다를 바가 없었다.

톨스토이는 단어들을 서로 부딪치게 하여 그 의미를 변화시킨다. 그는 재판장이 배심원들에게 그 권리와 의무를 설명하는 것을 이렇게 묘사한다.

그의 말에 따르면 배심원들의 권리는 그들이 재판장을 통해 피고에게 질문할 수도 있고 연필과 종이를 준비해 메모할 수도 있으며, 사건의 증거물을 검사할 수도 있다는 것이었다. 그리고 의무란 그들이 거짓 없이 공정하게 심의하는 것이었다.

'공정하게'라는 단어는 연필과 종이에 대한 문구에 잇닿아 놓임으로써 그 공정함이라는 것이 사소하고 믿기 어려운 것이라는 사실을 시사하는 것이다.

예배드리는 장면 묘사는 분명 톨스토이가 교회로부터 제명당하게 되는 계기 중의 하나였다. 신성모독으로 가득 차 있다는 비판에 따라 이 장면은 러시아에서 출판될 수 없었고 심지어 번역에서도 빠지게 되었다. 하지만 이 장면은 전적으로 예술적 양식과 예술적 방법에 근거하여 쓰인 것이며 톨스토이 세계관의 본질과 그의 진정한 내면과 연관된 것이다.

세계를 바라보는 능력은 톨스토이로 하여금 일상적 세계 이해를 거부하도록 했다.

톨스토이는 신성모독, 즉 다른 사람들의 종교적 감정을 모욕하려고 하지 않는다. 다만 그는 종교적 용어들, 그리스어 단어들196), 혹은 낡은 단어들을 직접적인 의미를 담아하는 일상어로 바꾸고 있을 뿐이다. 전쟁을 묘사하거나 오페라를 쓸 때와 마찬가지였던 것이다. 그리하여 그 세계는 안나 카레니나의 죽음 앞에 몰려든 사람들 눈앞에서 그들의 세계가 붕괴되듯이 그렇게 산산조각 난 채 무너져 내린다. 그 세계는 이미 죽었고 오직 허위에 의해서만 봉합되어져 있는 것이었기 때문이다.

세계는 인간성의 온전한 복원을 통해, 즉 종교가 아니라 '사랑', '노동', '평등'과 같은 단어들의 새로운 혁신에 의해서 부활할 것이다.

네홀류도프의 친구들, 더 정확히 말하자면 그가 태생적으로 속해 있는 그 사회의 사람들이 저지르는 중대한 죄악은, 톨스토이가 보건대, 다른 사람들의 노동을 착취할 뿐만 아니라 자신을 도덕적이라고 생각한다는 점에 있다. 그들은 새에게 깃털이 있는 것처럼 부와 관직이 그들 고유의 것이라고 생각했다.

그런 세계는 죽은 세계이며 전체적으로 아무리 회개한다 하더라도 부활할 수 없다. 바로 이것이 톨스토이가 《부활》의 후속편을 쓸 수가 없었던 이유였다.

---

196) 〔역주〕 러시아 정교가 그리스 정교로부터 유래함으로써 러시아 정교 용어에 그리스어의 흔적인 많이 남아 있었다.

도스토옙스키는 라스콜리니코프 한 개인의 봉기를 다룬다. 우리는
라스콜리니코프에게 살인할 권리가 없다는 것에 대해서는 알 수 있지만
그러나 그가 무엇을 해야 하는가에 대해서는 알 수가 없다. 그 대목에서
도스토옙스키는 라스콜리니코프에게 성경을 손에 쥐어줄 뿐이다.

소냐 마르멜라도바는 그에게 말없이 성서를 건네준다. 라스콜리니코
프는 소냐의 신념이 그의 신념이 되어야 한다고 생각한다.

> 그러나 이제 새로운 이야기가 시작되고 있다. 그것은 점차 소생되
> 어가는 사람의 이야기, 그가 점차 새롭게 태어나는 이야기, 한 세
> 계에서 다른 세계로 점차 옮겨가는 이야기, 이제까지는 전혀 알지
> 못했던 현실을 알게 되는 이야기다. 어쩌면 이것은 새로운 이야기
> 의 주제가 되기에 충분할지 모르겠지만, 지금 우리의 이야기는 이
> 것으로 끝난다. 197)

그리고 33년 뒤 톨스토이는 《부활》의 마지막 부분을 쓰고 있다. 여
기서 카튜샤 마슬로바는 네흘류도프를 거스르고 그의 희생을 거부하면
서 정치범들과 함께 새로운 삶으로 나아가는 모습으로 그려진다. 네흘
류도프는 성서를 들고 혼자 남는다. 《부활》의 마지막 장인 제 3부 28장
에는 성서에서 33개의 글이 인용되고 있다. 네흘류도프는 독서를 계속
한다. 마침내 그는 이렇게 말한다.

"그래 바로 이것이다, 이것이 내 일생의 일이다. 이제 한 가지 일이
끝나니 다른 일이 시작된 것이다."

> 그날 밤 네흘류도프에게 완전히 새로운 삶이 시작되었다. 그것은
> 그가 새로운 삶의 조건에 들어섰기 때문이라기보다 이때부터 그에
> 게 일어난 모든 것이 전과는 전혀 다른 의미를 지니게 되었기 때문

---

197) 〔역주〕《죄와 벌》의 마지막 부분.

이다. 그의 인생의 이 새로운 시기가 어떻게 끝을 맺을지는 미래가 보여 줄 것이다.

도스토옙스키에서와 같이 이렇게 완전히 실패한 결말의 반복, 그것은 작가들이 더 이상 쓸 수 없었기 때문이 아닌가.

두호보르 교도와 부활

인간이 자기 자신에 대해 생각한다는 사실이 그의 행위에 대한 직접적인 해명과 근거를 제공하는 것은 아니다. 톨스토이는 자신의 예술작품들에서 그 점을 누구보다 분명하게 보여 주고 있다. 톨스토이는 인간의 사고 판단과 자기 정당화, 행위에 대한 논리적 설명 등을 그 행동의 진정한 원인과 별개의 것으로 본다.

부도덕한 엘렌과 아둔한 독일인 베르그 같은 사람들은[198] 자신이 논리적이라고 믿고 있지만 궁극적으로 그들의 행동이 그들의 논리에 근거하고 있는 것은 아니었다. 톨스토이는 자신의 행위에 대해서도 어떤 엄격한 근거를 찾아내고 싶었다. 그는 종교에서 그것을 찾을 수 있을 것이라고 생각했다. 하지만 종종 신을 찾고는 있지만 그로서는 아직 신이 어떤 존재인지 마음의 확신을 갖고 있지 못했다. 그는 기도는 자기암시라고 생각하고 있었다. 그리고 '신이란 나의 욕망입니다' 라고 쓴 원고를 고리키에게 보여준 바도 있다고 한다. [199]

《부활》은 개별 에피소드를 총합하여 엄격하게 논리적으로 체계화된 작품으로 만들어져야 했다.

---

198) 〔역주〕《안나 카레니나》의 등장인물들.
199) M. 고리키, 《레프 톨스토이. 기록들》제 18장.

한 남자가 죄를 범했다. 여자를 유혹하고는 결혼하지 않았던 것이다. 첫 여자였는데도 말이다. 여자는 파멸하고 남자는 참회한다. 남자는 의식적으로 참회하며 진실한 종교를 찾아 삶을 새롭게 갱신하며 부활한다. 작품의 기본 구상은 바로 그런 것이었다.

그러나 네흘류도프가 카튜샤를 사랑했던 봄은 좀 몸이 불었지만 여전히 아름답고 자신감에 가득한 네흘류도프가 참회의 눈물을 흘리는 부활의 가을보다 더 아름답다. 즉 사랑의 이야기가 참회의 이야기보다 훨씬 힘이 있다.

《부활》은 두호보르를 돕기 위한 기금으로 기부되었다. 톨스토이는 러시아어 출판본뿐만 아니라 번역 인세까지 모두 기부했다. 이념적으로 톨스토이와 가까웠던 영국과 미국 퀘이커 교도들이 이 돈을 전달해 주도록 지명되었다. 그러나 여기서 이해할 수 없는 일이 벌어진다. 퀘이커 교도는 물론 톨스토이를 높이 평가하고 매우 존경했지만 어쨌든 퀘이커 교도였고 청교도에 속했다.

1901년 톨스토이는 존 벨로우스라는 퀘이커 교도로부터 비난의 편지를 한 통 받았다. 벨로우스는 《부활》을 읽어 보고는 이 책 보급에 참여할 수 없으며 이 책의 번역인세로 받은 돈을 퀘이커 교도의 두호보르 기금에 출연하는 것을 반대한다고 결론을 내렸다는 것이다.

톨스토이는 이렇게 답장을 보냈다.

"내가 할 수 있는 말은 이 책을 쓰는 동안 나는 진심으로 성적 욕망을 혐오했고 그런 혐오를 표현하는 것이 이 책의 주요 목적 중의 하나였다는 것입니다. 만일 내가 그 뜻을 제대로 이루지 못했다면 유감입니다. 그리고 당신이 말한 그 장면이 당신에게 그렇게 불쾌한 인상을 불러일으켰다면, 내가 주의를 충분히 기울이지 못한 것임으로 나의 잘못이라고 생각합니다."(73, 164)

톨스토이 자신의 생각이야 어떠하든 《부활》은 사랑 소설이다. 비류코프에 따르면 영국의 한 퀘이커 교도는 카튜샤의 타락장면을 읽고는 책을 불태우기까지 했다고 한다. 미국에서는 카튜샤의 타락장면을 묘사하는 17장이 삭제된 채 출판되기도 했다.

유럽의 몇몇 출판사들도 책을 출판하면서 종교와 군대에 대한 비판을 담고 있는 장들과 토지 소유에 관한 대화 내용을 삭제해 버렸다. 톨스토이가 삶을 분석하기 위해 사용했던 여러 가지 생각의 미로와 연결된 여러 장면들을 서구 독자들은 볼 수가 없게 되었던 것이다.

이미 언급한 바와 같이 톨스토이는 카튜샤가 유혹 당하는 장면을 시적으로 강렬하게 그려내고 있다. 짙은 봄날의 풍경, 강에서 깨져나가는 얼음, 하늘의 달과 같은 자연의 모습을 민속 노래와 나란히 그려내는 기법이 바로 그것이다. 가차 없는, 그러나 아름답기 그지없는 자연이 사랑을 에워싸고 있었던 것이다.

거부되고 잊혀진 사랑, 그것은 네흘류도프가 몸담은 세계의 특징이다. 네흘류도프의 배신과 망각, 그리고 그의 세계를 지배하던 돈은 카튜샤를 몰락시키고 그녀의 운명은 그 세계의 정의롭지 못함을 보여 주는 증거다. 카튜샤는 소설의 중심이고 그녀 역시 잘못이 없지 않지만 진실한 사랑을 복원하고 그 세계의 위선을 폭로하는 것은 그녀뿐이다.

네흘류도프가 성경을 읽는 마지막 장들은, 비록 톨스토이 자신이 바로 그 장들을 위해 작품 전체를 쓴 것이라고 확신하지만, 사실 그 자신도 작품을 시작할 때 그와 같은 결론을 맺으리라고는 생각조차 하지 못했던 것이다. 게다가 그 장들은 단순히 소설을 끝맺고 있을 뿐 카튜샤의 운명에 아무런 영향을 미치지 못한다. 그녀의 운명은 이미 그녀 자신에 의해 결정된 상태였던 것이다. 카튜샤는 네흘류도프와의 결혼을 거부했다. 성경을 읽고 그런 것이 아니라 그녀 스스로 그렇게 결정했다. 성경을 읽은 네흘류도프의 운명이 과연 이후 어떻게 될 것인가에 대해서는 쓰이지 못했다. 실마리가 끊어져 버렸던 것이다. 물론 톨스토이는 네흘류도프의 이후의 운명에 대해 계속 써나가려고 했다고 언급하곤 했지만 그는 그것을 결코 쓰지 못했다.

《부활》 번역 출판권을 계약하고자 하면서 미국 출판사들이 톨스토이에게 소설의 요약본을 보내달라고 했다. 당시 그 계약을 중개하던 체르트코프는 그렇게 하겠다고 약속했다. 분명 그는 《부활》이 애초의 구상대로 쓰일 것이며 작품의 이념적 본질이 자기가 생각했던 대로일 것이라고 믿었기 때문이다.

그러나 톨스토이는 단호히 이 제안을 거절했다.

> 내게 요약이란 상상도 할 수 없는 것입니다 (…) 1부는 이미 썼지만 2부는 아직 출판되지 않았기 때문에 완전히 다 썼다고 말할 수 없는 상태입니다. 나는 그걸 바꿀 수도 있고 그 가능성을 여전히 남겨두고 싶습니다. 요약본과 원고상태를 읽어 보겠다는 것에 대해 내가 결연히 반대하는 이유는 내가 오만해서가 아닙니다. 글을 쓰는 내 정신활동이 그 어떤 다른 실용적 목적에 영향을 받아서는 안 된다는 나의 작가로서의 소명의식 같은 것 때문입니다. 그래서 나는 그런 혐오스러운 제안에 분노를 느끼는 것입니다. [200]

톨스토이의 격분을 자아낸 것은 요약본을 요구한 사실 자체가 아니었다. 요약본이란 일종의 계획서로서 톨스토이가 만든 것도 있었지만 그것은 어디까지나 자신을 위한 것이었다. 그는 그런 계획서에서 출발했지만 그것을 버리고 넘어서곤 했다. 계획서대로 확정해 나간다는 것은 창작의 자유를 부정하는 것이리라.

톨스토이에게 인식은 예술작업의 결과로서 주어지는 것이었다. 비록 톨스토이는 인식이란 한 번, 영원히 종교에 의해 주어진 것이며 종교의 진리와 예술의 진리는 일치하는 것이라고 믿고 싶었다. 그러나 종교란 예술작품의 주인공들의 삶의 행로에 대한 개요조차도 예측하도록 해 주지 못하는 것이었다.

---

[200] 1898년 12월 15일 편지(88, 133~134).

톨스토이는 1881년 이후 출판된 저작권을 부정했다.

그것은 살아 있는 가시면류관을 스스로의 머리에 올려놓은 것이라고 나는 단언할 수 있다. 이 가시면류관의 살아 있는 가시들은 작품을 출판할 때마다 점점 더 자라난다. 톨스토이는 《이반 일리치의 죽음》, 《주인과 머슴》, 《예술론》이라는 가시로 고통 받았다. 가족들은 다른 논문들에 대해서는 큰 관심을 갖지 않았다.

독자들은 톨스토이가 예술작품을 많이 쓰지 않았다는 사실에 의아해할 것이다. 톨스토이는 작품을 쓰는 것을 두려워하며 그걸 피할 구실을 찾곤 했다. 《부활》을 집필하게 된 것도 두호보르 교도를 돕기 위한 자금이 필요하다는 동기에서였다. 그런 동기는 가족과의 다툼에서도 도움이 되는 것이었다.

두호보르와 몰로칸 교도들은 러시아의 아주 외진 곳에서 평화롭게 말 없이 황무지를 개간하며 살아가고 있었다. 그런 그들이 새로운 문제에 봉착했다. 그들은 무기를 파괴했다는 이유로 박해를 받고 아이들을 빼앗겼다. 그리고 또 다른 지역으로 내몰리며 가축을 10분의 1도 안 되는 가격에 매도해야만 했다. 견디다 못한 그들은 마침내 해외로 이주하기로 결정했다. 해외로 이주하려는 사람들은 7천 명 이상이나 되었다. 이주비용과 외국에서의 정착비용이 필요했지만 각 가정이 가진 돈이래야 100루블 정도씩밖에 되지 않았다.

톨스토이는 분명한 목적 앞에서 열심히 글을 쓰는 일에 매달렸다. 그리고 〈니바〉 잡지에 소설을 발표하기로 하고 아돌프 마르크스라는 출판업자와 흥정하기도 하고 외국 출판사들과도 계약조건을 알아보았다.

두호보르 교도 이주비 마련 기금 모금운동도 기획되었다. 그러나 두 달 동안의 노력은 호소문이 실린 신문의 가판 판매금지라는 결과를 얻었을 뿐이다.

톨스토이는 안면이 있는 부호들에게 도움을 요청하는 편지를 20여 통 보냈다. 물론 가장 큰 기부금을 낸 것은 그 자신이었다. 체르트코프에게 보내는 편지에 이런 사정이 잘 나타나 있다. 편지는 뭔가 용서를 구하는 듯한 어투였다.

"두호보르 이주를 위한 자금이 얼마나 부족한지는 이제 분명해졌습니다. 내 생각에는 이렇게 해야 할 것 같습니다. 내 작품이 세 편 있지요. 이르테니예프와 부활과 세르기 신부에 대한 것이지요(마지막 작품은 최근 집필한 것이고 대략 끝을 보았지요). 이 작품들을 가능한 유리한 조건으로 영국이나 미국 일간지에 팔아서 두호보르 이주기금으로 활용할 수 있을 것입니다. 이 작품들은 지금은 내가 사용하지 않는 옛날 문체로 쓰인 것들입니다. 지금 그걸 내 마음에 들 때까지 다 고치려고 한다면 결코 끝맺지 못할 겁니다. 출판사에 그걸 넘겨주기로 한 이상 나는 지금 있는 그대로 보낼 수밖에 없습니다. 《카자크 사람들》도 그랬었지요. 작품을 다 완성하지 못한 상태였는데 당시 나는 도박에서 빚을 많이 졌고 어쩔 수 없이 그대로 돈을 벌기 위해 〈러시아 통보〉에 원고를 보내야 했습니다. 이번 경우는 훨씬 명분이 있는 것이기는 하지요. 위 작품들이 오늘날 나의 예술에 대한 관점에 충분히 부합하는 것은 아니고 형식적으로도 쉽게 읽혀지는 것은 아니라는 것은 사실입니다. 하지만 이 작품들은 그 자체로 내용상 해롭지 않을 것이고 어쩌면 유용하기조차 할 것입니다. 그래서 가능한 비싼 값으로 팔아서 출판되도록 해도 좋겠다고 생각한 것이지요. 그리고 그 돈이 내가 죽기 전에 두호보르 교도 이주 위원회에 전달되었으면 좋겠습니다."[201]

톨스토이는 이전에 민중이 족쇄에 묶여 있다고 말하곤 했지만 이제는 그 자신이 실처럼 가느다란 밧줄로, 마치 소인국 사람들이 걸리버를 묶을 때 사용한 그런 밧줄 같은 것으로 묶여 있었다. 그 자신이 스스로를 그렇게 묶어 버린 것이었다.

톨스토이는 글을 쓰고 싶었다. 생각하는 것을 써서 출판하고 싶었던

---

201) 1898년 7월 14일 편지(88, 106).

것이다. 그러나 수천 가지의, 그것도 사소한 문제들이 그를 방해했다. 소피야 부인은 자신이 남편의 논문을 정서하는 그 순간에 남편이 "내게 혐오스러운 작품 《부활》을 쓰고 있다"는 것을 받아들이기 힘들었다.

1898년 9월 12일 소피야는 사소한 일들을 기록해 놓았다. 찾아온 손님들 이야기, 세탁부와 사랑에 빠진 시종 이야기, 요리사가 병원에 실려 갔다는 이야기 등. 그리고 그 뒤에 이렇게 쓴다.

"L. N. 은 요즘 쓰고 있다는 《부활》에 대해 저녁 때 읽어 주었다. 나는 전에 들은 바 있었지만 다시 개작한 것이라고 했다. 하지만 마찬가지다."[202]

소피야는 톨스토이가 거미가 거미줄을 치듯이 명성을 이용하고 있고 위선적이라고 폭로하고 있다. "그렇게 그는 사람들에게 자신의 고귀한 감정을 묘사하고 이야기하면서 자신에 대해 감읍하고 있지만 사는 모습은 예전 그대로이다. 맛있는 먹을거리를 찾고 자전거와 승마용 말을 사들이고 육욕적 사랑에 탐닉한다."

톨스토이는 소피야가 두호보르 문제를 중시하지 않는다고 비난했다. 이에 대해 소피야는 이렇게 대답했다. "지금 누군가를 돈으로 도와줄 수 있다면 그것은 굶주림으로 죽어가는 불쌍한 우리 농민들이지 그 오만한 혁명가들, 두호보르가 아닙니다."

한 집안에 사는 가까운 두 사람이 서로 싸우고 그들 둘을 묶고 있는 날카로운 실로 서로에게 상처를 입히고 있었다.

소피야는 참지 못하고 이성을 잃은 채 톨스토이를 비방한다.

"나는 머리로나 가슴으로나 도대체 이해할 수 없다. L. N. 이 저작권을 포기하겠다고 신문에 포고를 한 뒤에 겨우 하나 나온 이 작품이 〈니바〉 출판사 마르크스에게 막대한 금액으로 팔렸는데 왜 이 돈이 흰 빵하나 제대로 못 먹는 손자들이나 가난에 빠진 제 자식들이 아니라 전혀

---

202) 《소피야의 일기》, 제3부, 73쪽.

알지도 못하는 두호보르 족속들에게, 내가 아무리 해도 내 자식들 이상
으로 사랑할 수 없는 그들에게 주어져야 한단 말인가. 하지만 나중에 이
세상 모든 사람들에게는 톨스토이가 두호보르에게 도움을 주었다는 사
실만 알려질 것이다. 신문이나 역사책이나 다들 그렇게 써댈 것이다.
자기 자식들과 손자들은 거친 흑빵이나 씹고 있을 때 말이다.”

손자들과 자식들은 반쯤 백만장자였다. 그리고 열한 권에 이르는 선
집 저작권도 가지고 있었다. 흰 빵이래 봤자 500그램짜리 하나에 4코페
이카에 지나지 않았다. 그들은 제일 좋은 흰 빵을 열차로 가득 사들일
수도 있었다.

하지만 다음 날 소피야는 울면서 남편에게 다정하게 대하려고 했다.

사람들은 죽어 가는 삶의 조직 속에 얽혀 있기 마련이다. 톨스토이도
이 실타래를 풀어내지 못했고 스스로 그 속에 뒤엉켜 있었다. 그는 모든
사람이 땅을 파야 한다고 믿으며 굳은살이 박이는 노동으로 모든 사람
들을 초대했다. 그런데 어느 날 핀란드 출신의 미국인으로 우연히 거부
가 된 사람이 그를 찾아와서 미국에서는 10%의 사람들만이 땅을 판다,
그런데도 식량이 넘쳐난다고 말했다. 톨스토이는 충격을 받았다. 그는
그 사람에 대해 이렇게 말하곤 했다. “겉모습은 아주 볼품이 없었지만
세련된 미국인들보다 엄청나게 흥미로운 이야기를 많이 했다.”[203]

미국에서는 너비가 20여 미터가 되는 쟁기로 밭을 간다는 말을 듣고
톨스토이는 이렇게 쓴다. “그것의 의미는 무엇인가? 그것은 어떤 결과
를 가져올 것인가? 정말 중요한 문제다. 그러나 나는 아직 그 의미를 충
분히 파악하지 못했다.”

톨스토이가 사람들을 불러 모으고 있었던 그 농민 유토피아의 섬은
사라져 버렸다. 톨스토이는 공장에서는 여성용 사치품들만 생산된다고
믿고 있었다. 그리고 문제는 8시간 노동제를 확립하는 것이 아니라 모

203) 1895년 10월 5일 기록(53, 59).

416

든 사람을 토지로 돌려보내는 것이라고 생각했다. 그러나 밭을 가는 데
모든 사람이 필요한 것은 아니었다. 따라서 다른 진실이, 다른 삶이 필
요했다. 그는 그곳을 향해 뚫고 나아가려 했지만 나아갈 수 없었다.

그는 일을 하고 싶었고 글을 쓰고 싶었다. 그는 체르트코프에게 편지
를 쓴다.

> 나는 가끔 《부활》에는 훌륭하고 가치 있는 것들이 많이 담길 것이라
> 고 생각합니다. 하지만 가끔 내가 내 자신의 욕망에만 매달리고 있
> 다는 느낌도 듭니다 (…) 나는 이제 《부활》외에는 그 어떤 다른 일
> 도 결코 할 수가 없습니다. 포탄이 지면에 가까워질수록 점점 더 그
> 속도가 빨라지는 것처럼 내 인생도 이제 거의 마지막을 향해 달려가
> 고 있지요. 나는 지금 그 무엇에 대해서도 생각할 수 없어요. 아니
> 생각할 수 없는 것이 아니라 할 수 있고 또 하고 있지요. 하지만 이
> 일 말고 다른 무엇에 대해서도 생각하고 싶지가 않은 것입니다. [204]

그는 인생에 대해, 카튜샤 마슬로바에 대해, 자기 자신의 젊은 시절
에 대해, 도시와 혁명가들에 대해 생각하고 있었다. 그는 작품으로 벌
어들일 돈을 기부할 것이라는 생각에서 작품에 몰두할 명분을 찾았다.
그는 지지부진하던 작업에 매달려서 마치 대포처럼 소리를 내며 날아가
고자 했다. 그는 이제 자신의 인생이 거의 막바지에 다다르고 있다고 생
각했다. 하지만 그에게는 아직 더 가야할 길이 남아 있었다.

1898년 10월 12일, 〈니바〉의 아돌프 마르크스와 1만 2천 루블의 선
급금을 받기로 하고 출판계약이 성립되었다.

두호보르 교도가 러시아를 떠나 외국으로 가기 위해서는 돈 뿐만 아
니라 여러 가지 주선해야 할 일과 안내자 등이 필요했다. 톨스토이는 안
내자로 아들 세르게이와 레오폴드 술레르지츠키를 파견했다. 술레르지

---

204) 1898년 11월 23일 편지(88, 141~142, 145).

츠키는 화가이자 가수였고 나중에는 영화감독을 하기도 했던 인물이다. 그는 새보다도 재능이 넘치는 인물로서 새는 하나의 제 노래만 했지만 그는 자기 노래를 직접 만들어 부를 수 있었다.

숄레르지츠키는 익살이 넘치는 농담과 집시 노래로 야스나야 폴랴나의 적막함을 깨뜨리고 다녔다. 그는 톨스토이를 잘 이해하고 있었고 두려워하지 않았다. 톨스토이 집안에서는 다들 그를 숄레르라고 불렀다. 막심 고리키는 그에 대해 이렇게 묘사했다.

"내일 그는 무슨 일을 벌일까? 혹시 폭탄이라도 던지지 않을까, 아니 어쩌면 선술집 노래패들과 합창을 해대지 않을까. 그에게 넘쳐나는 정열은 300년이 지나도 여전할 것 같다. 생명의 불꽃이 활활 타올라 그는 달구어진 쇠처럼 굵은 땀방울을 뚝뚝 흘리고 있는 것만 같다."[205]

톨스토이는 숄레르지츠키에게 다정하게 대해 주었지만 숄레르가 삶과 사람들에 매이지 않고 지나치게 자유를 꿈꾸는 것을 질책하곤 했다.

숄레르지츠키는 두호보르 교도들을 위해 선박을 임차하는 일 때문에 카프카스에 갔다가 예기치 않게 야스나야 폴랴나에 돌아왔다. 그 당시 야스나야 폴랴나에는 톨스토이가 잘 아는 변호사가 와서 《부활》의 재판장면을 검토하고 있었다. 톨스토이는 이미 자신의 모든 지식을 작품에 쏟아 부은 상태였지만 검토에 검토를 거듭하고 있었던 것이다. 톨스토이는 숄레르의 보고를 받고는 다시 카프카스로 돌아가도록 당부했다. 그리고 생각이 바르고 합리적이었던 아들 세르게이를 함께 보냈다. 그는 정직하고 꼼꼼했으며 언어에 대한 지식도 많았다. 톨스토이는 골리친 공작에게 보내는 편지도 한 통 썼다. 숄레르지츠키는 이미 티플리스에서 추방당한 상태였다.

당국은 두호보르에 대한 온갖 청원을 혐오스러워 했지만 톨스토이를 두려워하면서 어떤 면에서는 그에게 존경을 표현하면서 어서 빨리 두호보

---

205) M. 고리키, 30권 선집, 제14권, 국립문학출판, 1951, 254쪽.

르 교도들이 이주해 나가기만을 고대하고 있었다.

11월 중순 달이 밝은 밤에 술레르지츠키와 세르게이는 바툼 근교의 작은 마을 스크라에 도착했다. 두호보르 교도들은 움막집에서 살아가고 있었다. 그들을 서로를 알료샤, 바샤하고 간단한 애칭으로 불렀다. 어린애들도 부모를 그렇게 불렀다. 그러다가 좀 더 나이가 들면 아버지를 '라지첼'이나 '스타리치카'로, 어머니를 '냐냐'206) 라고 불렀다.

징집 연령에 달하는 청년들은 보이지 않았다. 그들은 이미 외국으로 보내졌던 것이다. 노인들과 여자들, 나이 지긋한 사람들이 대부분이었다. 거의 100살이 다 된 노인이 한 사람 있었는데 세바스토폴 전투에 참여했던 군인으로 그리샤 보코보이라는 인물이었다.

두호보르 교도들은 몸집이 크고 수염을 기르고 있었다. 여자들은 헐렁하고 긴 웃옷에 주름치마를 입고 작은 모자를 뜨고 다녔다. 옷 색깔은 푸른색과 붉은색이 주종이었다.

모두들 지쳐서 어서 빨리 떠날 날만 기다리고 있었지만 일은 계속 지체되었다.

12월 8일 햇볕 좋은 따뜻한 날 바툼 항구에 황태후 마리야 표도로브나가 황제의 요트 '제르자바'를 타고 도착했다. 골리친 공작은 황태후를 맞으러 떠났다. 세르게이는 가까스로 공작에게 편지를 전할 수 있었고 마침내 문제가 완전히 해결될 수 있었다. 술레르지츠키는 두호보르 교도를 증기선 '구로브' 호에 승선시키기 시작했다. 좌석은 제비뽑기로 결정했다. 좌석의 절반은 빛이 전혀 들지 않는 어두운 곳이었다. 입구 뚜껑을 열어야만 겨우 빛이 들었다. 그렇게 거의 한 달가량을 항해해야 했다. 각자 차지한 공간은 분필로 표시되었다. 마침내 승선이 완료되었다. 위 갑판에 자리 잡은 교도들이 느릿한 찬송가를 부르기 시작했고 방

---

206) 〔역주〕'로지첼'은 러시아어로 부모를, '스타리치카'는 노인이나 어른을 가리키고, '냐냐'는 보모나 유모를 가리킨다. 즉 이들은 모든 어른을 똑같이 어버이로 여기는 공동체적 언어생활을 하고 있다는 의미이다.

한용 두건을 두른 아드자리야인[207]들이 떠나가는 사람들을 배웅했다.

증기선은 바다로 나아가 멀고 먼 캐나다로 향했다. 그곳은 낯선 언어의 나라였고 경작지는 넓디넓겠지만 삶은 옹색할 것이었다. 증기선은 끝없는 대양 너머의 평범한 삶을 향해 항해했다.

세르게이는 다른 배 한 척을 세내어 거기에 판자를 깔아 침대를 만들었다. 두호보르 교도들이 오랫동안 살았던 높은 산 위의 방목지는 황량하게 텅 비어 있었다.

새로운 세기의 시작

1.

1900년, 도시들마다 20세기의 도래를 알리는 경축행사가 요란했다. 새로운 세기, 두 번째 천년의 마지막 세기가 시작된 것이다.

도시 사람들은 그들이 도시를 제대로 건설했고 기구를 타고 하늘을 날아다닐 수 있으며 기차와 자동차를 타고 다니고 전화로 이야기를 나눌 수 있게 되었으니 이 모든 것은 건전한 상식의 승리의 시대가 도래한 것이라고 생각했다.

신문들은 미래의 기술문명에 대한 조감도를 앞 다투어 그려냈다. 날개가 달린 공기구, 자동차, 비행기 따위는 미래에 실제로 구현될 것이었다. 먼 아프리카에서는 영국인들이 보어인들에게 총질을 했고 보어인들은 영국인들에게 저항의 총격을 가했다. 중국에서는 제국주의자들이 민중 봉기에 맞서 전투를 벌이고 있었다. 거대한 증기선들은 서로 앞을 다투며 바다를 건넜다. 배 위에서는 음악이 연주되었다. 증기선들은 안개를 뚫고 오만하고도 당당하게 나아갔고 그 중 일부는 바다 속으로

---

207) 〔역주〕현 그루지야 공화국 내의 소수 민족. 자치구를 이루고 있음.

영원히 떠나버리기도 했다.

당시에 이미 무선통신기가 지지직거리고 있었으며 우연히 '안개 그림'이라고 불리던 컬러 환등기가 발명되어 어디로 튈지 모르게 흔들리던 흑백 영사기의 스크린을 대체하고 있었다.

도시의 거리에는 가로등이 훨씬 많아져서 도시의 밤하늘은 불그레한 불빛이었으며 그 불그레한 밤안개 속에 별빛은 찾아볼 수 없게 되었다.

매연도 늘어났다. 러시아 도시들에는 겨울이면 시커먼 눈이 내렸다. 세계는 격렬하고, 그리고 우울하게 변해가고 있었다.

시간은 더욱 빠르게 흘러가는 것 같았다. 새로운 발명은 또 다른 발명으로, 사건은 또 다른 사건으로, 그리고 슬픔은 또 다른 슬픔으로 대체되었다. 질병 백신이 등장했고 출판 부수도 증대되고 외국 신문들도 들어왔다.

야스나야 폴랴나 주변의 나무들은 더욱 높이 자라났고 찾아오는 손님들도 더 많아졌다. 톨스토이는 러시아의 98퍼센트는 농민이며, 모든 사람들이 농촌에 살아야 한다고 여전히 믿고 있었다.

시대에 대한 톨스토이의 통찰은 빗나간 것이었다. 그의 유토피아의 커다란 배는 후진하여 과거로 나아가고자 했지만 바람은 뒤에서 돛을 밀어 미래로, 이해할 수 없는 낯설고 적대적인 미래로 몰아가고 있었다. 특히 나는 '이해할 수 없는'이라는 단어를 강조하고 싶다.

그러나 톨스토이는 다른 누구보다 많은 것을 통찰하고 있었다. 그는 세상 사람들 99퍼센트를 파멸시킬 수 있을 강력한 파괴력을 가진 전쟁이 일어날 수 있을 것이지만, 그럼에도 불구하고 부자들의 탐욕의 광기를 저지하지는 못할 것이라고 경고했다.

이 당시 그는 무저항에 대한 주문을, 그리고 영혼을 위해 살아야만 한다는 똑같은 주문을 매일같이 일기에 적어놓고 있다. 민중들과 같은 영혼을 지닌 사람, 보편적 존재의 힘에 의해 개별적인 자신의 사상을 규정하는 사람, 이 개별적인 자신의 사상이 얼마나 무력한가를 잘 알고 있는 사람, 그런 사람으로서 그러나 그는 사상이 존재를 바꿔놓을 수 있다고 확신하고 있었다. 그는 야스나야 폴랴나, 이 외진 마을을 바꿈으로써 삶을 개조하고 싶었다. 그러나 그곳의 여인들은 이 위대한 늙은이의 말에 귀를 기울이지 않았다.

20세기는 전쟁과 함께 시작되었다. 필리핀 제도와 트랜스발에서 전쟁이 발발했다. 이 전쟁은 특히 혐오스런 전쟁들이었다. 톨스토이는 "이제 코흘리개 어린 학생도 전쟁을 비판하는 마당에 미국인과 영국인이 벌이는 전쟁은 끔찍한 일이다"[208] 라고 말했다.

1900년 1월 13일 〈만인을 위한 삶〉 편집자인 문학가 포세가 모스크바의 집으로 톨스토이를 방문했다. 그는 알렉세이 페시코프라는, 막심 고리키라는 필명으로 이제 막 명성을 날리고 있던 청년 작가를 대동하였다. 톨스토이 집안에서는 고리키를 따뜻하게 맞이했다. 먼저 아내 소피야와 딸들이 손님을 맞이했고, 곧이어 톨스토이가 침실에서 걸어 나왔다. 그는 구부정한 어깨 위에 커다란 양모 숄을 걸치고 있었다.

톨스토이는 건강이 좋지 않은 상태였고 키마저 훌쩍 작아진 것처럼 보였다. 하지만 그의 큼지막한 손은 악수할 때 뜨겁게 느껴졌다. 포세가 물었다.

"건강은 좀 어떠십니까, 선생님?"

"좋아, 좋아요 …" 톨스토이가 대답했다. "죽을 때가 다 된 것이지. 괜찮아. 때가 됐지."

큰 키에, 푸르스름한 눈, 긴 콧수염, 넓은 어깨의 고리키는 다소 긴장해서 헛기침을 하면서 커다란 손으로 짧게 깎은 짙은 아마 빛 머리를 매만지고 있었다. 그들의 대화는 처음에 정치와 문학에서부터 시작되었다. 톨스토이는 영국인과 보어인들이 사실은 서로 대량살육을 저지르면서도 전쟁이라고 변명한다고 비판했다. 그래서 톨스토이는 보어인

---

208) 1900년 1월 8일 기록(54, 532).

의 승리 역시 죄악이지만 자신으로서는 어쩔 수 없이 그것을 기뻐하지 않을 수 없다고 자조적으로 말했다.

이런 이야기를 하면서 톨스토이는 몇 번이나 고리키를 돌아보았다. 고리키는 담배를 물고 성냥불을 긋고 있었다. 하지만 그는 문득 '여기서 담배를 삼가 주십시오'라는 글귀가 벽에 붙어 있는 것을 보고는 황급히 동작을 멈췄다.

"괜찮소. 저 글엔 신경 쓰지 마시오. 피우고 싶으면 피우세요." 톨스토이가 이렇게 말했다.

고리키는 담배를 피워 물고 톨스토이에게 물었다.

"혹시 《포마 고르데예프》라는 제 작품을 읽어 보셨습니까?"

《포마 고르데예프》는 고리키의 최초의 장편이었다.

톨스토이가 대답했다. "읽기는 했소만 다 읽지는 못하고 포기했소. 꾸며낸 이야기가 너무나 지루해요. 세상에 그런 것은 과거에나 앞으로나 있을 수가 없지요."

"저는 포마의 어린 시절이 결코 꾸며낸 것만은 아니라고 생각합니다만." 고리키가 반박했다.

"아니요. 전부 꾸며내기 급급한 것이오. 용서하세요. 하지만 마음에 들지 않는 건 사실이오. 이를테면 당신 작품 중에 《골트바 시장》이라는 단편이 있지요? 그건 아주 마음에 들더군요. 담백하고 진실이 담겨 있지. 그건 두 번이라도 읽을 수 있소."

톨스토이는 이 단편이 고골을 연상시킨다고 말하면서 러시아 문학에는 그런 유머가 너무 부족하다고 아쉬움을 토로했다.

대화는 고리키의 《바렌카 올레소바》와 《26명의 사내와 한 처녀》에 대한 이야기로 옮겨갔다.

《바렌카 올레소바》는 목욕할 때 자신을 몰래 훔쳐보았다는 이유로 한 젊은 사내를 몹시 두들겨 패는 처녀에 대한 이야기다. 이에 대한 대화내용은 고리키의 문학 초상 《레프 톨스토이》에 잘 나와 있다.

내가 모스크바의 그의 저택에서 처음 만났을 때 그는 나를 서재로 데리고 가서 마주 앉혀 놓고 《바렌카 올레소바》와 《26명의 사내와 한 처녀》에 대해 이야기하기 시작했다. 나는 그의 어조에 압도되어 정신이 하나도 없었다. 그의 말은 가차 없고 단호했다. 그는 건강한 처녀에게 수치심 같은 것은 없다고 증명했다.

"열다섯 된 건강한 처녀라면 누구나 안아주고 만져주길 바라는 법이지."209)

고리키는 이 대목 바로 몇 줄 앞에서 이렇게 말하고 있다. "나는 항상 여성에 대한 그의 견해가 몹시 마음에 들지 않았다. 그의 견해는 완전히 '세속적'이었다. 그의 말에는 뭔가 가식적이고 진실하지 못한 점이 묻어났다. 하지만 동시에 매우 인간적인 것이었다."

고리키는 당시 톨스토이 일기에 대해 알고 있지 못했다. 출판된 적이 없었기 때문이다. 그러나 그는 톨스토이가 무슨 생각을 하고 있는지 예측하고 있었다.

톨스토이는 1900년 1월 고리키와 만난 뒤 비망록과 일기에 기록을 남긴다. 1월 16일 기록은 상세하다. 그는 성욕은 억제해야 하며 만일 그럴 수 없다면 결혼해서 여자와 함께 아이를 양육해야 한다고 쓰고 있다. 그리고 그보다 더 나쁜 방법들을 추가로 여섯 가지 열거한다. 맨 마지막 방법에 대해서는 몇 가지 다른 판본이 존재한다. 그 중 두 가지를 보자.

"비도덕적이고 부정한 아내와 사는 것은 무엇보다 가장 나쁘다."(54, 10) 그리고 그 뒤에는 "이 부분은 찢어내야만 한다"고 씌어 있다. 그러나 이것뿐만 아니라 그 이전의 글도 그대로 보존되었다. 최초의 것은 이렇게 씌어 있었다. "육체적으로는 순결하지만 정신적으로 비도덕적인 여자와 결혼해서 인생을 함께 하는 것, 그것은 무엇보다 나쁘다."

이 판본은 비망록에도 들어 있다. 분명 이 기록은 고리키와 대화를 나

---

209) M. 고리키, 전집 제 14권, 292쪽.

눈 직후 쓰인 것이다. 거기에는 고리키가 말한 바와 같은 그런 감정이 들어 있다.

2.

톨스토이는 레닌이 말했듯이 모스크바 '이층집'에서 호사스럽게 살았다. 그는 가족과 친지들에 둘러싸여 살아갔지만 동시에 모두와 고립된 채 홀로이 걸어가고 있었다.

이런 이중적인 생활은 톨스토이 작품들이 나오면 주위 사람들이 항상 매우 낯설어 하면서 톨스토이가 평소 생각하고 쓰는 것과 전혀 다른 것 같다는 반응을 보였다는 점에서 잘 알 수 있다.

이런 점을 희곡 《산송장》에서 추적해 보는 것은 아주 흥미롭다. 톨스토이 자신은 일기에서 이 작품을 그저 '송장'이라고 지칭한다. 1897년 12월 29일 일기에는 "하지 무라트에 대해 생각하고 있다. 어제는 하루 종일 희곡 《산송장》의 구상에 매달렸다"라고 씌어져 있다.

그러나 다음 두 해 동안 톨스토이는 《부활》 집필에 매달려야 했다.

1900년 1월 초 톨스토이 일기. "《바냐 외숙》 공연을 보고 몹시 흥분에 사로잡혔다. 나도 희곡을 쓰고 싶다는 충동을 느끼고 《산송장》의 윤곽을 잡았다."

그리고 이 다음부터 《산송장》에 대한 집필 작업에 대한 기록이 하나씩 계속 등장한다.

8월 15일. "《산송장》 집필을 끝냈지만 그것은 계속 더 깊이 나를 끌어당긴다."

탐구는 끝이 없이 계속되었다. 여러 변형된 장면들이 교체되고 때로는 정말 비할 바 없이 빼어난 장면들이 삭제되기도 했다.

9월 7일 일기. "페쟈의 대사: 그런데 혹시 내가 실수를 한 겁니까? 하지만, 이미 엎질러진 물이지. 어쩔 수 없지."

이런 대사는 완결된 최종 작품에는 포함되어 있지 않는 것이다.

얼마 되지 않아 톨스토이는 '죽음을 대가로 치르고 모든 것을 버려야 할지라도 거짓된 위선의 삶으로부터 진실한 삶으로의 탈주'라는 주제로 방향을 전환한다. 곧바로 새로운 구성방안이 떠올랐다. 모든 사상이 다 토로되지 않고 서로 뒤섞이는 살아 있는 대화를 구축하는 것이다. 그리고 다시 이것은 행위가 없이 여러 에피소드로 구성된 희곡을 만들려는 생각으로 발전한다.

일기를 보면 톨스토이가 《산송장》의 집필에 매달리는 것이 마치 체호프와 논쟁을 벌이고 있는 것만 같다. 그는 체호프와 더불어 나아가면서, 혹은 그와 논쟁을 벌이면서 새로운 극작법의 길을 열어 가고 있었던 것이다. 문학형식의 측면에서 《산송장》은 가장 예리한 작품이다. 《계몽의 열매》와 《어둠의 왕국》은 전통적 극작법으로 씌어진 5막 고전극이다. 《산송장》은 체호프의 성취를 목격하고, 그의 경험을 수용하면서 (물론 체호프에 완전히 동의하는 것은 아니지만) 창조된 것이다.

A. 코니는 "현실에서의 《산송장》"이라는 글에서 이렇게 언급한다. "어떤 사람들은 《산송장》에서 극예술의 새로운 발전을 거둔 새로운 말을 볼 것이며, 어떤 사람들은 짧고 빠르게 교체되는 장면들을 거의 영화와도 같은 것으로 비교해 볼 수도 있을 것이다."[210]

톨스토이가 예술형식에 이렇게 깊은 관심을 가진 것에 대해 그가 당시 회전식 무대에 아주 깊은 관심을 가지고 있었기 때문이라고도 말하는데 예술 전문가의 입에서 나온 말은 아니다.

사실 톨스토이가 순수한 예술적인 문제의식을 가장 중요한 것으로 생각했다는 지적도 많다. 이에 대해서는 골덴베이저의 《옆에서 본 톨스토이》에 잘 나와 있다. 톨스토이는 실제 대화의 단속성, 완전히 끝맺음되지 못하는 대사 등에 주목하고 이런 특성을 극작법에 활용해야 된다고 말하곤 했다는 것이다.

---

210) 《황립극장 연감》 1911, 제 6호, 13~23쪽.

모스크바 지방법원장이었던 N. 다비도프는 《과거로부터》(1914) 라는 책에서 이 희곡이 아내를 자유롭게 해 주려고 위장자살을 시도했던 사람에 대한 재판과 아주 유사하다고 자세히 논증한다. 코니는 앞에 인용한 글에서 이에 관해 몇 가지 의혹을 제기한다. 그는 아주 조심스럽게 그 유명한 기메르 사건에 대해 언급하면서 분명 그 사건이 "어떻게든 《산송장》의 사건에 영향을 주고 있다"고 본다.

다비도프의 사건에 대한 기억은 부정확한 것이었다. 코니는 이 부정확성을 지적하고 이렇게 말한다. "최근 실험심리학은 목격자 진술이 얼마나 객관적인 정확성을 지니고 있는가를 평가하기 위해 여러 가지 방법을 적용해본 결과, 인간의 기억은 사건 이후 일정한 시간이 경과하는 과정에서 대부분 구체적 정확성을 상실하고 그래서 거기에 생긴 공백을 어떤 생각들로, 아주 양심적인 것이지만 진실과는 아주 거리가 먼 그런 생각들로 채우려고 노력한다는 결론을 내렸다. 이런 경우 인간의 생각은 자신도 모르는 사이에 '그럴 수도 있었다'에서 '그랬어야 했다'로, 그리고 결국엔 '그랬다'로 변해간다."

우리는 문학에 관해서도 이렇게 말할 수 있는데, 문학작품을 읽고 작품에 활용된 어떤 원형에 대해 기억하고 있는 사람이 그 원형이 되었던 사람의 실제 삶의 이야기를 거기에 뒤섞어 덧붙인 다음, 작품에 그렇게 그려져 있다고 생각하곤 하는 것이다. 그에게 그것은 마땅히 그랬어야 하는 것으로 여겨지기 때문이다.

톨스토이의 주인공 페쟈 프로타소프는 교육도 잘 받고 예술을 사랑할 줄도 아는 부유한 사람이었다. 그는 프록코트를 입고 수사관 앞에 출두하여 호소력 있게 설명한다. 그의 아내 역시 부유하고 반쯤 귀족의 피가 섞인 가문 출신의 여자였다. 프로타소프의 아내와 사랑에 빠진 남자는 카레닌이라는 성에 빅토르라는 이름을 가진 귀족이었다. 그의 어머니 이름은 안나 드미트리예브나 카레니나다. 물론 《안나 카레니나》의 여주인공은 안나 아르카지예브나 카레니나다. 부칭이 다르긴 하지만 이것은 이혼의 불가능함이라는 주제로 돌아가고 있다는 것을 의미하는 것일 수 있다. 프로타소프의 아내 역시 《안나 카레니나》에 그려지고 있는 그런 세계에 속해 있었기 때문이다.

기메르 가족 사건은 실제 있었던 것이지만 톨스토이 작품은 그에 기초해 있는 것은 아니다.

다비도프가 말하는 기메르는 타락한 데다 교육도 많이 받지 못한 인물이었다. 그는 아내의 집에 기생하며 사소한 것까지 아내의 것을 빌려 쓰는 인물이다. 아내 예카테리나는 나중에 그녀와 함께 유형을 가기를 바라는 한 농부와 사랑에 빠진다.

희곡이 이미 완성되었을 때 처음에는 기메르의 아들이, 다음에는 기메르 자신이 톨스토이를 찾아와 희곡을 출판하지 말아달라고 간청했다. 사건은 모두 다 종결된 상태였다. 간통으로 고소당한 예카테리나 기메르는 유형을 면한 대신 간호사로 1년을 근무하도록 선고받았다. 톨스토이는 기메르 사건에 대한 소문을 듣고는 있었지만 그를 직접 본 것은 희곡을 다 끝낸 뒤였고 그때서야 사건의 진상을 정확하게 알게 되었던 것이다.

사실 이 사건과 희곡은 유사성이 많지 않다. 물론 유사성이 전혀 없는 것은 아니어서 이 희곡을 읽은 사람들은 이 사건과의 약간의 연관성에 주목하며 희곡의 이야기를 변형시키곤 했던 것이다. 이 점에서는 코니도 마찬가지였다.

톨스토이 주변사람들은 희곡을 성공적인 작품으로 생각하지 않았다. 코니는 논문에서 이렇게 언급한다. "나는 최종적인 작가의 창조적 손길이 닿지 않은 《산송장》의 출판과 공연을 특히 환영할 수 없다고 생각한다."

이를 두고 논쟁까지 일어났다. 이 희곡을 쓴 사람이 톨스토이가 맞는가? K. 아라바진은 희곡의 진본성을 옹호하며 이렇게 말했다. "무대에 올려진 희곡이 톨스토이가 쓴 바로 그 희곡이 아니었다는 아주 믿을 만한 킨댜코바 씨의 증언에도 불구하고 희곡의 진본성에 대한 의혹이 일고 있다. 그러나 그런 모든 의혹들은 전혀 아무런 근거가 없는 것들 이다."[211]

아라바진은 톨스토이가 여기저기 가필하여 그 필체가 남아 있는 희곡 원고에서 직접 인용하고 있다. 그는 왜 희곡이 출판되지 않았는가를 설 명하면서 톨스토이의 딸 알렉산드라의 견해를 끌어온다. "톨스토이는 실제로 사건의 '여주인공'을 소개받아 사건에 대해 알게 되었지만 그가 들은 실제 사건은 그의 기대에 미치지 못한 것이었다."

테네로모(파이네르만)은 또다른 설명을 한다. "톨스토이는 자신의 희 곡이 거의 완전히 잊고 있던 《무엇을 할 것인가?》[212] 와 유사하다는 것 을 알고 놀라움과 불쾌함을 느꼈다. 이 점에서 그는 한 번 공격해서 먹 이를 잡지 못하면 포기한다는 호랑이에 자신을 비유했다."[213]

실제 호랑이가 그런지 아닌지는 모른다. 그러나 사실 톨스토이는 보 통 자신의 구상을 작품화하기 위해 수십 번을 더 고쳐 썼지 고쳐 썼지 결 코 포기하지 않았다. 게다가 《무엇을 할 것인가?》와 유사해서 놀랐다 는 것은 이해할 수 없다. 희곡 자체에서 이 소설에 대한 언급이 나오기 때문이다.

이를테면 4막에 나오는 마샤와 페쟈의 대화를 보자.

마샤: 그런데 《무엇을 할 것인가?》 읽어 보았어?
페쟈: 읽어 본 것 같은데.
마샤: 지루한 소설이지만 하나는, 단 한 가지는 아주아주 좋아. 라

211) K. 아라바진, 《산송장》, 《황립극장연감》 1911년 제 6호, 69, 75쪽.
212) 〔역주〕 체르니솁스키의 소설. 이 작품에서 주인공 남자는 자신이 사랑 하는 여인이 자신의 친구를 사랑하고 있다는 것을 알고 그녀가 자신에 대한 책임감에서 벗어나 진정한 사랑을 찾을 수 있도록 자살을 위장하 여 그녀로부터 떠나간다.
213) 테네로모, 《산송장》 창작사, 〈세계의 파노라마〉, 1911년 제 130호.

호마토프던가, 그 사람이 물에 빠져 죽은 것처럼 위장하는
장면 말이야. 근데 넌 수영할 줄 알아?

페쟈: 아니.

집시여자인 마샤가 《무엇을 할 것인가?》를 부정확하게 언급하고 등
장인물 이름도 잘못 지적하고 있지만 핵심 내용은 정확하다. 자신의 아
내를 자신으로부터 벗어나게 해 주려는 선량하고 도덕적인 한 남자가
자살을 위장한다는 이야기.

예브게니 아니츠코프 교수를 비롯하여 톨스토이 동시대인들은 또 다
른 특징들을 지적하며 《무엇을 할 것인가?》와 《산송장》의 유사성을 주
장한다.

《산송장》의 올바른 창작사 문제는 톨스토이가 어떤 몰락한 인간의 실
패한 자살 기도라는 비극적 이야기를 이 작품에 묘사하려고 했느냐 아
니냐에 있는 것이 아니다. 톨스토이는 삶으로부터의 탈주라는 자신이
좋아하던 자신의 이야기를 하고 싶었다. 삶으로부터 탈주는 여기서 이
름의 상실로 형상화되었다. 그 당시 그런 이야기는 수도 없이 많았다.
이름의 상실은 신분증을 교체하는 방법으로 이루어진다. 이를테면 아
흐샤루모프의 《타인의 이름》214) 이라는 소설도 그와 같은 모티프에 근
거한다.

삶에서 벗어나야 할 필요성, 더 이상 그 자신이 아니고자 하는 갈망,
거짓된 삶으로부터 과감히 벗어나고자 하는 희망은 다양한 방법으로 톨
스토이 작품들에 구현되고 있다. 《세르기 신부》, 《현인 표도르 쿠즈미
치의 수기》, 《코르네이 바실리예프》, 《산송장》 등이 모두 그러하다.
이 작품의 주인공들이 자신의 삶을 떠나는 근거는 서로 다르지만 모두
긍정적으로 그려진다. 모두들 자신이 영위하는 삶이 옳지 않고 잘못된

---

214) N. 아흐샤루모프(1819~1893)의 소설. 1861년 〈러시아 통보〉지에 게
재됨.

것임을 깨닫고 떠나가는 선량한 사람들인 것이다.

그러나 톨스토이는 이 희곡을 완성하지 않았다.

《하지 무라트》나 다른 여러 작품들을 출판할 수 없게 만들었던 저작권 문제가 원고 완성을 미루게 했다는 것은 그리 신빙성이 없다. 극작품들에 대한 저작권은 다른 작품들과 달리 톨스토이가 여전히 가지고 있도록 되어 있었다. 따라서 《계몽의 열매》와 《암흑의 힘》으로 받은 돈은 톨스토이 개인의 것이었다. 그것은 자신이 필요한 곳에 나누어줄 수 있는 돈이었다.

《산송장》이 무대에 올려지도록 원고를 완성해서 넘겨주지 않은 것은 이 작품의 예술성이 톨스토이 자신의 예술이론에 부합하지 않았기 때문이라고 보는 것이 보다 정확할 것이다. 《모파상 저작집 서문》(1894) 이나 《예술론》 등을 보면 아주 흥미로운 톨스토이의 예술관을 볼 수 있다. 그러나 실제 톨스토이의 작품이 그런 이론에 기초해서 창작된 것은 결코 아니다. 《카프카스의 포로》와 민화들은 다소 예외라고 할 수 있다. 일기에는 《산송장》이 어쩌면 잘 읽히고 좋은 반응을 받게 될지도 모르겠다는 기록이 있다.

그러나 이 작품은 그 이념이나 사건 전개, 인물들의 성격 특성에 있어 톨스토이 예술론과 톨스토이주의 도덕률과 대립된다. 이런 점에서는 사실 체르니셉스키 소설에 제시되는 삶의 규범과 일치한다. 다만 톨스토이는 낡은 삶의 틀에서 벗어난 뒤 무엇을 할 것인가, 땅을 파고 농사를 짓는 것 외에 다른 무엇을 할 수 있을 것인가에 대해 알지 못했다. 그러나 이 작품에서는 모든 것이 예기치 않게 결정되고 있다. 긍정적 주인공은 알코올 중독자이고 이혼의 문제를 해결하는 방식은 《크로이체르 소나타》를 집필한 사람의 그것이 아니었다. 톨스토이는 어떤 점에서는 안나 카레니나를 가정을 파괴한 죄인이라고 생각하고 있었다. 하지만 페자 프로타소프는 아내를 해방시켜주고자 한다.

《산송장》은 톨스토이 사후 모스크바 예술극장과 알렉산드린스키 극장에서 공연되었다. 톨스토이 유작 출판사와 극장 간의 계약에 따라 희곡은 신문 〈러시아 말〉지 한 호에 전작 게재되었다. 215) 이 신문은 완전 매진되었고 전신으로도 보급되었다. 당연히 저작권 문제가 발생했다. 톨스토이 상속인들은 출판권을 주장했고 신문 발행인이었던 시틴으로부터 막대한 금액을 지불받았다.

3.

'물질주의의 죄악'은 존재하는 것이다.

시계가 우리가 원하는 시간을 가리키도록 만들 수는 있을 것이다. 그러나 그러려면 시계바늘을 그 물질적 토대로부터, 시계 조직으로부터 분리시켜야만 한다. 그래야만 시계바늘을 세워서 영원히 한낮 정오에, 아니면 저녁 어느 시간에 멈춰있도록 만들 수 있을 것이다. 그렇지만 아무리 조악한 시계라도 고쳐서 시간을 가리키도록 만들 수는 있겠지만 물질세계로부터 분리된 시계바늘은 아무런 쓸모가 없는 법이다.

톨스토이는 1901년으로 들어서는 겨울을 모스크바에서 지냈다. 그는 심지어 예술잡지를 하나 창간하려는 마음을 먹기도 했다. 그러나 체르트코프를 위시한 주변의 톨스토이주의자들이 극구 만류했다. 그들은 그런 잡지를 내려면 현실의 세세한 문제에 간여해야 하고 돈도 들 것이라고 했다. 그러면서 이미 영국에는 돈을 소유하지 않고 하나의 가족으로 살아가는 사람들이 있고 심지어 어떤 사람은 낯선 도시로 가서 혼자 살아가는 경우도 있다는 말도 했다. 216)

그 어떤 사람이 그 도시에서 무슨 일을 하는지는 알려지지 않았다. 그러나 톨스토이는 그들의 말을 경청하고 받아들였다. 그는 체르트코프에게 편지를 보내 사과하고 자신이 잠깐 미혹에 빠진 이유에 대해 설명

---

215) 1911년 9월 23일 《러시아의 말》에 게재됨.
216) 당시 바로 체르트코프가 돈 없이 살아가고 있었는데 그는 백만장자 어머니의 집에서니까 그렇게 살아갈 수 있었다.

하고자 했다.

> 그 일이 글을 쓰는 데 도움이 되지 않을까 해서 내가 잠시 생각을
> 잘못했습니다. 그런 일이 아니라면 글을 쓸 일도 없을 것이라고 생
> 각했던 것이지요. 그리고 지금 내 머릿속에 가득 쌓여 있는 윤리적
> 성격을 지닌 많은 자료들이 사람들에게 무슨 도움이 될 수 있지 않
> 을까 생각했습니다. 어쨌든 지금 나는 그 일을 하지 않게 된 것을
> 다행으로 생각합니다. 게다가 글을 쓰지 않을 수 있게 되어, 특히
> 예술작품 같은 것을 쓰지 않을 수 있게 되어 기쁩니다. 분명히 달
> 갑지 않은 일도 많았을 것이고, 당신 말대로 그 일에 참여한 사람
> 들이 어쩔 수 없이 좋지 않은 타협에 휘말려 들어갔겠지요.
> 돈이 없는 삶에 대한 글을 나도 깊은 관심을 가지고 읽어 보았고
> 생각도 많이 해 보았습니다. 217)

톨스토이가 예술작품 같은 것에 매달리지 않았다는 것은 물론 틀린
말이다. 오늘날 출판되어 읽어 볼 수 있는 당시의 일기를 보면 《하지 무
라트》와 관련된 언급이 전집 53권 한 권에만 28번이나 나온다. 예술작
품 집필은 끊임없이 계속되고 있었던 것이다.

톨스토이는 삶으로부터 이탈해 나갈 수 없었다. 그의 철학적 예술적
견해는 삶의 현실과 불가분한 것이었다. 그가 바로 직전에 끝낸 《부
활》도 그 시대의 삶, 한 세기의 삶에 개입해 들어가는 작품이었다.

《부활》은 황제 치하의 정교회에 대한 것이었다. 그 최고 자리에 제복
을 차려입고 올라앉은 고위관료 포베도노스체프와 황금 가사를 걸친 사
제들에게 이 작품은 '당신들은 다 죽은 자들일 뿐이오' 라고 말하고 있었
던 것이다.

《부활》은 톨스토이 주변 사람들 사이에 날카로운 분쟁을 야기했다.

217) 1901년 1월 18일 편지(88, 219).

1901년 2월 22일 신성종무원 결정이 〈교회 통보〉를 통해 공표되었다. 이 포고문은 톨스토이가 교회의 적이며, 따라서 교회로부터 파문되었음을 선언하고 있었다.

이 파문은 그리 엄중한 것이 아니었고 오히려 다소간 타협적 성격을 띠고 있는 것이었다. 그것은 말 그대로 파문이라기보다 정직 같은 정도의 것이었다. 포고문에는 이렇게 씌어져 있다.

오늘날 우리 시대에 새로운 사이비 설교자가 등장하였다. 세계에 널리 알려진 작가, 태생은 러시아인이며 정교의 세례를 받고 자란 자인 톨스토이 백작, 그는 자신의 오만한 이성의 유혹에 빠져 대담하게도 하느님과 그리스도에, 그리고 성스러운 주님의 나라에 맞서고자 했다.

그리고 톨스토이는 사후세계를 부정했으며 성례와 성찬식을 거부한다고 비판했다. 톨스토이는 "성례 중 가장 위대한 성스러운 성찬식이 조롱받는 것에 대해" 전혀 거리낌이 없었다는 것이다. 성찬식에 관련된 부분은 분명 《부활》의 한 부분을 지적하는 것이었다. 위협적인 파문에 대해서는 다소간 외교적인 언사로 씌어져 있었다.

정교의 믿음을 간직한 그 주변의 많은 사람들은 그가 생의 말년에 교회의 축복과 기도, 그리고 교회와의 다양한 교류를 거부한 채 하느님과 우리 구원의 주님에 대한 믿음 없이 살아가고 있는 것에 대해 슬픈 마음으로 크게 우려하고 있다.

그리고 이 뒤에는 높으신 교회 주교들의 서명이 이어졌다.

톨스토이는 일기에 이 파문이 '이상한 것'이라고 쓴다.

파문 결정은 모든 사람들에게 의외의 인상을 불러일으켰다. 소피야는 3월 24일 신문 지상을 통해 개인적으로 견해를 밝혔다. 그녀는 파문

통고에 담긴 교회 장례식을 거부하겠다는 위협에 대해 경멸적인 태도를 보였다.

"대체 이런 위협이 무엇 때문에 누구에게 필요한 것인가? 아니, 내가 내 남편을 위해 기도하고 장례를 지내줄 사제를 구하지 못하기라도 할 것이란 말인가. 진정한 사랑의 신 앞에서 사람들 이목을 두려워하지 않을 정직한 성직자가 있을 것이니 걱정할 것 없다. 그리고 굳이 그런 목적에서라면 돈만 많이 쥐어 주면 마다하지 않을 되지 못한 성직자도 얼마든지 있을 것 아닌가."[218]

톨스토이는 파문에 대해 즉각적인 대응을 하지 않고 매우 평온하게 지냈다. 얼마 뒤 그는 이렇게 응수했다.

나는 내 자신의 안락보다 정교 신앙을 더욱 사랑하는 것에서 시작해서 교회보다 더욱 그리스도 정신을 사랑했으며 지금도 세상의 그 무엇보다 진리를 사랑하고 있다. 지금까지 진리는 내게 항상 내가 이해하는 바의 그리스도 정신과 함께하는 것이었다. (34, 253)

톨스토이는 수천 통에 달하는 응원의 편지를 받았다. 키예프 기술대학 학생들에게서 받은 전보에는 1천 명 이상의 학생들 서명이 담겨 있었다. 유리공장 노동자들은 금빛으로 다음과 같이 새겨 넣은 유리함을 보내왔다.

"깊이 존경하는 톨스토이 선생님. 당신은 이 시대를 앞서가는 많은 위대한 분들과 함께 하십니다. 그들은 화형을 당하거나 감옥과 유형지에서 죽어갔습니다. 저 바리새인들이나 유대 사제장들이 저희들 하고 싶은 대로 파문하려면 하라고 하십시오. 러시아인들은 언제나 당신을 위대하고 소중한 사람으로 사랑하며 자랑스러워할 것입니다."

유리공장 노동자들의 선물은 지금도 야스나야 폴랴나의 톨스토이 서

---

218) 《소피야의 일기》, 제3부. 146쪽.

재에 보관되어 있다.

이제 톨스토이 초상화가 이동전람파들의 전시회에 전시되기 시작했다. 초상화는 수많은 꽃으로 장식되었다. 초상화가 치워진 다음에도 걸려있던 자리 밑에는 꽃들이 그대로 쌓여 있었다. 거리에 나가면 톨스토이는 수많은 인파에 둘러싸여 박수갈채를 받았다. 젊은이들은 그가 타고 가는 마차를 에워싸고 길을 막아섰다.

레닌은 1910년 이렇게 쓴다.

"신성종무원이 톨스토이를 교회에서 파문했다. 더욱 잘 된 일이다. 그리스도를 빙자한 저 대관료들과 헌병들, 유대인 학살과 황제의 주구인 흑색 백인조219) 활동을 방조하는 사악한 제사장들, 이들 모두가 이제 인민의 법정에 처단될 것이다. 그때 톨스토이의 파문은 그에게 훈장이 될 것이다."220)

세월이 흐르고 톨스토이도 세월을 이길 수는 없었다. 그러나 여전히 누구보다도 많이 보고 누구보다도 많은 일을, 새로운 일을 해나가고 있었다. 낡은 것은 새로운 것 속에 존재한다. 그것은 그저 생명을 유지할 뿐만 아니라 새로운 것을 바라보며 새로운 것을 조직해 내면서 새롭게 조명된다.

집 안은 점점 비어갔다. 딸 타티야나와 마리야가 집을 떠나갔다. 부모들은 가슴이 메어지는 아픔을 견뎌야 했다. 막내 이반이 죽었을 때의 고통과도 같은 것이었다. 타티야나는 회색 원피스와 회색 모자를 쓰고 아주 평범하고 평범한, 나이든 부자 남편과 함께 떠나갔다. 20여 년 동안 톨스토이의 일기에는 여자들에 평가가 점점 낮아져 왔는데, 이제 타티야나가 결혼하는 모습을 보면서 그 평가는 더욱 더 낮아졌다.

타티야나가 잠시 집으로 돌아왔을 때 톨스토이는 기쁨에 찬 미소를

219) 〔역주〕흑색 백인조: 니콜라이 2세 치하에 결성된 악명 높은 극우주의 집단. 극우주의자를 가리키는 일반명사로 사용됨.
220) V. 레닌, 전집 제 20권, 22쪽.

가득 지으며 거듭 이렇게 외쳤다. "왔구나! 네가 왔구나!"

비가 잦은 가을이었다. 야스나야 폴랴나에는 톨스토이를 칭송하는 말과 비난하는 말이 밀려들고 있었다. 톨스토이는 《하지 무라트》 집필 작업을 계속해 나갔다. 만일 방해받지만 않는다면 쉽게 끝낼 수 있을 것만 같았다.

1901년 5월 7일 일기. "전혀 올 것 같지 않던 죽음이 이제 점점 더 가능한 사실로 다가오고 있다. 가능할 뿐만 아니라 분명한 사실로서."

그리고 바로 다음에는 이렇게 말한다. "꿈에서 한 늙은이의 모습을 보았다. 그것은 체호프가 얘기해준 어떤 늙은이의 모습이었다. 그 늙은이는 아주 몹시 좋아보였다. 거의 성스럽기까지 했다. 하지만 다른 한편으로는 술에 취하고 욕을 해대고 있었다. 나는 과감한 음영을 지닌 유형의 인물들이 지니고 있는 힘을 처음으로 분명히 이해했다. 나는 이런 모습을 하지 무라트와 마리야의 모습에 투영시킬 것이다."

새로운 창작술에 대한 생각은 아직 완전한 것은 아니지만 계속해서 톨스토이에게 찾아오고 있었다.

겨울에 접어들어 톨스토이는 병을 앓기 시작했다. 따뜻하고 습한 겨울이었다. 모두들 기운 없이 우울한 표정으로 돌아다녔다. 개 전시장에 다녀온 아들 안드레이조차 평소와 달리 자랑을 늘어놓지 않고 별다른 수선을 부리지도 않았다. 심한 말라리아에 걸린 톨스토이는 오한에 휩싸였다. 한 번 녹았다가 다시 언 땅에 박힌 바퀴가 어떻게 해도 다시 빠져나오지 못하는 것처럼 그는 삶의 무게에 짓눌려 있었다.

1월 말에 소피야는 어린 아들 미샤의 결혼을 거행했다. 화려하고 성대했다. 추돕스키 수도원 성가대가 축가를 불렀다. 성장한 부인들과 꽃 장식 가운데 특별히 참석한 세르게이 대공이 빛나게 눈에 띄었다. 분명 유명해진 톨스토이를 만나볼 생각으로 참석한 것이 틀림없었다.

세르게이 대공은 특히 소피야 부인에게 다정하게 대했다. 수많은 군중 속에서 신랑의 어머니에게 나이보다 훨씬 젊어 보인다며 탄복을 표하곤 했다.

　젊은이들이 야스나야 폴랴나로 출발했다.

　톨스토이 자신도 봄이 되자 야스나야로 갔고 거기서 다시 병이 났다. 키니네와 카페인을 복용하도록 처방전을 받았다.

　의사 우소프는 톨스토이에게 남쪽으로 가서 요양할 것을 권했다. 그리고 마음이 동요하지 않도록 옛날식 생활 형태를 주변에 그대로 유지하고 어떤 일도 하지 말라고 했다. 하지만 그 모든 것은 쉬운 일이 아니었다.

　톨스토이의 나이는 이미 73세를 지나고 있었다. 그는 생이 다시 올 수 없다는 것을 알고 있었다. 그는 아침에 일어나 글을 쓰고 정원을 산책하거나 말을 타고 숲으로 나갔다 오곤 했다. 저녁 시간은 가까운 주변 사람들과 시간을 함께 했다.

　민활하고 활력에 넘치며 결단력이 있었던 소피야 부인은 모든 것을 직접 결정하곤 했지만 환자가 된 남편을 위해 어디에 별장을 얻어야할지 몰랐다. 소피야는 파니나 백작부인이 얄타에 영지를 가지고 있다는 말을 듣고 즉시 그 백작부인에게 소식을 전하여 집을 얻을 수 있을지 여부를 문의했다. 파니나 부인은 곧바로 답을 보내왔다. 자신의 영지를 톨스토이 가족에게 제공할 수 있게 되어 너무나 영광이며 이미 그쪽 관리인에게 지시를 보내놓았다는 것이다.

　도로교통부로부터도 편리한 객차 한 량을 빌리는 허가를 받았다. 교통부는 세바스토폴까지 가능 동안 객차를 어떤 열차에든지 연결해도 좋으며 필요하다면 객차를 분리하여 어디서든 그대로 머무를 수도 있다고 허락했다.

　톨스토이의 건강이 한층 악화되었다. 그러나 전과 다름없이 그는 정확하게 편지에 대한 답변을 작성했고 그로부터 편지를 받아든 사람들은 톨스토이의 건강상태가 어떠한지 전혀 알아차릴 수가 없었다.

　톨스토이가 서거한 뒤 그 어떤 시위 행위나 연설, 선언문 같은 것을

438

발표하지 못하도록 금하는 내무부의 비밀칙령이 이미 내려져 있었다.

9월 5일 출발이 결정되었다. 모피 외투를 걸친 톨스토이는 마차에 태워져 툴라까지 이송되었다. 어둑한 가을의 밤길이었다. 일행은 영지에서 큰길까지 자작나무 길을 횃불로 밝히며 나아갔다. 밤 열 시 무렵 툴라에 도착한 톨스토이는 대기하고 있던 객차로 옮겨졌다. 숨이 가쁘고 열이 높았다. 의사들이 모여 의견을 모았다. 그들은 길도 나쁜 야스나야 폴랴나로 돌아가기보다 편안한 객차를 타고 남쪽으로 출발하는 것이 낫겠다고 결정했다. 야간열차에 객차가 연결되었다. 아무도 잠을 이루지 못했다.

쿠르스크에 도착한 아침. 날씨가 온화하고 공기도 맑았다. 하리코프로 전보를 보내 역에 3통의 우유를 준비하라고 부탁했다.

하리코프에 도착했을 때 역에는 인파가 가득했다. 우유에 관한 전보를 통해 톨스토이가 온다는 사실이 알려진 것이다. 그의 병에 대해서는 이미 신문지상을 통해 널리 알려져 있었다. 모여든 사람들은 소리를 죽이고 있었지만 창문을 통해서라도 톨스토이를 볼 수 있게 해달라고 부탁했다. 톨스토이는 어렵사리 몸을 일으켜 창문에 모습을 드러냈다.

여행은 계속되었다. 아침에 따뜻하던 날씨가 덥기까지 했다. 철도변 양쪽에 시바시 호수가 펼쳐졌다. 톨스토이는 창문을 열어 달라고 부탁하고는 수첩을 꺼내 글을 쓰기 시작했다.

심페로폴에서 일행은 포도를 사고 계속해서 남쪽으로 내려갔다.

톨스토이는 한때 세바스토폴 방어전 시절에 보았던 장소들을 기억해냈다. 그러나 세바스토폴에서 톨스토이를 맞은 사람들은 많지 않은 군중이었고 경찰이 오히려 더 많았다. 오랫동안 기차를 기다리다가 많은 사람들이 돌아간 것 같았다.

일행은 시내와 해변의 여러 만을 돌아보았다. 톨스토이는 이 만들을 따라 적의 포화를 맞으며 이리저리 뛰어다니던 모습이며 긴 해초가 무성히 자란 부교를 따라 옮겨 다니던 모습을 떠올렸다.

지역 경찰서장은 마차 대형을 갖추어 직접 맨 앞 마차에 올라타 호텔로 길을 안내했다. 최대한 성의를 다했다는 모양을 갖추면서 혹시라도 있을 불법적인 집회를 해산할 태세였던 것이다. 일행은 세바스토폴에서 하룻밤을 보냈다.

톨스토이 일행은 다음날 아침 일찍 길을 나섰다.

날씨는 따뜻하고 쑥 향내가 짙었다. 초원은 서서히 깨어나고 있었다. 위대한 방어전의 흔적은 거의 사라지고 마른 풀과 그리 크지 않은 나무들이 초원을 덮고 있었다.

톨스토이의 마음이 흔들리기 시작했다. 그는 대로를 벗어나 보루들이 있던 곳을 살펴보았다.

길은 노랗게 변해가는 숲 속에서 완만한 곡선을 이루며 구불구불 이어졌다. 크림 지방의 하늘은 한껏 푸르렀다. 바이다르 통문에 다다르자 통문 너머로 남쪽 해안과 단애, 바다가 마치 위로 솟아오르듯이 펼쳐졌다. 독수리들이 경찰서장에게는 아무런 관심도 없이 유유히 단애 위를 선회했다. 크림의 누런 초원들은 가을빛을 받은 푸르른 적자색의 너도밤나무 숲으로 바뀌었다. 나무 숲 아래쪽은 여전히 녹색을 띠고 있었다. 심하게 굴곡을 이루기 시작한 길은 한참을 이어졌다. 크림의 아름다운 경치에 탄성을 지르는 부인네와 신사들을 태운 사륜마차들이 그들을 앞질러갔다.

가스프라에 있는 파니나 백작부인의 집은 길 맨 위쪽 아이페트리 산 바로 밑에 있었다. 집 뒤에는 산들이 병풍처럼 버티고 서있었다. 옆쪽으로는 500여 명의 주민이 살고 있는 자그마한 타타르 농촌 마을과 고대의 가스프라 이사르 요새 유적이 있었다.

집은 스코틀랜드식으로 자연석을 이용해서 지은 거대한 성이었다. 탑도 두 개가 있었다. 그런 성은 쥘 베른의 《그란트 대위의 아이들》에 그려진 삽화 같은 데에서나 볼 수 있는 것이었다. 거대한 저택은 등나무에 완전히 덮여 있었다. 등나무는 바위를 타고 올라가 지붕 위에까지 이어졌다.

세르게이 형에게 보내는 편지에서 톨스토이는 이 집에 대해 감탄과 약간의 냉소를 곁들이며 이렇게 묘사하고 있다.

가스프라의 파니나 부인의 영지에 와 있는데 이 집은 내가 평생 한 번도 살아보지 못한 최상의 호사스럽고 편리한 곳입니다. 바로 내가 살고 싶던 소박함, 그게 바로 이런 것이죠. 어떻게 말해줘야 할지 모르겠군요. 장미꽃과 다른 여러 꽃이 만발한 길을 따라 공원을 지나면 집의 입구가 나오는데 역시 꽃으로 둘러싸여 있고 탑이 두 개 솟아 있고 집안 교회도 따로 있지요. 집 앞에는 장미와 아주 특이하게 생긴 아름다운 식물들이 가득한 둥그런 마당이 있지요. 그 가운데에는 대리석 분수가 있는데 작은 물고기들이 있고 물을 뿜는 동상들이 서 있지요.

집안에 들어서면 천정이 높은 방들과 테라스 두 개가 있습니다. 아래층 테라스에는 꽃과 식물이 가득하고 이동식 유리문을 열면 바로 분수 쪽으로 나갈 수 있습니다. 거기서 보면 나무 사이로 바다가 보이지요. 위층 테라스에는 기둥 장식이 몇 개 있고 길이가 40보쯤 되는데 바닥은 타일을 깔아놓았지요. 거기서 내다보면 계곡과 나무, 구불구불 이어지는 작은 길과 집들, 궁전들이 보이고 바다가 활짝 열립니다. 집안의 모든 것은 최상급의 것들입니다. 도어 잠금쇠, 화장실, 침대, 좔좔 흘러나오는 물, 방문들과 가구들 모두 말이지요. 곁채도 그렇고, 부엌도 그렇고, 멋진 길이 나 있는 공원도 그렇고, 저 경이로운 식물들도 그렇고, 너무나 향긋하고 먹음직스러운 포도가 주렁주렁한 것도 그렇고, 그 모두가 최상급의 것들이랍니다. [221]

톨스토이는 계속 물을 뿌려대는 잔디밭에도 놀라고 대리석 계단에도 입을 다물지 못했다. 그리고 "주변에는 온통 부유한 대공들 저택들이 즐

221) 1901년 10월 말의 편지(73, 157).

비하고 그것들이 파니나 부인의 집보다 열배나 더 화려하다는 사실"에 더더욱 놀라움을 금치 못했다.

톨스토이 자신은 야스나야 폴랴나에서, 그리고 모스크바에서 낡아서 색을 칠해놓은 마룻바닥에서 살고 있었다.

그는 이곳의 모든 것에 놀라움을 금치 못했고 소피야와 타티야나, 그리고 그를 수행해온 불란제에게 집안 구석구석에 멋지게 세워져 있는 커다란 꽃병들을 다치지 않도록 조심하라고 거듭 당부하곤 했다.

가스프라에서 바다로 내려가는 비탈길은 길고 험했다. 길 양 옆에는 가지를 기울이고 있는 히말라야 삼나무가 늘어서 있었다. 그 나무들은 자연적으로 자란 것이 아니라 보석으로 깎아 만든 것만 같았다.

아래쪽에는 이른바 '지평선 길'이라고 불리는 도로가 있었는데 이것은 대공들의 궁전과 리바디아에 있는 황실 주거지를 연결하는 길이었다. 저택관리인이 특권층들이 사용하는 이 도로를 톨스토이가 이용할 수 있도록 허락받았는데 후에 그 허가는 거둬들여졌다. 그 길은 포도밭 위쪽으로 나있었고 날카로운 바위 틈 사이로 황금빛 가을의 단풍이 알록달록한 길이었다.

그 아래쪽으로는 다른 큰 길이 있었다. 그리고 그 아래로 바위가 무너져 내린 가파른 바다가, 톨스토이가 잘 알고 있던 그 바다 풍경이 펼쳐졌다.

1901년 9월 말 체호프가 모스크바로 일을 보러가기 전에 가스프라를 방문했다. 이에 대해 체호프는 막심 고리키에게 편지를 쓰고 있다.

"얄타를 떠나기 전에 나는 톨스토이를 찾아가 만났습니다. 크림 지방을 너무나 마음에 들어 하더군요. 아주 어린아이 같이 기뻐하고 있었지만 나는 그의 건강이 마음에 걸립니다. 한층 나이가 들어 보였습니다. 그의 병은 나이에서 오는 것이지요. 이제 그도 나이를 어쩔 수가 없는 것입니다. 10월에 다시 얄타로 올 예정인데 만일 당신도 허용될 수만 있다면 좋겠군요(이 당시 고리키는 아르자마스라는 도시에 유형에 처해졌는

데 병이 나서 동료들이 그를 얄타로 보내줄 것을 청원하고 있었다). 그렇게
만 된다면 정말 멋질 겁니다. 겨울이면 얄타에는 사람이 많지도 않을 것
이고 귀찮게 하거나 일을 방해할 사람도 없을 겁니다. 이것이 첫째 이유
이고, 둘째 이유는 톨스토이가 만나는 사람도 없이 적적해하고 있는데
우리가 함께 좀 찾아뵐 수 있지 않을까 해서지요."222)

11월이 되어서야 체호프는 얄타로 돌아올 수 있었다.

톨스토이는 이곳에서 다시 병이 도지기 시작했다. 그는 황제에게 편
지를 쓰는, 또다시 아무런 결실을 얻지 못하는 일에 매달리기 시작했던
것이다. 그는 우선 민중에게 토지를 나누어 주어야 하며 그들이 신앙을
이유로 박해받아서는 안 된다고 황제에게 말했다. 게다가 한 사람이 거
대한 나라를 다스림으로써 결과적으로 아주 못된 엉뚱한 자들에 의해서
나라가 잘못되어 가고 있다고 진언했다.

인품이 좋았던 니콜라이 미하일로비치 대공이 편지를 전달하는 일을
맡아주었다. 나중에 톨스토이는 자신의 편지에 대해 자신이 마치 자기
자리를 보전하기 위해 안간힘을 쓰고 있는 사람에게 무거운 통나무를
들어 올리라고 당부하는 꼴이었다고 말했다.

이국적인 크림의 햇빛 가득한 가을날은 정말 대단한 것이었다. 톨스
토이는 아래층 홀에 인접한 방에 기거했다. 창문은 서쪽과 남쪽으로 나
있었다. 남쪽 창 베란다에는 차양을 쳐서 강렬한 햇빛을 막았다.

한번은 톨스토이가 보론초프 가문의 영지를 산책하고 있었다. 보론
초프 가문의 멋진 집은 독특한 건축양식이었다. 마치 켄타우로스처럼
양가적인 건축물로 산 쪽의 한쪽 편은 영국식 성과 같았고 바다 쪽의 다
른 편은 이슬람 사원과도 같은 양식이었다. 대리석 현관 앞에는 아랍어
로 '부(富)는 신으로부터'라는 글자가 금빛으로 새겨져 있었다.

바다로 나가는 계단참에는 대리석 사자들이 의연하게 세워져 마치 신

---

222) A. 체호프, 전집 제 19권, 138~139쪽.

으로부터 보장된 부로 나아가는 길을 호위하고 있는 것 같았다.

톨스토이는 궁전 안으로 들어가 어둑한 방들을 둘러보고 보론초프 초상화와 젊은 시절 멀 발치에서 알고 있던 여러 사람들의 초상화도 들여다보았다.

이런 가운데서도 《하지 무라트》 집필작업은 계속되고 있었다.

톨스토이의 건강상태를 모든 사람을 걱정스럽게 만들었다.

체호프는 11월 17일 이런 편지를 쓰고 있다.

"사랑하는 당신에게. 톨스토이가 병에 걸려 곧 돌아가실지도 모른다는 소문을 당신도 들었겠지만 모두 근거 없는 이야기입니다. 그의 건강에 특별한 변화는 없었고 지금도 그래요. 분명 죽는다는 것도 아직 먼 이야기입니다. 노약해 보이는 것은 사실이지만 위협적인 징후는 아직 단 하나도 없답니다. 나이를 어쩔 수 없을 뿐이지요. 다른 말은 전혀 믿지 말아요. 만에 하나라도 무슨 일이 생긴다면 당신에게 즉시 전보를 보내지요. 전보에 그분을 '할아버지'라고 부르겠소. 그렇지 않으면 당신 손에 전달되지 못할 테니까요."

체호프의 편지들은 개봉되어 검열되곤 했기 때문에 체호프는 톨스토이에 대한 말을 아주 조심스럽게 아꼈다.

그러나 톨스토이의 병은 아직 호전되지 않고 있었다.

톨스토이에게 허용되었던 가스프라의 '지평선 길'이 뭔가 심각한 우려로 폐쇄되었다. 톨스토이는 자그마한 타타르 말을 타고 아래쪽 대로를 따라 산책하게 되었다. 이 도로는 으아리속 만초들이 뒤덮인 거대한 바위벽으로 둘러쳐진 곳이었다. 이 바위벽 너머로는 다양한 꽃들과 사이프러스 나무들, 여러 궁전과 이슬람 사원 등이 펼쳐졌다. 톨스토이가 이 길을 산책하던 모습에 대해 고리키는 이렇게 전한다.

"아주 더운 어느 날 아래쪽 도로에서 그는 나를 앞서 가고 있었다. 리바디아 쪽으로 말을 몰고 있었다. 타타르산의 자그마하고 순한 말이었다. 버섯처럼 생긴 새하얀 펠트 가죽 모자를 쓰고 있는, 부슬부슬한 은 회색 백발이 가득한 그의 모습은 흡사 그놈[223] 과도 같아 보였다."

톨스토이는 말없이 앞서 나갔다. 고리키는 그와 이야기를 나누면서 바삐 걸음을 놀렸다. 대화는 톨스토이의 일상적인 주제, 가족과 신에 대한 것이었다.

A. 로마노프 대공 영지근처에 왔을 때 세 사람이 길에 서서 이야기를 나누고 있었다. 모두 로마노프 대공가 사람들로 아이-토도르 성 주인인 안드레이 미하일로비치 대공과 게오르기 대공, 그리고 또 한 사람은 아마도 듈베르 출신의 표트르 니콜라예비치 대공이었다.[224] 모두들 위풍당당한 거물급 인사들이었다.

말 한 마리가 끄는 경마차가 길에 서 있었고 승마용 말 한 필은 길을 가로질러 서 있었다. 톨스토이는 길을 지나갈 수 없었다. 그는 엄격한 눈길로 로마노프 사람들을 바라보며 다가갔다. 그러나 그들은 그보다 훨씬 먼저 몸을 움직였다. 승마용 말은 제 자리에서 몇 발짝 움직이며 한편으로 조금 물러나 톨스토이 말이 지나갈 수 있도록 비켜섰다.

톨스토이는 말없이 그들을 지나쳤고 잠시 뒤에 이렇게 말했다.

"알아보긴 하는구만, 멍청이들이."

그리고 잠시 뒤에는 이렇게 덧붙였다.

"말은 톨스토이에게 길을 양보해야 한다는 걸 알고 있단 말이지."[225]

톨스토이는 은근히 로마노프 가문을 경멸하고 있었다. 하지만 동시에 근위대답게 차분하면서도 거리낌 없는 태도를 가진 니콜라이 미하일로비치 대공에 대해서는 뭔가 친밀감을 느끼고 있었다. 심지어 그는 체

---

223) 〔역주〕그놈(gnome): 서구의 신화에 종종 등장하는 땅 속의 보물을 지킨다는 난쟁이 귀신, 도깨비.

224) 〔역주〕로마노프가(家)는 당시 러시아 황족 가문이다. 이들 모두 황족의 친척들이다.

225) M. 고리키, 《레프 톨스토이. 기억들》, 37장.

르트코프가 니콜라이 미하일로비치를 젊은 시절 만나곤 했다는 사실을 알고 '당신의 좋은 친구'라고 칭하기도 했다. 그러나 톨스토이는 그보다 더 오래 전에, 고르차코프 공작 가문과 어떻게든 관계를 유지하고자 했던 젊은 시절에 그런 종류의 사람들을 동경하고 동류의식을 느끼곤 했었다. 하지만 이제 그에게는 황제의 친척들이 자신을 알아보는 말보다 못한 사람들에 불과했다.

톨스토이는 귀족들을 이해하는 것보다 고리키와 체호프를 더욱 더 깊이 이해하고 있었다.

톨스토이는 체호프를 아주 다정하게 대했지만 한편으로는 다소 부러워하며 까다롭게 굴기도 했다. 체호프는 톨스토이의 예술관에 부합하는 인물이 아니었던 것이다.

1년 전(1900년 3월 13일) 톨스토이는 이렇게 기록한다.

"시 '먼 조국 해안을 위해' 등, 회화, 특히 음악 등 그것이 발원된 그 원천에 뭔가 특별히 좋고 선한 것이 존재한다는 생각을 하게 만든다. 하지만 그 원천에는 아무것도 없다. 그것은 제왕의 옷이지만 삶의 황제, 즉 선에 입혀졌을 때에만 훌륭한 그런 황제의 옷일 뿐이다."

그리고 괄호 속에 "뭔가 별로 잘 쓴 것은 아니지만 쓰인 것을 어찌하겠는가"라고 되어 있다.

톨스토이는 시에 직접적인 선이 나타나기를 요구하고 있다. 톨스토이에게 푸시킨 시에서와 같은 사랑의 정숙함은 자신을 위한 사랑일 뿐이지 세계를 위한 선이 아니었다. 비망록에 적힌 원고에는 보다 분명하게 이런 뜻이 나타난다.

"예술[음악], 시 ― 체호프, 회화, 특히 [시] 음악 [집시] 등은 뭔가 멋지고 시적이며 선한 것에서 발원한 것이라는 생각을 하게 만든다. 하지만 거기엔 아무것도 없다. 그것은 황제의 옷이되, 삶의 황제, 즉 선에 입혀졌을 때에만 매혹적인 그런 옷일 뿐이다."(54, 213)

체호프는 음악과 동렬에 놓여 있을 뿐만 아니라 집시 노래와도 동렬

446

에 놓인다. 동시에 그는 푸시킨과 동렬에 놓이며 그 자체가 황제로서의 삶과도 동렬에 놓여 있다.

톨스토이와 체호프의 예술은 삶을 치장하는 황제의 옷이 아니었다. 예술은 왜곡되지 않은 삶 그 자체가 선이고 그 자체가 아름다움이라는 것을 보여주고 증명하는 것이다. 바로 민요와도 같은 그런 것이어야 했다. 톨스토이는 《하지 무라트》를 집필하면서 이 점을 잘 알고 있었다. 그러나 톨스토이는 스스로에 모순되게도 예술이라는 황제의 옷에 도그마를 얹어 놓고자 했다. 이런 점은 그 전능한 힘을 가진 톨스토이에게조차도 쉽지 않은 것이었다.

가스프라에서 그는 체호프에 대한 많은 이야기를 했다. 고리키는 이렇게 회상한다.

그는 체호프를 향해 이렇게 말했다.

"이봐, 자네는 진정한 러시아인이야! 그래 정말로, 정말로 러시아인이야!"

그리고 다정하게 웃으며 체호프의 어깨를 끌어안았다. 그러자 체호프는 당황해 하며 그 저음의 목소리로 자기 별장과 타타르 사람들에 대해 무슨 말인가를 해대기 시작했다.

그는 체호프를 사랑했다. 그를 바라볼 때면 언제나 똑바로 얼굴을 바라보았다. 그 순간 그의 표정은 너무나 다정해 보였다. 한번은 체호프가 톨스토이의 딸 알렉산드라와 함께 공원의 소로를 따라 걸어가고 있었다. 톨스토이는 아직 성치 않은 몸으로 테라스의 안락의자에 앉아 있었는데 마치 따라나서기라도 할 듯이 그들을 바라보며 속삭였다.

"아, 정말 멋지고 사랑스러운 사람이야. 얌전하고 조용하고 아주 여자애 같아! 걷는 것도 꼭 여자애 같은 걸음이야. 정말 대단해!"[226]

226) M. 고리키, 《레프 톨스토이. 편지》.

톨스토이 주변에는 가족들과 톨스토이주의자들이 모여들어 언제나 북적대고 소란스러웠다.

체호프는 톨스토이가 불행하다는 사실을 믿지 않는다고 말하곤 했다.

크림 지역에 있을 때의 톨스토이에 대한 고리키의 회상을 조금 더 살펴보기로 하자. 이 회상들은 참 잘 쓰인 것들인데 톨스토이를 이해하려는 사람은 누구나 잘 읽어 보아야만 할 것이라고 생각한다.

그는 어렵고 교활한 질문을 던지기 좋아했다.
"자넨 자네에 대해 어떻게 생각하나?"
"자넨 자네 아내를 사랑하나?"
"그래 자네가 보기에 내 큰 아들 레프가 재능이 좀 있어 보이나?"
"내 아내 소피야는 어떤가, 마음에 드나?"

고리키는 소피야 부인에게 존경심을 느끼고 있었다. 그는 그녀에 대해 이렇게 말한다.

내가 잘못 기억하는 것이 아니라면 가스프라에는 톨스토이의 온 가족이 다 모였다. 아이들과 사위, 며느리들까지. 나는 거기에 무력하고 병든 사람들이 참 많다는 인상을 받았다.

그 지독하게 '사소한 일상'의 회오리 속에서 이리저리 동동거리며 환자인 남편의 원고를 챙기고 안정을 돌보는 사람은 소피야 부인뿐이었다. 그녀는 집안의 어머니로서 아이들이 가능한 편히 지내도록 살펴주어야 했고 '진심으로 공감한다'는 방문자들과 직업적인 구경꾼들의 뻔뻔스런 소란함을 진정시켜야 했으며 그들 모두가 먹고 마시도록 음식을 제공해야 했다. 이렇게 눈코 뜰 새 없는 일상의 회오리바람 속에서 소피야 부인은 아침부터 저녁까지 이를 악물고 신경질을 부리거나 영리하게 실눈을 뜨고 사태를 파악해 나갔다. 그녀는 결코 지칠 줄을 몰랐다. 언제나 어디든 필요한 곳에는 그녀가 있었다. 그녀는 모두를 편안하게 만들어 주었으며 서로 불만을 가

448

진 난쟁이들이 모기처럼 앵앵거리며 불평해대는 소리를 진정시켜야
했다. 227)

딸 타티야나의 남편 수호틴은 숨이 가쁘고 목이 쉽게 잠겼다. 아들 세
르게이는 아무리 찾아도 함께 카드 칠 사람이 없다며 우울해했다.

톨스토이의 건강은 날로 악화되었다.

모두들 소피야 부인만 바라보며 그녀의 관심을 요구했다.

아들 레프는 놀랄 만큼 머리가 작은 것을 빼고는 젊었을 때의 톨스토
이를 그대로 닮았다. 그는 항상 글 쓰는 일에 매달렸는데 아버지와 논쟁
을 하며 아버지를 이기려고 했다. 그는 《크로이체르 소나타》에 대항하
는 《쇼팽의 녹턴》228) 이라는 소설을 썼다. 남편을 죽이려 했던 여자가
자기 대신 인형을 장례지내고 수도원으로 도망간다는 이야기였다. 그
는 정말 상상도 못할 작품들을 써댔는데 한결같이 톨스토이에 반하여
무언가를 폭로하려는 것이었다. 그의 작품은 〈새로운 시대〉에 실리곤
했다. 이 잡지의 만평가 부레닌은 그를 '티그르 티그로비치 소스킨-믈
라덴체프'229) 라고 부르며 희화화했다. 그런 레프의 나이도 벌써 서른둘
이었다.

나중에 건강을 회복한 톨스토이는 아들에게 편지를 보낸다. 아들의
터무니없는 짓에 화가 나고 괴로웠지만 그래도 어쨌든 아들과 화해하고

227) M. 고리키, 《소피야 부인에 대하여》, 30권 선집, 제14권, 312쪽.
228) 〔역주〕 녹턴(Nocturne) : 야상곡.
229) 〔역주〕 '레프 리보비치 톨스토이'가 정식 이름인데, '리보비치'는 '레프
의 아들'이라는 뜻. 톨스토이의 이름이 레프이고 아들 이름도 레프이기
때문에 그렇게 부른다. 그런데 레프는 '사자'라는 의미를 띠고 있다. 그
래서 '레프 리보비치'는 '사자의 아들 사자'라는 뜻이 될 수도 있는데 이
에 착안하여 '호랑이의 아들 호랑이'라는 의미로 '티그르 티그로비치'라
고 풍자한 것이다. 톨스토이라는 성은 '소스킨-믈라덴체프'로 바꾸었는
데 '젖꼭지를 물고 있는 어린아이'라는 뜻을 담은 신랄한 풍자다.

싶었던 것이다. 편지를 받아든 아들 레프는 옆방으로 뛰어가 즉시 봉투를 열고 자신도 모르게 작은 머리를 끄덕이며 편지를 읽어내려 갔다. 그리고는 편지를 움켜쥐고 조각조각 찢어 쓰레기통에 내던졌다.

운명은 레프를 가혹하게 벌했다. 러시아 혁명이 발발한 뒤 그는 미국으로 건너갔는데 늙어서는 톨스토이 역할로 영화에 출연하기도 했다. 그는 거의 분장이 필요 없을 정도로 아버지를 닮았지만 머리만은 가발 속에 속을 넣어 더 크게 보이도록 만들어야 했다.

1901년 11월 22일 체호프는 아내에게 이렇게 편지를 쓴다.

"톨스토이는 건강합니다. 체온도 정상이고 특별히 걱정할 만한 것은 아무것도 없답니다. 다만 노쇠함이야 어쩔 수 없는 것이지요."

12월 9일 체호프는 톨스토이와 '전화' 통화를 한다.

12월에 톨스토이는 고리키를 방문했다. 따뜻한 날씨였다. 톨스토이는 장미 빛과 보라색이 감도는 커다란 들꽃을 꺾어왔고 아몬드 나무가 꽃을 피우기 시작했다고 말했다.

톨스토이는 1902년 새해를 가스프라에서 맞이했다. 파니나 백작부인의 저택 관리인인 독일계 클라센이라는 사람이 제비꽃을 한 다발 가져왔다. 톨스토이는 그와 골덴베이저, 아들 세르게이 등과 함께 카드놀이를 즐겼다.

그리고 다시 병세가 심하게 악화되었다.

크림의 날씨도 달라져서 눈이 내리고 오랫동안 녹지 않았다.

집안 분위기는 무겁고 민감했다. 소피야 부인은 용의주도하고 헌신적으로 톨스토이를 보살폈다. 고리키와 술레르지츠키가 찾아왔고 의사 베텐손이 왔다. 모두들 톨스토이의 죽음이 다가온 것은 아닌지 걱정을 떨치지 못했다. 그러나 오히려 그는 아내가 불편한 곳은 없는지, 잠은 잘 자는지, 먹을 것은 챙겨먹는지를 거듭 묻고는 다시 잠에 들곤 했다.

캠퍼주사를 놓기로 했다.

톨스토이는 헛소리를 하기 시작했다. '세바스토폴이 불타고 있어.'

한 번은 불란제가 돌보고 있을 때 깨어나서 이렇게 물었다.

"백작이신가, 공작이신가?"

이에 대해 톨스토이는 나중에 설명하기를 보론초프 공작이 카프카스 지역 총독이었을 때는 백작이었다가 나중에 공작작위를 받은 것인데, 자신이 착각해서 원고에 공작으로 쓰지 않았는지를 걱정해서 원고를 좀 검토해 보라고 부탁했다는 것이다.

2월이 가까워지면서 상황은 아주 절망적이었다. 톨스토이는 차분한 마음으로 당부했다. "앞일을 미리 생각지들 말게. 그건 나도 모르는 일이니."230)

몇 명의 의사들이 모였다. 알트슐레르와, 사비츠키, 오르간자니얀, 지역 의사 볼코프 등이었다.

톨스토이는 침울한 마음이었다. 소피야 부인은 계속해서 생선과 닭고기를 먹으라고 요구했다. 그녀는 모든 것이 채식주의 때문이라고 확신하고 있었던 것이다. 오한 속에서도 톨스토이는 니콜라이 2세 황제에게 보내는 편지를 작성했다. 편지는 다소 누그러진 어투였지만 아마도 황제에게는 여전히 가차 없는 편지였을 것이다.

1월 말에 페테르부르그에서 의사 베르텐손과 슈롭스키가 도착했다. 소피야는 한결 마음이 놓였다. 그녀는 1월 26일 이렇게 쓰고 있다.

"남편이 죽어 가고 있다. 그가 없이는 내 생명도 남아 있을 수 없다는 것을 잘 알고 있다 … 내 사랑과 내 온 마음을 다 바쳤지만 나의 연약함이 얼마나 그를 아프게 했더란 말인가! 오, 주여, 용서하소서! 며칠 전 그는 어디에선가 이런 글을 발견했다. '늙은이가 앓는 소리를 내고, 늙은이가 기침을 해대면 그 늙은이 삼베옷을 입어야 할 때지.'231) 이런 글 귀를 읽고 톨스토이는 눈물을 흘리며 말했었다. '나도 죽어 가고 있다는

---

230) 《소피야의 일기》, 제3부, 179쪽.

231) 〔역주〕 늙은이(스타리누시카)라는 단어와 삼베옷(홀스티누시카)이라는 단어의 유사음이 대구로 놓이면서 운율감이 있는 속담처럼 들린다.

생각에서가 아니라 그 글이 너무나 예술적으로 들려서 운 게요'라고 … "

모르핀과 샴페인도 처방되었다. 그 결과 온몸에 염증이 발생했고 체온이 떨어지기 시작했다.

2월 10일 소피야는 톨스토이가 아들 레프에게 화해의 편지를 보냈다고 기록한다. 그리고 이렇게 덧붙인다.

"타네예프의 작품이 연주된다는 음악회 소식에 내 작은 영혼이 온통 뒤흔들렸다. 나는 굶주린 사람이 음식을 찾듯이 갑자기 음악을, 내 마음 깊이 몹시 강렬한 느낌을 불러일으켰던 타네예프의 음악을 듣고 싶다는 갈망에 휩싸였다."

그러나 또다시 병세는 악화되었다. 이제 톨스토이의 병세에 대해서는 수도 상트 페테르부르그에도 알려졌다. 소피야는 페테르부르그 대주교 안토니로부터 톨스토이가 교회와 화해를 하도록 설득해달라는 편지를 받았다. 소피야는 이를 남편에게 전했다.

"만일 신이 죽음을 보내신다면 이제 지상의 모든 것과, 그리고 교회와도 화해하고 죽어야 할 것입니다."

이에 대해 톨스토이는 이렇게 대답했다.

"화해에 대해서는 말을 꺼내지도 마시오. 나는 그 아무런 적의도, 악의도 없이 죽어 가고 있소. 대체 교회라는 게 뭐요? 아무런 것도 아닌 것과 무슨 화해를 한단 말이오?"[232]

톨스토이는 아내에게 답장을 하지 말라고 지시했다. 나중에 알려진 바로는 집안 교회의 초소에는 성직자가 성찬을 준비하고 대기하고 있었다고 한다. 톨스토이가 죽어갈 때, 아니면 최소한 죽고 나서라도 성찬을 가지고 가서 큰 죄인이 신과 화해하고 용서를 받고 죽었다고 말할 수 있도록 하라는 것이었다.

안개가 가득한 가스프라 아래쪽 바다에서 증기선 기적소리가 들려온

---

232) 《소피야의 일기》, 제 3부, 183쪽.

다. 톨스토이는 삶과 죽음 사이에서 균형을 잡고 있었다. 한편 의연했고 한편 의기소침했다. 그러다가 마침내 그는 건강을 되찾기 시작했다.

1902년 봄이 왔다. 나무가 파르랗게 물을 먹고 꽃을 피웠으며 복숭아나무도 아름답게 피고 졌다. 박태기나무는 활짝 피었다가 붉은 눈처럼 지상에 그 꽃잎을 흩뿌리고 있었다. 파니나 부인의 집 돌벽을 기어오르는 등나무들도 푸르른 꽃을 피워 올렸다.

4월 2일 체호프는 아카데미 회원이었던 콘다코프에게 편지를 쓴다.

"톨스토이는 한결 좋아졌습니다. 틀림없이 병(폐렴)이 나은 것입니다. 하지만 허약해서, 아주 허약해서 내내 병석에 누워있고 이제 겨우 의자에 나앉을 수 있을 정도입니다. 걷기에는 아직 이릅니다. 3일 전 방문했었는데 건강해 보였습니다. 하지만 아주 연로한 모습이 너무나 쇠약했습니다. 하지만 여전히 독서를 많이 하고 정신은 또렷하고 눈빛도 비상했습니다."

4월에 소피야는 사과밭이며 농사며 집안일을 살펴보기 위해 야스나야 폴랴나를 다녀왔다. 소피야가 가스프라에 돌아왔을 때 톨스토이 건강은 다시 악화되어 있었다. 새로운 증세가 나타나기 시작했는데 얼마 지나 장티푸스로 판명되었다. 톨스토이는 침울해져서 아내에게 이렇게 말했다.

"피곤하오. 끔찍하게 피곤해. 차라리 죽고만 싶소."[233]

6월 초 톨스토이는 다시 회복되기 시작해서 지팡이를 짚고 정원을 거닐 정도가 된다. 겨우겨우 몸을 운신하기 시작한 그는 다시 글을 쓰기 시작했다.

톨스토이의 건강이 회복되는 기미가 보이면서 야스나야 폴랴나로 되돌아갈 준비가 시작되었다. 하지만 그의 회복 속도는 아주 느렸다. 소피야가 보기에 남편의 삶은 이제 끝나고 완전히 늙은 사람으로 가까스

---

233) 위의 책, 193쪽.

로 생명만 남아 있는 것 같았다. 소피야는 안온한 추억에 젖은 채 피로함을 느꼈다. 그녀는 이제 톨스토이가 죽이나 먹기 위해 따뜻한 담요를 두른 채 침대에서 안락의자로 옮겨 앉혀야 하는 늙은이가 되었다고 생각했다. 자신이 훌륭한 의사였던 체호프는 톨스토이의 병세를 주의 깊게 지켜보고 있었다. 그 역시 톨스토이가 완전히 회복되리라고 확신하지 못했다.

체호프의 말에 따르면 톨스토이는 몇 년은 더 살 수 있었지만 예기치 않은 죽음을 맞이할 수도 있었다. 하지만 톨스토이는 앞으로도 8년을 더, 체호프가 죽은 후까지 살아남을 것이다.

6월 25일 톨스토이는 야스나야 폴랴나로 돌아가기로 결정했다. 세바스토폴까지는 흔들림을 피하기 위해 증기선을 타고가기로 했다. '성 니콜라이'라는 증기선이었다. 쾌청한 아침이었고 바다는 평온했다. 톨스토이는 말 두 마리가 끄는 마차를 타고 도착했다. 마차는 천정을 높이 만든 것이었다. 마차에서 먼저 긴 장화를 신은 발이 나와 더듬더듬 발판을 찾았고 그 다음 서서히 톨스토이가 모습을 드러냈다. 짤막하고 두툼한 외투를 입고 회색에 녹색 빛이 감도는 머리에 낡은 중산모를 쓰고 있었다.

이 배에서 쿠프린234) 이 톨스토이를 맞이했다. 톨스토이는 쿠프린을 작가로서 좋아했다. 쿠프린이 다가가자 톨스토이는 큰 손을 내밀었다. 잘 굽혀지지도 않는 늙고 늙은 차가운 손이었다. 톨스토이는 잔뜩 가라앉은 늙은이의 목소리로 말을 꺼냈다. 톨스토이 뒤에는 막심 고리키가 따라왔다. 모두들 모자를 벗어들었다.

오늘 길은 평온했다. 바다와 바람, 사람들, 날아오르는 백조를 바라

234) 〔역주〕 A. 쿠프린(1870~1938). 소설가. 가난한 사람들과 학대받는 병사들을 묘사하고 노동자에 대한 착취와 노예화를 그렸다. 비판적 리얼리즘의 마지막 절정을 보여준다고 평가된다. 《탐욕의 신》, 《결투》 등의 중편이 대표작.

보며 기분이 밝아지기까지 했다. 두 번째 기적이, 그리고 세 번째 기적이 울렸다. 낮고 폭이 넓고 모양 없는 짐배 '성 니콜라이'가 얄타의 선착장을 출발했다. 톨스토이는 갑판 위의 안락의자에 앉아 있었다. 세바스토폴에서는 증기선에서 작은 나룻배로 옮겨 타서 역까지 갔다. 역을 출발하기까지는 네 시간 가량 남아 있었다.

톨스토이는 역 구내 작은 정원에서 좀 쉬고 싶었다. 너무 피곤했던 것이다. 그러나 어떤 부인이 나와 이렇게 말했다.

"여긴 역장님 정원입니다."

불란제가 다소 당황해서 대답했다.

"환자분인데 좀 쉬면 안 되겠습니까."

"어서 지나가세요, 지나가요. 안 그러면 경비원을 부를 겁니다."

부인이 대답했다.

"그만 두시게." 톨스토이가 말렸다. "저 여자 분을 귀찮게 하지 말게. 난 갈 수 있네."

그들은 그대로 객차 안으로 들어갔다. 객차 주변에 사람들이 모여들기 시작하더니 잠시 뒤에는 대소란이 벌어졌다. 기차가 출발하기 5분 전 두 부인이 객차로 다가와서 차장을 찾았다. 그 중 나이가 더 든 부인이 이렇게 말했다.

"저는 용서를 빌고 싶습니다. 저 분이 오늘 우리 정원을 지나가셨는데 제가 정원에서 쉬지 못하도록 했습니다. 저 분이 바로 톨스토이일 줄은 생각도 못했습니다."

두 번째 벨이 울렸다.

"우리 정원에서 꺾은 꽃다발을 준비했습니다. 이걸 좀 전해 주시고 용서를 비는 마음을 전해 주세요."

기차가 출발했다. 피로에 젖은 톨스토이는 기차에 몸을 싣고 출발했다. 꽃다발도 함께.

가을에 작가 엘파티엡스키[235]가 야스나야 폴랴나로 찾아왔다. 그는 알타에서 의사로서 톨스토이를 돌보던 사람이었다. 그는 집에서 톨스토이를 만날 수 없었다. 톨스토이는 평소처럼 산책을 나가고 없었던 것이다. 아래층에 문이 쿵 닫히는 소리가 나며 톨스토이가 집안으로 들어왔을 때는 이미 어둑해져서 집안에 불을 켜놓았을 때였다.

엘파티옙스키는 2층의 커다란 응접실에 앉아 있었다. 톨스토이에게 손님이 왔다고 알리는 소리가 들려왔다. 그리고 이어서 계단을 뛰어오르는 소리와 톨스토이의 목소리가 들려왔다.

"안녕하시오!"

그리고 곧 낯익은 톨스토이의 얼굴과 회색 머리, 둘로 갈린 턱수염이 2층에 모습을 드러냈다.

"오셨구만. 무릎 춤을 추시게!" 응접실로 들어서며 톨스토이가 소리쳤다.

엘파티옙스키는 처음에 톨스토이가 무슨 말을 하는지 이해하지 못했다.

"자, 이보라고!" 톨스토이는 이렇게 말하며 민첩하게 거의 마룻바닥에 닿을 정도로 쭈그리고 앉았다가 가뿐하고 탄력 있게 뛰어올랐다.

"도저히 그렇게 따라하지는 못할 겁니다." 의사가 대답했다.

톨스토이는 계단을 뛰어오르며 숨도 차지 않는다는 사실에, 그리고 의사가 앉았다 뛰어오르는 동작을 자신만큼도 하지 못한다는 사실에 흡족해했다. 그리고 이 당시 《하지 무라트》를 집필하며 그 끝을 보고 있었기 때문에 내심 자신감에 차 있었다.

---

235) 〔역주〕 S. 엘파티옙스키 (1854~1933). 작가. 성직자 가문에서 태어나 의학을 공부. 민중운동에 참여하여 체포되고 유형 당함. 이때의 체험이 《시베리아의 수기》 (1893) 로 남았다.

《하지 무라트》

1902년 7월 26일 소피야 부인의 일기.

"비가 오고 습한 날씨. 12도의 서늘한 날씨지만 톨스토이는 건강하다. 저녁 내내 카드놀이를 하며 기분 좋게 음악을 들었다. 아침마다 《하지 무라트》를 집필하고 있다. 기쁘다."

이제 집필 작업에 대한 기록이 계속 등장한다. 8월 9일. "남편이 《하지 무라트》를 쓰고 있다. 오늘은 분명 집필이 원활하지 못한 것 같다. 오랫동안 혼자 카드 점을 치고 있었다. 그것은 뭔가 생각에 골몰하고 있지만 생각의 갈피를 잡지 못하고 있다는 증거다."

이런 기록들이 1주일 단위로 계속 이어진다. 톨스토이는 건강하다, 말을 타고 나갔다, 《하지 무라트》를 쓰고 있다 등. 세상의 그 무엇도 그의 이런 상태를 깨지 못할 것만 같다. 그러나 집안에는 유쾌하지 않은 많은 일들이 가로놓여 있었다. 특히 저작권 문제는 한시도 잊혀질 수 없는 것이었다. 가스프라에 있을 때 모여든 가족들은 톨스토이의 병을 염려하였지만 동시에 유산문제에 대해서도 관심을 게을리 하지 않았다. 톨스토이가 가장 사랑하던 딸 마리야는 가스프라에서 아버지의 부탁으로 다음과 같은 일기의 한 부분을 발췌해서 적어 놓은 바 있었다.

나의 유언은 다음과 같다. 다른 유언장을 쓰기 전까지는 다음과 같은 유언이 전적으로 나의 뜻임을 밝힌다.

(1) 내가 죽는 바로 그곳에서 장례를 치를 것. 만일 도시에서라면 가장 값싼 공동묘지를 찾아 가장 값싼 관에 가난한 사람들 장례와 마찬가지로 치를 것. 그 어떤 꽃도 놓지 말고 화관도 올리지 말 것이며 그 어떤 추모의 말도 생략할 것. 만일 가능하다면 성직자도 부르지 말고 교회의식도 행하지 말 것. 그러나 만일 장례를 치러줄 사람들이 받들이지 않아 어쩔 수 없다면 아주 평범한 교회의식을

받아들이되 가능한 단순하고 값싸게 실시할 것.

(2) 사망소식을 신문지상에 공고하지 말 것이며 그 어떤 추도문도 쓰지 말 것.

(3) 모든 서류는 나의 아내와 체르트코프, 딸 타티야나와 마리야 (더러워진 것들은 내가 직접 정리함. 딸들에게 이 일을 시키지 말 것) 중 살아 있는 사람이 정리 검토하도록 할 것. 이 일에서 아들들을 배제하는 것은 내가 그들을 사랑하지 않아서가 아니다 (나는 다행스럽게도 최근 들어 더욱 더 그들을 사랑하게 되었다). 그들이 나를 사랑하고 있다는 것을 잘 알고 있지만 그들은 내 생각과 그 발전과정을 충분히 알지 못하며 저희들 나름의 독자적인 견해를 가지고 있어 보존할 것과 버려야 할 것을 가려낼 수가 없다고 생각하기 때문이다.

결혼 전 일기들은 그럴만한 가치가 있는 것을 제외하고 파기할 것이며 결혼생활에 대한 일기도 마찬가지로, 공개되었을 경우 그 누구에게라도 거북할 수 있는 내용은 모두 파기해줄 것을 당부한다. 결혼 전 일기를 파기하도록 당부하는 것은 내 어리석은 시절을 감추고자 함이 아니다. 그 시절 나의 삶은 세속적 관점에서 보더라도 원칙이 없는 젊은이로서 평범하고 진부한 것이었음을 감출 이유가 없다. 그러나 이 일기들에는 죄의식으로 괴로워하던 모습만이 기록되어 있어 자칫 지나치게 편협한 인상을 줄 수 있을 것으로 생각하기 때문에 그 파기를 당부하는 것이다.

하지만 다른 한편 일기를 있는 그대로 남겨두는 것도 좋겠다. 그것을 통해 최소한 내 젊은 시절의 저속함과 진부함에도 불구하고 나는 결코 신을 저버리지 않았으며 나이가 든 후에는 다소라도 신을 이해하고 사랑하게 되었다는 것을 알 수 있을 것이기 때문이다.

나머지 문서들을 정리하는 사람들은 아무것이나 다 출판하지 말고 사람들에게 유용한 것만을 골라 출판할 것을 당부한다.

내가 미리 이렇게 글을 남기는 것은 내가 남긴 글들에 대해 뭔가 중대한 의미를 부여하려는 의도에서가 아니다. 나는 내가 죽으면

앞다투어 내 저작들이 출판되고 그에 대한 논의가 이루어지면서 뭔가 중대한 의미가 덧붙여질 것임을 이미 알고 있기 때문이다. 그런 경우 사람들에게 어떻게든 해가 되지 않도록 해야 할 것이기 때문이다.

(4) 이전의 저작들, 10권 전집과 《기초입문서》에 대한 출판권을 사회에 넘겨줄 것을, 즉 저작권을 포기할 것을 내 상속인들에게 당부한다. 그러나 이것은 당부일 뿐이지 반드시 그리하라는 유언은 아니다. 그렇게 한다면 좋겠다는 것이다. 그렇게 하면 상속자들에게 좋을 것이지만 결정은 당사자들의 몫이다. 그렇게 하지 않는다면 할 수 없는 이유가 있을 것이라고 믿는다. 내 저작들이 최근 10년 동안 돈에 팔려가는 모습은 내 생애에서 참으로 견디기 힘든 가장 괴로운 일이었다 …. 236)

소피야는 집안일에 대한 남편의 유언에 대해 별다른 반응을 보이지 않았다. 그것은 전혀 공식적인 성격을 지닌 것이 아니었고 진정한 유언이라고 할 수 없었기 때문이다. 그것은 단지 또 하나의 양심적인 이야기였을 뿐이다.

소피야는 자식들을 걱정하며 자식들 일에 매달렸다. 이 무렵 그녀는 출판사들과 계약을 체결하기도 하고 필요하면 직접 일꾼들을 고용하는가 하면 토지를 사고파는 일에 나서기도 했다. 이런 일에는 위임행위도 따르는 법이어서 그녀는 그런 과정을 통해 공식적으로 서류를 꾸미기 위해 반드시 필요한 것이 무엇인지를 잘 알고 있었다. 따라서 그녀는 병으로 죽기 직전에 톨스토이가 쓴 기록에 대해 크게 신경 쓰지 않았다. 그녀가 보기에 큰 위험은 지나갔다. 지금 톨스토이는 바쁘게 《하지 무라트》에 매달리고 있을 뿐이었다.

톨스토이가 그런 글을 썼다는 사실은 오히려 잘된 측면도 있었다. 남

---

236) 1895년 3월 27일 기록(53, 14~16).

편은 이미 위협적인 결정을 다 한 것이나 마찬가지고, 다행히 그것은 서류로서 필수적인 형식적 구비사항을 갖추고 있지 않았다. 그런 기인다운 행태는 차라리 사랑스러운 데도 있으니 그저 미소지어 주면 되는 것이었다.

하지만 톨스토이는 이 유언에 공식 서명을 했다. 분명 소피야는 야스나야 폴랴나에 돌아와서야 이 사실을 알고는 격분했다. 그녀의 판단에 따르면 마리야는 상속 문제에 개입할 권리가 없었다. 마리야는 영지를 분배할 때 자기 몫을 거부했다가 나중에 결혼하면서 제 몫을 가지고 갔기 때문이다.

그리하여 논쟁이 벌어지게 되었다. 마리야와 그녀의 남편은 이 문서를 톨스토이 사후에 공개되어야 한다고 말했다.

마리야는 남편과 함께 야스나야 폴랴나를 떠나고 싶었다. 10월 23일 소피야는 이렇게 기록한다.

"마리야와 화해했다. 그 애는 야스나야 폴랴나 곁채에 남아 살기로 했다. 기쁘다. 모든 것이 다시 평화롭게 잘 되었다."

그 뒤에는 톨스토이의 새로운 병과 《하지 무라트》에 대한 기록이 나온다.

"가을, 견딜 수 없이 지저분하고 춥고 습기 차다. 오늘은 눈이 내렸다. 톨스토이는 《하지 무라트》를 끝냈다. 오늘 그 작품을 읽어 주었다. 엄격한 서사적 이야기다. 아주 감정이 억제되어 있고 예술적이지만 감동은 별로 없다. 오늘은 절반을 읽었을 뿐 내일은 다 읽을 것이다."

그러나 다음 날 책을 다 읽었다는 기록은 나오지 않는다.

예술 작품이 태어나는 역사를 다 풀어내기는 힘들다. 분명 작가 자신도 주제를 어떻게 찾아내고 나중에 기본적인 갈등을 어떻게 변화시켰는지, 어떻게 다시 구성하고 사실적인 세부묘사를 덧붙였는지 완전히 파악하지는 못할 것이다.

1905년에서 1906년 무렵 비류코프의 기록을 보자.

460

"톨스토이 말년에 내가 전기 자료를 수집하고 있을 때 그에게 옵티나 푸스틴으로의 마지막 여행에 대해 그 상황을 기억해 달라고 부탁한 적이 있었던 것으로 기억한다. 나는 그가 당시 샤모르딘스키 수도원에 있던 누이동생을 방문한 것으로 알고 있었는데 거기서 무슨 일을 했는지 궁금했던 것이다. 그는 몹시 당황해하면서 누가 듣지 않도록 내게 바짝 다가와 눈을 빛내며 속삭였다. '《하지 무라트》를 쓰고 있었네.' 이렇게 말하는 그의 어투는 어린 초등학생이 친구에게 자기가 과자를 집어먹었다고 말할 때(좀 저급한 비유를 용서하기 바란다)의 그런 것이었다. 그는 자신이 맛본 달콤함을 떠올리며 그런 고백을 부끄러워하는 것만 같았다."(35, 628~629)

아마도 야스나야 폴랴나의 학생이었던 셈카와 프론카, 페디카라면 톨스토이의 내면을 이해할 수 있었을 것이다. 그들은 그 당시 숲 속에서 톨스토이에게서 무섭고 영웅적인 이야기를 들었으며 하지 무라트의 노래에 담긴 의미에 대해 물어 보곤 하지 않았던가.

톨스토이는 제1차 러시아 혁명이, 그로서는 이해할 수 없었던 혁명이 다가오던 시기에, 혁명에 대해 논쟁을 벌이듯이 목청을 다해 하지 무라트를 예찬하고 있었다. 그는 작품을 쓰는 기간에 벌어졌던 영국과 보어인 사이의 전쟁[237], 그리고 오늘날 우리가 제국주의 전쟁이라고 부르는 여러 전쟁들에 대해 잘 알고 있었다. 그는 하지 무라트가 무엇을 위해 싸웠는지를 새롭게 생각했다. 그는 등에 채찍질 당한 상처를 지니고 있고 전쟁에 아무런 책임이 없고, 어쩌면 산으로의 탈주를 꿈꾸고 있을지도 모르는 러시아 병사들이 척후병으로 나가 활약하는 모습, 그들 머

---

237) 〔역주〕 남아프리카 전쟁, 혹은 앵글로-보어 전쟁이라고도 불린다. 남아프리카의 네덜란드계 정착민이었던 보어 족과 새롭게 진출한 영국 사이에 금광 채굴권 등 이권을 두고 벌어진 전쟁이다. 1차(1880~1881), 2차(1899~1902) 전쟁이 발발했고 양쪽 모두 막대한 인명 피해를 겪었다.

리 위에 빛나면서 농민전쟁을 비추어 주는 별들의 모습, 어렸을 때 깨끗한 세수 대야 바닥에 제 모습을 비추어 보았을 뿐인, 그러나 나중에 산악민의 사령관이 되는 하지 무라트 등에 대한 정의로운 이야기를 써내려가고 있었던 것이다.

소설의 제목으로 떠오른 것은 세 가지였다. "하지 무라트", "엉경퀴" 혹은 "하자바트". 엉경퀴는 사람이 엉경퀴처럼 몸의 가시로 독립심을 지키며 죽을 때까지 투쟁한다는 의미이다. 하자바트는 성전(聖戰)이라는 뜻으로 자신의 땅을 지키고 그 어떤 연공도 바치지 않고 스스로 일해 번 것을 스스로 먹을 수 있는 권리를 지키려는 농민의 전쟁을 말하는 것이라고 톨스토이는 해석했다. 톨스토이에게 하자바트는 종교적 의미의 전쟁이 아니라 농민의 권리를 쟁취하기 위한 전쟁이었던 것이다. 하지 무라트는 마호메트의 가르침에 대해 이렇게 말한다.

"태초에 마호메트가 계셨소. 나는 그분을 직접 보지는 못했지. 그분은 성인, 즉 뮤르시트였소. 그분은 이렇게 말씀하셨지. '백성들이여! 우리는 마호메트 교도도 아니고 그리스도교도도 아니며 우상숭배자도 아니로다. 진정한 마호메트의 법전은 이렇게 말한다. 마호메트 교도는 이교도의 통치에 굴복할 수 없도다. 마호메트 교도는 그 어떤 노예가 될 수 없으며 그 누구에게도, 그가 설사 마호메트 교도라 할지라도 결코 그 어떤 연공을 바칠 수 없다."(35, 343)

1897년 4월 4일 일기. "어제 하지 무라트에 대한 아주 멋진 생각이 떠올랐다. 그가 믿는 것으로부터 기만당한다는 것을 표현하는 것이다. 그것이 기만이 아니라면 그에게 참으로 좋았을 것이지만."

작품에 그려진 하지 무라트는 마호메트 교도도 그리스도교도도 우상숭배자도 아니다. 그는 농민의 자유를 위해 투쟁하는 전사일 뿐이다.

그가 갈 곳은 없다. 샤밀의 곁에 머무는 것은 영광이고 명예로운 일이지만 농민의 길이 아니다. 그건 또 다른 독재자를 만나는 것이다. 러시아 황제 니콜라이 1세의 휘하에 들어가면 돈과 명예가 따르겠지만 농민의 터전을 짓밟는 존재인 러시아인에게 굴복할 수는 없었다. 샤밀은 니콜라이 1세와 마찬가지로 전제군주다. 하지 무라트는 샤밀의 지배를 벗어나 니콜라이 1세에게 도망친다. 하지만 그와는 반대로 니콜라이 1세로부터 도망치는 러시아 병사를 만난다. 그는 조국을 배신하는 죄악으로부터 벗어나게 해준 우연한 총격에, 그 치명적인 체첸의 총격에 기뻐한다.

톨스토이는 원고를 완성하기 전 초고상태에서 이런 사실들을 몇 번이나 이야기하곤 했다.

예술작품의 창작법칙을 풀어내는 것은 쉽지 않은 일이다. 현실과 예술의 접촉은 지엽적이지 않기 때문이다. 그것은 둥그런 공과 공이 부딪치는 것이 아니다. 직접 접촉하지 않고도 방향을 바꾸게 만드는 자장과도 같은 것, 물질로 화하는 에너지와도 같은 것, 바로 그것이 현실이다.

톨스토이는 집으로, 야스나야 폴랴나의 숲으로 돌아오게 된 것을 기뻐했다. 그곳은 언젠가 아이들과 함께, 자신의 학생들과 함께 거닐며 하지 무라트에 대해 이야기해 주던 바로 그곳이 아니던가. 아이들은 무서운 이야기를 좋아했다. 그들은 방금 하지 무라트가 단검에 찔려 죽은 이야기를 듣고는 톨스토이 친척 아주머니가 농노 요리사의 칼에 찔려죽은 이야기를 꺼냈었고, 동정을 표하면서도 아주머니가 아니라 그 아주머니를 칼로 찌르고 겁에 질려 숲으로 도망친 요리사의 공포를 느끼고 싶어 했었다.

톨스토이는 집필을 계속했다. 그는 거듭 거듭 이미 쓴 것을 되돌아 검토했다. 물론 그는 원고와 원고 속에서, 이런 저런 변형들 속에서 혼란을 일으키지는 않았다. 분명 그는 그 모든 것을 꿰뚫고 있는 천재적 역량을 가지고 있었다.

1902년 6월 22일 톨스토이는 《하지 무라트》 집필에 착수했다. 이틀 뒤 탁상 달력에 이렇게 메모를 한다. "하지 무라트 전체 재검토."

그리고 이날 톨스토이는 예전의 원고를 다시 읽어 보고 이렇게 기록한다. "옛날 원고를 재독. 쓸모 있는 것이 꽤 많다."

한 원고에서 그는 이렇게 말한다.

> 1812년 어느 밤에 아바르라는 칸의 영토에 있는 훈자흐 아울(마을)에서 두 명의 여자가 동시에 아이를 낳았다. 한 여자는 칸의 아내인 파후-비케였고 다른 한 여자는 한 산악인의 미모의 아내 파티마였다. 파후-비케는 파티마를 알고 있었고 아이를 낳게 되면 파티마가 유모를 맡아달라고 미리 약속해 두었다. 파티마는 칸의 아들을 잘 길렀지만 자기 아이는 죽고 말았다. 그러나 그 대신 그때부터 그녀는 칸의 큰 신임을 얻게 되어 세상 부러울 게 없었다. 그녀의 두 아들인 오스만과 하지 무라트는 칸의 집안에서 성장했고 칸의 아이들과 함께 놀며 함께 말타기를 했다. (53, 363)

이와 같은 도입부는 미완결 작품인 《모든 수고하고 짐 진 자들》의 시작부분과 일치한다. 거기에는 "제 1장. 한 젊은 공작과 평생 그 하인이 될 아이가 태어났다."

지주와 농민의 이런 충돌의 주제는 톨스토이가 늘 마음에 두고 있던 것이었다. 그 배경이 때로는 사마라의 초원이고 때로는 히바 근처, 또 때로는 극동지역의 초원으로 바뀌었을 뿐이다. 그것은 톨스토이의 영원한 주제였다.

하지 무라트는 농민의 자식이었다. 그의 어머니는 자기 아들을 키울 권리를 주장했지만 칸은 자신의 아들에게 젖을 먹일 것을 요구한다. 그녀는 남편이 죽이겠다고 위협하고 단검에 찔려 부상당하는 순간에도 아이를 내주지 않았다.

톨스토이는 이런 이야기를 노래로 만들기도 했지만 최종본에는 들어가지 않았다.

하늘엔 태양만이 타오르고 파티마트의 가슴에는 오직 하나의 기쁨,

검은 눈의 하지 무라트만이 가득했다. 먹구름이 민중의 태양을 빼앗으려고 했다. 그러나 태양은 먹구름을 몰아내고 지상에 비를 뿌렸다. 하지 무라트는 어머니의 품안에서 피에 젖었지만 어머니는 여전히 남의 새끼가 아니라 자신의 아들 하지 무라트에게 젖을 물리고 있었다. 태양은 파티마트의 가슴속에서 떠나가지 않았다. (35, 377)

《하지 무라트》에서 주인과 하인이 동시에 태어난다는 오래된 주제는 다소 변형된다. 농민의 아들이 태어나고 그 어머니는 아들을 살리기 위해 주인의 종이 되기를 거부하는 것으로 바뀐 것이다.

아들은 자라서 전투에 참여하기 시작했다. 하지만 불행히도 부상을 당하고 포로가 된다. 그는 구덩이에 파묻힐 운명에 처했지만 결코 굴복하지 않는다.

톨스토이는 하지 무라트가 싸우는 장면을 묘사하면서 "그래야 돼, 바로 그래야 돼."(35, 286) 라고 써놓는다.

수십여 년에 걸친 논쟁과 인내, 타협 끝에 톨스토이가 야스나야 폴랴나를 떠나 어디로일지 모르는 길을 떠났을 때, 한밤중의 허름한 열차 칸에서, 가느다랗게 새어나오는 촛불의 뿌연 줄무늬를 바라보면서 분명 그는 홀가분한 느낌이었을 것이다. 그는 바람을 쐬기 위해 차가운 승강구로 나왔다. 그가 작별을 고하는 낯익은 장소들이 빠르게 지나쳐 갔고 11월 늦은 가을바람이 불었다. 덜컹거리는 열차 바퀴 소리는 어떤 생각에든 장단을 맞추어 주는 것 같았다.

아마 그 바퀴들도 그때 그렇게 말하고 있었는지도 모른다.

"그래야 돼, 바로 그래야 돼."

톨스토이의 위대한 소설 《하지 무라트》는 수많은 판본을 가지고 있다. 하지만 하지 무라트가 싸워야할 정당성은 판본이 거듭될수록 더욱 강화되어 갔다. 톨스토이가 평생 쓰고 싶었던 소설은 바로 그런 것이었다.

1878년 톨스토이는 농민과 지주의 충돌을 그리고자 한 적이 있었다.

이에 대해서는 소피야 부인의 일기 《교정을 위한 잡기장》에 기록이 남
아 있다.

시베리아나 혹은 사마라의 어느 곳에 추방당한 농민들이 살고 있었는
데 그들에게 한 데카브리스트가 오게 되면서 "평범한 삶과 고귀한 삶의
갈등"이 시작된다. 톨스토이는 이렇게 덧붙인다.

"자, 여기 예를 들면, 12월 14일의 역사를 보자. 그 누구도, 니콜라이
1세도, 재판관들도, 반란자들도 비난하지 말고 모두를 이해하고 있는
그대로 묘사할 것."[238]

《하지 무라트》에서 톨스토이는 평범한 삶과 고귀한 삶의 갈등을 통해
니콜라이 1세를 폭로하고 비난하고자 한다. 권력과 전제군주의 악덕이
이 소설의 주요 주제 중 하나인 것이다. 이를 위해 톨스토이는 집필 기
간이 오래 걸리는 것은 전혀 개의치 않고 수 없는 문헌을 읽고 또 읽어
나갔다. 《하지 무라트》에 그려지는 적은 농민의 적이며 산악민들의 적
이기도 하다. 적은 산악민들이 자신의 농토에서 옥수수를 수확하는 것
을 방해했다. 또한 그 적은 러시아 농민들을 고문하고 카프카스로 유배
시켰다.

농민혁명의 대비극, 아시아에서도, 서아프리카에서도, 남아프리카
에서도, 그리고 남미에서도 끊이지 않는 그 비극을 톨스토이는 잘 알고
있었다. 농민계층은 세계 곳곳에서 바이[239] 와 라쟈[240], 그리고 온갖
화려한 명칭의 지배자들과 전투를 벌였고 그리고 다시 노예가 되었다.

노련한 예술가로서 톨스토이는 불굴의 산악민을 그리면서 이 소설에
사랑 이야기를 간명하고도 시적으로 도입한다. 나이가 제법 든 지역 요
새의 사령관(장교였지만 평범한 부류의 사람으로 《습격》의 홀로포프 대위
와 유사점이 많은) 이반 마트베예비치에게는 아내가 있었는데 요새에서

238) 《소피야의 일기》, 제 1부, 41쪽.
239) 〔역주〕 중앙아시아 투르케스탄의 대지주, 대상인 계층.
240) 〔역주〕 인도나 말레이 등 남아시아의 영주, 귀족 계층.

는 모두들 '대위의 딸'이라고 불렀다. 톨스토이는 이 여자에 대해 나쁘게 말하고 싶지는 않았다. 이 여자의 정식 이름은 마리야 드미트리예브나였다. 그녀는 얽은 얼굴에 들창코인 남편을 사랑하고 있었다. 요새 사령관이었던 남편은 담배에 찌들고 정오만 지나도 포도주 냄새를 풀풀 풍기고 다니는 인물이었다. 분명 젊은 시절의 마리야는 엄정한 도덕관념을 지니고 있던 여자는 아니었다. 하지만 톨스토이는 이에 대해 부드럽고 사랑스럽게 말한다.

"그녀의 과거가 어땠었는지 몰라도 지금 그녀는 소령의 정숙한 여자였고 마치 유모처럼 그를 따라다니고 있다."

마리야는 젊은 장교 버틀러를 친구처럼 대해준다. 그는 카드 판에서 돈을 몽땅 잃고 요새로 자원해 온 친위대 출신이다. 그들이 우연히 만나서 함께 집으로 돌아갈 때, "달빛이 너무나 환해 길을 따라 걸어가는 그림자 둘레에 마치 후광이 비치고 있는 것만 같았다."

마리야는 하지 무라트에 대해서도 순수하고 다정한 마음으로 안쓰러워하며 좋아한다. 마리야는 인간적으로 매력적인 데가 있었고 버틀러와 하지 무라트 둘 다 그녀를 좋아한다.

"그는 그녀의 담백한 모습, 특히 자기네 사람들에게서는 볼 수 없었던 낯선 아름다움이 마음에 들었다. 그녀 역시 그에게 끌리고 있다는 것이 무의식적으로 그에게 전해졌다."

버틀러와 함께 달빛을 받으며 집으로 돌아가다가 마리야는 말을 타고 다가오던 사람들을 만난다. 장교인 카메네프와 안장에 양쪽으로 가방을 걸친 카자크 병사였다. 카메네프는 카자크의 손에서 자루를 건네받아 그 속에 손을 집어넣었다. 하지 무라트의 머리가 마리아 앞에 드러났다.

"이 놈을 알아보시겠습니까?" 카메네프는 사람의 머리를 집어 들어 달빛에 비추며 말했다.

눈 위의 커다란 이마가 돌출되어 있고 머리를 다 밀어올린 사람

머리였다. 검은 턱수염과 콧수염을 잘 다듬은 상태였고 한 눈은 뜨고 있었지만 다른 쪽 눈은 반쯤 감겨져 있었다. 빡빡 깎은 두개골은 칼로 난도질당한 듯이 파열되어 있었고 코에는 검은 피가 엉겨붙어 있었다. 목 부분은 피투성이 수건으로 둘둘 말려 있었다. 심한 상처로 문드러져 있음에도 불구하고 푸르스름한 입술에는 어린아이 같은 선량한 표정이 그대로였다.

마리야는 이 안쓰럽게 뭉개진 머리로부터, 이 전쟁의 흔적으로부터 황망히 도망친다.

원고상태의 어떤 판본에서는 그녀가 남편을 전역시키고 데리고 떠나는 것으로 되어 있다. 마치 범죄가 발생한 곳에서 어린아이를 데리고 가는 것만 같다.

톨스토이 소설이 다루는 것은 흥미로운 사건이라기보다 삶에서 사람들 사이의 관계이다.

우리는 하지 무라트가 살해된 것을 미리 알고 나서 그와 그의 부하들이 얼마나 영웅적으로 싸웠는지를 보게 된다. 그렇게 싸우는 장면에서 우리는 마리야가 본 그 두개골을 떠올리게 된다. 하지만 상관없다. 우리는 그와 함께 폭력에 맞서 함께 싸운다. 이것은 러시아와 산악민들의 전쟁이 아니다. 탈출하려는 하지 무라트가 싸우는 적은 러시아로 전향한 산악민으로 구성된 민병대였다. 이 싸움은 정의와 불의의 싸움이었다. 톨스토이는 정의의 위대한 아름다움을 어떻게 보여 주어야 하는지, 예술적으로 이 정의를 어떻게 뒷받침해야 하는지를 잘 알고 있었다.

톨스토이는 서서히 하지 무라트의 시적인 승리로 이끌어간다.

동이 트기 전에 하지 무라트는 다시 기도하기 위한 성수를 받기 위해 현관으로 나왔다. 현관에 나서자 나이팅게일의 노랫소리가 새벽을 반기듯이 어제 저녁 때보다 더 크게 많이 들려왔다. 심복들이 있는 방안에서는 단검의 날을 숫돌에 가는 소리가 슥슥 삭삭 규칙

468

적으로 들려왔다. 하지 무라트가 물통에서 물을 떠서 방으로 들어
가려고 할 때 심복들의 방에서 칼을 가는 소리 사이로 하네피의 가
느다란 노랫소리가 들려왔다. 하지 무라트도 잘 알고 있는 노래였
다. 하지 무라트는 걸음을 멈추고 하네피의 노래에 젖어들었다.

죽어 가는 감자트에 대한 노래였다.

그러나 죽기 직전 감자트는 하늘의 새를 보고 소리 쳤다.
너희들, 날아가는 철새들아, 우리 고향으로 가 전해 주렴,
누이들과 어머니들과 어여쁜 처녀들에게
우리가 성전에 몸을 바쳤노라고.
말해 주렴, 우리는 무덤도 없이 쓰러졌노라고,
굶주린 늑대들이 우리의 뼈를 갉아 먹고
검은 까마귀들이 우리의 눈을 쪼아 먹을 것이라고.

노래는 이렇게 끝이 나고 한없이 서글픈 운율의 마지막 가사에 이
어 쾌활한 칸 마호마의 대담한 목소리가 곧바로 들려왔다. "라 일라
하 일 알라(알라여, 영원하라)!" 그리고 날카로운 휘파람이 이어졌
다. 그러고 나서 모두 잠잠해졌고 다시 나이팅게일 우는 소리들만
이 쪽쪽쪽 휘이이 들려왔다. 그리고 문 뒤에서는 숫돌에 칼날을 가
는 규칙적인 소리, 그리고 간간이 재빠르게 한번 칼날을 밀어 보는
섬뜩한 소리가 들려왔다.

노래와 나이팅게일의 울음소리는 모든 것을 예견해준다. 전투를 앞
두고 무기를 다듬는 소리는 새소리와 함께 뒤섞인다. 나이팅게일 노랫
소리는 하지 무라트가 죽음에 이를 때까지 함께 한다. 곧 전투가, 절망
적인 전투가 벌어질 것이다.
하지 무라트는 최후까지 홀로 남아 저항한다. 치명적인 총상을 입은
그는 나무에 의지하며 다시 몸을 일으킨다. 그런 그의 모습에 적들은 공

포를 느낀다. "그러나 갑자기 그는 흠칫 몸을 떨고는 나무에서 떨어지더
니 그대로 앞으로 꼬꾸라졌다. 낮에 잘린 엉겅퀴가 쓰러지듯이. 그리고
더 이상 움직임이 없었다."

톨스토이는 주인공의 몸을 시적인 분위기로 감싸며 지켜준다.

"충격이 계속되던 동안 침묵하던 나이팅게일들이 다시 쪽쪽쪽 울기
시작했다. 처음엔 한 마리가 가까운 곳에서 울었고, 저 멀리 있던 새들
이 뒤를 따라 화답했다."

야스나야 폴랴나 숲 속에서 소년들은 톨스토이에게 노래는 어디에 필
요한 것이냐고 질문을 했었다. 《하지 무라트》에서 톨스토이는 노래란
진지한 마음으로 살기 위해서, 무릎 꿇지 않고 마지막까지 싸우기 위해
서, 비록 홀로 남을지라도 끝까지 싸우기 위해서라고 대답하고 있다.

톨스토이는 소설을 이렇게 끝맺는다. "쟁기질한 밭 가운데 쓰러진 엉
겅퀴가 내게 바로 이런 죽음의 이야기를 떠올리게 했다."

혁 명

1. 새로운 시대의 서막

《하지 무라트》를 끝내면서 톨스토이는 이 소설을 생전에 출판할 것인
지 마음이 흔들렸다. 무엇보다 저작권 논쟁이 벌어질 것이 두려웠다.
소피야는 문학작품에서 발생하는 돈은 가족들이 받아야 한다고 화를 낼
것이었다. 그녀에게 자식들은 여전히 보살펴야 할 아이들이었다. 그녀
에게는 실패한 큰아들 레프의 대머리가 사랑스럽기만 했고 불안한 안드
레이와 침울한 세르게이 역시 아직 어린애로만 여겨졌던 것이다.

야스나야 폴랴나 담장 너머의 삶은 급변하고 있었다. 그러나 신문을
읽고 스물여섯 가지 언어로 쓰인 편지들을 받아보고 있었던 톨스토이는
삶이란 변하는 것이 아니며 그릇되게 변한다 해도 곧바로 다른 삶이, 더

470

훌륭하고 선하고 정의로운 삶이 시작될 것이라고 생각하고 있었다.

국가가 사라지면 전쟁은 더 이상 벌어지지 않을 것이다. 그 누구도 징병에 응하지 않을 것이기 때문이다. 재판 자체가 터무니없는 것이기 때문에 누구도 재판을 걸지 않을 것이다. 배심원들이 자신들에게 어떤 해도 입히지 않는 사람을 기소하고 용서하고 말 것이 어디 있겠는가? 고소인과 피고소인들은 서로 잘못을 인정하며 우호적으로 타협할 것이다.

일기는 점점 더 단호한 글로 채워지고 있었다.

> 나는 처음에 오늘날 인류가 살고 있는 삶의 형식과 기술문명 속에서 선한 삶을 세워나갈 수 있으리라고 생각했다. 그러나 이제 그것은 불가능하며 선한 삶과 오늘날의 기술발전과 그 속에서의 삶의 형식 등은 전혀 공존할 수 없다고 확신한다. 노예가 없다면 세상에는 극장도 과자점도 마차도 없고 대저 사치품이라는 것은 없을 것이다. 그뿐만 아니라 기차나 전신전화라는 것도 존재할 수 없을 것이다. 오늘날 사람들은 세대를 거듭하면서 인위적 생활에 익숙해져 가고 있다. 그리하여 모든 도시사람들은 정의로운 삶을 살아가지 못하고 있으며 그것이 무엇인지 알지도 못하고 원하지도 않는다. 241)

국가가 사라지면 분명히 도시도 없을 것이고 철도도 없을 것이며 현대 기술문명이라는 것도 없을 것이다. 기술문명은 사람들이 원해서가 아니라 강제로 만들어진 것이기 때문이다. 건강이 회복되면 종양이 사라지듯이 도시라는 것도 그렇게 무너져 버릴 것이다. 그러면 러시아의 모든 대지에 자리 잡은 안온하고 행복한 농촌들만이 남을 것이다. 그러나 그것은 정치투쟁으로 획득될 수 있는 것은 아니다. 정치투쟁 역시 일종의 폭력이기 때문이다. 톨스토이는 러시아 민중이 성숙해서 정부가 없이도 살아갈 수 있다고 확신했다. 그 어떤 방식의 통치라 할지라도,

241) 1904년 1월 3일 기록(55, 4).

이를테면 의회 같은 통치제도를 도입한다 해도 현존하는 것에 비해 나을 바가 없다. 그 역시 부자나 법을 다루는 자, 공장주의 입맛을 맞추는 것일 뿐이기 때문이다.

정치에 관심이 많은 놀기 좋아하는 사람들, 그들은 할 일 없이 놀며 살아가는 자신들의 삶을 유지하려는 자들이다. 자유주의자(리버럴)들은 바로 이런 사람들이라고 톨스토이는 경멸했다.

그 어떤 통치기구도 필요 없지만 토지분배는 마땅히 필요한 것이었고 그것은 황제의 칙령으로 가장 쉽게 이루어질 수 있었다. 젊은 황제는 주변 친지들을 두려워하고 판단력이 흐렸지만 그럼에도 불구하고 토지에 단일 세율을 적용함으로써 토지분배를 이루어낼 수 있는 존재였다. 그런 세제를 도입하면 토지를 사적으로 소유하고 있는 거대 지주들은 커다란 부담을 안고 더 이상 그렇게 대토지를 소유하고 있을 수가 없게 될 것이다.

정부는 필요 없지만 정부의 할 일이 있다, 토지개혁에 반대하는 자들과 싸워야 하지만 폭력이 사용되어서는 안 된다, 투쟁의 수단은 신념일 뿐이라는 주장에는 논리적 모순이 존재했다.

황제, 내각의 장관들, 주지사들과 잔인무도한 관리들, 이들 모두는 연민을 불러일으킨다. 이들도 체제의 희생자들일 뿐이다. 하지만 그들을 어떻게 구원할 것인가. 그건 알 수 없다.

톨스토이는 기인은 아니었다.

톨스토이는 유토피아를 그리고 있었고 그의 유토피아는 이미 생명이 다한 과거를 바라보고 있었다. 그러나 현실의 농촌 오두막집들은 밑바닥이 썩어 가고 원시적인 쟁기로 짓는 농사는 수확이 빈약했다. 분배받은 토지를 가진 농촌 공동체가 존재하고 있지만 겉보기에나 그랬을 뿐 실상 그 안을 들여다보면 토지를 갖지 못한 농민과 형편없는 분여지를 받은 농민, 토지를 임대하고 농부를 고용하는 부농 등과 같은 구별이 있었다.

러시아는 자신의 환상을 소진해가고 있었다.

정부 자체는 잔혹하고 강력해 보였지만 이미 역사적으로 쇠진한 환상에 불과했다. 러시아의 막강한 전투력도 환상이었을 뿐이다. 러시아가 순수한 농업국가로 부활하리라는 환상을 믿어줄 지식인은 소수에 불과했다.

2. 과거에 살고 있는 톨스토이

언젠가 톨스토이는 노공작 볼콘스키가 나폴레옹 침공 시에 러시아 사정을 잘 모르고 있다고 말한 적이 있었다. 공작은 바보는 아니었지만 늙고 정신이 굳어 있었다. 비현실적인 확신을 지니고 있던 그는 실제 일어나고 있는 현실에 대해서는 모호하게 이해하고 있었다.

톨스토이는 아직 젊고 건강했던 그때도 그런 늙은 상태의 심리를 잘 꿰뚫고 있었다. 그가 그런 심리를 잘 모르고 있다고 말할 수는 없는 것이다. 하지만 그 역시 늙음을 어쩔 수 없었다. 만일 그가 수백만 농민들의 의식, 몰락해 가면서도 불만스럽지만 여전히 낡은 삶의 방식을 고집하고 어떻게든 개선해나갈 수 있다고 믿던 농민들의 의식을 자신의 것으로 굳게 가지고 있지 않았더라면 그는 나이에 그렇게 무너지지 않았을지도 모른다.

톨스토이는 많은 사람들과 마찬가지로 당시 세력관계를 파악하지 못하고 있었다.

가퐁 신부가 이끄는 상트 페테르부르그 노동자들은 1월 9일 황제의 겨울궁전으로 행진하여 황제에게 공장주들에 대한 통제를 요구하고 자신들에 대한 탄압을 중지하라고 탄원했다. 그러나 그들에게 돌아온 것은 총격이었다. 그들이 행진하던 돌 포장도로는 피로 얼룩졌다. 242) 전

---

242) 〔역주〕 1905년 1월 초 페테르부르그에서 노동자 해고문제로 파업이 발생하자 가퐁 신부가 조직한 어용 노동조합이 중심이 되어 황제에게 노동자의 요구를 청원하기 위해 궁전을 향해 행진한다. 그러나 근위대는

러시아가 들끓었다. 톨스토이도 경악했지만 왜 황제가 페테르부르그 노동자 의회를 수용해야만 하는지 이해할 수가 없었다.

"페테르부르그 노동자들의 목소리가 국가를 위해 무슨 의미가 있겠소?"[243] 노동자들은 매일 차를 마시고 가죽 장화를 신고 다닌다. 농촌 부락의 더 나은 생활을 하고 있지 않은가. 그런데 왜 농민이 아니라 노동자가 저항해야 하는가?

노동자는 일부 소수일 뿐만 아니라 국가가 사라진 새로운 러시아에서는 존재하지 않을 것이라고 톨스토이는 생각했다.

하지만 노동자는 소수가 아니었다. 그들은 톨스토이 주변에도 많이 존재했다. 야스나야 폴랴나 저택의 창문에서는 코사야 언덕의 용광로 굴뚝이 내다보였다. 잘못 예측된 시대는 그 예측과 무관하게 제 갈 길을 가고 있었다. 시계는 제 시간을 알리고 있었지만 톨스토이는 시계가 몇 번 울리는지 그 수를 헤아릴 수 없었던 것이다. 가끔 꿈속에서 그런 경우가 있지 않은가. 저녁나절에 얼핏 잠이 들었는데 여섯 시를 알리는 시계소리를 아침 여섯 시로 착각하여 아직 일어날 때가 아니라고 생각하는 그런 경우 말이다.

바야흐로 제국주의 시대가 전개되고 있었다. 1904년 1월 27일 러일전쟁이 발발했다. 1월 22일에서 27일 사이의 톨스토이의 일기에는 아무런 기록이 없다. 다만 27일에 이렇게 기록되어 있다.

"이제 막 산책을 하며 생각했다. ① 전쟁과 왜 전쟁이 일어났는가, 무슨 의미가 있는가, 앞으로 어떻게 될 것인가 등에 대한 수많은 상념들

평화적인 청원행진에 무차별 발포하여 600여 명이 사망하고 수천 명이 부상당한다. 이른바 피의 일요일 사건이었다. 이 사건은 황제에 대해 소박한 기대를 버리지 못하던 노동자들을 러시아 1차 혁명으로 내몬 결정적 계기가 된다.

243) D. 마코비츠키, 《야스나야 폴랴나 수기》, 제 1집, 자드루가 출판사, 1922, 85쪽.

… 모든 사람들은 전 세계에 이 전쟁이 무슨 의미를 가지는 것일까 외에도 바로 내가, 내가, 내가 이 전쟁에 대해 어떤 태도를 가질 것인가를 생각해야 한다."

'내가'라는 단어가 세 번이나 반복되며 강조되고 있다. '내가'는 톨스토이 자신이 아니라 도덕적 신념을 가진 모든 사람들 각각을 지칭하는 말이다. 모든 사람들 각자에게 중요한 것은, "전쟁을 벌이지 말고, 만일 전쟁을 벌이는 사람들을 말리지 못한다면 적어도 그들을 돕지 말 것"이었다. 그리고 전쟁을 저지하는 것은 오직 이성적 판단을 통해서만 가능했다.

다음날 톨스토이는 단편 《위조 쿠폰》을 수정하고 있었다. 《위조 쿠폰》은 한 중등학교 학생이 쿠폰의 숫자를 변조한 별 의미 없는 행동이 일련의 불행한 사건을 불러일으키게 된다는 이야기다. 이 작품은 돈에 얽힌 범죄를 다룬 일련의 짧은 단편 연작이다. 톨스토이는 연작의 결말을 모든 것이 용서되는 것으로 맺으려 했다.

2월 2일. "쿠폰에 대한 글을 쓰고 있다. 하지만 전쟁에 대해서는 쓰이지 않는다."

그리고 얼마 뒤 톨스토이는 전쟁에 대한 장편의 논문 "깊이 생각하라!"에 착수한다.

만년의 톨스토이는 위대한 인물들의 어록을 수집하여 《읽을 거리》, 《매일 매일의 독서》 등을 펴냈다. 그는 개별적으로 뽑아낸 사상들이 더욱 완벽하고 자기 체계를 가진 것이라고 생각했다. 어떤 사람의 사상 전체를 보면 그 안에 여러 사상들이 포도송이처럼 서로 압박을 가하고 있었다. 톨스토이는 사람들에게 도덕적 신념을 고취하고 싶었다. 그의 논문들에는 그런 종류의 어록들이 제사로 제시되고 있었다.

《깊이 생각하라!》는 12장으로 나뉘어 있다. 1장에는 4개의 제사(題詞)가 붙어 있다. 복음서와 성서, 그리고 몰리나리[244]와 모파상의 글에서 인용된 것들이다. 2장 역시 볼테르와 아나톨 프랑스, 레투르노[245],

스위프트의 글에서 인용되는 4개의 제사로 시작된다. 11장에도 4개의 제사가 있고 12장에는 제사가 없다.

전쟁이 발발하자 사람들은 어린 메뚜기가 물에 빠진 메뚜기들을 밟으면서도 계속 물속으로 걸어가듯이 전장으로 나아갔다. 남의 땅을 얻기 위한, '조차된' 땅에서 이권을 챙기기 위한 전쟁이었다. 논문에는 징집병과 예비군들을 끌어들이는 것은 사람을 죽이도록 전쟁에 내모는 일이라는 내용의 편지들도 포함되어 있었다. 논문의 끝에는 1904년 5월 8일이라고 날짜가 기록되어 있었다.

현인들의 사상을 드러내는 제사들은 마치 모두 똑같은 말을 하고 있는 것만 같다. 사람들이 전쟁을 악으로 인식한다면 전쟁은 막을 수 있다는 것이다. 그러나 역사는 제 갈 길을 멈추지 않는 법이다. 아무리 현인의 지혜를 담은 것이라 할지라도 낡은 옛날 책 속에 숨어 역사의 행로를 피해갈 수는 없었다.

악에 대한 무저항이라는 톨스토이의 옛날 논리는 이제 톨스토이 자신도 확신하기 힘들었다. 미처 전쟁 준비가 되어 있지 않았던 러시아군이 일본군에 의해 괴멸되는 상황에 톨스토이는 마음의 동요를 느끼지 않을 수 없었다.

바보 이반 이야기에서 병사와 농민들은 서로를 이해하고 서로 같은 언어로 말한다. 하지만 일본과 독일에 맞서 싸우지 않는다면 그들이 그들과 다른 러시아를 점령하지 않는다는 보장이 있을 것인가?

톨스토이는 특히 아르투르 항[246]이 점령되었을 때 애국심에 상처를

244) 몰리나리 규스타프(1819~1812). 벨기에 경제학자.

245) 레투르노 샤를(1831~1902). 프랑스 사회학자.

246) 〔역주〕아루투르 항은 중국 산동 반도 여순항에 러시아가 조차하여 건설한 군항이다. 당시 러시아는 여순항을 아르투르 항으로 불렀고 대륙 침략의 걸림돌로 작용하는 아르투르 항을 제압하기 위한 일본 해군의 공격이 러일전쟁의 단초로 작용한다. 러시아 해군은 미처 대비하지 못하고 있다가 황해에 갇힌 채 전멸당하고 만다. 일본 해군의 완벽한 승

입고 아파했다. 1905년 1월 30일 톨스토이는 이렇게 말한다.

> 딸 마샤는 내가 아르투르 항을 일본군에 넘겨주느니 폭파해 버리는
> 편이 낫겠다고 말한 것에 대해 비판했다. 우리의 패배를 기뻐하는
> 자들은 직접 정부에 대항해야만 한다. 왜 민중의 패배를 통해 정치
> 적 목적을 얻을 수 있다고 생각하는가.[247]

2월에 처제 타티야나가 톨스토이에게 "어떻게 생각하세요, 그러면 아
르투르 항을 포기해서는 안 된다는 건가요?"라고 물었다. 그러자 톨스
토이는 "나도 한때 군인이었지. 우리 때에는 절대 그럴 수 없었지. 모두
죽는다 해도 절대 항복하지는 않았어."[248]

또한 일리야에게 이렇게 말하기도 했다.

"답답한 일이다 … 군사적 관점에서는 그렇게 하면 안 되지."[249]

옛날의 러시아는 이제 더 이상 존재하지 않았다. 톨스토이는 자원병
으로 카프카스 전투에 참가하여 게오르기 십자훈장을 꿈꾸었다. 그리
고 이제 아들인 안드레이가 일본과의 전쟁에 자원입대하여 극동으로 출
정하였다. 저명인사의 아들인 그는 사병이 아니라 장교로 입대했으며
특히 열차도 사령부 참모들과 같은 칸을 사용하였다. 안드레이는 게오
르기 십자훈장을 받았고 말에 치여 타박상을 입었다는 이유로 전역하여
집으로 돌아왔다. 사실 그는 전쟁에 필요한 인물이 아니었다. 단지 그
의 이름이 필요했을 뿐이다.

톨스토이는 일기에 애국적인 맹세를 기록해 놓았다. 하지만 그의 애
국주의는 민중적인 의미에서의 그것이었고 진정한 의미에서의 그것이

리는 세계 해전사에 기록될 대승이었다.
247) D. 마코비츠키, 《야스나야 폴랴나 수기》 제2집, 모스크바, 1923, 17쪽.
248) 위의 책, 28쪽.
249) 위의 책, 37쪽.

었다.

전쟁에서 안드레이가 돌아온 것은 투항이었고 약함과 패배의 증거였다. 구러시아는 더 이상 존재하지 않았다.

3. 1905년

톨스토이는 도시에서의 혁명을 불필요할 뿐만 아니라 불가능하다고 생각했다. 사실 그는 과거 역사적 경험에 근거하여 그 어떤 혁명도 불가능하다고 생각하고 있었다.

체르트코프의 "혁명에 대하여"라는 논문의 서문에서 톨스토이는 '폭력적 구조의 파괴'에 대해 이렇게 말한다.

> 이런 폭력적 구조를 파괴하기 위해서는 알다시피 무엇보다도 수단이 필요하다. 아무리 사소한 확률이 있는 것이라도 성공하기 위한 수단을 취해야 하는 것이다. 그러나 그럴 수 있는 최소한의 확률도 존재하지 않는다. (…)
>
> 12월 14일 데카브리스트의 혁명적 시도는 황제가 공석이라는 아주 유리한 조건에서, 그리고 대부분의 구성원이 군인이라는 조건에서 이루어졌다. 하지만 그 결과는 어떠한가? 페테르부르그에서도, 툴친에서도 봉기는 충성스러운 정부군에 의해 아주 가볍게 진압되지 않았던가. 그리고 야만적이고 어리석고 혐오스러운 30여 년의 니콜라이 1세의 통치기간이 이어졌을 뿐이다. (36, 149)

그리고 이 뒤에는 귀족출신이 아닌 사람들이 이끌었던 혁명 또한 실패로 끝났다는 사실에 대한 분석이 이어진다. 톨스토이는 '이성적 설득'으로 싸울 것을 제시한다.

톨스토이에게 1904년의 페테르부르그는 50년 전에 알고 있던 페테르부르그였다. 그러나 20세기 초 페테르부르그는 이미 네바 강 너머로까지 확대되었고 공장의 붉은 담벼락이 끝없이 이어졌다. 니콜라옙스키

다리에서 리테이니 다리까지 이어지는 긴 도로변에는 궁전과 귀족들 저택이 드문드문 보일 뿐 공장이 가득 들어찼다. 해안에는 항만도 건설되었다. 리테이니 다리 너머 공장들은 양쪽으로 수십 킬로미터로 이어졌고 네바 강 삼각주에도 공장이 들어섰다. 페테르부르그 교외 역시 공장지대로 변모했다. 그러나 톨스토이는 이런 새로운 기류를 감지하지 못했다.

수도의 색과 공기, 사람들 모두가 변해갔다.

듀샤나 마코비츠키의 《야스나야 폴랴나 수기》는 톨스토이가 1905년 1월 12일 다음과 같이 말했다는 사실을 보여준다.

> 정부에 권력을 내놓으라고 요구하는 것은 있을 수 없는 일이지. 정부는 결코 물러나지 않을 것이요. 그렇다면 둘 중의 하나겠지. 정부 요인이 다 도망치도록 살인, 테러를 감행하는 것. 그렇게 되면 무정부상태가 되겠지. 아니면 모든 사람이 각각 자기완성을 꾀하는 것입니다. 두 번째 방법, 그것만이 유효할 것입니다.[250)

톨스토이는 입헌군주제에서든 공화제에서든 토지문제는 여전히 해결되지 않을 것이라고 지적한다. 하지만 그것은 그에게 가장 중요한 문제였다. "민중은 황제가 지주에게서 농노를 빼앗았듯이 토지를 빼앗아주기를 기다리고 있소."[251)

톨스토이는 혁명을 믿지도 않았고 알지도 못했다. 다만 데카브리스트의 정신을 신뢰하기는 했다. "데카브리스트는 종교적이고 자기헌신적인 사람들이었지. 나는 갈수록 그들이 점점 더 존경스러워 진다네."[252) 그는 비류코프에게 이렇게 말했다.

---

250) D. 마코비츠키, 《야스나야 폴랴나 수기》, 제1집, 83쪽.
251) 위의 책, 85쪽.
252) 위의 책, 64쪽.

혁명이 진행되어 갈수록, 그리고 톨스토이적 방법이 민중들에게 호
소력을 갖지 못할수록 톨스토이는 더욱 완고해져 갔다. 그는 줄곧 신이
나 의식 등과 같이 영원한 문제에 대한 것만 입에 올리며 일기에도 그와
같은 문제들만 반복해서 기록해 나간다. 그러면서 자신 속에 일고 있는
일말의 회의를 지워버리고 싶었던 것이다.

시대는 더욱 빠르게 흐르고 있었지만 톨스토이는 과거 속에 살면서
과거를 예찬하고 과거에 비추어 현재를 비난하고 있었다. 1905년 1월
24일 그는 데카브리스트에 대해 이렇게 말한다.

"그 사람들은 모두 엄선된 사람들이었지. 먼지 더미에 자석을 들이대
면 쇳가루가 모두 딸려 붙듯이 말이네. 하지만 그 자석은 농민 계층에게
는 작동하지 않았지."[253]

그리고 나아가 톨스토이는 무의식적으로 데카브리스트를 새로운 혁
명에 맞설 '조직화된 세력'이나 되는 듯이 말했다. 그러나 페스텔[254]은
더 이상 존재하지 않았다. 데카브리스트는 모두 죽은 지 오래였다. 톨
스토이는 유령과 이야기를 나누고 있었던 것이다.

그는 신문 읽기도 그만 두었다. "습관은 버리기 힘들다고 생각하네.
하지만 전에 담배를 끊었던 것처럼 이제 독서도 하지 않기로 결심했지.
아주 기쁘기까지 하다네."[255]

혁명의 시기에 톨스토이는 게르첸의 저술을 다시 읽기 시작했고 데카
브리스트에 관한 소설을 쓰던 시절의 생각으로 되돌아가고 있었다.

그러나 철도 파업이 벌어지고 봉기가 일어났다.

톨스토이는 혁명이 발발하고 있다는 것을 알면서도 거듭 혁명은 없을

---

253) D. 마코비츠키, 《야스나야 폴랴나 수기》 제 2집, 8쪽.

254) 〔역주〕 P. 페스텔(1792~1826). 데카브리스트 운동을 조직적인 결사
로 전환시킨 결정적 지도자. 비상한 조직 논리와 결단력으로 남부 결
사를 이끌었고 봉기 이후 사형 언도를 받고 처형.

255) 위의 책, 31쪽.

480

것이라고 말하고 있었다.

파리의 신문 〈마탱〉지 특파원이 전하는 톨스토이의 말을 보자. 물론 우리는 번역을 완전히 믿을 수는 없을 것이다. 하지만 번역은 톨스토이를 잘 알고 있던 마코비츠키가 한 것이다.

> 러시아 민중은 그 어떤 혁명도 생각하지 않습니다. 혁명이란 18세기 말이나 19세기 초반에 가능했었지요. 오늘날 정부는 얼마든지 탄압할 수단을 무수히 가지고 있습니다. 그들을 전복하는 것은 조금의 가능성도 없지요. 보십시오, 이 수도에 돌 포장도로도 아스팔트로 다 바뀌었지요. 여기서 어떻게 바리케이드를 치겠습니까. 256)

그러나 혁명은 일어났고 바리케이드도 세워졌다.

특히 톨스토이는 전함 포템킨 호의 봉기257)에 충격을 받았다.

톨스토이의 동요는 늙은이로서의 괴팍함에서 나온 것은 아니다. 그것은 황제에 대한 민중의 오랜 믿음이 아직 깨져 나가지 않았다는 것을 반증하는 것이다. 민중은 여전히 황제를 어떤 집단, 즉 가진 자들에게 휘둘리지 않는 자유로운 존재라고 생각하고 있었다.

톨스토이는 이내 환멸에 젖어들었다. 아주 고통스러운 환멸이었다. 톨스토이의 삶에 대한 가차 없는 비판과 삶을 개조하기 위한 열망은 그 실천의 토대가 부재했다. 그것은 러시아 혁명의 농민적 성격을 마치 거울처럼 되비쳐주는 것이다.

톨스토이 주변 인물들은 그저 그런 평범한 사람들로 두려움에 떠는

---

256) 위의 책, 50쪽.
257) 〔역주〕 1905년 흑해 함대 소속 러시아 전함 포템킨에서 수병들이 열악한 대우와 부패한 군대에 저항하여 반란을 일으킨다. 짜리 군대는 오뎃사에 정박한 반란군과 이들을 지지하는 시민들을 가차 없이 학살하고 많은 수병들이 도망친다. 에이젠슈테인의 영화 〈전함 포템킨〉으로 재현되어 널리 알려져 있다.

자유주의자에 지나지 않았다. 체르트코프를 열심히 따르던 딸 알렉산드라는 야스나야 폴랴나 길을 산책하며 마코비츠키에게 말했다. "이 자작나무 가로수들에 우리를 목매달겠지요."[258]

체르트코프는 침묵하는 법을 알고 있었다. 분명 그는 혁명이란 러시아가 영국 사회가 처했던 운명으로 다가가는 고난의 길임을 알고 있었다.

그러나 톨스토이가 집에서 가까운 사람들에게 건넸던 말들, 그리고 그저 무료한 삶에 불만인 톨스토이주의자들이 아주 부정확하게 기술해 놓은 것들, 그리고 야스나야 폴랴나를 찾는 사람들이 점점 줄어들고 있는 것, 이런 것들이 러시아 혁명에서 톨스토이의 의미를 결정하는 것은 아니다.

자극적인 기사거리를 찾으며 뭔가 특별한 것을 얻어내려는, 성급하고 경박한 외국 특파원에게 했던 말도 톨스토이의 의미를 규정하지는 못한다. 설사 일말의 진실이 있더라도 아주 사소한 점에서만 그러하다.

러시아 혁명에서 톨스토이의 의미를 파악하기 위해서는 그가 오랜 세월에 걸쳐 민중에게 삶의 본질을 보도록 설파했다는 사실을 외면해서는 안 된다. 그는 벌거벗은 왕의 진실을 밝히고 증명하고자 했다. 그는 오랫동안 분명하게 민중이야말로 토지의 정당한 소유자임을 역설해왔다.

헨리 조지[259]의 사상을 이어받아 토지개혁을 수행하려는 그의 개혁은 받아들여지지 않았다. 농민들이 불하받은 토지대금을 모두 지불한 지금에 와서 그것은 필요 없는 일이었다. 엄청나게 높게 책정된 토지대금이었지만 이제 농민들은 고리대금을 갚듯 그것을 다 치러낸 마당이었다. 이제 전 러시아의 광대한 토지에 대해 말해야 했다. 톨스토이는 그것을 모두 경작자에게 돌려주어야 한다고 주장했다. 자유주의자들도, 입헌민주당(카데트)과 동맹을 맺은 트루도비키 그룹[260]도, 심지어 시

---

258) 《야스나야 폴랴나 수기》 제 1집, 80쪽.
259) 〔역주〕헨리 조지(1839~1897). 미국 경제학자. 단일 토지 세율을 도입함으로써 토지의 사적 소유를 철폐할 것을 주장.

골 사제들도 그의 말에 동의했다. 그것은 하나의 강령이 되었다.

4. 톨스토이주의자들

1904년 오랫동안 기다려오던 황실 후손의 탄생을 기념하는 사면령에 따라 비류코프가 제네바에서의 망명생활을 접고 러시아로 귀국했다.

1905년 혁명 이후 10월 17일 선포된 포고문은 약간의 종교적 자유를 허용했다. 이에 따라 50명 이상인 분파 교도 집단은 공식 등록을 할 수 있게 되었다.

비류코프는 일부 사람들을 모아 톨스토이주의 공동체 등록을 신청하기로 결심했다. 나로서는 이 톨스토이주의자의 생각의 구조를 전달하기가 힘들기 때문에 다음의 인용문을 통해 살펴보기로 하겠다.

일을 서두르고 있던 나는 정해진 형식에 따라 신청서를 작성해야 했다. 이런 문서는 어렵고 책임이 따르는 것이었다. 간단명료하게 기술하면서도 권력에 대한 우리의 태도를 항구적으로 규정하는 중요한 원칙을 담아내야했기 때문이다.

이 일의 중요성을 고려하여 나는 톨스토이의 자문을 구하고자 했다. 그는 이 작업의 막중한 의미를 이해하고 예의 그 영민함과 온화함으로 직접 그 신청서를 다듬어 주었다. 그때 편집된 원본을 나는 페테르부르그의 톨스토이 박물관에 기증했고 여기에 중요한 일부분을 발췌해 보여 주고자 한다. 이 신청서 서두에는 장소와 구성원, 공동체 명칭 등에 대한 공식적 답변이 들어가고 그 뒤에 기본적인 입장에 대한 간략한 기술이 들어가야 했다. 바로 이 부분을 톨스토이가 교정해 주었다. 톨스토이는 내가 기술한 내용을 거의 새롭게 고쳤는데 다음은 그가 고친 글이다.

"아래 서명한 우리는 '자유 그리스도교인' 공동체 구성원으로서 그리스도 교리의 일반원리에 따라 결집하였고, 우리를 사랑하는 사

260) 〔역주〕 트루도비키 그룹은 1906년~1917년 러시아 국회 내의 노동당원.

람뿐만 아니라 적들까지 사랑하라는 것을 그리스도 교리의 핵심으로 받아들이고 있다. 어떤 정치적 목적과도 무관하며 오직 신앙으로 하나가 되고자 하는 우리 공동체는 현존 체제와 당국에 대한 태도는 구성원 각자의 양심에 따라 판단하도록 한다. 물론 우리의 신앙에 부합하는 것으로서 정부에 대한 태도는 신과 이웃에 대한 사랑이라는 그리스도 교리의 근본적 가르침에 모순되지 아니하는 정부의 모든 지시에 철저히 복종하는 것이다."261)

그러나 등록은 이루어지지 않았다. 50명의 서명을 받지 못했기 때문이다. 대중적 현상으로서의 톨스토이주의는 혁명과 더불어 끝나고 말았던 것이다.

역시 이제 나이가 든 체르트코프도 돌아왔다. 그는 손에 낀 검은 장갑을 결코 벗지 않았다. 그의 손은 늘 습진을 앓고 있었던 것이다. 검은 장갑은 그의 모습을 더더욱 목사처럼 보이게 만들었다. 어쩌면 톨스토이가 체르트코프에게 늘 관심을 기울이고 그와 끊임없이 관계했던 것은 혁명 이후 더 이상 존재하지 않는 톨스토이주의를 흔들리지 않고 여전히 굳게 믿고 있는 마지막 사도였기 때문인지도 모른다.

혁명에 뒤이은 반동을 통해 톨스토이는 러시아의 현실을 새롭게 바라보게 되었다. 그는 반동에 맞선 전투에 나섰다. 타협의 둥지였던, 사랑과 증오를 동시에 품고 있던 야스나야 폴랴나를 떠나는 것, 그것이 그 결과였다.

261) P. 비류코프, 《톨스토이 전기》 제 4권, 143쪽.

《러시아 농민들》, 《침묵할 수 없다!》

1908년 골리케 & 빌베르그 출판사가 N. 오를로프의 《러시아 농민들》이라는 화집을 출판했다. 이 출판사는 명화 복제품 출판에 탁월한 솜씨를 보이면서 당시 예술전문 출판사로 최고의 명성을 가지고 있었다.

오를로프는 많이 알려진 화가는 아니었지만 인간적 관점에 있어 톨스토이와 아주 가깝고 톨스토이의 적극적인 지원을 받던 인물이었다.

오를로프는 아내와 아홉 아이들을 데리고 매년 여름이면 야스나야 폴라나를 찾아오곤 했다. 그는 밝고 부드러운 성격이었고 나무에 대해 잘 알고 있었다. 톨스토이는 그의 화집에 서문을 써주었다. 이 서문을 보고 레닌은 톨스토이주의의 가장 나쁜 특징들이 담겨있다고 혹평한 바 있다. 그 서문의 도입부를 보자.

> 오를로프의 화집 출판은 참으로 멋진 일이 아닐 수 없다. 그가 그리는 대상이 내가 좋아하는 대상이기 때문에 나는 그를 좋아한다. 그것은 바로 러시아 민중, 진정한 러시아 농민민중이다. 그들은 나폴레옹을 격퇴하고 다른 민족을 침략하고 복속한 그런 민중이 아니다. 그리고 불행히도 그렇게 신속하게 기계와 철도와 혁명과 온갖 정파와 분파를 가진 의회를 만들어낸 민중도 아니다. 진정한 러시아 농민은 겸허하게 근로하며 그리스도를 믿고 온순하고 참을성 있는 민중으로 그들은 지금 그렇게 그들을 괴롭히고 끊임없이 타락시키는 그 모든 것을 길러냈고 자기 어깨에 짊어지고 가는 그런 사람들이다. (37, 273)

이 서문에서 톨스토이는 진정한 러시아 민중이란 '기계와 철도와 혁명'을 만들어낸 민중과는 다를 뿐만 아니라 '나폴레옹을 격퇴한 민중'과도 다르다고 말한다. 결국 오를로프의 그림에 담긴 민중은 진정한 러시아 농민민중이지만 자신의 소설 《전쟁과 평화》에 그려진 민중은 진정한 민중이 아니며 자신이 사랑하는 민중도 아니라는 것이다.

톨스토이는 혁명의 부정을 통해 자기 부정으로까지 나아갔다. 그러나 바로 이 해에 그는 집단적인 처형에 대한 방대한 논문 "침묵할 수 없다!"를 집필한다. 이 논문은 이렇게 시작된다.

> 일곱 건의 사형선고가 내려졌다. 페테르부르그에서 2건, 모스크바에서 1건, 펜자에서 2건, 리가에서 2건이다. 그리고 4번에 걸친 처형이 이루어졌다. 헤르손에서 2건, 빌노에서 1건, 오데사에서 1건이다. 이에 대해서는 도하 모든 신문에 보도되었다. 이는 1주일, 한 달, 1년이 아니라 몇 년에 걸쳐 지속되고 있는 일이다. 다른 곳도 아닌 러시아에서, 민중들이 그 어떤 죄인에 대해서도 그의 불행을 동정해 주는, 최근까지도 사형제도가 법적으로 존재하지 않았던 러시아에서 이런 일이 벌어지고 있는 것이다.
>
> 나는 언젠가 서유럽 사람들에게 우리의 이런 점을 자랑스러워했던 적이 있었다. 하지만 지금 2, 3년 동안 끊임없이 처형, 처형, 처형이 벌어지고 있다. (37, 83)

톨스토이는 이 논문에서 반혁명 테러에 대해서도 논한다. 그는 이런 사실들이 매일 받아보는 신문을 통해 모두가 알고 있는 것이라고 했지만 세계는 그의 논문을 보고 경악했다.

이 논문은 1908년 5월 13일부터 6월 15일까지 집필되었다. 그 일부는 발췌본으로 신문에 게재되기도 했지만 논문을 게재한 신문들은 즉각 벌금형에 처해졌다. 〈러시아의 말〉지에 따르면 세바스토폴의 한 신문 발행인은 "침묵할 수 없다!"의 일부가 실린 자기 신문을 온통 시내에 내다 붙였다고 한다. 논문은 즉시 라트비아어로 번역 출판되었고 8월에는 툴라에서 비합법 출판물로 전문이 발간되었다. 이어서 전 세계에서 재출판되었고 독일에서는 즉시 2백여 개 신문에 게재되었다.

무엇 때문에 세계는 이 논문에 그렇게 놀라워했던 것일까?

무엇보다 이 논문에는 리얼리스트로서의 톨스토이의 천재적 능력이 탁월하게 발휘되고 있다. 톨스토이는 단순히 사형에 대해 말하고 있는 것이 아니다. 그는 모든 것을 꿰뚫어 보듯이 너무나도 생생하게 사형 장면을 상세하게 그려내고 있다. 그는 열두 명의 사람이 어떻게 교수형에 처해지는가를 보여준다.

> 열두 명의 사람들을, 모두 누군가의 남편이고 아버지이고 아들인 사람들, 선량하고 순박한 마음으로 열심히 일만 했을 따름이며 러시아에 살았다는 죄밖에 없는 사람들을 붙잡아 투옥하고 족쇄를 채웠다. 얼마 뒤 그들은 목에 걸릴 올가미를 잡지 못하도록 등 뒤로 손이 묶인 채 교수대로 끌려갔다. 손에 총을 들고 무장한 호송병들이 죄수들을 호송했다. 그들은 깨끗한 신과 제복을 입었지만 사형 당할 사람들과 마찬가지로 농민출신이었다. 죄수들과 나란히 금빛 무늬가 있는 성복에 영대(靈臺)를 두른 머리가 긴 사람이 십자가를 들고 동행한다. 드디어 행렬이 멈춘다. 책임자가 무슨 말인가를 하자 비서가 서류를 낭독하고 이것이 끝나면 긴 머리의 사람이 곧 목에 밧줄이 걸릴 사람들을 향해 신과 그리스도에 대해 몇 마디 늘어놓는다. 그의 말이 끝나면 곧바로 형리들 몇 명이 나서서 일을 시작한다. 그 일은 한 명이 하기에 상당히 복잡하다. 한 명은 비누를 물에 풀어 밧줄이 잘 옭아매지도록 올가미에 바르고 다른 한 명은 족쇄를 채운 죄수들을 붙잡고 머리에 두건을 씌운다. 그리고 이제 죄수들을 교수대 위에 올려놓고 그들 목에 올가미를 건다. (37, 84)

나아가 톨스토이는 전 러시아가 사형제도에 빠져들고 있다고 말한다. 1880년대에 러시아에는 교수형 집행인이 단 한 명에 지나지 않았다. 하지만 1908년 가게를 운영하다 망한 한 상인이 사형 집행인이 되겠다고 나서서 한 명당 1백 루블씩 받아서는 다시 사업을 일으켰다. 그런 일이 있고부터 사형을 집행하는 형리 자리에 경쟁이 붙기 시작했고 그 값이 떨어져 한 명 교수형을 시키는 데 50루블로 내려갔다.

　사형이 집행되기 전날 정부의 사형명령 집행자에게 낯선 사람이 찾
아와 비밀스런 협상을 시도했다. 집행인이 밖으로 나오자 그 사람
이 이렇게 말했다.
　"어떤 놈은 한 명당 75루블 받았다지요. 오늘, 듣기로는 다섯이
라지요. 다 내게 맡겨 주쇼. 내가 15루블 씩 처리해 주겠소. 걱정
마쇼, 아주 틀림없이 완벽하게 하겠소."(37, 84)

　이 논문에서 톨스토이는 대립하는 양측, 즉 정부와 혁명가들이 모두
잘못이 있다고 말하지 않는다. 그는 혁명가들이 자신의 신념을 위해 목
숨을 걸고 있다는 것을 정부에게 말하고 있다. 그리고 정부의 사형집행
을 기계적으로 묘사함으로써 정부의 죄악을 폭로한다.

　그렇게 살아서는 안 된다. 나는 최소한 그렇게 살 수 없고, 그렇게
살지 않으며, 그렇게 살 수도 없다.
　그래서 나는 이런 글을 쓰고 있고 내 글이 러시아 국내에서나 국
외에 널리 전파되도록 있는 힘을 모두 경주할 것이다. 나를 막는
방법은 그런 비인간적 작태를 끝장내거나 아니면 그런 일과 내가
더 이상 연관되지 못하도록 차단하는 것이다. 내가 그런 일과 관계
되지 못하도록 하려면 나를 감옥에 투옥하라. 그곳에서 나는 그런
끔찍한 일들이 결코 나를 위해 행해진 것 아님을 더욱 분명히 인식
하게 될 것이다. 아니면 더 좋은 방법은(그런 행복을 꿈꾸지 조차
못할 만큼 아주 좋은 방법인데) 나에게도 저 20명이나 12명 농민들
에게 했던 것처럼 수의를 입히고 두건을 씌워 앉힌 다음 의자를 걸
어차는 것이다. 그러면 나도 내 몸무게로 비누칠을 한 올가미가 저
절로 내 늙은 모가지를 옭죄도록 할 것이다. (37, 95)

그리고 정부에 대해 선언한다.

488

당신들은 그것이 민중을 진정시키고 혁명을 잠재우는 유일한 방법
이라고 말한다. 하지만 그것은 명백한 거짓이다. 당신들은 분명 러
시아 전 농민의 제1차적인 요구사항을 충족시키지 못하면서, 즉
토지의 사적 소유를 타파하지 못하면서, 반대로 그걸 강화하고 온
갖 방법으로 민중과 악의에 찬 경박한 사람들(그들은 정부에 맞서
폭력적 투쟁에 나서고 있다)을 자극하고 있다. 당신들은 그렇게 그
들을 고문하고 모욕하고 추방하고 투옥시키고, 그 아이들과 여자들
까지 교수형에 처하면서 어떻게 그들을 진정시킬 수 있다고 생각하
는가. 사람이라면 누구나 가지고 있는 이성과 사랑의 목소리에 당
신들이 아무리 귀를 닫으려 해도, 당신들 자신 속에서 들려오는 이
성과 사랑의 목소리를 듣지 않을 수는 없을 것이다. 당신들처럼 그
렇게 행동한다면, 즉 그 끔찍한 죄악에 동참한다면 그것은 병을 치
유하지 못할 뿐만 아니라 오히려 더욱더 안으로 심화시킬 뿐임을
깨닫고 뉘우치도록 당신들의 최소한의 이성과 사랑의 마음이 눈을
떠주기를 바랄 뿐이다. (37, 88)

이 강렬한 논문은 세계를 경악하게 만들었고 수많은 결과를 이끌어냈
다. 인도 혁명가 타라크나스 다스는 1908년 5월 24일 미국에서 이렇게
편지를 보냈다.

당신의 도덕적 힘은 언제나 모든 진보적인 것을 억압하려드는 러시
아 전제주의 정부의 권력조차 무력하게 만들었습니다. 러시아 정부
권력은 당신의 활동에 두려운 나머지 어쩔 수 없이 당신과 화해를
청하며 침묵하고 있습니다.
실제로 러시아 민중은 노예화되었습니다만, 만일 그 생존조건을
인도 민중들과 비교해 본다면 러시아 민중이 세계 최악의 억압받는
민중이라고 말할 수는 없을 것입니다. 당신은 전 세계 민중의 역사
를 잘 알고 계실 것이고 우리가 얼마나 노예화되어 살아가고 있는
지 잘 아실 것입니다. 윌리엄 디글리 경의《번영하는 대영제국의

인도》라는 책을 보면 1891년에서 1900년까지 10년 동안 인도에서
1천9백만 명이 기아로 죽었는데, 최근 107년 동안, 즉 1793년부터
1900년까지 전쟁으로 인해 전 세계에서 사망한 인구는 모두 5백만
명이라는 사실을 분명하게 알 수 있습니다.

당신은 전쟁을 증오하고 있습니다만 우리 인도에서는 굶주림이
전쟁보다 더 무서운 것입니다. 기아의 발생은 식량부족이 아니라
영국정부에 의한 민중 수탈과 그로 인한 국가의 황폐화로 인해 일
어나고 있습니다. 인도에서는 수백만 명이 굶어죽어 가는데 영국
상인들은 버젓이 그 땅에서 수천 톤의 쌀과 식료품을 실어나갑니
다. 이 얼마나 참담한 일입니까?

인도 주민들은 견딜 수 없는 고통을 겪고 있습니다. 대영제국의
인도 정책은 그리스도교 문명국 전체에 대한 심각한 위협이 아닐
수 없습니다.

당신은 당신의 글로써 러시아에 참으로 대단한 위대한 일을 해냈
습니다. 부디 시간이 허락된다면 인도의 이 서글픈 상황에 대해 글
을 써주시거나 한 말씀 해주시기를 간절히 당부드립니다.[262]

톨스토이는 답장을 쓰기 시작했지만 이 답장은 반년이 넘게 걸렸다.
이에 관한 문서는 원고상태의 것과 타자로 친 교정본 모두 합해서 413쪽
이나 된다. 톨스토이가 이렇게 답장을 쓰고 있는 동안 그는 캐나다로 망
명해 있던 G. 쿠마르라고 하는 한 지식인 지도자의 편지를 받았다. 그
일부를 좀 살펴보자.

당신은 태어나기는 러시아에서 태어났지만 이제 당신은 전 세계인
의 당신입니다. 당신은 위대하고 그 위대함은 모든 불행한 사람들
에 대한 염려에서 나오는 것입니다. 인도 민중은 러시아 민중보다
더욱 고난을 받고 있습니다. 당신의 도움을 기대하며 다른 많은 사

---

262) A. 쉬프만, 《톨스토이와 동양》, M., 1956, 234쪽.

490

람들과 더불어 당신의 탄생 80주년을 진심으로 축하드립니다. 모든 인도인의 이름으로 당신께 당부 드리거니와 가능한 한 부디 우리를 도와주십시오. [263]

톨스토이는 그 유명한 "인도에 보내는 편지"를 집필한다. 그는 여기서도 폭력이 민중을 해방시킬 수 없을 것이라고 말하지만 이 편지는 영국당국에 의해 즉각 배포 금지된다.

"인도에 보내는 편지"에 대해 마하트마 간디가 톨스토이에게 답장을 보낸다. 간디는 다음과 같이 편지를 시작한다.

용기를 내어 부탁드립니다. 거의 3년 동안이나 계속되고 있는 트랜스발(남아프리카)에서 벌어지는 일에 관심을 가져주시기 바랍니다. 이 식민지에는 약 1만 3천 명의 인도인들이 살고 있습니다. 이 사람들은 벌써 여러 해 동안 다양한 법적 제약을 받으며 고통받고 있습니다. 이 나라에는 인종적 편견, 그리고 어떤 점에서는 아시아계 전체에 대한 거부반응이 몹시 강합니다. 아시아계에 관한 것이라면 분명 상업적 경쟁관계로 설명될 수 있을 것입니다. 이러한 편견은 3년 전 특별히 아시아계를 겨냥한 법률이 통과되었을 때 절정에 이르렀습니다. 그 법은, 나와 다른 많은 사람들이 생각하듯이, 그 법이 적용될 사람들의 인간적 덕성을 격하시키고 제거하려는 것이었습니다. [264]

1909년 9월 24일 톨스토이는 일기에 이렇게 언급한다. "트랜스발에서 한 인도인의 편지를 반갑게 받았다."

간디의 편지는 몇 통이 더 있다. 간디는 자신의 책 《인도의 자치》를 보내기도 했다. 이 책은 야스나야 폴랴나 서재에 보존되어 있다. 간디

263) 위의 책, 237쪽.
264) 위의 책, 253쪽.

는 톨스토이의 《인도에 보내는 편지》를 자신의 서문과 함께 출판했다.

하지만 "인도에 보내는 편지"는 톨스토이의 다른 논문들과 구별되는 점이 있다. 언젠가 톨스토이는 폴란드의 한 여인에게 보내는 편지에서 폴란드 땅에 쳐들어와 폴란드인을 탄압하는 독일인과 독일인을 증오하는 폴란드인은 다 같이 죄가 있다면서 다 같이 그 고통을 깨달아야 한다고 주장한 바 있다. 하지만 인도에 보내는 편지에서 그는 탄압당하는 인도인과 탄압하는 영국인을 동등하게 죄가 있다고 보지 않는다.

"인도에 보내는 편지"에서 톨스토이는 민중의 다른 죄를 논하고 있다. 2억이 넘는 수준 높은 민중이 그 발전에 있어, 육체적 정신적 힘에 있어 그들보다 저급한 소수의 사람들에게 어떻게 지배당할 수 있느냐는 것이다. 톨스토이는 그들이 그들의 의식 속에서 "진실을 가로막는 산 같은 쓰레기 더미들"(37, 272)로부터 해방되어야 한다고 말한다.

종교적 편견이나 온갖 미신에서 벗어나야 하고 인도인을 노예화하는 것은 영국인이 아니라 바로 인도인 자신임을 깨달아야 한다고 톨스토이는 주장한다.

"악에 저항하지 말라. 그러나 또한 스스로 악에 가담해서는 안 된다. 정부의 폭력과 재판과 세금 징수에 가담하지 말고, 특히 군대에 가담하지 말라. 그러면 세상의 그 누구도 그대들을 노예화하지 못할 것이다."(37, 269)

톨스토이는 시민 불복종 운동의 강령을 마련했다. 아직 공동체가 완전히 괴멸되지는 않은 가부장제의 인도에서 정복자들에 맞서는 사람들과 더불어 톨스토이는 민중들이 궁극적인 승리를 거두도록 도와 나갔던 것이다.

러시아 혁명의 거울

러시아의 합법 출판물들은 톨스토이 탄생 80주년 기념식에 위선적인 미사여구를 요란스럽게 쏟아냈다. 수많은 고통과 시련을 겪은 이 사람을 흔들림 없고 내적 모순이 없는 그런 사람으로 만들려고 애를 쓰고 있었던 것이다.

입에 발린 가장 유독한 예찬은 자유주의자들의 것이었다.

M. 네베돔스키는 유럽에서도 톨스토이를 숭배하는 사람들이 많다고 말하면서, "마치 단일하고 순수한 강철로 주조한 것처럼 얼마나 위대하고, 얼마나 강력한 인물인가. 우리 앞의 톨스토이는 그야말로 단일한 원칙의 살아 있는 구현 그 자체다"라고 목소리를 높이지만 이에 대해 레닌은 〈프롤레타리아〉지에서 이렇게 반박한다.

"오, 제발! 말은 번지르르 하지만 모두 결코 진실이 아니다. 톨스토이라는 인물은 그 어떤 단일한 것으로, 그 어떤 순수한 것으로, 게다가 강철로 주조되지 않았다. '이따위 모든' 부르주아 숭배자들은 진정으로 '완전무결함'을 위해서가 아니라 그 완전무결함으로부터 일탈하기 위해서 바로 그렇게 벌떡 일어나 경례를 붙이고 있다."265)

레닌은 톨스토이의 일기를 알지 못했지만 예술작품과 정치평론을 읽으면서 그의 모순점과 그 역사적 발생 근거, 구체적 양상 등을 파악할 수 있었다. 그리고 그는 그 속에서 러시아 혁명의 거울을, 그 혁명의 성공에 대한 예감을 볼 수 있었다. 톨스토이에 대한 레닌의 가혹한 표현, 이를테면 "짐짓 그리스도인 양 바보-현자처럼 구는 지주"라는 표현도 오늘날 우리가 보기엔 좀 다른 의미로 들려온다. 바로 이 '바보-현자'라는 말이 톨스토이의 일기 속에 아주 자주 등장하는 말이기 때문이다. 톨스토이는 자신의 입지가 잘못된 것임을 알고 이제 다른 말을 해야 한다는

---

265) V. 레닌 전집, 제20권, 94쪽.

것을 알고 있었다. 하지만 그는 추상적인 신에 대한 믿음으로, 그러나 그마저도 항상 유지되는 것은 아니었던 그 믿음으로 모순을 덮어 버리고자 했다.

레닌은 이렇게 말한다.

톨스토이의 견해와 교의 속에 드러나는 모순들은 우연한 것이 아니다. 그것은 19세기 마지막 1/3 기간의 러시아 삶이 처해있던 모순적인 상황의 표현이다. 농노제도에서 갓 해방된 가부장적인 농촌은 자본과 국가의 수탈에 그대로 내던져졌다. 수 세기 동안 지속되어 왔던 농촌 경제와 생활의 낡은 토대는 급속하게 붕괴되기 시작했다. 톨스토이 견해의 모순은 현대 노동운동과 사회주의 관점에서가 아니라(그런 평가도 물론 필요하겠지만 그것으로는 불충분하다) 발전하는 자본주의에 대한 저항, 대중의 몰락과 토지의 박탈에 대한 저항이라는 관점에서, 즉 가부장적 농촌에 의해 제기되어야 했던 그런 저항의 관점에서 평가되어야 한다.

인류를 구원하기 위한 새로운 처방을 발견한 선지자로서의 톨스토이는 우습다. 따라서 그의 견해의 가장 허약한 측면을 하나의 도그마로 만들려는 국내외 '톨스토이주의자'들은 완전히 가련하기만 하다. 톨스토이는 위대하다. 그러나 그것은 그가 러시아에 부르주아 혁명이 도래하는 시기에 수백만 러시아 농민들 속에 형성된 이념과 분위기를 담지하고 있기 때문이다. 톨스토이는 독창적이다. 그러나 그것은 그의 견해를 하나로 모두 모아보면 우리 혁명의 특징이 바로 '농촌' 부르주아 혁명이라는 점을 잘 드러내주기 때문이다. 이런 관점에서 보면 톨스토이 견해의 모순은 우리 혁명에서 농민의 역사적 활동이 필요할 수밖에 없었던 당시의 모순적 상황을 비쳐주는 진정한 거울이다. 266)

---

266) V. 레닌 전집, 17권, 210쪽.

구세계에 대한 증오는 혁명전 톨스토이의 모든 저작들에 드러난다. 그러나 이미 젊은 시절 카프카스에서 근무할 때 톨스토이는 지주 계급 없이 자유롭게 살아가는 카자크 농촌 공동체를 체험하고 바로 그들과 같은 농민이 되고 싶었고 카자크 처녀와 결혼하려고까지 했다. 야스나 야 폴랴나로 돌아온 뒤 그는 역시 농촌 처녀와 결혼해서 야스나야 폴랴 나에 낡은 가부장제 농촌사회의 한 성역을 건설하고자 했다. 그러나 그 렇게 하지는 못했다.

레닌은 이렇게 말한다.

> 톨스토이의 교의는 완전히 유토피아적이며 그 내용에서는 정확히, 이 말의 깊은 의미 그대로, 반동적이다. 그러나 그렇다고 이 교의 가 사회주의적이지 않다거나, 이 교의에 진보적 계급의 계몽을 위 한 가치 있는 자료가 될 만한 그 어떤 비판적 요소도 없다고 결론 내려서는 안 된다.
>
> 사회주의에는 다양한 사회주의가 있을 수 있다. 자본주의 생산양 식을 가진 모든 나라에도 부르주아를 대체해가고 있는 계급의 이데 올로기를 표현하는 사회주의가 존재한다. 그리고 부르주아에 의해 대체되어 가는 계급들의 이데올로기에 부응하는 사회주의도 존재한 다. 예를 들어 봉건적 사회주의는 바로 후자에 해당하는 것이다. 마르크스는 이미 60년도 더 전에 사회주의의 다양한 유형을 설명하 는 가운데 그런 성격의 사회주의에 대해 설명한 바 있다.
>
> 현실비판적인 요소들은 모든 유토피아 사상체계에 늘 존재하는 것인바 톨스토이의 유토피아적 교의에도 비판적 요소들이 분명히 들어 있다. 하지만 유토피아적 사회주의에 들어 있는 현실 비판의 요소들은 "역사발전에 거역하는 의미를 지니고 있다"는 마르크스의 의미심장한 지적을 잊지 말아야 한다. 새로운 러시아를 '기초를 놓 고' 사회적 재앙을 피하기 위해 노력하는 사회세력들의 활동이 발전 하면 할수록, 그리고 그 성격이 점점 더 명료해질수록 현실비판적 인 유토피아적 사회주의는 점점 더 빠르게 "그 실천적 의미와 이론

적 정당성을 상실해 갈 것이다. "267)

그는 사라져가는 삶 속으로 들어가고 싶었다. 그는 뒤로 돌아가면서 앞으로 나아가고자 했다. 그러나 그 혼자만 그런 것이 아니다. 농민들은 미래를 두려워했다. 쿠폰과 자본과 도시가 그들에게 가져다 줄 것은 슬픔과 몰락뿐이었다. 도시는 이해할 수 없는 요지경으로 농민들에게는 교활한 시장, 빈궁함, 무법천지로 비쳐졌다. 그러나 농민들은 자신들 처지가 너무나 부당하다는 것을 알고 증오와 저항을 배우기 시작했다. 그리고 혁명은 러시아 민중에게 안데르센 동화에 나오는 것처럼 임금님은 '벌거숭이'라는 것을 보여주었다. 톨스토이도 즐겨 떠올리던 동화다.

일기와 편지들, 책의 마지막 장에 붙은 서문 같은 것

1.

혁명은 언제 다시 반복될지 모르는 뇌우가 아니라 일상처럼, 매일 다시 반복되는 일상처럼 지나갔다.

톨스토이는 토지문제를 해결하는 두 번째 혁명이 도래하기를 기다렸다. 이미 지나간 혁명은 그가 보기에 아직 진정한 혁명이 아니었다.

셋째 형 세르게이가 우울한 절망 속에 사망했다. 얼굴 암이었다. 톨스토이는 문병차 형에게 들렀다가 형이 '나의 친구 …'라고 부르는 말을 듣고 감동했다. 톨스토이 형제들은 우애가 깊었지만 서로를 대하는 태도는 딱딱했다. '나의 친구'와 같은 말 정도가 그들 사이에 가장 다정한 말이었던 것이다.

---

267) V. 레닌, 전집, 20권, 103~104쪽.

딸 마리야도 사망했다. 그녀는 야스나야 폴랴나에서 사람들 병을 돌보다가 병을 얻은 것이다. 그녀가 죽어갈 때 톨스토이는 곁에서 손을 잡고 마지막까지 임종을 지켜보았다. 그녀는 노래에도 소질이 있었고 때로 아름다워 보이기도 했던 아주 매력이 많았던 여자였다. 그녀는 아버지의 믿음직한 친구로서 헌신적인 인물이었다. 하지만 행복하지는 못했다.

모든 것을 정리해야할 때가 온 것만 같았다. 주위에 아는 사람은 많았지만 진정 그를 이해하는 사람은 없었다. 있다면 검은 장갑을 낀 체르트코프 정도랄까. 하지만 그는 차가운 이성과 뻣뻣한 손을 가진 사람이었다.

소피야가 큰 수술을 받게 되었다. 수술이 진행되는 동안 톨스토이는 만일 수술이 잘 끝나면 종을 두 번 치라고 말하고는 숲으로 들어갔다. 종은 야스나야 폴랴나 저택의 발코니 옆에 늙은 느릅나무에 걸려 있었고 점심을 알릴 때 치곤 했던 것이다. 종은 두 번 울렸고 그는 아내가 무사히 수술을 마쳤다는 것을 알았다. 그녀도 나이가 들었지만 여전히 가사를 열심히 돌보고 식사 메뉴를 적어 주었으며 아이들 걱정, 손자들 걱정에 쉴 틈이 없었고 늘 옛날 얘기를 하기 좋아했는데 아무도 들어 주지 않아도 화를 내지는 않았다.

그녀가 하는 일은 아이들 재산과 남편의 건강을 지키는 것이었다. 때로 그녀는 예기치 않게 힘찬 아침을 맞이하곤 했다. 그럴 때면 나이가 무색해 보이기도 했지만 그건 히스테리 발작과도 같은 것이었다.

체르트코프는 톨스토이 문서를 총 정리하면서 톨스토이의 모든 인생이 기록되어 있는 일기를 — 그것은 표지가 유포로 된 두꺼운 공책이었다 — 자신에게 맡길 것을 요구했다. 이 공책들은 톨스토이 내면의 의혹과 자책, 변명 등이 가득 찬 것이었다.

이런 일기는 톨스토이만 가지고 있었던 것은 아니다. 그가 젊었을 당시 그 시대 사람들은 자신을 분석하고 친구들에게 가장 내밀한 자신의 모습을 고백하는 풍토가 있었던 것이다. 철학자이자 언론인이었던 니콜라이 스탄케비치 서클[268] 사람들은 항상 뭔가 새로운 것을 준비하며 스스로를 점검하곤 했다. 톨스토이의 《청년시절》의 주인공들이 서로 고백하고 서로 질책하던 모습도 바로 그런 분위기를 반영하고 있다.

모든 불행한 가정은 나름대로 불행한 법이다. 톨스토이의 집은 눈에 보이지 않는 불행으로 가득했다. 그 집에 살던 사람들은 자신들이 마치 유리집 속에 살고 있는 것 같다고 말하곤 했다.

1908년 톨스토이 기념제가 준비되고 있었다. 8월 28일은 톨스토이의 80세 생일이었다. 톨스토이는 항상 생일을 아주 중요하게 생각했다. 만일 무심하게 지나치기라도 하면 무척 화를 내곤 했던 것이다.

생일을 앞두고 톨스토이는 신문을 통해 기념식을 취소해 주기 바란다고 자신의 의사를 밝혔다.

여름이 지나가고 있었다. 톨스토이는 어느 날 아침 아이처럼 명랑한 모습으로 일어나 잠시 일을 하고 소피야 부인과 오랫동안 차를 마셨다. 그리고 걸음이 가벼운 말 델리르를 타고 평소와 같이 산책에 나섰다.

그는 과수원을 따라 말을 몰다가 과수원 도랑을 넘어 큰 길로 나섰고 곧바로 풀이 무성한 숲으로, 어둑한 계곡으로 말을 달렸다. 높이 자란 풀이 충성스러운 델리르의 발에 휘감겼다. 톨스토이는 몸을 숙여 안장에 바짝 붙거나 손으로 가지를 제치면서 숲을 헤치며 계속해 나아갔다. 참나무 숲이 나타났다. 언젠가 이곳은 철광석을 채취하던 곳이었고 불가피하게 숲도 파헤쳐야 했었다. 70여 년 전 땅을 깊이 파헤쳤을 때 큰 참나무들도 쓰러져 개울물에 잠겼었다. 이제 그 나무들 꼭대기 부분들만이 흔적처럼 여기저기 솟아 있었다.

---

268) 〔역주〕 N. 스탄케비치 (1813~1840). 사회 활동가. 철학자. 1831년부터 모스크바의 문학 철학 서클을 주도했고 여기에 벨린스키, 바쿠닌, 악사코프, 보트킨 등 서구적 민주화를 주창하던 많은 인물들이 참여했다. 헤겔과 쉘링 등 독일 관념론 철학의 강한 영향을 받았고 당시 러시아 진보적 지식인에게 커다란 영향을 준 인물.

단풍나무들도 자라나 있었다. 사시나무 잎들이 바스러지듯 소리를 냈다. 델리르는 가볍게 개울을 건너뛰며 나아갔다.

바람이 톨스토이 수염을 두 갈래로 휘날렸다. 그는 계속 나아갔다. 지금 그가 무슨 생각을 하고 있는지 우리는 모른다. 자신을 마흔 살쯤이라고 느끼고 있을까. 하늘을 바라보며 살아 있다는 고귀한 느낌을 기쁘게 받아들이고 있는 것일까.

2.

톨스토이의 생애를 이야기하면서 우리는 종종 그의 일기를 들여다보았다. 그뿐 아니라 아내 소피야의 일기, 특히 자신을 합리화시키려는 듯한 성격을 지닌 말년의 일기들, 아이들의 일기, 그리고 톨스토이의 편지 등도 살펴보았다.

톨스토이의 일기는 전기적 문서이면서 동시에 다양한 작품 주제들과 풍경묘사를 담은 문학작품이기도 하다. 문학적 예비작업과 삶이 나란히 공존하고 있는 것이다. 새로운 주제가 태어나는 것은 때로 꿈에 대한 기록들과 교차한다. 체르트코프에게 보낸 편지에서 들려주는 《세르기 신부》의 시작 부분은[269] 거의 자신의 꿈 이야기처럼 들린다.

톨스토이는 유산과 관련된 아주 복잡한 상황에 처해 있었다. 그는 평생 자신의 일과 운명을 세계의 공동의 운명과의 연관 속에서 바라보고자 했다. 자신의 운명을 태워 세계의 양심을 불꽃을 피워 올리려고 했던 것이다. 동시에 그는 악에 맞서 싸우지 않고 설사 바보 현자라는 비난을 받는다 할지라도 어디까지나 선한 마음으로 타협해나가고자 노력했다.

톨스토이의 무저항주의를 보여 주는 다소 재미있는 일화가 있다. 툴라의 한 상인이 자신을 톨스토이의 가르침을 따르는 자라고 생각하면서 톨스토이에게 아주 하잘 것 없는 그림들을 선물로 가져와서 액자에 넣

---

269) 1890년 2월의 편지(87, 12~17).

어 직접 벽에다 여기저기 걸어놓았다. 톨스토이는 그림을 벽에서 떼어내려고 하지 않았다. 그렇게 하면 그것은 이미 일종의 저항이 될 것이기 때문이다. 그리하여 그 그림들은 그대로 오랫동안 벽에 걸려 있게 되었던 것이다.

가족들의 생활의 갈등은 점점 복잡해져 갔다.

톨스토이는 혹독한 젊은 시절을 보냈지만 딸들이 잘 차려입고 말을 타고 다니는 모습을 보면 아주 좋아했다. 그런 마음이 들고나면 일기에 자신의 가난예찬이 진실한 것이 아니라고 양심적으로 특히 강조해서 기록해 놓았다.

그는 또한 수호틴의 아내가 된 딸 타티야나의 넓고 편리하며 고요한 집을 좋아했다. 또한 그녀의 올수피예브 영지를 좋아했다. 그에 반해 야스나야 폴랴나는 한편으로는 고난의 장소였고 한편으로는 자신이 성장한 조가비 같은 고향집이었다.

그러나 이 집에서 벌어지는 일들은 갈수록 톨스토이가 생각하는 것과, 그리고 그뿐만 아니라 내면에서 힘겹게 겪어내고 있는 것과 충돌이 심해지고 있었다. 다른 사람이 걸어놓은 그림이야 벽에서 떼어내지 않는다 해도 바라보지 않으면 그만이다. 그러나 바로 앞마당에서 살아 있는 사람들이 펼쳐 보이는 삶의 그림들은 결코 눈을 돌릴 수가 없는 것이었다.

집안에는 경비원들이 함께 살고 있었다. 그들은 현관 쪽에 칸막이를 하고 자리를 차지하고 있었다. 집안에는 그들과 그들이 피우는 싸구려 담배 냄새가 진동했다. 한 경비원은 연못에서 물고기를 잡은 농민을 마구 구타했다. 그 농민이 틀림없이 주인집 쪽의 연못에 그물을 쳤다고 확신했던 것이다. 그 농민은 두들겨 맞고 체포되었다가 소피야 부인의 동의를 받아 석방되었다. 이웃 영지들에는 그런 경비원들이 없었다.

삶으로부터 떠날 수도 숨을 수도 없었다. 톨스토이는 언젠가 친구처럼 지내던 알렉산드라 부인에게 보내는 편지에서 톨스토이 가문의 피에는 신앙과 불신이 공존하고 있으며 그것은 마치 한 다락방에 개와 고양이가 함께 살고 있는 것 같다고 말한 적이 있었다.

혁명으로 일깨워진 양심은 익숙한 집안 생활에 그대로 갇혀 살아가는 것을 불편하고 불안하게 만들었다.

3.

초기 작품 《청년시절》에서 톨스토이는 '네흘류도프와의 우정'이라는 장에서 주인공 니콜라이와 드미트리가 서로 진실을 말하기로 약속하는 장면을 보여준다. 서로 다투고 나서 그들은 각자의 부끄러운 고백을 끌어들이며 서로를 비난한다. 톨스토이는 이 장을 이렇게 끝맺는다.

> 서로의 감정을 솔직히 이야기하고 결코 제3자에게는 서로의 이야기를 하지 않는다는 우리의 규칙이 우리에게 바로 이런 결과를 가져다 준 것이었다. 우리는 종종 솔직함에 너무 열중한 나머지 가장 부끄러운 고백까지 털어놓았다. 그래서 너무 부끄럽게도 지금 내가 그에게 말한 것과 같이, 어떤 가정이나 희망사항을 욕망과 감정에 뒤섞어 버리기까지 했다. 이런 고백은 우리를 결합하는 끈을 더욱 굳게 해 주는 것이 아니라 감정 자체를 메마르게 하고 서로 멀어지게 만들었다. 그리하여 이제 그는 갑자기 자존심을 느끼며 그런 아주 공허한 고백을 할 수가 없었던 것이다. 그리고 우리는 논쟁의 열기에 휩싸여, 이전에 서로 주고받았던 말들, 엄청나게 쓰라린 아픔을 주는 말들을 이젠 서로를 공격하는 무기로 이용하고 있었던 것이다.

일기에는 모든 고백을 하고 심지어 스쳐지나가는 생각까지도 낱낱이 파고들어 기록해야만 했다. 사람들은 일기를 쓰면서 자기 자신을 마치 다른 사람처럼, 자기 작품의 주인공처럼 대했다. 톨스토이의 일기는 사건일지처럼 씌어져 있지만 그것은 이미 소설화된 수준까지 분석적 성격을 지니고 있었다. 일기에서 톨스토이는 자신의 의도를 분명히 하기 위해 실제보다 자신을 더 자책하곤 했다. 따라서 일기를 읽은 소피야가 톨스토이에게 퍼부은 비난은 본질적으로 보면 톨스토이 자신보다 톨스토이가 엄밀한 계획하에 행위를 구성하고 있는 그의 작품의 주인공들을 향한 것이어야 했다.

소피야의 일기는 진실한 것이긴 하지만 사건에 대한 자세한 기록을 담고 있지는 않다. 그녀는 자기가 원하는 대로 회상하고 의미를 덧붙이곤 했다. 그녀는 일련의 관계들을 다른 관계들로 대체하기도 했다. 이를테면 경제적 관계가 얽혀있는 사건을 애정문제와 생활문제로 바꿔서 전달하려고 했다. 소피야가 《악마》라는 소설을 읽은 것에 대해 톨스토이는 1909년 5월 13일 일기에 이렇게 기록하고 있다.

> 아침식사 때 아내는 끔찍해 했다. 《악마》를 읽어 본 것 같았다. 늙은 나이에도 부글부글 끓어오르고 있다. 참으로 견디기 힘들다. 나는 밖으로 나갔다. 아내에게 편지를 쓰기 시작했다. 내가 죽은 뒤에 전달되도록 할 것이었다. 하지만 다 쓰지 못하고 내던졌다. 내가 왜 그래야 하는지 자문하고 내가 신을 향해서가 아니라 사랑을 위해서 쓰고 있다는 것을 깨달았기 때문이다. 그리고 4시에 아내는 모든 걸 털어놓았고 나는, 정말 다행스럽게도 아내를 달랠 수 있었다. 나 자신도 눈물을 쏟았고 둘 다 괜찮아졌다.

톨스토이 일기에서 '신', '신에게' 등과 같은 단어는 끊임없이 등장하며 그 대부분은 의심스런 어조로 사용된다. 신은 공동의 필수불가결한, 모든 것을 규정하는 기호와도 같다. '저 세상으로부터의' 편지 원고는 톨스토이 일기책에 보관되어 있다. 그 중 일부를 보자.

> 나를 용서하시오. 내 모든 것을, 내가 당신과 살아오면서 저지른 모든 잘못, 특히나 처음에 저지른 잘못들을 용서해 주오. 당신은

내게 잘못한 것이 아무것도 없소. 당신은 태어날 때부터 정숙하고 선량한 아내요 훌륭한 어머니였소. 하지만 당신이 바로 그렇게, 태어날 때부터의 그 모습 그대로이고 변화하기를 원하지 않는다는 바로 그 점 때문에 당신은 다른 사람들을 힘들게 하는 겁니다. 당신은 점점 더 밑으로 가라앉아 이제 지금과 같은 그렇게 안쓰러운 모습이 되고 만 겁니다. (57, 210~211)

톨스토이는 자기 원고를 모아두는 사람은 아니었다. 긴 소파를 옮겨놓을 때 《부활》의 원고 일부는 하수구에 버려져 오랫동안 찾지 못한 경우도 있었다. 하지만 그는 《악마》의 원고는 잘 간수했다.

톨스토이는 이미 노인이었지만 그의 사랑은 이 원고 속에 그대로 유지되고 있음을 볼 수 있다. 소설이 생생한 것처럼 그의 사랑 역시 여전히 생생한 것이었다.

소피야가 느낀 질투는 대체 어떤 것일까? 소피야 역시 노인이 다되었음에도 언제나 그렇듯이 여전히 질투심에 싸여 있었다. 1909년 4월 13일 소피야의 일기를 보자.

나는 톨스토이가 방금 다 쓴 새로운 예술작품을 필사했다.

주제는 혁명가와 사형, 그로 인해 발생한 일들이다. 흥미로울 수도 있는 주제였다. 그러나 그 기법이, 농민의 삶을 묘사하는 기법이 문제였다. 시골 처녀의 검게 그을린 다리 등과 같은 '건강한' 여성의 신체에 대한 탐닉, 언제가 몹시도 그를 유혹했던 그런 탐닉. 눈을 반짝이던 악시냐가 그랬을 것이다. 80이 다 된 나이에도 그는 거의 무의식적으로 예전의 기억과 감각 저 깊은 곳에서 다시 그 여자가 떠오르나 보다. 이 모든 것이 나를 참담하게 만든다. 분명 그 뒤에는 혁명이 미화될 것이다. 아무리 그리스도 정신을 앞에 세운다 해도 그가 혁명에 공감하고 있다는 것은 의심할 바 없다. 그는 운명이 부여한 모든 고귀한 것과 권력과 관계된 모든 것을 증오하고 있다. 270)

여기에는 직접적인 질투심이 드러나고 있다고 볼 수 있다. 소피야가 말하고 있는 작품은 미완성 단편 《누가 살인자인가? 파벨 쿠드랴시》이다. 이 작품은 전집 37권 293쪽에 실려 있다. 이 작품의 주인공 파벨은 잘 교육받은 훌륭한 젊은이인데 도시에 나가 혁명가가 되어 혁명물자를 보급 지원하는 역할을 맡는다. 그는 도시에서 한 처녀와 결혼하는데 초고에 등장하는 그 여자 이름이 바로 악시냐이다. 하지만 이 처녀는 그렇게 성숙한 여인이 아니라 가녀린 처녀이다. 이름만 일치할 뿐이다.

그런데 어찌하여 소피야는 이미 오래 전의 이야기에 나오는 전혀 다른 이 처녀에게서 이전의 질투심을 다시 느끼고 있는 것일까?

소피야는 질투라는 용어로 사고하며 정말로 마치 질투를 느끼고 있는 것 같지만 실상 그녀의 모든 생각은 혁명과 '운명이 부여한 모든 고귀한 것과 권력과 관계된 모든 것'에 대한 톨스토이의 증오에 맞닿아 있었다. 그녀가 말하는 질투는 남녀 간 애정에 관한 것이 아니라 바로 혁명과의 논쟁이었던 셈이다.

동시에 그것은 재산권과도 관련된 문제였다. 악시냐라는 이름이 튀어나온 것은 결코 우연이 아니었다. 이 당시 〈문학기금〉은 창립 50주년 기념문집을 출판하려고 했다. 여기에 《악마》를 포함시키기로 결정되었다. 소피야는 안락의자 속에 숨겨져 있던 원고를 찾아냈다. 소피야는 이 소설에서 강한 질투심을 느꼈지만 이 소설이 1881년 이전에 쓰인 것 (이건 사실이 아니다) 이므로 저작권이 가족에게 있으며 가족들이 인세를 받는 전집에 포함되어 출판되어야 한다고 주장했다.

이에 대해 체르트코프는 1909년 6월 19일 이런 사실을 편지로 톨스토이에게 알린다. 이에 대해 톨스토이는 체르트코프에게 혼잣말로 하듯이 불만스럽고 모호하게 답변한다.

"언제부터 언제까지 등 내 저작들에 대한 그런 말들은 환멸스럽고 불쾌

270) 《소피야의 일기》, 제 3부, 242쪽.

하기까지 합니다. 《악마》를 비롯한 그 모든 저작들은 다 실패한 것이고 그저 다만 좋지 않은 감정을 불러일으키지 않았으면 합니다."(89, 124)

소피야는 《악마》에 대해 더 이상 질투 운운할 이유가 없었다. 그녀가 체르트코프에 관해 질투를 느끼는 것도 저작권에 관련된 것이었듯이 이 작품에 대해 느끼는 어떤 감정이 있다면 그것 역시 저작권에 관련된 것일 뿐이었다.

소피야는 톨스토이와 살면서 열다섯 번이나 임신했고 수년 동안 남편과 여자들에 대한 질투로 괴로워했다. 그녀는 남편의 일기를 암송할 정도로 잘 알고 있었고 필사해서 보관하기도 했다. 그러나 톨스토이와 관련된 남자들에 대해 질투하기 시작한 것은 톨스토이 나이 여든한 살이나 되는 1909년에 이르러서였다.

남자와 여자에 대한 질투의 형식에는 남편과의 또 다른 논쟁이 담겨 있었다고 말할 수 있다. 그것은 바로 삶에 대한 논쟁, 톨스토이가 명백히 거부하고 있는 낡은 삶의 양식을 보존하는 것과 관련된 논쟁이었다.

체르트코프는 이 논쟁에서 생각보다 소피야 부인과 엄청나게 닮은꼴이었다. 그에게도 문제는 저작권과 〈중개인〉 출판사의 소유권에 관련되어 있었던 것이다.

1910년 8월 11일 장문의 편지에서 그는 톨스토이에게 원고의 일차 출판권에 대해 설득하고 있다.

"우리는 회사를 만들고 유지하는 데 가장 큰 공헌을 한 사람들이어서가 아니라 가장 의욕적으로 과감하게 일을 수행할 수 있는 사람들로서 당신께 다음과 같은 부탁을 드리고자 합니다. 이런 경우 누구의 말을 따라야 할지 당혹스러울 것입니다만, 당신은 당신 저작들에 관한 1차 판권으로부터 얻어지는 모든 수익을 모두 항구적으로 당신과 우리가 함께 만들었던 민중출판사 〈중개인〉사에 위임하도록 결정하셨습니다. 아시다시피 〈중개인〉을 발전시켜 나가기 위해서는 물질적 기반이 필요했기 때문입니다. 그때부터 출판하기 위해 새롭게 쓴 모든 것을 당신은 제게 보내 저의 감수를 받게 하고 〈중개인〉사에 유용하게 출판하도록 했습니다. 그리고 문학작품 작업과 관해 당신께 문의하는 모든 사람들을 제게 보내 상의토록 했습니다."[271]

〈중개인〉 출판사의 보급형 저가출판은 수익성이 없었다. 체르트코프는 비싸지 않게 예술작품들도 저가로 출판했는데 그것으로 손실을 보전해야만 했다.

체르트코프는 부자였지만 회사의 문제는 별개였다. 체르트코프 주변 사람들은 톨스토이가 잡지를 내지 못하도록 말렸었는데 잡지를 발간하기 위해서는 서류를 구비해야 하고 정부의 허가를 받기 위해 사업적 관계를 유지해야 했기 때문이다. 하지만 체르트코프는 유언문제에서는 가정사가 아니라 합법적 방법으로 처리해두고자 했다. 그것은 법률이 정한 규정에 따라 정당한 증인 입회하에 규정된 형식으로 만들어져야만 했다.

이렇게 세상의 절차에 따르는 것을 체르트코프는 전혀 어려워하지 않았지만 톨스토이에게 이러한 타협은 힘든 일이었다.

톨스토이가 '그런 여러 방법으로 자신의 사상을 보급하는 것'을 보장할 필요가 있는 것이냐, 알다시피 삶의 스승들의 사상들은 그런 것 없이도 사라지지 않는 법 아니냐고 의견을 표명했을 때, 체르트코프가 보낸 스트라호프[272]는 이렇게 말했다.

"그리스도는 자신의 말씀이 아무런 방해를 받지 않고 널리 퍼져나가는 것에 대해 전혀 걱정할 필요가 없었습니다. 그렇다면 왜 지금 그런

---

271) A. 골덴베이저, 《옆에서 본 톨스토이》, 제 2권, 231.

272) [역주] F. 스트라호프(1861~1923). 톨스토이의 사상에 매료되어 체르트코프와 함께 톨스토이주의자로 활동. 주로 톨스토이의 사상을 재해석하고 보급하는 역할을 함. 그는 톨스토이 말기에 아주 가까이에서 보좌하며 최후에 유언장의 증인 서명을 하기도 한 인물이다. 위에서 많이 언급된 작가이자 비평가 N. 스트라호프와 다른 인물임에 유의할 것.

게 필요한 걸까요. 그리스도 시절에는 글과 사상에 대해 돈을 받는 시대가 아니었습니다. 하지만 오늘날 당신이 글을 쓰면 저작권료를 받게 되고 그 돈을 당신 가족이 받게 될 것이기 때문입니다."[273]

이 간단한 일화는 꾸며내고 말고 할 것이 없는 것으로 체르트코프와 그 동료들이 모두 소피야 부인과 마찬가지로 당시 사회의 법적 개념에 근거하여 움직이고 있음을 보여준다. 체르트코프와 소피야 사이의 논쟁은 어느 한쪽이 옳다 그르다 할 수 없는 똑같은 사람들의 논쟁이었던 것이다. 논쟁은 공개적으로 진행되었다. 아마도 공개되기를 바라는 의도도 개입되었을 것이다.

소피야는 사람들 앞에서 자살을 시도하려고 했을 뿐만 아니라 집을 나가려는 계획을 세우고 '사실들은 즉각 확인할 수 있다'라고 제목을 붙인 글을 작성하기도 했다. 소피야는 이 글을 1910년 7월 24일 한 밤에 일기에 써 놓았는데 마치 다음날 신문에서 뽑아낸 기사 같았다(그러나 실상 그런 기사는 나오지 않았다).

평화로운 야스나야 폴랴나에 기이한 일이 벌어졌다. 소피야 백작부인이 48년 동안 자신의 모든 삶을 바치며 사랑으로 남편을 보살펴 왔던 집을 버리고 떠났다는 것이다. 그 원인은 연로한 톨스토이 백작이 완전히 체○○ 씨의 해로운 영향하에 아무런 의지도 없이 체○○ 씨로 하여금 소피야 부인에게 험한 말을 하도록 했기 때문이며 톨스토이 백작이 항상 그와 뭔가 비밀스러운 얘기를 나누었기 때문이다. 한 달 동안 신경쇠약을 앓다가 모스크바에서 온 두 명의 의사에게 치료를 받았지만 백작부인은 체○○ 씨의 존재를 더 이상

273) 스트라호프의 말은 바실리 스피리도노프의 《소피야 부인의 전기》(〈나찰로〉, 1921, 제1호, 페테르부르그, 169~185쪽)에 첨부된 방대한 주석에서 재인용. 이 주석은 사실 기록의 성격을 지닌 논문으로 톨스토이 유언의 여러 판본들이 어떻게 만들어졌는가를 상세하게 분석하고 있다. (저자)

참을 수 없어 영혼의 절망을 안고 집을 떠나간 것이다.

체르트코프 사람들도 가만히 있지 않았다. 그들은 문서 사본을 만들고 대화 내용을 기록했다. 관련된 책을 준비하고 소송을 걸었으며 이런저런 사실들을 폭로하고 소피야 부인을 공격했다.

골덴베이저의 일기 《옆에서 본 톨스토이》 제 2권은 완전히 소피야 부인에 대항하는 법정 변론 같은 것으로 여러 증거와 자료들을 모아놓은 것이었다.

1909년 가을, 모스크바 - 크렉시노 - 모스크바

톨스토이는 9년 만에 모스크바를 방문하게 되었다. 체르트코프는 툴라 현 방문이 경찰에 의해 금지되었기 때문에 톨스토이가 그를 만나려면 야스나야 폴랴나를 벗어나야만 했던 것이다.

체르트코프에게 가해진 제약은 모욕적인 것이었지만 최소한의 것이었다. 그는 전 러시아 어디든 괜찮았지만 툴라 현, 특히 야스나야 폴랴나 방문만은 금지되었던 것이다. 그리하여 그는 툴라 현과 칼루가 현 경계나 아니면 즈베니고로드 지역 크레시노 영지에 머물렀다. 크레시노는 그의 계부인 퇴역 기병대령 파시코프의 영지였다. 파시코프는 고위 사교계의 분파주의 종교운동에 가담한 인물이었다.

크레시노에 가려면 모스크바를 거쳐야 했다. 톨스토이가 돌고-하모브니체스키 골목의 집에 도착했을 때 톨스토이를 반기는 사람은 아무도 없었다. 햇빛은 먼지 낀 창문을 통해 환하게 비쳐들고 있었다. 아버지를 영접해야 했던 아들 세르게이는 늦게 돌아왔다.

톨스토이는 2층 응접실에 누웠다. 골덴베이저가 먹을 것을 가지고 찾아왔고 석유난로로 한기를 몰아내기 시작했다. 톨스토이는 골덴베이저를 통해 침머만이라는 상점에 '미니온'이라는 새로운 일렉트릭 피아노가 나왔다는 것을 알게 되었다. 이 피아노는 유명한 피아니스트들의 연주를 녹음해서 정확하게 재현해내는 것이었다. 그들은 아침에 마차를 타고 쿠즈네츠키 모스트에 있는 그 상점에서 피아노를 구경하기로 했다.

톨스토이는 모스크바에 오래 머물지 않았지만 고층 건물과 전차, 수많은 인파 등 모든 것에 크게 놀라워했다. 그는 변화된 도시를 경악의 눈길로 바라보았다. 골덴베이저의 말에 따르면, 그는 "한 걸음 한 걸음마다 그는 이른바 문명이라는 것에 대한 오랜 증오를 거듭 확인했다."274)

침머만이라는 회사는 톨스토이의 내방을 성대하게 환영했다. 딸 알렉산드라는 꽃다발을 받아들었다. 상점 측에서 초청한 사진사가 일행의 사진을 찍었고 그 사진은 나중에 일렉트릭 피아노 홍보물에 이용되었다. 회사는 피아노를 크레시노에 보내서 톨스토이가 그곳에 머무는 동안 들을 수 있게 조치되었다.

모스크바 거리는 전차 철로를 부설하기 위해 여기저기 파헤쳐져 있었다. 그들은 당시 아르바트 거리 입구에 새로 조성된 고골 동상도 구경했다. 많은 사람들이 조각가에 대해 험담을 했지만 톨스토이는 조각가 안드레예프가 만든 고골 동상이 마음에 들었다.

다음날 철도를 이용하여 (당시 명칭은 브랸스키 노선) 톨스토이 일행은 크레시노로 출발했다. 멀지 않은 모스크바 근교였다.

파시코프의 집은 벽돌로 지은 커다란 2층집이었다. 19세기 말 영국 시골저택 양식이었다. 영지는 영국식 공원처럼 꾸며져 있었다. 넓은 초원 한가운데에 커다란 나무숲이 있었고 그 사이에 러시아 농촌의 영지에서 볼 수 있는 보리수나무 길 같은 것은 없었다. 초원 가운데 자라고 있는 자작나무를 빼면 파시코프 영지에 러시아적인 것은 거의 없었다.

자작나무는 노랗게 물들고 있었고 초원은 옅은 노란색 낙엽에 덮여

---

274) A. 골덴베이저, 《옆에서 본 톨스토이》, 321~322쪽.

있었다.

톨스토이가 체르트코프를 방문한 것은 일 때문이었다. 1881년 이후 쓴 작품들에 대한 저작권을 포기하며 이미 법적으로 누구나 이용할 수 있다는 것을 확인하는 유언장에 서명하는 것이었다.

크레시노에서의 생활은 처음에는 평화로웠다. 많은 선생들과 음악가들이 톨스토이를 방문했고 그는 주변지역을 산책하며 농민들과 많은 이야기를 나누기도 했다. 체르트코프는 붉은 콧수염의 영국인 사진사를 데리고 다니며 톨스토이 사진을 찍었다.

9월 13일 소피야 부인이 딸 알렉산드라를 대동하고 크레시노를 찾아왔다. 소피야는 아주 건강한 몸이 아니었다. 다리에 타박상까지 입은 상태였다. 그녀는 자신의 명명일을 남편과 함께 보내고 몇 가지 일을 처리하기 위해 뒤를 따라 온 것이었다. 베라, 나제즈다, 류보비, 소피야 등의 이름은 9월 17일에 태어난 사람들의 이름이다.[275]

톨스토이는 신경이 예민해졌다. 소피야 부인은 톨스토이가 옛날 유언장을 부정하고 당연히 자식들을 온전한 상속자로 지명하기를 기대했다. 그러나 그에 앞서 해결해야 할 일이 있었다. 〈계몽〉 출판사가 출판권 양도에 거금을 제시해 왔던 것이다. 소피야는 처음에 자신이 문제를 직접 결정하면 될 것이라고 생각했다. 그러나 그녀는 남편으로부터 받은 위임이 출판이나 서점과의 문제에서는 여전히 유효하지만 전집 저작권을 팔아넘길 수는 없는 것임을 즉시 알게 되었다.

아들들에게는 여전히 돈이 필요했다. 세르게이를 제외하고 돈을 벌

---

275) 〔역주〕 러시아 교회에서 사용하는 달력에는 각 날짜마다 성자들의 이름이 기록되어 있다. 사람의 이름을 지을 때 태어난 날의 성자의 이름을 따서 짓곤 한다. 그리하여 이반이라든가, 타티야나, 소피야 등 같은 이름이 수없이 많이 나오는 것이다. 이런 이름들은 그리스어에서 온 것인 경우가 많다. 물론 모든 이름을 그렇게 짓는 것은 아니다. 러시아 고유의 이름도 있고 다른 외래어에서 따온 경우도 있고 새롭게 만들어 낸 것도 있을 수 있다.

고 있는 아들은 거의 아무도 없었다. 미하일은 아직도 어린애나 마찬가지였고 일리야는 사냥이나 하고 돌아다니는 한량이었으며 안드레이는 아내와 이혼하고 아이가 여섯이나 딸린 툴라 주지사의 아내를 떠맡아 살고 있었다. 그는 영지는 첫째 부인에게 넘겨주고 별정직 관리 봉급으로 먹고 사는데다 도박에까지 손을 대고 있었다. 레프는 외국에 나가 조각을 배운다나 그림을 배운다나 했는데 버는 돈은 없이 엄청나게 써대고 있었다.

그런 가운데 〈계몽〉 출판사가 톨스토이 작품 전집에 1백만 루블을 제안해 왔는데 그녀 혼자서는 계약할 수가 없었던 것이다. 소피야는 격렬하게 화를 내다가 다정하게 굴기도 하면서 톨스토이의 반대를 꺾으려고 애를 썼다. 1910년 후반기에 그녀는 죽어 버리겠다는 위협이 자신의 무기라고 노골적으로 일기에 써놓았다.

크레시노에 긴장이 감돌았다. 소피야는 아픈 몸으로 방을 지키고 앉아 있었다. 겉보기에 온화해 보였지만 계속 긴장상태였다.

소피야의 명명일은 성대하게 치러졌다. 현악 사중주단이 초청되었고 모차르트와 베토벤, 글라주노프가 연주되었다.

연주가 끝나고 톨스토이는 정원을 산책했다. 체르트코프가 수십 걸음쯤 떨어져 뒤를 따랐다. 그는 톨스토이의 사색을 방해하지 않으려면 그렇게 해야 한다고 말하곤 했다. 그러나 톨스토이가 어디를 가든 체르트코프의 친구 중 누군가가 항상 보좌했고 나중에 톨스토이가 무슨 말을 어떻게 했는지 체르트코프에게 모두 보고했다. 위대한 사람들의 말은 물론 흥미로운 것이지만 그러나 분명 위대한 사람들도 때로는 그 끝없는 감시의 눈길이 지겨운 법이다. 톨스토이의 가까운 친구 중 한 사람인 마코비츠키는 심지어 빳빳한 종잇조각과 작은 연필을 주머니에 넣고 다니다가 톨스토이가 무슨 말을 하면 주머니에 손을 넣은 채 그걸 받아 적었다. 이렇게 받아 적은 것이 보존되어 있고 흥미로운 내용도 없지 않지만 그런 글에는 톨스토이뿐만 아니라 마코비츠키 자신의 모습도 들어 있다. 그런 글을 보면 숨이 막힐 것만 같다.

명명일 저녁이 지나고 다음날 아침이 밝았다. 톨스토이는 떠나는 음악가들을 친절하게 배웅했다. 그런 다음 체르트코프는 톨스토이 아들 안드레이의 아이들 소네츠카와 일류샤와 함께 톨스토이가 옷을 벗는 것을 도와주었다. 그리고 톨스토이는 한 번도 거르지 않고 매일 아침 하던 습관대로 글을 쓰려고 펜을 들었다.

톨스토이의 친구들은 소피야 부인이 뭔가 알아채고 반기를 들기 전에 유언장 문제를 마무리하고자 초조해하고 있었다.

톨스토이가 아침 일을 마치고 서재에서 나오자 모두들 작은 방에서 그를 기다리고 있었다. 그 방으로 인도된 그는 책상 앞에 앉아 준비된 서류를 대강 훑어보고 펜을 들어 서명했다. 그 뒤에 증인들이 잇달아 서명했다. 골덴베이저와 A. 카라체프, 세르게옌코(아들) 등이었다. 이때 소피야 부인이 그리 나쁘지 않은 기분으로 아래층으로 내려왔다. 톨스토이가 일렉트릭 피아노를 다시 들어 보고 싶어 했기 때문에 모두들 앉아서 피아노 연주를 감상했다. 그런 다음 다 같이 밖으로 나왔다. 바깥에는 벌써 사진사가 나와 있었고 한 영사기사는 높은 삼각대 위에서 소란스럽게 돌아가는 목제 기계 — 왜 그랬는지 모르지만 당시엔 그걸 낙타라고 불렀다 — 를 돌리고 있었다. 톨스토이는 숲으로 나아갔다.

이때까지 소피야는 아무것도 의심하지 못하고 있었다.

모두들 모스크바로 출발했다.

모스크바에서 하루를 보냈을 때 톨스토이 친구들이 다시 찾아와서 유언장을 그렇게 일방적 선언으로 만들어서는 유효하지 않다고 말했다. 당시 법규에 따르면 톨스토이가 한 것처럼 '그 누구에게도' 재산을 남기지 않는다는 것은 불가능했다. 그는 유언장에서 단순히 1881년 이후 쓰인 작품들에 대한 저작권을 포기한다고 적었다. 변호사 무라비예프는 문서를 다른 형식으로 작성해야 한다고 판단했다. 그리하여 유언장은 유언의 집행자로서 딸 알렉산드라가 체르트코프와 함께 출판권을 공공의 소유로 넘겨주는 것으로 다시 작성되었다.

톨스토이는 신경이 예민해졌다. 집안에 계속해서 전화벨이 울리고 언제 톨스토이가 모스크바를 떠나느냐는 문의가 잇달았다. 출발은 아침 11시로 정해져 있었다. 소피야 부인은 그것도 체르트코프가 그렇게 한 것이라며 그를 비난했다. 체르트코프는 체르트코프대로 소피야를 비난했다.

톨스토이와 소피야, 알렉산드라와 체르트코프 등을 태운 사륜마차가 돌고-하모브니체스키의 집을 빠져나왔을 때 거리에는 이미 사람들이 돌아다니기 시작했다. 많지는 않았지만 보는 사람들은 모두 다 모자를 벗어들고 톨스토이에게 인사를 보냈다.

오른쪽으로 돌아 주봅스키 가로수길 가로질렀다. 큰 나무들의 무성한 잎이 벌써 노랗게 물들어 있었다. 프레치스텐카 거리를 따라 마차는 달려갔다. 자그마한 정원 너머 회칠한 단층집들과 귀족들의 석조 독립 가옥들 창문들이 어둑해졌다. 사람들이 창가에 모여들어 톨스토이 일행을 지켜보고 있는 것이었다. 모스크바의 돌 포장도로는 요란하게 마차바퀴 소리를 내고 있었다.

환상형 가로수 길을 가로 넘자 오른편에 집들 너머로 눈처럼 하얀 구세주 그리스도 사원의 커다란 모습과 다섯 개의 황금빛 지붕이 보였다. 보로비츠키 대문을 통해 그들은 고요한 크레믈린 궁으로 접어들었고 고대 사원들을 지나쳐 갔다. 얕은 모스크바 강 건너편 나지막한 코코레프[276] 회사 창고들 너머 녹색의 밭과 과수원들 사이에 상인 거주지역의 목조 가옥들이 보였고 고대 사원들이 높이 솟아 있는 모습들이 보였다.

다시 왼쪽으로 방향을 틀었다. 소피야는 소녀 시절을 보냈던 크레믈린의 사원과 건물과 광장을 바라보고 있었다. 그들은 이반 뇌제 종탑을

---

276) 〔역주〕 바실리 코코레프(1817~1889). 주류 전매, 은행과 보험업, 철도 부설 등으로 유명한 기업가.

지나고 청동으로 만든 거대한 짜리-콜로콜을 지나서 스파스키 대문을 통해 크레믈린을 빠져나왔다. 크레믈린을 나서자 활짝 꽃을 피운 관목숲처럼 성 바실리 사원의 알록달록한 모습이 오른편에 나타났다. 그리고 다시 얕은 모스크바 강과 다리와 거룻배들이 보였다.

로브노예 메스토[277]에서 사람들이 톨스토이 일행을 내려다보고 있었다. 마차는 가게들이 늘어선 일린카 거리를 따라 가서 마로세이카 거리로 나왔다. 붉은 담벼락에 검고 노란 간판들이 두드러져 보였고 색 바랜 황금빛 교회 종들이 햇빛을 받고 있었다.

톨스토이가 탄 마차가 지나갈 때 작은 경마차 마부들은 마차를 멈추고 모자를 벗어들며 인사를 보냈다. 보도를 걸어가던 성직자들도 인사했고 전차에 타고 있던 사람들도 고개를 숙였다. 모두들 톨스토이를 바라보고 있었다. 길거리에 사람들은 점점 더 많아졌다.

모스크바의 포장도로는 요란한 소리를 내고 있었다. 마차는 사도바야 거리를 따라 달리기 시작했다. 이곳에는 사람들이 붐볐다.

뺨이 발그레한 한 전문학교 여학생이 열광적으로 뛰어왔다. 그 학생은 톨스토이 자리 옆쪽으로 한참 동안 따라붙으며 밀짚모자를 흔들었고 눈물까지 흘려가며 뭔가 소리를 질러댔다. 그러다가 드디어는 멈춰 서서 기쁜 미소를 지었다.

다시 집들 창문이 어두워지고 커튼이 올려쳐졌다. 톨스토이를 환송하는 사람들이 창가에 모여들어 알록달록했다. 쿠르스크 역 앞의 큰 광장은 사람들로 가득 차 있었다. 대다수가 대학생과 중등학교 학생들이었다. 톨스토이의 마차 뒤에는 친구들이 경마차에 나눠 타고 따라오고 있었다. 의사 베르켄하임, 세르게옌코, 신문사 기자들을 비롯한 여러 사람들이었다. 광장의 군중은 1만여 명, 아니 1만 5천 내지 2만여 명에 가까웠다고 한다.

---

277) 〔역주〕 붉은 광장의 높은 곳. 황제 칙령을 발표하던 장소.

마차가 광장 초입에 나타나자 환호가 일기 시작했다. 모두들 모자를 벗어들었다. 역까지 진입하는 것이 불가능해 보였다. 톨스토이는 광장으로 걸어 나왔다. 군중들이 소리 높여 외쳐대기 시작했다.

"톨스토이에게 영광을! 위대한 우리의 전사 만세!"

이미 말했듯이 1908년에 톨스토이는 "침묵할 수 없다!"라는 논문을 발표했었다. 무저항을 설교하던 사람이 자기도 모르는 새에 위대한 전사, 민중의 옹호자가 되어 있었던 것이다.

톨스토이는 멈춰 섰다. 눈앞의 광장에는 검은색, 파란색, 초록색 물결이 일렁였다. 모스크바 대학 학생들과 페트롭스코-라주몹스키 농업 아카데미 학생들이 제각각 모자를 흔들어대는 것이었다.

톨스토이는 체르트코프와 알렉산드라, 소피야 부인과 함께 앞으로 나아갔다. 체르트코프는 몸집이 크고 당당했다. 딸 알렉산드라는 아버지보다 조금 키가 더 크고 남자처럼 힘도 셌다. 군중은 빽빽하게 울타리를 치고 있었지만 톨스토이가 나아가는 대로 길을 열어 주었다. 톨스토이가 다가가면 스스로 물러나며 길을 열었던 것이다. 톨스토이는 좁고 긴 사람들 사이의 통로를 따라 소피야의 팔짱을 끼고 걸어갔다. 알렉산드라는 아버지 곁을 지키며 차분하게 걸음을 내딛었다. 흰색 파나마 모자를 쓴 체르트코프와 원고가 든 무거운 가방을 드느라 몸이 조금 기울은 세르게옌코가 그들 뒤를 따랐다.

역 입구 계단에 이르렀을 때 군중들은 다시 가득 몰려들어 앞을 막았다. 체격이 좋은 체르트코프가 길을 열기 위해 앞으로 나섰다. 사람들이 앞을 막아섰다가 이내 다시 길이 열렸다. 인파가 서로 밀고 밀렸다. 갑자기 누군가 역 건물의 문을 열었고 일부 사람들이 역으로 밀려들어갔다. 그와 동시에 톨스토이 일행도 역으로 함께 들어서게 되었다.

역 건물 안에도 수천의 군중들이 환호하는 소리가 가득 찼다. 주변의 사람들은 온통 소리를 지르고 미소를 보내며 활기에 차 있었다. 대학생과 노동자, 전문학교 여학생들, 그리고 심지어 일부에는 몇 명의 성직자도 보였다. 군중들 머리 위로 하얀 종이로 감싸고 푸르른 리본을 단 꽃다발이 전해졌다. 창턱에 올라서거나 약한 의자 위에 올라선 사람들도 있었다.

철도국 직원이나 헌병들은 자취도 보이지 않았다.

군중들 속에서 체르트코프의 하얀 파나마 모자가 도드라져 보였다. 그는 앞장서서 군중을 가르며 길을 열어갔고 이 순간이야말로 자신이 정말로 필요한 인물이라고 느끼고 있는 것 같았다. 톨스토이가 걸음을 옮길 때마다 사람들이 에워쌌다가 다시 흩어지며 물러났다. 그의 곁에는 소피야가 행복하고 활기에 찬 눈을 반짝이며 이쪽저쪽에서 인사를 받으며 걸어갔다.

드디어 톨스토이가 열차에 올랐다. 열차 안에서 이것저것 챙기며 작은 소동이 일었다.

"물건들은 어디 있지? 체크 무늬 큰 가방? 여행가방은 어딨소? 모두 한 열차를 타는 건가요?"

톨스토이는 창가에 자리를 잡았다. 그의 얼굴에는 피곤함이나 불만의 빛은 없었다. 다만 조금 슬픈 표정이었을 것이다.

소피야는 여전히 감동에 젖어 거듭거듭 이렇게 말했다.

"황제처럼, 꼭 황제처럼 우릴 환송하는 것 좀 보세요!"

복도 쪽 창문을 통해 군중들의 우레와 같은 함성이 밀려들었다.

"만세! 만세! 톨스토이에게 영광 있으라!"

"정말 황제한테나 하듯이 저렇게 …" 톨스토이가 이렇게 말했다. "그렇다면 우리가 나쁜 사람들이라는 뜻이지 …"

체르트코프가 평온하고 사려 깊은 목소리로 말했다.

"선생님, 제 생각에는 복도 창 쪽으로 다가가서 손을 흔들어 주시면 좋을 것 같습니다."

"아, 그래요?" 톨스토이는 이렇게 대답하고 가볍게 몸을 일으켜 복도로 걸어 나가 복도 창문으로 몸을 내밀었다. [278]

함성과 소란이 열배는 고조되었다. 손수건을 흔드는 수천의 손길이 물결쳤다. 대학생들의 모자가 높이 하늘로 날았다.

톨스토이는 모자를 벗어 모든 곳을 향해 인사하며 말했다.

"감사합니다! 이렇게 좋은 마음을 보여 주신 것에 감사합니다!"

"조용! 조용!" 군중 속에서 연이어 외치는 소리가 들렸다. "말씀하십니다!"

톨스토이는 갑자기 목소리에 강한 힘을 주어 말하기 시작했다.

"감사합니다! 이렇게 환송을 받으리라고는, 이렇게 모두가 제게 따뜻한 마음을 보내리라고는 전혀 생각지도 못했습니다!" 거의 외치듯이 그는 말했다.

"오히려 우리가 고맙습니다!" 군중 속에서 누군가 외쳐댔다. 그러자 연이어 함성이 터져 나왔다.

"만세! 톨스토이 만세!"

기차가 움직이기 시작했다.

군중들은 최면이라도 걸린 듯 기차에 끌려들었다. 그리고 점점 뛰듯이 기차를 따라왔다. 기차는 서서히 속도를 높여갔다. 벌써 저만치 떨어진 대다수 군중들은 멀리서 여전히 뭐라고 외쳐대고 있었지만 일부 사람들은 계속해서 기차를 따라잡으며 소리치고 있었다.

"만세, 만세, 톨스토이 만세!"

체르트코프는 기진맥진한 상태로 의자에 앉아 얼굴과 턱, 귀에 범벅이 된 땀을 손수건으로 닦아내고 있었다.

후에 톨스토이는 이때의 사건에 대해 한 편지에서 이렇게 말하고 있다. "이런 대대적인 환송행렬은 잊혀졌던 나의 허영심의 상처를 다시 도지게 했습니다."

---

278) 〔역주〕 러시아의 장거리 열차는 침대칸으로 되어 있어 객실에 들어갔다가 복도로 나오는 상황이다.

몇 시간 뒤 야스나야 폴랴나에 도착할 무렵 톨스토이는 이미 두 시간
여 동안 거의 기절하듯이 깊은 잠에 빠져들었다.

1910년의 겨울과 봄, 그리고 여름

야스나야 폴랴나의 생활은 언제나 그렇듯이 사람들로 북적댔다. 소
피야는 나중에 재정문제의 곤란함을 불평하면서 자신이 톨스토이의 돈
으로 37명을 먹여 살려야 했다고 말하곤 했다. 집안에서 일하는 사람들
은 포함하지 않고서 말이다. 여러 아들과 그 아내들, 심지어 이혼한 아
내와 아이들, 손자와 증손자들, 먼 친척들과 식객들. 무슨 일이든 대접
받는 데에만 익숙한 사람들이었다. 그들 모두를 위해 청소를 해 주고 자
리를 깔아주고 침대를 정돈해 주어야 했다. 모두 할 일 없이 소박하게
살았지만 그러나 거기에도 이것저것 보살펴야 할 일도 많고 돈도 많이
들었다. 삶은 태엽을 감아놓은 시계가 흐르듯 흘러가고 있었다. 그러나
톨스토이를 제외하고 그 누구도 그걸 알아채고 있지 못했다.

톨스토이는 지치고 힘들었다. 1910년 2월 17일 일기에는 이렇게 적
혀 있다. "키예프의 대학생으로부터 집을 나와 가난한 곳으로 떠나라는
감동적인 편지를 받았다."

모스크바로 향하는 부랑자들은 야스나야 폴랴나를 거쳐 지나갔다.
아무런 목적도 희망도 없이 그저 일을 찾아 떠나는 자들이었다. 그러나
그들은 다시 모스크바에서 거주지에 따라 집으로 강제 호송되었다. 그
런 사람들을 스피리돈 떠돌이[279]라고 불렀다. 이런 무리가 야스나야 폴

---

279) 〔역주〕 스피리돈은 트레리 출신의 수도승으로 차리그라드에 갔다가 대
주교가 되어 1476년 모스크바로 돌아오지만 모스크바 입성이 거부된
다. 1483년 왕에게 다시 청원하지만 페라폰토프-벨 수도원에 유폐된
다. 이런 역사적 사실에 기원하여 모스크바에 이주하려 하지만 집도

518

라나에서 저녁을 맞이하게 되면 마을은 이들에게 숙소를 제공했다. 마을의 자치 경찰이 떠돌이들을 집집마다 배분했다. 성직자나 부사제 집에는 사람들을 들이지 않았다. 그리고 톨스토이 백작 집에 대해서도 물론 엄두도 내지 못했다. 톨스토이 저택은 대문 양쪽의 작고 흰 두 탑을 지나 가로수 길을 통해 들어가야 했다. 겨울에는 길에서 밀어내 쌓은 깨끗한 눈 더미가 긴 둑을 이루고 있었다. 봄에는 집 앞에 사프란이, 여름에는 장미가 만발했다.

자치 경찰이 낡은 신발에 누더기를 걸친 떠돌이들을 마을 농민들의 집집마다 데려다 주면 농민들은 안됐다고 여기며 빵 한 조각이라도 내놓고, 수도 없이 우려낸 찻잔에서지만 뜨거운 차를 내놓았다. 그러면 떠돌이는 이렇게 말하곤 한다.

"어디도 있을 곳이 없더군요. 온통 울타리뿐이고 일도 없어요. 일자리를 잃으면 다시 얻을 수가 없지요."

아침이 되면 떠돌이는 다시 먼 길을 떠났다.

톨스토이는 이런 사람들을 만나 그들과 이야기를 나누곤 했다.

겨울에 톨스토이 아들 중 한 명이 야스나야 폴랴나 입구에 썰매를 타고 당도했다. 수염을 잔뜩 기른 뚱뚱한 사내였다. 썰매는 곰 가죽으로 덮여 있었다. 겨울의 좁은 길을 재빠르게 달릴 수 있도록 세 마리 말이 종대로 매여져 있었다. 잘생긴 외모에 잘 차려 입은 뚱뚱한 남자가 능숙하게 말의 고삐를 당기고 있었다.

발그레한 얼굴의 이 귀족은 미소를 지으며 직접 곰 가죽을 제치며 썰매에서 내려 어머니에게 인사했다.

가난함과 부유함이 한적한 시골 마을에서 나란히 확연하게 대조되는 순간이었다. 자식들의 부유함을 만들어낸 사람, 그는 다름 아닌 톨스토이 자신이었다. 농촌 마을을 위해 아무것도 하지 못한 사람, 그 또한 다

신분증도 없어 내쫓기는 부랑자들을 이렇게 불렀다.

름 아닌 톨스토이 자신이었다. 야스나야 폴랴나 학교가 있었지만 오래 전 일일 뿐이다. 아이들은 성장해 떠나고 톨스토이는 아무리 일해도 근근이 추위와 기아나 면하고 있는 사람들 가운데 자신의 삶을 혐오하며 홀로 남았다.

무엇을 할 것인가. 그것은 톨스토이만 모르고 있었던 것은 아니다.

톨스토이는 4월 어느 날 밤, 잠을 이루지 못하고 일기를 쓴다.

"새벽 다섯 시. 잠을 깨 생각하다. 무엇을 어떻게 해야 할 것인가? 알 수 없다. 글을 쓰는 것. 이런 삶 속에서 글을 쓰는 것도 역겹다. 아내와 얘기를 해볼까? 떠나야 할 것인가? 조금이라도 변화할 것인가?"(4월 13일. 58, 37)

그 무엇도 할 수 없다. 그 무엇도 바꿀 수 없다.

"정신이 아찔하게 반가운 봄이다. 봄이면 내 눈을 믿을 수가 없다. 어떻게 그 아무것도 없던 곳에서 이런 아름다움이 솟아날 수 있단 말인가."(58, 35)

톨스토이에게 봄은 기적과도 같았다.

그러나 힘든 시기였다. 멋지고 화사한 나무들이 자라는 커다란 영지의 숲 근처에는 파릇하게 풀이 솟고 꽃들이 피어올랐지만 농민들 마을은 빈궁했고 굴뚝을 세울 벽돌조차 없었다. 돌로 지은 농가들에는 도시 어딘가에서 구해온 쇠로 만든 연통이 세워져 있었다. 그러나 돌집 농가에도 밀짚 지붕이 얹혀 있었다. 돌집이라고 해서 더 좋을 것도 더 부유할 것도 없었던 것이다.

농촌은 더욱 빈궁해져 가고 있었다.

4월 10일. "내가 아이들에게 재산을 남겨줌으로써 얼마나 커다란 죄를 지은 것인가. 모두를 해롭게 했다, 딸들에게도. 지금 나는 분명하게 그 결과를 보고 있다."

당시에도 소피야는 이렇게 일기를 쓰고 있었다.

"집에서. 햇빛 좋은 매혹적인 봄날. 저녁에는 소나기가 내렸다. 하루 종일 이리저리 나다니며 봄을 만끽했다. 초원에 새하얀 사프란과 노란 야생화가 만발했다. 타티야나가 갓 핀 연보라 들지치를 찾아냈다. 낮에 잠깐 비가 내렸다. 둔덕 쪽에만 보리를 조금 파종했다. 피곤하다."[280]

뒤이어 제비꽃이 피기 시작했고 톨스토이가 가꾸어놓았던 거대한 과수원에 사과꽃이 피어올랐다. 전에 말했듯이 이 과수원은 유럽에서도 가장 큰 사과밭 중 하나였다. 검은색과 황금색이 어울린 꿀벌들이 핑크빛 사과꽃들 사이로 잉잉대며 날아다녔다.

톨스토이는 꿀벌이 이 꽃 저 꽃으로 옮겨 다니며 꿀을 모으는 것을 지켜보기 좋아했다. 꿀벌은 꼭 열두 개의 꽃에서 꿀을 빨고 날아갔다. 그는 나무들이 자라며 모양이 바뀌는 모습을 관찰하는 것도 좋아했다. 길양옆에 자작나무를 심었고 나중에 그 아래에 전나무를 심어 놓았다. 전나무는 처음 5년 동안 꼭 사람처럼 자란다. 2년 생 전나무는 두 살짜리 남자애 같고 3년생 전나무는 세 살짜리 남자애 같았다. 그렇게 5년이 지나면 전나무는 힘을 얻어 쑥쑥 자라게 된다. 처음에는 자작나무가 전나무를 밀어내려고 하지만 전나무는 굴하지 않고 꿋꿋하게 자라나서 드디어는 자작나무를 밀어내기 시작한다. 그리하여 이제 야스나야 폴랴나에서 대로로 이어지는 길은 전나무가 갓 꽃을 피운 자작나무를 포로로 잡은 듯이 보였고 분명 더 세월이 가면 자작나무를 완전히 대체해 버릴 것이었다.

봄, 그런 봄이 다시 왔다!

노인 톨스토이는 감탄어린 눈으로 봄을 맞았다. 5월 1일 톨스토이는 큰 길로 나와 자동차 경주를 구경했다. 아무데나 안 가는 곳이 없었던 영화인 드란코프가 나무로 된 가벼운 파테 영사기를 들고 뛰어와 톨스토이를 찍었다. 톨스토이는 왼쪽 어깨를 약간 들고 허리를 묶은 외투 차림으로 걷고 있었다. 수백 장이 넘는 초상화에서 본 그 모습 그대로였

280) 《소피야의 일기》, 제4권, 50쪽.

다. 지금도 살아 있다면 그런 모습이었을 것이다. 톨스토이 옆으로는 운전대가 직선인 자동차들이 우스꽝스럽고 짤막한 모습으로 달려갔다. 오늘날 그 사진을 보면 마치 수백 년 전의 것이라고들 할 것이다.

톨스토이에 대한 호의에서인지 고장이 나서인지 한 자동차가 멈춰 섰고 톨스토이는 자동차를 들여다보기 위해 다가갔다. 운전자는 문을 열고 톨스토이에게 이 새로운 물건의 편리한 구조를 보여 주었다.

그리고 슬픔을 실은 채 시간은 흘러갔다. 사과 꽃잎이 길에 떨어진 지 오래였다. 이젠 보리수나무가 꽃을 피웠다.

소피야는 야스나야 폴랴나 영지를 지키기 위해 다게스탄인 아흐메드를 감시원으로 고용했다. 6월 4일 깃이 없는 체르케스식 긴 상의를 입은 아흐메드가 얼굴이 불그레한 프로코피 블라소프라는 노인을 채찍으로 손을 묶어 발코니 쪽으로 끌고 왔다. 톨스토이는 그를 알고 있었다. 어린 시절 그의 학생이었고 그것도 아주 사랑하던 학생이었다. 그가 1812년 전쟁 이야기를 들려주었고 체르케스에서 포로가 된 러시아 장교가 용감하게 탈출하는 이야기며 하지 무라트에 대한 이야기를 들려주었던 학생이었다.

프랑스 언론인 데룰레[281]가 러불 동맹에 대해 이야기하려 찾아왔을 때 톨스토이는 프로코피가 그를 만나볼 수 있도록 하기도 했었다. 프로코피는 프랑스인들에 반대하는 것은 아니었지만 세상에 할 일도 많고 그로서는 건초도 베어야 하고 곧 수확도 해야 하는데 왜 동맹을 맺고 싸우고 해야 하는지 알 수가 없었다. 그러자 그 프랑스 언론인은 하얀 손으로 프로코피의 거친 마 셔츠를 건드리며 러시아와 프랑스 두 나라가 양쪽에서 독일을 협공해야 하는 이유를 설명했다. 프로코피는 프랑스인의 오만한 설명에 냉소를 지으며 수긍하지 않았다. 프로코피는 낮가

---

281) 데룰레 폴(1846~1914). 프랑스 언론인. 1886년 7월 15일 야스나야 폴랴나를 방문. 이 방문과 프로코피 블라소프와의 대화는 톨스토이 논문《그리스도 정신과 애국주의》제 10장에 나와 있음.

522

죽과 거친 마 셔츠로써 죄악이 어디서 발생하는 것인지를 보여주고 있었다. 그런 그가 지금 톨스토이 앞에 묶인 채로 끌려와 있다. 톨스토이의 숲에서 굵은 나무를 베어냈기 때문이다. 창고가 무너져 받침목이 필요했던 것이다.

톨스토이는 이때의 일을 일기에 기록하고 있다. "끔찍하게 고통스러웠다. 그대로 뛰쳐나갈 생각을 했다." 6월 5일 아침 가출이 불가능한 것은 아니라고 반복해서 쓰고 있다.

집안 분위기가 긴장되었다. 톨스토이의 연로함은 불안할 정도였다. 하루를 보내기 지친 그는 저녁이면 창가에 앉아 하얀 실내모를 쓰고 하품을 해댔다. 이제 살아갈 날이 분명 얼마 남지 않은 것 같았다. 상속자들은 앞으로 어떻게 될지 걱정했지만 너무 속을 드러내지 않으려고 신경을 썼다. 톨스토이는 항상 누군가의 시선이 따라다닌다는 사실에 너무 피곤했다. 그의 일기는 모두 체르트코프에게 보내지고 있었다. 소피야도 그것을 샅샅이 살펴보곤 했다.

톨스토이는 자기만의 작은 일기책을 몸에 지니기 시작했다. 그는 그것을 장화 목 부분에 끼워놓고 있었다. 큰 집안에서 그걸 숨길 곳이 없었던 것이다. 한 번은 톨스토이가 기절했다. 소피야 부인은 옷을 벗기고 간호하며 슬퍼했다. 그런데 장화를 벗기자 일기책이 떨어졌다. 물론 소피야는 그것을 다 읽어 보게 된다. 그리하여 유언장에 무슨 말이 적혀있는지 집안 모두가 알게 되었다. 한편 출판사들은 찾아와서 전집 출판권을 달라고 부탁해 대고 있었다. 집안에 거의 1백만 루블이나 들어오게 될 텐데, 그리하여 일시나마 모든 문제를 해결해 주고 모두가 먹고 살 수 있으며 다들 전과 다름없이 살아갈 수 있을 것인데, 살 만큼 다 산 노인이 뭔가 새로운 일을 꾸미고 있다니.

깨어난 톨스토이에게 모두들 심문하듯 물어대며 괴롭혔다. 아들들은 아버지가 '그렇지 않다'고 대답하지 않는다면 '그렇다', 유언장은 따로 있다는 것이라고 추측했다. 딸 타티야나 집이나 올수피에바 집으로 가거나 아니면 누이동생 마리야가 있는 수도원으로 떠나버릴 수도 있을 것이었다.

앉아서 밀려올 폭풍우를 기다릴 것인가, 아니면 농촌으로 떠나가 버릴 것인가. 톨스토이는 결국 오랜 지기인 농민 노비코프에게 가기로 결심했다. 그는 노비코프에게 어디 아주 작은 것이라도 깨끗하고 따뜻한 농가 하나를 빌릴 수 없는지 물어 보았다. 노비코프는 톨스토이에게 생활을 바꾸는 것은 좋은 생각이 아니라고 말했다.

그런 가운데서도 여러 편지들이 계속해서 야스나야 폴랴나로 날아왔다. 러시아는 변했다. 민중들은 이제 현실을 깨닫고 있었다. 그때까지 폭력적 모습을 감추고 있던 모든 것들, 황제의 긴 망토, 왕관, 교회의 황금 돔 지붕, 토지 소유 문서, 높은 담장과 경비원들, 이 모든 것들이 걷히고 그 속이 투명하게 들여다보이기 시작했던 것이다.

톨스토이는 민중이 뭔가 새로운 일을 할 만큼 성숙해졌다고 생각하고 이를 반겼다. 그는 자신이 살고 있는 세계가 정당하지 못한 세계임을 알고 있었고 세계가 변하기를 기다리며 앉아 있을 수만은 없다는 것도 알고 있었다. 재산을 누군가 남의 이름으로 넘겨주는 문서를 만들었다고 해서 이런 세계를 포기했다고 말할 수는 없다. 소유는 하지 않았다 할지라도 그걸 이용하고 있는 것은 여전했기 때문이다. 그런 점에서 오래된 자신들 집에서 아무런 걱정 없이 단순하게 살고 있던 사람들과 크게 다를 것이 없었던 것이다. 그와 가족들은 편하게 살아가고 있지 않은가.

유언장

유언장에 서명하는 것이 톨스토이에게 왜 그렇게 복잡하고 냉혹한 과정이어야 했는지 이해하기가 쉽지 않다.

체르트코프는 영국식 교육을 받은 인물로서 정확한 영국식 법률에 익숙했고 러시아 법률에 대해서는 잘 알지 못했다. 톨스토이 주변에 있던 체르트코프 사람들은 열심히는 했지만 그리 치밀한 사람들은 못되었다. 톨스토이가 크레시노에서 유언장에 서명한 뒤 그들은 즉시 변호사 무라비예프에게 자문을 구했는데 제대로 법적 요건을 갖추지 못했다는 말을 듣게 된다. 그리하여 유언장을 전격적으로 새롭게 작성하기로 결정했다. 이를 위해 다시 톨스토이를 찾아가야만 했다.

톨스토이는 걱정되는 바 없지 않았지만 대담하게 행동했다. 집 안에 있는 것을 답답해하며 매일 말을 타고 15내지 20킬로미터를 내달리곤 했다. 길도 험한 길을 골랐다. 떨어지지 않으려면 말의 목에 바짝 매달려야 했던 오르막길도 마다하지 않았다. 그는 말 타기를 즐기면서 동시에 부끄러워했다. 농민들은 밭을 갈 말도 없는데 늙은 지주인 그는 놀이 삼아 말을 타고 다녔던 것이다.

한번은 톨스토이가 사랑하는 말 델리르의 편자를 빼고 보통 말로 돌려보내라고 명령했다. 하지만 주변 사람들은 계속 말을 타도록 설득했다. 그것은 그의 유일한 즐거움이고 유일한 사치였으며 말을 타고 다닐 때만이 혼자 생각에 잠길 수 있는 유일한 시간이었기 때문이다. 완전히 노년의 나이였지만 톨스토이는 말을 타는 순간만큼은 여든둘의 나이를 잊고 마흔 살쯤 되는 기분이었다.

1909년 10월 말 스트라호프가 톨스토이를 찾아와 여러 가지 곤혹스러운 문제들에 대해 논의했다. 그는 변호사들이 작성한 새로운 유언장을 보여 주었다. 왜냐하면 체르트코프는 자신이 법적 상속자가 되는 것을 반대했기 때문에 딸 알렉산드라만이 톨스토이 사후 저작 소유권을 집행할 수 있도록 서류가 작성되었던 것이다.

야스나야 폴라나를 방문하고 돌아온 스트라호프는 체르트코프에게 톨스토이가 갑자기 1881년 이후에 쓰인 작품뿐만 아니라 모든 저작들을 유언장에 포함시키자고 제안했다고 전했다. 이건 체르트코프로서도 새롭고 예기치 못한 제안이었다.

전에 톨스토이는 가끔 농담으로 자신의 옛날 작품들은 공연장 앞에서 광대가 사람들을 꼬드기는 말과 같은 것일 뿐이라고 말하곤 했다. 그러나 광대의 꼬임에 공연장 천막으로 들어간 사람들은 광대의 말과는 전혀 다른 것을 보게 된다는 것이다. 톨스토이는 공식적인 성격의 대담에서는 자신의 가장 중요한 저작들은 논문과 종교적 교리가 담긴 것이라고 말하곤 했다.

1881년은 톨스토이 생애에서 분수령과도 같은 대전환의 해였다. 1881년 이전까지 삶이 구 귀족가문에 속한 것이었다면 그 이후는 종교적으로 재건되어야만 했던 전 인류에 속한 것이었다.

물론 톨스토이의 말은 진실이 아니다. 그의 삶과 창작은 불가분의 것이었기 때문이다. 그가 노년에 말하고 있는 것은 이미 《지주의 아침》을 집필하던 시기부터 생각해오던 바였다. 《카자크 사람들》과 《전쟁과 평화》 사이에는 아무런 단절이 없다. 《안나 카레니나》의 레빈은 톨스토이가 《참회록》에서 말하는 그런 생각들로 이미 괴로워하고 있다. 그 외에 1881년 이후에도 톨스토이는 예술작품을, 그것도 위대한 작품들을 계속해서 창작했다. 그가 문학작품들을 도덕적 교훈으로 귀결시키려고 했던 것은 사실이다. 실제로 《크로이체르 소나타》와 《부활》은 도덕적 교훈으로 종결되고 있다. 《하지 무라트》 한 작품만 시적으로 시작되고 시적으로 종결된다.

새로운 의지를 천명하는 것은 톨스토이가 새롭게 자신을 인식하고 있다는 뜻이다. 자신이 온전한 하나이며 전체라는 톨스토이의 인식이 자신의 예술작품에 대한 인정으로 나아가고 있는 것이다. 그것은 톨스토이가 다시 '예술작품'을 쓰고 싶어 한다는 것과도 관련되어 있다. 그런 희망과 더불어 자신의 창작품에 대한 이전의 태도를 되살려낸 것이다.

1909년 겨울 톨스토이는 새로운 예술형식에 대해 생각하고 있었다. 죽기 얼마 전에 그는 새로운 작품을 창작하고 싶다는 바램에 대해 언급하고 있다.

"그럴 수 있다면 얼마나 좋겠는가! 정말로 꼭 그러고 싶다. 참으로 대단한 작품이 될 텐데. 진정 가치 있는 작업을 할 때, 게다가 진정으로 예술적인 작업을 할 때 어떤 결과가 되어야 한다는 그 어떤 생각도 없이 나는 지금 생각에 빠져있다. 오, 그럴 수 있다면 얼마나 좋을 것인가."(1910년 10월 2일. 58, 111)

결론에 대해, '결과'에 대해 직접적인 생각은 하지 않고, '진정 예술적인 작업'을 하고 싶다는 꿈, 이것은 새로운 해방에 직면한 환호다. 그는 새로운 작품을 구상하며 개요를 그린다. 그리고 몹시 명쾌하고도 성숙하게, 심지어 다시 젊은이가 된 것처럼 글을 쓰기 시작한다.

톨스토이의 새로운 의지에 대해 걱정하면서 체르트코프는 11월 1일 골덴베이저와 스트라호프에게 톨스토이를 방문해 달라고 부탁한다.

톨스토이는 옆방으로 통하는 문을 걸어 잠그고 꼼꼼하게 유언장을 읽어 보고는 아무런 생명력도 없이 죽은 것 같은 법률 언어에 놀라움을 금치 못했다. 하지만 한 번도 틀리지 않고 그대로 직접 필사했다. 그리고 증인 자격으로 먼저 골덴베이저가 서명했고 잠시 뒤 도착한 스트라호프가 뒤를 이어 서명했다. 그런 내내 혹시 소피야 부인이 들어오지 않을까 다들 걱정을 떨치지 못했다. 그러나 무사히 유언장에 서명이 끝나고 골덴베이저가 그걸 서류가방에 잘 감췄다.

하지만 일이 여기서 끝난 것은 아니다. 톨스토이는 유언장에 만일 알렉산드라가 사망하게 되면 딸 타티야나가 상속자가 되도록 첨가할 것을 제안했다. 하지만 이를 위해서는 다시 새로운 유언장을 작성해야 했다. 그것은 다시 7월 17일에 이루어졌다.

그러나 이번에도 유언장에 실수가 발견되었다. 마지막 구절의 증인들에 대한 부분이 톨스토이 자필로 쓰이지 않았던 것이다. 법적으로 유언자가 자리한 가운데 완전하게 전체가 쓰여야만 했다. 또 다시 새 유언장이 만들어져야 했다.

마지막 유언장 서명에 대한 이야기는 다소 극적이다. 다소 간략하게

나마 이 이야기를 따라가 보자.

1910년 6월 22일이었다. 피아니스트 골덴베이저가 말을 타고 텔랴틴스카야 저택으로 찾아왔다. 그는 톨스토이가 말을 타고 산책을 나와서 지금 그루만트 마을 근처의 오래된 숲 자카스에 있으며 새로운 유언장에 서명을 받기 위해 증인들을 기다리고 있다고 알렸다. 톨스토이는 농담으로 '대령의 아들'이라고 부르던 아나톨 라딘스키와 알료샤 세르게옌코를 데려오라고 부탁했다. 세르게옌코는 어린 시절부터 알던 사이였다. 말에 안장을 얹고 올라 탄 세 사람은 즉각 톨스토이에게 달려갔다.

지름길을 택해 자작나무 숲의 냇물을 따라갔다. 그들은 이리저리 둘러보았지만 톨스토이를 쉽게 찾을 수 없었다. 계속 앞으로 더 나아간 그들은 하얀 모자와 하얀 셔츠를 입은 톨스토이가 델리르에 올라앉은 모습을 발견했다. 흰 수염이 가벼운 여름 바람에 휘날렸다. 말에 올라타 약간 높은 언덕에 서 있는 그의 모습 뒤에는 여름 하늘이 짙푸르렀다.

그들은 인사를 나누고 한 줄로 말을 몰았다. 톨스토이는 가벼운 속보로 수확을 한 귀리 밭에 쌓아놓은 낟가리 옆을 지나 오래된 녹채 숲으로 말을 몰았다.

그곳에 다다르자 그는 잠시 말고삐를 당기며 주춤거리며 어디로 가야 할지 망설이는 듯했다. 하지만 익숙한 곳이었다. 그는 곧바로 델리르를 숲 속 좁은 길로 몰아갔다. 잠시 뒤 길을 버리고 의외의 방향으로 더 깊은 숲 속으로 향했다. 델리르는 충성스럽고 온순하지만 근시였다. 하지만 델리르는 오랫동안 주인을 모시고 다닌 숲 속이기 때문에 아주 잘 아는 길을 다니듯이 걸음을 늦추지도 않고 톨스토이가 손으로 나뭇가지를 치우지 않아도 되도록 적당한 길을 잘도 찾아나갔다. 그러나 동행한 사람들은 점점 뒤로 쳐졌다. 증인으로 온 사람들은 굵은 나뭇가지를 피해 몸을 숙이거나 잔가지들을 손으로 헤치느라 바빴다.

숲 한가운데로 들어선 톨스토이는 커다란 나무 그루터기 옆에 멈추더니 말에서 내렸다. 증인들도 말에서 내렸다. 톨스토이는 그루터기에 앉아 당시 '예비용 펜'이라고 부르던 영국제 만년필을 꺼내고는 어서 서류를 꺼내라고 말했다. 세르게엔코가 서류와 받침대용 두꺼운 마분지를 꺼냈다. 골덴베이저는 제 앞에 유언장 초고를 펼쳐놓았다.

다리를 접고 그루터기에 앉은 톨스토이는 무릎에 받침대와 종이를 올려놓고 쓰기 시작했다.

"1910년 칠월 이십이 일 …"

이렇게 시작한 그는 '이십이'라는 글자의 철자를 하나 잘못 쓰고는 새 종이에 다시 쓰려고 했다. 그러나 금세 미소를 지으며 말했다.

"그냥 두지 뭐, 내가 글자를 잘 모른다고 생각하겠지."

그리고 덧붙였다.

"의심하지 않도록 옆에다 숫자로 써놓지."

그루터기에 앉아 문서를 보며 따라 적기가 쉽지 않아서 골덴베이저가 서류를 읽어 주기 시작했다.

톨스토이는 옛날식으로 줄의 끝에서 단어가 잘리게 되면 다음 줄에서 단어를 다시 시작해 쓰면서 열심히 받아 적었다. 처음에는 빼곡하게 써 나갔지만 여분이 많이 남은 것을 보고는 좀 더 대담하게 써 나갔다. 그 외에도 톨스토이는 다른 한 장에 추가 처리사항에 대해 적어 놓았다.

일을 마치고 톨스토이는 그루터기에서 일어나 말에게 다가갔다.

"별별 트집을 다 들춰대는 저런 법률서류들은 정말 괴롭군!"

그는 이렇게 말하고 80 노인이라고는 믿을 수 없을 정도로 가뿐하게 말에 올라탔다.

"자, 그럼, 잘들 가게."

그는 세르게엔코에게 손을 내밀었다.

이 사건에 대해 톨스토이는 그날 일기에 간단하게 써놓았다. "숲에서 글을 썼다."

이 날, 즉 7월 22일 저녁에 무슨 일이 일어났는지 우리는 불가코프의 기록을 통해 엿볼 수 있다. 그날 저녁 알고 지내던 핀란드인 여자가 우연히 톨스토이를 방문했다. 체르트코프도 있었다.

"그런 다음 모두들 테라스에서 차를 마시러 나갔다. 소피야 부인도 자리했다. 부인은 기분이 아주 끔찍한 상태였다. 신경이 예민하고 불안해 보였다. 손님에 대해서, 아니 그 자리에 있는 사람들 모두에게 아주 거칠게 반응했다. 그녀 때문에 분위기가 엉망일 수밖에 없었다. 모두들 숨을 죽이고 짓눌린 상태였다. 체르트코프는 잣대라도 삼킨 사람 모양으로 몸을 쭉 펴고 돌처럼 굳은 얼굴이었다. 탁자 위에는 사모바르가 끓는 소리가 아늑하게 들렸다. 하얀 탁자보 위에는 말리나가 담긴 접시가 선명하게 붉은 점처럼 도드라져 보였다. 그러나 탁자에 둘러앉은 모두들 강제노역이라도 하듯이 겨우 찻잔에 손을 댈 뿐이었다."[282]

야스나야 폴랴나의 가을

1.

소피야가 톨스토이에게 보낸 편지를 읽다보면 그녀가 남편을 얼마나 사랑하는지, 자기 나름으로 얼마나 남편을 지키려고 애쓰고 있는지를 알 수 있다. 하지만 그럼에도 불구하고 집안에서 벌어지고 있는 일은 끔찍했다.

톨스토이에게 보낸 체르트코프의 편지를 보면 체르트코프가 톨스토이를 얼마나 존경하고 있는지를 알 수 있다. 체르트코프에게는 세상에서 톨스토이의 제자가 되는 것 외에 다른 어떤 기쁨도, 다른 할 일도 없는 것 같다. 그럼에도 그 역시 톨스토이를 괴롭게 만들었다. 소피야와 체르트코프와 관련된 주변 사람들도 톨스토이를 괴롭히는 데 일조하는

---

282) V. 불가코프, 《생의 마지막 해의 톨스토이》, 모스크바, 국립문학출판, 1957, 326쪽.

것은 마찬가지였다.

유언장이 완성되자 그것은 지체 없이 공표되었다. 집안이 발칵 뒤집혔다.

아들들은 제각기 아버지를 괴롭게 만들었다. 성격이 급하고 냉혹했던 안드레이는 자기 욕심에 눈이 멀었다. 그는 야스나야 폴랴나 마을 길거리를 쏘다니며 개들에게 총질을 했다. 총에 맞아 죽은 개는 없었지만 아버지에게 대단히 끔찍하고 비통한 소동이 아닐 수 없었다.

1910년 《비밀일기》에서 톨스토이는 이렇게 말한다.

> 안드레이는 신의 영혼을 가졌다고 말하기 어려운 그런 사람들 중 하나일 뿐이다(그러나 그것은 존재한다, 잊지 말라).

안드레이에게도 영혼이 있고 분명 나름의 열정적 영혼이었을 것이다. 그러나 그는 그것을 1910년에 돈에 대한 탐욕에 바치고 말았다.

7월 27일 톨스토이는 일기에서 말한다.

> 안드레이가 와서 유언장이 따로 있느냐고 물었다. 나는 대답하고 싶지 않다고 말했다. 몹시 힘겹다. 나는 그들이 돈만을 바라고 그런다는 것을 믿지 않는다. 끔찍하다. 그러나 내게는 좋기만 하다.

'좋기만 하다.' 이 말은 그가 가족과 거리를 두게 되었다, 가족으로 해방되었다는 뜻이리라. 소피야에 대해서는 이렇게 말한다.

"난 정말 진심으로 그녀를 사랑할 수 있다. 그러나 레프에 대해서는 그럴 수 없다."(58, 129)

아들 레프는 병적이라고는 할 수 없지만 정말 특이한 경우였다. 1907년 2월 2일 일기에서 톨스토이는 아들에 대한 놀라움을 표한 바 있었다. "놀랍고도 안쓰러운 일이다. 그 애는 나에 대한 질투를 넘어 이젠 증오하고 있다."

유언장에 서명하면서부터 가족들의 정신상태, 재산에 대한 욕심이 일거에 톨스토이 앞에 그 모습을 드러냈다. 비록 이렇다 할 작가도 조각가도 되지 못하는 수준이었지만 레프는 그래도 공식적으로 예술을 하려던 인물이었다. 그러나 그는 일기에서도 아버지에 대한 질투심을 불태우며 이런저런 논거를 들면서 아버지에 대한 증오심을 감추지 않았다.

소피야는 남편에게 편지를 써서 유언장을 취소해달라고 애원하고 죽어 버리겠다고 위협했다. 여전히 출판사들은 찾아와서 거금을 제시하곤 했다. 여기서 톨스토이 가족문제에 V. 페오크리토바라는 속기사와 피아니스트 골덴베이저가 한 몫을 한다. 페오크리토바는 딸 알렉산드라의 친구였는데 체르트코프의 신임과 지시를 받고 있던 여자였다. 이들은 항상 톨스토이 가족문제에 함께 연루되어 그 관계를 격화시키는 역할을 한다. 가족 내의 말다툼까지 녹음해서 기록해놓는다는 것은 끔찍스러운 일이다. 그러나 그것은 사실이었다.

소피야가 질러대는 미친 듯한 절규에 대해 그들은 톨스토이에게 그대로 전하곤 했다. 9월 4일부터 시작해서 골덴베이저는 소피야의 말을 그대로 옮겨 적어 정기적으로 톨스토이에게 전달했다. 소피야는 아들들과 함께 톨스토이가 늙어서 제 정신이 아니라고 법적 조치를 취하겠다고 위협해댔다. 그녀는 황제에게 그들 문제를 중재해 달라고 청원하겠다고 했다. 그것은 허무맹랑한 말만은 아니었다. 후견인에 관한 법이 분명 있었던 것이다. 하지만 그런 말은 그저 불만을 터뜨리는 신경질적인 절규였을 뿐이다. 골덴베이저는 그저 위대한 사람을 존경하고 따르는 선량한 마음에서 이런 사실을 모두 톨스토이에게 고해바쳤다. 그에 대해 톨스토이는 이렇게 대답한다.

"그런 사실을 안다는 것과 다른 사람들이 집안일에 대해 다 알게 된다는 것이 아무리 괴로운 일이라 해도 나는 그걸 알아야할 필요가 있습니다. 비록 페오크리토바 양이 기록한 것, 그리고 그에 대해 당신이 생각하고 있는 것, 그 속에는 잘못된 방향으로 과장된 부분이 많이 있고, 가족들의 병적인 심리상태를 고려하지 않고 선한 감정과 악한 감정이 뒤섞여 있다는 점을 배제하고 있지만 말입니다."(82, 163)

야스나야 폴랴나는 두 편으로 갈라졌다. 한 편은 체르트코프와 그를 충실히 따르는 딸 알렉산드라와 속기사 페오크리토바, 골덴베이저였고 다른 편은 소피야 부인과 아들들이었다.

소피야 편에 적극 가담하고 있는 인물은 안드레이였다. 일리야와 미하일은 야스나야 폴랴나에 있는 경우가 드물었고 세르게이는 점잖은 사람으로 어떻게든 싸움을 말리려고 했다. 기본적으로 그는 탐욕스럽지는 않았던 것이다. 타티야나 역시 야스나야 폴랴나에 거의 머물지 않았는데 다소 한쪽에 물러난 입장에서 좋은 중재자 역할을 할 수 있는 편이었다. 그러나 그건 불가능한 일이었다. 누구도 다른 사람 말을 들으려 하지 않았기 때문이다. 타티야나는 알렉산드라와 말다툼을 벌였을 뿐이다. 야스나야 폴랴나 근처에서 야채밭을 가꾸며 살아가던 학교 선생이었던 슈미트 할머니가 찾아와서 어떻게든 화해를 시켜보려고 했다. 하지만 일 없이 내쫓기고 말았을 뿐이다. 이 모든 일이 너무나 늙어 버린 톨스토이의 면전에서 일어나고 있었다.

이제 82세의 노구인 톨스토이는 과연 어떤 사람인가.

당시로서 82세는 이미 인간의 한계에 도달한 나이였다고 말할 수 있다. 그러나 그는 이 시기에도 몇 권의 책을 써냈고 각각의 책들을 쓰기 위해 여러 판본의 원고를 써냈다. 그는 매일 매일 쓰고 또 썼다. 만일 어떤 작가에게 톨스토이의 원고를 베껴 쓰도록 했다면 그는 베껴 쓰는 일만으로도 병이 나서 쓰러지고 말았을 것이다.

그는 영감에 가득 찬 일꾼이었다. 82세의 나이에 여전히 강건했지만 그런 강건함이 스스로 착각에 빠지게도 했다. 그 자신은 자신이 여전히 늙지 않았다고 생각했던 것이다. 10월 27일 깊어 가는 가을, 그는 여전히 말을 타고 산책길에 나선다. 두샨 마코비츠키와 함께 16킬로미터 정

도를 나갔다. 가파른 외곽지역 험하고 깊은 계곡을 지나기도 했고 얼어
붙은 강줄기를 기듯이 건넜으며 가파른 강둑을 타고 오르기도 했다. 참
으로 강건한 사람이었다.

그는 세계에 대한 생각을 놓지 않고 있었으며 어떻게든 세계의 문제
를 변화시키기 위해 노력을 멈추지 않는 위대한 인물이었다. 그러나 그
도 이젠 어쩔 수 없이, 저녁이면 앉아서 장기를 만지작거리거나 음악을
듣고 카드를 치고, 가족들과의 불화로부터 자신을 지켜주는 외부 사람
들에게 의지하여 살고 있는 노인일 수밖에 없었다.

2.

그 무렵 트랜스발에서 수백 가족의 인도인들이 감옥에 투옥되는 등
인도 애국주의자들의 투쟁이 격화되고 있었다. 1910년 8월 15일 간디
는 이에 대해 톨스토이에게 편지를 보낸다.

> 존경하는 톨스토이 선생님께.
> 올해 5월 8일 보내주신 격려와 진심이 담긴 서한에 대해 진심으로
> 감사드립니다. 저는 제 보잘 것 없는 작은 책《인도가족법》에 대한
> 당신의 공감이 담긴 평가에 큰 힘을 얻었습니다. 그리고 시간이 허
> 락된다면 당신이 편지에서 제게 친절하게 이미 약속하신 것처럼 좀
> 더 상세하게 저의 책에 대해 좋은 말씀을 해주시길 기대합니다.
> 칼렌바흐 씨가 당신께 '톨스토이 농장'에 대해 편지를 한 것으로
> 알고 있습니다. 저와 칼렌바흐는 이미 오랜 친구 사이입니다. 그 역
> 시 당신이《참회록》에서 아주 적절하게 묘사하고 있는 그런 시련을
> 수없이 겪어온 사람입니다. [283]

간디는 공동체 토지를 빼앗기고 몰락한 수공업자들의 인도, 억압받

---

283) A. 쉬프만,《톨스토이와 동양》, 260~262.

534

는 인도의 농촌을 대변하는 인물이었다. 인도에는 가부장제 농촌경제가 여전히 보존되어 있었다. 그런 인도에 가장 심각한 적은 분명히 억압자 영국인이었다. 톨스토이가 설파하는 무저항주의는 인도에서 단결에 대한 호소로 반향을 얻고 있었다. 인도인들은 영국인 직물 불매운동을 펼쳤다. 농촌마을에서는 다시 수공업자들의 물레가 삐걱거리며 돌아갔고 옛날식 직조기가 가동되기 시작했다. 인도인들은 영국인 직물공장 생산품을 사지 않았고 소금도 사지 않았다. 그들은 바닷물에서 직접 소금을 채취해냈다. 그들은 노예화된 자신들 나라에서 영국인들을 고립시켜 나갔다. 그런 모습은 꿀벌들이 밀랍으로 벌통에 난 쥐구멍을 막아내는 것과 같았다.

간디의 친구이며 폴란드계 유대인 건축가인 칼렌바흐는 1910년의 한 편지에서 이렇게 말한다.

"당신의 허락을 구하지 않고 제가 저의 농장을 '톨스토이 농장'이라고 칭하였습니다. 당신의 이름을 앞에 내세우면서 당신에게 마땅히 알려드려야 한다고 생각했습니다. 앞으로 당신이 이 세계를 향해 그렇게 용감하게 제시한 사상에 따라 살도록 제 모든 노력을 기울이겠다는 말씀을 드리겠습니다."[284]

농장뿐만 아니다. 타라크나흐 다쑤와 간디 덕분에 전 인도의 해방사상과 영국과의 투쟁이 톨스토이의 이름과 결합되었다. 톨스토이 사상은 여기서도 과감하게 그 꽃을 피워나갔던 것이다. 이 편지는 9월에 야스나야 폴랴나에 도착했다.

톨스토이는 간디에게 보내는 긴 답장에서 결론적으로 이렇게 말한다.

"정부 통치자들은 자신들에게 무엇이 가장 위험한 것인지 알고 있습니다. 그들은 단순히 자신들의 이해관계를 따지고 있을 뿐만 아니라 이 문제가 문제가 될 것인지 아닌지를 예의주시하고 있을 것입니다."(82, 140)

---

284) A. 쉬프만, 위의 책, 262~263쪽.

인도에서의 승리가 눈앞에 다가왔다. 그러나 그 최종적 승리는 무저항이 아니라 톨스토이가 그토록 완강하게 부정해오던 혁명을 통해서 획득되었다.

톨스토이는 자신의 집에서도 무저항을 통해 이기고자 노력했다. 그러나 모두들 노획물을 노리듯이 그에게 달려들었다.

소피야는 거짓으로 위장된 장면들을 거듭 연출해냈다. 숲 속으로 도망을 치거나 바깥에 나가 드러누웠고 재판하겠다고 위협하기도 하고 경비원이나 마을 사람들 모두가 보는 앞에서 늙은 남편을 모욕하기도 했다. 아들들은 위대한 천재가 이성을 잃고 광기에 빠졌다며 괴롭혔다.

위대한 사람과 함께 살면서 익숙해진 사람들은 그 위대함에 대해 망각하기 쉽다. 집안에서 톨스토이는 이미 생명을 다한 노인으로 취급되었다. 그는 분명 늙은 노인이었지만 여전히 82세의 나이에도 말을 타고 다녔고 철봉에 매달려 체조를 하려고 했으며 물구나무서기를 하다가 책장을 넘어뜨리기도 했다. 머릿속에는 예술작품을 창작하려는 수많은 기획이 가득 했다. 독자들이 써 보낸 비난들을 다 읽어냈을 뿐만 아니라 이런 비난들이 정당하다고 인정하고 그에 대해 응답할 글을 써야 한다는 생각도 했다.

아들 레프가 아버지에게 '마치 어린애를 다루듯이' 고함을 질러댄 일이며, 소피야 부인이 남편이 보는 앞에서 아편이 든 유리병을 입에 가져다 댔던 일이며, 밤에 자살하는 척 모의총을 두 번 발사한 것이며 집안에서 끝없이 벌어진 크고 작은 분쟁들을 다 언급하고 싶지는 않다.

톨스토이는 자신이 잘못했다고 생각했다. 그는 상속에 관련된 사람을 다 소집하여 자신의 의지에 대해 분명히 밝혔어야 했다고 후회했다. 체르트코프가 일을 너무 비밀스럽게 처리했다고 말하기까지 했다. 하지만 체르트코프에게 이런 말이 전해지지는 않았다.

3.

체르트코프는 톨스토이의 최측근 친구였으며 언제나 스승과 같아지려고 질투심을 느끼고 있던 학생이었다.

톨스토이에게 보낸 체르트코프의 편지들은 문학을 사업적으로 다루고 있다. 1910년 8월 11일의 장문의 편지는 골덴베이저의 책에 12쪽에 걸쳐 실려 있다. 그의 일기 출판에 같이 포함시키도록 넘겨준 것이다. 이 편지는 여러 부분으로 나뉘어 있고 소피야와 톨스토이의 대화도 인용되어 있다.

체르트코프의 편지는 톨스토이의 행동들에 대해 말하고 있다. 즉 그는 톨스토이가 항상 독립적으로 행동해왔다고 확신하며 그 증거를 편지에 남기려는 사람처럼 편지를 썼던 것이다.

체르트코프는 소피야가 기대하는 것보다 항상 조금 더 많은 것을 톨스토이에게 바라고 있었다.

체르트코프의 아주 막대한 재산은 공식적으로는 그가 아니라 그의 어머니에 속해 있는 것이었다. 그는 아직 유산을 물려받지 않았다. 그의 어머니는 그리스도에 대한 신앙 속에서 올바르게 살 수 있다고 생각하는 종교적인 부인이었다. 그러나 그녀는 삶의 근본적 양식은 그대로 두고 다만 그 외양만을 바꾸고자 했다. 체르트코프는 그런 어머니에게 매여 있었다. 그가 바라는 것은 오직 하나, 1881년 이후 출판된 모든 저작이 톨스토이 가족의 유산으로 상속되지 않도록 하는 것이었다.

처음에는 이 점을 둘러싸고 싸움이 전개되었다.

체르트코프는 톨스토이 예술작품들에 대한 직접적인 관심은 없었다. 톨스토이와 체르트코프가 나눈 방대한 서한들에는 《전쟁과 평화》, 《카자크 사람들》, 《안나 카레니나》 등에 대한 언급은 나오지 않는다. 《카프카스의 포로》가 언급되기는 했지만 그것은 체르트코프가 주인공 질린을 아주 긍정적인 인물로 만들고 싶어서였다(그는 질린이 산악민들에게 포로로 잡혀서 탈출해야 하는 경우에조차 교활한 속임수를 쓰지 않는 인물로 만들고 싶어 했다).

그래서 사실 처음에 문제가 된 것은 후기 저작들뿐이었다. 톨스토이 작품들에 대해 가장 잘 안다고 할 수 있는 톨스토이 전기 연구자이자 젊은 시절에 비서로서 톨스토이와 아주 가까운 인물이었던 구세프조차도 이전 예술작품들에 대해서는 처음에 크게 주목하지 못했다. 그가 체포되어 톨스토이에게서 떠나게 되었을 때 딸 알렉산드라는 그에게 가는 길에 읽으라고 《전쟁과 평화》를 건네주었다고 한다. 그는 그때까지 이 작품에 대해 아는 바가 별로 없었고 단지 종교적 도덕적 의미를 지니지 않은 것이라 생각하고 있었다. 이처럼 그 당시에도 《전쟁과 평화》와 같은 톨스토이 예술작품의 의미에 관심이 있었던 사람은 톨스토이 자신뿐이었던 것이다.

체르트코프는 앞서 언급한 8월의 장문의 편지 서두에서 〈중개인〉 출판사의 사업문제와 이 출판사에 대한 톨스토이의 의무에 대해 먼저 말을 꺼내고 있다. 그러고 나서 후기의 '모든' 저작을 출판사가 확보해야할 물질적 필요성에 대해 말한다. 거기서 '수입'을 얻어야 한다는 것이다.

"나중에 이 수입은 비록 그렇게 많지는 않다 하더라도 러시아에서 출판이 허락되지 않은 당신 저작들을 가난한 사람들이 쉽게 사볼 수 있는 형태로 발간하는 일에 아주 커다란 역할을 하게 될 것입니다."285)

그리고 체르트코프는 자신이 담당하게 될 재정부담에 대해 언급한다. 그 뒤에 원고에 대한 문제를 꺼낸다. 원고를 가져야만 그 1차 출판권을 보장받을 수 있다는 것이다. 그가 특히 염려하는 것은 톨스토이 일기에 대한 것이었다. 이 일기는 톨스토이의 전기일 뿐만 아니라 주변사람들에 대한 평가를 담고 있고 그의 세계관을 잘 보여 주는 것이기 때문이었다. 일기는 일단 체르트코프가 가지고 있었다. 그러나 소피야 부인이 거듭 그 반환을 요구하고 있었다. 자꾸 문제가 되자 결국 톨스토이는

---

285) A. 골덴베이저, 《옆에서 본 톨스토이》, 제 2권, 231쪽.

538

일기를 돌려받아 툴라의 은행에 보관하고 아무도 접근하지 못하도록 만들었다. 그는 일기가 마구 공개될 것을 염려했다.

톨스토이는 일기에서 아내와 아이들에 대한 좋지 않은 말들이 담긴 부분들을 없애버리라고 여러 차례 부탁했다. 자신이 직접 일부를 찢어내기도 했다. 그러나 불란제와 체르트코프가 그 부분들을 모아서 그대로 보존했다. 지워버린 것도 거의 이미 다 읽혀져 내용이 알려졌다.

톨스토이는 일기에 들어 있는 내용을 부정하는 편지를 소피야에게 보냈다. 이제 서로 싸울 때 이해하고 있던 것보다 더 많은 것을 이해할 수 있게 되었다. 즉 그는 소피야가 그렇게 미친 듯이 몸부림치는 이유를 이해하게 되었고 그런 이해를 통해 더 이상 싸우려는 의지를 견지할 수 없었다. 싸우면서 그는 싸움을 저 위에서 바라볼 수 있게 된 것이다.

그러나 시간은 흘러갔다. 10월에 톨스토이는 《비밀일기》에 이렇게 쓴다.

"오늘 예술작품 창작이 필요하다는 것을 절실히 느꼈다. 그러나 그녀에게 모든 것을 바칠 수 없다[286]는 것을 안다. 그녀 때문에, 그녀에 대한 이 끈질긴 감정, 내적 갈등 때문이다. 물론 이 투쟁과 이 투쟁에서 이겨야 하는 것은 어떤 예술작품을 쓰는 것보다 더욱 중요하다."(58, 139)

톨스토이가 '그녀에 대해', '그녀에게', '그녀에 대해'라고 지칭하는 것은 예술작품을 말하면서 동시에 소피야와 소피야와의 싸움을 말하는 것이라고 볼 수 있을 것이다. 그는 이 투쟁에서 자신이 옳기를 바라고 그 길을 선택했다. 어려운 쪽을 선택하고 싶었다. 하지만 더더욱 어려운

286) 〔역주〕러시아어에서 '예술작업'은 여성명사로 받을 수 있다. 따라서 이 부분의 번역은 '예술작품 창작에 전적으로 매달릴 수 없다'로 해석할 수 있다. 그러나 저자는 바로 아래 부분에서 여성명사 '그녀'가 예술작품 창작을 지칭하면서 동시에 여성인 소피야와 소피야와의 '투쟁'(역시 여성명사)을 지칭하는 이중적 의미를 지닌다고 말한다. 따라서 번역을 이중적 의미로 해석될 수 있도록 '그녀'로 직역한다.

일은 그가 보기에 여전히 남아 있었다.

소피야는 분명 남편을 사랑하고 있었다. 아들들도 어찌됐든 톨스토이 가문을 자랑스러워하는 것은 사실이었다. 그들은 그저 단순히 백작일 뿐만 아니라 야스나야 폴랴나의 레프 톨스토이 백작의 아들이었다. 하지만 소피야가 더욱 더 원하는 것은 톨스토이가 그녀를 사랑한다는 것을 모든 사람들이 알아주는 것이었다. 결혼 48주년 기념식에서 그녀는 남편을 몰아세워 함께 사진을 찍었다. 당연한 감정이고 그럴 수 있는 정당한 사진이었다. 이 사진에서 톨스토이는 엄한 표정으로 똑바로 서서 사진기를 노려보고 있다. 소피야는 품위 있는 부인이 되어 몸을 옆으로 돌리고 얼굴은 톨스토이 쪽을 향하고 있다. 손은 톨스토이를 뒤로 가볍게 두르고, 아니 마치 그를 부축하듯이 감고 있다. 그녀는 모두가 이 사진을 보게 될 것이라며 일기에 만족감을 드러내고 있다.

4.

톨스토이는 떠나고 싶었다. 그는 이미 30년 동안 바라던 일이었다. 하지만 전함 포템킨의 한 선원이 야스나야 폴랴나로 숨어들어왔다.

톨스토이는 이 선원과 함께 산책을 나갔다. 이 도망자를 체르트코프 영지에서 '한숨 돌리게' 해 주고 싶었다. 하지만 체르트코프는 이 도망자를 받아들이기를 거절했다. 톨스토이에게 이 도망자는 형제와 같았다. 그는 사람들이 국경을 넘어 어떻게 도망을 치는지, 장애물을 어떻게 극복하는지 많은 얘기를 해줄 수 있는 자였다. 그들은 오랫동안 함께 걸어 다녔다.

톨스토이는 어디로 가야 될지 알 수가 없었다. 농촌 마을에 몸을 숨기거나 노보체르카스크 지역의 데니셴코[287]에게 갈 수도 있을 것이었다.

---

287) I. 데니셴코는 톨스토이의 조카 엘레나 세르게예브나(세르게이 형의 딸)의 남편.

데니센코에게 가면 신분증을 얻을 가능성도 있었다. 아니면 흑해 연안으로 가면 톨스토이주의자들의 거류지가 있기도 했다. 최종적으로 톨스토이가 어디로 가려고 결심했는지는 알 수가 없다. 그러나 그는 많은 사람의 감시의 눈길에서 자유롭지 못했다. 그에게 그 자신의 것이라곤 없었다. 딸 알렉산드라는 자신을 닮아 남자처럼 강인했지만 어머니의 이성적이고 합리적인 성격을 닮기도 했다. 그녀 역시 히스테리가 있었지만 다만 발작적이지 않았을 뿐이다. 그래도 그나마 그녀는 아버지에게 낯선 타인 같던 가족들 중에서 다른 누구보다 다정하고 소중한 존재였다.

자신의 가족을 "손 좀 봐주고" 심지어 위협해야 했다. 10월 21일 일기에는 이렇게 적고 있다.

> 내 시련을 지고 가기가 너무나 힘들다. 노비코프는 이렇게 말했지. "채찍을 들면 훨씬 나아질 것입니다." 그리고 이반은 "우리 같은 사람들은 그저 고삐를 꽉 잡아 버리지요"라고 말했다. 온갖 말이 다 떠오르지만 내 자신이 싫다. 밤에는 떠남에 대해 생각했다. 알렉산드라는 그녀와 오랫동안 이야기했다. 하지만 난 좋지 않은 감정을 억제하기 힘들다.

노비코프는 톨스토이의 오랜 친구이자 글을 잘 아는 농민이었다. 그에게는 술꾼인 여자 친척이 하나 있었는데 그 남편이 채찍으로 그녀를 어떻게 길들였는지 아무렇지도 않게 얘기해 주었다. 그리고 소피야 부인이 정원으로 집을 뛰쳐나갔을 때 늙은 경비원이었던 이반은 톨스토이에게 '우리 같은 사람들은 그저 고삐를 꽉 잡아 버리지요'라고 말해 주었다. 농민들이 보기에 톨스토이는 우스운 사람이었던 셈이다. 톨스토이는 그들의 논리를 모르는 바 아니었으나 자신이 수치스럽다고 느꼈다. 하지만 그가 수치스럽다고 느낀 것은 자신이 아내를 때려서 휘어잡지 못했다는 점에서가 아니라 아내를, 그 자신이 말하듯이, '멍에를 벗어 나려 뛰어나가는' 아내를 다스릴 수 없다는 것, 그런 남자라는 사실 때 문이었다.

10월 25일. "내내 똑같은 괴로운 감정이다. 의심과 감시, 그리고 그 녀가 내가 떠날 구실을 만들어 주기 바라는 사악한 욕망. 난 그렇게 나 쁜 인간이다. 하지만 떠나야 한다는 생각 뿐. 그러나 그녀의 처지에 대 한 생각하면, 안됐다는 생각, 난 할 수 없다."

하지만 사태는 종말을 향해가고 있었다.

이 무렵 나탈리야 알메딩겐이라는 〈계몽〉사 편집장이 야스나야 폴랴 나를 찾아와 전집을 판매하라고 톨스토이에게 제안했다. 소피야는 차 분해졌다. 그녀는 톨스토이가 건강하고 평온해졌다고 말했다. 그가 화 를 낼 때면 그녀는 모든 것이 간이 나빠서라고 생각했다. 소피야는 알메 딩겐에게 자신의 처녀 시절 일기며 결혼생활에 대한 기록 등을 읽어 주 었다. 비가 오고 있었고 영상 10도 정도의 날씨였다. 소피야는 그녀가 언젠가 막내아들 이반이 살아 있을 때 심었던 전나무 사이를 걷고 있었 다. 비가 눈으로 변했지만 내리면서 다 녹아버렸다. 그리고 다시 따뜻 해졌다. 그때 아들 안드레이가 찾아왔다. 알메딩겐과 이야기 중에 안드 레이가 찾아온 것이 기뻤다. 안드레이는 알렉산드라와 달리 '자기' 편이 었던 것이다.

집을 나간 뒤 쓴 기록에서 톨스토이는 그날의 일에 대해 이렇게 들려 준다.

밤 11시 반에 자리에 눕다. 3시 무렵까지 잤다. 그러나 어제 밤처 럼 다시 잠이 깨어 문이 열리는 소리와 발자국 소리를 들었다. 전 날 밤에는 문 쪽을 쳐다보지 못했지만 오늘은 고개를 돌려 문틈으 로 서재에서 새 나오는 환한 빛을 보면서 부스럭거리는 소리를 들 었다. 소피야가 뭔가를 찾아 읽고 있었다. 어제 저녁 그녀는 문을

542

잠그지 말라고 부탁인지 지시인지 모르게 내게 말했다. 그녀는 양쪽 문을 열어놓고 내가 조금이라도 움직이는 소리가 들리도록 해놓았다. 낮이나 밤이나 나의 일거수일투족, 한마디 한마디가 그녀의 귀에 들어가고 그녀의 통제에 놓였다. 다시 발걸음 소리가 들리고 조심스럽게 문을 닫고 그녀가 지나갔다. 도대체 왜 그러는지 모르겠지만 나는 이런 일에 견딜 수 없는 혐오감과 분노가 끓어오름을 느낀다. 잠을 이루려 했지만 한 시간 가량 뒤척이다가 촛불을 켜고 내려앉았다. 문이 열리고 소피야가 들어와 내 '건강'에 대해 묻고 불을 켜서 놀랐다고, 왜 불을 켰느냐고 했다. 혐오와 분노가 솟아올라 숨을 몰아쉬며 맥박을 재보았다. 97. 누워있을 수가 없다.

마침내 난 떠나기로 결정적으로 마음먹었다. 그녀에게 편지를 쓰고 떠나는 길에 꼭 필요한 것만을 챙기기 시작했다. 마코비츠키를 깨우고 알렉산드라를 깨웠다. 그들이 짐 꾸리는 것을 도왔다. 나는 혹시 그녀가 소리를 듣고 나와 발작을 일으키며 소동을 일으키지 않을까 두려웠다. 그런 소동을 당하지 않고 떠날 수는 없을 것이다. 다섯 시가 넘어서야 그럭저럭 준비가 끝났다. 나는 마부를 깨워 마차를 준비시키기 위해 마구간으로 내려갔다. 그 사이 마코비츠키와 알렉산드라, 바르바라 페오크리토바는 짐 꾸리는 일을 마무리했다. 한치 앞도 보이지 않게 깜깜했다. 곁채 쪽으로 길을 잘못 들었다가 숲 속으로 들어갔다. 나무에 이리저리 부딪치다가 넘어져 모자를 잃어버리고 찾지 못했다. 간신히 길을 찾아 집으로 돌아와 다른 모자를 쓰고 등불을 들고 나와 마구간으로 가서 마부에게 마차를 매라고 했다. 알렉산드라와 마코비츠키, 페오크리토바가 뒤따라왔다. 나는 그녀가 뒤쫓아올까봐 두려웠다. 하지만 우리는 그대로 출발할 수 있었다.

쇼키노에서 한 시간여 기차를 기다리는 동안에도 나는 매 순간 그녀가 나타나지 않을까 뒤돌아봤다. 그러나 드디어 우리는 열차를 탔고 열차가 움직이기 시작했다. 이제 두려운 마음이 가라앉으면서 그녀에 대한 안쓰러움이 밀려왔다. 그러나 이러지 않을 수 없다는 점에는 추호의 의심도 없었다. 어쩌면 내가 나만을 정당화하며 잘 못하는 것일 수도 있다. 그러나 내가 나를 구원하는 것은 나, 톨스 토이를 구원하는 것이 아니라 내게 있는, 가끔이나마 존재하는, 아 주 작고 작은, 작고 작은 그 어떤 것을 구원하는 것이라고 생각한 다. (58, 123~124)

5.

톨스토이는 집을 떠났다. 10월 28일 새벽 5시였다.

주머니에는 30루블이 있었고 뒤를 따르는 마코비츠키에게는 알렉산 드라가 집어넣어준 300루블이 있었다.

톨스토이가 이야기한 것은 모두 사실이었다. 소피야는 나중에 편지 를 보내 그날 밤 그녀가 유언장을 찾고 있었던 것은 아니며 그냥 서류가 방에 일기가 있을 것이라고 생각해서 손을 댔을 뿐이라고 변명했다. 새 로 사들인 노란 강아지가 서재로 들어가서 그걸 쫓아내려고 들어갔다가 우연히 가방을 보게 되어 손을 댔다는 것이다.

톨스토이가 길을 떠나는 모습은 어떠했는가?

두샨 마코비츠키의 회고를 보자. 10월 28일 새벽 3시에 톨스토이는 잠옷을 입고 맨발에 슬리퍼를 신은 채 마코비츠키를 깨우며 말했다.

"난 떠나기로 결심했네. 자네는 나와 함께 가도록 하지. 난 위층으로 올라갈 테니 준비되면 그리 오게. 다만 아내가 깨지 않도록 주의하게. 많이 가지고 갈 것은 없네."

마코비츠키가 위층으로 올라갔을 때 톨스토이는 이미 옷을 입고 책상 에서 아내에게 남기는 편지를 쓰고 있었다.

나의 떠남이 당신을 슬프게 할 것이오. 그 점이 안타깝지만 나를 믿고 이해해 주시오. 나는 달리 어쩔 도리가 없소. 집안에서 나는 점점 견딜 수가 없게 되었소. 모든 어리석은 일들 외에도 나는 더 이상 이런 사치스러운 조건에서 살 수가 없는 것이오. 그래서 내 나이의 늙은이가 할 수 있는 일을 하는 것이오. 이 세계의 삶을 떠나 은둔과 평온 속에 생의 마지막을 다할 것이오.

부디 이해해 주고 내가 어디에 있는지 알게 된다 해도 나를 찾지 마시오. 당신이 찾아온다 해도 내 결정은 변함이 없을 것이며 당신과 나의 처지를 악화시킬 뿐이오. 48년 동안 나와 함께해준 당신의 정직한 삶에 대해 깊이 감사하오. 부디 내가 당신에게 지은 모든 죄를 용서해 주오. 나도 당신이 내게 잘못한 것이 있다면 진심으로 모든 것을 용서하겠소. 내가 떠남으로 해서 당신이 겪게 될 새로운 상황을 잘 받아들이기 바라며 내게 나쁜 감정을 가지지 말아주기 바라오. 만일 내게 소식을 전하고 싶다면 알렉산드라에게 전하시오. 그 애는 내가 어디에 있는지 알 것이고 필요한 것을 보내줄 것이오. 내가 절대로 그 누구에게도 말하지 말라고 굳게 약속을 받아 놓았기 때문에 그 애는 내가 있는 곳을 말해줄 수 없을 것이오.

레프 톨스토이 10월 28일

내 사물과 원고는 내게 보내도록 내가 알렉산드라에게 부탁해 놓았소.

봉투에는 '소피야 안드레예브나에게'라고 적었다

떠 남

톨스토이의 침실과 아내 소피야의 침실 사이에는 3개의 문이 있었다. 소피야는 톨스토이의 동정을 살피기 위해 밤에 그 문을 열어두곤 했다. 톨스토이는 3개의 문을 모두 닫고 조용히 나와서 마부를 깨워 마차를 준비하라고 명령했다.

칠흑 같은 밤이었다. 습기가 가득하고 길은 진창이었다.

톨스토이는 마부가 마차를 매는 것을 도왔다. 그리고 그들은 출발했다. 마을에 희미한 등불이 켜지고 부엌 불을 지피기 시작하던 무렵이었다. 회색 아침 하늘로 파르란 굴뚝 연기가 흔들림 없이 반듯하게 솟아올라 흩어지고 있었다.

마을을 벗어나면서 말고삐 하나가 풀려서 일행은 잠시 멈추어 섰다. 농가에서 농민들이 하나 둘 나오기 시작했다. 마을을 벗어나 큰 길로 나왔다. 큰 길로 접어들자 비로소 입이 열렸다. 톨스토이가 물었다.

"우리 어디로 멀리 가지?"

마코비츠키는 모스크바 출신 노동자 구사로프가 가족들과 함께 농사를 지으며 살고 있는 베사라비야로 가자고 제안했다. 톨스토이는 구사로프를 잘 알고 있었다. 하지만 아무런 대답을 하지 않았다.

쇼키노 기차역으로 가기로 했다. 먼 길이었다.

역에 도착했다. 툴라로 가는 기차가 20분 뒤 출발하고 고르바체보로 가는 기차는 2시간 뒤에 있었다. 톨스토이는 간이식당 종업원과 역무원에게 고르바체보에서 코젤스크로 연결되는 기차가 있는지 물었다.

코롤렌코는 톨스토이가 세상에 나오면 어린애처럼 뭐든지 잘 믿는다고 말하곤 했다. 톨스토이나 마코비츠키나 거짓말을 하는 것은, 이를테면 가고자 하는 목적지보다 몇 정거장 더 먼 곳까지의 기차표를 산다는 것은 미처 생각을 못 했다. 그래서 그들은 그들 뒤에 아주 분명한 흔적을 남기고 있었다. 한순간 톨스토이는 툴라로 가고자 했다. 툴라로 가는 기차가 먼저 있었고 추적을 따돌릴 수 있을 것이라고 생각했던 것이다. 그러나 그렇다면 툴라에서 이곳으로 다시 돌아와야만 할 것이다. 분명 톨스토이는 샤모르지노의 여동생 마리야에게 가려고 마음먹고 있었기 때문이다. 그렇게 되면 그의 얼굴이 잘 알려져 있는 코즐로프 녹채 역을 다시 지나야 한다는 것을 의미했다. 그러자니 차라리 이 역에서 다음 기차를 기다리기로 했다.

쇼키노 역에서 그들은 한 시간 반가량 기다렸다. 매 순간 톨스토이는 혹시 소피야가 나타나지 않을까 마음을 놓지 못했다.

기차는 아침 7시 55분에 출발했다. 톨스토이는 마코비츠키와 함께 자리를 잡고 앉았다. 마코비츠키는 어디로 가는지 알지 못했지만 감히 묻지도 않았다. 그의 말에 따르면 톨스토이는 혼자 2등칸 열차 가운데의 한 쿠페에 홀로 앉아 있었다. 마코비츠키는 베개를 꺼내 자리를 펼쳐주었다. 톨스토이는 굳게 입을 다문 채 극도로 피로해 보였다. 말도 별로 없었다. 마코비츠키는 밖으로 나왔다. 한 시간 반 정도 지난 뒤 쿠페에 들어가 보니 톨스토이가 졸고 있었다. 의사가 알코올 램프에 커피를 따뜻하게 데웠다. 모두 함께 커피를 마셨다. 이때 톨스토이가 말을 꺼냈다. "이제 내 아내는 어떻게 되겠나? 마음이 아프네."

고르바체보 역에 도착했다.

톨스토이는 고르바체보 역에서 삼등칸으로 옮기기로 결정했다. 그들은 짐을 수히니치-코젤스크 구간 열차로 옮겼다. 이 열차는 사람들이 가득한 3등실 객차 하나만 있는 것으로 반 화물용 반 승객용이었다. 절반도 넘는 사람들이 담배를 피우고 있었다. 좌석이 따로 정해져 있지 않았고 승객 중 일부는 객실을 나와 입구에 있는 난방실 주변을 차지하기도 했다.

바람이 부는 가을날이었다. 톨스토이는 객실 가운데에 자리를 잡았다. 마코비츠키는 아무 말도 없이 객차를 하나 더 연결할 수 없는지 알아보려고 나갔다. 역에서는 이미 톨스토이가 기차를 타고 있다는 사실을 알고 있었다. 승객이 너무 많았기 때문에 객차 한 량을 더 연결해달라는 부탁을 듣고 역무원은 망설이면서 마땅치 않은 듯 이런 저런 구실을 늘어놓았다. 분명 이 문제는 누군가의 허락을 받아야 하는 것 같았다. 그러나 잠시 뒤 수석 차장이 들어와서 객차 한 량을 연결하겠다고 말했다. 톨스토이가 타고 있던 객차는 사람이 넘쳐나서 통로나 입구에도 많은 사람들이 서 있었다. 그러나 경적이 두 번 울렸을 때에도 추가 객차는 연결되지 않았다. 마코비츠키는 역무원에게 달려갔다. 대답은 여분의 객차가 없다는 것이었다.

열차는 그대로 움직이기 시작했다. 마코비츠키는 이 열차에 대해 이렇게 묘사한다.

"우리가 탄 열차는 아주 열악하고 비좁았다. 러시아를 아무리 여행해도 이런 기차는 처음이었다. 입구는 옆쪽으로 불균형하게 위치해 있어서 기차가 움직일 때 들어오는 사람은 툭 튀어나온 칸막이 뒤쪽 모서리에 얼굴을 부딪칠 위험을 감수해야 했다. 문 가운데까지 좌석이 이어져서 옆으로 비켜가야만 했던 것이다. 객차의 칸칸은 아주 좁았고 좌석들 사이에는 공간이 거의 없어서 짐을 놓을 곳도 마땅치 않았다. 담배 연기까지 가득해서 숨이 막힐 지경이었다."[288]

분명 톨스토이가 탔던 열차는 당시 '4등실'이라고 불리던 것이었다. 그런 열차에는 좌석이 한쪽으로만 설치되어 있었다. 그 내부는 흐릿한 회색으로 칠해져 있기 마련이고 위층 침대를 펼치면 거의 꽉 차서 지나다니기조차 힘들다.[289]

마코비츠키는 톨스토이에게 담요라도 바닥에 깔아주려고 했지만 톨스토이는 거절했다. 열차 안은 답답했다. 톨스토이는 옷을 벗었다. 그는 긴 장화 위의 무릎까지 오는 검은색 긴 셔츠를 입고 있었다. 그러다가 잠시 뒤에 모피 외투와 겨울용 털모자를 쓰고 뒤쪽 공간으로 나왔다. 거기에는 다섯 사람이 서서 담배를 피우고 있었다. 그는 다시 앞쪽 공간으로 나가보았다. 그곳은 바람이 좀 통했다. 어린아이를 안고 있는 여자와 남자뿐이었다. 톨스토이는 외투 자락을 들어 올린 다음 지팡이로

---

288) 《동시대인의 회상 속의 톨스토이》, 제2권, 325.

289) 〔역주〕 러시아의 대부분 열차는 침대칸인 경우가 많다. 쿠페는 개별적으로 독립된 방으로 되어 있고 각각 문이 있다. 쿠페가 아닌 경우에는 칸만 있고 문을 없으며 통로에도 벽에 침대가 설치되어 있어 펼쳐서 사용할 수 있다. 침대는 일층과 이층이 있는데, 복도 쪽에는 이층 침대만 붙어 있어 일층 쪽 공간으로 사람이 다닐 수 있다. 그런데 너무 좁아서 이층침대를 펼치면 거의 공간이 없다.

간이 의자를 만들어 그 위에 걸터앉았다.

승강구의 작은 문들이 열려 있었다. 바깥에는 가벼운 한기가 느껴질 정도의 날씨였다. 기차의 속도는 빠르지 않았지만 바람이 제법 들어왔다. 10여 분 뒤 마코비츠키가 다가와 열차 안으로 들어가지 않겠느냐고 물었다. 톨스토이는 자신은 바람을 쐬는 편이 낫다고 대답했다. 그렇게 45분가량 앉아 있었다. 그러다가 열차 안으로 들어와 좌석에 잠시 몸을 뉘었다.

그러나 곧 열차가 다른 역에 도착했고 새로운 승객들이 밀려 들어왔다. 톨스토이 바로 앞에 한 여인이 아이들을 데리고 와서 섰다. 톨스토이는 일어나 앉으며 그들에게 공간을 내어 주었다. 그렇게 앉아 있거나 객실 앞 공간으로 나와 서있거나 하면서 4시간을 더 갔다.

열차 안 사람들은 공유지 분배[290]나 부당한 처사들에 대해 서로 목소리를 높였다. 얼마 전에 분배받은 밭의 나무를 베었다고 농민들이 채찍으로 맞았다는 얘기도 들려왔다. 실컷 두들겨 맞고 재판을 받았지만 결국 농민들의 잘못이 없다고 판명되었다는 것이다.

톨스토이는 열차 안으로 들어와 앉아 대화에 끼어들었다. 그는 활기를 띠고 조금 일어선 자세로 이야기를 했다. 그를 알아본 사람들이 점차 주변에 몰려들었다. 상인과 노동자, 지식인과 전문학교 여학생도 눈에 띄었다. 열차가 벨레보 역에 도착하고 있었다. 톨스토이는 잠시 내려 차를 마셨는데 사람들이 그를 알아보았다.

열차로 돌아온 톨스토이는 농민들과 다시 이야기를 나누기 시작했다. 타만스크 전문학교 여학생은 처음에는 그의 말을 받아 적다가 스스로 과학의 중요성에 대해 역설하기 시작했다.

열차 안에서 누군가 아코디온을 켜자 여기저기서 곡조를 따라 노래를

---

290) 〔역주〕 1906년~1917년 사이에 공유지를 개인 소유로 전환하는 제도가 시행되었다.

부르는 소리가 들려왔다. 기차는 천천히 달려갔다. 105킬로미터의 거리를 가는데 6시간 20분이 걸렸다. 추운 가을 날씨에 이런 열악한 러시아 기차를 오랫동안 타고 가는 여행은 톨스토이에게 치명적이었다. 멀리 푸르스름한 소나무 숲이 보였다. 기차가 지즈드라 강의 골짜기를 지나고 있었다.

오후 4시에 코젤스크 역에 도착했다. 톨스토이가 내린 첫 기차역이었다. 마코비츠키가 짐꾼을 불러 함께 짐을 역으로 옮겼다.

코젤스크는 조용한 도시다. 당시에도 5천 명 정도 주민이 사는 자그마한 도시였다. 지즈드라 강은 뗏목을 띄워 목재를 실어 나르는 강이었다. 강물은 철도를 가로지르기도 하고 나란히 흐르다가 급격히 굽이치기도 했다.

톨스토이는 역에 도착해서 옵티나 푸스틴 수도원으로 가는 마차를 직접 대절했다. 약 5킬로미터 정도 되는 거리였다.

톨스토이는 왜 옵티나 푸스틴으로 가려했던 것일까? 그는 어디서든 잠시 몸을 피하는 것이 중요했다. 체류지를 바꿔가면서 소피야 부인이 그를 찾아오지 못하도록 해야 했던 것이다. 그는 신분증을 가지고 있지 않았고 설사 톨스토이 백작이라는 사실을 말해줄 수 있는 것이 있다하더라도 그걸 제시할 수 없었다. 그런 즉시 수많은 사람들이 주변에 몰려들 것이었다. 갈 곳도 없었다. 하지만 그는 수도원 객방을 잠시 사용할수 있으며 거기서는 신분증 같은 걸 요구하지도 않는다는 것을 알고 있었다.

옵티나 푸스틴에서 샤모르디노까지는 18킬로미터의 거리였다. 그곳에 여동생이 살고 있었다. 그녀는 수녀였지만 톨스토이는 이 여동생과아주 가까웠다. 톨스토이와 같은 세대의 형제들과 사촌들도 이미 모두세상을 떠난 뒤였기 때문에 이 여동생은 야스나야 폴랴나의 가족을 떠난 톨스토이에게 유일하게 남은 혈육이었다.

톨스토이와 마코비츠키는 말 두 마리가 끄는 경쾌한 2인승 마차에 올라타고 출발했다. 뒤에는 짐을 실은 마차 한 대가 따랐다. 길은 질퍽거렸다. 코젤스크에서부터 마부들은 길을 따라갈 것인지 초원을 가로질러 갈 것인지 상의해왔다. 어느 쪽이나 길은 험하다고 했다. 마차가 출발할 때는 이미 어둑해진 시간이었다. 구름 사이로 달이 비치기 시작했다.

드디어 그들은 수도원 경계로 접어들었다. 경내에 들어섰지만 물웅덩이와 나지막한 나뭇가지들로 인해 마차가 달리기에는 여전히 편치 않았다. 수도원으로 이어지는 길은 처음에는 교외의 초원을 달렸다. 그러다가 늙은 버드나무들이 낮게 가지를 드리운 가로수 길이 나타났다. 버드나무들은 무성하게 자라서 그 낮은 가지들이 낡은 마차 지붕에 부딪쳐 댔다. 봄에 가지들을 쳐내지만 가을 무렵이면 다시 이렇게 무성하게 자라났다. 이미 깊은 가을이었던 것이다.

가로수 길을 통과하자 가을의 차가운 강물이 나타났다. 시내 쪽 강변에 낡고 축축한 부교식 거룻배291)가 설치되어 있었다. 거룻배에는 수도사 사공이 앉아 있었다. 아주 나이가 많고 차분한 노인이었는데 분명 농민 출신으로 보였다.

경마차가 거룻배로 옮겨지자 배가 조금 가라앉았다. 사공은 차갑고 축축한 예인 줄을 잡아당기기 시작했다. 거룻배 주변에 가느다랗게 얼어붙어 있던 살얼음이 바스락거리며 깨져나갔다.

수도원은 침엽수림에 둘러싸여 음울한 모습이었다. 강을 건너자 오르막길이 나타났다. 수도원은 언덕 편에 서 있었다. 길 양 옆에 늙은 사과나무 밭이 있었는데 이미 사과는 거둬들였지만 그 밑에는 나뭇잎들이 그대로 쌓여 있었다.

수도원 벽이 하얗게 빛났다. 오른쪽 탑들 위쪽에 천사 모양의 금빛 풍향기가 반짝이고 있었다. 그들은 일반인용 낡은 대문을 통해 수도원으로 들어갔다. 수도원 안에는 숙소와 교회가 있었다.

---

291) 〔역주〕 다리가 없는 강에서 짐이나 사람을 운송하기 위해 설치한 거룻배.

그들은 수도원 객사 옆에 멈췄다. 거의 붉은색에 가까운 불그레한 머리에 수염이 덥수룩한 숙소 담당 미하일 신부가 친절하게 그들을 넓은 방으로 안내했다. 침대가 두 개 있고 넓은 소파가 있는 방이었다.

"아주 좋군요!"

톨스토이는 이렇게 말하고 곧바로 앉아서 편지를 쓰기 시작했다. 긴 편지와 '니콜라예프'라고 서명한 전보를 작성한 뒤 그는 직접 마부 표도르에게 편지와 전보를 부치라고 부탁했다. 그리고 다음날 누이동생이 있는 샤모르디노까지 다시 수고해 달라고 당부했다.

그러고 나서 톨스토이는 꿀을 넣은 차를 마시기 시작했다. 사과가 나오자 톨스토이는 그 중 한 개를 아침에 먹을 생각으로 남겨두었다. 그리고 마코비츠키에게 밤에 '자동 펜'을 어디에 세워 둘 것인지 물었고[292] 오늘이 며칠인지를 묻고는 일기를 펼쳤다.

"27일과 28일에 행동을 단행할 수밖에 없게 만든 충돌이 있었다. 그리하여 지금 나는 옵티마 수도원에 와 있다. 28일 저녁. 알렉산드라에게 편지와 전보를 보냈다."

그리고 톨스토이는 비로소 잠을 이룰 수 있었다.

그동안 야스나야 폴랴나에서는 무슨 일이 일어나고 있었던가.

야스나야 폴랴나에서 온 편지

아침에 일어난 소피야 부인은 옷을 입고 나서 남편의 방을 들여다보았지만 남편이 보이지 않았다. '레밍턴' 방[293] 이라고 불리던 2층에 올라

---

292) 〔역주〕'자동 펜', 저절로 써지는 펜이란 의미로 당시 펜 속에 잉크를 내장하여 굳이 잉크를 따로 찍지 않아도 쓸 수 있게 개발된 펜을 이렇게 불렀다. 만년필이 일반화되기 이전의 형태라고 생각하면 좋을 것이다.
293) 〔역주〕미국산 레밍턴 타자기가 설치되어 있다고 해서 부른 별칭.

가 보았지만 그곳에도 남편은 없었다(이 방은 다시 톨스토이 원고를 정리하던 타이프라이터가 놓여 있어 이렇게 불렸다. 이 방에서 톨스토이는 타이피스트에게 구술하여 편지를 받아쓰게 하기도 했다).

소피야는 책이 가득 비치된 도서실에 들어갔다. 거기서 그녀는 남편이 떠났다는 사실을 전해 듣고 편지를 건네받았다. 소피야는 봉투를 뜯어 편지를 읽어 가기 시작했다.

"나의 떠남이 당신을 슬프게 할 것이오 ….."

그녀는 편지를 탁자에 내던지고 혼잣말을 하며 뛰어나갔다.

"어떻게, 이걸 어떻게 ….. "

"어머니, 다 읽어 보세요!"

알렉산드라가 소리치며 뒤를 쫓아 뛰어나갔다. 당시 톨스토이의 젊은 비서로 일하던 불가코프도 그 뒤를 쫓았다.

소피야의 회색 옷자락이 벌써 저 아래 나무 사이로 어른거렸다. 소피야는 보리수나무 길을 빠르게 달려 내려가다가 연못 쪽의 숲 뒤로 모습을 감췄다. 불가코프가 달려갔다. 알렉산드라도 뛰었다. 그들 뒤로 요리사 세묜과 하인이 달려갔다. 소피야는 연못 아래로 내려갔고 관목 숲으로 사라졌다.

불가코프를 앞질러 내달리는 알렉산드라의 치마 소리가 소란했다. 소피야는 연못에 도달했다. 연못가에는 나무판으로 디딤판이 길게 설치되어 있었다. 사람들이 내의를 헹구기도 하는 곳이다. 연못은 제법 깊었고 사람들이 익사한 경우도 몇 번 있었다. 소피야는 나무판 길을 달렸다. 그러다가 갑자기 미끄러지면서 뒤로 넘어졌다. 그녀는 나무판을 손으로 잡으며 몸을 돌리려다가 물속으로 굴러 떨어졌다. 알렉산드라도 두터운 털 스웨터를 벗어던지면서 연못으로 몸을 던졌다.

불가코프가 도착했을 때 소피야 부인은 물속에서 힘없이 팔을 벌리고 얼굴을 드러낸 채 숨을 헐떡이고 있었다. 물은 키가 큰 불가코프의 목까지 잠길 정도의 깊이였다. 그는 알렉산드라의 도움을 받으며 소피야 부

인을 물에서 끌어냈다. 하인도 뒤이어 도착하여 그들을 도왔다. 물에
젖은 무거운 소피야 부인을 끌고 연못가로 나왔을 때 그녀는 힘없이 땅
바닥에 주저앉으며 말했다.

"그냥 여기 내버려 둬 … 좀 앉아 있어야겠어 …."

그녀는 앉은 상태로 팔을 늘어뜨린 채 집으로 옮겨졌다. 모두들 집안
으로 들어갔다. 문에 들어서자마자 문간에서 소피야는 하인 바냐를 시
켜 역으로 가서 남편이 어디로 가는 기차표를 샀는지 알아올라고 지시
했다. 그리고 속기사 페오크리토바와 가정부의 도움을 받아 옷을 갈아
입고 뛰듯이 아래층으로 내려왔다.

소피야는 커다란 정신적 혼란 속에서도 취해야할 바를 조속히 처리했
다. 그녀는 우선 "조속히 돌아오기 바람. 사샤."라고 전보를 보내게 했
다. 즉 딸의 이름으로 전보를 친 것이다. 바냐가 전보를 알렉산드라에
게 보여주었다. 그것은 하인으로서 잘 보이려고 그런 것이 아니다. 대
체로 집안사람들은 톨스토이를 좋아하고 소피야 부인을 싫어했기 때문
이다. 알렉산드라는 이미 아버지로부터 전보를 받고 답장을 보내면서
앞으로 '알렉산드라'라고 서명된 전보만 믿으시라고 알려놓은 상태였
다. [294]

바냐는 야센키 역에 가서 전보를 보내고 톨스토이 이름이 기록된 열
차표 일지를 모두 조사했다. 바냐는 그날 아침 제 9호 열차표 4장이 팔
려나갔다는 정보를 가지고 돌아왔다. 블라고다트나야 역까지 2등석 두
장, 고르바체보 역까지 3등석 두 장이었다.

알렉산드라는 전보를 쳐서 안드레이와 세르게이, 타티야나 등을 불
렀다. 옵산니코프에서 우연히 방문한 전직 교사 슈미트 할머니도 집에
머무르고 있었다. 한낮이 되었을 때 안드레이가 도착해서는 툴라 주지

---

294) 〔역주〕 알렉산드라라는 이름은 애칭으로 '사샤'이다. 가족끼리 '사샤'라
고 부르는 것이 당연하다. 그러나 알렉산드라라는 정식 이름으로 서명
하기로 약속하여 전보의 위조를 막으려고 한 것이다.

사에게 전보를 보냈다. 그리고는 어머니에게 내일 아침이면 아버지가 어디에 있는지 알 수 있을 것이라고 위로했다.

집에 모인 톨스토이 자식들은 앞으로 어떻게 해야 할 것인지를 숙의했다. 레프만 빼고 모두 모였다.

막내 미하일은 피아노를 치면서 자신은 무엇이든지 결정하는 대로 따르겠다고 말했다. 그는 냉담했을 뿐만 아니라 어딘지 수줍어하고 있었다. 다른 사람들은 다들 크게 흥분했다.

안드레이는 아버지에게 가장 장문의 편지를 썼다. 어머니가 자살하고 말 것이라는 위협을 아버지에게 알려 주어야만 했다. 편지는 이렇게 시작된다.

"사랑하는 아버지. 우리가 마지막으로 만났을 때 제가 말씀드린 것처럼 저는 정말 오직 선한 마음을 가지고 싶을 뿐입니다. 하지만 아버지께 어머니의 상태에 대해 말씀드리지 않을 수가 없어요. 집에 타티야나, 세르게이, 일리야, 미하일 그리고 저, 이렇게 모두 모였습니다. 우리는 여러 가지 논의를 했지만 아무리해도 어머니의 자살을 막을 방도를 찾을 수가 없었습니다. 제 생각에 어머니는 결국 일을 내시고 말 것입니다. 유일한 방법은 사람을 시켜 어머니를 계속 감시하도록 하는 것뿐입니다. 물론 어머니는 그걸 결단코 반대할 것이고 결코 따르지 않으실 겁니다. 그런 경우라면 우리 형제들도 어쩔 수 없는 상황이 될 것입니다. 각자 집과 할 일을 내던지고 계속해서 어머니 곁을 지키고 있을 수만은 없기 때문입니다."[295]

바로 이런 이유로 그는 어머니를 진정시키기 위해 조속히 아버지가 귀가하셔야 한다고 말한다. 편지는 이렇게 끝맺는다.

"아버지께서 아버지 주변의 물질적으로 사치스러운 생활을 더 이상

---

[295] 이하 안드레이와 일리야, 타티야나, 세르게이 등의 편지는 세르게이 톨스토이의 《과거의 기록》, 259~261쪽에서 인용.

견딜 수 없다고 말씀하셨지만, 제 생각에, 만일 아버지께서 이제까지 그런 생활과 화해하며 사셨다면 이제 생의 말년을 가족을 위해 외적 생활환경과 화해하시고 조금 희생하실 수 있을 것이라고 봅니다."

그 뒤에 다시 어머니에 대해 정말 너무나 참혹하여 눈뜨고 볼 수 없는 상태라고 언급하고 있다. 물론 안드레이에게 어머니가 처한 상황을 보고 있어야 한다는 것이 좋을 리가 없을 것이다. 그러나 편지는 몹시 차갑고 메마른 분위기다.

일리야의 편지는 그보다 좀 낫지만 역시 아버지가 끝까지 참아야 한다고 말한다. 이 편지 역시 아버지가 떠난 뒤 어머니의 고통을 언급하면서 아버지를 압박하고 있다.

"벌써 이틀째 어머니는 아무것도 못 드시고 그저 저녁에 물 한 모금 입에 댈 뿐입니다 … 언제나 그렇듯이 많이 과장되기도 하고, 특히 그 기분이 지나치게 감상적으로 보이지만, 하지만 정말 어머니가 겪는 고통은 진심 어린 것입니다. 어머니의 생명이 극히 위태롭다는 것은 의심의 여지가 없어요. 자살이든 슬픔과 고뇌 속에 서서히 무너져 가든 다 두려운 일입니다. 저는 우리가 솔직하게 이 말씀은 꼭 드려야 한다고 생각합니다. 저는 아버지께서 이곳에서의 삶이 얼마나 힘드셨는지 알고 있습니다. 모든 관계가 다 힘드셨겠지요. 그러나 아버지께서는 이 모든 삶을 지고 가셔야 할 십자가로 생각하셨잖아요. 아버지를 이해하고 사랑하는 모든 사람들도 그랬습니다. 저는 아버지께서 이 십자가를 끝까지 지고 가시지 않으려고 한다는 점이 마음 아픕니다. 아버지 연세가 이미 82세시고 어머니는 67세입니다. 두 분 다 사실만큼 사셨고 이제 편안하게 마지막을 보내셔야 하잖아요."

타티야나의 편지는 간단하다. 어머니가 "가엾고 안됐다"는 것이다.

"어머니는 이제까지 사신 것과 달리 살아가실 능력이 없습니다. 분명 완전하게 바뀔 수는 없을 것이라고 봅니다. 어머니에게는 두려워할 대상이나 복종할 힘이 필요합니다. 우리 모두가 어떻게든 어머니를 잘 설

득하겠습니다. 제 생각에 그것이 어머니에게 편하실 거예요. 용서하세
요, 아버지. 안녕, 나의 친구. 아빠의 타티야나."

세르게이의 편지는 톨스토이의 마음을 흔들었다. 세르게이는 평범한
사람이었다. 다윈주의가 삶의 법칙이라고 생각하는 자유주의자였고 그
리 크지 않았던 자신의 음악적 재능과 대학 교육을 받은 것에 대해 자부
심을 가지고 있었다. 그러나 톨스토이 집안에서 이 어려운 시기에 평범
한 사람이 가장 훌륭한 사람이었다. 그는 아버지에게 이렇게 말했다.

"1910년 10월 29일. 사랑하는 아버지께. 아버지가 우리 자식들 생각
을 받아보고 기뻐하실 것이라고 생각하며 편지를 씁니다. 제 생각에 어
머니는 신경증을 앓고 있고 이미 여러 면에서 어쩔 수가 없습니다. 두
분 생활이 두 분 모두에게 너무나 힘든 것이어서 헤어질 수밖에 없다고
전 생각해요(그것도 이미 오래 전에요). 만일 어머니에게 제가 생각할 수
없는 무슨 일이 생긴다 해도 아버지는 자책하고 괴로워하실 일이 아니
라고 봅니다. 이미 달리 어쩔 도리가 없는 일이겠지요. 저는 아버지께
서 진정한 출구를 선택하셨다고 생각합니다. 용서하세요, 제가 너무 솔
직하게 말씀드렸어요."

톨스토이는 이 편지를 받고 몹시 감동하고 고맙다는 답장을 보냈다.
어쩌면 이 편지를 받은 것이 톨스토이가 집을 나선 이 슬픈 기간 동안 유
일하게 행복을 느낀 순간이었을 것이다.

계속되는 여행

옵티나 푸스틴에서 톨스토이는 세르게옌코를 통해 체르트코프의 편
지를 받았고 알렉산드라에게서 야스나야 폴랴나의 소식도 전해들을 수
있었다. 그는 수도원 객사에서도 계속 글을 써나갔다. 추콥스키에게 보
내는 사형제도에 관한 편지[296]를 수정하기 위해 세르게옌코에게 구술

하기도 했다.

저녁 6시 무렵 그는 마코비츠키와 세르게옌코와 함께 샤모르디노에 도착했다. 우리는 샤모르디노에서의 체류에 대해서는 마리야의 딸 엘리자베타 오블렌스카야의 회고로 알 수 있다. 그녀는 마침 톨스토이와 마코비츠키 일행이 방문했을 때 어머니를 찾아와 있었던 것이다.

"10월 29일 낮 옵티마 푸스틴에서 온 한 여자 수도사가 우리에게 그곳에 톨스토이가 와 있으며 오늘 우리를 보러온다고 알려 주었다. 이 소식에 우리는 몹시 흥분했다. 그분이 가을에 이 좋지 않은 날씨에 이 험한 길을 찾아오실 생각을 하다니 참으로 이상한 일이었다."[297]

진눈깨비가 오고 있었다. 허망하고도 쓸쓸한 가을이 깊어 가고 있었다. 다섯 시가 넘은 무렵 마리야의 집 현관에 톨스토이가 걸어 들어왔다. 머리에는 갈색 방한용 두건을 두르고 있었고 수염은 앞으로 뻗어나 있었다. 아주 피곤해 보였다.

마리야가 말했다.

"오빠, 이렇게 뵙게 되다니 정말 기뻐요. 그런데 웬일이세요? 집에 무슨 일 있으신 거죠?"

"끔찍했다."

톨스토이가 대답했다. 그는 소피야가 연못에 투신했다는 얘기며 최근 야스나야 폴랴나에서 어떻게 지냈는지에 대해 이야기했다. 여동생과 조카는 그 말을 들으며 눈물지었다.

"난 몸이 좋지 않다."

톨스토이는 최근에 일어난 발작에 대해 이야기했다.

"한 번 더 발작이 일어나면 이제 분명 죽을 것이다. 아무런 의식도 없

296) 톨스토이는 10월 26일에 신문에 사형제도에 관한 글을 기고해달라는 K. 추콥스키의 편지를 받고 《현실적인 수단》이라는 논문을 집필하기 시작했다.
297) P. 비류코프, 《톨스토이 전기》, 제 4권, 239~239쪽.

을 테니 잘 된 죽음이겠지. 하지만 난 의식을 가지고 죽고 싶단다."

톨스토이는 계속해서 소피야가 수도 없이 밤마다 서재에 들어와서 유언장을 찾아댔다는 것이며 그러다가 들키면 건강이 어떤지 보러왔다고 둘러대곤 했다는 사실을 이야기했다. 이런 이야기를 하면서 톨스토이는 눈물을 흘렸다.

"아내는 그렇게 아닌 척하고 나는 그녀를 믿는 척할 수밖에 없었다. 끔찍한 일이었다."

"아파서 그런 거예요."

마리야는 이렇게 위로했다. 톨스토이는 잠시 생각하고 대답했다.

"그래, 그래, 물론 그렇다. 하지만 나는 어떻게 해야 되겠니? 주먹이라도 써야 한단 말이냐? 난 그럴 수 없다. 그래서 이렇게 나온 것이다. 난 이제 이 기회에 내 삶을 완전히 바꿔버리고 싶단다."

조금씩 톨스토이는 마음을 진정했고 옵티마 수도원 객사에 세르게옌코와 마코비츠키가 남아 있다고 말했다. 그는 맛있게 식사를 하고 누이에게 수도원 생활에 대해 묻고 군대 복무를 거부한 젊은이들 얘기도 했다. 그리고 그는 샤모르디노에서 좀 살 생각이 있다고도 말했다. 그러면서 이곳에서 작은 집 하나를 장만하려면 돈이 얼마나 드는지를 묻기도 했다. 이미 여러 번 마차 삯을 지불한 상태에서 톨스토이에게 남은 돈은 얼마 없었다.

톨스토이는 일찍 수도원 객사로 떠나면서 말했다.

"내일 아침에 산책을 하고 일을 좀 한 뒤 다시 이곳에 들르마."

하지만 다음날 아침 그는 오지 않았다. 엘리자베타가 톨스토이를 찾아갔다. 톨스토이는 소파에 누워 무언가를 읽으면서 병이 난 것은 아니지만 몸이 약해서 일은 하지 못하고 있다고 말했다. 하지만 주변 농촌을 둘러보았는데 농가를 빌리지는 못했다, 적당한 것이 하나도 없더라는 말도 했다.

엘리자베타는 신문에서 톨스토이의 가출에 대한 기사를 읽었다며 내용을 전해 주었다. 소피야 부인이 안드레이에게 어떻게든 톨스토이를 찾아 모셔오라고 부탁했다는 내용도 있었다고 했다. 그렇다면 이제 곧 안드레이가 찾아올 것이다.

톨스토이는 몹시 불안해하며 말했다.

"돌아간다는 것은 죽음이다. 또 한 번 소동이 벌어지면 끝이야."

그는 안락의자를 비치해달라고 부탁했다. 아직 이곳을 떠날 생각은 없었다는 뜻이다.

오후 2시에 엘리자베타는 톨스토이에게 다시 돌아왔다. 《읽을거리》와 신문에 대해 이야기를 나눴다. 톨스토이에게 열은 없었다. 식사를 하고 그는 수도원과 고아원, 인쇄소 등을 돌아보겠다고 말했다.

알렉산드라와 페오크리토바가 좋지 않은 소식들을 가지고 마리야의 집에 도착했다. 그들이 도착하는 순간에 톨스토이도 도착했다. 그는 야스나야 폴랴나에서 벌어지는 일에 대해 자세히 듣고는 당황해 하고 흥분했다. 모두들 어디로든 다시 떠날 계획을 세워야 한다고 했다. 남쪽 카프카스로, 베사라비야로 가야 하는 것일까?

톨스토이는 말없이 듣고만 있다가 말을 꺼냈다.

"그런 생각들 다 마음에 들지 않는다."

그들은 앉아서 차를 마셨다. 알렉산드라가 아버지를 위로하려고 했다.

"상심하지 마세요, 아버지, 다 잘 될 거예요."

"아니다. 잘 되지 않을 거다." 톨스토이는 이렇게 대답했다. 그리고 또 덧붙였다. "잘 되지 않을 거야."

차를 마시고 나서 톨스토이는 마코비츠키와 함께 수도원으로 돌아갔다. 알렉산드라와 엘리자베타가 톨스토이가 머물고 있는 객사로 찾아갔을 때 그는 방에서 소피야에게 편지를 쓰고 있었다.

우리가 만난다는 것, 더욱이 내가 돌아간다는 것은 전혀 불가능한 일이오. 그것은 당신에게, 다들 말하듯이, 엄청나게 해로운 일이 될 것이고 내게는 끔찍한 일이 될 것이오. 당신이 격분하고 불안해하며 병적인 상태에 처했다는 소식에 내 상태 역시 좋지 않소. 이런 가운데 우리가 만나거나 되돌아간다는 것은 지금 나의 상태를 훨씬 악화시키게 될 것이오. 이미 벌어진 일을 받아들이고 새로운 상황에 잠시라도 따르기 바라오. 중요한 것은 몸을 먼저 추스르는 것이오.

당신이 나를 사랑하지는 않는다 해도, 다만 증오하지만 않는다면 내 처지에 대해 조금이라도 생각해 주어야만 하오. 만일 그렇게 내 입장이 되어 본다면 당신은 나를 비난하지 않을 뿐만 아니라 어떻게든 내가 평온함을 찾을 수 있도록, 조금이라도 인간적 삶의 가능성을 찾을 수 있도록 도우려고 애를 쓸 것이오. 나를 돕기 위해 스스로 힘을 내고 지금처럼 내가 돌아오기만을 바라지는 않을 것이오. 지금 당신의 기분, 당신의 바람, 자살시도 등 모든 어리석은 행동들은 당신 스스로 자제력을 잃고 있다는 것을 보여주면서 내게도 돌아가는 것을 생각도 할 수 없게 만드는 것이오. 나를 포함하여 당신 주변의 모든 사람들이 겪고 있는 시련과 고통에서 벗어나는 것은 오직 당신뿐, 그 누구도 해줄 수 없는 것임을 명심하오. 당신이 온 힘을 기울여 노력해야 할 것은 지금 당신이 바라고 있는 것과 같은 나의 귀가가 아니라 당신 자신을, 당신의 영혼을 평화롭게 다스리는 일이오. 바로 그렇게 되면 당신이 원하는 것을 얻게 될 것이오.

나는 샤모르디노와 옵티마에서 이틀을 보냈고 이제 다시 떠날 것이오. 편지는 내일 길을 떠나며 부칠 것이오. 어디로 갈 것인지는 말하지 않겠소. 당신에게도 나 자신에게도 이렇게 헤어지는 것이 최선이라고 생각하기 때문이오. 내가 당신을 사랑하지 않아서 떠나는 것이라고는 생각하지 마시오. 나는 당신을 사랑하고 진심으로 당신을 안타깝게 생각하오. 하지만 떠나는 것 외에 달리 어쩔 수가 없구려. 당신의 편지는 진심의 편지라는 것을 잘 아오. 하지만 당신이 원하는 것을 모두 다 할 수 있는 것은 아니오. 지금 중요한 것은 내가 무엇을 바라고 무엇을 요구하는가, 그것을 어떻게 실현하느냐가 아니라 다만 당신이 냉정을 되찾고 삶에 대해 평정하고 이성적인 태도를 회복하는 것이오. 그렇지 못할 경우 나로서는 당신과의 삶을 생각조차 할 수 없소. 당신이 현재와 같은 상태에 있을 때 내가 당신에게 돌아간다는 것은 나로서는 산다는 것을 포기한다는 것을 의미하오. 나는 그렇게 하는 것이 옳다고 생각하지 않소.

사랑하는 소피야, 부디 날 용서하고 신의 가호가 함께 하길 빌겠소. 생명은 장난이 아니고 우리가 자기 마음대로 그걸 버릴 권리가 없소. 또한 시간의 길이에 따라 삶을 측정하는 것도 이성적이지 못한 일이오. 어쩌면 우리에게 남은 것이 몇 날 며칠이 될지 알 수 없는 일이지만 무엇보다 중요한 것은 살아 있는 동안이라도 가치 있게 살아야 한다는 것이오.

L. T. (84, 407~408)

엘리자베타와 알렉산드라는 마코비츠키에게 들렀다. 그는 카드를 치고 앉아 있었다. 조금 시간이 지난 뒤 톨스토이가 들어와 카드치는 모습을 보고 마코비츠키에게 말했다.

"나는 어떤 공동체 마을이나 아는 사람에게 가지 않을 것이네. 난 그저 농민들 농가를 하나 얻을 것이야."

그리고 나서 이곳을 떠나는 기차에 대해 이야기를 나누었다. 톨스토이는 한숨을 쉬면서 말했다.

"난 지금 몹시 피로하네. 자고 싶네. 아침이 저녁보다 현명하지. 내일 분명해지겠지."

엘리자베타는 집으로 돌아갔다.

아침 5시에 그녀는 벨 소리를 듣고 잠이 깼다. 그녀는 문으로 달려가면서 톨스토이가 발병한 것은 아닐까 생각했다. 현관으로 나오자 마코비츠키가 등불을 들고 서있었다.

"우리 지금 떠납니다."

"뭐라고요? 왜요, 어디로요?"

"톨스토이가 3시에 일어나서 서두르기 시작했습니다. 남쪽으로 가는 일고여덟 시 기차를 타야 한답니다. 어디서 마부를 구할 수 있는지 알아보려고 온 것입니다."

엘리자베타는 수도원 마구간으로 사람을 보내 마부를 깨우고 마차를 준비하라고 지시했다. 어머니 마리야는 불안한 하루를 보내서 피곤한 데다 늦게 잠자리에 들었기 때문에 깨우기가 주저되었다. 엘리자베타는 마부가 오려면 한 시간 정도는 걸릴 것이라고 생각했다.

그러나 마리야와 엘리자베타가 수도원 객사의 톨스토이를 찾았을 때 그들은 거기에 없었다. 알렉산드라만 남겨 놓고 마차를 타고 이미 떠났던 것이다.

톨스토이는 누이와 조카에게 다정한 편지를 남겨 놓았다.

"사랑하는 마리야와 엘리자베타에게. 작별인사도 제대로 하지 않고 떠난다고 너무 놀라거나 탓하지 말거라. 너희 가족에게, 특히 사랑하는 마리야 네게, 네 사랑에 대해, 그리고 나의 시련에 끌어들인 것에 대해 미안하고도 감사한 마음을 표할 길이 없구나. 이 며칠 동안 내게 보여준 그런 다정함을 결코 잊을 수가 없다. 난 널 늘 사랑하면서도 그렇게 해주지 못했다. 지금 이렇게 떠나며 너의 사랑을 마음에 영원히 간직하마."(82, 221)

다시 길을 떠나다

샤모르디노에서 떠나기 전에 무슨 일이 있었던 것일까?

마리야가 두 번째 결혼에서 얻은 딸 엘리자베타의 남편 이반 데니센코가 노보체르카스크에 살고 있었는데 톨스토이는 일단 그에게 가서 그의 도움을 받아 국외로 나갈 수 있는 여권을 얻어야겠다고 생각했다. 만일 잘 되어 가능하면 불가리아로 가거나 카프카스로 갈 것이었다.

톨스토이는 통풍구를 열어놓고 지도를 폈다. 그는 계획을 세우는 일에 몰두했다. 그러다가 일어나서 이렇게 말했다.

"그래, 좋아. 아무런 계획도 필요 없어. 내일 보자. 내일 다 알게 되겠지. 배가 고프군. 뭘 좀 먹을까?"

늘 그를 보살피고 염려하던 알렉산드라와 페오크리토바는 즉시 버섯과 달걀, 귀리, 알코올램프 등을 준비해서 서둘러 귀리죽을 끓여냈다. 톨스토이는 배불리 먹고 음식솜씨를 칭찬했다. 그리고 한숨을 내쉬고는 '힘들구나'라고 말한 뒤 잠자리에 들었다.

그리고 아침 일찍, 아니 아직 날이 새기도 전에 모두를 깨웠던 것이다.

"가자! 어서들 가자!"

그는 소피야나 안드레이가 도착할 것을 염려했던 것 같다.

바깥은 아직 어두웠다. 촛불을 켰다. 톨스토이는 내내 서두르고 있었다. 아스타포보에서 31일에 쓴 일기에는 "이곳에 아내와 아들들이 찾아올지도 모른다고 알렉산드라가 걱정하는 소리를 듣고 우리는 출발했다. 코젤스크에 도착했을 때 알렉산드라가 뒤따라와서 같이 자리를 잡고 출발했다."

그들이 가는 역마다 전신전화기들이 요란하게 울리며 일반 전보나 약호로 전보를 쳐댔다. 가는 길목마다 수사관들과 헌병대와 온갖 신문사 기자들이 따라붙기 시작했다.

야스나야 폴랴나에서 여전히 경악을 금치 못하고 있던 소피야는 〈러시아의 말〉 기자와 인터뷰했다. 며칠 사이 나이가 훨씬 더 들어 보이고 홀쭉해진 그녀는 기꺼이 인터뷰에 응했다. 〈러시아의 말〉지에는 그녀에 대해 몹시 존경심을 표하는 블라스 도로세비치가 칼럼을 싣고 있었기 때문이다. 노부인은 세계를 향해 자신을 정당화하고자 했다.

톨스토이는 출발했다. 아침 7시 40분 기차였다. 시간에 딱 맞춰 도착해서 미처 표를 사지 못한 채 기차에 올랐다가 오후 2시 43분에야 볼로보 역에서 로프토프-나-도누 행 표를 살 수 있었다.

564

톨스토이는 자신을 찾고 있는 기사를 직접 읽으며 매우 비감한 마음
이었다. 네다섯 시 사이에 톨스토이는 오한을 느꼈다. 체온이 38.1도까
지 올랐다.

5시 30분 단코프 역 담당 하사관 디킨은 헌병대에 톨스토이가 제12
호 열차를 타고가고 있다고 보고했다. 저녁 6시 35분 제12호 열차가 어
떤 역에 정차했다. 창문을 통해 보니 아스타포보 역이었다. 기차가 정
차한 동안 마코비츠키가 어딘가로 뛰어나갔다. 시간이 약간 지난 뒤 그
는 역장과 함께 돌아왔다. 그들은 톨스토이를 들어 올려 옷을 입혔다.
톨스토이는 마코비츠키와 역장의 부축을 받으며 열차에서 내렸다. 페
오크리토바는 뒤에 남아 짐을 챙겼다.

짐까지 내리자 열차는 떠났다. 역 구내로 들어선 알렉산드라는 여성
용 휴게실 소파에 앉아 있는 아버지의 모습을 보았다. 아버지는 구석의
소파에 앉아 온몸을 떨고 있었다. 문 옆에는 호기심어린 사람들이 몰려
들어 바라보고 있었다. 부인네들이 방안으로 밀려들어와서 미안하다며
거울 앞에 서서 머리를 빗고 모자를 바로 써보고 하다가 거울에 비친 톨
스토이를 알아보고는 서둘러 밖으로 나갔다.

마코비츠키와 페오크리토바, 그리고 역장은 톨스토이를 뉘일 방을
알아보려고 나갔다. 그들은 바로 돌아와서 톨스토이를 부축해 일으켜
팔짱을 끼고 대합실로 나왔다. 대합실에는 많은 사람들이 있었다. 모두
들 모자를 벗고 인사를 올렸다. 톨스토이는 모자에 손을 간신히 올리며
인사에 답했다.

역장 집에 하녀가 쓰던 방에 이미 용수철 침대가 설치되어 있었고 여
행 가방들이 옮겨져 벽 쪽에 세워져 있었다. 페오크리토바가 침구를 펼
쳤다. 톨스토이는 외투를 입은 채로 의자에 앉아 덜덜 떨고 있었다.

알렉산드라가 보기에 아버지는 이제라도 금세 졸도할 것만 같은 상태
였다. 톨스토이가 입을 열었다.

"침대 옆에 탁자와 의자 하나 놓게. 초하고 성냥하고 전등하고."

톨스토이는 자리에 누웠다. 그의 얼굴에 경련이 일었고 왼쪽 팔과 다리에도 경련이 일었다. 역 구내 의사가 와서 포도주를 권했다. 아홉시 무렵 상태가 조금 호전되었다. 톨스토이는 조용히 누워서 고르게 숨을 쉬며 다소 진정되었다. 체온계 눈금이 빠르게 내려갔다.

밤에 톨스토이는 알렉산드라를 불러 물었다.

"내일이면 떠날 수 있겠지?"

딸은 하루는 더 기다려야 하지 않겠느냐고 대답했다.

톨스토이는 힘겹게 한숨을 쉬며 아무 대답을 하지 않았다. 그리곤 잠깐씩 졸며 헛소리를 하는 듯하더니 깊이 잠이 들었다.

다음날 아침에 체온은 36.2도였다. 톨스토이는 병에 대해 신문에 기사가 나갈 것을 걱정했다. 그는 체르트코프에게 전보를 보내라고 했다.

"야센키 역 체르트코프에게. 긴급 어제 발병 승객들 쇠약해져 열차 하차 모습 목격 공표 걱정 금일 호전 더 멀리 떠남 조치 강구 소식 기대 니콜라예프."(89, 236)

전보 마지막에 '니콜라예프'라는 서명은 약속된 것이었다. 체르트코프가 꾸민 아주 어린애 같은 음모였다.

알렉산드라도 체르트코프에게 전보를 보냈다.

"출발 생각 못함 그는 당신을 만나고 싶음 프롤로바."(프롤로바는 그녀의 가명이다)

11월 1일 톨스토이는 아스타포보에서 야스나야 폴랴나로 편지를 쓴다. 이렇게 시작된다.

사랑하는 나의 세르게이와 타티야나.

내가 너희들을 부르지 않았다고 나를 책망하지 않기를 바란다. 어머니를 빼고 너희들만 부르게 되면 어머니에게 너무 큰 아픔일 것이고 다른 형제들도 그럴 것이다. 너희 둘 다 내가 체르트코프만을 특별히 부를 수밖에 없음을 이해하기 바란다. 그 사람은 내가 지난 40여 년 동안 이루고자한 일에 목숨을 바쳐 공헌한 사람이다. 그 일이 내게 소중해서라기보다 그 일이 모든 사람들에게 중요한 의미가 있다고 내가 인정한다는 의미다, 그것이 내 실수이든 아니든. 그들을 포함하여 너희들에게도 ….

여기까지 쓰다가 톨스토이는 다시 오한을 일으켰다. 그는 신음소리를 내며 몸부림쳤다. 새벽 4시, 체온이 39.8도였다.

날이 밝은 뒤 체르트코프가 당도했다.

8시에 세르게이가 도착했다. 우연히 고르바체보에서 차장을 통해 아버지가 아스타포보 역에 계시다는 소식을 들었다는 것이다. 세르게이는 자신이 모스크바에서 오는 길이며 어머니는 야스나야 폴랴나에 계시고 의사와 간호사, 동생들이 함께 있다고 아버지에게 말했다. 그는 아버지의 손에 입을 맞췄다.

세르게이가 나가자 톨스토이는 딸에게 말했다.

"저 애가 어떻게 날 찾았단 말이냐! 정말 기쁘구나. 저 애가 와줘서 아주 기뻐. 내 손에 입까지 맞췄다!"

그리고 톨스토이는 울음을 터뜨렸다.

세상에서의 삶은 힘들었다. 집에서도 그렇게 불안하게 그를 사랑하고 그렇게 태평하게 그를 이해하지 못했던 아내와의 삶은 힘들었다. 가족과의 삶도 힘들었다. 자신이 많은 점에서 이 세상의 사상을 지배하고 있다는 것을 알고 있는 사람이, 아들이 손에 입을 맞추었다는 사실에, 삶의 마지막 순간에 이른 아버지에게 더 이상 아무런 잔소리를 하지 않았다는 사실에 너무나 기쁘기만 했다.

삶이 다해가고 있었다 …. 고뇌와 미혹도 끝나가고 있었다. 어떤 여인이 꼭 닫은 문 저편에서 그를 바라보고 있는 것만 같았다.

소피야 부인은 1910년 11월 2일 아침 5시 30분에 야스나야 폴랴나에서 일기를 쓰고 있다.

"우리가, 어쩌면 영원히 헤어지기 전에, 당신이 알렉산드라에게 보낸 편지에서 비난했던 내 행동에 대해, 변명을 하고 싶지는 않지만, 분명히 해명을 해야겠습니다." 그리고 이 편지는 이렇게 끝맺는다. "그러나 당신은 그와 상관없이 어쨌든 떠났을 거예요. 나는 그걸 이미 예감하고 있었고 두려워하고 있었던 겁니다."298)

아스타포보에 의사들이 모였다. 역장 오졸린과 그의 가족들은 한방으로 옮겨갔다. 온 세계가 톨스토이의 가출과 그의 병세에 관해 관심을 보이고 있었다. 기자들이 역 간이식당에서 음료를 마시며 웅성대고 있었다. 그들은 여기저기 전보를 보내느라 바빴다. 그들은 톨스토이 서거 소식을 한 발이라도 늦게 전할까봐 초조하게 대기하면서 당대 가장 위대한 사람 중 한 명의 죽음에 대해 어떻게 멋진 글을 뽑을 것인지 궁리하고 있었다. 주지사들과 헌병대에서도 보고를 올리기 바빴다. 그들은 과연 톨스토이가 전혀 용도 외의 역 구내에서 사망하도록 두어도 괜찮은지, 그의 집이나 병원으로 옮길 수는 없는 것인지를 상부에 조회하기 바빴다. 그를 옮길 수는 있겠지만 이제는 손이 미치지 못했다.

전 세계의 이목이 아스타포보 역에 집중되어 있었고 기차마저 이 역을 지나칠 때 경적을 죽이고 서행하고 있는 형편이었기 때문이다.

타티야나가 도착했다. 아들들은 기자들과 음료를 마시며 걱정스러워했다.

11월 3일 톨스토이는 일기에 마지막 말을 기록한다.

"계획은 많이 있다. 해야 할 것을 하되 나머지는 하늘의 뜻에 맡겨라. 모든 것은 다른 사람에게 좋도록, 그러나 중요한 것은, 내게도 좋도록."

모든 의사들은 톨스토이가 폐렴을 앓고 있다고 진단했다.

소피야는 특별열차 편으로 아스타포보에 도착했다. 그러나 남편을 접견하지 못하게 했다. 그녀는 열차 안에 머물렀다.

---

298) S. 톨스타야, 《톨스토이에게 보낸 편지》, 803~804쪽.

〈러시아의 아침〉지는 11월 3일 이렇게 보도한다.

"전신국은 쉴 새 없이 일하고 있다. 정보통신부, 철도청, 칼루가, 랴잔, 탐포프, 툴라 지역 주지사들로부터 문의가 쇄도하고 있기 때문이다. 톨스토이 가족은 러시아 전 지역, 세계 곳곳에서 밀려오는 전보의 홍수에 휩싸여 있다."

톨스토이의 건강은 계속 악화되고 있었다. 잠을 이루지 못하고 인사불성이 되어 헛소리를 하는 경우가 많았다. 하지만 깨어나면 의식은 또렷했다.

11월 4일 밤 톨스토이는 침대에서 일어나 앉아 큰 소리로 소리쳤다.

"마샤! 마샤!"

마샤는 1906년 죽은 사랑하던 딸 마리야였다.

11월 4일 헌병대 하사관 필립포프가 전보로 당국에 보고했다.

"아침 5시 무장 병력 아스타포보 도착 예정."

탐포프 주지사 무라토프는 랴잔 주지사에게 전보를 보낸다.

"만일 질서유지 지원이 필요하면 레베디안이나 코즐로프의 경찰 지역 경비대 파견 가능."[299]

아스타포보 역에는 툴라 경찰국 부국장 하를라모프가 비밀리에 파견되었다. 모두들 불법 소요에 대비하고 있었다. 당국으로서는 무엇이든 해야만 하는 상황이었다. 당국은 톨스토이의 죽음을 막을 수는 없었지만 경찰을 배치하는 것은 나쁠 것이 없다고 판단하고 있었다.

세르게이는 6일 저녁을 회상한다.

"아버지는 몸을 뒹굴며 크고 깊은 신음을 토하며 침대에서 일어나려고 애를 쓰셨다 ⋯ 바로 이때였는지 정확하지는 않지만 아버지는 '난 어디로든 아무도 방해하지 않는 곳으로 가겠다. 날 그냥 내버려 둬.'라고

---

299) N. 구세프, 《톨스토이의 삶과 창작 연보(1891~1910)》, 모스크바, 국립문학출판사, 1960, 834쪽.

말씀하셨다. 아버지 말씀은 내게 아주 힘든, 끔찍하다고 해야 할 느낌을 불러일으켰다. 그렇게 아버지는 침대에서 일어나 앉아 크고 확신에 찬 목소리로 말했던 것이다. '도망쳐, 도망쳐야 해.'"[300]

아주 늦게야 소피야는 남편 곁으로 가볼 수 있었다. 톨스토이는 이미 숨을 몰아쉬고 있었다. 산소호흡기가 부착되었다. 모르핀을 주사하려고 하자 톨스토이가 말했다.

"그럴 필요 없네."

캠퍼 주사를 놓았다.

그는 세르게이를 불러놓고 무언가 중얼거렸다. 아들은 다음과 같이 들었다.

"진실 … 너무 사랑한다 … 그들 모두가 …."

호흡이 변했다. 꼭 톱질 소리처럼 들렸다. 우물거리며 톨스토이가 말했다.

"난 어디로든 아무도 방해하지 않는 곳으로 가겠다. 날 그냥 내버려 둬."

마실 것을 주었다. 그는 자기 손으로 컵을 잡으며 마셨다.

맥박이 사라지고 숨이 멈췄다. 의사 우소프가 말했다.

"일차 정지입니다."

그리고,

"이차 정지입니다."

고통은 없었다.

11월 7일(신력으로 11월 20일) 아침 6시 5분, 톨스토이는 그렇게 서거했다.

---

300) 세르게이 톨스토이, 《과거의 기록》, 274쪽.

다시 야스나야 폴랴나로

마코비츠키가 톨스토이의 눈을 감겨 주었다. 그때 아스타포보 역에 툴라의 대주교 파르페니가 나타났다. 그는 헌병 대위 사비츠키에게 자신이 황제 폐하의 개인적 희망과 신성종무원의 명령에 따라, 톨스토이 백작이 아스타포보에 머무는 동안 자신의 정신적 혼란을 회개하거나 아니면 정교의식에 따른 장례에 반대하지 않는다는 최소한의 암시라도 하지 않았는지 상황을 확인하기 위해서 이곳에 오게 되었다고 보고했다.

11월 7일 바로 그날 대주교 파르페니의 임무가 성공하지 못했다는 사실이 내무부에 보고되었다. 가족 중 그 누구도 고인이 교회와 화해하기를 원하는지 의사를 확인할 기회가 없었다는 것이다.

파르페니는 안드레이에게 의견을 물었다. 안드레이는 자신은 정교를 믿고 있고 아버지가 회개를 하신다면 좋겠다고 생각하지만 아버지가 임종 시에 그 신념을 바꾸었다고 말할 근거는 전혀 존재하지 않는다고 대답했다.

그러나 극우주의 흑색백인조 계열 신문인 〈콜로콜〉은 샤모르디노의 '사제 에라스트'의 편지를 통해 톨스토이가 수도원에 칩거하여 죽음을 맞이하려 했다고 보도했다. 이와 관련하여 〈노보에 브레먀〉의 크슈닌 기자가 샤모르디노를 찾아가 톨스토이 여동생과 다른 수도사들을 면담했다. 결국 '사제 에라스트'라는 인물은 사제도 아니고 노인도 아니며 암자에 살고 있지도 않다는 사실이 드러났다. 그는 톨스토이의 그런 말을 들은 바도 없고 〈콜로콜〉에 발표된 편지라는 것도 소문을 듣고 쓴 것에 지나지 않는다는 것이다.

파리의 샤를 살로몽은 야스나야 폴랴나를 떠나 톨스토이가 어디로 가려고 했는지 마리야에게 질문한 적이 있었다. 이에 대해 그녀는 1911년 1월 16일 이렇게 답변했다.

"당신은 나의 오빠가 옵티마 푸스틴에서 무언가를 찾고 있었다는 사실을 확인하고 싶은 것이죠? 오직 양심만을 지니고 신과 함께 은거하며 고해성사를 받아줄 원로 수도승이나 현인을 찾아 조금이라도 그 커다란 슬픔을 덜어 보려고 했다고 말이지요? 내 생각에 그분은 그런 어떤 사람도 찾고 있지 않았습니다. 그분의 슬픔은 너무나 복잡한 것이었습니다. 그분은 그저 평정함만을 원했고 고요한 종교적 분위기에서 지내고 싶었을 뿐입니다. 나는 그분이 정교로 회귀하고자 했다고 생각하지 않습니다. "301)

마리야는 사랑하는 오빠가 회개하지 않은 사실에 매우 마음이 아팠다. 그녀는 수녀원장에게 오빠를 위해 기도할 수 있도록 허락을 구했지만 오빠가 자신의 길을 바꾸지 않았다는 사실로 인해 그것은 불가능했다.

톨스토이의 오랜 삶의 길이 끝났다.

미사여구를 동원한 전보들이 서로 앞을 다투며 톨스토이의 사망 소식을 실어 날랐고 전 세계 신문들은 슬픈 소식을 전했다.

코롤렌코가 아침에 폴타바의 더러운 거리로 신문을 사러 나왔을 때 신문판매원은 단 한 마디를 건넸다.

"돌아가셨습니다."

지나가던 두 사람이 걸음을 멈췄다. 모두 누구를 말하는 것인지 알고 있었다. 코롤렌코는 이렇게 말한다.

"산을 들어 올려 옮기는 전설적인 거인들이 있다. 톨스토이는 인간의 감정이라는 그런 산들을 현실에서 움직였다. 그것은 그 어떤 황제도, 정복자도 할 수 없는 것이었다. "302)

당국은 톨스토이 장례를 서둘렀다.

톨스토이는 관에 안치되고 철도 역무원들이 관을 지켰다. 한 역무원

301) V. 메일라흐, 《톨스토이의 가출과 죽음》, 모스크바-레닌그라드, 국립 문학출판사, 1960, 280~281쪽.
302) 코롤렌코의 이 말은 톨스토이 서거 소식이 전해진 날 쓰인 것이다(V. 코롤렌코, 10권 선집, 제 8권, 143쪽).

이 램프 불빛에 비친 고인의 얼굴 그림자를 벽에 그렸다. 모스크바에서 온 조각가들이 도착해서 고인의 데스마스크를 떴다. 화가 레오니드 파스테르나크도 도착했다.

아침에 역장 오졸린의 집 대문이 열리자 수많은 사람들이 강물처럼 밀려들었다. 참나무 관이 전나무 가지로 장식된 화물열차로 운구되었다.

11월 8일 1시 15분 톨스토이의 관을 실은 객차 한 량과 25명의 신문기자들이 탑승한 추가 객차가 특별열차 편에 연결되었다.

모스크바에는 검은 리본을 단 조기 게양이 금지되고 경찰들은 꽃가게를 감시하며 화관에 쓰이는 리본에 무슨 글이 적혀나가는지 확인했다. 철도역에도 감시가 강화되었다. 수천 명이 몰려들었지만 모스크바에서 특별열차를 편성하는 것은 금지되었다. 그럼에도 불구하고 야스나야 폴랴나에는 5천 명 이상의 학생과 농민과 지식인들이 몰려들었다.

아들 레프는 장례식에 참석하기 위해 파리에서 야스나야 폴랴나로 곧장 달려왔다.

〈비르제비예 베도모스치〉 기자는 1910년 11월 11일 12017호에서 이렇게 소식을 전한다.

아직 새벽이 오려면 먼 깜깜한 밤. 하나 둘씩, 혹은 무리지어 검은 형상들이 여기저기 나타났다. 이들은 말없이, 혹은 한두 마디 말을 남기며 녹채 숲으로 스며들었다. 수많은 이런 검은 형상들이 들판에 흩어져 있었다.

구릉을 지나자 기차역에 수많은 등불들이 별처럼 깜박거리는 모습이 보였다 … 모닥불이, 수많은 모닥불이 지펴져 있었다 … 모닥불 옆에는 맨가죽을 걸친 농민들과 대학생, 전문학교 여학생들이 모여 있었다. 여자들은 어깨에 작은 여행가방을 메고 먹을 것을 담은 손가방을 들고 있었다.

역 앞에는 바벨탑의 전설이 펼쳐지고 있었다. 전신소로는 접근이 불가능했다. 젊은이들로 가득 차 있었다. 여기저기 푸른 대학생 모자들이 넘실거렸다. 모스크바에서 달려온 젊은이들만 약 5천에 가까웠다. 그들 중 대학생이 906명이었다.

야스나야 폴랴나로 이어지는 길은 그림 같았다. 구릉들과 작은 숲과 작은 다리들. 아침 햇살에 비치는 밝은 회색의 자연풍경 속에 검은 상복의 군중이 확연하게 드러났다. 이 장례식에 외적 화려함은 보이지 않았다. 평범한 농민의 장례식이 거대한 규모로 확대되었다고 생각하면 될 것이다. 한낮을 지났지만 대기행렬은 점점 늘어만 갔고 그 끝이 보이지 않았다. 거듭된 추가 열차들이 도착하면서 사람들은 계속 늘어만 갔다.

야스나야 폴랴나 집에 임시 경찰소를 설치하려고 했으나 세르게이가 만류해서 경찰 간부 한 사람만 남아 있었다. 장례 추도연설은 전혀 하지 않기로 결정되었다. 조문은 한쪽 문으로 들어와서 관을 지나 반대쪽 문을 통해 밖으로 나가도록 했다.

2시 30분, 아들과 친구들은 관을 들어 농민들에게 인도했다. 농민들은 자작나무에 흰 만장을 달았고 거기에는 '레프 니콜라예비치, 그대는 그대를 잃은 야스나야 폴랴나 농민들 가슴에서 영원히 살아 있을 것입니다'라고 씌어 있었다.

톨스토이의 무덤은 그가 묻히기 희망한 곳으로 정해졌다. 그곳은 자카스라고 불리던 숲 속이었다. 그곳은 한때 벌목금지구역이었는데 벌목금지가 해제되고 나서도 톨스토이는 그곳에서의 벌목을 금지시켰다. 톨스토이가 어렸을 때 형제들 사이에 녹색의 지팡이를 묻어놓은 비밀의 장소로 전해지던 그 나지막한 분지였다. 야스나야 폴랴나 학교의 학생이었던 포카노프가 깊게 무덤을 팠다.

군중들이 주변을 에워쌌다. 관이 무덤 속으로 내려가자 모두들 무릎을 꿇었다. 그리고 여기저기서 외침소리가 들렸다.

"경찰도 무릎을 꿇어라!"

그 경찰은 처음에 사람들 사이에 섞여 서 있었으나 혼자서 슬퍼하지 않는다는 듯이 무릎 꿇은 사람들 사이에 홀로 서 있기가 힘들었다. 두려움과 죄의식, 혼자 고립되었다는 느낌에 그는 결국 무릎을 꿇었다.

눈이 내렸다. 전 세계가 슬퍼한 날이었다.

나는 이 무렵 신문기사 스크랩을 읽어 볼 기회가 있었다. 고인이 된 보리스 에이헨바움이 그의 서재에 있던 것을 내게 남겨준 것이다. 당시 기사들은 소란을 억제하면서 사소한 이야깃거리를 속삭여 대고 있다. 신문들은 톨스토이의 죽음을 마치 흥미로운 기사거리를 취급하듯이 다루고 있었던 것이다. 〈상트 페테르부르그 신문〉은 과연 톨스토이 전집을 1백만 루블에 출판할 가치가 있는 것인지에 대한 출판사들의 인터뷰를 싣고 있다.

출판사 사장 카르바스티코프는 1백만 루블은 엄청난 금액이며 자신이라면 그렇게 쓰지 않을 것이라고 말했다. 또 혹자들은 혹시 광고효과를 위해서 그렇게 돈을 지불하는 것 아니겠느냐고 말했다. 그러나 신문의 행간에는 진정으로 슬퍼하며 애도를 보내는 말도 들어 있었다.

공장과 대학에서는 동맹파업이 결정되었다. 제헌의회 정당은 그 어떤 행동도 자제하라는 선전문을 돌렸다.

11월 11일 모스크바 시장은 집단행동 금지와 경찰업무수행 방해금지령을 발포했다. 상트 페테르부르그와 바르샤바, 그 외 소도시들에서도 유사한 명령이 내려졌다.

나는 당시 열일곱 살 소년이었다. 나는 페테르부르그의 넵스키 대로에 나갔었다. 우리는 노동자들이 교외에서 넵스키 대로로 깃발을 들고 행진한다는 것이며 경찰이 그들을 저지할 것이라는 사실을 알고 있었다. 내 기억에 당시 페테르부르그에는 눈이 내리지 않았다. 넵스키 대로는 이쪽 끝에서 저쪽 끝까지 사람들로 가득 찼다. 1905년과 1906년 이래 처음이었다. 넵스키 대로는 사람들 소리로 경적을 뿜어내는 것 같았다. 온갖 경찰도 총출동한 상태였다. 보병 경찰과 기병 경찰, 헌병대, 게다가 카자크 병사들도 보였다. 하지만 그들은 거대한 군중의 파도에 압도된 상태였다.

햇볕이 좋은 날씨였다. 시위대는 사형제도 반대 깃발을 들고 나왔다. 평범한 일자형 외투차림의 노동자들이 많았다. 햇빛이 환하게 비치고 넵스키 거리의 즈나메니에서 해군성 건물에 이르기까지 평범한 옷차림의 인파가 흘러넘쳤다. 기병 헌병대의 모습이 하얗고 빳빳하게 세운 깃털 장식과 함께 마치 코르크 마개처럼 사람들 머리 위로 솟아올라 보였다. 그들은 어떻게든 군중들을 한쪽으로 몰아세우려고 애를 쓰고 있었다. 그들의 수가 적지 않았지만 군중에 비하면 아무것도 아니었다. 그들은 두려움을 주지 못했다. 기껏해야 바로 옆에 있는 사람들만 짓밟을 수 있을 것이었다. 그들은 군중 속에서 우왕좌왕했다. 군중이 흩어지면 검은 외투들 사이로 나무벽돌로 포장된 길이 누렇게, 마치 진흙탕 개울처럼 드러났다. 그러다 다시 밀려온 군중이 개울 같은 도로의 나무벽돌색을 지워버렸다. 기마경찰들이 군중을 보도로 밀어내다가 매끄러운 회색 돌바닥에 미끄러졌다. 새까만 인파의 군중들에게 장악된 넵스키 대로는 "사형제를 폐지하라! 전제주의 타도하자!" 등의 함성으로 출렁거렸다. 군중에게 밀려서 예카테리나 2세 여제의 동상의 주철 기단 위로 올라간 헌병들은 다리를 잔뜩 움츠리고 여제의 치맛자락에 매달려 있었다.

노란 가을 햇살이 내리쬐고 있었다. 일자형 검은 외투를 입은 사람들이 검은색 무쇠 가로등 기둥을 타고 올라가서 연설을 해댔다. 그 모습은 마치 추수 때 베어내지 않은 엉겅퀴들 같았다. 그들은 손에 움켜쥔 붉은 깃발을 들어 올려 흔들려고 했다. 평생 무저항을 설교하던 인물이 그 죽음으로써 저항의 물결을 일으키고 있었던 것이다.

몇 년이 지난 뒤 나는 레닌이 이 시위에 대해 〈소치알 데모크라트〉지에 '반전은 시작되었는가?'[303] 라는 기사를 썼다는 사실을 알게 되었다.

---

303) 〈소치알 데모크라트〉, 1910년 11월 16 (29) 일.

뒤를 돌아보며

한 작가의 위대함은 언제나 즉각 드러나는 것은 아니다.

그 위대함에 익숙해지고 그것을 자신의 삶 속으로 끌어들여 그 공간을 만들어 낼 수 있을 때 그 위대함은 비로소 빛을 발하는 법이다.

톨스토이는 《카자크 사람들》에서 주인공 올레닌이 처음 카프카스 산맥을 접했을 때의 장면을 그리고 있다. 언젠가 올레닌이 받았던 그 위대함의 교훈을 되새겨보자.

올레닌에게 뭔가 희뿌옇고 구불구불한 것이 보이는 것 같았지만 아무리 열심히 바라보아도 그렇게 많이 들어왔고 책에서도 읽었던 그럴듯한 산의 전경은 전혀 찾아볼 수 없었다. 그는 산이나 구름이나 완전히 똑같은 모습일 뿐이고 이제까지 들어왔던 눈 덮인 산맥의 특별한 아름다움이란 그저 바하의 음악과 여성에 대한 사랑과 ― 그는 그런 것을 믿고 있지 않았다 ― 마찬가지로 다 머릿속으로 꾸며 낸 것에 지나지 않는다고 생각했다. 그리고 더 이상 산에 대한 기대를 하지 않았다. 하지만 다음날 아침 일찍 마차 안에서 한기를 느끼며 잠이 깬 그는 무심하게 오른편을 바라보았다. 아주 청명한 아침이었다. 그런데 갑자기 그는 그로부터 채 스무 걸음도 안 되는 곳에 ― 처음엔 정말 그렇게 보였다 ― 너무나도 깨끗하게 하얀 거대한 덩어리 같은 것이 그 부드러운 윤곽과 함께 눈앞을 가로막았다. 산 정상의 기기묘묘한 윤곽이 높은 하늘을 배경으로 또렷하게 드러났던 것이다. 그가 자신과 산과 하늘 사이의 그 먼 거리를, 산맥의 거대함을 깨달았을 때, 그 아름다움의 무한함을 느꼈을 때 그는 두려웠다. 이것은 환상이고 꿈이 아닌가. 그는 잠에서 깨어나려는 듯 머리를 흔들었다. 그러나 산은 여전히 그 모습 그대로였다.

산들은 평범하게 태어난다. 분출한 암맥이 솟아오르며 깨지고 움직인다. 그리고 차가운 하늘을 향해 솟아올라 구름을 맞고 눈에 덮인다. 햇빛을 받아 푸르른 색을 입고 강물을 내려 보낸다. 산들도 그저 땅일 뿐으로 사람이 걸어 다니는 땅과 다름없는 것이지만 산들은 사람의 의식을 비쳐준다.

위대한 사람은 단순한 사람이다. 그러나 그 속에 그 시대의 모순을 담고 있으며 그 모순과 타협하지 않고 자신의 해법을 제시하는 사람이다. 그런 사람은 모순이 분출하여 만들어진 날카로운 파편과도 같다.

고골은 1844년 《죽은 혼》을 창작할 무렵 안넨코프에게 이렇게 편지를 보낸다.

"진보적인 사람들은 다른 사람들이 보지 못하는 뭔가 다른 것을 보면서 왜 다른 사람들이 보지 못하는지 놀라는 그런 사람들이 아닙니다. 다른 사람들이 (일부가 아니라 다른 모든 사람들이) 보는 모든 것을 같이 보고 자신이 본 모든 것을 종합하여 다른 사람들이 보지 못하는 것을 보아 낼 수 있는 사람, 그런 사람을 우리는 진보적이라고 불러야 할 것입니다. 그런 사람들은 다른 사람들이 그것을 보지 못한다는 사실에 더 이상 놀라워하지 않지요."[304]

인류는 위대한 인간에게서 높이 고양되고 명료하게 드러난 자기 자신을 볼 수 있다. 인류는 자신의 수난을 통하여 위대한 인간을 창조해낸다.

러시아에서 낡은 것은 종말을 고해가고 모순은 첨예해지고 있었다. 저항은 이미 오래 전부터 준비되고 있었지만 여전히 그 전모를 드러내지는 못하고 있었다.

그러나 서서히 산맥은 솟아오르고 있었다. 톨스토이는 1910년 이렇게 쓴다.

혁명은 우리 러시아 민중들이 갑자기 자신들 처지의 부당함을 보도록 만들었다. 그것은 새로운 옷을 입은 황제에 대한 동화와 같은

---

304) N. 고골, 전집, 제 12권, 소련과학아카데미, 1952, 298쪽.

것이다. 혁명은 있는 그대로, 임금님은 벌거벗었다고 말한 어린애와 같은 것이었다. 민중은 그들이 겪고 있던 부당함을 자각하기 시작했다. 그들은 이 부당함에 대해 다양하게 이해하고 있다(유감스럽게도 대부분은 악의에 차 있다). 그러나 전 민중이 그것을 이해하고 있다는 것은 부정할 수 없다. 게다가 이런 의식을 제거하는 것은 이제 불가능하다. (58, 24)

벌거벗은 것은 황제만이 아니다. 토지소유제도, 병역제도, 관료주의, 결혼법, 부자들을 위한 사이비 학문, 그 모든 것이 그 부당함을 일거에 드러냈다. 이와 같은 자각은 인류에 대해 새로운 이해로 나아갔고 새로운 예술의 길을 열어갔다.

농노 소유자들에 의해 짓밟힌 나라 중 하나인 러시아에서 혁명이 준비되고 있던 시기를 톨스토이는 천재적으로 조명해냈다. 그의 업적을 통해 그 시기는 전 인류의 예술적 발전을 한 걸음 진전시켰던 것이다. 305)

레닌의 《L. 톨스토이》의 한 구절이다.
인간심리에 대한 이해방식도 변화되었다. 이전에 작가들은 인간의 행위를 그의 생각과 환경의 영향으로 설명했었다. 하지만 톨스토이는 생각의 뿌리를 밝히고 그 생각들의 조건성, 모순성을 해명했다. 체르니셉스키는 그것을 영혼의 변증법이라고 명명했다.
톨스토이는 세계가 인식될 수 없다고 생각하지 않았다. 그는 평범한 것을 집어 들고 그것을 잘게 부수고는 파편을 속속들이 비춰보고 새로운 경험에 근거한 진실한 지식을 부여하고 있다. 이런 인식 속에서 톨스토이는 과거와 현재를 그 익숙해진 면모를 제거하여 우리 앞에 보여 주

305) V. 레닌, 전집, 제 20권, 19쪽.

었다. 그리하여 세계는 새롭고 아름답고 순수한 본질로서 우리 앞에 떠
오르게 되는 것이다.

산이 높으면 그 산을 오르기가 힘든 법이다. 산길에도 익숙해져야 한
다. 옛날 신앙에서는 산은 신의 다리라고 숭앙되었다. 그래서 산의 정
상에는 사원이 세워지곤 했다.

톨스토이 옹, 그는 가끔 드러난 모순들을 직시하길 두려워했다. 그럴
때면 신을 생각하며 신에게 의탁하고자 했다. 그러나 톨스토이 자신은
자신의 신에 대한 믿음을 넘어서고 그것을 종종 거부하기도 했다.

1909년 9월 2일 톨스토이는 일기에 이렇게 쓰고 있다.

밤부터 아침까지 어쩌면 결코 이제까지 가져보지 못했던 냉담한 상
태 속에서 모든 것에 대한 의심, 더구나 신에 대한 의심, 삶의 의
미를 올바르게 이해하고 있는가에 대한 의심에 빠져 있었다. 나는
나 자신을 믿을 수가 없었다. 그러나 나는 내가 이제까지 가지고
살았고 지금도 가지고 사는 그런 의식을 다시 불러낼 수가 없었다.

그리고 12월 18일. "삶의 광기를 점점 더 이해할 수 없다. 그리고 그
에 대한 나의 생각을 분명하게 말로 해낼 수 없는 나의 무력감."

12월 24일. "꿈에서 신을 거부하고, 투쟁을 거부함으로써 삶을 훌륭
하게 잘 만들어 낼 수 있다는 나의 생각을 부정하는 모습을 보았다."

톨스토이의 이런 모습에 대한 고리키의 말을 들어 보자.

톨스토이가 내게 읽어 보라고 건네준 일기책에서 나는 이상한 잠언
을 보고 충격을 받았다. '신은 나의 욕망이다.'

오늘 일기책을 돌려주며 나는 그에게 이게 무슨 뜻이냐고 물었다.
"아직 끝내지 못한 생각이네 … 틀림없이 나는 신이란 그를 인식
하고자 하는 나의 욕망이라고 말하고 싶었던 것이겠지 … 아니, 그
게 아니고 …."

그는 웃으면서 일기책을 둘둘 말아 상의의 커다란 주머니에 집어
넣었다. 신에 대한 그의 태도는 매우 불확정적인 것이었다. 나는
때때로 신과 그의 관계가 마치 '한 굴속에 살아가는 두 마리 곰'의
관계와도 같다는 생각이 들었다.306)

과거에 대한 부정, 과거와의 완벽한 단절, 명료함, 완벽한 명료함에
의 열망, 전 민중이 이해할 수 있는 새로운 길의 모색 등은 톨스토이의
위대함을 창조한 것들이다. 그것은 그를 지평선 위에 떠오른 눈 덮인 산
맥처럼 높이 고양시켰던 것이다.

그는 인간의 영혼을 인식 가능하게 만들었고 낡은 것 속에서 새로운
것을, 올바르고 정의로운 것뿐만 아니라 새로운 아름다움을 가진 것을
찾아냈다.

그는 아버지와 아버지의 아버지가 살았던 집을 버렸고 친구들과 가족
들을 버렸다. 그는 그들의 믿음을 거부하고 세계에 대한 새로운 이해를
찾아 나선 것이다. 물론 그는 세상을 개조하지는 못했다. 그러기에는
새로운 투쟁이 필요했기 때문이다.

그는 그가 본 새로운 땅의 경계에 서 있었다. 그러나 그곳에 들어갈
수는 없었다.

톨스토이가 야스나야 폴랴나를 떠난 것은 한 늙은 노인이 낯설고 춥
고 축축한 세계로 도망친 것이 아니다. 그것은 가족에 대한 연민을 극복
하고 구세계로부터 자신을 잘라내려는 한 예술가의 결정이었다.

306) M. 고리키, 《레프 톨스토이. 기록들》, 17장.

그가 떠난 뒤

겨울이 왔다.

러시아 땅에 눈이 내리고 톨스토이 무덤에도 눈이 덮였다.

조레스가 툴루즈에서 톨스토이에 관한 연설을 했다. [307] 간디는 톨스토이가 죽은 후 그의 마지막 편지를 받고는 체르트코프에게 답장을 했다.

야스나야 폴랴나의 집은 텅 비었다. 톨스토이의 하얀 흉상이 놓인 서재 벽에는 은으로 만든 화관이 걸려 있었다.

소피야 부인은 검은 옷에 검은 스카프를 두르고 슬픔에 젖어 한결 나이든 모습으로 손 안경 너머로 텅 빈 방들을 둘러보곤 했다. 친지들이 찾아오기도 했다. 그들을 만나면 소피야 부인은 울음을 터뜨리며 묻곤 했다.

"어떻게 일이 그렇게, 어떻게 그런 일이?"

그녀는 무덤에도 자주 들러 봉분 사진을 찍거나 그림을 그리기도 했다. 그녀는 이제 손자들 걱정에 여념이 없는 몹시 늙은 여인이었다. 그녀는 변명과 자책이 담긴 회고록을 끊임없이 써나갔지만 여전히 근시안적인 눈앞의 이해타산에서 벗어나지는 못했다. 그녀는 황제에게 청원서를 쓰기도 했다.

"내 남편 레프 톨스토이 백작의 사망과 그의 유언은 수많은 가족들을, 일곱 명의 자식들과 스물다섯의 손자들을 슬픔에 빠지게 만들었습니다. 내 아이들 중 일부는 스스로도 자립능력이 부족할 뿐만 아니라 자식들을 부양할 능력이 없는 실정입니다. "[308]

---

307) 〔역주〕 1911년 2월 9일 장 로레스가 톨스토이에 관한 연구를 발표했다. 《문학유산》 제 75권의 제 1권, 575~584. 장 조레스(1859~1914)는 프랑스 정치가로 사회주의자. 툴루즈 대학 교수. 관념론과 맑시즘의 결합을 절충적으로 추구. 드레퓌스 사건을 폭로하는 데 큰 역할을 했고 프랑스 사회주의 제정당 통합과 합법화를 주도.

이에 따라 그녀는 위대한 인물의 '요람과 무덤'인 야스나야 폴랴나를 국가 소유로 만들어줄 것을 청원했다.

톨스토이의 아들들은 야스나야 폴랴나를 정부에 매도하기를 원했다. 정부 각료회의는 1911년 5월 26일과 10월 14일 두 번에 걸쳐 이 문제를 심의했다.

상속자들은 처음에는 2백만 루블을 받기 원했다. 하지만 국가 공식 감정가로는 15만 루블이고 1차 각료회의에서는 50만 루블로 매입가가 책정되었다. 그러나 2차 회의에서는 신성종무원 검찰총장 사블레르와 교육부장관 카소의 반대의견이 압도했다. 그들은 정부가 정부에 적대적인 자들을 예찬하고 그 자식들을 정부의 돈으로 배불릴 수는 없다고 주장했다.

1911년 12월 20일 니콜라이 2세의 최종 결정이 내려졌다.

"톨스토이 백작 영지의 정부 구매를 허용하지 않는다. 각료회의는 동 미망인의 연금 가능 규모에 대해서만 심의토록 할 것이다."[309]

당시 이미 법원 판결에 의해 확정된 유언에 따라 딸 알렉산드라는 전집 저작권을 시틴에게 28만 루블에 판매했다. 톨스토이 사후 출판된 세 권의 예술작품집은 12만 루블을 받았다. 알렉산드라는 야스나야 폴랴나 영지 475헥타르를 40만 루블에 매입하고 사과밭과 숲이 딸린 2백 헥타르는 소피야의 몫으로 남겨놓았다. 그리고 모스크바 돌고-하모브니체스키 골목에 있던 집을 12만 5천 루블에 모스크바 시에 팔았다.

소피야는 이에 대해 이렇게 말한다.

나는 야스나야 폴랴나에 살고 있다. 집은 톨스토이 생존시 그대로 보존되어 있고 무덤도 그대로 보존되어 있다. 사과밭과 우리가 아주 사랑하며 가꾸었던 나무 숲 2백 헥타르를 그대로 가지고 있다.

308) B. 메일라흐, 《톨스토이의 가출과 죽음》, 364쪽.
309) 위와 같음.

너무나 소중히 가꾸어왔던 멋진 숲 등 영지 대부분은(475헥타르) 딸 알렉산드라에게 매도하여 농민들에게 분배되도록 했다.

나는 모스크바의 집도 시에 팔았고 내가 마지막으로 출판한 톨스토이 저작집과 관련된 돈도 자식들에게 모두 나누어 주었다. 그러나 자식들이, 더구나 손자들이 얼마나 많은가! 며느리들과 나까지 합쳐 모두 38명이다. 그들에게 내가 줄 수 있었던 도움이란 아주 부족한 것이었다.

나는 나에게 연금을 하사하신 황제폐하께 언제나 깊은 감사의 마음을 가지고 있다. 그 연금으로 나는 빈한하지 않게 살면서 야스나야 폴랴나 저택을 유지할 수 있었기 때문이다. 310)

소피야 부인이 1913년 10월 28일에 쓴 글이다. 그녀는 톨스토이가 정상이 아니어서 자식들이 받을 수 있었던 것의 절반 정도밖에 받지 못했지만 그래도 그녀가 정상이었기 때문에 가족들의 생활이 유지되고 있다고 생각했다.

톨스토이를 알고 있던 사람들은 신문기사나 책을 통해서 그를 변호하거나 공박했다. 톨스토이를 아는 사람들, 추종자들 모두 톨스토이와 각자 나름대로 다 가까웠노라며, 그의 삶의 방식을 따르겠노라며 그에 대해 회고문을 수없이 써댔다.

우리는 그런 사람들의 말을, 늘 모든 점에서 다 믿을 수는 없다고 생각한다.

소피야가 그렇게 글을 쓰고 나서 4년 뒤에 10월혁명이 발발했다. 농민들은 소피야 부인이 이용하고 있던 영지와 저택을 톨스토이를 기념하여 보존하기로 결정했다. 그리고 이러한 결정은 레닌이 서명한 법령에 의해 확정되었다.

많은 사람들이 툴라에서 톨스토이의 무덤을 참배하기 위해 방문했

---

310) 〈나찰로〉, 1921, 제1호, 168쪽.

다. 소피야 부인은 자신과 친지들을 제외하고 다른 사람들이 그렇게 너무나 경건하게 무덤을 참배하는 모습을 보고 놀라워했다.

소피야 부인은 톨스토이 사후 9년을 더 살았다.

안드레이는 어머니보다 일찍 죽고 말았다. 레프는 미국으로 이민갔고 나중에 알렉산드라도 그를 따라 이민갔다.

레닌은 "톨스토이와 프롤레타리아 투쟁"이라는 기사(1910년 12월 18일)에서 이렇게 쓰고 있다.

> 그의 입을 통해 수백만 러시아 민중이, 이미 당대 삶의 주인들을 증오하고 있었지만 의식적이고 일관되게, 끝까지 그들과의 비타협적 투쟁을 전개하지는 못하고 있던 러시아 민중이 말을 하기 시작했다. 위대한 러시아 혁명의 역사와 그 결과는 대중들이 의식적으로 사회주의를 지향하는 프롤레타리아트와 구체제를 결단코 지키려는 자들, 그 사이에 위치해 있다는 바로 그 점을 보여주었다. 이러한 대중은 주로 농민들이었는데 혁명과정에서 그들이 구체제를 얼마나 증오하고 있었는지, 당대의 체제의 모든 억압을 얼마나 생생하고 느끼고 있었는지, 그들로부터 해방되고 더 나은 삶을 추구하고자 하는 자발적 열망이 얼마나 컸었는지를 보여 주었다. 그리고 동시에 이 대중은 혁명과정에서 자신이 얼마나 불충분하게 그 증오심을 인식하고 있었는지, 그 투쟁은 얼마나 일관되지 못한 것이었는지, 더 나은 삶을 추구함에 있어서도 얼마나 협소한 범주에 머물러 있었는지를 또한 보여 주었다. 그 가장 깊은 곳에서부터 출렁이기 시작한 위대한 민중의 바다는 그 모든 약점과 그 모든 강점을 가진 채 톨스토이의 교리 속에 그대로 투영되어 있었다.[311]

톨스토이는 지금도 보존되고 있는 야스나야 폴랴나의 학교에서 아이들에게 성서의 신화와 우화를 이야기해 주기 좋아했었다.

---

311) V. 레닌, 전집, 제20권, 70~71쪽.

나도 성서의 한 이야기로 이 글을 마치고 싶다.

고대에 힘이 엄청난 용사가 살고 있었다. 그의 이름은 삼손. 그가 살던 나라는 농민의 나라로서 왕이 없었다. 전쟁이 벌어져서 싸움에 나가게 되면 민중들은 스스로 지도자를 선출했다. 젊은 삼손은 아직 성자는 아니었다.

한번은 그가 가자라는 도시의 타락한 여인을 찾아갔다. 도시 주민들인 필리스티아인들은 이 용사를 제거하고 싶었다. 그들은 도시의 대문을 잠그고 아침에 삼손을 죽이려고 포박했다. 그러나 하루 종일 잠을 자다 한밤중에 깨어난 삼손은 도시의 대문과 양쪽 기둥을 뽑아서 양어깨에 메고 산꼭대기로 올라갔다.

삼손은 필리스티아 여인과 결혼했다. 아내는 그의 힘을 없애버리려고 한다. 그녀는 밤에 삼손의 머리카락을 옷감에 섞어 짜서 묶고는 소리쳤다.

"필리스티야인들이 당신을 공격해 왔어요!"

삼손이 깨어나 직조 틀과 옷감을 다 뜯어냈다.

자신의 종족에 충성을 바친 상식적인 아내, 그녀는 드디어 힘의 원천을 알아내 용사의 머리를 깎았다. 그리하여 삼손은 평범한 사람들과 같아졌다. 필리스티아인들은 그의 눈을 뽑아내고 놋줄로 포박했다. 삼손은 옥중에서 맷돌을 돌리게 되었으나 그의 머리는 다시 자라나기 시작했다. 그의 힘을 빼앗은 사람들은 기뻐하며 사원의 지붕 위에서 눈 먼 삼손을 끌어내 자신들 앞에서 재주를 부리라 명하였다.

사슬에 묶인 삼손은 자기를 인도하는 소년에게 이른다.

"이 집의 지붕을 받치고 있는 기둥들에 기댈 수 있도록 나를 이끌라. 피곤하도다."

사람들은 사슬에 묶인 용사를 바라보았다. 그들은 상식적인 사람들이었고 따라서 그들은 당연히 자신들이 십수 년은 더 살 것이며 저 수인보다 더 오래 살 것이라고 생각했다.

삼손은 왼손과 오른손으로 각각 기둥을 끌어안고 말했다.

"내 진심으로 저 필리스티아인들과 함께 죽으리라!"

사원은 무너지고 자신들이 안전하다고 생각하며 삼손을 비웃던 모든 사람들도 무너져 내렸다.

민중의 위대한 슬픔과 분노, 경멸 그 모든 것이 톨스토이의 창작 속에 담겨져 있다.

세상의 모든 삶은 톨스토이에게 상식을 따르라고 가르쳤지만 톨스토이는 낡은 사원의 기둥을 무너뜨린 사람들 중 하나였다.

리디야 오풀스카야[1]

쉬클롭스키의 《레프 톨스토이》는 전기 시리즈 '위대한 인물의 생애' 중 하나로 모스크바 〈말라다야 그바르지야〉 출판사에서 1963년 처음 출판되었다. 그리고 1967년에 제2판 수정본이 출간된다.

이 책의 일부분은 다른 곳에 발표되기도 했다. 〈모스크바〉 1963, 제8호. 〈문학 러시아〉 1963년 1월 25일. 〈문학신문〉 1963년 7월 6일. 〈소비에트 키르기즈〉(프룬제) 1963년 11월 14일. 〈과학과 삶〉 1964, 제2호. 그리고 《초상화》 부분은 1956년 모음집 〈문학 모스크바〉에 발표된 바 있다.

---

1) 리디야 드리트리예브나 그로모바-오풀스카야(1925~2003) : 러시아 과학아카데미 회원이자 세계문학연구소 수석 연구원 역임. 톨스토이와 고전급 작가들에 대한 연구에 평생을 헌신하였다. 쉬클롭스키는 《레프 톨스토이》를 집필하면서 주요한 인물이나 사건, 작품 등에 대해 세밀한 주석을 붙이지 않았다. 쉬클롭스키 선집(모스크바, 예술문학출판사, 1974) 3권 중 제1권으로 《레프 톨스토이》가 재출판될 때 리디야 오풀스카야는 이 책에 정교하게 주석을 달고 해제를 덧붙였다.

'위대한 인물의 생애' 시리즈는 1933년 막심 고리키에 의해 제안 기획된 것으로 톨스토이의 전기도 30년대 중반에 이미 기획되었다. '문학과 예술에 관한 국립 중앙문서보관소'에는 이 당시 논의를 담은 속기록, 《'위대한 인물의 생애' 출판작업에 관하여》(1935, F. 562, op. 1, ed. khr. 211)가 존재한다. 이 기록에 따르면 쉬클롭스키는 톨스토이 전기를 집필하는 것은 필요한 일이지만 몹시 어려운 일이라고 말했다고 한다. 톨스토이의 전집과 일기, 편지들이 모두 필요하다는 것이다. 당시 출판이 시작된 톨스토이 기념전집 중 기출판본들에 대해 평하면서 전집 출판속도가 늦다고 불만을 토로하고 쉬클롭스키는 '톨스토이를 모두 읽고 싶다'고 열변을 토한다(〈문학비평〉 1935, 제11호). 그 당시 그는 《톨스토이에 대한 이야기》(Рассказ о Толстом)라는 짧은 글을 〈스메나〉(1935, 제11호)에 발표한 바 있었다. 유리 티냐노프는 이 글을 높이 평가했다.

> 톨스토이에 대한 당신의 글을 읽고 정말 마음에 들었습니다. 톨스토이의 죽음에 대한 묘사는 매우 탁월합니다(아내와 제자들도!). 마치 돌아가신 당신의 친지 중 한 사람에 대해 이야기하는 듯한 인상을 주더군요(1935년 12월 23일 편지. 국립중앙문서보관소).

톨스토이에 대한 방대한 전기는 기념전집 90권 전부가 출판된 이후에야 시작될 수 있었다. 최초로 집필된 원고에는 1961년 10월이라는 날짜가 기록되어 있다.

이 책에 대한 평론 중 하나는 "톨스토이는 작가이자 문예학자인 빅토르 쉬클롭스키의 모든 창작과정의 주인공이었다"라고 매우 적절하게

지적하고 있다〔Al. 고를룝스키, 《인간에 대한 전설》(Сага о человеке),
〈문학 러시아〉, 1964년 6월 5일〕. 실제로 쉬클롭스키의 초기 이론적 연
구들에는 톨스토이의 문학기법에 대한 분석이 많이 담겨 있다〔《슈제
트의 전개》(Развертывание сюжета), 1921. 《산문의 이론에 대하여》
(О теории прозы), 1925. 《작가의 창작기술》(Техника писательского
ремесла), 1927〕. 그리고 이어서 쉬클롭스키는 톨스토이 탄생 100주년
기념으로 《톨스토이의 〈전쟁과 평화〉의 소재와 문체》(Материалы и
стиль в романе Льва Толстого 〈Война и мир〉)(1928)를 발간한다.
그리고 이어지는 《러시아 고전작가들의 산문연구》(Заметки о прозе
русских классиков)(1953, 1955), 《예술산문》(Художественная
проза)(1859, 1961), 《현(絃)》(Тетива)(1970) 등 후기 저작들에는 오
랜 세월에 걸친 연구와 분석이 종합된 수십여 편의 논문과 평론들이 담겨
있다.

쉬클롭스키의 《레프 톨스토이》의 중요한 특징은 톨스토이에 대한 저
자의 다양한 접근이 종합적으로 수렴되고 있다는 점이다. 이 책은 전기
이면서 동시에 톨스토이 생애의 여러 사건들에 대한 이야기이며 내적
정신적 발전과 창작에 대한 이야기이고, 세계와 연관된 그의 문학에 대
한 이야기이며 그리고 전반적으로 예술이론에 대한 이야기이다.

쉬클롭스키는 그 무엇도 숨기거나 얼버무리려고 하지 않는다. 쉬클
롭스키는 자신의 주인공, 즉 작가이자 한 인간으로서 톨스토이에게 개
인적 열정과 커다란 사랑을 품고 '죽음으로 꺼져 버린 지나간 논쟁의 시
비를 가리는 것'이 아니라 오직 '진실을 밝히는 것'을 주요 과제로 삼고
있다.

쉬클롭스키의 이 책은 한 권에 담긴 톨스토이 전기로서 최초의 진정

한 전기라고 말할 수 있다. 전 4권으로 된 방대한 P. 비류코프의 전기와 역시 전 4권의 N. 구세프의 기본 자료집이 있지만 이 책들은 1885년까지만을 다루고 있다.

《레프 톨스토이》는 광범위한 독자들의 호응을 얻었고 문학비평에서도 높이 평가받았다. 1964년 거의 모든 신문과 잡지는 이 책에 대해 긍정적인 평가를 내리고 있다. 고를롭스키는 이렇게 평했다.

> 쉬클롭스키의 책은 용량이 큰 저작이다. 어떤 협소한 장르 개념으로는 담아내기 어려운 놀라운 책이다. 이 책은 차분하고 거의 냉담하게 객관적 사실을 전달하는가 하면 시적인 운율에 휩싸이고 열정적인 논쟁의 분위기를 띠고 있으며, 또 다른 한편으로는 문예학적 연구서로서의 면모를 가지고 있다. 그러나 그의 책은 항상 깊은 사고와 모색을 담고 있으며 사상에 관한 긴장된 작업이다 (…) 그리하여 톨스토이에 대한 쉬클롭스키의 책은 하나의 소설, 매력적인 사상소설이라고 말할 수 있을 것이다. 그는 이 책에 평생을 바쳤다. 쉬클롭스키는 바로 이 책을 위해 소설가이자 문예학자, 비평가가 되어야 했고, 언론인이자 영화 시나리오 작가가 되어야 했으며, 탐구심이 가득한 사람이 되어야 했던 것이다(〈문학 러시아〉 1964년 6월 5일).

"쉬클롭스키는 독자 자신이 많은 생각을 하도록 만들기 때문에 우리는 한가한 마음으로 이 책을 읽을 수가 없다. 바로 이 점에 이 책의 커다란 장점이 있다." 이것은 A. 오베르틴스키의 말이다(〈돈〉 1964, 제 9호, 179쪽). B. 사르노프는 예술적 측면을 강조하며 이 책의 저자에게는 마치 그 시대 사건들을 직접 목격한 '동시대인의 감성'이 존재한다고 말했다(《예술가의 눈으로》(Глазами художника), 〈신세계〉 1964, 제 7호). V. 사포노프도 《쉬클롭스키를 읽으며》(Читая Шкловского) (〈별〉, 1968, 제2호)에서 같은 의견을 보인다.

일부 문예학자들과 톨스토이 연구자들은 비판적 평가를 내리기도 했다. Nic. 아르덴스는 《슬퍼해야할 점》(Есть о чем погоревать)(〈문학신문〉 1964년 7월 2일)이라는 글에서 몇 가지 결점과 부정확한 사실을 지적하면서(그가 지적하는 부분은 제2판에서 수정된다) 저자의 생각이 '너무 울퉁불퉁하게 담겨있다'고 말하며 쉬클롭스키의 문학적 기술양식을 단호히 부정했다. 하지만 같은 호에서 M. 구스는 아르덴스의 견해를 반박한다.

> 쉬클롭스키의 양식은 평범하지 않고 독특해서 어떤 독자들에게는 '거부감'을 불러일으키기도 한다는 점은 잘 알려져 있는 바다. 그가 구사하는 풍부한 연상은 언제나 쉽게 납득되는 것은 아니다. '별로 밀접한 관계가 없는 현상과 사실을 나란히 병치하기'라든가 시간과 공간의 '비약적 넘나들기' 역시 마찬가지다. 이러한 양식을 우리는 톨스토이 전기에서도 접하게 된다. 그런 양식은 과연 올바른 것인가? 나는 주저 없이 그렇다고 대답하겠다. 알다시피 우리가 읽고 있는 것은 차분하고 체계적이며 세부적 충실성을 가진 학술논문이 아니다. 말 그대로의 전기도 아니다. 쉬클롭스키는 격동적이고 모순적인, 그리고 고통스럽기까지 한 삶을 살아낸 한 위대한 인물, 한 위대한 예술가의 삶을 들려주고 싶어한다. 우리 독자들이 톨스토이와 그 주변에서 울려오는 천둥과 폭우의 숨결을 들어보도록 말이다.

B. 부르소프는 아르덴스보다 훨씬 심각한 반대 의견을 보인다[《톨스토이의 면전에서》(Перед лицом Толстого) (〈별〉 1964, 제12호). 이 논문은 단행본 《언제나, 그리고 오늘의 리얼리즘》(Реализм всегда и сегодня) (레니즈다트, 1967)에도 실려 있다]. 부르소프는 우선 쉬클롭스키가 톨스토이의 일기를 불신한다고 비난한다. 쉬클롭스키는 "전적으로 일기를 통해 톨스토이를 판단하는 것은 금물이다. 비록 사실을 기록하고 있다 하더라도 그가 자신의 절망적인 기분을 적어놓은 것을 그대로 신뢰하기는 힘들다"고 말하기 때문이다. 또한 부르소프는 "쉬클롭스키가 끊임없이 톨스토이를 비일관성에 기초하여 파악하고 자신이 호소하는 것에 배치되는 모습으로, 그리고 마치 '다른 평범한 사람들처럼' 행동하였다는 듯이 그려내고 있다"는 점, 원형을 부정한다는 점 등에 대해서도 비판한다. 이런 비난은 정당한 것이라고 보기 어렵다. 오히려 이 책의 많은 내용은 일기의 내용을 그대로 활용하고 있기 때문이다. 그러나 톨스토이 자신이 구세프에게 작가를 더 잘 알게 해 주는 것은 일기나 개인적 기록들보다 작품이라고 말한 바 있듯이 쉬클롭스키의 일반적 입장은 톨스토이의 입장과 기본적으로 동일한 것이었다.

톨스토이의 위대한 호소와 이상이 지주로서의 생활과 모순을 일으키는 것은 그의 실제 삶에 존재했던 모순들 중 하나였다. 톨스토이의 창작에서 원형의 역할에 대한 문제는 그간의 우리 문예학에서 명백히 과장되어 있는 것이 사실이다. 그리고 쉬클롭스키가 어쩌면 논쟁적인 문제에 지나치게 매달리고 있다고 볼 수 있지만 그럼에도 불구하고 기본적으로 그의 상상력과 결론은 신뢰할 만한 것이라고 인정하지 않을 수 없다.

"쉬클롭스키가 톨스토이의 후퇴에 대해 말하려 한다면 레닌의 개념에 따라 톨스토이의 삶과 활동의 모순을 가부장제 농민사회의 이데올로기를 담아내는 것으로 분석해야 한다"는 부르소프의 지적은 정당하게 존중되어야 할 것으로 제2판에서는 적절하게 수용되었다.

탁월한 톨스토이 전기 작가이자 톨스토이의 비서였던 구세프는 쉬클롭스키의 작품을 상세하게 분석하고 이렇게 결론 내린다.

내용이 매우 풍부한 쉬클롭스키의 톨스토이 전기는 처음부터 마지막까지 매우 흥미진진하게 읽힌다. 아직 하나의 예술장르라고 말할 수 있는 것은 아니지만 쉬클롭스키의 이 책은 작품과 전기적 자료를 결합하는 새로운 장르의 가능성을 보여준다.

물론 빠진 부분이라든가 모순적인 부분, 오류 등 부족한 점이 없지 않지만 이 책은 그 이상의 커다란 장점, 즉 전기의 인물과 그 삶에 대한 존경뿐만 아니라 사랑을 담아내고 있다. 그것이야말로 모든 진정한 전기가 마땅히 지녀야 하는 것이다.

톨스토이는 "오직 사랑만이 진정한 통찰력과 지혜를 준다"고 말하곤 했다. 쉬클롭스키는 이 책의 독자들이 톨스토이를 삶의 동반자로 삼을 수 있도록 해주고 있다. 그리고 그 자신이 바로 완벽하게 그걸 실천하는 모습을 보여주었다. 그의 책 전체가 톨스토이에 대한 진실하고도 진정한 사랑으로 점철되어 있고 그 사랑이 독자들에게 전해지고 있는 것이다. 따라서 우리는 이 책 곳곳에서 톨스토이의 외적 내적 삶과 정신적 면모, 그의 세계관, 작품과 주인공의 특징에 대한 저자의 적절한 관찰과 판단을 만날 수 있다.

이 책을 읽으며 독자들은 톨스토이의 삶의 각각의 시기에 존재하는 일반적인 분위기에 젖어들 수 있을 것이다. 톨스토이를 많이 알고 있지 못하거나 잘못된 지식을 가지고 있던 사람들에게 이 책은 톨스토이의 저명한 예술작품뿐만 아니라 기타 여러 작품들과 일기, 편지들을 관심 있게 읽어보도록 해주는 하나의 안내자가 되어줄 것이다. 바로 그것이 저자가 바라는 바이다.

쉬클롭스키의 《레프 톨스토이》는 톨스토이 연구에 매우 의미 있는 중요한 현상이 아닐 수 없다. [2]

이 책은 그리스어와 프랑스어, 폴란드어, 불가리아어 등으로 번역되었고 해외 언론에서 높은 평가를 받았다. 프랑스 파리에서는 1969년 번역본이 나왔고 수많은 평론이 뒤를 이었다. [3] 이 책을 다룬 신문들은 '윤색 없는 전기', '기본적인 노작', '거인의 초상' 등으로 제목을 달고 있다.

앙드레 스틸은 특히 쉬클롭스키가 전기소설 장르에서 커다란 성취를 거두고 있으며 "방대한 사실자료들을 신선하게 활용하는" 능력을 보여주었다고 평가했다. [4] 루이 아라공의 서문 《여기 또 다른 톨스토이, 쉬클롭스키의 톨스토이가 있다》와 함께 이 책의 맨 앞 세 장이 주간지 〈르 레트르 프랑세즈〉(Les Lettres françaises)에 실리기도 했다. 아라공은 이 책을 60여 년 전 출판된 로망 롤랑의 《톨스토이의 생애》와 동렬에 놓고 평가했다. 그는 "그 당시와 지금, 하나의 동일한 주제를 탐구함에 있어 얼마나 놀랄 만한 변화와 진척이 있는가"라고 탄복하며 이 두 책에서 두 세기가 서로 얼굴을 맞대고 만난다고 높이 평가했다.

---

2) N. 구세프, 《톨스토이의 전기》, 〈러시아 문학〉, 1965년, 제 4호, 213쪽.
3) 앙드레 로벨의 번역으로 갈리마르출판사에서 두 권으로 출판되었다.
4) 〈Humanité〉, 1970년 1월 22일.

주요 작품과 참고문헌의 러시아어 표기
(본문 독서 중에 원어를 참조할 수 있도록 번역어 어순에 따라 배열함)

1. 톨스토이 저작집

기념전집(Полное собрание сочинений, Т. 1-90(юбиилейное изд.), М. - Л., 1928~1958.)

《톨스토이와 A. A. 톨스타야 부인의 왕복서간집》(Переписка Л. Н. Толстого с A. A. Толстой. 1857~1903. СПб., 1911.)

2. 톨스토이 작품

《간략 복음서》(Краткое изложение Евангелия), 《계몽의 열매》(Плоды просвещения), 《광인의 수기》(Записки сумашедшего), 《그러면 우리는 무엇을 할 것인가?》(Так что же нам делать?), 《그리스도교인의 수기》(Записки христианина), 《그리스도 정신과 애국주의》(Христиан ство и патриотизм), 《기근에 대하여》(О голоде), 《깊이 생각하라!》(Одумайте!), 《기초 입문서》(Азбука)

《나의 신앙은 무엇인가?》(В чём моя вера?), 《나의 인생》(моя жизнь), 《남녀 관계에 대하여》(Об отношениях между полами), 《누가 살인자인가? 파벨 쿠드랴시》(Кто убийцы? Павел Кудряш), 《눈보라》(Метель)

《대자(代子)》(Крестник), 《두 경기병》(Два гусара), 《득점기록원의 수기》(Рассказ маркера)

《러시아 병사들은 어떻게 죽어 가는가》(Как умирают русские солдаты), 《러시아 지주에 대한 소설》(Роман русского помещика)

《매일 매일의 독서》(На каждый день), 《모스크바 인구조사에 대하여》(О переписи в Москве), 《민화》(Народные рассказы)

《바보 이반과 두 형, 무관 세몬과 배불뚝이 타라스, 귀머거리 누이 말라니야, 그리고 늙은 악마와 세 도깨비 이야기》(Сказка об Иване-дураке и его двух братьях: Семене-воине и Тарасе-брюхане, и немой сестре Малаанье, и о старом дьяволе и трёх чертенятках), 《봄날 밤》(Весенная ночь), 《부끄럽다》(Стыдно), 《부활》(Воскресение)

《사람에게는 얼마만큼의 땅이 필요한가》(Много ли человеку земли нужно), 《사람은 무엇 때문에 글을 쓰는가》(Для чего пишут люди), 《산송장》(Живой труп), 《삼림벌채》(Рубки леса), 《세바스토폴 이야기》 (Севастопольские рассказы), 《세르기 신부》(Отец Сергий), 《세상에 죄인은 없다》(Нет в мире виноватых), 《소년시절》(Отрочество), 《수고하고 짐 진 자들》(Труждающиеся и обремененные), 《습격》(Набег), 《신학교의 탐구》(Исследование догматического богословия), 《12월의 세바스토폴》(Севастополь в декабре месяце)

《악마》(Дьявол), 《안나 카레니나》(Анна Каренина), 《암흑의 힘》(Власть тьмы), 《어둠 속에 빛이 비치니》(И свет во тьме светит), 《어린시절》(Детство), 《어제의 이야기》(История вчерашнего дня), 《예술론》(Что такое искусство?), 《우리의 주님 예수 그리스도의 유혹》(Искушение гопода нашего Иисуса Христа), 《위조 쿠폰》(Фальшивый купон), 《이반 일리치의 죽음》(Смерть Ивана Ильича), 《이제 알아야 할 때다》(Пора понять), 《인도에 보내는 편지》(Письмо к индусу), 인생론(О жизни), 《읽을거리》(Круг чтения)

《전쟁과 평화》(Война и мир), 《전신국을 가진 칭기즈칸》(Чингиз-хан с телеграфами), 《주인과 머슴》(Хозяин и работник), 《즈다노프 아저씨와 기병대원 체르노프》(Дяденька Жданов и кавалер Чернов), 《지주의 아침》(Утро помещика), 《집시들의 생활에서》(Повесть из цыганского быта)

《참회록》(Исповедь), 《청년시절》(Юность), 《촛불》(Свечка), 《최초의 기억들》(Первые вопоминания), 《침묵할 수 없다!》(Не могу молчать!)

《카자크 사람들》(Казаки), 《코니의 이야기》(Коневская повесть), 《코르네이 바실리예프》(Корней Васильев), 《크로이체르 소나타》(Крейцерова соната), 《티혼과 말라냐》(Тихон и Маланья)

《프레데릭스의 이야기》(История Фредерикса)
《하지 무라트》(Хади Мурат), 《한 농민의 생애. 고독한 가난뱅이 코스튜샤》
　(Жизнь диривенского мужика. Адинокава Костюши бедняка),
　《현인 표도르 쿠즈미치의 수기》(Записки старца Фёдора Кузмича),
　《홀스토메르》(Холстомер), 《회상록》(Воспминания)

3. 본문에 언급된 주요 문헌

게르첸 А. 30권 선집(Герцен А. Собрание соч. в 30-х томах, М., Изд. АН
　СССР, 1954.)
고리키 М. 《레프 톨스토이. 기억들》(Лев Толстой. Заметки. Письмо)
골덴베이저 А. 《옆에서 본 톨스토이》(Гольденвейзер А. Вблизи Толстого, Го-
　слитздат, 1959.)
구세프 N. 《톨스토이와의 2년》(Гусев Н. Два года с Л. Н. Толстым, М.,
　1928.), 《톨스토이 전기 자료집(1828~1855)》(Л. Н. Толстой. Матери-
　алы к биографии. 1828~1855, М., 1954.), 《톨스토이 전기 자료집
　(1855~1869)》(1957), 《톨스토이 전기 자료집(1870~1881)》(1963),
　《톨스토이 전기 자료집(1881~1885)》(1970), 《톨스토이의 삶과 창작 연
　보(1891~1910)》(Летопись жизни и творчества Л. Н. Толстого
　(1891~1910), М., Гослитизат, 1960.)
나고르노바 V. 《〈전쟁과 평화〉의 나타샤 로스토바의 원형》(Нагорнова В. Ориги-
　нал Наташи Ростовой в 〈Войне и мире〉/Новое Время, 1916년 4월 9
　일 No. 14400.)
다비도프 N. 《과거로부터》(Давидов Н. Из прошлого, 1914.)
《동시대인의 회상 속의 톨스토이》1, 2권(Л. Н. Толстой в воспоминаниях со-
　временников, Т. 1-2, М., 1960.)
레벤펠트 R. 《톨스토이 백작 ― 그의 생애와 작품, 세계관》(Левенфельд Р. Граф
　Л. Н. Толстой. Его жизнь, произведение и миросозерцание, М.,
　1897.)
마코비츠키 D. 《야스나야 폴랴나 수기》(Маковицкий Д. Яснополянские за-
　писки. 1904~1910. Вып. 1-2, М., 1922~1923.)

모로조프 V. 《나의 고백 중에서》(Морозов В. Из исповеди/ Международный Толстовский альманах, М. , 1909.)

《문학유산》 제 69권 (Литературное наследство, Т. 69, М. , 1961.)

《문학유산》 제 75권 (Литературное наследство, Т. 75, кн. 1-2, М. , АН СССР, 1965.)

밀류틴 V. 선집 (Милютин В. Избранные произведения, М. , Госполитиз-дат, 1946.)

베기체프 D. 《홀름스키 가족. 러시아 귀족 가족, 혹은 귀족 개인의 관습과 생활방식 등의 몇 가지 특징들》(Д. Бегичев, Семейство Холмских. Некоторые черты нравов и образа жизни, семейной и одинокой дворян, 1832~1841.)

베르스 S. 《톨스토이 백작에 대한 회상》(Берс Степан. А. Воспоминания о графе Л. Н. Толстым, Смоленск, 1894.)

보보리킨 P. 《모스크바의 톨스토이 집에서》(Боборикин П. В Москве - у Толстого/ Международный толстовский альманах, сост. П. Сергеенко, М. , 1909.)

부슬라예프 F. 《러시아 민속 문학과 예술사 개관》(Буслаев Ф, Исторические очерки русской народной словесности и искусства, Т. 1. СПб. , 1861.)

불가코프 V. 《생의 마지막 해의 톨스토이》(Булгаков В. Л. Н. Толстой в последний год его жизни, Гослитиздат, 1957.)

비류코프 P. 《톨스토이 전기》 전 4권 (Бирюков П. Биография Л. Н. Толстого, Т. 1-4, М. , 1922~1923.)

쇼호르-트로츠키 K. 《슈타예프와 본다레프》, 《톨스토이 연감》(Шохор-Троцкий К. С. Сютаев и Бондарев/ Толстовский ежегодники, 1913.)

쉬클롭스키 V. 《마트베이 코마로프. 모스크바 주민》(Шкловский В. Матвей Комаров. Житель города Москвы, Прибой, 1929.)

안넨코프 P. 《1849년 1월부터 1851년 8월 사이 현과 촌락에서의 두 번의 겨울》(Анненков П. Две зимы в провинции и деревне с января 1849 по август 1851 года), 《문학적 회상》 (Литературные воспоминания,

Гослитиздат, 1960.)

에이헨바움 В. 《레프 톨스토이》1, 2권(Эйхенбаум Б. Лев Толстой. Т. 1-2,
　　Л. -М., 1928~1931.)

일린스키 I. 《1862년 야스나야 폴랴나에 대한 헌병대 수색》(Ильинский И. Жан-
　　дармский обыск в Ясной Поляне в 1862 году)

자고스킨 N. 《레프 톨스토이 백작과 그의 대학생 시절》(Загоскин Н. Граф Л. Н.
　　Толстой и его студенческие годы/ Исторический вестник, 1894,
　　No. 1.), 《모스크바와 모스크바 사람들》(Москва и москвичи/ Сочине-
　　ния Т. 8, СПб., 1901.)

즈다노프 V. 《〈안나 카레니나〉 창작사에 관하여》/ 《야스나야 폴랴나 문집》(Жда-
　　нов В. Из истории создания романа 〈Анна Каренина〉/Яснополян-
　　ский сборник, Тула, 1955.)

체르니솁스키 N. 《러시아 어음법 개관》(Чернышевский Н. Очерк русского век-
　　сельного права/ Пол. соб. Т. 4, Гослитздат, 1948.)

코니 А. 《현실에서의 〈산송장〉》(Кони А. 〈Живой труп〉 в действительно-
　　сти, Ежегодник императорских театров, 1911, No. 6.)

코마로프 М. 《러시아의 협잡꾼, 도적, 강도이며 전직 모스크바 수사관 반카 카인
　　의 생애와 업적, 기행에 대한 상세 기록. 저술이유에 관한 계고. 그의 이름
　　이 언급된 노래 소개와 증거자료들》(Комаров М. Обстоятельные и вер-
　　рные описании жизни, всех дел и странных похождений россий-
　　ского мошенника, вора, разбойника, и бывшего Московского сы-
　　щика Ваньки Каина, с преуведомлением о причине сочинения,
　　также с приобщением песен, в которых имя его упоминается и
　　с вынесенными на поле доказательными примечаниями …),
　　《영국의 조지 경의 모험소설》(Повесть о приключении Английского
　　Милорда Георга)

쿠즈민스카야 Т. 《나의 가정과 야스나야 폴랴나에서의 나의 삶》(Татьяна Куз-
　　минская, Моя жизнь дома и в Ясной Поляне, 4-е изд. Тула,
　　1964.)

테네로모, 《〈산송장〉 창작사》(Тенеромо, К истории 〈Живого трупа〉/

Всемирная панорама, 1911, No. 130.)

톨스타야 S. 《소피야의 일기》제1부(1860~1891), 제2부(1891~1897), 제3부 (1897~1909), 제4부(1910) (Толстая С. Дневники, Ч. 1-4, М., Изд. М. и С. Сабашниковых, 1928~1936.), 《톨스토이에게 보낸 편지 (1862~1910)》(Письма к Л. Н. Толстому, М. -L., Academia, 1936.)

톨스토이 S. 《과거의 기록》(Толстой С. Очерки бьілого, 2-е изд. Гослитизат, 1956.)

《톨스토이 연감》(Толстовский ежегодник), М., 1913,

판텔레예프 L. 《회상록》(Пантелеев Л. Воспоминания, переизд., Гослити-здат, 1958.)

4. 잡지 및 정기간행물

〈교회 통보〉(Церковные ведомости), 〈군사소식〉(Военный листок)

〈나찰로〉(Начало)

〈동시대인〉(Современник)

〈러시아 고문헌〉(Русский Архив), 〈러시아 노병(老兵)〉(Русский инвалид), 〈러시아의 말〉(Русское слово), 〈러시아의 부〉(Русское богатство), 〈러시아 사상〉(Русская мысль), 〈러시아의 옛 풍속〉(Русская стари-на), 〈러시아의 일〉(Русское дело), 〈로드닉〉(Родник), 〈르 노르 드〉(Le Nord)

〈만인을 위한 삶〉(Жизнь для всех), 〈모스크바 통신〉(Московские ведомо-сти), 〈목소리〉(Голос)

〈병영통보〉(Солдатский вестник), 〈북방의 꿀벌〉(Северная пчела)

〈상트 페테르부르그 통보〉(Сант-Петербургские ведомости), 〈새로운 시 대〉(Новое время)

〈세계의 소식〉(Всемирный вестник)

〈조국의 기록〉(Отечественные записки), 〈조국의 아들〉(Сын отечества), 〈정부 통보〉(Правительственный вестник), 〈중개인〉(Посредник), 〈즈베니야〉(Звенья)

〈하루〉(День), 〈해설자〉(expositor)

1828. 8. 28	니콜라이 일리치 톨스토이 백작과 마리야 니콜라예브나 톨스타야(볼콘스키 공작 가문) 사이에 넷째 아들로 탄생.
1830. 8. 4	어머니 사망.
1837. 1. 10	모스크바로 가족 이주.
7. 21	아버지 사망.
1844	형제들과 카잔으로 이사하여 카잔 대학 동양학부 입학.
1845. 9	카잔대학 법학대학으로 전공 변경.
1847	'건강과 가정사'로 대학 자퇴서 제출 후 야스나야 폴랴나 귀향.
1848. 가을	모스크바로 이주.
1851. 4	형 니콜라이와 함께 카프카스로 출발.
6	자원병으로 습격전투 참여.
7~9	《어린시절》 집필.
1852	귀족 하사관 생도 시험을 치르고 4급 포병하사관으로 편입.
9	〈동시대인〉지에 《어린시절 ― 나의 어린시절 이야기》 발표.
1853. 3	〈동시대인〉지에 《습격》 발표.
1854. 1	연줄을 통해 도나우군 소위보로 전군.
10	〈동시대인〉지에 《소년시절》 발표.
11	세바스토폴로 전군, 크림전쟁 참여.
1855. 4~5	세바스토폴 제4능보 근무.

6	〈동시대인〉지에 《12월의 세바스토폴》 발표(황제 알렉산드르 2세에게 원고 보고됨)
9	〈동시대인〉지에 《산림벌채》, 《1855년 세바스토폴 봄날의 밤》 발표.
10	상트 페테르부르그에 와서 투르게네프, 파나예프, 곤차로프, 네크라소프 등 문학가들과 교유.
1856. 1	오룔에 가서 결핵으로 죽어가는 형 드미트리를 방문. 〈동시대인〉지에 《1855년 8월의 세바스토폴》 발표.
5	〈동시대인〉지에 《두 경기병》 발표. 호먀코프와 만남.
12	중편 《지주의 아침》 발표. 체르니솁스키와 만남.
1857. 1	〈동시대인〉지에 《청년시절》 발표.
2~7	유럽 여행.
1858	《세 죽음》 집필.
1859. 2	러시아 어문학 애호협회 가입.
5	〈러시아 통보〉지에 중편 《가족의 행복》 발표.
10	농민학교 개설.
1860. 9	형 니콜라이 사망.
1860, 1861	두 번째 유럽 여행. 데카브리스트였던 S. 볼콘스키, 화가 N. 게, 게르첸, 프루동 등과 만남.
1862. 여름	잡지 〈야스나야 폴랴나〉 발행.
9	크레믈린 성모탄생 사원에서 소피야 안드레예브나 베르스와 결혼.
1863. 2	〈러시아 통보〉지에 중편 《카자흐 사람들》 발표.
6	아들 세르게이 출생.
1864. 8~9	두 권짜리 선집 출판(V. 스텔롭스키 출판사).
10	딸 타티야나 출생.
11~12	장편 《1805》 집필.
1865. 1~2	〈러시아 통보〉지에 장편 《1805》 발표(《전쟁과 평화》의 1, 2부에 해당).
1866. 5	아들 일리야 출생.
1867. 9	《전쟁과 평화》 3, 4부 집필.

1868		《전쟁과 평화》 5부 집필.
1869		《전쟁과 평화》 6부 집필
	5	아들 레프 출생
1871.	2	딸 마리야 출생.
	여름	사라마의 바주룩스키지역 토지 구매. N. 스트라호프가 처음 야스나야 폴랴나 방문.
	가을	《기초입문서》 1부 집필.
1872		《기초입문서》 집필 계속. 표트르 1세에 대한 장편 집필.
	11	《기초입문서》 발행.
1873.	3	표트르 1세 시대에 대한 장편 중단. 《안나 카레니나》 집필 시작.
	12	러시아 과학 아카데미 러시아어문학 분야 준회원 선출.
1874		《안나 카레니나》 집필 계속.
1875.	1	《안나 카레니나》를 〈러시아 통보〉지에 게재 시작.
1877		《안나 카레니나》 집필 완료.
	7	N. 스트라호프와 함께 옵티나 푸스틴 수도원 방문.
	8	〈러시아 통보〉 발행인 M. 카트코프가 《안나 카레니나》 최종 부분 게재 거부.
	12	아들 안드레이 출생.
1878		《안나 카레니나》 단행본으로 출간. 장편 《데카브리스트》 집필.
1879.	6	키예보-페체르스카야 대수도원 방문.
	12	아들 미하일 출생.
1880		《참회록》 완성. 4권짜리 성서 번역작업. V. 가르신, V. 스타소프, I. 레핀 등과 만남.
1881		황제 알렉산드르 3세에게 알렉산드르 2세를 저격한 혁명가들 처형반대 청원 편지. 옵티마 푸스틴 수도원 방문. 단편 《사람은 무엇으로 사는가》 집필.
	9	야스나야 폴랴나에서 모스크바로 이주.
1882		모스크바 인구 대조사에 참여. 모스크바 돌고-하모브니체스키 골목의 집을 구매(현 톨스토이 박물관).
1883.	9	《나의 신앙은 무엇인가?》 집필.

10	V. 체르트코프 만남.
1884. 2	장편 《데카브리스트》 시작 부분 발표.
6	야스나야 폴랴나에서 최초의 가출 시도. 딸 알렉산드라 출생.
11	체르트코프가 출판사 〈중개인〉 설립.
1885	〈중개인〉 출판사를 위해 단편 《촛불》, 《두 노인》 집필. 중편 《홀스토메르》 발표.
1886	단편 《세 현인》, 중편 《이반 일리치의 죽음》, 희곡 《암흑의 힘》 등 집필. V. 코롤렌코 만남.
1887	《인생론》, 《크로이체르 소나타》 집필. N. 레스코프 만남.
1888. 2	모스크바에서 야스나야 폴랴나까지 도보 여행.
3	아들 이반 출생.
1889	희곡 《계몽의 열매》, 중편 《악마》 집필.
1890	《세르기 신부》 집필. 옵티마 푸스틴 순례여행. 《크로이체르 소나타》 검열로 출판금지.
1891	《계몽의 열매》 공연(K. 스타니스랍스키 연출). 1881년 이 저작에 대한 저작권 포기. 기근 농민들을 위한 무료급식소 사업 전개.
1892	기근 농민들을 위한 음악회를 개최한 A. 루빈슈타인과 만남. 《신의 왕국은 당신 내부에 있다》 집필.
1893	기 드 모파상 저작집 서문 집필. K. 스타니슬랍스키와 만남.
1894. 1	I. 부닌과 만남.
1895	잠언적 단편 《주인과 머슴》 완성.
2	아들 이반 사망.
8	A. 체호프와 만남.
9	두호보르교도 탄압에 대해 논문 집필.
1896. 1	희곡 《어둠 속에 빛이 비치니》 집필.
8	아내와 함께 여동생 마리야가 있는 샤모르디노의 수도원 방문. 샤모르디노 수도원에서 《하지 무라트》 초판본 집필.
1897	상트 페테르부르그 방문. 《예술론》 집필.
1898	황제 니콜라이 2세에게 몰로칸 교도의 아이들을 징발문제에 관한 편지. 두호보르교도들과의 만남. 툴라와 오룔 현에서

기아구제 사업. 도호보르교도 캐나다 이주기금 조성 목적으로 장편 《부활》과 중편 《세르기 신부》 집필.

1899 《부활》 집필 계속. R. 릴케 만남.

1900 논문 《우리 시대의 노예》, 《애국주의와 국가》 집필. M. 고리키와 만남. 희곡 《산송장》 집필.

1901. 2 신성 종무원에서 파문 결정. 논문 《종무원 결정에 대한 대답》 집필.

7 말라리아 발병.

9 병 치료차 크림지역 가스프라행.

10 니콜라이 미하일롭비치 대공을 만나고 그를 통해 황제 니콜라이 2세에게 토지 사유제 철폐 호소문 전달. A. 체호프와 M. 고리키와 자주 만남.

1902 신앙의 자유에 관한 논문 《종교란 무엇이며 그 본질은 어디에 있는가》, 《일하는 민중에게》, 《성직자들에 대하여》 집필. V. 코롤렌코와 자주 만남. 야스나야 폴랴나로 귀향. A. 쿠프린 만남. 중편 《하지 무라트》, 《위조 쿠폰》, 단편 《무도회가 끝난 뒤》 집필.

1903 일련의 회상기와 세익스피어에 대한 논문 집필.

1904 러일전쟁에 대한 논문 《깊이 생각하라!》 집필. 《하지 무라트》 완성.

5 D. 메레지콥스키와 그의 아내 Z. 깁피우스가 야스나야 폴랴나 방문.

8 형 세르게이 사망.

1905 논문 《세기의 종말》, 《러시아의 사회운동에 대하여》, 《유일하게 필요한 것》 집필. 단편 《알료샤 고르숔》, 《코르네이 바실리예프》, 중편 《현인 표도르 쿠즈미치의 수기》 집필.

1906 단편 《무엇을 위하여?》 발표.

11 딸 마리야 사망.

1907 아동용 《읽을거리》 작성.

10 비서 N. 구세프 체포.

1908 논문 《침묵할 수 없다》, 《폭력의 법칙과 사랑의 법칙》, 《인

도에 보내는 편지》 집필. 비밀일기 밝혀짐.

1909	중편 《누가 살인자인가》 집필.
8	비서 N. 구세프 다시 체포되고 유형에 처해짐.
10	유언장 작성.
1910. 2	단편 《호딘카》 집필.
4	L. 안드레예프가 야스나야 폴랴나 방문.
10. 28	야스나야 폴랴나를 떠남.
11. 7	아스타포보 간이역에서 사망. 유언에 따라 야스나야 폴랴나 '자카스' 숲에 영면.

빅토르 쉬클롭스키(Victor Shklovsky 1893~1984)

1893년 상트 페테르부르그에서 태어나 상트 페테르부르그 대학 인문학부와
쉐르부드 예술학교에서 수학했다. 1913년 예술인 카페 〈떠돌이 개〉에서 《언
어의 역사에서 미래주의의 의미》를 발표하면서 떠들썩한 논쟁을 불러일으키
며 문단에 등단했다. 《시와 초이성의 언어》와 《기법으로서의 예술》을 통해
'낯설게하기'라는 러시아 형식주의 문학운동의 가장 대표적인 개념을 체계화
하여 쉬클롭스키라는 이름을 세계 문학이론사에 깊게 아로새겼다.
특히 쉬클롭스키는 톨스토이에 대한 연구를 자신의 다양한 활동의 원동력으
로 삼고 있다. 《산문이론에 대하여》, 《레프 톨스토이의 〈전쟁과 평화〉의 재
료와 문체》, 《톨스토이에 대한 이야기》, 《러시아 고전 작가들의 산문에 대
하여》, 《예술 산문》 등 많은 저작에는 톨스토이에 대한 각별한 지식과 애정
이 깊게 배어 있다. 톨스토이에 대한 이런 연구들은 최종적으로 《레프 톨스
토이》로 수렴된다.
이밖에도 쉬클롭스키는 《센티멘털 여행》, 《동물원. 사랑에 대해서가 아닌
편지들, 혹은 제3의 엘로이즈》, 《막심 고리키의 성공과 실패》, 《함부르크
식 결산》, 회고록 《그렇게 살며 존재했었다》, 《산문에 대한 소설》, 대중적
명성을 높인 문학 비평집 《현(絃). 유사한 것의 비유사함에 대하여》 등 많은
저서와 평론, 창작 산문을 남겼다.

이강은

고려대학교와 동대학원에서 노문학을 전공하고 막심 고리키의 《클림 삼긴의
생애》에 관한 논문으로 박사학위를 받았다. 막심 고리키를 비롯하여 러시아
소설과 소설이론, 러시아 혁명기 문학과 문학이론에 큰 관심을 가지고 연구
하고 있다. 1990년부터 경북대학교 노문학과 교수로 재직하고 있다.
《혁명의 문학 문학의 혁명 — 막심 고리키》를 저술하였고 《청년 고리키》,
《세상속으로》, 《이탈리아 이야기》, 《톨스토이와 동양》(공역) 등을 번역하
였다. 《러시아 장편소설의 형식적 불안정과 화자》, 《소설언어의 가치적 일
원성과 다원성》, 《왜 반성과 지향인가: 문화예술의 새로운 해석적 패러다임
모색》 등 소설이론과 문화예술론에 관한 여러 논문이 있다.